北京大学优秀教材

中国现当代文学专题研究（第三版）

ZHONGGUO XIANDANGDAI WENXUE ZHUANTI YANJIU

温儒敏　赵祖谟　主编

北京大学出版社
PEKING UNIVERSITY PRESS

图书在版编目（CIP）数据

中国现当代文学专题研究/温儒敏，赵祖谟主编.—3版.—北京：北京大学出版社，2024.5

（博雅大学堂·文学）

ISBN 978-7-301-34981-6

Ⅰ.①中… Ⅱ.①温…②赵… Ⅲ.①中国文学—现代文学—文学研究—高等学校—教材②中国文学—当代文学—文学研究—高等学校—教材 Ⅳ.①I206.6

中国国家版本馆CIP数据核字（2024）第070235号

书　　　名	中国现当代文学专题研究（第三版）
	ZHONGGUO XIANDANGDAI WENXUE ZHUANTI YANJIU（DI-SAN BAN）
著作责任者	温儒敏　赵祖谟　主编
责任编辑	艾　英
标准书号	ISBN 978-7-301-34981-6
出版发行	北京大学出版社
地　　　址	北京市海淀区成府路205号　100871
网　　　址	http：//www.pup.cn　　新浪微博：@北京大学出版社
电子邮箱	编辑部 wsz@pup.cn　　总编室 zpup@pup.cn
电　　　话	邮购部 010-62752015　　发行部 010-62750672
	编辑部 010-62756467
印　刷　者	大厂回族自治县彩虹印刷有限公司
经　销　者	新华书店
	965毫米×1300毫米　16开本　26.75印张　445千字
	2002年1月第1版　2013年8月第2版
	2024年5月第3版　2025年8月第3次印刷
定　　　价	79.00元

未经许可，不得以任何方式复制或抄袭本书之部分或全部内容。

版权所有，侵权必究

举报电话：010-62752024　　电子邮箱：fd@pup.cn

图书如有印装质量问题，请与出版部联系，电话：010-62756370

第三版序

温儒敏

《中国现当代文学专题研究》这部教材,最初是为中央广播电视大学编写的,后列入"教育部人才培养模式改革和开放教育试点教材"。初版是在2002年,当时的编写意图比较简单,就是淡化"史"的线索,突出作家作品赏析,展示作品阅读分析的方法。出版后引起广泛关注,使用面扩大,于是在2013年做了修订,出了第二版。第二版的定位有所改变,往普通高校中文系高年级选修课程靠,以重点作家的"专题研究"设课,增强研究性,注意示范文学评论与文学史研究的方法,激发学生对文学研究与评论写作的兴趣,让他们从中找到做学年论文与毕业论文的题目。初版和二版有过41次印刷,印数达50万册,在同类教材中发行量算是很大的。据调查,多数大学把这部书当作中文系本科选修课教材,也有一些学校是用作基础课(必修)教材的。不少大学文学类研究生考试还指定此书为参考书。不同层次的大学都在用,使用范围很广。

现在要再次修订出第三版了。这次修订保持了第二版的基本框架和思路,有选择地补充融入了学界和编者一些新的研究成果。其定位更明确,主要提供给中文系本科高年级的选修课使用,也可用于基础课,不过在教学中要适当增加文学史线索的连缀,补充一些基本的文学史常识。另外,还兼顾部分学生考研究生的需要,希望对他们复习考研有切实的帮助。

这次修订安排了21讲,所论评的都是现当代文学的代表性作家,通过对其作品的分析,以点带面,"带动"对现当代文学历史轮廓和文学现象的了解。学习过程中也应当"以点带面",从文学潮流发展变化的历史联系、在特定的历史文化氛围中,去讨论文学现象产生的缘由,评判作家作品的得失。推展开来看,这种初步的带有研究性的学术训练,也就可能使文学感悟力、审美力,以及理论分析能力得到一定的提高。

学习这门专题研究的课,要在学术体验和思维训练(包括直觉思维、形象思维与逻辑思维)方面下功夫,而不只是瞄准考试,死记一些答案。不能满足于阅读教材和听课,最重要的还是要读作品。最好在课前先读,有自己的第一印象和感受,再来读教材、上课。本教材每一讲都多少介绍了有关的研究状况,有的还提供了基本的研究书目,可以顺藤摸瓜,找一些研究论著来参考,或许就可以得到某些启发,进入研究状态,找到自己感兴趣的课题和进一步探讨的空间。每一讲后面的思考题,是为了梳理和引发问题,引起研究的兴趣,训练文学史眼光和鉴赏分析能力,当然,也可以帮助复习。

老师们若采用本教材,建议根据选修学生的情况,从中选择若干讲,做一些调整补充,设计出自己的教案。老师可以少讲,让学生自主学习,预先阅读本教材以及相关作品,各自提出一些问题和看法,带到课堂上讨论。老师对讨论中问题的聚焦点,做即时的引导与讲解。如果选修的学生较多,讨论不方便,也可以以讲授为主,每次课选择其中一讲,大致按照教材设计的内容,适当调整,并多加作品分析和相关的研究介绍,也还是要指向问题与方法。无论哪种方式,都应当多布置几次小论文写作,三五百字为宜,不必长篇大论,也无需铺陈,能发现问题、提炼观点、理出思路即可,目的是让学生初步学会写学术性文字。而有些比较有新意的小论文,也可以发展为学年论文乃至毕业论文。这种方法可以促使学生多读、多思、多写,力求写作能力过关。即使日后所从事的是文学以外的其他工作,这种由学术训练带来的眼界拓展与能力提高,也是毕生受用的。

本教材2002年初版只有16讲,其中现代部分10讲,当代部分6讲。2016年修订,当代部分拓展为10讲。这次修订出第三版,当代部分又增加了1讲,共21讲。这也是考虑当代文学的延伸时间越来越长,一些重要的作家作品经过时间筛选,逐步经典化,有必要增加论述的篇幅。第二十一讲论及的王蒙、路遥和陈忠实三位作家,是新加进书中用专节加以论述的。具体修订中当代部分的改动也较多。

参与本书编写和修订的人员及其分工如下:

温儒敏(北京大学中文系教授,山东大学文科一级教授):第一讲,第二讲,第四讲,第六讲,第七讲第三节,第二十一讲第一节;

黎　荔(西安交通大学教授):第三讲,第五讲;

李宪瑜(首都师大文学院副教授):第七讲一、二节,第九讲;

姜　涛(北京大学中文系教授):第八讲;

赵祖谟(北京大学中文系教授):第十讲,第十二讲;

李　平(国家开放大学教授):第十四讲,第十八讲;

高秀芹(北京大学出版社编审):第十三讲,第十七讲第一、二、三、四节,第二十讲;

邵燕君(北京大学中文系教授):第十七讲第五、六、七节;

张清华(北京师范大学文学院教授):第十五讲;

李　星(《小说评论》原主编):第十六讲;

吴义勤(现代文学馆研究员)与王金胜(青岛大学教授):第十九讲;

阎浩岗(河北大学文学院教授):第十一讲;

马　兵(山东大学文学院教授):第二十一讲第二、三节。

温儒敏和赵祖谟负责本教材框架和各章节纲目的确定。初版和第二、三次修订,均由温儒敏统稿,对各章节做了程度不同的修改。赵祖谟是北京大学中文系资深教授,早在1979年就参与了第一本当代文学史《当代文学概观》的写作。2002年他接受我的邀请担任本教材主编之一,并参与编写,当时他已经患病,拄着拐杖来参加讨论,靠吃止痛药坚持写作。如今他年迈沉疴,在养老院里还惦记着修订的事。情随事迁,感慨系之。

本教材邀请多位文学史家和评论家组成编写团队,是"抬课"的方式,也是有意为之。全书的体例与基本要求是统一的,但每人的治学风格不尽相同,可让学生领略不同的学术路数,了解文学作品原来是可以从不同的层面用不同的方法去阐释的。非常感谢编写(修订)团队的同人协力同心,是大家的智慧与热情点石成金,成就了这本比较实用而颇受欢迎的教材。

本书初版的编写大纲,曾经专家小组审议论证。专家们包括谢冕、洪子诚、钱理群、吴福辉、孟繁华,都是现当代文学界的"大腕儿"。一晃30年过去了,至今还记得当时聚会于北大静园五院,大家认真讨论擘画的情形。如此学术佳境恐难再现。现在要出第三版了,我们不会忘记这些先生的贡献!

还要感谢责任编辑艾英女士,若没有她的催促、组织和编辑,这次修订也难以顺利完成。

写于2023年8月16日,10月8日改定

目 录

第三版序 ··· 温儒敏/1

第一讲　鲁迅研究四题 ··· 1
- 第一节　如何看待鲁迅在传统批判中的偏激？ ················· 2
- 第二节　鲁迅批判国民性是否丑化了中国人？ ················· 7
- 第三节　鲁迅对文化转型的思考有哪些值得今天重新关注？ ······ 11
- 第四节　鲁迅《呐喊》《彷徨》的文学史地位 ························ 16

第二讲　关于郭沫若的"两极阅读"现象 ························· 22
- 第一节　如何消除经典阅读中的历史隔膜？ ····················· 23
- 第二节　读《女神》要"知人论诗" ··································· 31
- 第三节　郭沫若研究概况 ··· 35

第三讲　从《子夜》看茅盾的艺术风格 ···························· 39
- 第一节　新时期茅盾研究概况 ·· 40
- 第二节　茅盾的文学主张 ··· 44
- 第三节　长篇小说《子夜》分析 ······································· 48
- 第四节　茅盾的艺术风格 ··· 54

第四讲　老舍创作的视点与"京味" ································ 61
- 第一节　如何理解老舍"市民世界"的文化反思 ················· 62
- 第二节　《骆驼祥子》的另一解读：对城市文明病的探讨 ······ 68
- 第三节　老舍作品的"京味"与幽默 ································ 70

第四节　老舍研究的状况 ································· 73

第五讲　曹禺与现代话剧艺术的成熟 ························· 76
　　第一节　曹禺研究概况 ································· 76
　　第二节　曹禺话剧的诗意特征 ··························· 83
　　第三节　曹禺话剧艺术的其他几个特征 ··················· 87
　　第四节　曹禺话剧的悲剧意味 ··························· 90

第六讲　沈从文与"京派"文学 ······························· 93
　　第一节　"京派"有哪些特征？ ··························· 93
　　第二节　沈从文的"角色认知"及其两个文学世界 ··········· 97
　　第三节　《边城》细读 ·································· 101
　　第四节　沈从文研究的主要论作 ························ 105

第七讲　张爱玲的《传奇》与"张爱玲热" ····················· 108
　　第一节　《传奇》的评析 ································ 108
　　第二节　张爱玲的艺术"创新"与"袭旧" ··················· 114
　　第三节　张爱玲的接受史与"张爱玲热" ·················· 123

第八讲　穆旦与"九叶诗派" ································· 132
　　第一节　新诗发展的历史轮廓 ·························· 132
　　第二节　"九叶诗派"的聚集、资源与艺术成就 ············ 136
　　第三节　穆旦诗歌的艺术创新及其文学史地位 ············ 140

第九讲　现代散文五家 ····································· 154
　　第一节　周作人的"言志"散文 ·························· 157
　　第二节　冰心的"冰心体"与朱自清的抒情文体 ············ 164
　　第三节　郁达夫的行旅散文 ···························· 169
　　第四节　何其芳的"独语体" ···························· 172

第十讲　赵树理的评价问题与农村写作 ······················ 175
　　第一节　"赵树理方向"是怎样构建出来的 ················ 175
　　第二节　在褒贬毁誉之间 ······························ 181

  第三节 对赵树理的再评价 …………………………………… 187

第十一讲 五六十年代"红色经典"的文学史地位 ………………… 192
  第一节 "红色经典"究竟有没有文学价值？ ………………… 193
  第二节 "红色经典"是当代文学史链条的重要一环 ………… 201
  第三节 近年相关研究论著评介 ……………………………… 212

第十二讲 "样板戏"及其评价 ……………………………………… 219
  第一节 如何看待江青对"样板戏"的作用 ………………… 220
  第二节 专业工作者和观众对"样板戏"的影响 …………… 225
  第三节 "样板戏"的艺术成就 ………………………………… 228

第十三讲 汪曾祺与当代小说文体 ………………………………… 233
  第一节 汪曾祺小说的审美世界 ……………………………… 233
  第二节 汪曾祺小说对当代小说文体的意义 ………………… 244

第十四讲 朦胧诗及其叙述 ………………………………………… 253
  第一节 朦胧诗的"朦胧"引起的论争及其意义 …………… 254
  第二节 朦胧诗的文学史叙述 ………………………………… 259
  第三节 朦胧诗的发展和变异 ………………………………… 264

第十五讲 海子与当代诗人的抱负 ………………………………… 270
  第一节 "伟大诗歌"的构想与抱负 …………………………… 271
  第二节 故乡、爱情与生命的咏唱 …………………………… 275
  第三节 超验、隐喻与魅性 …………………………………… 280

第十六讲 贾平凹与作家的真诚和文化关怀 ……………………… 285
  第一节 文坛上的"独行侠" …………………………………… 286
  第二节 写出历史的脉动与文化的蜕变 ……………………… 290
  第三节 时代性、语言、文体与精神性创造 ………………… 298

第十七讲 大众文化的转型与网络文学的兴起 …………………… 304
  第一节 社会转型与大众文化的勃兴 ………………………… 305
  第二节 王朔现象带给批评界的挑战与争论 ………………… 306

	第三节	王朔作品的大众文化特征	307
	第四节	如何阅读与评价王朔作品	310
	第五节	网络文学的兴起和"起点模式"的形成	316
	第六节	网络文学的主要类型和代表作家作品	321
	第七节	"最有情怀的文青作家"猫腻及其代表作《间客》	324

第十八讲　余华与先锋小说的变化 331

第一节　余华与先锋小说的悲剧性命运 333
第二节　余华"在细雨中"无声地"呼喊" 339
第三节　先锋小说家的"胜利大逃亡" 344

第十九讲　莫言与当代小说的民间性 351

第一节　民间性与"狂欢化" 352
第二节　莫言小说的民间性 354
第三节　莫言小说叙事的狂欢化 357
第四节　莫言小说的母题内涵 367

第二十讲　王安忆与女性写作 375

第一节　女性写作：对一种文学现象的整体描述 375
第二节　女性写作的三次高潮 377
第三节　王安忆的创作 382

第二十一讲　王蒙、路遥与陈忠实 401

第一节　王蒙："共和国文学"的常青树 401
第二节　路遥与"路遥现象" 406
第三节　陈忠实与作为民族心史的《白鹿原》 412

第一讲　鲁迅研究四题

据说中学生里边流传"三怕"：一怕文言文，二怕写作文，三怕周树人。为何"怕"鲁迅？可能因为鲁迅是经典作家，与年轻人总会有时代的隔膜，读起来有点困难，这是很正常的。也可能由于中学语文的鲁迅课没有讲好，造成鲁迅严厉、尖刻的印象，似乎鲁迅不那么好接近。加上现今有颠覆一切的思潮，某些传媒特别是网上也跟着起哄，影响到青年人不那么喜欢鲁迅，"怕"鲁迅。但如果多读点鲁迅，读进去，就会祛除对鲁迅的隔膜与误解。

鲁迅是现代文学研究的焦点，是永远说不尽的话题。因为鲁迅所提供的精神文化资源是那样丰厚，可以从不同的角度不断地发掘、理解与诠释。这就是通常所说的经典的魅力。也因为鲁迅实际上已经成为中国现代民族文化的象征，在文化转型期的艰难探索中，鲁迅独异的文学想象，以及对传统文化的批判、对民族命运的焦虑和思考，都给人深刻的启迪。鲁迅不是优雅的、平和的、休闲的，而是真实的、严峻的、深邃的。从"生活化"的立场出发人们也许并不"喜欢"鲁迅，但不能不承认，鲁迅的确是我们民族历史与现实最清醒的观照，是可以不断引发问题意识的思想动力源。

据说，英国人宁可失去英伦三岛，也不愿失去莎士比亚。这是形容一种文化象征的极端重要性。英国人乃至许多西方人，已经把莎士比亚这样的经典作家当作民族精神的依持，当作可以生生不息地解读各种基本文化命题的精神源泉。鲁迅对于我们民族的现代文化，也有类似莎士比亚之于西方文化的经典价值，而且鲁迅的影响是更为现实的。在当下这样一个价值标准比较混乱，民族精神的重构面临极大挑战的时期，我们需要加倍珍惜鲁迅这份精神遗产。特别是文科的学生，如果没有读过几种鲁迅的书，不了解鲁迅的文学史和文化史价值，无论如何是说不过去的。

我们前些时候学习的现代文学课，已经介绍过有关鲁迅文学创作的基本知识，在此基础上，这里有针对性地谈谈鲁迅研究与评价的几个问题，并就鲁迅小说的文学史地位做一些更深入的分析。

这里先围绕鲁迅对文化转型的探求与焦虑，并针对当前有些试图解构或误读鲁迅的看法，提出四个问题来讨论：一是如何看待鲁迅在传统批判中的偏激？二是国民性批判是否丑化了中国人？三是鲁迅对现代化的思考有哪些值得我们今天重新关注？这三个问题是主要的，以前我们可能关注较少，这里多讲一点；最后，第四个顺便再谈谈鲁迅小说的文学史地位问题。这些都不是新的问题，以往很多学者都已经讨论过。不过我们这里更关心的是，鲁迅在这几方面如何表现出他对近代以来中国文化转型的深刻的思考，他的独特的探求，还有不容忽视的他的焦虑。

鲁迅前后期的思想是有所变化的，但面对文化转型所表现的基本态度，包括对传统的攻击与传承，对国民性的分析与批判，以及对现代化的思考与担忧，都贯彻始终，有鲁迅自己的特色。毫无疑问，鲁迅是现代中国不可多得的伟大哲人和战士，他的思想不是书斋式的或体系式的，而是近代中国文化转型中痛苦而切实的摸索，带有对传统得失的深刻感悟、对国情民性的透彻理解，又渗透着独到的人生体验。今天我们仍经常谈现代化、现代性，其实可以从鲁迅这里获得宝贵的思想资源，包括他的探求、他的体验、他的焦虑。问题是必须用更多历史的同情和理解，认真地知人论世地读一读鲁迅的原著。

第一节　如何看待鲁迅在传统批判中的偏激？

近年来，国内有些人，海外也有些人，对鲁迅有很多批评甚至否定。这的确和以前神化鲁迅的局面很不一样。人们也许仍然很腻味把鲁迅作为宣传的工具，试图颠覆神化，让鲁迅回到人间本位，从这一角度看，可以理解，也比较正常。过去是不可能对鲁迅有批评的。鲁迅当然并非完人，他的创作和思想也有得有失，不是不能批评。但批评应实事求是，讲求学理性。比如，现在有一种看法，认为鲁迅在中国思想史、文化史上不占有什么地位，因为鲁迅毕生攻击、贬低民族传统文化，丑化中国人，附和了激进的思潮，使传统文化在"五四"断裂,丧失了民族的自尊、自信。客气一点的,则认为鲁迅对传统的批判也许有其理由,但问题是破坏有余,建设不足。甚至有人认为"五四"以来风行激进主义,对传统猛烈批判,全盘否定,结果割裂了传统,伤了元气,而鲁迅便被指责为全盘否定传统的一个代表。

这些观点,从表面上看,似乎不无根据。百余年来先进的知识分子中,鲁迅的确是对传统文化批判最深刻、攻击最猛烈的人之一。即使和同时代一些先驱者相比,这也很明显。比如胡适,他也从反传统入手,建设新文化,但态度较中和。他那篇暴得大名、为新文学运动发难的《文学改良刍议》,还是商量商量的"刍议"。周作人提倡"人的文学",批判传统的"非人"文学,也一度表现坚决,但很快就又与传统接上了"气",大讲新文学如何与"晚明的传统"血脉相通,循环再现。① 梁实秋更是直接批评"五四"新文学的激进、浪漫,失去了基本的规矩。② 相比之下,鲁迅对传统的批判确实严厉,是决绝的态度,甚至很偏激。

最典型的,也是大家熟悉的,是鲁迅在《狂人日记》中,通过狂人之口,把中国历史、文明高度概括和比喻为"吃人的筵席",而传统中国就成了"安排人肉筵席的厨房"。狂人晚上睡不着,翻开历史书,在满纸仁义道德的字里行间,看到的只有两个字:"吃人"。这当然是小说的一种形象表现,不是逻辑判断,但其中有鲁迅独特的体验和发现。鲁迅给他的朋友许寿裳的信中说:为什么写《狂人日记》?因为偶读《资治通鉴》,才醒悟到中国人尚是一个食人民族。他说自己重视这发现,而知者尚寥寥也。③《狂人日记》用"吃人"来概括中国传统,主要是一种象征的说法,但的确又是一种猛烈而深刻的批判,是极带义愤的攻击和否定。在"五四"时期,鲁迅一谈到旧文化旧制度,往往深恶痛绝,有时把话说得很"绝"。他甚至曾经用这样义无反顾的语气来表示:"无论是古是今,是人是鬼,是《三坟》《五典》,百宋千元,天球河图,金人玉佛,祖传丸散,秘制膏丹,全都踏倒他。"④

---

① 可参阅周作人:《中国新文学的源流》,北平人文书店1932年版。
② 可参阅梁实秋:《现代中国文学之浪漫的趋势》,载《晨报副刊》1926年3月25日,收入徐静波编:《梁实秋批评文集》,珠海出版社1998年版。
③ 见鲁迅1918年8月20日致许寿裳信,《鲁迅全集》第11卷,人民文学出版社2005年版,第365页。
④ 鲁迅:《忽然想到(五至六)》,《鲁迅全集》第3卷,第47页。

不能否认，在对待传统的问题上，鲁迅的确常采取与惯常思维不同的逆反评判。这可能让人震撼、惊愕，虽然不习惯却又顿觉清醒，思路别开生面。一些我们引以为荣的事，到了鲁迅那里，却可能又有新发现，产生入骨的质疑。如雍正乾隆年间修《四库全书》，一般认为是伟大的文化建设积累，盛世修史，有大的气魄。这是通常的评价。从文化史的角度看问题，也有其道理，大家都接受。但鲁迅不以为然，把此举视为一种"文化统制"，是"以胜者的看法，来批评被征服的汉族的文化和人情"，"文字狱只是由此而来的辣手的一种"。①鲁迅要揭示的，是"历史的阐释权"在造就有利于统治阶级的文化传统方面所起的作用。鲁迅认为官修史书往往把历史上的真实抹去了：明人刻古书而古书亡，清人修《四库全书》而古书亡，在他看来，这就是所谓篡改历史，强迫遗忘。因为鲁迅对传统首先采取的是怀疑的态度，他常常另辟一种眼光，透入历史的本质去重新思考评判。鲁迅有意用这种逆反式的评判去警醒人们，挣脱被传统习惯所捆绑的思维定式，揭示历史上被遮蔽的真实，正视传统文化中不适于时代发展的腐朽成分。

如果不领会鲁迅的这种批判意图和姿态，就可能以为鲁迅太片面和绝对。鲁迅最为一些人所"诟病"的，是他甚至主张不要读中国书。在《青年必读书》(1925)中，鲁迅这样说："我看中国书时，总觉得就沉静下去，与实人生离开；读外国书——但除了印度——时，往往就与人生接触，想做点事。中国书虽有劝人入世的话，也多是僵尸的乐观；外国书即使是颓唐和厌世的，但却是活人的颓唐和厌世。我以为要少——或者竟不——看中国书，多看外国书。"②光就这言论来看，不无道理，但的确又很绝对。问题是，如何理解鲁迅说这些话时的"语境"？鲁迅是针对"五四"落潮后那些重新提倡"尊孔读经"的思潮而提出要"少看中国书"的。其中也蕴含鲁迅对中国书也就是传统文化的整体感悟，特别是对那种麻木人心的"僵尸的乐观"的反感。这是杂文笔法，一种批判式的情绪的表达。传统文化当然有精华也有糟粕，不宜笼统褒贬，但当传统作为一个整体，仍然严重牵绊着中国社会的进步时，在旧的思想与伦理道德仍在事实上占统治地位、如同罗网般束缚人们的自由和发展时，要冲破传统的"铁屋子"，觉醒奋起，就不能不采取断然

---

① 鲁迅：《买〈小学大全〉记》，《鲁迅全集》第6卷，第59页。
② 鲁迅：《青年必读书——应〈京报副刊〉的征求》，《鲁迅全集》第3卷，第12页。

的态度,大声呐喊。这大概就是"五四"启蒙主义往往表现得有些激进、有些矫枉过正的历史缘由,也是文化转型期的一种常见现象。我们当然也不妨从这个角度来理解鲁迅。

  而且从实际内容看,鲁迅所反对和坚决批判的,主要是传统文化中那些封建性、落后性的东西,是专制主义制度和文化,包括"存天理,灭人欲"的假道学,以及种种使国民精神愚昧、麻木、迷信的糟粕。要剥掉这些缠绕在我们民族躯体上鳞甲上千年的沉重旧物,若没有果断的措施和决心,恋恋不舍,优柔寡断,谈何容易。要理解鲁迅所处的那个年代,是中国正受外敌入侵、挨打的时代,处于"弱肉强食"的国际环境中,中华民族面临亡国灭种的危险,但另一方面,封建传统的思想文化又仍然在严重地禁锢民族的精神,麻木灵魂,消解活力。一面是保国保种的焦虑,一面是"老大的国民尽钻在僵硬的传统里,不肯变革,衰朽到毫无精力了,还要自相残杀"①。难怪"五四"以后,有那么多知识分子和现代作家都那样感时忧国,恨不能尽快摆脱传统,激活民族的生命力,解决国家的危机。在这种情形下,鲁迅为了警醒人们,当然最好是大声疾呼,用决绝的而不是温吞吞的态度和立场,去告别旧时代。这样,有时他就难免要表现为"有意的偏激"。所以,"吃人"也好,"不读中国书"也好,这种亟须突破传统的态度,即使有些偏激,也是符合那一时代变革需要的。不能离开特定的语境,摘出一些句子,就来否定鲁迅。要看其所持立场以及发表言说的基本的精神指向,不能脱离时代进行分析。

  现今批评鲁迅"激进"者,指责最甚的便是鲁迅"全盘否定传统"。而不同意这种指责的,便可能为鲁迅辩解,完全否认鲁迅全盘否定传统。其实,从鲁迅对传统文化的整体评价来看,从其坚决反对折中调和的立场来看,说是"全盘否定传统",也是事实。鲁迅并不讳言自己反传统之激烈、绝对,乃至全盘否定。鲁迅说:"中国人的性情是总喜欢调和,折中的。譬如你说,这屋子太暗,须在这里开一个窗,大家一定不允许的。但如果你主张拆掉屋顶,他们就会来调和,愿意开窗了。没有更激烈的主张,他们总连平和的改革也不肯行。"②这当然是一种策略。封建传统如此根深蒂固,

---

① 鲁迅:《忽然想到(五至六)》,《鲁迅全集》第3卷,第46页。
② 鲁迅:《无声的中国——二月十六日在香港青年会讲》,《鲁迅全集》第4卷,第14页。

"搬动一张桌子也要流血",如果不用全盘否定式的彻底决裂的态度,如果一开始就总是强调"因时制宜,折中至当",那势必被调和折中的社会惰性所裹挟,任何改革都只能流于空谈。正是在彻底地不妥协地反传统这个意义上,我们高度肯定鲁迅对于现代文化转型的价值,肯定他在思想史文学史上的崇高地位。

但这只是问题的一方面。策略层面上的整体估价是一回事,在操作层面上,对文化遗产具体的研究整理又是一回事。我们也不应当简单地断言鲁迅就是"全盘否定传统"的,更没有理由指责鲁迅割裂了传统。鲁迅绝非历史虚无主义者。在如何为民族文化寻求新的出路这一点上,鲁迅有其明确的主张,那就是,对于传统一要批判,二要继承,三要转化。鲁迅这种分析的态度,是一贯的。早在1907年所写的《文化偏至论》中,鲁迅就指出,民族文化应与世界潮流汇合,应更新:"外之既不后于世界之思潮,内之仍弗失固有之血脉,取今复古,别立新宗……"[①]这里就有对转型的精辟理解,意思是择取传统文化中好的优秀的成分,融合外来新思想和良规,创立新文化。所以,鲁迅同时在做两方面工作,一是批判、攻击、破坏;二是梳理、继承、创新。因为是文学家,鲁迅在创作中更多地表述一种情感、精神,对传统的批判表现得很决绝,以"揭出病苦,引起疗救的注意"。此外应该看到,鲁迅还有作为学者的冷静和严谨的一面。他在批判传统的同时,又用大量精力认真整理、研究、分析传统文化遗产,发掘那些仍有活力、可资借鉴、可能实现转型发展的成分。为了说明鲁迅这种认真,说明他对传统的态度还有传承拓展的另一面,也可以举些事实。鲁迅用了差不多30年(大部分)的时间,整理了22部古籍,包括《嵇康集》《唐宋传奇集》《小说旧闻钞》等。他收集过大量古代的碑帖、拓片,曾试图写一部中国书法变迁史。他在北京大学等校上课并写出《中国小说史略》《汉文学史纲要》等讲稿和著作,其中有些已经成了古代文化研究典范性的学术成果,其研究的某些方法、命题和概念,近百年来一直为学术界广泛采用,影响巨大。鲁迅自己的创作也从传统文化中吸纳丰富的养分,特别是与"魏晋文章"的风格一脉相承。据孙伏园回忆,刘半农曾送鲁迅一副联语"托尼学说,魏晋文章",当时的朋友都认为

---

① 鲁迅:《文化偏至论》,《鲁迅全集》第1卷,第57页。

这副联语很恰当,鲁迅对此也默认。① 可见,鲁迅攻打传统,但并不认为自己已经或可以割断传统。

鲁迅对传统所采取的是分析的态度,他褒贬鲜明,常有独到眼光,绝非不负责任地"将孩子和洗澡水一块倒掉"。例如,鲁迅指出传统文学中常见的"大团圆""十景病",认为其功用就是粉饰现实,制造瞒和骗的大泽。"中国人向来因为不敢正视人生,只好瞒和骗,由此也生出瞒和骗的文艺来,由这文艺,更令中国人更深地陷入瞒和骗的大泽中……"②这批判是够激烈的了。但鲁迅对传统文学也并非一概否定。在大学的讲坛上,在他研究小说史的专著中,他都发现和肯定了古代文学许多优秀的值得传承和借鉴的成分。如对《红楼梦》鲁迅就非常赞许,认为其"敢于如实描写,并无讳饰"③。鲁迅所肯定的是一种清醒的现实主义的精神与手法。要看到,鲁迅既是对传统激烈批判者,同时又是对传统最有见地的解释者,他在对传统的解释中发现与肯定有利于新文学新文化的东西。用现今的说法,就是所谓"价值重估",即从文化转型的角度,对传统重新评析、判断和批判地继承。

其实,和鲁迅同时代的人,如陈独秀、钱玄同、刘半农等等,对传统的批判都曾经表现得相当激进,甚至是全盘否定,以求冲破旧文化的惰性,但他们毫无例外又都在研究、整理、评判传统文化方面做出开拓性的巨大成绩。怎么能轻易断言鲁迅和"五四"一代"割断"了历史,并指责他们只是传统的破坏者呢?

第二节　鲁迅批判国民性是否丑化了中国人?

如今读鲁迅杂文和小说,给人印象最深的,恐怕还是他对国民性的猛烈批判。有的人可能并不了解鲁迅所批判的国民性的具体内涵,也不了解鲁迅是在什么背景下进行这种批判,所以直观地对鲁迅的批判方式反感,不能接受,甚至担心会丑化中国人,伤害民族的自尊与自信。还有人认为鲁迅的国民性批判来源于西方人的东方观,是按照西方人的眼光诊断中华民族的

---

① 孙伏园:《鲁迅先生逝世五周年杂感二则》,《鲁迅先生二三事》,湖南人民出版社1980年版,第46页。
② 鲁迅:《论睁了眼看》,《鲁迅全集》第1卷,第254—255页。
③ 鲁迅:《中国小说的历史的变迁》,《鲁迅全集》第9卷,第348页。

精神疾患,客观上印证了西方征服东方的合理性。鲁迅的确毕生致力于批判国民性,其实这也就是他所理解的实现文化转型的切要工作。他的小说、杂文,时时不忘揭露和批判中国人的劣根性,如奴性、面子观念、看客心态、马虎作风,以及麻木、卑怯、自私、狭隘、保守、愚昧等,在鲁迅笔下都被揭露无遗。鲁迅说他是"论时事不留面子,砭锢蔽常取类型"①。这与凡事都比较讲面子、讲中庸的普遍的社会心理的确不合,又特别有悖于"家丑不可外扬"的古训。但作为一个清醒而深刻的文学家,一个以其批判性而为社会与文明发展提供清醒的思想参照的知识分子,鲁迅对国民性的批判真是我们民族更新改造的苦口良药。

因此,重要的是理解鲁迅的用心。如果承认鲁迅的批评是出于启蒙的目的,而启蒙又是我们民族进入现代化必经的"凤凰涅槃",那么就不会再担心国民性批判会伤害民族的自尊,相反,会认为这种批判正是难能可贵的民族自省,是文化转型的前提和动力。我们读闻名中外的《阿Q正传》,看小说中写那些"丑陋的中国人"的表现,会很不舒服,甚至恶心,这真是给我们的同胞揭了短、露了丑;但仔细一想,又的确是真实的,一种毫无伪饰的真实。就如鲁迅所说,这一作品的目的就是要写出国民沉默的魂灵来。②中国人得这种精神疾患久矣,我们司空见惯了,见怪不怪,都麻木了,但鲁迅却要真实地说出来。通过阿Q,我们重新发现了自己,以及我们周遭的许多落后的行为习惯乃至心理模式、民风习性。如"以祖业骄人",总是向后看,摆"先前阔";如"比丑"心理,癞疮疤竟也可以作为骄傲的资本;如自欺欺人的健忘症,不能正视失败和衰落的精神胜利法;还有那想睡上秀才娘子宁式床的"革命"理想;等等。这些是阿Q的表现,又何尝不是我们社会生活中习焉不察的精神弊病?

鲁迅在深刻地反思与描写,但他又并非居高临下,而总是带着自己深切的体验,带着无限的悲悯和无奈,去表现和批判他所置身的那个病态社会。

鲁迅的国民性批判带有社会心理研究的性质,而且往往注目于最普通最常见的生活现象。例如鲁迅对"看客"心态的揭示,就很能说明他批判国民性的苦心和特色。在小说《示众》中,鲁迅写民众蜂拥观看巡警和他牵着

---

① 鲁迅:《〈伪自由书〉前记》,《鲁迅全集》第5卷,第4页。
② 鲁迅:《俄文译本〈阿Q正传〉序及著者自叙传略》,《鲁迅全集》第7卷,第84页。

的犯人。犯的什么罪？要拉去做什么？不知道，无来历，也无结局，但那场面如同盛大的节日。小说的主角就是围观者，他们无名无姓，但各有标志性的生理特征——胖、秃、老、粗、猫脸、椭圆脸等等；所述事情无非就是"示众"，也就是"看"与"被看"，是看客的众生相及他们的心理。这篇小说带有象征性，有很高的概括意义，实际上是在批判围观者，那种普遍存在的麻木的国民性。

鲁迅在《娜拉走后怎样》中也说过，中国的群众永远是"戏剧的看客"。这种揭示读来有刮骨的痛苦，却又极为坦率真实。试试看，你若在大街上吐一口痰，蹲下作观察状，可能马上就会围上一圈又一圈的人，都在"看"，又在"被看"。有的研究者发现，"看/被看"，是鲁迅作品中反复出现的模式。"看/被看"构成一种冷漠的社会心理氛围，一种缺乏人性关怀的集体无意识。

鲁迅写得最多的，就是这种世态炎凉、人心麻木。我们都熟悉《祝福》这篇小说，祥林嫂那样不幸，不断神经质地诉说她的儿子阿毛被狼吃了，村里男男女女都反复去听去看，甚至去逗她取乐，把人家的眼泪变成自己无味的生活的调料。对于国民性中这样缺少生命的尊重、少同情、多隔膜，鲁迅是何等深恶痛绝！在他看来，麻木的人们隔岸观火，玩味、欣赏别人的苦难，如同看戏。而只会看戏、做戏的民族是可悲的。这也是鲁迅批判国民性时反复关注的问题。

鲁迅在揭示落后的国民性的同时，总是那样深沉地思考我们民族的处境和命运。鲁迅认为我们民族的衰败首先是精神的衰败，是因为早在百十代祖先那里就种下了昏乱的劣根，因此挖劣根，促成人的精神解放，是民族解放复兴的要义。这种思考和前述对传统的批判，是一致的。鲁迅对老大中国的衰腐、麻木，真是哀其不幸，怒其不争。为了揭出病苦，有时未免下药有些猛，但目的绝对不是不负责任地丑化，不是要打掉自尊、自信，而是要警醒，疗救。这仍是思想启蒙的需要，是鲁迅打年轻时就主张的"立人"的需要，也是促进文化转型的需要。

鲁迅对于我们民族落后的根性，是多破坏，多批判，不那么温和、中庸，而且总爱把话说到令人震惊的地步，脆弱的灵魂可能难以承受，但非如此又不能惊醒沉睡的国人。鲁迅的文章常因其峻急而犀利的风格，让人读来有一种冲击力。现在的青年因为生活在比较平和的环境中，可能不太了解鲁迅所处那个时代的特点,所以对鲁迅的作品,尤其是他与人论战的许多杂文,容易形成一种印象:鲁迅爱骂人,太尖刻。这也是近年来一些人批评否定鲁迅的"理由"。对这个问题应当怎么看?

鲁迅的确叛逆性强,敏感、多疑、尖刻,与现实格格不入,不那么随和。天才人物思想深刻超前,往往不易为常人理解,甚至不容于世。鲁迅从1920年代开始,杂文多做"文明批评与社会批评",尤其是对国民性劣习的批判,时常一针见血,不留情面。加上又常用文学的形象描写、漫画式概括,给人辛辣的讽刺性的效果,若不理解其本意,难免会以为是"骂人"。其实细读鲁迅就能体会,鲁迅何尝是在骂人?他尖刻的批评中,更多的是在做"社会相"的揭露和研究。鲁迅所画下的许多脸谱,如"媚态的猫""二丑""叭儿狗""商定文豪""革命小贩""奴隶总管""洋场恶少"等,固然也都有所指,有的还是针对论争的对象,但他一般会将批判深入文化心理和社会行为模式,是一种"社会相"的概括。鲁迅杂文中指名道姓"骂过"许多人,但大都不停留于个人攻击,而是做社会文化现象剖析,最终也都是对国民性弱点的研究与批判。鲁迅说他"没有私敌,只有公仇",的确如此。

就拿鲁迅1930年代与梁实秋那场著名的论战来说,虽然起因不无文派纷争之意,争议双方也都有些意气用事,但根本的分歧,还在于关心社会变革的鲁迅,对梁实秋当年那种贵族化的姿态和阶级立场反感,并且意识到梁氏鼓吹抽象的人性论有碍于社会革命的进展。鲁迅指斥梁实秋是"资本家的乏走狗"①,今天看来,是"损"了一点,但这种指斥并非没有历史缘由,也可以说是"公仇",而非"私敌"。鲁迅对梁实秋的批判,和他对许多论敌的批判一样,都并非骂战,而是重在社会相的概括,以及世态人心的揭示,因此也都可以从国民性研究和批判的角度去理解。

如今读者因时代的隔膜,读鲁迅的文章可能不太了解其特定的背景与历史内涵,单从文字上看也容易以为鲁迅"好骂人"。所以读鲁迅最好还是顾及一点历史,特别要了解鲁迅毕生从事国民性批判的苦心。鲁迅是批判的,是写痛快文章的,又是清醒的,足以为社会提供思想观照。现代史上找不出第二个人能像鲁迅这样深刻地体验中国传统的得失,透彻地了解国民性的优劣。深切关注国民性改造问题,为中国文化艰难的转型苦苦寻找出

---

① 鲁迅:《"丧家的""资本家的乏走狗"》,《鲁迅全集》第4卷,第253页。

路,正是鲁迅的伟大之处。

鲁迅批判国民性思想的形成,受到过外国一些作家和学者的影响,这是毋庸讳言的。如在1920年代,鲁迅十分赞赏日本作家厨川白村"对于本国的缺失,特多痛切的攻难"的"霹雳手"精神[①];1930年代还介绍过美国传教士史密斯(A. H. Smith)的《中国人气质》一书。鲁迅对国民性这个概念的借用,以及对中国人民族性格心理的分析等,都显然受过他们的影响。但不能因此断言鲁迅就是用西方人的眼光来批判中国的国民性。前面的分析也已经证明,鲁迅的国民性批判,完全是基于他对中国传统和国民性的深入了解,基于思想启蒙的要求,有鲁迅自己深切的体验和独特的思考,外来的影响只是某种启发和促进。事实上,鲁迅对外国作家批判中国人的看法,是受触动,但也有保留、有分析的。所以他在介绍史密斯的《中国人气质》时,就指出其"错误亦多"[②],希望国人"看了这些,而自省,分析,明白那几点说的对,变革,挣扎,自做工夫,却不求别人的原谅和称赞,来证明究竟怎样的是中国人"[③]。看来,那种指责鲁迅批判国民性是源于"西方人的东方观"的论调,是粗率的,显然生硬地套用了眼下流行的所谓"后殖民"理论,并不能对鲁迅做出实事求是的评价。

第三节　鲁迅对文化转型的思考有哪些值得今天重新关注?

通常讲中国的文化转型,用比较通俗的说法,就是从封建的转为民主的,从小农经济的转为现代的。对此,鲁迅的关注也是独特的。他的一些思考毫无书生气,却又有超前性。特别是如何对待西方文化的进入,鲁迅的观点至今还是有现实意义的。这一问题与前述如何对待传统文化互相关联。鲁迅认为文化的转型,除了对传统进行批判、发扬和继承(更多地做批判)之外,更重要的就是要吸收外来的先进文化。这就有一个如何打破闭关自守心态,正确对待外部世界的问题。自晚清以来,中国开开禁禁,形成了与西方的复杂关系,也形成了对外部世界的复杂心态:一时"倡师夷长技以制

---

① 鲁迅:《〈苦闷的象征〉引言》,《鲁迅全集》第10卷,第256页。
② 鲁迅1933年10月27日致陶亢德信,《鲁迅全集》第12卷,第468页。
③ 鲁迅:《"立此存照"(三)》,《鲁迅全集》第6卷,第649页。

夷之说"，一时又"耻于西学，有谈者，诋为汉奸"；一时"渐知西学，而莫肯讲求"，一时又"咸知变法，风气大开"。① 中国人在西方的现代化冲击之下产生强烈的刺激，心理上的回应有变化过程是必然的。问题是这种回应中也常有畸形的心态，往往暴露出落后的国民性。鲁迅从文化的层面，观察涉外的心态，指出："中国人对于异族，历来只有两样称呼：一样叫禽兽，一样是圣上。从没有称他朋友，说他也同我们一样的。"②这两种看待"老外"的心态都不正常。称禽兽者，是闭关锁国，夜郎自大，凡是外国人都看作"蛮夷""洋鬼子"。另一端则捧西方为"圣上"，俯仰洋人，一切皆好，一切皆文明，自己则甘处下等的、附庸的和奴隶的地位。因为落后，因为被殖民，才容易产生这种自卑的奴化心理，导致民族精神的偏枯。鲁迅在1930年代就发现上海有一种奴化的"西崽"现象，对此，他在杂文中不止一次进行剖析和嘲讽。鲁迅说"西崽"的特点是"觉得洋人势力，高于群华人，自己懂洋话，近洋人，所以也高于群华人；但自己又系出黄帝，有古文明，深通华情，胜洋鬼子，所以也胜于势力高于群华人的洋人，因此也更胜于还在洋人之下的群华人"③。鲁迅给"西崽"画了一幅像："倚徙华洋之间，往来主奴之界"④。其实这也是阿Q，是穿西装打领带的阿Q，特征就是盲目的东方中心主义与西方殖民文化的奇妙结合，是"主"与"奴"的一身二任。鲁迅是把这种"西崽"作为现代化进程中的一种畸形社会心态来批判的。鲁迅认为必须抛弃畸形的心理，对待外来文明才能有大度的、开放的、健全的立场。

鲁迅这方面的论述很多，他还写过一篇文章叫《拿来主义》，其中用他惯有的幽默，形象地说明对外国文明有各种不同的态度：譬如有一穷青年，因祖上所积的阴功突然得到一座大宅子，怎么办？可能有三种荒诞的态度和做法。第一种是为了反对旧主人，怕污染，不敢进去，鲁迅说这是"孱头"。第二种是勃然大怒，将那房子放一把火烧了，算是保住清白，是"昏蛋"。还有第三种，是羡慕旧主人，欣然进卧室大吸剩下的鸦片烟，则是"废物"。鲁迅主张的"拿来主义"却不同，要"放出眼光，自己来拿"。大房子是有用的，先拿来再说，当然要有眼光，有魄力，或使用或存放或毁灭，要沉着、

---

① 梁启超：《戊戌政变记》，《饮冰室合集》专集第1册，中华书局1989年版，第21页。
② 鲁迅：《随感录·四十八》，《鲁迅全集》第1卷，第352页。
③ 鲁迅：《"题未定"草（一至三）》，《鲁迅全集》第6卷，第366—367页。
④ 同上书，第367页。

勇猛，有辨识，不自私。这就是真正能面对世界，理直气壮与世界对话，向世界学习的健全的心态。鲁迅这篇文章很有名，记得1980年代改革开放之初，很多人属文都引用鲁迅的比喻和说法，借此批评面对外来文化的盲目性。鲁迅的深刻就在于他不就事论事，能真正深入民族心理的层面来提出问题，针砭文化转型中常发的老病根。

鲁迅不光是提出正确对待外来文化的原则，在这方面，他自己还有堪称典范的分析和思考。早在晚清时期，鲁迅就十分注意探讨如何有选择地吸纳西方文明，谨防"现代文明病"。他的早期著作在当时影响虽不大，但多有真正独立思考的不同凡响的见解。如从西方传入的自由、平等、民主的思想，还有令人向往的西方物质文明，在20世纪初，简直成了中国的"新神宗"。曾有众多知识分子认为西方这些东西即是灵丹妙药，可包治中国的百病。鲁迅却并不随波逐流，不迷信，他的眼光比同时代的许多先驱者清醒，更有前瞻性。更值得注意的是，这些思考中已经蕴含着某些现代性的焦虑。鲁迅肯定现代科学和"物质文明之进步"，看到这是"照世界"的"神圣之光"，是推进人类社会之一翼。[1] 但他并不过高评价科学对于国民精神改造的价值，甚至还怀疑科学可能构成对人生的僭越。他提醒如果片面追求发展科学与物质文化，有可能带来负面影响和潜在危机。大家读一读《科学史教篇》和《文化偏至论》（均作于1907年）就知道，早在20世纪之初，鲁迅就明确科学的提倡必须顾及"致人性之全"，反对在崇奉科学和物质文明的同时，忽略精神的解放与重建。鲁迅提醒"盖使举世惟知识之崇，人生必大归于枯寂，如是既久，则美上之感情漓，明敏之思想失，所谓科学，亦同趣于无有矣"[2]。他看到19世纪后半叶，西方社会已经显出对科学与物质文明崇奉逾度的弊端："诸凡事物，无不质化，灵明日以亏蚀，旨趣流于平庸，人惟客观之物质世界是趋，而主观之内面精神，乃舍置不之一省。……物欲来蔽，社会憔悴，进步以停，于是一切诈伪罪恶，蔑弗乘之而萌，使性灵之光，愈益就于黯淡……"[3]鲁迅指出物欲膨胀所带来的人文衰落，认为这是一种"通弊"，是普遍的、不容易控制的，也就是时代病或文明病。但鲁迅又不持

---

[1]　鲁迅：《科学史教篇》，《鲁迅全集》第1卷，第35页。
[2]　同上。
[3]　鲁迅：《文化偏至论》，《鲁迅全集》第1卷，第54页。

抵御物质文明的清教主义立场,他承认西方的科学和物质文明毕竟有代表社会进步的一面,或者说这是一种趋势。这一点,鲁迅和当时那些只盯着西方出现的弊端,盲目以为只有东方文明可以救世的国粹派和改良派是不同的。鲁迅认为中国的出路还是要冲破传统,另辟蹊径,向西方学习科学和物质文明,不过也应该注意吸取西方的教训,不能以为"科学万能",应警惕从西方传来的"新疫"。在"五四"之后的"科学与玄学"的论争中,鲁迅对玄学派盲目以为所谓"东方精神文明"胜于"西方物质文明"的论调固然不屑,但也显然不赞同"科学的人生观"的提法。鲁迅的思想是超前的,容易被看作"不合时宜"。但他作为一个思想家,最有价值的是提醒在引进发展科学和物质文明的同时,不忘记"根底"在人,在人的解放和民族精神的重建。联想到今天,在经济发展过程中,不也有物欲来蔽、人文亏蚀、道德滑坡的问题吗?打开窗户,自然难免有苍蝇、蚊子进来,不能因噎废食。但如何张扬性灵,克服过分崇奉物质的弊害,如何在推进现代化过程中避免西方曾有过的所谓文明病,如何使"两个文明一起抓"真正有切实的效果,的确又是必须重视的大问题。

现在人们谈得很多的所谓"现代化范式",鲁迅当年也有一些极具前瞻性的思考。鲁迅主要不是讨论具体的体制问题或可操作的改革措施,他毕竟是思想家和文学家,而非政治家、改革家,他的关注点在精神、文化。如从西方传入的"民主"和"平等"观念,在近代中国,是非常"热门"的思潮,应当说对于促进中国社会的变革,功莫大焉。但今天看来,近百年来我们对于现代民主、平等的认识,可能又是有偏颇的,所以往往也就走了样。鲁迅对此也早有独特的思考。他曾经提出,如"社会平等","天下人人归于一致,社会之内,荡无高卑"①,这似乎是很理想的境界,然而真正实行,则可能会"夷峻而不湮卑","全体以沦于凡庸"②,最终导致社会发展的停滞。这跟鲁迅的启蒙思想和改造国民性的观念有关。在社会教育水准普遍非常低下,国民精神仍然深受传统束缚的情况下,谈论平等呀、民主呀,大概还只是一种奢侈。何况鲁迅还担心"平等"观念的绝对化,可能会消磨个性,折损天才,不利于激发社会竞争的潜能和创造力,最终还是不利于社会的改革和

---

① 鲁迅:《文化偏至论》,《鲁迅全集》第1卷,第51页。
② 同上书,第52页。

健全发展。鲁迅所探讨的不是要不要社会平等,改革的目标之一正是铲除封建的专制的社会不平等;鲁迅是提醒人们,不要将平等观念绝对化,否则就有可能适得其反。

又如,关于民主问题——这当然也是现代化的重要内容——鲁迅始终予以关注,并且有他独到的看法。我们都知道鲁迅是彻底反专制、反封建的,争人权、争民主是他奋斗的事业。但对于民主,鲁迅也不迷信,不绝对化,他总是比一般人多看几步,看到那些容易被通识所遮蔽所忽略的方面。鲁迅认为,不应当盲目崇拜民主,尤其是要防止"民主"的异化。当"民主"变成对"众数"的崇拜,"必借众以凌寡,托言众治,压制乃尤烈于暴君"①。"以独制众"当然就是独裁,"以众虐独"也可能演为思想专制。打着"众数"的旗号来压制不同的意见,最终践踏了其利益和权利,这种情况屡见不鲜。而鲁迅对此早有警惕,从20世纪初到二三十年代,鲁迅对各种"新潮""热点""革命口号",都能保持思想者的距离,所以总是有独立的精辟的发现。

鲁迅所期待的中国现代文化,不能复旧,也并非西化,而是对传统批判地继承,对外来的文明有选择地借鉴吸取,而这一切努力的指向,就是要落实到思想启蒙,改造国民性,从根本上"立人"。鲁迅这里衡量的"现代性",不是单纯计量物质的发展程度,也不是简单地"以富有为文明"最主要的指标,还是要看有无高度发展的健全的人文环境,能否让人享有充分的精神独立与自由。只有"立人"才能最终"立国"。

鲁迅对中国现代化所进行的思考是有深度的、独特的、超前的,于今也是有现实意义的。百余年来,少有人如同鲁迅那样对中国文化的困境、前途做如此深广的讨论,对社会转型期各种精神现象做如此精辟的剖析,他教会人们如何面对传统,借鉴外国,如何正视现实,体验人生。鲁迅是批判的、真实的、清醒的,他作为一种思想观照和精神指引,永远让人深刻睿智、拒绝平庸。

向现代化转型必然要面对的问题,也是难题,就是在大力推进经济和物质文明发展的同时,保持优秀的传统文化,保持精神的自由与解放,保持健全的人文精神与道德风貌。我们可以从鲁迅的思考中得到启发。

接下来,我们再从文学分析的角度,探讨一下鲁迅创作的巨大贡献。

---

① 鲁迅:《文化偏至论》,《鲁迅全集》第1卷,第46页。

第四节　鲁迅《呐喊》《彷徨》的文学史地位

鲁迅的文学贡献是巨大而多方面的，除了《呐喊》《彷徨》与《故事新编》这三个集子的33篇小说，还有收在《朝花夕拾》中的10篇散文，《野草》中的23篇散文诗，16个杂文集中的六百五十多篇杂文，以及大量论文、旧体诗、书信、译文，等等。前面我们讨论鲁迅思想的价值，很多材料都来自杂文、散文诗等多种论著，阅读和研究鲁迅，是不能限于他的小说的。这里只选取《呐喊》《彷徨》来做专题学习。

现在我们年轻的读者读鲁迅的小说，可能比较"隔"。主要是时代的隔膜，对鲁迅小说深刻的思想内涵不容易理解；也可能不习惯鲁迅那种冷峻的表达方式，包括语言的特异风格。属于经典的东西，往往有阅读的距离，我们也可能不会喜欢，但需要理解并尽可能进入：取法乎上，总会有所得。

我们都已经学过鲁迅一些作品，包括小说的代表作。但我们对鲁迅整个小说创作有没有一个大致的了解呢？应当如何理解鲁迅小说的文学史地位？这里不打算全面介绍，只是围绕我们学习中可能碰到的问题，提供几点参考。

首先，是关于阅读中如何把握鲁迅小说的创作基调。

通常都认为鲁迅的《呐喊》《彷徨》反映了"五四"思想革命的要求。如果要归纳主题，这两部小说大致体现了三方面内容：一是对封建制度和礼教的彻底揭露和批判。有两篇作品是可以作为"纲"来读的，那就是《狂人日记》和《长明灯》。两篇都写了带象征意味的"狂人"，也都是"狂"中有醒，尖锐地抨击了封建制度文化的"吃人"本质，痛快地发抒叛逆反抗之声。二是对辛亥革命经验教训的总结，以及对改造国民性问题的关注。这方面可以重点阅读《药》《风波》和《阿Q正传》等篇。应当注意鲁迅通过他的文学想象所深刻地表达的那种沉重的失望，特别是对国民性弊病的忧虑和批判。建议大家把《示众》这个相对不大出名的短篇也作为"纲"来读，前面也说过，小说中所写的麻木愚昧的"看客"带有象征性，并在鲁迅许多作品中反复出现。三是对变革时期几代知识分子道路和命运的探讨。从《孔乙己》《在酒楼上》《肥皂》到《伤逝》，都围绕这方面的主题。

对三个方面主题的归纳，可以帮助我们梳理《呐喊》《彷徨》的大致内容,理解为何说鲁迅的小说体现了"五四"启蒙运动和思想革命的要求。但我们发现,鲁迅并非直接"配合"五四运动,而且和"五四"时期大多数作品那种感伤或激进的格调相比,鲁迅显得那样深沉蕴藉,别具一格。鲁迅自己曾经用"忧愤深广"①这四个字来概括《呐喊》等作品的基调。这很值得我们琢磨、品味,也许好好体会这"忧愤深广"四个字,才能真正进入鲁迅的文学世界,也才能更好地领略《呐喊》《彷徨》的基调与底色。

大家不妨读一读鲁迅的《〈呐喊〉自序》。鲁迅在这篇序文中虽然也讲到,他呐喊几声,是"聊以慰藉那在寂寞里奔驰的猛士,使他不惮于前驱";但同时又表明他写作时心情很坏,正躲在S会馆里抄古碑,写小说也是为了排遣"苦的寂寞"②。和"五四"前后许多"前驱者"不同,鲁迅对现实对未来从不乐观,也不激进,甚至有些消沉,但却是更冷静、更清醒,更有深入的体察和思考。这就形成了他作品中特有的"忧愤深广"的底色。鲁迅是精神界的战士,但读他的小说,会发现鲁迅并非简单地"听将令"冲锋陷阵,也没有正面去表现新文化运动或者诠释革命。他更关注和极力要表现的是社会变动和文化转型时期人的精神困扰和出路等问题。他的"忧"、他的"愤",都与深受封建礼教和制度毒害束缚的国民性病苦相关,与对民族命运的思考和焦虑相关。所谓"哀其不幸,怒其不争",也是这个意思。这个特点明显区别于"五四"当年浪漫感伤或暴躁凌厉的文坛空气。有人说,鲁迅作品的蕴藉深邃不大适合青年,而更适合有生活历练的中年人。所以现在我们年轻的读者要领会鲁迅的小说,的确也要调整一下阅读心态,多少知道一些鲁迅当年创作的背景,并努力顺着作品"忧愤深广"的格调,去理解其独特的艺术世界,包括前面所论及的国民性批判等问题。

其次,应当着重介绍一下鲁迅在哪些方面实现了对传统小说的革命性的突破,从而完成了小说形式向现代的转型。

先是题材的变革。《呐喊》《彷徨》中的大多数作品,取材都是现实中常见的事、普通的人,是日常人们司空见惯的再平凡不过的生活。如果不是从文学史变迁的角度,这一点可能并不引起我们格外的注意,因为取材普通人和日常事的作品,现在大家见得多了。但是放到"五四"时期,与传统小说

---

① 鲁迅:《〈中国新文学大系〉小说二集序》,《鲁迅全集》第6卷,第247页。
② 鲁迅:《〈呐喊〉自序》,《鲁迅全集》第1卷,第441页。

比较,就会发现从鲁迅开始的这种题材的变革,可以说是石破天惊的。因为传统小说历来都追求奇特、曲折的情节,讲求传奇性和故事性,所谓"无巧不成书"。小说中的人物,也大都是帝王将相、才子佳人或者神仙鬼怪,总之,极少普通平凡的角色。如《今古奇观》呀、《聊斋志异》呀,全都是"奇"呀"异"的。这类作品当然也有其艺术的特点,长于娱乐,但比较远离现实。所以像鲁迅那样的取材和写法,显然借鉴了西方现代小说的体式,主要是现实主义的手法,是对传统写法非常自觉的、大胆的突破,带有先锋的性质,旧式的阅读习惯还不容易接受。但当时也已经有人注意并高度评价鲁迅这种大胆的创新,有论者就这样评说:

> 平常爱读美满的团圆,或惊奇的冒险,或英雄的伟绩的,谁也不会愿意读《呐喊》。那里面有的只是极其普通极其平凡的人,你天天在屋子里在街上遇见的人,你的亲戚,你的朋友,你自己。……然而鲁迅先生告诉我们,偏是这些极其普通,极其平凡的人事里含有一切的永久的悲哀。①

的确,如果光是取材的现实与平凡,而没有独特的艺术想象和构思,也还不足以形成鲁迅的特色。《呐喊》《彷徨》极大的魅力,还在于偏是从普通平凡的人事中,发现和体悟那"一切的永久的悲哀"。这就是所谓艺术的陌生化。作家通过他的作品的描写,让读者重新打量自己所熟悉的甚至是因为司空见惯而已经有些麻木的生活,获得某种新的体验和想象。本来大家很熟悉的、很普通的人和事,经过鲁迅的感觉和构思,就不一样了,变得沉重了,要重新思考了。

他借"狂人"之眼,发现几千年来国人一直在骄傲的历史,竟然到处都写满了"吃人";像子君、涓生这样的青年,冲破家庭的束缚,争取个人自由,在"五四"时期是很时兴的并且是合理的行为,鲁迅却怀疑其现实的可行性,并看到浪漫背后的社会悲剧……例子还可以举出许多。鲁迅就是这样,题材平凡,但发掘很深,并总有独特的令人震惊的发现。读鲁迅的小说可能会很累,原因之一就是鲁迅这种沉重的思想发现总是缠绕着你,使你不可能

---

① 张定璜:《鲁迅先生》,载《现代评论》1925年1月号,收《鲁迅思想研究资料》,国家出版事业管理局版本图书馆研究室编印。

再像读传统的传奇小说那样隔岸观火,那样放松,而一定会有切身的体验,要去重新感觉和思考生活。又由于鲁迅的发现太透彻,往往带着悲悯与同情,从现实的人事中感悟到人性、人生等带哲理性、超越性的命题,作品总弥漫着现实的可能又是永久的悲哀,当然也就让人的阅读不会轻松。大概谁也不会说,今天上班累了,回家读读鲁迅"放松"一下吧?鲁迅让人深刻,也让人感觉沉重。

鲁迅小说对传统的突破也非常值得注意,他的办法就在揭示灵魂的深。前面也提到过,传统小说比较注重曲折的情节和非凡的人事,一般都比较类型化,不擅长人物的心理刻画,像《红楼梦》这样有比较细腻的心理描写的作品是绝无仅有的。鲁迅小说则正好在这方面有所突破,非常重视写人物的心理,尤其是国民精神上的病苦。鲁迅也说,他写小说是要"揭出病苦,引起疗救的注意"[①]。国人有病久矣,都麻木了,昏昏然不知危殆。鲁迅用小说来指陈病况,使人恢复对于病苦的感觉,好下决心去诊治。鲁迅并没有开药方。他的小说一般都没有指明什么出路,如革命呀、运动呀什么的。鲁迅更关注的,是勾画出国人的灵魂,深掘精神上心理上的病苦。前面讲过的对传统的尖锐批判,以及对病态国民性入骨的分析,都贯彻在小说创作中了。

《阿Q正传》所写的精神胜利法,那种麻木、愚昧的奴隶性格,在生活中是普遍的存在,鲁迅却做了极为深入的挖掘,揭出自大背后的自卑,其实也是对一种普泛性的社会心理的深度剖析,如鲁迅自己所说,是为了写出国民的灵魂。鲁迅的本事在于总是在心理常态中看到精神的病态。

显著的例子是《离婚》中的爱姑,她那种似乎在勇敢地反封建的叛逆性格,可能会得到许多评论家的欣赏,然而鲁迅却偏偏写出了其反抗背后的灵魂的软弱,那种骨子里的奴性,也由此可见旧礼教对人的精神钳制之深。

《肥皂》写道学家四铭对一个乞丐女孩的非分之想、一次精神出轨,一般可以认为这是对封建道学家虚伪面目的揭露,其实同时又是对情欲方面人性弱点的深入探讨,其中对意识和潜意识心理矛盾的刻画,就用了深度的精神分析。类似这样注重写灵魂,注重揭示心理之深的表现,是小说向现代转型的显著特征之一。这些写法在当时都是很先锋的。是鲁迅起了这个头,从这方面也突破了传统的写法,并对后来小说的创作有极大的示范与影响。

---

① 鲁迅:《我怎么做起小说来》,《鲁迅全集》第4卷,第526页。

最后,阅读时要注意鲁迅小说艺术格局和语言方面的突破与创新。

我国传统小说基本上是从勾栏瓦舍讲故事发展起来的,与传记和讲史也有关,比较注重全过程的叙述,讲求故事性,有头有尾,好比盆景,景致虽小,却应有就有。即使是短篇,也要有完整的过程,如《聊斋志异》就是如此,哪怕几百字也可能浓缩了一个长篇的内容,足够拍个电视连续剧。这种格局当然有自己的特点,但比较单一,也不大能深入揭示生活,尤其是心理刻画。所以鲁迅的短篇基本上不再采用这种传统的形式,而创造了各种不同的形式,适应不同内容的表现。

从结构看,有三分之二是采用了"横切面"的方式,即选取几个细节或生活场景,连缀起来表现。其余的有些也有相对完整的故事,但不再像传统的小说那样浓缩情节,而是打破时空的顺序,按内容表现的需要去剪接场景和细节。叙述角度也突破了传统小说的单一,不再局限于第三人称的全知视角,而尝试了第一人称叙述(如《孔乙己》)、双线结构(如《药》)、反讽结构(如《狂人日记》)以及抒情独白体(如《伤逝》)、类散文体(如《故乡》)、类独幕剧体(如《风波》)等等多种体式和手法。

特别要讲一下《故事新编》。那种古今杂糅的"穿越"和讽刺的手法,叙述似乎"油滑"的叙事中隐含的快意的"发现",叙事中生长出来的许多杂感,是完全不讲"小说作法"的"捣乱",让人大开眼界:世界上还有这样畅快而"好玩"的小说!

鲁迅小说的语言有些文白夹杂,多用复句和转折词,句式迂回曲折,虽然比较难懂,但细细品读,可以发现这比平直的白话更富于表现力。曲折与幽深的语感,非常适合鲁迅思想的张力。而且这种语言加上特别的格式,也就共同促成了鲁迅小说那诗一样的韵致,那种精粹、凝练和含蓄。由于鲁迅能独立地按照其所要表现的生活内容和自己的艺术个性去进行灵活的艺术熔裁,小说的体式手法不断有新创造,几乎一篇有一篇的新形式。像鲁迅这样以不多的短篇而赢得如此巨大的文学声誉的作家,在世界文学史上都是罕见的。中国现代小说从鲁迅这里开始,又在鲁迅这里成熟,他的创作成为中国现代各体小说发展的重要源头。

思考题

1. 鲁迅对传统文化的批判往往表现得非常决绝,甚至偏激,应当如何看待鲁迅这种态度？结合具体的作品加以分析。

2. 鲁迅如何看待现代"文明病"？又如何理解科学对人生的"僭越"？

3. 以《阿Q正传》或其他作品为例，评析鲁迅的国民性批判思想及其价值。

4. 怎样理解《呐喊》《彷徨》既是中国现代小说的开端，同时又是其成熟的标志？

第二讲　关于郭沫若的"两极阅读"现象

　　上基础课时我们已经对郭沫若的《女神》及其文学史地位有大致的了解，这里准备换一个角度，谈一谈对郭沫若的不同评价，也涉及经典的阅读与评价问题。

　　我们知道，郭沫若的《女神》是中国现代文学史上公认的经典之作，最能体现"五四"的时代特色，标志着新诗初期创作的最高成就。郭沫若在文学史上的地位，主要是由《女神》奠定的。据我所知，现在一般年轻的读者对郭沫若作品不会有很大的兴趣，评价也不高；但在学界，文学史的评价却很高。我们把这种现象称为"两极阅读"。事实上确实存在两种读法：一种是"文学史读法"，注重从历史发展的链条中考察作品，确定其特色、价值、影响与地位。当今各种现代文学史著作，几乎都是这样评价郭沫若以及其他经典性的作家作品的。有一种学术界很流行的排座次的说法是"鲁、郭、茅、巴、老、曹"，不一定准确，但也可见对郭沫若的评价甚高。这也可以说是"专业的读法"。另一种读法则是"非专业阅读"，一般比较偏重个人的或时下的审美趣味，注重作品本身，不太顾及"历史的链条"。因此像《女神》这样时代性很强的经典作品，而今已时过境迁，有了历史的隔膜，读者就比较难以唤起浓厚的阅读兴趣；加上社会上对郭沫若其人其诗存在某些误解或苛求，影响到"非专业阅读"的评价，对郭沫若的评价也偏低。就文学接受而言，无论专业还是非专业，都有存在的理由，也不好轻易评判其高下。然而当今许多专家的研究论文或大学的讲台对郭沫若甚表称许，而一般读者，甚至就是听课的青年学生，却对郭沫若评价偏低，或者不感兴趣。这就形成"两极阅读"现象。

　　我们不能不面对这样一个问题：如何消除对于经典的隔膜，特别是像

《女神》这样本来时代感特别强,而今已经是"时过境迁"的经典?这个问题对于同学们来说是会常常碰到的,不妨借郭沫若这个"案例"做些探讨。

第一节 如何消除经典阅读中的历史隔膜?

"专业阅读"的评价与一般读者的理解和感觉存在差距,也可能是专业评价本身有问题,这可以反思。以往对《女神》的评价,大都是从两个角度进行的。一是思想内容方面,即考察《女神》如何体现反封建以及改造社会的要求,如何代表了"五四"的声音,等等。常见的对郭诗的基本主题做摘句式的归纳,以及对郭诗中"自我抒情主人公"形象的分析,都特别注重思想内容的倾向。这种评论能抓住时代精神的特征,理解作品的内涵价值,却未必能充分说明《女神》何以在"五四"大受读者的欢迎,又何以成为影响巨大的文学史经典。其实,《女神》是诗,诗歌是主情的,很难说在思想内容方面能提供什么深刻的东西。若论反封建、求民主思想的激越深入,"五四"读者大可不必从诗中去求觅;而且类似某些论者后来从《女神》中归纳或引申的那些思想主题,在"五四"当年各种激进的出版物中比比皆是。可见《女神》引起轰动的原因远不止于思想内容。

那么,是否加上形式的因素,就可以对《女神》的影响做出完满的解析呢?也不一定。以往许多论著都高度评价《女神》形式上的创新,特别指出其在自由体诗的创立上所做出的典范性的贡献,这是有根据的。若要考察新诗形式的流变,"郭式自由诗"自然是重要的一环。但谁也不能否认,富于独创性的《女神》毕竟还比较粗糙,形式上并不完善。郭沫若开一代诗风,《女神》成了现代自由体诗的发端,然而郭诗那种绝对自由的写法,也给新诗带来散漫的负面影响。思想内容加上形式因素的论评,虽然可以自成一说,让人在一定程度上理解其文学价值,却仍然未能充分解析《女神》在"五四"能如迅雷闪电般征服整个文坛的原因。现今一般"文学史的读法"都想尽量复原《女神》在当年的精神和影响,因目光多限于主题思想和自由体诗的形式等方面,缺少历史的现场感,终究难以感受其独特而巨大的艺术魅力。而一般读者呢,由于有时过境迁的隔膜,专业的解析又不能补给他们历史的现场感,他们也就难以体验《女神》独特的时代审美内涵,往往对这样一类经典敬而远之,乃至兴味索然。

所以要真正欣赏《女神》，了解其独有的"不可重复之美"，还应当从作品与读者所构成的互动互涉的关系中去寻找历史现场感，理解当年"《女神》热"的原因，而不是局限于对文本的分析。这里必须强调的一个重要观点是，《女神》激发了"五四"读者的情感与想象力，反过来，"五四"读者的情感和想象力又在接受过程中塑造了《女神》的公众形象；或者说，是《女神》这部诗集与"五四"式的阅读风气聚合，才最终达至狂飙突进的艺术胜境。《女神》独特魅力的产生离不开特定历史氛围下的普遍阅读心态和读者反应。《女神》成为经典，是经由"五四"时代"公共空间"的传播运作，由诗人郭沫若和众多新进的青年读者共同完成的。

当代的读者读《女神》，如果不是满足于了解一些文学史上通常的定论，诸如思想、诗体之类，而要真正领会其作为经典的含义，读懂其时代的审美特征，就最好能尽量设身处地去感受和理解与《女神》同一时代的读者接受状况。因此，读《女神》，特别是其中那些最具有"五四"特点的代表作，建议采用"三步阅读法"：第一步直观感受，第二步设身处地，第三步名理分析。"文学史读法"往往偏于"名理分析"，非专业阅读则多停留在"直观感受"，一般都不大注重还原历史氛围的"设身处地"；而对于像《女神》这样带有强烈的时代色彩的作品，不尽量"设身处地"反顾历史现场，消除历史距离带来的隔膜，就难于领略其特有的艺术价值，也难以解析那些文学史经典成功的原因。所以，读《女神》最好是把三步阅读结合起来，这大概也是除去"两极阅读"偏颇的办法。下面不妨做一些阅读的实例尝试。

我们可以举《天狗》为例，看看怎样进行"三步阅读"。先放声读一遍《天狗》，注意抛开一切既有的结论或看法，完全投入，努力去获得"第一印象"：

　　我是一条天狗呀！
　　我把月来吞了，
　　我把日来吞了，
　　我把一切的星球来吞了，
　　我把全宇宙来吞了。
　　我便是我了！

　　我是月底光，
　　我是日底光，

我是一切星球底光,
我是 X 光线底光,
我是全宇宙底 Energy 底总量!

我飞奔,
我狂叫,
我燃烧。
我如烈火一样地燃烧!
我如大海一样地狂叫!
我如电气一样地飞跑!
我飞跑,
我飞跑,
我飞跑,
我剥我的皮,
我食我的肉,
我吸我的血,
我啮我的心肝,
我在我神经上飞跑,
我在我脊椎上飞跑,
我在我脑筋上飞跑。

我便是我呀!
我的我要爆了!(《天狗》)

初读此诗,如果全由直觉感受,第一印象便可能是狂躁、焦灼。那超验的形象、按捺不住的情绪、反复旋转的急遽的呼喊,和那短促的简直让人喘不过气来的句式,都给人一种异乎寻常的冲击:让你强烈地感到诗作者的焦躁,就如同热锅上的蚂蚁,恨不得把宇宙的一切都给一口吞了,"我便是我"了;又仿佛自身储有无穷的精力能量,那种自信,那种"狂劲",简直就是拥有"全宇宙底 Energy 底总量",这才要飞奔,要燃烧,要狂叫;一时找不到宣泄的渠道,憋得难受,只得匪夷所思,要在自己的神经、脊椎或脑筋上"飞跑"。那种自我扩张的渴求,如同火山就要爆炸喷发了:这大概就是这首诗产生的情绪对读者的冲击,也是人们读《天狗》往往得到的"第一印象"吧。

好诗的共同点是感人。而一首诗能否感人,就看能否对读者形成情绪和氛围的感染或冲击,能否使其获得比较鲜明的"第一印象"。对读者而言,"第一印象"非常珍贵,文学阅读的审美愉悦多发生于此;这往往又是进入文学世界的第一道门槛,是欣赏和批评的基础。所以我们欣赏文学作品,没有理性的介入是不可能的,但是要真正获得审美的感觉,又不能一开始就让理性分析的框架给框住了,应当相信和珍视自己的感受,直观的"第一印象"很可能就是分析鉴赏的基石。

当然,"第一印象"毕竟只是感性的、直观的。如果对《女神》产生的时代氛围完全不了解,对"五四"没有一些历史的感觉,那么阅读《女神》所得的印象也可能只是狂乱、烦躁而已。所以在获得"第一印象"之后,不急于去做诸如"主题"呀、"思想意义"呀之类的理性归纳,最好还是先转入第二步,即"设身处地"。

这时重要的是充分发挥想象力,把"第一印象"与你所想象和理解的"历史现场"融合起来。自然,这种"设身处地"的想象是需要一些文学史和文化史的预备知识的。比如多少了解"五四"是一个思想大解放的时代,大致知道《女神》是在"五四"高潮中发表的,以及当时白话新诗正处于破旧立新的阶段,等等。这些知识可以引导或补充你的历史想象。所谓"设身处地",就是力图回到作品产生和传播的历史现场。在读作品的时候,你可以想象自己也正处在"五四"时期,你就是《女神》的作者,又可能是"五四"时期的读者,是刚跳出封建思想牢笼的青年,充满个性解放的理想,非常自信,似乎整个世界都是可以按照自我的意志加以改造的;但同时又很迷惘,不知"改造"如何着手,一时找不到实现自我、发挥个人潜能的机会;自以为个性解放后理所当然会得到的东西,却远未能获得,因而一方面觉得"我"很伟大,威力无穷,另一方面又会发现"我"无所适从,这便产生焦灼感,有一种暴躁的心态。这些当然只是"设想",每个读者都可以根据自己所了解的有关"五四"的历史知识,尽可能去"设身处地",暂当"五四"人。但无论这种"设身处地"的真切状态如何,只要努力结合对"五四"的历史想象来读《女神》,读《天狗》,去感同身受,有了一些历史的现场感,对诗中所抒发的那种狂放的情绪与那似乎极端、怪异的表达形式,就会有能够融进去的感觉和认同。这样,原先所得的"第一印象"也就更有了着落,并在与历史想象的融会中调整、升华。

接下来再做第三步"名理分析",也就顺理成章了。

"名理分析",就是通常说的理论的分析,我们的教科书和平时看到的许多评论文章,主要都是在做这方面的工作。理论提升是文学鉴赏和批评所要达到的更高的层次。否则,光有印象,有感觉,混沌一片,而没有逻辑的推演和概括,如何能表达?但是,这里提出的作为经典阅读第三步的"名理分析",是与前面"两步"紧密相连的,而并非只是孤立的摘句式地归纳作品的主题思想或形式诸方面。也就是说,这种分析还是立足于前面所说的阅读印象和设身处地的历史想象,并不是先入为主,从概念到概念。这时,应当稍微跳出来,比较理性地思考原先阅读的"第一印象",到底跟《天狗》的形象、情绪、节奏等等因素有何关系,并进而分析《天狗》所表达的那种火山爆发式的内发情感,是如何充分代表和满足了"五四"青年的普遍心态的。这样,就把郭沫若诗歌产生的历史氛围、其思想艺术特征,与同一时代读者迷狂般接受郭诗的热烈状况结合起来,所做的是整体性的分析。这种分析自然会注意到"五四"时期那种暴躁凌厉的普遍社会心理,那时的读者自身本来就有一种时代的焦躁感,一读《女神》,便如同触电,能在作品所营造的那种特别的氛围中沟通、沉醉、宣泄。众多读者接受了郭沫若,阅读《女神》既然找到了情绪的宣泄口,这一阅读行为本身也就成为一种时髦、一种反叛。这样,"读者反应"本身也丰富、加强或改变了《女神》所诱发的氛围,并在事实上共同塑造着郭沫若和《女神》的"神话",郭沫若和他的《女神》也就成为一种时代精神的象征。

我们可以把这种作品与读者互动互涉的状态,看作一种"阅读场"。读者在阅读作品过程中加入了自己的想象、感受与理解,有了新的创造,作品甚至进入了被普遍阅读传播的"公共空间",形成一种彼此共同营造着新的文化氛围的"阅读场"。以往对《女神》这样时代感强的作品,会有各种理论分析,但普遍不大注意特定时代的"阅读场"现象,因此难以消除历史的隔膜,一般读者对这样的经典也就只能敬而远之。所以,这里讲的所谓"名理分析",最重要的还是了解和把握特定时代的"阅读场",对作者、作品、读者以及他们的时代做整合的分析。这样来阅读类似《女神》的经典,才能尽量消除历史的隔膜,让艺术感觉鲜活起来,有时代感,又有个人的体验,不会流于从概念到概念的枯燥、零碎和僵化。由"三步阅读法"所达到的对作品—读者互动互涉关系的探求,有助于摆脱那种空洞的或过于情绪化的评论套式。

其实,任何艺术形式,包括诗歌的形式,在不同时代的接受程度都会有差别。特别是那些特定时代的审美倾向格外鲜明的经典作品,后人更是有接受上的阻隔。现今的读者对郭沫若早期诗歌缺少兴趣,跟形式上的隔膜也有关。为了帮助大家更好地了解和欣赏郭沫若的诗作,这里不妨多说一些形式上的问题。如《女神》中的诗,的确有许多显得散漫、太直、太袒露,甚至是很粗糙的。如果光凭直觉印象,或者径直就做理论分析,可能就进入不了作品的世界,甚至会简单地认为它并不成功。以往就有一些这样的批评。然而如前所说,着眼于对作品的整体审美,并凭着历史的想象,尽量回到"五四"当年,感受那种极富时代色彩的阅读风气,那么这些"粗糙"便可能另有一种痛快淋漓的效应,类似于"摇滚",甚至是一种"不可重复"之美了。

为了说明形式美可能具有的时代内涵,以及理解时代感强的作品的审美倾向,同样需要有历史感觉。不妨从《女神》中另外举一首更为"粗糙"的作品,例如《晨安》。大家可以试一试,大声来朗读这首诗。这类诗歌需要放声去读,一般的默读那种味道出不来,同时要尽可能想象,自己也是在"五四"当年的氛围和风尚中读这样一首诗,体会一下到底会有什么效果。

晨安!常动不息的大海呀!
晨安!明迷恍惚的旭光呀!
晨安!诗一样涌着的白云呀!
晨安!平匀明直的丝雨呀!诗语呀!
晨安!情热一样燃着的海山呀!
晨安!梳人灵魂的晨风呀!
晨风呀!你请把我的声音传到四方去吧!

晨安!我年青的祖国呀!
晨安!我新生的同胞呀!
晨安!我浩荡荡的南方的扬子江呀!
晨安!我冻结着的北方的黄河呀!
黄河呀!我望你胸中的冰块早早融化呀!
晨安!万里长城呀!
啊啊!雪的旷野呀!

啊啊！我所畏敬的俄罗斯呀！
晨安！我所畏敬的 Pioneer 呀！
晨安！雪的帕米尔呀！
晨安！雪的喜玛拉雅呀！
晨安！Bengal 的泰戈尔翁呀！
晨安！自然学园里的学友们呀！
晨安！恒河呀！恒河里面流泻着的灵光呀！
晨安！印度洋呀！红海呀！苏彝士的运河呀！
晨安！尼罗河畔的金字塔呀！
啊啊！你早就幻想飞行的达·芬奇呀！
晨安！你坐在万神祠前面的"沉思者"呀！
晨安！半工半读团的学友们呀！
晨安！比利时呀！比利时的遗民呀！
晨安！爱尔兰呀！爱尔兰的诗人呀！
啊啊！大西洋呀！
晨安！大西洋呀！
晨安！大西洋畔的新大陆呀！
晨安！华盛顿的墓呀！林肯的墓呀！惠特曼的墓呀！
啊啊！惠特曼呀！惠特曼呀！太平洋一样的惠特曼呀！
啊啊！太平洋呀！
晨安！太平洋呀！太平洋上的诸岛呀！太平洋上的扶桑呀！
扶桑呀！扶桑呀！还在梦里裹着的扶桑呀！
醒呀！Mésamé 呀！
快来享受这千载一时的晨光呀！

大家读这首诗，很自然会融入作品的氛围，仿佛一早起来，活力充沛，什么都感觉很新鲜，止不住便向世界的一切大声地打招呼问好。这种清新的感觉都有过吧。全诗所有句子大多用"晨安"（也就是"早上好"）开头，很单调，而且用词粗放，不加文饰，似乎全不讲求形式。初读是不是有些刺耳，有些怪异呢？但如果将你的"直观印象"和"设身处地"的历史感觉结合，然后再做"名理分析"，就会了解郭沫若这是有意为之，他要的就是这种粗糙的不加文饰的特殊效果。

郭沫若曾说过:"诗无论新旧,只要是真正的美人穿件甚么衣裳都好,不穿衣裳的裸体更好!"①又说:"我所著的一些东西,只不过尽我一时的冲动,随便地乱跳乱舞的罢了。"②原来郭沫若是以"不讲形式"作为一种形式,那是坦直、自然、原始的形式;以"不像诗"来呈现一种新的诗体,有意对温柔敦厚的传统诗风来一个冲击,造成猛烈的审美逆差。

"五四"时期处于大变动中,青年一代追求的是新异的叛逆的艺术趣味,反精美、反匀称、反优雅成为时尚,所以类似《女神》中《天狗》《晨安》一类粗糙的不成熟的形式,是更能博得读者的喝彩的。就如同当今青年喜欢的摇滚乐、街舞,还有故意弄得褴褛不整的牛仔裤等等,也都以反精美、反优雅为时尚,这是一个道理。这样看来,粗糙和坦直也就是当时郭沫若的"先锋"表现,而在"五四"读者眼中,则可能是那个大解放时期"最酷的"艺术行为。如果对《女神》的形式做如此读法,着眼于作品的整体审美效果,并结合特定时期的读者反应去重加体察,是否可以读出一些新意,并且有更多的理解呢?

《女神》也不全是摇滚式的"粗糙",它的艺术探求是多方面的,其中也有一部分比较优美别致,如《地球,我的母亲!》《蜜桑索罗普之夜歌》《夜步十里松原》等等,或纯真质朴,或幽婉冲淡,现今的读者从纯艺术的角度出发,是可能更喜爱这些美丽的作品的。但《女神》中真正具有代表性的还是《天狗》之类的作品,《女神》的主导风格是暴躁凌厉,奠定其在文学史上崇高地位的,也主要是这些具备并能引发暴躁凌厉之"气"的诗作。如前所说,结合读者反应的"阅读场"来看《女神》,其成功主要在于宣泄压抑的社会心理,或可称为"能量释放",一种渴求个性解放的极大的能量。《女神》的成功主要不是提供深刻,尽管后来的研究者可以从中归纳和引申出诸如反封建争民主之类的思想价值,但其成功更重要的还是为"五四"新生代提供了痛快的情绪宣泄,满足了当时的审美追求。

当然,"五四"时期的审美需求也是有各种层次的,那时的人们需要深刻冷峻(如鲁迅的小说),需要伤感愤激(如郁达夫、庐隐的作品),需要天真纯情(如冰心的散文和湖畔诗社的作品),更需要郭沫若式的暴躁凌厉。在充分满足而又造就新的时代审美追求这一点上,郭沫若称得上第一流的诗人。

---

① 郭沫若:《论诗三札》,《郭沫若全集》文学编第 15 卷,人民文学出版社 1990 年版,第 339 页。
② 郭沫若:《郭沫若致宗白华》,《郭沫若全集》文学编第 15 卷,第 46 页。

我们尝试"三步阅读法",也许能站到一个更宽容也更有历史感的角度,去理解像《女神》这样的文学史经典。这些经典因为太贴近现实而往往时过境迁,后人的欣赏和认同会有困难。当今读者对郭沫若诗歌不欣赏、无兴味的原因,主要也是"时过境迁"。当今已不再有"五四"那样的新鲜、上进而又暴躁凌厉的氛围,不再有"社会青春期"的"阅读场",在一般"非专业阅读"的层面上也就较难进入《女神》这类作品的艺术境界。看来文学史家说明历史,或者同学们学习文学史,都非常需要体验和理解历史。历史不光是由一个个作品的本文构成的,"读者反应"实际上也参与了文学发展的进程,因此,适当观照作品与读者之间互动互涉的"阅读场",才更有可能接近历史原貌,对文学史经典的阅读也才不至于陷入"两极阅读"的偏颇。

第二节 读《女神》要"知人论诗"

当今的研究者和读者对郭沫若的评价容易形成两极,跟对郭沫若人格的不同理解也可能有关系。所谓知人论世或知人论诗,应当是文学史研究追求的境界,虽然都并不容易做到。从1920年代后期开始,郭沫若投身革命,并长期以文化名流的角色从事政治和社会活动。毫无疑问,他对中国革命和建设有过重大的贡献,但也难免有一些错误,有时还会说一些情绪化的过头的话。有些读者就简单地把郭沫若看作政治人物,反感他的"趋时"与"多变"。然而如果由《女神》等作品的创作反观郭沫若的人格,也许我们对这位诗人的浪漫气质会有更多的宽容,也就会比较实事求是地从文学史的角度去衡量一位诗人。

郭沫若是天才,但也有凡庸的一面,这两方面交织成他的一生。唯其是天才,又出了大名,所以当凡庸的一面表露时就会格外引人注目,人们也容易苛求。在他的前期,主要是写《女神》的"五四"时期,天才的表露非常充分,几乎达到极致,加上前述在"五四""公共空间"的公众形象的营造,他简直成了"至人",即使有凡庸俗耐一面,也常被天才的光彩所遮蔽。到了三四十年代以后,郭沫若诗歌创作的高峰时段已经过去,虽然在戏剧以及史学方面又拓展了新的成就,但作为诗人,其天才的成分越来越稀薄,有些凡庸的部分就凸显出来。郭沫若本质上是一位浪漫的诗人,其才华也多表现于诗歌创作中;而当他转向从政时,诗人与政治人的歧途有时就难免令其尴尬甚至俗气。我们当然不能清高地简单断言从政就等于庸俗,政治毕竟是社会生活的巨大存在,只是说扭曲了本性去从政(或从事别的事业)就有可能表露凡庸。现今有关郭沫若的传记极少写其凡庸一面,所以没有立体感。但了解郭沫若有凡庸的一面,只是有助于更全面客观地知人论诗,而不应该代替我们对其文学成就的赞赏和理解。

说到这里,不妨更深入探讨一下郭沫若的人格心理素质,这对于更好地理解郭沫若的创作是有帮助的。

打个比方,如果说鲁迅像一座山,深稳崇峻,郭沫若可以说是一片海,波涛汹涌。这是两种类型的人,各有千秋。郭沫若的心理素质属于天才型或文艺型,表现为热情、冲动、活跃,因此"多变"是其重要特点。大家可以读一些郭沫若的自传性作品,对他的性格和创作心理会有更实际的了解,也可以从创作状态来反观其心理性格类型。郭沫若写诗和鲁迅写小说的写作状态很不一样。鲁迅是厚积薄发,往往经过长期大量痛切的体验和思索,才凝结为独特的构思,那过程是相当冷静,即所谓"热得发冷"的。而郭沫若则通常是如同火山爆发式的写作。他自己说,写《女神》中的那些代表性诗作时,他如同奔马,冲动得不得了,写完后如死海豚;灵感来时,激动得连笔都抓不住,浑身发烧发冷。这都证明,他属于天才型或文艺型的心理素质。这种素质直接影响和决定着他是极端追崇天才、灵感和直觉的。难怪他总认为诗是"写"出来的,而非"作"出来的,在他看来,诗歌创作要依仗那突如其来的内发的情绪,本质上是天才的表现。所以他在述及自己的写诗过程时,曾经做过这样的比喻:"我想诗人底心境譬如一湾清澄的海水,没有风的时候,便静止着如象一张明镜,宇宙万汇底印象都涵映着在里面;一有风的时候,便要翻波涌浪起来,宇宙万汇底印象都活动着在里面。这风便是所谓直觉,灵感(Inspiration),这起了的波浪便是高涨着的情调。"[①]

可见郭沫若就是这样一个性情冲动的诗人,他在文艺观上也始终是追慕天才和灵感的。《女神》中的许多激情的篇什,都是在这样冲动的心理状态中依靠灵感去构思,充溢着绮丽多彩的想象和情绪流,不一定深刻,却真切感人;可能粗糙,却别有活力。这种浪漫主义的创作心理状态,反过来可以证实郭沫若那种容易冲动、多变的文人性格。显然,这种心理性格并不太

---

① 郭沫若:《郭沫若致宗白华》,《郭沫若全集》文学编第15卷,第14页。

适合从政，却在事实上成就了一个天才的诗人。

在二三十年代的"革命文学"论争中，郭沫若曾经很冲动地著文攻击鲁迅，鲁迅反击时称郭为"才子+流氓"，并鄙夷其所谓"创造气"。这当然带有论争的意气，但冷静地看，也还不失中肯。郭沫若的确富于"才子气"，浪漫、叛逆、爱别出心裁。如果再追溯分析，可以看到郭沫若这种天才型、文艺型的心理性格跟他少年时期的某些挫折经历有关。郭沫若小学毕业时经历过"考榜风波"，他本来在24名毕业考生中名列榜首，却被教师私下改定为第八。这件事使少年郭沫若第一次感受到成人世界的恶浊，促成其叛逆的、破坏性的心理倾向。此外，由家庭包办的"黑猫"婚姻更使他一度陷于心理危机，他甚至想自杀，后来从歌德的诗作中汲取了力量，才振作起来，并因此而非常明确地以追求个性解放、实现自我的完满作为生活目标。这些阅历在相当程度上影响和决定了郭沫若的心理成长趋向，并不断地作为"情绪原型"或隐或现地反映在他的创作中。

还可以补充分析的是，郭沫若本人的生理状况也显然制约其浪漫主义的心理性格，并影响到其创作。郭沫若很早熟，七八岁就进入青春期了，性意识过早觉醒，很小就喜欢浪漫主义作品，养成热情、敏感、多变的心性。另外，郭沫若15岁时患中耳炎，留下耳聋的后遗症，这反而强化了其他感官的功能，激发了"超验"的想象力。类似的例子，在中外文艺史上很多见。

适当关注这些由生理机制特殊性形成的心理性格特征，也可能有助于加深对郭沫若诗作艺术特色的了解，并有助于更全面地考量郭沫若的为人及其创作生活道路。对于文学史研究和评价而言，我们看重的主要应当是创作，当然还有在文学史上的实际影响，那么评价郭沫若也不应当简单搬用其他方面的标准，何况我们完全有理由从文人性格的角度去宽容他被扭曲的性格。

郭沫若的创作生活道路是多变的，大致可以分为三个阶段。

第一阶段是"五四"时期，郭沫若主要作为浪漫主义的天才诗人，以《女神》喊出了时代的真声音，震醒了一代青年，释放了被压抑的社会心绪，满足了时代的精神需求。这是郭沫若的黄金时期。这一时期他的个性得到充分的表现，自我实现的程度很高。这当然跟"五四"时期的特定氛围有关。那种宽松、自由、充满朝气的环境也有利于形成郭沫若浪漫的人格与创作风格。

第二阶段是三四十年代，郭沫若变为"诗人—社会活动家"。由"文学革命""两个口号"论争到抗日战争、解放战争，郭沫若常因其文名被簇拥到政坛，虽然其浪漫的个性并不宜于政界，却也以相当多的精力投入社会活动。他在这方面也是有贡献的，不能抹杀。只是这一阶段郭沫若的创作告别了"五四"时期那种朝气，逐步强化了现实感，浪漫主义的想象力和激情也衰落了。从文人普遍感时忧国的时代风尚看，郭沫若这种转变是必然的，甚至也是必要的，然而这种转变并不适合郭沫若那种天才型、文艺型性格。郭沫若作为浪漫诗人的心理、性格不能不被现实政治需要所束缚，这一时期他虽然也创作过历史剧《屈原》这样有影响的作品，但总的来说，创造力在逐步衰减。

第三阶段是新中国成立后，郭沫若身居高位，政务缠身，虽仍不时动笔，但多为应制之作，艺术上已不足观。

综观郭沫若的一生，前后三段有很大变化，但他主要以诗名世，是诗人、文人，并非政治家。他留给人们的也主要是诗。所以评价这样一位人物，应着眼于其诗，特别是《女神》等早期诗作。后期郭沫若最为人诟病的是表现太趋时，但考察其心理性格特征，此"趋时"仍可说主要是文人表现，大可不必以政治人物的标准去要求和衡量。况且郭沫若毕竟是一个曾经非常真实过的人，那是一种比较彻底正视人性一切方面的真实，一种令传统的沉闷心态难以忍受的真实，这就很难能可贵了。一个社会所要求的文学产品必然是多方面的，既要有哲人式的深邃，也要有天马行空的想象力和真诚的抒情，我们应当承认，现代文学这两方面都还太少。正因为这样，我们应以宽容和知人论世的态度去评说郭沫若其人其诗，理解和珍惜《女神》等"五四"文化遗产，而不是苛求这样一位天才诗人。

这一讲主要讨论了如何评价郭沫若，实际上涉及两个问题，也是我们学习现代文学史时常常会遇到的方法论上的问题。综括起来，其一，对文学史上一些在现今读来比较隔膜的经典作品，要防止陷入"两极阅读"的偏颇，最好是将直观感受、对历史现场的设身处地和名理分析三者结合起来，这样才能消除隔膜，真正进入经典的艺术世界。其二，由于历史尚未充分拉开距离，对一些现代作家的评论容易苛求或发生"非文学"的争议。就文学史研究而言，只有立足文学的评价，知人论世，对作家的心理性格及其创作特征有全面的了解，才可能对作家的贡献和地位做出比较客观的衡定。

以上的讨论,也许已经引起有些同学对郭沫若研究的兴趣。为了让同学们对郭沫若研究的状况有大致的了解,下面介绍一些比较有代表性的成果,以及研究的趋向。

第三节 郭沫若研究概况

从 1920 年代到 1940 年代,已经出现过许多有关郭沫若的评论和研究。其中最有眼光和见解,也最值得我们参考的是诗人闻一多的《〈女神〉之时代精神》(载《创造周报》1923 年 6 月第 4 号)与《〈女神〉之地方色彩》(载《创造周报》1923 年 6 月第 5 号)。前一篇文章第一次从"时代精神"的角度论评了《女神》的艺术贡献。闻一多指出,说《女神》真正是新诗,不独新在形式上与旧诗词相去甚远,"最要紧的是他的精神完全是时代的精神——二十世纪底时代的精神",包括五点,即动的精神、反抗的精神、科学的成分、世界大同的色彩和当时青年的烦恼悲哀。其后,"时代精神"这个命题几乎贯穿了几十年的郭沫若研究,尽管阐述的具体内涵可能有些不同,但大范围基本不出闻一多这一论述。而《〈女神〉之地方色彩》则偏重对郭沫若的批评。其最有名的论断,就是指出《女神》缺少"地方色彩"的"欧化"现象。虽然闻一多的批评似乎过于苛严,但对于理解郭沫若作品的某些不足,包括为何时过境迁之后就不容易为多数读者所喜闻乐见,是有启发的。

在 1930 年代,朱自清为《中国新文学大系·诗集》所作的导言虽然不是郭沫若的专论,但其中认为郭氏的诗中"有两样新东西,都是我们的传统里没有的:——不但诗里没有——泛神论,与二十世纪的动的和反抗的精神"。抓住这两样"东西"的确就抓住了郭沫若诗歌的特色,后来的研究都受朱自清这一提示的启发。同样写于 1930 年代的蒲风的《论郭沫若的诗》是一篇长文,对郭氏的创作进行分期评述,其中提出郭沫若的诗歌特色是"气魄的雄浑,豪放",和形式上"长于抒唱"。更值得注意的是周扬在 1941 年发表的《郭沫若和他的〈女神〉》(载延安《解放日报》1941 年 11 月 16 日第 4 版)。该文给郭氏做历史定位,称之为"伟大的'五四'启蒙时代的诗歌方面的代表者,新中国的预言诗人","在诗的魄力和独创性上讲,他简直是卓然独步的","他的诗比谁都出色地表现了'五四'精神,那常用'暴躁凌厉之气'来概说的'五四'战斗的精神"。以形式而言,周扬认为郭沫若"和旧传统作了最大的决裂……主张在形式上绝对自由,他与其艺术地矫作,是宁可自然而粗糙","他的诗正是那样奔放,这里也就正有着形式与内容的自然和谐。你不用惋惜你在他诗中不免要遇到的粗率和单调,他在掌握内在旋律、内在音节上所显示出来的天才将会弥补你一切"。像周扬这样高屋建瓴地对郭沫若作品做出准确的历史评价,而且能够深入诗歌内部特点进行恰如其分的分析的论作,是不多的。

上述新中国成立前的论作一般都比较有艺术的体验或见地,而且多为个性文章,一些闪光的见解影响着后来的研究。

1949年以后,主要是在五六十年代,郭沫若研究还没有充分展开,发表和出版的论著很多,有三百多篇(部),但重复也很多,研究的视野狭窄,被教条主义的框架给限制住了,少有深入的见解。不过值得提到的代表性论作也有一些,其中包括:楼栖的《论郭沫若的诗》(上海文艺出版社1959年版),是一部力图用马列主义观点进行分析而且比较系统的专著,其中最为关注的是郭沫若的"创作道路"和《女神》的"时代精神"等问题。类似这种研究的视点和成果,在当时经常被转化到大学的文学史教学之中。陈瘦竹的《郭沫若的历史剧》(载《戏剧论丛》1958年5月第2辑)则注重从悲剧观念的角度切入研究,触及郭氏戏剧创作的一些深层问题,至今仍是这个领域不可忽视的成果。此外,张光年的《论郭沫若早期的诗》(载《诗刊》1957年7月号)第一次将郭诗提升到美学追求和创作个性的高度去评析,特别是提出了《女神》等早期诗作靠的是"火山爆发式的内发情感",将自己"光芒四射的热力凝集在艺术形象的结晶体中",而后来因实践所谓做"标语人""口号人",诗人自愿降低了诗歌美学要求,就不可能再像早期那样"把自己全部的热烈而巨大的情感贯注在诗歌的形式中",创作也就走了下坡路。张光年的研究明显突破了当时普遍的庸俗社会学和教条主义的空气,也代表了当时可能达到的最高水平。

进入新时期以后,郭沫若研究的局面大为展开,出版有关研究专著、资料集以及郭沫若传记、年谱等超百部,各类评述也屡见不鲜。其中《郭沫若研究资料》(王训昭等编,属于"中国现代文学史资料汇编"之一)、《郭沫若专集》(上海师范大学中文系编,属于"中国当代文学研究资料"之一)以及龚济民和方仁念编的《郭沫若年谱》、苏川和倪波编的《郭沫若著译系年》等书,都是研究的基本工具书。

后来又出版了《郭沫若研究文献汇要》（杨盛宽、蔡震总主编，上海书店出版社 2012 年版），共 14 卷，收 1920—2008 年比较重要和有代表性的研究论作，除了文学，还涉及史学、考古、文字学等领域，以及有关郭沫若思想文化、人际交往、生平史实等多方面的研究文献。这部文献汇要收集的资料很全面，其中的一卷研究索引也方便使用。

有关郭沫若思想的研究是学界关注的重点，论文也很多。引起比较多讨论的问题，一是前期文艺思想的特质与矛盾。论者普遍承认郭沫若前期思想的多元复杂，并力图从各个侧面为变化矛盾的思想命名，诸如"艺术功利观与政治功利观的矛盾""以启蒙主义为核心的多元复合"，等等。但也都有过分阐释之嫌，原因就是忽视了这样一个基本事实：郭沫若主要是诗人，而且是冲动型的诗人，而并非思想家或理论家。因此对他在不同时期和不同场合所说所写，都主要应考虑到是"诗人之说"。倒是有一本《关于"浪漫"的沉思——郭沫若前期文艺美学思想论》（王光东著，香港新闻出版社 1991 年版），观点比较有创见。该书认为郭沫若前期文艺思想虽然变化多，又偏激，不科学，但其价值往往就在于"深刻的片面"，即使不科学，也是合理的，满足了时代需求。此外，泛神论也是学者们多有探讨的课题。陈永志的《郭沫若的泛神论思想》（载《文学评论丛刊》第 2 辑）、谷辅林的《郭沫若世界观中的泛神论问题》、孙党伯的《关于郭沫若和泛神论的关系问题》（载《郭沫若研究》第 6 辑）、黄曼君的《自然科学的时代精神与郭沫若的泛神论思想》（载《中国现代文学研究丛刊》1989 年第 2 期）等文，都对郭沫若的泛神论思想做出了一些解析。但问题还是过于把郭沫若看作思想家或理论家，而不太注意其泛神论主要是诗人感觉和想象中的泛神论。因此，姜铮在他论郭沫若与歌德的《人的解放与艺术的解放》（时代文艺出版社 1991 年版）一书中提出的观点是接近事实的。他认为郭沫若的泛神论与其说是哲学的，不如说是诗的，它并不是什么宇宙论，而是一种人格学。还值得一提的是，这本书在中外文学与文化比较方面也有不少发现。

关于郭沫若诗歌创作的研究是重点，论著不少，在探讨诗歌风格、艺术个性和创作主体等方面多有突破。比较重要的成果，如吕家乡的《内在律：郭沫若对新诗的重要贡献》（载《山东师范大学学报（人文社会科学版）》1985 年第 6 期）提出了郭诗的"内在律"特质；刘纳的《论〈女神〉的艺术风格》（载《中国现代文学研究丛刊》1982 年第 4 期）从创作主体角度探讨了郭诗那种强悍狂暴的艺术风貌的成因；蓝棣之的《论郭沫若新诗创作方法与艺术个性》(载《北京师范大学学报(社会科学版)》1983年第2期)也从创作主体角度考察了郭沫若创作的风格变化。

郭沫若的历史剧成就也受到研究者的重视。王瑶的《郭沫若的浪漫主义历史剧创作理论》(载《文学评论》1983年第2期)提出"强调主观感兴"是郭沫若史剧理论的质的规定性；王文英的《论郭沫若抗战时期历史剧的审美价值》(载《中国现代文学研究丛刊》1986年第2期)分析了郭沫若剧中的悲剧形象和表现崇高的悲剧形式，以及适合抒情质调的诗化结构；周海波的《历史的废墟与艺术的王国——四十年代郭沫若历史剧的文化意识》(陕西旅游出版社1991年版)从诸如死亡主题、寻根意识等所谓文化命题层面把握郭沫若史剧的文化审美内涵，别开生面。

后来还有一些论者运用叙事学、结构主义等方法切入对郭沫若《女神》的细读分析。如邹羽的《批判与抒情》(收王晓明主编《20世纪中国文学史论》，东方出版中心1997年版)，就细腻地分析了《凤凰涅槃》中"自我"的身份结构和叙事话语，进而发现了作品容易被忽视的某些深层内涵。

1990年代"重写文学史"思潮兴发，出现一些对郭沫若持批评否定态度的论著，大都属于印象式或随感式"酷评"，缺少历史感与学理性。但郭沫若研究也由此呈现整体冷落的趋势。到最近几年，才略有回升。这里只是介绍一些比较有代表性的论著，但也大致可以了解郭沫若研究的状况。总的来说，郭沫若研究虽然有显著的成绩，但不够深入，特别是如何摆脱僵化的模式，又不至陷入非历史的泥淖，如何重新观察与评价这样一位有大贡献的诗人，还有许多课题有待开拓。

思考题

1. 试从文学史评价的角度，写一篇评论《天狗》(或《女神》中的其他名篇)的短文。

2. 放声朗读郭沫若《凤凰涅槃》，获取自己的审美"第一印象"，将印象记录下来，然后对照学界相关的研究观点，比较分析自己的感受。

3. 对一些有时代隔膜的文学史经典作品，应当怎样去阅读和评价，才能进入和理解其艺术世界？试举一篇具体的现代经典作品为例加以说明。

第三讲 从《子夜》看茅盾的艺术风格

在这一讲,我们将比较详细地介绍学术界近年来关于茅盾研究的主要进展,特别是一些有争议的观点,也可以说是茅盾研究中的"矛盾"。茅盾原名沈德鸿,字雁冰。"茅盾"是他 1928 年发表第一部长篇小说《蚀》的时候开始使用的笔名。当年起这样一个笔名,是暗含着大革命失败后的彷徨苦闷心情。《蚀》描写了一些小资产阶级知识分子在大革命洪流中幻灭、动摇和奋起追求的曲折经历,可以说"矛盾"就是《蚀》三部曲贯穿始终的基调。1920 年代后期,沈雁冰在"经验了动乱中国的最复杂的人生的一幕"后,通过小说创作也调整了心态,从低谷中振起,从而完成了从文艺理论家、批评家到作家的身份转移。他用"矛盾"作为自身形象与其处女作主题的定位,以此折射被抛入历史文化过渡时代的知识分子的尴尬处境和复杂心理,既是极富内省精神的自况,也是对社会现实进行精确观察所得出的结论。"矛盾"是茅盾一生洗不去的标识,他的政治生涯、文学生涯以及在作品中交织的诸多悖论,至今仍是众多研究者争论不休的话题。

我们必须透过历史烟尘去理解一个相当陌生的复杂年代,理解一个内涵丰富复杂的历史人物本身及他的一系列作为历史产物的作品。茅盾创作的贡献主要是长篇小说,虽然阅读量很大,但同学们还是应该读一读他的《蚀》和《子夜》。所谓经典,就是经过时间的考验已经被沉淀、稳固在文化传统里,其价值已经被普遍认同的东西。在大批作家中,成为经典作家的是少数;在大量作品中,成为经典作品的也是少数。《蚀》和《子夜》都是当之无愧的经典,是后人挖掘不尽的矿藏。不过,被誉为"二十世纪的巴尔扎克""二十世纪的别林斯基"的小说大师和理论批评家茅盾,在新时期并未能继续巩固扩大自己的读者范围,不仅如此,在学界"重写文学史"的热潮中甚至还遭到了严峻的诘难。个中原因何在？这一讲就立足《子夜》探讨茅盾的艺术风格及创作上的得失成败。以往上基础课时，所讲的主要是文学史的基本知识和相对稳定的学术成果，专题课则要深入一步，大家要接触学术前沿的各种不同的方法、角度和观点，包括一些争议。这可以帮助我们拓宽视野，学会在"矛盾"中思考和判断。

第一节　新时期茅盾研究概况

　　从1977年开始，茅盾研究在国内得到恢复。1981年3月茅盾离世，茅盾研究在80年代得到了空前发展。1983年中国茅盾研究学会（后改名为中国茅盾研究会）成立。此后全国性的茅盾研讨会议经常举行，盛况空前。茅盾研究高潮一直持续到80年代末，而其研究成果的出版高潮则一直持续到90年代。这一时期涌现出一大批卓有成就的茅盾研究人才，如孙中田、丁尔纲、庄钟庆、李岫、万树玉、查国华、王嘉良、李标晶、唐金海、钟桂松、孔海珠、翟德耀、李继凯、曹万生等。据不完全统计，此间出版的介绍和研究茅盾的书籍已近百部。

　　新时期以来，茅盾研究无论从数量与质量、广度与深度还是观点与方法的更新等方面来看，都取得了长足的发展和新的开拓。其中，茅盾的传记研究比重最大，1980年代有庄钟庆的《茅盾史实发微》、孔海珠和王尔龄的《茅盾的早年生活》、陆维天的《茅盾在新疆》、邵伯周的《茅盾评传》以及李广德的《一代文豪——茅盾的一生》，1990年代有李标晶的《茅盾传》、叶子铭的《梦回星移——茅盾晚年生活见闻》、丁尔纲的《茅盾评传》、钟桂松的《茅盾与故乡》及沈卫威的《艰辛的人生——茅盾传》等等。各家评传互为参补，使我们对茅盾认识的多侧面与深广度进一步得到了加强。1980年代中期，随着宏观研究的开展，以前较少涉及的茅盾思想研究，包括世界观、文艺观、伦理观和美学思想的研究全面展开，许多尚未清理的重要课题被一一提出，其中，关于革命家、思想家的茅盾和文学家的茅盾的关系成为一个引人瞩目的话题。1986年，张光年提出茅盾体现了"文学家与革命家的完美结合"的观点，认为他是并不多见的"把两种素质集于一身的人"。这个观点虽然现在看来值得商榷，但在当时，起到了将目光从社会的、历史的茅盾引向主体的个人的茅盾的作用。关于茅盾的诸多思想侧面这一广阔研究领域的打开,是新时期茅盾研究改变狭小格局的一次大规模突破。

随着1980年代末、1990年代初"文学现代化"观念的提出,"重写文学史"的风潮兴起,文学研究领域出现批评标准和研究指导思想上的大转换:从政治层面转到了美学层面,单一政治视野或政治与艺术二元的思维模式被打破了。这使长期受制于此的茅盾研究视角和思路得到了拓展。但是,随着现代派文学思潮汹涌而来,茅盾及其代表的现实主义文学受到前所未有的冲击,茅盾小说的理性化倾向也成了招致非议的焦点之一。百科全书式的人物茅盾充满着矛盾,因而对茅盾的评价存在着严重分歧。1988年和1989年,在"重写文学史"旗帜之下,短时间内出现了一系列文章对茅盾及其作品展开猛烈批评,首当其冲的是他的代表作《子夜》。这些文章的作者中,有人认为茅盾具有"双重人格",其灵魂深处是政治家与文学家各半的结合,他在创作中主题先行,一味追求作品政治倾向的明晰性,反映生活的整体性,结果亵渎了文学的尊严,所以,他的作品思想大于艺术。有人把"《子夜》模式"概括为"主题的先行化创作原则""人物观念化的塑造方法""斗争化的情节结构法"。甚至有学者称《子夜》"就像是一部高级形式的社会文件,因而是一次不足为训的文学尝试"。在这些学者看来,造成茅盾作品概念化的原因是政治家的茅盾"没有建立起皈依文学的诚心"。

重评《子夜》中较有影响的有王晓明、蓝棣之、丁帆及徐循华等一批研究者,他们以锐利的笔锋对茅盾的创作个性、审美特性和心理图式进行深入开掘,着重探讨茅盾审美价值观中是否存在文学与政治、审美与功利、情感与理智的对立与失衡,程度如何,怎样看待和评估的问题。在众声喧哗中,茅盾奠定了半个多世纪的经典地位受到了极大质疑。

蓝棣之在《现代文学经典:症候式分析》一书中,批评《子夜》是一部抽象观念加材料堆砌而成的社会文献,认为作品中对社会生活的大规模描写完全是服从于作家的先行主题的,这种配合现实政治斗争、指向性很强的描写,根本谈不上反映现实的真实性,仅创作出一部笨重而使人生畏、可读性较差、缺乏艺术魅力的"高级社会文件"。蓝棣之断言《子夜》的缺憾是严重的,而且从文学上看还是根本性的:缺乏主体性体验,缺乏时空的超越意识,过于急功近利,没有深厚的哲理内涵作为恒久启示,缺乏对人性、生命和宇宙意识的透视,因而只是一部"有底"的作品。蓝棣之的观点尽管偏执,但也在一定程度上真实地指出了理性对于茅盾艺术个性的束缚。

王晓明在《一个引人深思的茅盾——论茅盾的小说创作》(《中国现代文学研究丛刊》1988年第1期)一文中,则重点描述了茅盾创作中的滑坡现象,从具有"与众不同的艺术风姿"、在"对往事的情感记忆中获取灵感"的《蚀》三部曲,到"每每是从判断时事的抽象例题出发去进行构思""拥有明确的社会政治主题"的《子夜》《林家铺子》等,感觉"像是换了一个人"。他认为茅盾的变化是随时代潮流而动的,茅盾从最初提倡"为人生"的文学起就怀抱着强烈的功利欲求,在此后的十几年间灵魂中顽强的政治热情依然时时萌动,到1930年代《子夜》的创作阶段终于大爆发,以致掩盖、抑制了他自身艺术质素的充分发挥。邱文治《茅盾小说创作中的矛盾》(《天津师大学报[社会科学版]》1999年第3期)也对茅盾小说提出了尖锐的批评。他认为茅盾小说最大的特点是"时代性和社会化",然而随之而来又存在着令人深思的矛盾现象。茅盾中长篇小说的网状结构类型是中外小说发展到近代的较高艺术形态,但又是导致茅盾多部作品难以完篇的原因之一(《第一阶段的故事》《走上岗位》《锻炼》《霜叶红于二月花》等都未终篇)。他认为茅盾某些作品风格沉闷,从中可以看出单纯追求艺术广度的缺陷。茅盾比巴金等作家更具有自觉的理性思考,然而理性既有助于组织题材、发挥想象力,也可以阻碍想象力,使主体失落。茅盾在理性思考中的优势和欠缺都表现得比较充分。

90年代中期,又有学者在编选《二十世纪中国文学大师文库》时将茅盾排斥在外。理由是他的小说"欠小说味,往往概念痕迹过重",茅盾以往的高位"很大程度上依赖于学术偏见"。历史毕竟是公正的,轻率贬抑茅盾及其作品的文章虽然产生了一定的轰动效果,但却无法得到大多数学者的认同。不少学者对这种轻率颠覆茅盾文学大家地位的言行进行了驳斥。被驳方无心恋战,很快偃旗息鼓。大多数研究者仍高度评价新文学中以茅盾为代表的"社会剖析派"的优良传统,反对轻易地否定茅盾小说创作的贡献与地位。如严家炎的《中国现代小说流派史》一书中分析"社会剖析派",从思潮流派史的角度肯定了茅盾小说的文学史意义,精深地概括了这一派所具有的"小说家的艺术,社会科学家的气质"的创作风貌,肯定了新文学发展中的这一宝贵经验和优良传统。姜文的《论〈子夜〉创作的多重动因:〈子夜〉动机模型假说之一》(《文学评论》1990年第1期)一文则从文艺发生学的角度,对作家的创作动因进行了深层心理剖析,排列了茅盾的四重情结——参与情结、丰碑情结、乡土情结和原型情结,反对"重评文学史"中那种以"政治图式"说和"时事命题"说解释《子夜》的创作动机的简单化倾向,而突出动因"多重说"。孙中田的《理性精神与茅盾小说》(《社会科学战线》1988年第3期)一文则高度评价了茅盾小说的理性化倾向,认为茅盾作品中固然注意人的精神状态,但是更加注重人物的社会关系和人际关系。一切都在人物—历史(人物—环境)的怪圈中动荡,时代、历史已经不是简单的外在空间境遇,而转化为作品中的一个"大角色"。可以说,人物的喜怒哀乐、成败得失,每一次生命的律动,都受制于这个环境,为这个无处不在的"巨手"所左右着,这是以理性精神烛照而产生的宏大而整严的艺术结构。还有研究者指出茅盾开创了与鲁迅传统相区别的另一种形态的现实主义小说创作,其特征在于以反映中国社会历史的外部变动为旨归,以社会解放和革命需要为基本价值标准观照和表现社会人生。在当时以写实主义为"正格"的主潮下,茅盾在创作中采取了最精确的写实原则,以科学的理性精神寻求艺术上的本真,追求贴近生活的审美效果。由此将当时纷杂的生活事态、激越的时代风云都予以迅速捕捉、精确把握,一一容纳到艺术中来。这使他的作品在半个多世纪以后仍具有重大的历史价值和认识价值。翻开茅盾的小说,那个时代的生活还散发着余热,仿佛角斗和撕拼的事端还留有骚动的余响,便被组合或镶嵌在艺术的天地之中。从1930年代整个文学发展的困扰与探索来看,茅盾的"社会剖析小说"无疑开创了新的文学范式。①

1980年代末的这次贬抑茅盾的风潮虽然没能撼动茅盾的文学史地位,但作为一种学术现象是值得重视和思考的。新时期以来,随着中国政治思潮的变迁和社会的转型,中国知识界开始对自"五四"以来在中国逐步发展为时代主潮的左翼政治文化思潮进行反思。很自然地,人们也会对从属于这一政治文化思潮的茅盾等左翼作家产生重新审视的诉求。以上我们介绍了有关茅盾研究的不同观点。对于学术进展来说,有不同的观点甚至争议是正常的。但是同学们如果对研究对象和研究状况缺少全面的了解,就可能觉得"公说公有理,婆说婆有理"。所以这里打算用多一点的篇幅,从材料出发,梳理一下茅盾的文学主张和创作中实际存在的矛盾,再来反观上述

---

① 王富仁:《现代作家新论》,山西教育出版社1998年版。

争议的不同观点。

第二节　茅盾的文学主张

要理解茅盾在《子夜》创作中的风格转变及其艺术得失,必须从茅盾的文艺思想的变化入手。20世纪30年代,世界范围内掀起红色革命风潮。国内外急剧动荡的社会政治思潮向文学提出了更为严峻的挑战。茅盾是使命感很强的作家,身处其中的他无法不受"红色30年代"文艺思潮的浸染,其明显标志是对"五四"的重新思考和"检讨"。无产阶级革命文学论争时期茅盾曾发出"没有'五四',未必会有'五卅'罢"的质疑。后来他则做了修正,认为"'五四'的一切思想及其口号都成了时代落伍"①。他的这种变化显然与当时无产阶级文学运动的"风向"相关,而且也有迹可循,例如,1929年,茅盾《读〈倪焕之〉》一文关于"时代性"的阐述已经开始接受"新写实主义"的概念;1931年,茅盾所作的《中国苏维埃革命与普罗文学之建设》一文,也可以看出受到"唯物辩证法创作方法"的影响。这是一个十分复杂的时代,对茅盾来说,也是一个较为混乱与矛盾的时期。外界的巨大干扰与影响,自身在"左联"的身份与角色,都使他必然地与时代思潮相联系,他无法超越时代。这种明显受外来干扰的概念化的文学风潮,直到文坛对"拉普"理论进行清算,"左"的空气消退时才得以澄清。不过值得注意的是,即使在那个极端重政治功利的、概念化的时期,茅盾也还是没有忘记"最最主要的还是充实的生活"与"亲身体验",认为文学应"感情地去影响读者"②,体现了对文学本体的重视。

茅盾于1928年登上文坛,这期间文艺圈内的重大事件就是关于革命文学的论争,在此背景下《蚀》三部曲受到创造社、太阳社左翼批评家的指责。茅盾卷入论争并与鲁迅等被当作"旧写实主义"的代表受到批评攻击。为了证明自己并不落伍,茅盾在此后的创作中增强了对时代严峻的政治思考,文学倾向开始产生较大的转移。本来,在茅盾的艺术观念乃至感觉深处,就

---

① 茅盾:《"五四"运动的检讨——马克思主义文艺理论研究会报告》,《文学导报》1931年第1卷第2期。

② 茅盾:《关于"创作"》,《茅盾文艺杂论集》(上),上海文艺出版社1981年版,第310页;《〈地泉〉读后感》,《茅盾论中国现代作家作品》,北京大学出版社1980年版,第168页。

很少或压根没有"为艺术而艺术"之类空灵玄妙的成分,他对社会问题的关注是一贯的;加上所处时代和社会的要求,茅盾越来越趋于理性化,甚至不惜以理性的偏颇去修正乃至牺牲自己的艺术感觉。这是问题的一方面。另一方面,也应看到,尽管茅盾重视文学的政治功能,但他又始终未彻底放弃自己敏感精细的艺术领悟力。政治理性和艺术天性之间既交缠又抵牾、既依托又背离,这种"矛盾"时时浮现在他的创作中,使他的作品的确也留下了某些拼贴的痕迹。这里,我们不妨借用1930年代一位评论家对茅盾与巴金的比较评论。他说,读茅盾像上山,沿途有的是瑰丽的奇景,然而脚下也有的是绊脚的石头;读巴金像泛舟,顺流而下,有时连你收帆停驶的工夫也不给。茅盾给字句装了过多的事物,长处在结实,短处在缺乏行文的自然,疙里疙瘩地刺眼。① 这样看来,茅盾小说的确存在理念过重而失之凝滞的毛病。新时期以来一些批评茅盾小说弊病的意见,是有一定根据的。

  问题是我们对茅盾的这些"矛盾"如何做出有历史感的解析,而不只是从当下的某一立场出发,加以痛快的否定。在中外文学中,不容忽视地存在着这样一类作品,用卢那察尔斯基的话来说,它们大多出于"思想家兼艺术家"之手,它们"首先是思想性的作品,它的主要价值,就在于可以用来充实读者的那些新的思想"②。这种"首先是思想性的作品"往往出现在大变动大过渡的时代,它们表现出时代前进的趋向。艺术家与思想家的思维方式是存在区别的,所以在同一部作品中,艺术力量很难与思想力量并驾齐驱,达到同样的高度。虽然"首先是思想性的作品"在艺术上成功的例子也不少,但毕竟用力点不同,其艺术感染力往往比不上论辩的说服力,在特定时代的阅读背景过去后,这类作品在文学史册上可能仍占据着纪念碑式的地位,可由于其艺术性的稀薄,已难以历久常新地保持对读者的吸引力了。20世纪二三十年代的中国,政治强烈地要求着文学,改变着文学的品格,许多作家的政治热情也远远高出于艺术的冲动。对于那些极大地伸展自己的社会视野、担当历史使命的作家,我们是应该给予尊重的。在民族解放高于一切的那样一个年代,文学对于政治的偏至有其历史的理由。对于这种"理

---

① 李健吾:《李健吾文学评论选》,宁夏人民出版社1983年版,第99页。
② 卢那察尔斯基:《论文学》,人民文学出版社1978年版,第332页。

由"之下的某些文学的弊病与不足,同样要做出有历史同情的解析。茅盾虽然接受过西方人文主义思潮的影响,但面对"人"的问题,他关心的是群体的"人"、社会的"人"。1920年,茅盾就在《现在文学家的责任是什么?》一文中,郑重地、宣言般地提出了"文学社会化"①的概念,此后又不断丰富、深化这一思想。茅盾所追求的是"大规模地描写中国社会现象"的目标,力图展现的是与社会相对应的"整个社会的历史"。他在新文学史上第一个宣称:文学应当反映社会的"全般面貌""全般机构"。1921年,他用纵、横坐标给文学做了明确定位:纵——时代的文学;横——国民文学。为了给这种定位找依据,茅盾分析了世界文学的进化史实,进而判定:文学仅在太古时代才是属于个人的,现代文学不应再属于个人,而应属于"民众"。这就是茅盾当时给"人的文学——真的文学"内涵做出的界说。② 综观茅盾一生,不论早期从泰纳的文艺社会学,还是后期从马克思主义文艺理论出发,他都在不知疲倦地要求文学做"诅咒反抗的工具"③,要求作家"担当起唤起民众从而给他们力量的重大责任"④,要求文学家理解"文学之趋于政治的与社会的,不是漫无原因的"⑤,因而"要抓住了被压迫民族与阶级的革命运动的精神,用深刻伟大的文学表现出来,使这种精神普遍到民间……并且感召起更伟大更热烈的革命运动来"⑥。正因为茅盾注重文学的倾向性,主张文学应对社会改革施以积极的影响,所以对外来文学的借重选择性很强。他看重"新浪漫主义"的是罗曼·罗兰式的理想性和尼采式的反抗性;他倡导"自然主义",目的在于直面人生。在1930年代,这种倾向性则发展到自觉地为被压迫阶级而呐喊。茅盾是以历史代言人的姿态进入创作的,必然注重文学的时代表现。如果说,在"五四"时期他还只是笼统地主张文学是"时代的反映"⑦——包括"时代的思潮,社会情形等",那么,到1930年代他

---

① 佩韦(茅盾):《现在文学家的责任是什么?》,《东方杂志》第17卷第1期。
② 茅盾:《文学和人的关系及中国古来对于文学者身分的误认》,《小说月报》第12卷第1期。
③ 茅盾:《文学与人生》,松江暑期演讲会《学术讲演录》第1期。
④ 茅盾:《社会背景与创作》,《小说月报》第12卷第7期;《大转变时期何日来呢?》,《文学周报》1923年第103期。
⑤ 茅盾:《文学与政治社会》,《小说月报》第13卷第9期。
⑥ 茅盾:《文学者的新使命》,《文学周报》1925年第190期。
⑦ 茅盾:《创作的前途》,《茅盾文艺杂论集》(上),第52页。

关于文学的"时代性"观念则更为明确,即要把总的"时代情形表现出来",并特别注重反映社会变革阶段的重大事件和斗争。

  茅盾所主张的文学"表现人生"具有明显的政治功利性。他对"为人生"做过多方面的解释。他相信"文学不仅是供给烦闷的人们去解闷,逃避现实的人们去陶醉;文学是有激励人心的积极性的。尤其在我们这时代,我们希望文学能够担当唤醒民众而给他们力量的重大责任"。他甚至直截了当地声称:"我们是功利主义者","我们的作品一定不能仅仅是一枝吗啡针,给工农大众以一时的兴奋刺戟;我们的作品一定要成为工农大众的教科书"。① 当然,茅盾带功利目的的小说观念与"革命文学"风行时期"文学等于宣传"的褊狭观念还是有质的区别。茅盾一方面主张小说的政治功利性,认为小说应担当起唤醒民众的重大责任,另一方面又主张小说应该真实地挥写人生情理,反对把小说写成"宣传大纲"。他认为"'美''好'是真实","文艺亦以求真为唯一目的"。② 他赞许伊本纳兹的《风波》对鱼市的描写令人闻到了鱼腥味。《倪焕之》之所以被他称为新文学史上的"扛鼎之作"③,就是由于它真实地描写了人物的内心世界。他要求作家描写人物时,除了描写其"职业特性、阶级特性、性的特性、民族与地方的特性等等"共性外,还要写出"他个人特有的个性"。④ 茅盾关于真实地描写环境、人物性格的立体结构以及人物性格的形成是个曲折过程的理论,与现代化小说观念中侧重描写人的情理、挖掘人性心理奥妙的主张是一脉相承的,但在某种程度上与文学的政治功利倾向性却是相悖的。这也就是说,茅盾一方面主张小说必须有鲜明的政治倾向性,另一方面又主张真实地描写人的情感世界,这常常使茅盾处于"矛盾"之中。前面一些论者对茅盾的批评不无中肯之处,但在提出这些批评时,还应当有更全面的历史的评价,因为文学史研究也必须讲究科学性。

---

  ① 茅盾:《中国苏维埃革命与普罗文学之建设》,《茅盾文艺杂论集》(上),第 329 页。
  ② 茅盾:《文学与人生》,山东大学中文系资料室、文史哲研究所合编《茅盾研究资料集》,1979 年(内部资料),第 145 页。
  ③ 茅盾:《读〈倪焕之〉》,《文学周报》第 8 卷第 20 期。
  ④ 茅盾:《人物的研究》,《小说月报》第 16 卷第 3 期。

第三节　长篇小说《子夜》分析

让我们回到具体的作品分析上来,特别要关注这一部毁誉参半的《子夜》。无论如何,《子夜》作为茅盾"细心研究"的力作,很能代表他的创作个性;作为"真能表现时代"[①]的"中国第一部写实主义的成功的长篇小说"[②],是中国现代文学史上的瑰宝。在茅盾六十多年的文学生涯中,《子夜》具有里程碑式的地位。就小说显示的社会现实的广度与深度,艺术结构的宏大与繁复,人物创造的多姿与传神,文学语言的华赡、劲健与爽利而言,它都足以使茅盾和一般作家拉开一大段距离。茅盾所具有的经营较大规模作品的才情、功力和耐性,在现代文学史上是很少人能比肩的。

《子夜》所概括的社会生活现象纷繁万状,展读《子夜》,事件如波,此伏彼起;场面如链,交叉出现;人物如星,忽闪忽逝,但整个人物事态的展开又条贯井然、纷而不乱。《子夜》蛛网式的密集结构,适合用来表现社会变迁的复杂内容,这种庞大结构所展示的组织人物与事件的办法之多、叙事角度的变化之繁,足以证明茅盾丰富的创作经验与对素材的驾驭能力。《子夜》有五条重要线索贯穿始终:以买办资本家赵伯韬、金融资本家杜竹斋、民族工业资本家吴荪甫等人为代表的公债交易所中"多头"和"空头"的投机活动;在世界经济危机、帝国主义经济侵略以及军阀混战等影响下的民族工业的兴办、挣扎和最后的彻底破产;工人阶级的悲惨生活以及他们反抗资本家残酷剥削的怠工、罢工斗争;如火如荼的农村革命运动,使吴老太爷仓皇出逃、曾沧海暴死街头,吴荪甫"双桥王国"美梦彻底破灭;依附于资产阶级的"新儒林外史"人物空虚庸俗的日常生活和寻求刺激的变态心理以及苦闷抑郁的精神状态等。通过这五条重要线索,《子夜》试图概括中国1930年代社会生活的完整面貌,即囊括城乡、工商、军政、劳资、新儒林人物及大家庭主仆关系等各个社会层面的生活图景。

对于《子夜》的结构,有许多研究者认为茅盾的处理是相当成功的,各条线索既齐头并进,又中心突出,既相对独立,又纵横交织,使无比丰富

---

① 朱佩弦:《子夜》,《文学季刊》第1卷第2期。
② 瞿秋白:《〈子夜〉与国货年》,1933年3月12日《申报·自由谈》。

的现实生活内容和众多的人物、事件,有机地、完整地、清晰地结合在一起,成为一个艺术整体,像一座纵横交错又浑然一体的建筑群。但也有研究者对此提出异议,例如王富仁就认为《子夜》至少有三条线索没有有效地组织进小说的有机联系中去。茅盾仅依靠外部的联系把大量的人物和情节网罗进小说,而并没有有效地纳入小说内部的矛盾斗争中,这使《子夜》结构的和谐性受到损害,小说在整体上的推进速度变得笨重迟缓;非主线上的人物和情节无法与主线上的人物和情节构成彼此推动的连环关系,小说的各条线索成了时断时续的不相连的孤立线段,这使小说变得沉闷、沉滞。王富仁认为,《子夜》之所以缺少紧紧抓住读者的思想艺术力量,结构笨重是一个重要的原因。① 这个观点指出了《子夜》结构艺术上的某些毛病,可以参考。

对《子夜》的不同评价恰恰证明这部作品内涵丰富复杂,不是一次性探索便可穷其奥秘的。《子夜》的艺术成就是多方面的,现在只谈其中的几个主要特点:

第一,完整概括中国现代革命史的宏伟构思。

茅盾是写历史画卷的大手笔,概括历史完整画卷的巨匠。他的创作是艺术化的历史,历史化的艺术。他总是明确地、自觉地写历史,完整地描摹社会生活的全景图。这就使他的艺术创作表现出构思恢宏、阔大,具有深重的历史感的鲜明特征。通观茅盾的全部作品,我们几乎可以窥见中国现代革命史的全部复杂斗争,寻觅到各个阶级、各个阶层、各种倾向、各种代表人物的音容笑貌。茅盾创作《子夜》时,明确地提出要"大规模地描写中国社会",要以农村与都市的对比,反映中国革命的"整个面貌"。正是出于对社会面貌整体把握的需要,他把吴荪甫设计成纱厂老板,因为这一角色地位便于"联系农村与都市"。虽然《子夜》完稿时最终偏重都市描写,并明显使人感到反映农村阶级斗争的第四章游离于主要情节,茅盾却始终不愿舍割,这当然是出于再现社会"整个面貌"的总体考虑的结果。《子夜》不仅顾及社会空间上的全景展现,而且更注重社会结构的全景式表层模拟。他把每一个人都作为其所属的阶级的"标本"来塑造,写出他们所具有的社会角色特

---

① 王富仁:《两种形态的现实主义小说——鲁迅小说和茅盾小说的比较之一》,《中国现代文学研究丛刊》1989 年第 1 期。

性。像吴荪甫、赵伯韬、杜竹斋等不同类型的资本家,像吴老太爷、曾沧海、冯云卿等不同特点的地主,像李玉亭、范博文、杜新箨等不同模式的知识分子,既是"单个人""这一个",又都是带有特指意义的社会角色,代表着不同的阶层、群类。他们个人的命运,事实上反映了某一社会群类的基本状况。茅盾在笔下铺开如此众多的社会角色或人物所结成的社会关系,也就实现了对当时整个社会结构的直接性的表层模拟。

在进行大规模的全景式描写时,茅盾注意在具体的情节安排上虚实结合、远近结合,因为这样才能显示出作品的色彩与波澜,也才符合生活的实际。茅盾原定的计划是准备采取双近景(对城市和农村的斗争都做直接描写),后来改为以城市为近景、以农村为远景的布局,以光怪陆离的城市为主要的生活舞台,通过作品中人物的谈论或政治形势的变化,起伏不断地引出农村这一条线索。这种手法可以笔墨经济地反映极大的生活面,在兼顾广度的同时,又聚焦于深度的挖掘。在围绕吴荪甫这个中心人物引出各种经济斗争和阶级斗争(即表现吴荪甫的"三大火线")时,茅盾也注意采用不同的方法安排各条情节线索,形成虚实结合、疏密相间的布局。如吴荪甫与赵伯韬斗法的这一条线是先虚后实,与工人斗争的一条线是一实到底,与农民矛盾斗争的一条线则是以虚为主。三条线浓淡相间地起伏前进,又互相映照和互相补充。这种对总体布局的强有力的把握,无疑得益于茅盾创作时写提纲的习惯。茅盾在《〈子夜〉是怎样写成的》一文中,谈到他"一两万字一章的小说,常写一两千字的大纲"①。在这里,我们可以看出,茅盾与那些提笔直书一泻千里的作家有很大的不同,他具有谨严的"社会科学家的气质"。也只有他这样阔大的构思,才能为我们贡献出《子夜》这样一部概括中国1930年代社会生活的完整面貌的百科全书。

第二,"典型环境"中"典型性格"的塑造。

茅盾在人物创造中,重点关注的不是人物的性格、命运、精神状态、癖好等,而主要是他们所体现的时代特色,是时代、阶级和政治思想斗争在人物身上所铭刻的烙印,是他们所具有的社会意识形态性。他笔下的人物,既不是某种个人欲望的代表和某种命运的象征,也不是某种性格和精神状态的体现,更不是某种品质和"人性"的化身,而是"一定的阶级和倾向的代表,

---

① 茅盾:《〈子夜〉是怎样写成的》,《新疆日报》1939年6月1日副刊《绿洲》。

因而也是他们时代的一定思想的代表"。一言以蔽之,强烈的时代色彩、鲜明的意识形态性,是茅盾创造人物的根本原则。通过茅盾创造的人物,我们不但看到了他们所代表的政治的、意识形态的倾向性,而且认识了他们所属的时代。这是茅盾创造人物的最显著的特色,是茅盾作品中人物的最重要的艺术特色。《子夜》之所以一发表就引起轰动,成为1933年出版史上的重要事件,关键在于它成功地塑造了吴荪甫这个中国文学史上从未有过的民族资本家的人物典型,并以他为中心照亮了30年代整个上海的社会生活,照亮了在这里活动的社会各阶级、各阶层的人的思想、性格、心理和命运,以及他们与历史纠葛的方方面面。吴荪甫生不逢时,在中国半殖民地的现实环境中雄心勃勃地企图发展民族工业,结果以破产的悲剧而告终。茅盾一方面从政治上对这个人物的阶级属性进行了深刻解剖,注意写出他作为民族资产阶级的软弱性和两面性,毫不掩饰他在思想上的反动性,如骂共产党、搬兵镇压农民暴动等,包括写出他在穷途末路时所干的下流无耻之事,但另一方面,茅盾对自己笔下的男主角的赞赏几乎不加掩饰,这个工业资本家吴荪甫即使倒台崩溃,也落得像个巨人,并因此而透出某些悲剧感。吴荪甫身上固然有鲜明的阶级烙印,但观其全人并非那种只有"反动性与爱国进步性"的扁平式形象,而是一个血肉丰富、性格复杂的立体化的现代民族企业家的典型,在他身上一扫老中国儿女们的萎靡气息而充满了生命活力。魄力与学识、铁腕与野性集于一身的吴荪甫,被茅盾称为"二十世纪机械工业时代的英雄、骑士和王子"。总的来说,似强实弱、外强中干是吴荪甫的基本性格特征,他的所有行为、所有动机,都是从他所处的历史潮流而来的,在那样一个时代,他出色地实践了一个现代民族企业家的历史使命,也充分展示了一个具有现代意识的企业家的巨大能量和惊人的才干,他的悲剧是中国现代企业家生不逢时、壮志难酬的悲剧,甚至是带有某些悲壮的意味的。吴荪甫是中国工业现代化进程中第一代企业家的代表,是现代文学史上为数不多的资产阶级形象中出现得最早、塑造得最为成功的一个。

这个人物形象在新时期的研究中曾引发热烈的论争,这说明了吴荪甫形象的复杂性是一个研究的难点,不能"非此即彼"地简单对待,本来"反动资本家"与"失败的英雄人物"这两面就是茅盾立体塑造吴荪甫的两手,偏执于任何一面都不能得出一个完整的吴荪甫形象。还有研究者认为,茅盾在《子夜》中,尽管试图客观地对待吴荪甫,但仍然无法掩盖他对这样一个资本家的崇拜,因为吴荪甫身上体现的是现代大工业的力量、现代城市的力量,这种对现代大工业的向往体现了茅盾的现代主义性质。《子夜》将吴荪甫写成一个光彩照人的"英雄",按照"社会分析"的眼光,显然是不够"科学"的,同时也有违于作者原先的创作意图。然而,在写这个人物的过程中,茅盾的笔锋已被感性经验强有力地控制了,他不得不偏离最初激起他创作冲动的那个抽象命题,让人物循着生活的常规走完自己应走的旅程,他也不能不将同情的天平向这个人物身上倾斜,于是吴荪甫也就有了另一番面目。茅盾创造的人物,既是时代的、阶级的和一定思想倾向的代表,同时又是一定的单个人。他笔下的其他人物,如静女士、方罗兰、梅女士、赵惠明、赵伯韬、林老板、老通宝等,都是不朽的艺术典型,而不是时代精神、某种阶级属性和某种思想倾向的简单的、贫乏的、肤浅的图解品。他们既有着强烈的、厚重的时代气息和历史深度,体现了历史潮流的骚动与趋势,也以自身鲜明的个性构成一个独立而完整的艺术世界。

第三,拥抱真实。

茅盾执著于现实人生,倾心于艺术的真实,在他的文学观中,"真实"永远是他最为珍爱的一条准则。在茅盾文学活动的早期,他抱着文学以求"真"为唯一目的的审美观念,发现自然主义最大的目标是真,左拉的描写方法"最大的好处是真实与细致",因而对自然主义大加弘扬与倡导,并对与之相近的现实主义怀有虔诚的捍卫热情。茅盾所强调的真实,指作品要合乎生活逻辑,作家善于捕捉现实和传达现实的特征,在这个意义上,他认为作家积累生活经验特别重要与必要。茅盾虽有自己的理性追求,但这种追求是尽量与自身情感和生活实际贴合在一起的,因而在一定程度上能够摆脱"左倾"的影响,较少表现出当时流行的公式化、概念化的偏执。

茅盾在坚持生活真实这一点上,有较高的自觉性,他力图避免当年文坛上的"左倾"机械论的通病。在分析批评"革命文学"的概念化风气时,他一针见血地指出:"我们看了蒋光慈的作品,总觉得其来源不是'革命生活实感',而是想象。"这"生活实感"正是茅盾最为关切的一点,在他看来,充实的生活,比正确的观念和纯熟的技术更重要,"与其写那种'既不能表现无产阶级的意识,也不能让无产阶级看得懂'的标语口号式作品,还不如拣自己最熟悉的来写！"①《子夜》原来的计划是通过农村与城市革命发展的对比,反映出这个时期中国革命的整个面貌,即写一部"白色的都市与赤色的农村的交响曲",但后来因为生活积累的不足,茅盾断然地对这个大规模地描写1930年代初中国革命完整面貌的宏伟构思做了重大的修改,对作品的规模做了几次大幅度的缩小,如把红军的活动基本上隐入幕后,压缩关于工厂生活的描写,弱化了关于农村革命斗争的线索。很明显,茅盾做这些压缩的主要依据就是他的生活体验,他对这些部分不熟悉,"连第二手材料也没有",又"不愿凭空杜撰",所以只有"弃之不写"了,这体现了他对自己情感体验的尊重。尽管茅盾本人也曾不无偏颇地把文艺当作宣传新思想的工具来鼓吹,然而一旦他发现这种文学倾向性的过分强调损害到现实主义的另一重要原则,即它的真实性时,他就立即转过来对真实性加以弘扬,以求恢复现实主义内部二者的平衡和统一。以蒋光慈《短裤党》等作品为标志的早期革命小说,尽管试图运用马克思主义来分析社会、理解社会,然而,它们往往把理性当教条,将活生生的生活简化为死板的公式;由于作者们没有充分重视文学是艺术这一根本属性,未能在艺术上精雕细琢,所以,他们这一类作品中活生生的生活往往停留在抽象的概念上。对这类作品表现出来的公式化、概念化的不良倾向,茅盾曾尖锐而又不乏诚意地批评过。在他自己下笔时,则充分注意到生活的复杂性,尤其注意到人及其关系的复杂性。在《子夜》的构思和素材搜集过程中,茅盾几乎每天都在"东西奔走"。他除了亲访现代都市各种身份的人物外,还实地考察了现代工业如丝厂和火柴厂,考察了现代交易市场如工商证券交易所;甚至连吴荪甫坐什么牌号的汽车这种小细节也反复调查研究过:原先想让吴荪甫坐福特牌小汽车,因为当时上海"流行福特",后来经研究又改坐雪铁龙,因为"像吴荪甫那样的大资本家应当坐更高级的轿车"。通过实地调查,茅盾对产业界、金融界的情况了然于胸,这使他能于无形中消解自己的政治意识和理论思维,因而《子夜》能以生动的形象真实、细致地再现生活,在同一品类作品中独领风骚。由此看来,前述那种把《子夜》指为概念化的"高级社会文件"的批评,显然是过火的,并不完全符合茅盾的创作实际,也缺少文学史研究所必需的历史感。

---

① 茅盾:《读〈倪焕之〉》,《文学周报》第8卷第20期。

第四节　茅盾的艺术风格

茅盾具有强烈的"编年"意识，这使他的创作明显带有"史诗"的性质，力图全面展现中国现代历史的变迁。将茅盾的全部作品依所描写的时代顺序排列起来，就是一部生动而深刻的现代中国社会的"编年史"，形象地记录了"一个民族和一个时代本身完整的世界"。早在1921年，茅盾就指出，新文学初创以来，已取得了可喜的成就，然而他深表遗憾"没有描写广阔气魄深厚的作品"①，后来又明确表示："我喜欢规模宏大、文笔恣肆绚烂的作品。"②中国新文学史上最能弥补这一缺憾的杰出代表不是别人，正是茅盾自己。茅盾小说正是自觉追求"巨大的思想深度"与"广阔的历史内容"，以反映时代全貌和发展的史诗性为基本特征的。

史诗性应该从"史"和"诗"两方面来理解。中国是一个"史书"大国，我们拥有卷帙浩繁的"二十四史"；中国也是一个诗歌大国，我们民族文化的天空上无数诗人星光灿烂。因此，中国小说历来受到"史传"传统和"诗骚"传统的深刻影响与渗透，"史传"传统的影响主要体现在以写实的春秋笔法营造"历史化"的文学，作家出于"补正史之阙"的写作目的，自觉不自觉地承担解说意识形态的使命；"诗骚"传统的影响则主要体现在突出作家的主观情绪，在叙事中着重言志抒情。这两大传统在历代中国小说的创作中绵绵不绝地交织着，成为具体作品中不同的组成部分或不同的结构层面。我们看到，茅盾的《子夜》依然处在这两大传统互动的框架之中，一方面，茅盾出于"史"的功能而自觉地、直接地为意识形态化的历史观念提供鲜明的、形象化的历史图景，深入解释了1930年代国内经济斗争、阶级斗争的现实，这是对1930年代中国社会性质论战所交的一份以感性图景来论说的答卷，得出的是符合无产阶级意识形态的历史结论。因为《子夜》的这种"史"的基本立场，意味着它一开始就突出观念，按照观念的制约对事实材料进行处理。但另一方面，茅盾也没有忘记"言志抒情"的"诗"的功能，他将个人

---

① 茅盾：《社会背景与创作》，《小说月报》第12卷第7期。
② 茅盾：《我阅读的中外文学作品》，转引自庄钟庆《茅盾史实发微》，湖南人民出版社1985年版，第2页。

的、感性化的历史经验编织进对具体人物的塑造中,他在作品中寄予的人文反思、人道批判、人性悲悯是处处可见的。

史诗性的现实主义创作,较之其他作品应当以更大的规模与气势,反映一个历史时期更为广阔、更为复杂的社会面貌,因而更能显示这个时代的本质特征。茅盾怀着"大规模地描写中国社会现实"的艺术"野心",集中主要精力描写时代的重大题材,把最能体现这个时代动向的政治、经济现象和事件直接引进自己的作品,这就为他的创作赢得史诗气魄提供了较好的前提。著名批评家卢卡契指出:史诗应当具有"事物的整体性"①。茅盾作品的史诗性首先来自他顽强的"整体"观念。他强调,文学作品反映的不应当是社会的一角,而应当是"社会全般"。无论是事件还是人物,切忌孤立,而应当写出其上下左右的广阔联系。他那些分量重、成就高、影响大的作品都有一个广阔的社会背景,主人公则处于复杂社会关系网的中心位置。在茅盾心目中,社会是个有机整体,城市、集镇、农村、战场、工厂、商界、学校、机关等等,都是社会的某一方位。他的许多作品尽管正面着笔于某一方位,但并不会置于整个社会之外,他总是想方设法引进全社会的信息,有时甚至腾出部分篇幅,正面描写与此方位密切相关的其他方位。所以,他的大部分作品常常具有全社会、全方位的"交响曲"的特点。艺术野心和对史诗气魄的追求,导致他在文体上特别钟爱中长篇小说,甚至曾构思过几部多卷本的长篇小说,因为一般来说,重大题材与主题宏大的规模要求较大的篇幅。茅盾即使写短篇,也不仅仅是表现生活的一个横断面,而是具有极大的信息量和延展性,像压缩了的中篇。

茅盾自觉充当中国现代革命史的书记和传记作者,从而使他的作品带有极其鲜明的时事性、纪实性、传记性的特征。他总是把自己的艺术注意力放在那些具有重大意义的事件上,捕捉和表达那些新近发生的重大事实。茅盾紧密地、经常地、直接地以当代重要的政治经济事件作为自己的描写对象,在这些事件尚未从当代人的印象中消退时,便将它们纳入和熔铸在自己的艺术作品中。他的许多不朽作品可以说是中国现代革命史的艺术的大事记,是纪实的文学报告,是中国现代革命的编年史。记录第一次国内革命战

---

① 卢卡契:《托尔斯泰和现实主义的发展》,《卢卡契文学论文集》(二),中国社会科学出版社1981年版,第452页。

争经验教训的《蚀》的第一部,是在蒋介石发动反革命政变,对共产党人和革命者进行血腥大屠杀的四个月后便动笔写成的,第二部是在同年 11、12 月间写成,第三部写成于 1928 年 4—6 月。仅仅在事件发生一年之后就完成了对大革命历史经验的记录和艺术概括。他的第二部史诗性的巨著《子夜》,也是直接记录和概括 1930 年春夏间在我国发生的经济和政治斗争的,写作的时间是 1931 年 11 月至 1932 年 12 月,距事件发生也只一年有余。未完成的长篇小说《虹》,是写"五四"到 1927 年近十年的"壮剧",展示了这一历史时代的面貌和青年思想发展的历程。发表于 1941 年的《腐蚀》,以"皖南事变"前后国民党反共卖国的丑恶行径为背景,描写了 1940 年 9 月中旬到 1941 年 2 月初国民党统治区最肮脏、最黑暗的一个角落,其时事性、纪实性也是十分突出的。他的短篇小说和散文也大多追踪时代风云,概括现实生活事件。《林家铺子》以"一·二八"前后江浙一带农村为背景,真实记录了在帝国主义的侵略和国民党新军阀的压迫下农村经济和小城镇商人破产的历史图景。"农村三部曲"(《春蚕》《秋收》《残冬》)真实地反映了 1930 年代初中国农村"丰收成灾"的现实和农民觉醒、反抗的过程。

  茅盾小说的这种强烈的时代感,记录历史事件的热情和真诚,追踪生活的及时性,都是根植于他高度的使命感,根植于他自觉地为现代革命立史的创作激情。通观茅盾的文学创作,我们会发现,他总是为回答中国现代革命史提出的问题而立意而谋篇,总是与中国现代革命史保持着最直接、最密切的联系。茅盾在作品中刻意探索中国社会的性质,回答一代人对"中国向何处去"的思考,这是研究近代中国社会所要回答的最根本的问题。《子夜》第一章特意通过人物的议论开宗明义:"我们这个社会到底是怎样的社会?""这小客厅就是中国社会的缩影。"《霜叶红似二月花》结尾处,钱良材与张恂如对王伯申与赵守义经过一番斗争终于牺牲农民利益而握手言欢大发感慨,实际上同样是在揭示中国社会的性质。茅盾不是离生活很远,很远,而是靠生活很近,很近;他不是热衷于表现自我的感情和思绪,而是努力追踪历史事件,反映时代的脉搏,捕捉和表现崭新的典型性格;他不是以一个纯文学家的身份而创作,而是热诚地为现代革命史立传而创作。这就使他的艺术创作具有鲜明而强烈的服务意识,具有直接参与中国现代革命史斗争的倾向性。这是茅盾创作的一个显著特征,也是茅盾对中国现代革命史和现代文学史的一个重大贡献。

茅盾的作品呈现出鲜明、独特的品格,尤其是以《子夜》为起点"大规模地描写中国社会现象"①这个系统工程中的大部分作品,形成了相当稳定的创作模式,即以典型环境来解释并塑造典型人物,依靠理性分析来开拓形象思维的深广度,在戏剧性较强的情节中表现人物性格及其成长史的写法。在茅盾的引领下,在1940年代,相当一批作家开始认同和尝试这种创作模式,他们以极大的兴趣关注社会现实,正面描写社会的主要矛盾;他们十分注意社会经济的衰败及其对社会变革、社会观念的影响;他们所写的一切都试图揭示中国社会的特点和性质;为此,他们着眼于社会全貌,表现整体社会,追求反映生活的广阔性、复杂性;他们的作品严肃、冷静、客观,是文学家和社会学家相结合的精神产品,既有扎实的艺术功力,又有明显的社会分析的色彩。所以,人们称之为社会剖析小说。1930年代后,由茅盾所开创的这种形态的现实主义小说传统逐渐上升为主流,并在五六十年代达到了最高峰。社会剖析派的作品,涉及的生活内容广阔而繁多,强烈的社会意识支配着作家的创作情绪,使他们经常越出自己特定的生活经验,将目光投向自己所不熟悉的题材,依赖理性进行逻辑演绎。但是,文学毕竟是塑造形象和抒发情感的艺术,不能只靠理性驾驭,将审美价值等同于实用功利,这就容易导致作品公式化、概念化,出现某种程度的创作主体性失落的缺陷。这种缺陷是社会剖析派的固有特点,是交错着巨大优点的缺陷,我们不能责之过严,做违背历史具体环境特点的苛求。就作品从宏观角度对于历史方向的把握能力,以及由此而产生的艺术气魄来说,以茅盾为代表的社会剖析派无疑是独树一帜的,而且影响也比其他流派大得多。

  茅盾是中国现代文学的巨匠,指出茅盾创作中存在的某些带历史特征的缺陷,并不会改变这一基本的文学史定位。现代中国的文学生存环境艰难而复杂,文学自身的发展错综多变,似乎注定了茅盾的文学追求也不能不是一种"艰难的选择"。他必须不断地随社会发展的实际状况而调整文学的价值轴心,以最大程度地发挥文学的时代价值,同时又力保文学不因此而丧失其艺术特质。茅盾和许多有社会责任感的作家都一样,往往面对两难。茅盾的可贵在于他的文学思想前后屡次变化,而变化中又有着一以贯之的

---

① 茅盾:《〈子夜〉后记》,山东大学中文系资料室、文史哲研究所合编《茅盾研究资料集》,第46页。

原则：对文学的本体艺术追求与社会功用加以双重重视，并尽可能将两者结合。茅盾一向关注社会运行的动向，并以此为参照，适时地使自己的文学主张接受"社会的选择"。20世纪上半叶的中国历史，是一部多灾多难、血泪交织的历史。现代文学与社会变革之间存在"剪不断，理还乱"的关系。茅盾文学思想的变化，顺应了社会变革的需求；"尽时代所赋予的使命"，是他全部文学活动的出发点和归宿。茅盾的一生不仅以一个热情的作家身份参与了新文学的进程，而且以一个冷峻的批评家身份推动了新文学的进程。有关文学批评的文章，尤其是对作家作品的评价，在他的全部文论中占了很大比重。他是新文学的文艺批评的开创者，这一工作贯穿了他的一生，即使是新中国成立后在繁忙的文化行政事务之余，他也没有停止过文学批评的工作。他的文学批评内容丰富，视野开阔，具有真知灼见和长久的生命力，曾扶植了不止一代作家。从这个意义上讲，吴组缃称他为"中国新文学的老长年和老保姆"①是十分恰当的。

茅盾的作品，以冷静的社会分析的色彩、巨大的规模和气势，在我国现代文学史上独树一帜。在文学与政治、社会的关系问题上，茅盾走的是巴尔扎克、托尔斯泰的道路。他的作品以特别强烈的政治意味和社会色彩而有别于其他现代作家。茅盾笔下的各类人物大多有自己独特的个性，又都是所属阶级在特定历史条件下的"标本"，作者通过他们所要表现的是其阶级属性和共同命运。茅盾所有的中长篇小说和大部分其他作品，都毫无例外地为表现时代而"有意为之"。茅盾的创作努力适应时代的需要，甚至具有明显的应时性。这不仅表现在内容、主题的确定上，也表现在形式、手法的选择上。茅盾的小说如冷峻的社会学家为读者一丝不苟地叙述社会生活的情景和一桩桩重大事件，严肃地揭示社会的重大问题、社会的性质、社会的前途。

在茅盾的文学活动乃至他的具体作品中，确实存在政治与艺术的矛盾。但是，我们并不赞成因为这些矛盾的存在，在论及他的作品时就感情用事，失去公允，更不主张因此而从根本上贬低以致否定茅盾的文学成就。在这堂课的最后，我们将就茅盾如何处置政治与艺术这对矛盾进行一些讨论，并

---

① 吴组缃：《雁冰先生印象记》，唐金海、孔海珠等编《茅盾专集》（第一卷下册），福建人民出版社1983年版，第76页。

尽可能引发一些批评角度和方法的思考,包括文学史研究中的历史感与审美评判如何统一的课题。我们的探讨可以围绕以下三点:

其一,茅盾多次为适应社会需要而越出自己的生活经验去硬写,结果是《路》《三人行》《第一阶段的故事》《走上岗位》等,有的从内容到形式全面失败,有的起码是艺术上出现严重失误。茅盾这种创作的应时性还表现在,有时不考虑自己对某一文体特征的陌生,就勉强去创作。例如 1945 年,面对重庆轰动一时的黄金泄密案,茅盾禁不住话剧演出"爆发性"效应的诱惑,跟风创作了话剧《清明前后》。尽管我们可以从许多角度肯定这一作品的成就和社会效应,然而,从话剧这一特殊的艺术角度而言,却不能说是完美的。面对这些欠缺,我们是否应当指出茅盾在处理文艺质量与社会功利关系上存在一些失误?

其二,茅盾多次计划创作多卷本长篇小说,大规模地描写较长历史时期的广阔的社会生活,但几乎都未能如愿以偿。《虹》《霜叶红似二月花》《锻炼》等即如此。《第一阶段的故事》之所以获得这个名称,就因为它未写完,只写了第一阶段的故事。《子夜》之前茅盾构思的是连续性的三卷本长篇,因为自感力所不及而改写《子夜》;《子夜》原拟写成城市与农村的"交响曲",中途仍感力所不及而放弃了农村一面,以致留下残缺的痕迹。这创作计划一收再收的过程,固然有外在客观因素的影响导致茅盾在创作上力不从心,但另一方面是否也反映了茅盾的创作计划一味求高求大,在某种程度上超越了他的生活积累和艺术才力?

其三,尽管我们应当肯定理性的自觉给茅盾的创作带来许多优势,然而,文学毕竟应当以情动人,情若被过分抑制,势必有损于感人的力量。其实,茅盾所崇拜的巴尔扎克、托尔斯泰、鲁迅等小说大家,他们的作品尽管感情并不外溢,却都自有深情在。茅盾的《蚀》《腐蚀》之所以比《子夜》拥有更多的读者,是否因为后者缺少更多的真情?读完《子夜》后你们会感慨良久,有某种情绪深契于心吗?

思考题

1. 为什么说茅盾的"社会剖析小说"在 1930 年代开创了新的文学范式?
2. 茅盾曾自评其《子夜》说吴荪甫的悲剧中是带有某些悲壮意味的,你是否同意这种评说?结合对作品的分析,阐明你同意或不同意的理由。

3. 试从题材、人物塑造、结构等方面评论《子夜》的艺术特色。如何理解茅盾在《子夜》创作中体现的风格特征及其艺术得失?

4. 茅盾在其文学活动和具体作品中,如何处置政治与艺术这一对矛盾?文学史研究中的历史感与审美评判如何统一?

第四讲　老舍创作的视点与"京味"

老舍是我们熟悉的作家。在基础课阶段,已经介绍过老舍的创作概貌,还重点评述过《骆驼祥子》对市民生活的描写及其艺术特色。在此基础上,这一讲将进一步探讨老舍的文学史地位,尤其是他的创作视点、他笔下的文学世界、"京味"风格的形成,以及艺术上的得失。

既然讲"得失",就会对老舍思想艺术的不足之处做出一些剖析。但这不会妨碍我们对老舍的高度评价。希望通过这一讲的讨论,大家能够学习如何历史地全面地考察一位作家,同时对老舍独特而崇高的文学史地位有更全面的认识。

下面将主要从三个方面来讨论老舍,也就是三个主要论点:

第一,老舍对文化批判与民族性问题有深切的关注,他的作品保持着对转型期中国文化尤其是俗文化的冷静的审视,其中既有批判,又有眷恋,而这一切都是通过对北京市民日常生活全景式的风俗描写来达到的。他是第一个把"乡土"中国社会现代性变革过程中小市民阶层的命运、思想与心理,通过文学形式表现出来并获得了巨大成功的作家。

第二,老舍的作品注重文化,铺写世态,是那么真实而又有世俗的品位;加上其表现形式能适应并提高市民阶层的欣赏趣味,所以赢得了知识分子之外的众多市民读者。北京文化孕育了老舍的创作,而老舍笔下的市民世界又最能体现北京文化的人文景观,甚至成为一种文化史象征,一说到北京文化,就不能不联想到老舍的文学世界。

第三,老舍的作品在中国现代小说艺术发展中有十分突出的地位,与茅盾、巴金的长篇创作一起,构成现代长篇小说艺术的三大高峰。老舍的贡献不在于长篇小说的结构方面,而在于其独特的文体风格。老舍远离二三十年代的"新文艺腔",他的作品的"北京味儿"、幽默风,以及以北京话为基础的俗白、凝练、纯净的语言,在现代作家中独具一格。老舍是"京味小说"的源头。老舍创作的成功,标志着我国现代小说(主要是长篇小说)在民族化与个性化的追求中所取得的巨大突破。

第一节　如何理解老舍"市民世界"的文化反思

谈到老舍的"市民世界",这确实是他的特色。我们可以找到一个理解的切入口,那就是"城"与"人"的关系。在现代文学史上,很少有作家像老舍这样执着地描写"城与人"的关系,他用他的大部分小说构筑了如此广大的"市民世界",几乎包罗了现代市民阶层生活的所有方面。读老舍这些小说,可以获得对这一阶层的百科全书式的知识。这其实也是老舍吸引人的地方。不过我们的关注点要放到其他方面,特别是要弄清楚老舍用什么样的角度去观察和表现市民社会。

老舍始终关注"城"与"人",他选择了一个观察点,那就是"文化"。他孜孜以求描写"城"的生活方式及其蜕变,中心是特定文化背景下人的命运,以及在文化制约中的世态人情。他习惯于用"文化"来分割不同阶层的人的世界,这和现代文学的主流通常对现实社会做阶级剖析的视点显然是不同的。老舍在这一点上凸显出自己的创作个性。对老舍来说,市民社会中阶级的划分或者上流、下层的划分都不是最重要的,重要的是"文化","文化"对于城市的人性以及人伦关系有重要影响。这就是老舍的创作视点。这个视点决定了老舍的作品在二三十年代不能得到主流派文学阅读时尚(特别是知识分子读者群)的欢迎。如今老舍的名气很大,可是在相当长的时间里,虽然老舍的创作拥有大量市民读者,但评论界并没有给这位作家足够的评价。当历史拉开了距离,人们才越来越发现老舍艺术视点的独特性,也才越来越珍视老舍提供的文学遗产。这就引发我们思考这样一些问题:老舍在文化批判视野中所展开的市民生活的图卷到底有什么独创性?他是怎样对中国传统文化进行反思,又怎样对国民性做批判式探讨的?还有,在他的那些最优秀的作品中,是如何为现代文明探索病源的?

我们先对老舍的作品做形象类型分析。

老舍用"文化"来分割他的市民世界,其中不同类型的市民形象的分割,体现着老舍对传统文化不同层面的分析与批判。他的"市民世界"中,活跃着三种类型的市民:老派市民、新派市民以及正派市民。如前所述,由于老舍写"人"的关节点是写"文化",所以我们分析各式人物的性格构成时,应特别关注其中所表现和阐释的文化内涵。

在老舍笔下的三类市民中,给人印象最深、写得最成功的,是"老派市民"形象。这一类人物有一个特点:他们虽然是城里人,但骨子里仍是农民,是"乡土中国"的子民。这些人的身上负载着沉重的封建宗法思想的包袱,他们的人生态度与生活方式都属于"旧派",是保守、闭塞的。老舍常常喜欢通过有些喜剧性的夸张,揭示这些人物的精神惰性与病态,从而实现他对北京文化乃至整个中国传统文化中消极成分的批判。

这种批判意识贯穿在老舍大部分小说中。建议大家注意一下《二马》这篇作品。这是老舍1929年在英国教汉语时,由异国他乡寂寞的生活体验所触发的一部长篇。特定的生活环境使作者可以更超然地观察与思考中西文化差异,以及中国人的民族性格问题。在《二马》中,那个迷信、中庸、马虎、懒散的奴才式人物老马,信奉的是得过且过的生活信条。这样一个角色,容易使人联想到鲁迅笔下的阿Q。同是为落后的国民勾画灵魂,两者颇有相似之处;所不同的是,阿Q生活在"老中国"的乡村,老马则是华侨,旅居国外。老舍有意把老马放到异国情景中去刻画,这就可以从中西文化比较的背景中更明显地凸现落后国民性的悖谬之处。

大家还可以看看另一部写于1932年的长篇《猫城记》。该书在"文化大革命"中受到严厉的批判,直接导致老舍的噩运。这部作品确实反映了作者1930年代反主流的思想情绪,其政治观点是不适合历史主潮的。然而在其作为一部寓言体小说所构设的荒诞世界中,那些"猫民"的种种保守、愚昧、非人性的性格,分明也映射着"老中国儿女"落后的国民性。这两部小说艺术上都比较粗糙,而且并非直接写市民生活,但其写作意旨很能代表老舍创作的"文化批判"的指向。

老舍做的是挖"根"的工作。当他描写"老派市民"生活方式中所体现的种种弊病时,着重点是对其文化根蒂的剖析与展示。在他塑造的"老派市民"形象系列中,除了《二马》中的老马,还有《牛天赐传》里的牛老四,《四世同堂》里的祁老太爷、祁天佑,《离婚》里的张大哥,等等。

《离婚》写1920年代北平一个财政所里各色人等和各种平庸的生活,

是一部世态讽刺小说。其中的三个主要角色，老张是圆通人，老李是老实人，小赵是无赖和恶棍，这也是三种人物类型、三种人生信条。前两种人在庸俗的环境中吃不开，只有小赵这样的流氓可以如鱼得水、胡作非为。这是对当时那个社会怪现状的嘲讽。但小说的重心仍然是文化批判。我们可以重点剖析一下《离婚》中的张大哥。作品写他的圆通，会过日子，是"地狱里最安分的笑脸鬼"。他的生活准则无非就是通常人们都习惯于被告诫的古训：知足认命。他墨守成规，小心翼翼地要保住自己的小康生活，害怕一切的"变"。小说一开头就用夸张的笔墨介绍："张大哥一生所要完成的神圣使命：做媒人和反对离婚。"这有点象征意味。对张大哥来说，"离婚"不管有什么理由，都是对"既成秩序"的破坏，而他一生的"事业"正是要调和矛盾，"凑合"着过日子。张大哥这一套以婚嫁观念为基点而推衍的人生哲学，体现了传统文化封闭、自足的一面。有趣的是，千方百计要撮合着过日子的张大哥，最终却后院起火，闹起了家庭纷争。提升一点儿来看，张大哥的麻烦似乎也可视为传统的生存方式的危机。小说深刻之处正在于辛辣地揭示了张大哥式的"哲学困境"。这位大哥的人生哲学，他对待人事的准则，在小说中做了这样概括性的形象描述："凡事经小筛子一筛，永不会走到极端上去；走极端是使生命失去平衡，而要平地摔跟头的。张大哥最不喜欢摔跟头。他的衣裳、帽子、手套、烟斗、手杖，全是摩登人用过半年多，而顽固老还要再思索三两个月才敢用的时候的样式与风格。"这就是保守和敷衍的人生。连小说中另一位"马虎"先生都嘲笑张大哥这种敷衍的生活态度——而且是"郑重其事的敷衍"。作者以现实主义的严峻态度，写出了这种受传统知足认命的人生观支配的旧派小市民的生活态度，在"乡土"中国向现代性转换的历史过程中所受到的巨大冲击。在遭到不幸时，张大哥竟至毫无所为，因为他的"硬气只限于狠命的请客，骂一句人他都觉得有负于社会的规法"。张大哥成了悲剧角色，只会绝望地哀叹："我得罪过谁？招惹过谁？"老舍以幽默的笔法，真实地写出了张大哥这类市民社会"老中国的儿女"因循保守的庸人哲学的破产，以及他们欲顺应天命而不得的悲剧。这些"老派市民"的描写很可笑，很讽刺，但我们阅读时应当透过可笑的情节，去体会背后所蕴含的作者的文化思考。

再举《四世同堂》来看看老舍在"老派市民"身上所倾注的批判性的情感，这种批判是复杂的。《四世同堂》写于1940年代中后期，小说围绕北京西城一条胡同里几户居民的命运的描写，展示了抗战时期各阶层的生活、思想和心理、情感的变迁。老舍是把这部小说作为"国篇"来写的，爱国的情怀在作品中很突出。因此一般评论也比较偏重从这方面去阐析。但我们同样应该注意其中所表现的老舍的艺术视点，即"老派市民"形象中的文化批判。

这里分析一下祁家老太爷这个人物，他也是北京老派市民的典型，在他身上集中了北京市民文化的"精髓"。他怯懦地回避政治与一切纷争，甚至当日本人打到北京时，在他看来只消准备一些粮食与咸菜，堵上自家院门，就可以万事大吉。都快当亡国奴了，他还想着自己的生日，"别管天下怎么乱，咱们北平人绝不能忘了礼节"！虽然自己不过是平头百姓，可心里总忘不了把人严格地分为尊卑贵贱，忠实而真诚地按照祖传的礼教习俗办事，处处讲究体面与排场。他奉行"和气生财"的人生哲学，"善良"到了逆来顺受的地步。他向来抄家的便衣微笑、鞠躬，和蔼地领受"训示"；他非常同情邻居钱默吟受日军凌辱的遭遇，但怕连累，不敢去探望这个老朋友。他的性格特征就是懦弱、拘谨、苟安。这是作者最熟悉的一种性格，是老马先生、张大哥那一类型的延续。不同的是，作家在批判祁老太爷保守苟安生活哲学的同时，没有忘记时代环境的变化。当祁老人发现自己的一套行不通，被逼到"想作奴隶而不得"的绝境时，也终于勇敢地起来捍卫人的尊严、民族的尊严。

《四世同堂》中另一个写得比较成功的人物是祁老人的孙子祁瑞宣，大致也属于"老派市民"系列，是比较年轻的一代，身上集中了更加深刻尖锐的矛盾。他受过现代的教育，有爱国心，甚至也不无现代意识，但他毕竟又是北京文化熏陶出来的祁氏的长孙，身上体现着衰老的北京文化在现代新思潮冲击下产生的矛盾与困扰。在民族危难的时刻，祁瑞宣虽然也"找到了自己在战争中的地位"，然而小说着力表现的还是他的性格矛盾和无穷的苦恼，显示出传统文化的负面影响。小说正是通过对祁老人、祁瑞宣思想、性格的刻画，深刻地反映了北京市民乃至整个民族的"国民性弱点"，以及这些弱点在社会变革中被抛弃被改造的历史过程。

在分析了老舍对"老派市民"形象的塑造及对传统文化劣根性的批判之后，我们会发现，老舍和许多同时代的作家不同，他不激进，不赶时潮，在批判传统文明的同时，对外来的思潮包括西方资本主义文明，也持谨慎甚至排拒的态度。这种态度表现在他对"新派市民"形象的漫画式描写上。在

《离婚》《牛天赐传》和《四世同堂》等作品中,都出现过那种一味逐"新"、一味追求"洋式"的生活情调而丧失了人格的堕落人物。其中既有兰小山、丁约翰之类"西崽",也有张天真、祁瑞丰、冠招娣之类胡同纨绔子弟。老舍一写到此类角色,就忍不住使用几乎是刻薄的手法,为他们描画可笑的漫画式肖像。且看《离婚》里的张天真的"德性":"高身量,细腰,长腿,穿西装。爱'看'跳舞,假装有理想,皱着眉照镜子,整天吃蜜柑。拿着冰鞋上东安市场,穿上运动衣睡觉。每天看三份小报,不知道国事,专记影戏园的广告。"总之,这是一种"新潮而又浅薄"的角色。《四世同堂》里的祁瑞丰也是这一类被嘲讽的"洋派青年",不过更令人恶心的是其"洋"味中又带有汉奸味。老舍笔下的这些角色因为嘲讽的意味太浓,刻画都不算深入,有类型化的倾向。老舍所写的老派市民显然带有悲剧意味,而在给新派市民画漫画时,鄙夷不屑之情便溢于言表。就其所描写的道德失范、价值混乱而言,老舍的批判是有现实针对性的,然而这种比较浮浅的嘲讽或批评里头,又包含着对西方文明的反思。老舍作品中的思想内涵是比较复杂的,批判传统文明时的失落感和对"新潮"的愤激之情常常交织在一起,并贯穿在他的多数小说中。

值得注意的是,在一些表现底层市民命运的作品里,也贯穿着批判排拒资本主义文明的主题。中篇小说《月牙儿》便表现了这一主题。这篇小说写得很有诗意,很感人。这不只是因为作品中母女两代烟花女子的故事悲惨,令人同情,也因为所写的两代人生活道路的离散与相聚背后,隐伏着精神上的离散与合一。小说展示了一种惊人的矛盾:母亲从生活中得来的"肚子饿是最大的真理"这一带有原始残酷性的生活经验,与女儿从"新潮"中接受的"恋爱神圣""婚姻自由"等新观念背道而驰。耐人寻味的是,在老舍的笔下,矛盾的解决方式,不是母亲的生活真理向女儿的新思潮靠拢,而是相反;老舍力图向读者指明:正是母亲的生活真理能够通向真正的觉醒。这样,老舍就对"五四"以来时兴的西方资产阶级个性解放思潮做出了自己的独特判断。他站在挣扎于饥饿线的下层城市贫民的立场上,尖锐地指出:在大多数穷人连基本的生存权都没有、处于饥饿状态的时候,爱情就只能是买卖,"自由婚姻""爱情神圣"云云,不过是骗人的"空梦"。说到这里,我们会联想到老舍在《骆驼祥子》里也有过类似的话:"爱与不爱,穷人得在金钱上决定,'情种'只生在大富之家。"值得注意的是,老舍对于西方个性解放思潮的质疑与批判,在作者所设定的像《月牙儿》所描写的范围内,无疑是深刻的；然而，在老舍全部作品的描写中，这种批判或多或少地表现为避免西方资本主义文明的弊病，而带有美化封建宗法社会东方文明的民粹主义倾向。这种民粹主义的思潮，在中国这样具有悠久的文化传统、闭锁的生活方式占优势的文明古国，是特别有其土壤的。

与老派的和新派的市民形象系列相比照，老舍的笔下又出现了"正派"的或"理想"的市民形象。显然，老舍在描绘城市资本主义化过程所产生的文化变迁与分裂的图景时，没有放弃对理想的追求，况且老舍的创作很注重社会教化功能，他写理想的市民是为了探索文化转型的出路，使作品变得更有思想启发意义。不过，老舍常常带着比较传统的道德观去构思他理想的市民性格。早期作品中的理想市民——无论是《老张的哲学》里的赵四、《赵子曰》里的赵景纯，还是《二马》里的李子荣、《离婚》里的丁二爷，都是侠客兼实干家，这自然是反映了中国传统小市民的理想的。这些小说大都以侠义行动为善良的平民百姓锄奸，从而获得"大团圆"式的戏剧结局。这显示出老舍的真诚、天真，也暴露了老舍思想的平庸面：中国的现代作家在对现实的批判方面时时显示出思想的深刻性，而一写到理想，又常常表现出思想的贫弱。这个现象是不是很发人深省？

以上我们主要研究了老舍描写"市民社会"时所表现的文化批判意识。还应当看到，老舍在批判传统文化的弊病时，尽管有时表现出某些平庸以及对于传统失落的那种复杂的感情，但他的可贵在于不忘对传统文化、民族性格潜在力量的挖掘，寻找民族振兴的理想之路。在《四世同堂》中，老舍就明确地指出，传统文化"是应当用筛子筛一下的"，筛去了"灰土"，"剩下的是几块真金"，就是"真正中国文化的真实的力量"，虽然也是"旧的"，但"正是一种可以革新的基础"。在小说中，像天佑太太、韵梅这些普通的家庭主妇，自然都是传统的人物，但是她们善良、坚韧的心性的确感人，就是"真金"。她们平时成天操心老人孩子、油盐酱醋，可民族危难一旦降临，她们就挺身而出，坚毅沉着而又忘我地成为独立支撑的大柱。在战时生活的艰难磨炼中，她们看到了四面是墙的院子外面的世界，把自己无私的关怀与爱，由家庭扩展到整个国家与民族。诗人钱默吟也是这样，战前"闭门饮酒栽花"，"以苟安懒散为和平"，残酷的战争打破了他生活的平静，儿子的壮烈牺牲与自己的被捕使他成了另外一个人，身上爆发出了传统文化中的道德力量、杀身成仁的民族骨气与操守。在老舍看来，为神圣的民族解放战争所唤起的这种坚韧不屈、勇于自我牺牲的民族精神是可以成为建设新民族、新国家的精神力量的。这瞩望于未来的眼光，标志着老舍的创作随着时代的发展始终放送着某种感化人的正能量。

第二节 《骆驼祥子》的另一解读：对城市文明病的探讨

凡是杰出的作品，都有丰富的内涵，也就提供了各种阐释的可能。《骆驼祥子》是老舍的代表作，很多论者都就这部作品做过研究，上基础课时我们也已经探讨过该小说的主要价值。这里要换一个角度，即从所谓城市文明病和人性关系这一更深的层次，来看《骆驼祥子》的创作视点和艺术深度。

如前所述，老舍的"市民世界"中经常出现老派、新派与理想市民这几种形象系列。除此之外，还有一种属于城市底层的贫民形象系列，在老舍的"市民世界"中也占有显著的位置。《骆驼祥子》就有许多底层的市民形象，如洋车夫祥子、老马、小崔、老巡警、拳师沙子龙、剃头匠孙七、妓女小福子、艺人方宝庆、小文夫妇等等。这个形象系列的描写中渗透了老舍对下层人民的复杂感情。如果说在刻画老派市民与新派市民时，喜剧的色彩往往构成主调，那么城市贫民的形象就往往具有浓重的悲剧性。《骆驼祥子》就是围绕城市贫民的悲剧命运而展开它的全部描写的，这部小说将老舍的创作推向了高峰。

我们怎样来读这样一部杰出的悲剧性小说？可能有不同的阅读角度和理解的层面。通常认为这部小说的成功在于真实地反映了旧中国城市底层人民的苦难，揭示了农民如何市民化，又如何被社会抛入流氓无产者行列的过程，以及这一过程中所经历的精神毁灭。这主要是一种反映论的阅读评论方式。就作品描写的生活情状及主要人物的典型性而言，这部作品的确有助于人们认识二三十年代中国城市社会的灰暗图景。

然而还可以有其他的读法、其他的理解层面。这里我们不妨放开思路，更细致地探究，也许就会发现这部小说还有更深入的意蕴，那就是对城市文明病与人性关系的艺术思考。也可以这样说，这部作品所写的主要是一个来自农村的淳朴农民与现代城市文明对立所产生的道德堕落与心灵腐蚀的故事。

让我们重新梳理并分析一下《骆驼祥子》的故事情节。

祥子从农村来到城市谋生，"带着乡间小伙子的足壮与诚实，凡是以卖力气就能吃饭的事他几乎全作过了"。他把买一辆自己的车作为生活目标，幻想着有了车就如同在乡间有了地一样，凭着自己的勤劳换取安稳的生活。经过三年的艰辛，祥子终于买下一辆新车，不料才半年就被匪兵抢去。他虎口逃生，路上捡到三匹骆驼，卖了三十五元钱，准备攒着买第二部车，不久又被孙侦探抢走。车厂老板刘四爷的女儿虎妞喜欢祥子，祥子虽然讨厌她又老又丑，却也防不住性诱惑的陷阱，不得不与她结婚，并用她的私房钱买下第三部车。不久虎妞因难产死去，祥子只得卖掉车子料理丧事。老舍以极大的同情描写祥子的不幸遭遇，"一个拉车的吞的是粗粮，冒出来的是血；他要卖最大的力气，得最低的报酬；要立在人间的最低处，等着一切人一切法一切困苦的击打"。祥子"作一个独立的劳动者"的善良愿望的毁灭，是有社会原因的，小说所写的逃匪、侦探等的欺压，都映现出二三十年代那个动荡的社会背景，这使得祥子的悲剧有了社会批判的内涵。

但作家同时揭示和批判了祥子自身固有的缺陷。他不合群，别扭，自私，死命要赚钱，"不得哥儿们"。"在没有公道的世界里，穷人仗着狠心维持个人的自由，那很小很小的一点自由。"这就决定了他的孤独、脆弱，最终完全向命运屈服，一步步走向堕落的深渊。小说最后写祥子完全变了个人，他变得懒惰、贪婪、麻木、缺德，他打架，使坏，逛窑子……"为个人努力的也知道怎样毁灭个人"，他真正成了"个人主义的末路鬼"。这正是对祥子小生产者个人奋斗的思想、性格悲剧的深刻刻画。老舍在下层城市贫民身上发现了不敢正视现实、自欺欺人的幻想，以及人与人之间的冷漠，个人奋斗道路破灭以后的苟且忍让，他认为这是"老中国的儿女"的弱点，是落后的经济文化的产物。这样，《骆驼祥子》中对城市贫民性格弱点的批判，就纳入了老舍小说"批判国民性弱点"这一总主题中。

但是大家要特别注意，围绕祥子的悲剧命运，所展示的是地狱般的非人的环境。祥子为什么会堕落？他是被腐败的环境锁住而不得不堕落。他也一次又一次想同命运搏斗，但一切都是徒劳，他终于向命运就范。他的一切幻想和努力都成为泡影，恶劣的环境毁灭了一个人的全部人性。老舍这里自觉地在表现和思考城市文明病如何和人性发生冲突。老舍说过，他写《骆驼祥子》很重要的一点便是"由车夫的内心状态观察地狱是什么样子"。这个"地狱"就是那个在城市化过程中产生的道德沦落的社会,也是为金钱所腐蚀了的畸形的人伦关系。像虎妞的变态情欲,二强子逼女卖淫的病态行为,以及小福子自杀的悲剧,等等,对祥子来说,都是锁住他的"心狱"。

小说写祥子的一系列不幸遭遇,蕴含着一个不断向自我和人类的内心探究的"旅程式结构"。祥子从农村来到城市,幻想当一个有稳定生活的劳动者,可是他的人生旅途每经过一站都沉沦堕落一层,愈来愈接近最黑暗的地狱层。无论是祥子初来乍到就看到的那个无恶不作的人和车厂,还是他结婚后搬进去的杂乱肮脏的大杂院,或者最后那如同"无底的深坑"的妓院白房子,小说都是通过祥子内心的感觉来写丑恶的环境如何扭曲人性,写他在环境的驱使下如何层层给自己的灵魂上污漆,从洁身自好到心中的"污秽仿佛永远也洗不掉",最后破罐子破摔,彻底沉沦。祥子被物欲横流的城市所吞噬,自己也成为那个城市丑恶风景的一部分。小说直接解剖构成环境的各式人的心灵,揭示文明失范如何引发"人心所藏的污浊与兽性"。

至此,我们对《骆驼祥子》又有了一种新的解析。

我们理解老舍写《骆驼祥子》可能有现实的触动,有前面所说的文化批判的意识,但不可忽略,构成老舍创作的动力并最终成为其作品中某种深层意蕴的,是老舍对城市中"欲"(情欲、财产贪欲等)的嫌恶、对城市人伦关系中"丑"的反感,都是出于道德的审视。人们从《骆驼祥子》阴暗龌龊的图景中,能感触到老舍对病态的城市文明给人性带来伤害的深深的忧虑。在1930年代,像《骆驼祥子》这样在批判现实的同时又试图探索现代文明病源的作品,是独树一帜的。

第三节 老舍作品的"京味"与幽默

对作家作品的评论研究,往往还要着眼于风格。怎么把握老舍的风格?可以抓住他创作中最引人注目"京味"。"京味"就是一种风格现象,包括作家对北京特有的风韵、特具的人文景观的展示及展示中所注入的文化趣味。因此"京味"首先表现为取材的特色。老舍聚集其北京的生活经验写大小杂院、四合院和胡同,写市民凡俗生活中所呈现的场景风致,写已经斑驳破败仍不失雍容气度的文化情趣,还有那构成古城景观的各种职业活动和寻常世相,为读者提供了丰富多彩的北京画卷。这画卷所充溢着的北京味有浓郁的地域文化特色,具有很高的民俗学价值。

"京味"作为小说的风格氛围,又体现在作家描写北京市民庸常人生时对北京文化心理结构的揭示方面。北京长期作为皇都,形成了帝辇之下特有的传统生活方式和文化心理习惯,以及与之相应的审美追求,迥异于有更浓厚的商业气息的"上海文化"。老舍用"官样"一语来概括北京文化的特征,包括讲究体面、排场、气派,追求精巧的"生活艺术";讲究礼仪,固守养老抚幼的老"规矩";生活态度的懒散、苟安、廉和、温厚;等等。这类"北京文化"的"精魂"渗透于老舍作品的人物刻画、习俗描绘、气氛渲染之中。老舍作品处处写到礼仪,礼仪既是北京人的风习,亦是北京人的气质,"连走卒小贩全另有风度"。北京人多礼,《二马》中老马赔本送礼;《离婚》中老李的家眷从乡下来,同事们要送礼,张大哥儿子从监狱里放出来也要送礼;《骆驼祥子》中虎妞要祥子讨好刘四爷更需送礼;《四世同堂》则直接详尽描写祁老人"自幼长在北平,耳习目染的和旗籍人学了许多规矩礼路"。这不仅是一种习俗,更表现了一种"文化性格"。

《四世同堂》第一章就写到,无论战事如何紧张,祁家人也不能不为祁老人祝寿:"别管天下怎么乱,咱们北平人绝不能忘了礼节。"就连大字不识一个的车夫小崔也熏染了这种北京"礼节":他敢于打一个不给车钱的日本兵,可是当女流氓大赤包打了他一记耳光时,却不敢还手,因为他不能违反"好男不跟女斗"的"礼"!

这种"北京文化"甚至影响到中国的市民知识分子,《四世同堂》里的祁瑞宣就是这样一个衰老的北京文化处于新思潮冲击下产生的矛盾性格。小说写了一个细节,当台儿庄大捷的消息传到北京后,作为一个"当代中国人",他十分振奋,但他没有"高呼狂喊":"即使有机会,他也不会高呼狂喊,他是北平人。他的声音似乎是专为吟咏用的,北平的庄严肃穆不允许狂喊乱闹,所以他的声音必须温柔和善,好去配合北平的静穆与雍容。"祁瑞宣因此而感叹自己缺乏那种新兴民族的英武好动,说打就打,说笑就笑,敢为一件事,不论是为保护国家还是为试验飞机或汽车的速度而去牺牲性命。

老舍对"北京文化"的描写,是牵动了他的全部复杂情感的:这里既充满了对"北京文化"所蕴含的特有的高雅、舒展、含蓄、精致的美不由自主的欣赏、陶醉,以及因这种美的丧失毁灭油然而生的感伤、悲哀,以至若有所失的怅惘,同时也时时为"文化过熟"导致的柔弱、衰败而惋叹不已。对北京文化的沉痛批判和由其现代命运引发的挽歌情调交织在一起,使老舍作品呈现出比同时代许多主流派创作更复杂的审美特征。老舍作品中的"京味"正是这种主观情愫与对北京市民社会文化心理结构的客观描绘的统一。

老舍性情温厚,其写作姿态也比较平和,常常处于非激情状态,更像是中年的艺术。他的作品追求幽默,一方面来自狄更斯等英国文学家的影响,同时也深深地打上了"北京市民文化"的烙印,形成了更内蕴的"京味"。老舍说"北平人,正像别处的中国人,只会吵闹,而不懂得什么叫严肃";"北平人,不论是看着一个绿脸的大王打跑一个白脸的大王,还是八国联军把皇帝赶出去,都只会咪嘻咪嘻的假笑,而不会落真的眼泪"。老舍的幽默带有北京市民特有的"打哈哈"性质,既是对现实不满的一种以"笑"代"愤"的发泄,又是对自身不满的一种自我解嘲。总之,是借笑声来使艰辛的人生变得好过一些。用老舍自己的话来说,就是把幽默看成生命的润滑剂。

这样,老舍作品中的幽默就具有了两重性:当过分迎合市民的趣味时,就流入了为幽默而幽默的"油滑"(说得严重一点,有点类似北京"京油子"的"耍贫嘴")——这主要表现在老舍早期的作品中,老舍曾为此而深深苦恼,以致一度"故意的停止幽默"。经过反复思索、总结,从《离婚》开始,老舍为得之于北京市民趣味的幽默找到了健康的发展方向:更加追求生活化,在庸常的人性矛盾中领略喜剧意味,谑而不虐,使幽默"出自事实本身的可笑,而不是由文字里硬挤出来的";追求更高的视点、更深厚的思想底蕴,使幽默成为含有温情的自我批判,而又具有艺术表现上的节制与分寸感。老舍的创作逐渐失去了初期的单纯性质,产生了喜剧与悲剧、讽刺与抒情的渗透、结合,获得了一种丰厚的内在艺术力量,读其小说往往不仅使人忍俊不禁,更令人掩卷深思。

老舍的语言艺术也得力于他对北京市民语言及民间文艺的热爱与熟悉。他大量加工运用北京市民俗白浅易的口语,用老舍自己的话来说,就是"把顶平凡的话调动得生动有力",烧出白话的"原味儿"来;同时,又在俗白中追求讲究精致的美(这也是北京文化的特征),写出"简单的、有力的、可读的而且美好的文章"。老舍成功地把语言的通俗性与文学性统一起来，做到了干净利落、鲜活纯熟，平易而不粗俗，精制而不雕琢。其所使用的语词、句式、语气以至说话的神态气韵，都有独特的体味和创造，又隐约渗透着北京文化。这也是"京味"的重要表现。老舍称得上"语言大师"，他在现代白话文学语言的创造与发展上有着突出的贡献。

第四节　老舍研究的状况

为了方便同学们进一步了解老舍研究的状况，介绍一些主要的论著。

在三四十年代，老舍并没有赢得普遍的好评，但在不多的评说中，都注意到他是特色作家。最早对老舍的创作进行评论的是朱自清，他在《〈老张的哲学〉与〈赵子曰〉》①中肯定了老舍这些早期小说的现代品质，又批评其描写过火、夸张失度。相对而言，《离婚》和《猫城记》引起了比较多的讨论。李长之看出了老舍作品的人物几乎都是灰色的，"怯懦"和"折中"是老舍讽刺的"总目标"。老舍的讽刺往往"一针"下去未必"见血"，因为"终于缺少一种力量"，"针刺得轻，就容易成为刹那的快感而止"。② 他甚至将老舍与鲁迅作比较，认为"同是讽刺，鲁迅的是挖苦，而老舍的乃是幽默。鲁迅能热骂，老舍却会俏皮"③，并指出老舍的好处是写出了"温暖而有血性的人间"，但是显然又将知识分子的忧郁、脆弱和多思都"给了他们的书中英雄"④。这些评说应当说是中肯的、有分析的。老舍的《骆驼祥子》发表后，反响也不算大，虽然毕树棠、巴人、许杰等有过一些评论，但对老舍作品的价值并没有充分肯定，较多地还停留于抱怨其所谓"社会意义"和"教育意义"不足，缺少学理性的评析。

五六十年代老舍在文坛名声大振，被誉为"人民的艺术家"，主要是因

---

① 载1929年2月11日《大公报》文学副刊，署名"知白"，收吴怀斌、曾广灿编《老舍研究资料》，北京十月文艺出版社1985年版。
② 李长之：《离婚》，载《文学季刊》1934年1月创刊号，收郜元宝、李书编《李长之批评文集》，珠海出版社1998年版，第173页。
③ 李长之：《猫城记》，载《国闻周报》第11卷第2期，1934年11月，收郜元宝、李书编《李长之批评文集》，第188页。
④ 李长之：《送老舍和曹禺》，载1946年4月1日天津《大公报·文艺副刊》，收郜元宝、李书编《李长之批评文集》，第168页。

为他紧跟时代的戏剧创作,如《龙须沟》《茶馆》等等。这方面的评论非常多,评价也很高。《骆驼祥子》等作品虽然也进入了大学甚至中学的课本,但对老舍小说及其文学史地位的系统研究仍不多。直到"文革"后,樊骏《论〈骆驼祥子〉的现实主义——纪念老舍先生八十诞辰》(《文学评论》1979年第1期)一文发表,如何界定老舍创作的文学史地位才成为学术界重视的课题。樊骏这篇文章以现实主义作为研究的出发点,有相当坚定的立论。文章认为"祥子被剥夺掉的,不仅是车子、积蓄,还有作为劳动者的美德,还有奋发向上的生活意志和人生目的";在小说中,最重要的是写出了"精神上的毁灭","阶级对阶级的压迫,不是表现为政治上的迫害或者经济上的剥削,而是表现为深入人物身心的摧残和折磨";祥子的悲剧,"主要是他所生活的那个社会的产物"。这些基本观点,被当时的文学史教学普遍接纳。

要了解1980年代前期主要的研究成果,可参考宋永毅的《进入多维视野的老舍——近年来老舍研究述评》(《文学评论》1985年第1期)这篇综述。而真正比较深入而有创见的研究,多出产于1980年代后期至1990年代。有几本专著值得在此重点介绍:宋永毅的《老舍与中国文化观念》(学林出版社1988年版),是从文化心理角度切入研究的,也比较细致地评析了老舍作品的地域性特色。孙钧政的《老舍的艺术世界》(北京十月文艺出版社1992年版)偏重对作品的艺术分析,尤其是语言技巧的分析,其中将老舍语言的特点概括为"白、俗、俏、深",以及对风格词语和句式的讨论,都相当深入而且富于启发性。赵园的《北京:城与人》(上海人民出版社1991年版)虽不是老舍的专论,但对于"京派"所依托的北京文化及其在创作中的表现,有非常独到的发现。其中指出,老舍对"北京市民社会的发掘,达到了对于时代本质的某种揭示";"老舍式的幽默"出于异禀,但不免有"《笑林广记》的气味"。赵园认为以老舍为代表的京味作家,往往"敏感于极琐细的生活矛盾、人性矛盾,由其中领略生活与人性现象中的喜剧意味,以这种发现丰富着关于人生、人性的理解,和因深切理解而来的宽容体谅,并造成文字间的暖意、柔和、温煦的人间气息";还指出,老舍的小说结构和当时主流文学不同,并不注重以阶级特征与阶级关系作为艺术结构的参照,而是多以人物命运为线索,或依呈现世相、人生相的要求进行结构,作品讲究行当齐全,着眼常在人物的个性和文化差异。

稍后出版的甘海岚的《老舍与北京文化》(中国妇女出版社 1993 年版),也是力图从地域文化的视角探讨老舍创作的文化象征意义。还有陈震文和石兴泽的《老舍创作论》(辽宁大学出版社 1990 年版)、吴小美和魏昭华的《老舍的小说世界与东西方文化》(兰州大学出版社 1992 年版)、谢昭新的《老舍小说艺术心理研究》(北京十月文艺出版社 1994 年版)、王晓琴的《老舍新论》(首都师范大学出版社 1999 年版)、关纪新的《老舍评传》(重庆出版社 2003 年版)、孙洁的《世纪彷徨:老舍论》(百花洲文艺出版社 2003 年版)、石兴泽的《老舍与二十世纪中国文学和文化》(人民文学出版社 2005 年版)、傅光明的《口述历史下的老舍之死》(山东画报出版社 2007 年版),等等,在相关的论题上都有比较深入的探索。海外也有许多学者关注老舍研究,论著很多。其中新加坡王润华的《老舍小说研究》(台湾东大图书出版公司 1995 年版)偏重从比较文学的角度考察老舍创作的艺术个性,并格外注意老舍对于现代都市文明的批判意识,有诸多新的发现。

关于老舍研究的论文也非常多,比较集中的问题有关于老舍《骆驼祥子》中虎妞形象的讨论,关于《猫城记》评价的讨论,关于老舍幽默风格的讨论,以及关于《四世同堂》及《茶馆》等作品的讨论等,都有一批观点不一但多有见地的论作。限于篇幅,在此不可能全面介绍。

同学们要顺藤摸瓜,掌握有关老舍研究的基本状况与书目,还可参考一些工具书和资料汇编类的书。如吴怀斌、曾广灿编《老舍研究资料》(北京十月文艺出版社 1985 年版)、王惠云、苏庆昌《老舍评传》(花山文艺出版社 1985 年版)、曾广灿编著《老舍研究纵览》(天津教育出版社 1987 年版)、张桂兴编《老舍年谱》(上海文艺出版社 1997 年版),等等。

思考题

1. 试分析老舍小说中"市民世界"的人物形象构成,并阐说其创作的文化批判视野。

2. 试评《骆驼祥子》中祥子悲剧的多重含义。

3. 分析老舍作品"京味"形成的主要因素。

第五讲 曹禺与现代话剧艺术的成熟

从1930年代中期开始,曹禺陆续向剧坛奉献了几部剧作精品,促使话剧这种舶来品开始真正赢得了观众,从而实现了话剧艺术的突破与飞跃。曹禺话剧融会了西方戏剧的优点,使这种外来的戏剧形式第一次在较大的思想容量和深刻性上表现了中国的民族生活。《雷雨》等剧作的诞生成了现代话剧艺术成熟的标志。在漫长的创作历程中,曹禺的戏剧数量并不多,就是把独幕剧和电影加在一起,也不过14部。但作为中国现代话剧史上最负盛名的作家,曹禺的创作就像挖不尽的宝藏一样,给后人留下了不尽的话题。从1934年曹禺的第一部作品《雷雨》问世至今,曹禺及其创作始终处在不断的争议和再认识之中。一方面,由于曹禺剧作内蕴的丰厚,其艺术魅力历久不衰;另一方面,作为20世纪中国现代文学史上一个特殊的文学景观,曹禺本人的创作经历也同样引起人们许多的兴趣。这一讲除了介绍有关曹禺研究的状况,将重点放在从话剧审美特征入手,讨论曹禺戏剧艺术的显著特色,以及曹禺剧作中常有的悲剧意味与曹禺的人格心理有何关联,曹禺的创作个性与他戏剧创作的成功及后来创造力的衰退又有什么千丝万缕的联系。

第一节 曹禺研究概况

曹禺研究历来为许多文学史家的兴趣所在。进入新时期后,随着新观念、新方法的引进,研究者逐渐超越过去常用的一般社会学的模式,注重戏剧艺术和深层创作心理的开掘,建立了各种新的理论视角,从而使研究课题更新,范围扩展,成果大量涌现,活跃的学术争鸣态势也终于形成。我们可以参考有关曹禺研究的资料集和一些代表性的专著。如有的论者批评《雷雨》所表现的宿命论思想和神秘主义色彩;有的论者对《雷雨》的戏剧冲突有不同理解;再如关于陈白露和悲剧实质的问题,《原野》是否是曹禺最失败的作品的问题,怎样看待《原野》借鉴表现主义的问题,如何认识《北京人》没有反映抗战现实和时代气氛不够强烈等等,都曾经是曹禺研究中的热门话题。

这里不打算全面评述有关曹禺的研究状况,仅着重介绍近年来曹禺研究领域里出现的新角度和新观点。这些观点不一定都有充足的学理性,有些可能还有意标新立异,但总有一些新的思考,可以引发更深入的探讨。更重要的,还是借此拓宽我们的学术视野,以求对曹禺及其《雷雨》有新的理解,并掌握话剧文学评论的基本理路。

一 从基督教文化的影响来考察曹禺戏剧

这些年关注宗教与文学的联系的著作多了起来,是一个新的学术动向。宋剑华就从基督教文化影响的角度切入,写了一系列论文,试图建立一个用基督教文化来解释曹禺戏剧的框架。他指出,曹禺在创作《雷雨》时感到宇宙斗争的"残忍"和"冷酷"而深陷迷惘,于是"试图从宗教中去寻求大千世界的真谛"。首先,曹禺早期接受过基督教文化的启蒙教育,少年时代"翻阅《圣经》","经常去法国人办的天主教堂,观看善男信女们的礼拜日祷告",大学时代"反复地研究《圣经》和《圣经》文学,而且又迷上了巴赫的宗教音乐"。大学毕业后曾去"河北女子师范学院用英文教授《圣经》文学"。这段潜移默化的影响,对于他的人生观、创作观的形成有相当大的作用。在论者看来,曹禺从事文学活动的动机是为了改恶从善,这正是基督教文化的影响。其次,从曹禺话剧创作模式来看,表现正义与邪恶的较量,是典型的社会道德剧:《雷雨》是"迷惘人生的罪与罚",《日出》是"灵魂的毁灭与再生",《原野》是讲"人与人的极爱与极恨的感情",《北京人》是"原始野性的呼唤"。最后,从曹禺剧作的人物来看,他们都是上帝苦难的子民,可分为贪婪型如周朴园、淫乱型如蘩漪、仇恨型如仇虎、市侩型如鲁贵、使徒型如方达生、无辜者型如周冲等等,论者认为这里也浸透着基督教的人文意识,其社会文化意义大于社会政治意义。[①] 不谋而合,曾广灿、许正林也撰文论述

---

① 宋剑华:《试论〈雷雨〉中的基督教色彩》,《中国现代文学研究丛刊》1988年第1期;《曹禺早期话剧中的基督教伦理意识》,《江汉论坛》1988年第11期。

了《雷雨》的基督教意识,如"原罪情结""神秘性"及忏悔意识等等。他们指出,"《雷雨》序幕让周朴园走进教堂,尾声让周朴园聆听《圣经》诵读,戏剧正文以回忆形式出现。就好象是周朴园深蕴内心的长长的忏悔祷文"①,试图对序幕和尾声做出尽可能贴近宗教的新的解读。《雷雨》等剧作中基督教的影响肯定是有的,上述这些研究确实提供了新的角度,也有所发现。但问题是如何将宗教的影响从其作品中恰如其分地剥离出来,又尽可能还原其文学与宗教互动相生的状态,而不只是想办法搜寻例证去证明到处都有基督教的表现。难点可能也在这里。

二 运用精神分析派的观点来研究曹禺的戏剧

按照精神分析派的观点,作者的无意识心理会以某种经过伪装的方式在其作品中流露出来。用弗洛伊德这种理论深掘作者无意识的论文,近几十年来很多见。这种理论方法的长处,是可能发现深层的创作心理模式或动力,从而超越地解析作家创作个性的形成。邹红就把曹禺的个人生活经历和情感体验与创作联系起来,并运用心理分析方法剖析曹禺笔下的人物,认为"对于前期曹禺来说,'家'是一个无法挣脱的梦魇,一个外在的'心狱'。而冲出'家'的桎梏,则成为曹禺剧作一再重复的潜主题"。"不由自主地被关进'家'的牢笼,憎恶着这种半死不活的生活方式却又不能选择别的生活方式,愈是挣扎,却发现陷得愈深,下定决心去追求光明,却得知自己早已注定只属于黑暗,这是'家'的梦魇,也是作者的悲哀。"②加上曹禺早年婚姻不幸造成的心底的压抑、苦闷,是他后来创作《北京人》和改编《家》的"内驱力",其中所说的"内驱力"问题值得注意。还有研究者运用弗洛伊德的理论来解释周萍的心理,认为周萍对蘩漪的爱欲里有恋母情结的成分,母爱与性爱的双重欲望才是周萍勾引蘩漪的真正动机,他最终放弃蘩漪并非慑于周朴园的权威,而是出于内心中"乱伦禁忌"所引起的自我罪责感;认为周萍是《雷雨》中最可悲的一个人,母子乱伦的道德惩罚已经判决了他精神上的死刑,最终兄妹乱伦的禁忌则使他的心理防线彻底崩溃,无法自我拯

---

① 曾广灿、许正林:《曹禺早期剧作的基督教意识》,《文史哲》1993年第1期。
② 邹红:《"家"的梦魇——曹禺戏剧创作的心理分析》,《文学评论》1991年第3期。

救而不得不走上绝境。① 周萍所承载的悲剧冲突具有人性的普遍意义,是心理分析的典型案例。这一类研究方法与结论往往是别开生面的,有些深度的心理分析确有新意。但试用这种方式评论应注意分寸,防止离开审美的意味只顾一味地深掘探奇,结果难免钻入牛角尖。

三 把比较文学视角引入曹禺研究

比较文学也是这些年的热门,一般而言,把比较文学视角引入曹禺研究包括两个方面。一是影响研究,即着重研究曹禺所受的外国戏剧的影响。较有影响的论文如周音的《谈〈雷雨〉对索福克勒斯和莎士比亚戏剧的借鉴》(《丹东师专学报》1985年第1期),从创作目的、命运含义、结构安排几个方面做了比较,肯定了曹禺的借鉴和独创。金延锋的《〈雷雨〉与〈群鬼〉》(《杭州大学学报[哲学社会科学版]》1985年第2期)从反抗精神、戏剧结构、戏剧冲突、人物形象几个方面进行了比较,认为曹禺借鉴了易卜生,创造出来的却是"具有中国特色的话剧"。刘珏的《论曹禺剧作和奥尼尔的戏剧艺术》(《文学评论》1986年第2期)探讨了曹禺喜爱奥尼尔的原因,阐述了曹禺怎样吸收奥尼尔的戏剧技巧,认为是戏剧创新的浪潮把两位不同国籍的戏剧家联系起来了,奥尼尔成为美国现代戏剧的开创者,曹禺则成为中国戏剧的革新者、代表者。这是目前国内关于曹禺与奥尼尔最全面的论述。王文英的《曹禺与契诃夫的剧作》(《文学评论》1983年第4期)则是对曹禺借鉴契诃夫戏剧成功经验的专题研究成果,认为曹禺借鉴吸收契诃夫的经验有三点,一是"生活化的散文诗体结构",二是"细致入微地展示出人物内心隐秘的经验",三是悲喜剧结合的新样式,并指出:"对契诃夫艺术经验的吸收和融化,使曹禺剧作的戏剧冲突趋向含蓄深沉,使曹禺笔下的戏剧人物的性格趋向丰富深邃。曹禺剧作在莎士比亚、易卜生一类大师影响下形成的宏伟明丽的基本风格的基础上,又融进了契诃夫那诗一样幽远深沉的韵味。"这些域外剧作家的创作经验在曹禺的创作道路上到底起了多大的作用?认真地探讨这些问题,不仅有助于从深度、广度两方面开拓曹禺研究的领域,而且也有助于我们了解20世纪中国戏剧根本性的变化,是它的古典时期的结束与现代时期的开始。这是戏剧观念、戏剧内容和形式的转

---

① 李俊:《〈雷雨〉:悲剧冲突及其主题》,《戏剧》1980年第1期。

型性的变化。而文化进化、文化传播与文化功能这三个问题始终制约着、刺激着,也可以说是困扰着中国戏剧现代化的进程。

比较文学研究的另一个方面是运用比较的方法研究曹禺与同时代剧作家之间的关系,从而显示出曹禺的特色。这方面朱栋霖首开风气之先,其比较研究成果极为多样化,如《雷雨》与《打出幽灵塔》的比较,《日出》与《大饭店》的比较,《雷雨》与《群鬼》的比较,《原野》与《琼斯皇帝》的比较,《北京人》与《樱桃园》《三姊妹》的比较,等等。此外,曹禺与陈白尘、老舍、郭沫若等同时代剧作家的比较也深入展开,可以说仁者见仁,智者见智,一批功底深厚而有特色的比较研究论文先后发表,使曹禺研究领域充满生机。其中,韩日新的《三、四十年代曹禺和夏衍的剧作比较》(《文学评论》1991年第2期)值得一提,他把三四十年代北方和南方剧坛的两颗明星做了比较,提出新颖的见解:一是从作家与时代的关系来看,他把曹禺的剧作称为"暮鼓",而把夏衍的剧作称为"晨钟"。前者强调长夜漫漫的压抑,而后者则表现了清晨的希望。二是从人物塑造来看,曹禺熟悉的是北方公馆里的老爷、太太、少爷、丫鬟,而夏衍熟悉的是南方上海的市民阶层和知识分子。三是曹禺和夏衍都是杰出的现实主义者。曹禺的个性是热情、深沉、精巧、机智,但又带点忧郁和被压抑的愤懑,给人的印象是勤奋老练、才华横溢而感情丰实;夏衍的个性是简朴、厚实、明朗、清爽,给人的印象是深沉而内向、坚强而丰实。

四 关于传统文化对曹禺影响的研究

相对而言,关于传统文化对曹禺影响的研究成果较少,却又是有待开掘的重要领域。董健就在他的《论中国传统文化对曹禺的影响》(《戏剧艺术》1991年第4期)中探讨了曹禺研究中长期被忽视的与传统文化的深层联系。他认为:"曹禺不仅从经史子集、古典文学等书面文体和古典戏曲研究中接受了大量传统文化的信息,而且他是在传统文化所濡染化成的生活氛围中长大的。"他指出曹禺所受传统文化影响包括仁学、民本思想,和而不同、托古求新的理性思维方式,作为人格修养和审美判断、价值要求的情、理统一观,以及中国古典诗集"情深而文明,气盛而化神"的审美原则等,这些都从不同方面给曹禺的戏剧创作以积极影响。焦尚志也提出:虚化形象的存在,是曹禺剧作的特征,它具有我国传统艺术写意抒情的美学意蕴。① 还有研究者注意到,曹禺的贵族出身以及对贵族生活的冥悟,不仅赋予了他表现大家族与士大夫文化独具的才华,也促成了他与中外古典贵族艺术的深刻联系,以及他的作品中特有的典雅、精致的艺术个性;而且,更重要的是,这种出身与生活,滋养了他的文学创作根底上的"贵族精神",即不满足于"有限的平凡的存在",而"要求无限的超越的发展"②。传统文化对曹禺戏剧的内在规定性的影响,正日益受到研究者的关注,有可能形成一个新的研究生长点。

五　从接受美学和其他不同的层面研究曹禺

值得注意的是孔庆东的《从〈雷雨〉的演出史看〈雷雨〉》(《文学评论》1991年第1期)。他所选择的研究视点是接受美学,承认艺术作品的本质是"建立在从它不断与大众对话产生的效果上"。因此,孔庆东从1935年4月《雷雨》在东京首次演出到1989年北京人艺第四次排演《雷雨》这五十多年演出史中"架设了十几处观测点",考察了不同的历史时期《雷雨》演出时导演、演员对它的不同理解、不同处理,勾勒了以导演、演员、观众为主体的《雷雨》接受史,向人们展示了《雷雨》强大的艺术生命力。钱理群的专著《大小舞台之间——曹禺戏剧新论》(北京大学出版社2007年版)是多年来曹禺研究方面极有学术个性的论著。该书的特点是知人论世,思想史的色彩很浓,而且极留心作品的生产与消费过程,把曹禺剧作放在更广阔的接受背景(演出过程和研究过程)中去研究,从而新见迭出,打开了新思路。王卫平则从接受过程中常出现的"误读"现象切入,对曹禺三部戏剧进行研究。他指出曹禺创作《雷雨》的本意与观众接受的背离:"曹禺原本要表现的是整个宇宙的残忍和冷酷,所有的人都难以摆脱痛苦和不幸,而观众却觉得《雷雨》是暴露大家庭的罪恶,是反封建;曹禺在《雷雨》中探讨的是自然中人的命运,人的悲剧,观众却认为《雷雨》象征了资产阶级的崩溃,说明了资产阶级不会有好的命运。"③此外,李标晶的《曹禺的戏剧理论初探》(《齐

---

① 焦尚志:《论曹禺剧作中虚化形象及其审美价值》,见田本相、刘家鸣主编《中外学者论曹禺》,南开大学出版社1992年版。
② 周作人:《贵族的与平民的》,《中国文学的源流》,北京出版社2020年版,第130页。
③ 王卫平:《曹禺名剧的误解曲解与理解》,"百家讲坛"系列之"在文学馆听讲座"第三十八讲,2003年12月20日。

鲁艺苑》1988年第1期）概括了曹禺戏剧理论与现实生活及民众审美的心理需求的内在关系。这方面的研究加强了曹禺研究的理论色彩，显示了曹禺研究的深入发展。

六　海外曹禺研究现状

继早期的观后感、剧评和介绍性文章之后，约从20世纪50年代开始，海外曹禺研究渐趋专业化、学术化，出现了一批较有深度的研究著述。海外各国的曹禺研究中，日本学人可谓用力最勤，不仅起步早，涉及面广，而且多有真知灼见。其中最有代表性者，如庆州大学教授佐藤一郎1951—1954年间发表的系列论文，充分肯定了曹禺在中国现代戏剧史上的地位和融中西于一炉的艺术创造性。年轻一代学人饭冢容，作为日本曹禺研究领域的后起之秀，从1976年以来陆续发表了多篇有关曹禺及其剧作的论文，分析曹禺剧作与外来影响的关系。此外，饭冢容向日本国内介绍中国曹禺研究的文章《关于钱谷融的〈《雷雨》人物谈〉》《最近的〈北京人〉论》以及向中国学界介绍日本曹禺研究状况的《日本曹禺研究史简介》、考察中日话剧交流史实的《中国话剧的发展与日本》等，在中日曹禺研究领域都受到重视。苏联学者 B. 彼特罗夫为两卷本《曹禺戏剧集》撰写的介绍文章《论曹禺的创作》，全面评述了曹禺的创作道路及作品风格，认为曹禺是一位卓越的剧作家，获得了全民族、全世界的声誉。再如美籍华裔学者刘绍铭1970年出版的《曹禺论》（香港文艺书屋），是他1966年在美国印第安纳大学完成的博士论文，有关曹禺剧作所受外来影响的见解颇有可取之处。中国台湾地区学者胡耀恒，韩国学者韩相德、李康仁等的博士论文也以曹禺为研究对象。这些无疑表明曹禺及其剧作在海外学人心目中的价值，也预示了未来海外曹禺研究还有更大的开拓空间。

新时期的曹禺研究发展快、成果多，研究者在逐渐摆脱社会学的模式后，从戏剧本体出发，建立了新的理论框架，与以前数十年相比，有明显的突破和超越。研究中有争鸣，有交锋，有比较，有鉴别，视角新颖，理论色彩浓厚，结论扎实，从平面到立体，从单一到多元，有了明显的发展。曹禺研究是一个挖不尽的矿藏，展望前景，仍大有可为。以上介绍了近年有关曹禺研究的代表性观点，来不及详细展开评说。希望同学们不只是知道这些结论，还要了解含义丰富的文学作品是可以从不同的层面进行解析的，而不同的研究方法可能各有长短得失。下面我们可以结合上述的某些思考,重新回到曹禺创作本身,探讨其戏剧艺术特色与文学史贡献。

第二节 曹禺话剧的诗意特征

曹禺这个本来在文坛没有名声的年轻作者,1930年代乍一出道就一鸣惊人,本是话剧文学发展顺理成章的结果。新文学的话剧艺术探索几经艰难,到曹禺这里才终于结出了硕果。与二三十年代的戏剧相比,曹禺戏剧的特别之处,是注意塑造人物,精心安排戏剧场面,讲求台词口语化和文学化的结合,把西方悲剧观念有选择、有改造地引进本土,提高了戏剧表达生活的范围和能力。曹禺戏剧的突破不是个别的、局部的,而是整体性的、综合性的。正是从《雷雨》开始,作为舶来品的话剧才表现出纯熟的本地风光,在广大社会中成为引人入胜的戏剧。当年中国旅行剧团演出《雷雨》轰动一时。剧团的创始人唐槐秋先生曾当面对曹禺说:"万先生,《雷雨》这个戏真叫座,我演了不少新戏,再没有《雷雨》这样咬住观众的。"①一个"咬"字,十分通俗而准确地说出了曹禺剧作的重要的特色。

曹禺的剧作代表了中国话剧文学的成熟,不仅是指戏剧结构、人物塑造、语言提炼等方面接近甚至达到了完美,更是指戏剧创作方法上的突破与创新。曹禺学习和借鉴西方戏剧的艺术表现手段,而且把这一借鉴充分中国化,使之适于表现中国人的生活和精神气质,既与本土观众的审美习惯拉开一些距离,有审美的"落差",有创新感,又能为中国的观众所接受,不再视话剧为"洋玩意"。这的确就是了不起的创造。曹禺的创作方法其实很难以一种什么"主义"简单地命名。如果一定要概括,可以说是以现实主义为主导,糅合了表现主义、象征主义、浪漫主义等多种手法,并与中国传统文学韵味血脉相通。曹禺的创作方法已经具有自家的独特面貌,创作个性非常明显。

如何欣赏曹禺剧作?门路很多,这里我们可以重点探讨一下大家读《雷雨》时经常能感到的"诗意"现象,这也是文体风格问题,是对曹禺剧作从艺术上整体把握的关键之一,显然跟作者的创作状态也有关。了解和分

---

① 甘竞存:《曹禺的贡献、失误及其最后的觉悟》,《江淮论坛》1998年第5期。

析这种创作状态,可能比用什么"方法"的概括更容易进入作品的艺术世界。1935年4月,《雷雨》东京首演之前,导演吴天、杜宣致信曹禺,谈到对剧本的理解和演出处理问题,表示要删去序幕和尾声。曹禺在回信中明确表示:"我写的是一首诗,一首叙事诗……这诗不一定是美丽的,但是必须给读诗的人一个不断的新的感觉。"①在写于1936年1月的《〈雷雨〉序》中,曹禺再次表示:保留"序幕"和"尾声"的用意,在于让观众看完戏后,心中还流荡着一种"诗样的情怀",使"观众的情绪入于更宽阔的沉思的海"。② 在1983年5月致蒋牧丛的信中,曹禺写道:《原野》"是讲人与人的极爱和极恨的感情,它是抒发一个青年作者情感的一首诗"③。可见,诗意是曹禺创作的有意追求,或者说是审美目标。

　　曹禺为什么一直强调自己写的是"诗"呢？田本相在《曹禺评传》中就抓住这一点来做文章,并明确提出曹禺剧作具有"诗化现实主义"的特征。能否做如此的概括还可以讨论,但不可否认,发现曹禺剧作的"诗化"特征的确是一个重要的突破。在现实主义比较时兴的年代里,为了证明曹禺的地位而径直把曹禺的创作归纳为现实主义,这样的论点很多见。但曹禺本人早就说过他与现实主义者茅盾走的是两条路子,他虽然作为戏剧家,却又以诗人的热情拥抱现实。从《雷雨》到《王昭君》,他都在追求诗与戏剧的融合,都在追求戏剧的诗的境界。曹禺总是带着极其丰富的想象和理想的情绪去观察和描写生活,剧情与现实的联系并不紧密,生活表现的逻辑也不严密,还常带偶然性或传奇色彩。因此,大家读曹禺剧作,往往有一种朦胧的不确定的时空感,特别是《雷雨》和《原野》,故事的发生时间和地点虽然有一个大致的范围,但情节大起大落,人物的性格激烈而趋于极端,背景设计富于象征性,整体氛围的营造是更近于诗的。

　　那么诗意是怎么来的？联系创作姿态和过程,我们会发现,曹禺写戏并不同于同一时代的其他大多数作家。他一般不是先有一个明确的主题然后进入写作,而是有了某种莫名的冲动或灵感时,在近似朦胧的、诗歌或音乐

---

①　曹禺:《〈雷雨〉的写作》,载《杂文(质文)》月刊1935年第2号,收《曹禺文集》第1卷,中国戏剧出版社1988年版。

②　曹禺:《〈雷雨〉序》,《曹禺文集》第1卷,第211页。

③　曹禺:《给蒋牧丛的信》,转引自田本相《曹禺传》,北京十月文艺出版社1988年版,第464页。

旋律般的感受与想象中,开始他的戏剧构思。这种写作状态,显然有利于形成作品的诗的氛围。这一特点在曹禺前期的创作中尤为明显。比如《雷雨》的创作,最初引发曹禺写作兴趣的,并没有什么明确的主题或整体构思,有的"只是一两段情节,几个人物,一种复杂而又原始的情绪"。这在作者脑海中构成了《雷雨》最初的"模糊的影像"。[①] 进入写作之后,曹禺也不是"一幕一幕顺着写的,而是对哪一段最有感情就先写"[②]。曹禺创作过程中有现实的批判情绪和神秘的冥想交织的情况。他说写作时"在发泄着被抑压的愤懑,毁谤着中国的家庭和社会"[③];然而,他同时又说,"《雷雨》对于我是个诱惑。与《雷雨》俱来的情绪蕴成我对宇宙间许多神秘的事物一种不可言喻的憧憬"[④]。曹禺写其他剧作时也有类似的情况。这显然并不同于那种冷静、理性的作家,曹禺创作剧本时的状态类似于诗人写诗,是主要依靠灵感、情绪、想象甚至冥想的。这种状态下的作品往往富于"诗意"。据曹禺1981年和田本相的谈话,写作《日出》之前萦绕在作者心头的,是剧中人物诵读的那几句诗:"太阳升起来了。黑暗留在后面。但是太阳不是我们的,我们要睡了。"其后才倒过来逐渐酝酿演化出全剧的具体故事情节和人物形象。那几句诗也可以说是写作的冲动和灵感,对最终形成《日出》至为重要。这一点当年就有人看出来了。还在1937年《日出》发表后不久,叶圣陶便撰写了题为《其实也是诗》的文章,指出《日出》能将这种诗意的内涵隐藏在文字形象之后,让读者自己在阅读过程中感悟出来,"具有这样效果的,它的体裁虽是戏剧,其实也是诗"[⑤]。是否可以这样来理解:曹禺剧作(主要是《雷雨》等前期剧本)好就好在这种思想的相对模糊与不确定性,没有接受任何一种抽象的固定的思想概念的约束与规范,因此反而容易造成诗意与美感,给观众读者留下了回味与想象的余地?曹禺写戏当然有现实批判的情绪指向,但这情绪也往往是"诗化"了的,他不在意义发掘上花功夫,而用心创造有诗意、能引发无限想象的艺术氛围,不是从主题出发,

---

① 曹禺:《〈雷雨〉序》,《曹禺文集》第1卷,第211页。
② 夏竹:《创作的回顾——曹禺谈自己的创作》,《语文学习》1981年第5期。
③ 曹禺:《〈雷雨〉的写作》,载《杂文(质文)》月刊1935年第2号,收《曹禺文集》第1卷。
④ 曹禺:《〈雷雨〉序》,《曹禺文集》第1卷,第211页。
⑤ 原载1937年1月1日《大公报》,转引自田本相《曹禺评传》,重庆出版社1993年版,第90页。

而是从体验、感觉和印象出发,可能这正是成就他的特色的关键。

由于曹禺是基于他的深切的体验去想象和表现他所熟悉的生活,结果虽然作品的主题可能有多义性,但还是反映出生活的某些本质方面。曹禺后来对中青年剧作者所说的一段话正说明了这一点:"作品的思想性是作家在生活中的真实感受并通过艺术形象展示出来的。只要你真正地生活了,对人、对生活有真切的感受,把人写透、写深,在艺术形象中自然就蕴藏着思想性。思想性是个活的东西,如同生命和灵魂在人体内一样。凡是活人都有灵魂,艺术形象都含有一定的思想性。"[1]这样,我们就能够理解,尽管《雷雨》《原野》等剧作的思想主题都是后来作者才"追认"的,我们也不应简单地被这些思想主题牵着鼻子走,因为曹禺更侧重的是对人的心理、感情和命运的关注。他的创作是为"情感的汹涌的流"推动和左右,对复杂多变的生活现象所做的一种混沌的把握,将丰富的剧作内涵仅归结为某些思想主题,无异于使一个海洋萎缩为一条小溪流。

由于没有明确的理念指导创作,曹禺写戏也很难说用的是哪一种创作方法,是现实主义、浪漫主义,还是象征主义、神秘主义?是继承中国传统还是学自易卜生、奥尼尔、契诃夫?大概都有那么一点。在这方面,曹禺确实是一位名副其实的拿来主义者,凡是用得上的他都拿来,而且总是得心应手,颇为巧妙,这大概也与天赋有关吧。曹禺创作《雷雨》时借鉴了易卜生的巧凑剧《群鬼》的构思,接受了讲究强烈的剧场效果的戏剧技巧;之后,契诃夫现实主义的创作精神震撼了他的心灵,于是他用"片断的方法""人生的零碎"来"阐明一个观念"[2],创作了《日出》。他发展了契诃夫的客观主义,在尊重客观现实的基础上,持有一种客观态度,将主观认识通过反映客观现实展现出来,形成自己的观点,比巧凑剧更具悲剧效果和艺术魅力。第三部作品《原野》则借鉴了奥尼尔《琼斯皇帝》的一些艺术表现手法,并有创新和突破。从《雷雨》《日出》到《原野》,外国戏剧文学对曹禺的影响是很明显的。曹禺不断地学习和运用各种表现方法,在中西文化丰厚的艺术滋养中,创作出一系列个性独异的作品。

---

[1] 曹禺:《和剧作家们谈读书和写作》,《剧本》1982 年 10 月号。
[2] 曹禺:《〈日出〉跋》,《曹禺文集》第 1 卷,第 456 页。

第三节　曹禺话剧艺术的其他几个特征

以上我们从话剧的诗意角度谈论了如何理解与欣赏曹禺的作品。这是比较整体性的评述。如果要更细腻地分析，还应当注意到其他几个艺术特征，也可以引导我们更好地领略曹禺戏剧的精髓。

一　浓郁的情感色彩和主观因素

这跟前面说的"诗意"特征有密切关联。读曹禺的剧作，很少有人会忽视它们那强烈的抒情特征。对此曹禺本人也是确认的。他在《〈雷雨〉序》中便称"写《雷雨》是一种情感的迫切的需要"，《雷雨》所着力表现的，是那种"不是恨便是爱，不是爱便是恨"的极端的情感。在剧本着力最多的人物蘩漪身上，便集中了"最残酷的爱和最不忍的恨"，"极端"和"矛盾"乃是"《雷雨》蒸热的氛围里两种自然的基调，剧情的调整多半以它们为转移"。关于《原野》，曹禺说得更为明确，《原野》"是讲人与人的极爱和极恨的感情"，这在主人公仇虎和花金子两个人物身上得到了充分的表现。说实在的，曹禺笔下的人物很少不是情感型的，不论其在具体表现方式上是外露还是内敛。从轰轰烈烈地烧一场的《雷雨》，到强烈浓重、充满野性呐喊的《原野》，再到情感的激流转入地下，但依然如岩浆运行、随时可能爆发的《北京人》《家》，曹禺为我们表现了一个色彩斑斓的戏剧情感世界，其中有种种难以解脱的情感冲突，人与人之间的心理抗衡形成的持久张力。可以说，曹禺所有成功的剧作，都是他的强烈情感的自然流露。

二　象征性意象

象征性意象在曹禺剧作中大量存在，除了有利于营造"诗意"，还可以拓展戏剧表现的想象力与意蕴含量，使作品更具有艺术上的超拔感。大概而言，有三种情况：一种是以场景、道具的方式呈现的象征性意象，如《雷雨》中死气沉沉、充满压抑感的周公馆，《原野》中的黑林子和向远方延伸的铁轨，《日出》中陈白露居住的饭店，以及《北京人》中曾皓的棺材等等；二是以人物性格的方式呈现的象征性意象，《北京人》中的机器匠是一种类型，而更为普遍的则是剧作家赋予人物以某种象征意义，从而人物本身即是一个象征性意象,例如具有"最雷雨性格"的繁漪,她那种极端和矛盾的性格,与狂躁郁热的"雷雨"的象征意蕴是如此吻合;三是由作品命名构成的象征性意象,如"雷雨""日出""原野""北京人"等,既是一个实存之物,同时又是某种观念的象征。这些象征性意象从不同层面烘托、渲染了戏剧的诗意氛围,就像一层厚重的天幕,笼罩着作品的一切事件与人物心态,从而成为戏剧的有机组成部分,以至于一旦缺少了它们,演出就可能会失去生命的灵动。

三　超越客观真实的表现性和多义性

为了更充分地表现自己对现实的审美感受,曹禺并不满足于仅仅按照生活的本来面目去进行描摹。在曹禺剧作中明显存在一些违反客观真实标准的安排,如《雷雨》和《原野》中便有不少经不起认真推敲的细节(如仇虎的反常行为)。曹禺本来就不曾有意追求细节真实,甚至有意超越客观真实。这又是跟诗意的追求有关的。他在1935年一封致吴天等人的信中明确表示:"因为这是诗,我可以随便应用我的幻想,因为同时又是剧的形式,所以在许多幻想不能叫实际的观众接受的时候,(现在的观众是非常聪明的,有多少剧中的巧合……又如希腊剧中的运命,这都是不能使观众接受的)我的方法乃不能不把这件事推溯,推,推到非常辽远时候,叫观众如听神话似的,听故事似的,来看我这个剧……"①在这里,曹禺强调他的"幻想",暗示了《雷雨》剧本的非写实成分。1980年,曹禺在和田本相的一次谈话中,又一再表示:"现实主义的东西,不可能那么现实。"②曹禺坚持自己的创作与一般说的现实主义不完全相同。应该说这是事实,这种区别在曹禺前期的创作中特别显著,尤其是《雷雨》和《原野》,借鉴了内心独白、梦境、幻觉、潜台词等表现手法,颇有表现主义的色彩。例如《原野》第三幕,不从外部而是从内部去刻画仇虎的恐怖、惊惧,并且用幽寂可怖的背景描写来加以衬托,以无边无际的黑森林的幻象将仇虎的精神危机表现得惊心动魄。我们感觉到,似乎有一种强大的冥想力牵动着曹禺笔下的戏剧世界。在戏

---

① 曹禺:《〈雷雨〉的写作》,载《杂文(质文)》月刊1935年第2号,收《曹禺文集》第1卷。
② 曹禺:《谈〈北京人〉》,田本相、刘一军主编《曹禺全集》第5卷,花山文艺出版社1996年版,第76页。

剧情节的起伏和冲突中,我们可以感受到以各种形式表现出来的那种冥想力。所有的人和物似乎都处在相互渗透着的某种关系织成的世界中。这股无所不在的力量的来源,那个伏在终极之处的庞大黑影是什么?是"命运""情欲"还是"天地间的'残忍'"?如果说在《雷雨》和《原野》中有某种让人感觉不可解又惊畏的东西的话,那么就是这只冥冥中操纵一切的巨手的存在。正如曹禺在《〈雷雨〉序》中所说,"宇宙是如一口残酷的井,落在里面,怎样呼号也难逃脱这黑暗的坑"。他对人不能把握的某种不可知力量充满了无名的恐惧,这种恐惧与神灵主宰万物的观点是相通的,在某种意义上说甚至是原始宗教式的。《雷雨》中的"命运观"问题是批评家李健吾在1930年代首先发现的。他说"这出长剧里面,最有力量的一个隐而不见的力量,却是处处令我们感到的一个命运观念"。但他认为这种观念并不体现一种"天意",而是"藏在人物错综的社会关系和人物错综的心理作用里"的,也就是说"决定而且隐隐推动全剧的"是人物之间的社会关系和人物本身的性格。① 经李健吾指出后,《雷雨》的"命运观"问题就引起了学术界的讨论,至今仍很难说有统一的意见。在中国现代戏剧史上,很难再找到一个剧作家,对世界背后的奥秘表现出那么执拗的追索,对人生的终极意义显示出那么深切的关注。曹禺在《〈雷雨〉序》中曾用极其感性化的语言告诉过我们,他想在暧昧不明的生存状态中寻找一点"人为什么而活"的真谛。他说:"《雷雨》对我是个诱惑,与《雷雨》俱来的情绪,蕴成我对宇宙间许多神秘的事物一种不可言喻的憧憬。……所以《雷雨》的降生是一种心情在作祟,一种情感的发酵,说它为宇宙一种隐秘的理解乃是狂妄的夸张,但以它代表个人一时性情的趋止,对那些'不可理解的'莫名的爱好。"曹禺这番话显示了他对人的境遇的关注,对人的命运的思考。这种对人的生存困境的形而上探索,落实到他的创作中,我们可以看出,剧中人无论是有罪还是无辜,总是悲欢无常、生死无据,他们在人世间的际遇根本没有绝对的理由可言,也许正是这种不确定性和神秘性,才构成了曹禺剧作的丰富与生动。对一个当代读者来说,曹禺前期剧作更令其怦然心动的可能已不是对中国现代历史的复制,而是命运对人的无情主宰和人对命运的无尽抗争,因为这一

---

① 刘西渭:《雷雨》,载1935年8月31日天津《大公报》,收《明华集》,花城出版社1984年版,第91页。

切依然和我们现在的生活息息相关。

第四节　曹禺话剧的悲剧意味

接下来,我们再探讨一下曹禺剧作中常有的悲剧意味,还会讨论曹禺创作的成功及其后来创造力的衰退,到底与曹禺的人格心理有何关系。这也有助于理解他的创作个性。

曹禺对生活中的悲剧性事件特别敏感,这可以说是这位悲剧性剧作家的天赋,当然又跟他的人生阅历和体验相关。曹禺早年生活的经历是不幸的,他生下来三天,母亲就去世,父亲是一个日渐潦倒的封建官僚,脾气暴躁,在家里动辄发火骂人,整个家庭气氛极其沉闷压抑。在这种环境下成长的曹禺,自小就充满恐惧心理,处处谨慎小心,非常孤独寂寞。成年以后的他依然如此,不爱讲话,耽于幻想,对外界的议论特别敏感,自我保护意识很强。有意思的是,作为一个天性脆弱的知识分子,曹禺却在《雷雨》《原野》《北京人》中一再礼赞"蛮性"的原始力量。繁漪、仇虎、金子等性情激烈、充满强大的心理能量的人物,都是他最花心力去塑造的。这也许就是文学创作中常见的所谓补偿心理。曹禺之所以特别向往"蛮"力,其实正是出于他自身的欠缺。

然而,剧中人物的力量并不能引渡到曹禺自己身上,现实中的曹禺依旧谦卑、低姿态地生活。从传记材料中可以发现,新中国成立后,曹禺的名声、地位高了,却更加在意别人的评论,尤其重视领导对自己的看法与态度;戏剧创作上的自信心衰减了,写戏更多是为了配合形势或完成领导交给的任务。1951年,曹禺主动提出要写知识分子思想改造的剧本,得到领导的赞许,于是他花九牛二虎之力写了《明朗的天》,结果却是明显的失败。原因就在于他放弃了自己的创作个性与适合自己的创作方法,完全按照主题先行的路子去"深入"生活,选择人物,设计情节,如履薄冰地唯恐"歪曲了生活""违反了政策",写出来的东西还经过多次审查反复修改,结果成了思想的传声筒,昔日作品中常见的诗意与美感也就荡然无存。曹禺与别人合作写了历史剧《胆剑篇》,也是为了适应政治形势的需要。结果如周恩来所说:"《胆剑篇》有它的好处,主要方面是好的,但我没有那样受感动,作者好像受了某种束缚,是新的迷信造成的。"①受周恩来总理的嘱托,1978年曹禺费大量心血写成《王昭君》,虽然靠他的深厚功底与才华,这个戏有较高的观赏性,但毕竟是缺少个人体验的应制之作,缺乏感染力,以至有的评论者说曹禺笔下的王昭君"可敬而不可信",可谓一针见血。我们这里较多评说了曹禺创作中的败笔,并试图从作者自身找一些原因,是为了说明文学评价固然要考虑创作可能受时代的影响,但更重要的,是关注作家创作个性发挥的情状。

曹禺是现代文学的骄傲,他的影响绵延不绝,其传世之作《雷雨》《日出》《原野》《北京人》在中国戏剧史上创造了光辉的记录:演出的地区最广泛,时间最长,场次最多,还不断地被改编成多种地方戏曲和电影电视。在中国现代戏剧史上曹禺的作品拥有最多的观众,在世界戏剧史上他也占有一席之地。曹禺对人类自身和人性的关注是现代中国文坛所罕见的,他用一种悲悯的心情来写剧中人物的生存挣扎,以细腻的笔触描摹人物的灵魂,深入人物内心情感世界的底层,挖掘和揭示人物心灵深处的秘密。曹禺说:"我当时常常看到周围的人,看他们苦着,扭曲着,在沉下去","当时我有一种愿望,人应当像人一样活着……必须在黑暗中找出一条路子来。"②他用戏剧来表现他对张扬人的生命力的渴望,以及对侵蚀、毁灭、消磨人的生命力的一切恶势力的痛恨。曹禺以全新的视角探讨着国人几千年遗传下来的劣根性,真实而又抒情地表现了乱世中的国人,深入他们的灵魂深处,以中国人的目光来认识他们,同情他们,并把一些受着煎熬的灵魂定格在历史的烟尘中,给后人以警醒和深思。曹禺的功绩在于,他真正地发掘出在历史文化的重负下挣扎的"国人的灵魂"。曹禺超越了政治,超越了历史,超越了短暂的时代,将眼光投到更远大的天地间,追问人类的根本命运。从《雷雨》到《原野》,曹禺始终对"宇宙间许多神秘的事物"表现出一种"不可言喻的憧憬",这种对无底之谜的辽远的思索,是很难用一种色彩或一种思想去界定的,因此他那些具有很强的艺术力度的作品往往也都蒙上一层浓厚的神秘色彩。神秘是曹禺积极思考命运之谜的产物,也给我们留下了更为旷远的思想和艺术的思维空间。这或许正是《雷雨》等剧作永远迷人的地方。

---

① 文化部主编:《周恩来论文艺》,人民文学出版社1979年版,第106页。
② 曹禺:《曹禺:谈谈读书和写作,从生活和人物出发》,《剧本》1982年10月号。

在某种意义上讲,曹禺是中国现代戏剧史上最卓越的开拓者,是中国话剧的奠基人——奠定了中国话剧由引入发展到走向成熟的基业。现代的话剧作为一种移植的艺术品种,在新文学中起步并不晚,经过胡适、田汉、洪深、欧阳予倩这四位奠基人的积极努力而有所发展;但现代话剧的发展一直没有得到高度的认同,人们一直没有真正感受到话剧的真正魅力。曹禺的出现,《雷雨》《日出》的问世,才使中国的读者和观众真正为话剧所震撼,所倾倒。中国现代话剧真正走向成熟,严格地讲是从曹禺的剧作问世后才开始的。

思考题

1. 在《〈雷雨〉序》中,曹禺声明他创作此剧时,"在发泄着被抑压的愤懑,毁谤着中国的家庭和社会";然而他同时又说,"《雷雨》对于我是个诱惑。与《雷雨》俱来的情绪,蕴成我对宇宙间许多神秘的事物一种不可言喻的憧憬"。你如何理解这两种创作心理状态(或指向)及其在剧作中的体现?
2. 你认为谁是《雷雨》的真正主角?说说你的理由。
3. 分析蘩漪的性格内涵。

第六讲　沈从文与"京派"文学

近年来,现代文学学术界对沈从文与"京派"都有较多的关注,评价也在提高。这是时代变化的结果。在以往比较政治化的年代里,对作家和文学现象的评论是非常讲究区分所谓"主流"与"支流"的。与时代变革特别是革命思潮联系紧密的作家作品,一般都会被置于文学史叙述框架的中心地位,而像沈从文与"京派"这些离社会变革的现实较远的所谓非主流文学,很自然地就处于文学史叙述的边缘。这些年似乎又倒了一个个儿,那些原先处于"边缘"的作家格外引起注意,反而越来越转向中心了。这种转变一开始可能多少带有要"重新发现"和"矫枉过正"的色彩,也有其必然性。但真正比较健全的有学理性的研究,还是要超越为自己所倾慕的作家"争地位"的心态,实事求是,把作家作品放到文学发展的历史链条中去考察,看他们到底在哪些方面取得了文学的创新,从而比较客观地评价其得失与地位。

这一讲我们重点介绍沈从文与"京派"小说,希望把沈从文与"京派"作为文学史现象来了解,拓宽我们理解现代文学的视野。下面,先介绍"京派"这一文学现象,接着我们了解一下沈从文的创作概况,最后着重鉴赏《边城》等代表性的经典作品。

第一节　"京派"有哪些特征?

把"京派"和"海派"当作不同的文学流派,是后来文学史家的研究成果。这两派所涉及的作家群的范围都比较大,各自的情况又都很复杂,不同于其他有结社有纲领而且倾向鲜明的派别,所以有些论者对于把"京派"看作流派仍持谨慎的态度。但学术界多数意见还是认为"京派"大致是可以被视为一种流派的。

通常所谓"京派",是指1930年代活跃在北平和天津等北方城市的自由主义作家群。要注意这个定义带有的时间性和地域性,还有政治倾向性。这一文学派系的命名,跟1930年代初发生于上海与北京两个城市作家之间的一场论争直接相关,当时互相攻击的主要人物是北京的沈从文和上海的苏汶,后来又加进了鲁迅等人。1933年10月,沈从文发表《文学者的态度》①一文,批评了那些主要在上海的新派作家,指责他们对创作缺乏尊严感,有"玩票白相"的习气。稍后在《论海派》②一文中,他对上海某些文人作风提出了更为尖锐的批评,以轻蔑的口气指责他们是"名士才情"加上"商业竞卖",并且把"旧礼拜六派"和所谓"感情主义的左倾"统统捆在一起,斥为"妨碍新文学健康发展"的"海派"。与此同时,沈从文标榜北京作家的"诚实与质朴",主张要张扬文坛正气,破除"海派"的歪风。沈从文的批评大致代表了北方一些自由主义作家的立场:他们对当时方兴未艾的左翼文学、时髦的现代派文学以及流行的商业化文学都相当反感,力图与此拉开距离,保持一种批判的态度。上海的作家自然也有反驳。曾经追求过革命文艺,后来又倾向文学价值独立的苏汶,在《文人在上海》(《现代》第4卷第2期,1933年12月)一文中就指出,所谓"上海气"其实就是现代的都市气,是现代机械文明传播的产物,相信必将产生更广的影响。应当说,沈从文对所谓"海派"浮泛作风的批评不无中肯之处,但也有褊狭。所以后来鲁迅属文《"京派"与"海派"》,说"文人之在京者近官,没海者近商","'京派'是官的帮闲,'海派'则是商的帮忙而已"。③ 鲁迅似乎各打五十大板,他是从地域文化角度为两派文人"看病",对当时文坛弊病的批评可谓入木三分。

其实所谓"京""海"之争,不甚明了,多少也有文人的意气和派性在里边。不过,论争除了显现文学观上的不同,也确实反映出当时南北地域文化的差别。近些年来有关上海和北京文化的比较研究多了起来,大家有兴趣可以找这些论文看看,也许对于了解"京派"和"海派"不同文化品格的形成

---

① 载1933年10月18日《大公报·文艺副刊》,收《沈从文文集》第12卷,花城出版社1984年版,第148页。本讲所引沈从文的文字未注明其他版本者,均引自此文集版。
② 载1934年1月10日《大公报·文艺副刊》,收《沈从文文集》第12卷,第158页。
③ 载1934年2月3日《申报自由谈》,收《鲁迅全集》第5卷,第453页。

有帮助。在1930年代,中国文化和政治的中心已经从北京转到上海。上海是中国现代的大都市、大商埠,受西方文化和革命思潮的影响特别大,整个文化氛围包括文坛的状况,比起北京和其他地区来,要更显得开放、求新、多变,但商业色彩也比较浓。上海文坛很复杂,既有典型的商业化的流行文学、堕落的文学,有新感觉派之类前卫的文学,有张爱玲这样很传统又很现代的文学,更有富于使命感而深受青年青睐的左翼文学。所以,以"海派"来笼统地涵括上海文坛,并不太合适。

相对而言,"京派"作家群的文学旨趣较为接近。由于"五四"的高潮早已过去,大批作家南下上海等地,1930年代的北京文坛变得比较沉闷。但毕竟是古都,又经过新文化运动的洗礼,文化的积淀深厚,有比较宽容豁达的风气。主要在北京、天津的大学任教或上学的一批作家,可能也是因为远离了时代的中心,写作心态一般都比较雍容、恬静和踏实,文化取向上较少商业的或党派的味道,却也比较守成和稳健。近年来有些论者认为当年的"京""海"之争,看似偶然,却从根本上反映了1930年代的文学格局,是"乡土"与"都市"两种文化背景的对峙在文学中的体现。这也提出了一种分析的视角,值得探讨。总的来说,"京派"创作群体的基本倾向是自觉地区别于当时左翼文学,又有意与各种商业化和流行的文学保持距离;他们看重文学的独立价值,却又不免超离时代变革的主流。

从创作实践来看,"京派"以小说最显实绩,除了大作家沈从文,还有一个具有相当活力的创作阵容:以田园牧歌风格著称的废名,擅写诗意小说的芦焚,给创作以深入的审美理论阐析的朱光潜,以及凌叔华、萧乾、李健吾、林徽因、卞之琳、何其芳、李广田、林庚等等。"京派"作家群虽然没有结社,但"学院派"的沙龙活动频繁,办同人刊物是他们主要的文学生存方式。如《大公报·文艺副刊》《文学杂志》,以及《骆驼草》和《水星》等等,都是"京派"活跃的园地。这个流派的作家是很自由的,各自的写作路线和风格不尽相同,但创作精神、心态和审美追求又有相对的一致性,那就是政治意识的淡化与艺术独立意识的增强。

具体一点来说,"京派"在以下三个方面有流派的共性:

第一,多写乡土中国和平民现实的题材。出于对文学的政治功利性、党派性和商品性的不满,"京派"作家试图避开时代大潮面前的政治选择,转向以文化观照和表现最普通的中国人生。他们对现代工业文明侵入之后的乡土中国的变化怀着矛盾的心态,在表现道德沦丧的同时,格外注意以传统的和民间的道德重新厘定现实人生,留恋那种与都市文明相对立的理想化的宗法制农耕文明生活。这使他们的创作多带怀旧色调和平民性,对原始、质朴的乡风民俗和平凡的人生方式取认同态度,热衷于发掘人情、人性的美好,并让这些美好与保守的文化和传统秩序融为一体,在返璞归真的文学世界中实现文化的复苏与救赎。若从"生活在别处"的审美意义上讲,"京派"这种"恋旧"的文学模式容易产生艺术效果,何况其中还有文化批判和审视的价值。"京派"作家写尽了人生之"常"与"变",但多是由"常"看"变",实际上是在时代变革之外寻求自足。这样看来,"京派"作品的审美价值和文化品格是比较复杂的,其长处和缺失往往是二而一的,应当仔细分析,不可笼统评判。

第二,从容节制的古典式审美趋向。这跟"京派"作家多取普通的题材与平和的写作目标是有关的。他们乐于追寻过去,从平凡的人生命运中细加品味,挖掘其中的诗意,寄托一定的文化理想。这就需要沉淀生活,节制感情,除尽火气,以诚实、宽厚的心态来创作。当然,如前所述,"京派"远离商品化和都市化的文化追求,也决定了这些作家写作的从容笃实,他们的小说往往达到一种和谐、圆融、静美的境地。在当今相对平和的年代,像"京派"这样一类作品似乎更能赢得读者的青睐。

第三,比较成熟的小说样式。"京派"作家注重文学功力,在各种小说的文体上都有创新和推进。当他们以"乡土中国"的眼光审视都市生活时,常写世态批评的讽刺小说;而描写乡土人生时,则大大发展了抒情体小说。"京派"最拿手的还是抒情体小说,这方面他们有突出的贡献。不同的作家自然有不同的情味,但他们比较共同追求的是将对乡土经验的眷恋和向传统回归的渴望,用极具诗意的体式来加以表现。其中格外注重作家人生体验的融入、散文化的结构和笔调,以及牧歌情调或地域文化气氛的营造,等等。"京派"小说家注重形式感,讲求"文章之美",作品比较有可读性。

这三点当然只是作为"京派"一般特征的概括。具体到某个作家,还应当结合其创作来细加体味和分析。在重点讲述沈从文之前,我们不妨再说说几位也很有代表性的作家,以加深对"京派"的了解。

第一位是废名,原名冯文炳,湖北黄梅人,1929年在北大英文系任教时出版第一部短篇小说集《竹林的故事》,代表作还有长篇小说《莫须有先生传》《桥》等。他堪称"京派"小说的鼻祖,连沈从文都受他的影响。废名作品的特别之处,是田园牧歌的情调加上古典式意境的营造,反映乡村风景、风俗、人情之美,尤其致力于乡间儿女情态的描写,透露出一种哲人式的人生态度和对普通生命方式的体悟。读废名尤其应当注意其独特的文体。他所写的是"作为抒情诗的散文化小说",深受中国古典诗文的影响,有时试图用作古诗绝句的韵味来结构现代的小说。阅读时要多体味其如何通过几种文体的交汇产生出"诗化小说"的特殊效果。废名的作品有些玄妙,又有"理趣"和"禅趣",并不容易读,读时要放慢速度,慢慢体会那有意为之的"涩味"的境界,看作家如何将艺术和哲学两相调和。

第二位值得提到的是萧乾,北京的蒙古族后裔,是"京派"后起的作家,燕京大学新闻系毕业,曾任驻英记者,有短篇小说集《篱下集》《栗子》和中篇《梦之谷》。作品多写童年生活,从"童年视角"出发,以一个城中"乡下人"的独特身份写作,带自传性色彩。充斥于他的作品中的苍凉感是强烈的,又是清澈而健朗的。大家可以选读《梦之谷》,这是根据他自己的经历而写的,语言雅丽清新,极具抒情性和感伤情调,阅读时注意多取直觉把握。

第三位是芦焚,笔名师陀,有《谷》《里门拾记》《落日光》《野鸟集》等小说集。他在作品中常以滞留城市却未能忘情于乡村出身的叙述者出现,很在意乡村文化背景的铺设,以场景的展现见长,具有悲哀的抒情气质。无论写景写人,都缭绕着诗意,你读着读着,不知不觉间就会被那自然界的荒凉与人事的辛酸所打动,北方农村衰败图景中的悲凉之气给人极深的印象。读芦焚还应当体会他如何将抒情、讽刺和象征掺和,在奇幻的神秘气氛中创造某种可以引发联想的寓意。

另外,若要对"京派"的文学倾向和价值追求有更清晰的了解,最好再读一读这一派的代表性美学家和评论家朱光潜的论著。

"京派"其他一些作家也都有各自的艺术个性,但最重要的还是大作家沈从文。

第二节 沈从文的"角色认知"及其两个文学世界

关于沈从文的创作情况,教科书上已经有基本的介绍,这里不再重复。我们想更深入探讨的,是沈从文的文学理想、写作姿态和他的文学世界的关系。这也是理解这位杰出作家特殊贡献的重要入口。当然,我们也可以借此领会如何采用类似的角度去观察一位作家。

除了写小说和散文,沈从文还经常写一些文学杂感和评论。研究这位作家,是应当读一读他的文论的,这也许和他同时期的创作形成某种"互文"的关系。如他1940年代写的文论结集《烛虚》《云南看云集》等等,其中谈人生,谈哲学,很自然也涉及文学,比较清晰地表露出他的文学观和审美追求。很多人对沈从文可能有唯美的印象,其实,沈从文虽然反对将文学纳入商业的或政治的功利圈,但并不主张"为艺术而艺术"。他有自己的文学理想,也看重文学的道德教化功能。所以他有一部分作品,对现代都市文明的非人性的弊害保持了尖锐的批判和讽刺的立场。与此同时,沈从文用主要精力在一系列作品中创造了"湘西世界"。在他看来,那是原始的、健全的人性的世界,恰好可以用以观照和批判弊病丛生的现代都市文明。也许这正是作家的天真。沈从文坚执地相信文学的功能不止于社会道德的观照,更在于能使读者"从作品中接触另外一种人生,从这种人生景象中有所启示,对人生或生命能作更深一层的理解"①。这也就是通常说的文学的特殊功能,可以唤起人的感觉、想象,让人能重新体验、思考和发现生活。在沈从文看来,所谓"生命的明悟","明白人生各种形式","激发生命离开一个动物人生观"②,正是文学所要达至的最高境界。

这种比较超越现实功利的文学观,在"京派"中有相当的代表性。也正因此,沈从文在当时和后来很长一段时间都被主流的批评家视为回避现实、置身于"乌托邦"的消极作家。从政治的层面看,沈从文的文学追求的确不能适应那个时代的需求。或者说,在那个更需要文学担负直接干预社会的功能的时代,对于沈从文所追求和提倡的这一方面文学的功能,还不具备能够充分接受的社会心理条件和需求。但是如果拉开了历史距离,从文学的多种功能的角度重新评价沈从文,会发现沈从文的这种文学观正好又发挥了近百年来中国文学发展中比较欠缺的功能,那就是人性审视及道德完善。我们只有了解沈从文这种文学理想,才能更好地理解他的写作姿态与独特

---

① 沈从文:《短篇小说》,《沈从文文集》第12卷,第114页。
② 沈从文:《小说作者和读者》,刘洪涛编《沈从文批评文集》,珠海出版社1998年版,第143页。

的文学世界。

当然,沈从文的文学观念也是在其创作过程中逐步形成的,直接支配他的写作的,也许是更重要的,还有他的人生体验和所谓"角色认知"。

沈从文的主要文学贡献是用小说与散文建造起他特异的"湘西世界"。这与他特殊的身世经历,特别是青少年时期的生活体验有关,和他后来"角色认知"上的困扰也相关。沈从文生于湖南凤凰,地处湖南、贵州、四川三省交界处,是苗、侗、土家等少数民族聚居之所。沈从文的外祖母是土家族人,他有少数民族的血统。湘西秀丽的自然风光和少数民族长期被歧视的历史,给他带来特殊的气质,使他既富于多彩的幻想,又有着从历史积淀中得到的沉痛隐忧。沈从文出生于行伍世家,14岁高小毕业后从军,随军队辗转流徙于三省边境与沅水流域,目睹过许多瘴疠巫蛊、盗匪横行、战争杀戮,积累了丰富的人生经验,多年后他把家乡写成幽美的"桃花源",是"过滤"和"拒绝"了这些残酷的人生记忆,半带想象地挖掘那留存于心田之中的乡间美景与淳朴民风。他接触了"五四"新文学,1923年只身离开湘西到了北京,在北京大学旁听课程,当"北漂"。他是以"城市边缘人"的身份,靠自己的艰苦奋斗和出色的才华,打上文坛,"挤"进城市的上层文明社会的。他学做城市人,没有学历,居然在大学里谋得教职,甚至还坚执地追求与自己"门不当户不对"的大家闺秀。① 这个美丽的"励志加爱情"故事背后,是沈从文的自负,他又始终自卑,这种状态对于他的创作有决定性的影响。

沈从文的自卑和自负,表现为他一生都自命为"乡下人"。他一再宣称:"我实在是个乡下人……乡下人照例有根深蒂固永远是乡巴佬的性情,爱憎和哀乐自有它独特的样式,与城市中人截然不同!他保守,顽固,爱土地,也不缺少机警却不甚懂诡诈。"②这种"乡下人"的角色认知,源于作者隐秘的潜意识中乡下人的自卑情结,这促使他成为湘西生活自觉的歌者,也让他自觉不自觉会以"乡下人"的目光和评判尺度来看待中国的"常"与"变"。沈从文的创作处于左翼文学和海派文学之外,既不是阶级分析的,又不是商业追求的,他选择了从地域、民族文化的角度去写作,由城乡对峙

---

① 沈从文1929年在上海中国公学当老师,没有教课经验,教学效果不好,精神郁闷。也在这期间,羞怯的沈从文开始追求出身名门的女学生张兆和。

② 沈从文:《〈从文小说习作选〉代序》,《沈从文文集》第11卷,第43页。

的整体结构来批判现代文明,表现其在进入中国的初始阶段所显露的丑陋之处。在"湘西世界"中,沈从文力图呈现那个未曾被"污染"的世界之自在和自足,复原了楚地的民俗、民风,写出了极具地域特色的乡土风貌,展现了丰富多彩的底层人民的生活图景。这是他曾经身历的现实世界,不过在城市生活的环境中写作,更多地渗入了想象与怀旧。

与此同时,沈从文有另外一批作品显示出迥然相异的风格,那就是都市生活题材的小说,其中最常见的是现代城市的病态文明景观。这恰好与"湘西世界"形成鲜明的对照。这一类作品通常喜欢讽刺,有时会有心理挖掘,但也比较浮浅,其写作艺术比不上湘西题材的小说。《八骏图》《绅士的太太》《都市一妇人》等作品充满了讥讽与调侃,着力刻写城市各色人等,特别是"高等人"的虚伪、无聊、压抑和变态,展现"文明"的绳索如何反过来捆绑人类自己,导致生命力欠缺的都市"阉寺病"。这些描写都市人生的小说,对于沈从文的创作并没有完全独立的意义,它总是作为整个"乡村叙述体"的一个陪衬物或一种批判性的观照而存在的。所以应当把这一类小说和湘西题材小说"对读",它们也有某种"互文"的关系。如《绅士的太太》,描写几个城市上层家庭的日常生活状态,以冷峻的笔调揭露了绅士淑女的丑行,尽意而穷相。《八骏图》则以犀利的讽刺之笔画出了八位教授的精神病态。这些作品的共同点都是注重揭露都市两性关系的势利、苍白与虚假,这同他赞美湘西少女的纯美以及民间传说中爱情悲剧的壮美,几乎是同时现于笔端的。

沈从文在他的两个文学世界中都大量描写了性爱题材。这是他观察不同生命形态的重要角度,他要由此探讨不同文化制约之下的人性的健全或病态。在他的描写中,面对性爱或隐或显的涌动,乡下人的性爱是自然、和谐、大胆而美好的,其实也是写人性的返璞归真;而都市的"智者"却用由"文明"制造的种种绳索捆绑住自己,拘束压制人性,跌入更加不文明的轮回圈中。沈从文把性爱当作人的生命存在、生命意识的符号来看待,所肯定的是人的自然、健全的生命,他对现代文明特别是物质文明制约下的人性扭曲与生命的被戕害,感到揪心的忧虑。

沈从文"两个文学世界"对照的总体叙述结构,的确有文化审视与观照的功能,然而对一般读者而言,"湘西世界"更有特殊的审美价值,更能让人了解另一种"人生形式",从而获得"生命的明悟"。

第三节　《边城》细读

为了体味沈从文的艺术世界,特别是"生命的明悟"这种感受,我们再次细读其代表作《边城》。

这篇小说创作是有本事所依的。1933年夏,沈从文在青岛崂山一条小河边遇到一个女孩,穿白色孝服边哭边化纸钱,然后从河里舀了一瓢水,摆船走了。这让他想起湘西也有为前辈死者"起水"的风俗。这情景触动了沈从文,又联想到十七年前湘西县城绒线铺的那个温柔的小女孩。这些印象的整合,就逐渐形成《边城》中的翠翠。沈从文是用梦幻般的回忆口吻讲述这个"边城"故事的。句子很短,一句套一句,类似民间故事的体式。阅读时大家注意那种特别的语气节奏,体味简朴、原始、悠远的感觉:

> 由四川过湖南去,靠东有一条官路。这官路将近湘西边境到了一个地方名为"茶峒"的小山城时,有一小溪,西边有座白色小塔,塔下住了一户单纯的人家。这人家只一个老人,一个女孩子,一只黄狗。

随着故事的展开,让我们清心醒目的,是古道热肠的老船夫,是翠翠天真活泼、清明如水晶的少女情怀,是他们周遭那些乡亲们的和气、诚实、勇气与义气。对沈从文来说,这一切是遥远的美好的回忆,却也是可用来对抗和回避喧嚣都市烦扰的精神的"自然保护区"。我们读《边城》,有一种世外桃源般的美丽与悠远。

回顾一下小说的情节,是这样的简单:茶峒小镇上船总的两个儿子天保和傩送同时爱上了翠翠。翠翠还小,对两人都有好感,但似乎更喜欢弟弟傩送。按照习俗,兄弟俩以唱歌来表达爱意,看谁的歌声更能打动姑娘。天保唱不好,让傩送替他唱。可是翠翠居然睡着了,没有回应。天保自知爱之无望,便毅然退出,为了成全弟弟,坐船外出,却不幸落水遇难。哀伤的傩送非常懊悔,不好再去追求翠翠,随后也出走了。老船工为外孙女的婚事波折感到失望,在一个狂风暴雨之夜溘然长逝,留下孤独的翠翠和渡船,不知明天会发生什么。这故事有点悲,但并不给人以震撼,生、死、聚、散,一切就那么自然展开,不随人意,全是上苍的安排。作者在淡淡的叙述中还不经意地提到翠翠母亲的故事,母女俩的命运几乎雷同。如果一定说其中有悲剧,那也是在牧歌氛围中阴差阳错地产生的。故事和主人公的命运本身并不怎么感人，感人的是流淌于全篇的自然"情感"，那种作为生命力体现的本色的"情感"。在现代生活中，这正是久违了的。小说的牧歌氛围很幽美，也是因为烘托出了自然的"情感"。

读者还会发现，《边城》的一切事由都很"偶然"，但又符合常理，不让人感到做作。其实沈从文在试图表现，生活中到处是"偶然"，生命中还有比理性更具势力的"情感"。一个人的一生可以说就是由"偶然"和"情感"相加而形成的。即使你并不迷信命运，出其不意的"偶然"和"情感"也可能在形成你的明天，并决定你的后天。《边城》中的生活就是这样随性，这样随缘，这大概也是我们读这篇小说得到的人生顿悟吧。在沈从文这里，受偶然支配的人生尽管带有悲剧性，仍然是一种"优美，健康，自然而又不悖乎人性的人生形式"①。《边城》所展现的"湘西世界"最显著的特点是完满而自足，所谓质朴自然也是"自足"的人生形式的表现。

阅读时我们会感到，沈从文想象与构筑他的文学世界，不全是展示久违了的美好，而是在提炼一种人生形式，那是未被现代文明浸润扭曲的人生形式。前面说过，他的湘西世界是"过滤"了，现实中的湘西不见得那样纯净，也有许多野蛮、封闭、贫穷甚至残酷，但他拒绝这些，有意选取美好的一面。沈从文强调要从他的作品中"发现一种燃烧的感情，对于人类智慧与美丽永远的倾心，康健诚实的赞颂"②。在《〈长河〉题记》中，他再次对"农村社会所保有那点正直素朴人情美，几几乎快要消失无余"③深感痛惜。沈从文对于自然人性的描写是那么热衷，他在为失去了的人性的桃花源唱挽歌。他构思了"边城"，所谓边城就是远离中心的，是化外之境，他在这里发挥他的想象，提炼出一种淳朴美好的人生形式。他将这种人生形式表现到极致，便是对"神性"的赞美。在沈从文这里，"神性"并不神秘高远，它是"爱"与"美"的结合，体现在一切自然的事物中。这有点类似"泛神论"，把万物看作"神"或者"神性"的体现。沈从文认为："我过于爱有生一切。……在有生中我发现了'美'"，"这种美或由上帝造物之手所产生"，它就是"可以显

---

① 沈从文：《〈从文小说习作选〉代序》，《沈从文文集》第11卷，第45页。
② 同上书，第43页。
③ 沈从文：《〈长河〉题记》，载重庆《大公报·战线》1943年4月21日，收《长河》，文聚出版社1945年初版。

出那种圣境的神"。① "神""爱"与"美"三者一体,在沈从文作品中就是最高的人性。如《龙朱》《月下小景》从现代文明之前的历史中寻找理想的人生形式,而所赞美的爱和美都上升到人性的极致。在《边城》里,美丽天真的翠翠、她的殉情的双亲、侠骨柔肠的外祖父、豪爽慷慨的顺顺,都具有作家所向往的"人性"美。在那几乎与世隔绝的角落古风犹存,人们身上更多一些淳朴,作家也对其做了美化,用以表现对"人性"美的向往与追求。

沈从文把《边城》看成一座供奉着人性的"希腊小庙",而翠翠便是这种自然人性的化身,是沈从文的理想人物。在理想人物的身上,闪耀着一种神性之光,既体现着人性中庄严、健康、美丽、虔诚的一面,也同时反映了沈从文身上浪漫主义和古典主义式的情怀。沈从文在《小说作者和读者》中认为小说包含两个部分:"一是社会现象","二是梦的现象";写小说"必须把'现实'和'梦'两种成分相混合"。② "湘西世界"就是沈从文理想人生的缩影,是他现实与梦幻的交织物。

这梦幻难免与现实有距离,但作者的目的似乎是从人性道德的视角,去透视一个民族可能的生存状态及未来走向。这样看,沈从文又是具有现代意识的作家,他在思索"湘西世界""常态"的一面的同时,也在反思变动的一面。他一方面试图挽留湘西的神话,另一方面已经预见到"湘西世界"无法挽回的历史命运。在暴风雨之夜猝然倒掉又重修的白塔,象征着一个原始而古老的湘西的终结,以及对重造湘西未来的渴望。

我们欣赏《边城》与其他沈从文写"湘西世界"的牧歌式作品,有多种角度,但这里提示一点,即要注重自己进入阅读状态后的那种梦幻感和超离感。这类作品的审美情趣主要就在这里。

大家读《边城》,都会感到那样清心爽目,如同做了一个美好的"白日梦"。人总是需要有些梦的,现实中得不到,就姑且在文学中实现。沈从文的作品可以做许多意义阐释,但基本的审美功能离不开这一点。《边城》等一些描写湘西的作品,带有梦幻性质,也可以归类到田园牧歌。德国的哲学家和美学家叔本华曾制订一张文学体制级别表,即将各种基本的文体按等

---

① 沈从文:《烛虚(节录)》,赵园主编《沈从文名作欣赏》,中国和平出版社1993年版,第529、530页。

② 沈从文:《小说作者和读者》,刘洪涛编《沈从文批评文集》,第143页。

级分类,依次是:歌谣、田园诗、长篇小说、史诗和戏剧。他认为戏剧最具客观性,那么田园诗显然比较靠近纯诗。田园诗最大的特征是牧歌情调。牧歌(pastoral)最早指古希腊人描写西西里岛牧羊人生活之诗。后来维吉尔写了著名的作品《牧歌》,也带有典型的田园诗风格,后来人们便习惯用"牧歌"来称谓这一风格文类:一种传统的诗歌,表达都市人对理想化的农牧生活的向往。文艺复兴后,出现一些专写古代田园生活的田园诗或散文,也是牧歌一类文体的引申。现代批评家常把那种偏于表现单纯、素朴生活,并常与现代繁复生活相对照的作品,都称作"牧歌式(田园诗式)"的作品。

中国现代作家一般都感时忧国,重现实干预,少悠远的乌托邦式的艺术想象。就如鲁迅所说,风沙扑面,灵魂都比较粗糙,哪有那种闲情逸致去写什么田园诗?因此现代文学中也极少田园牧歌型的创作,沈从文就成为一个例外(也许还可以加上废名等人)。

作为一个极富形式感的出色的作家,沈从文的贡献还在于创造了诗意的抒情小说文体,或称诗化抒情小说体。他实际上是把诗和散文引进了小说之中,打破了三者的界限,从而也就扩大了小说的表现领域及审美功能。沈从文注重意境,善于"造境",表现凡夫俗子的日常生活时重在风俗、重在人情,使优美与平庸交织,淳朴、健康与原始、蒙昧并存。沈从文的办法就是"纯化",把自然景物、社会生活场景的描绘尽量融入简朴的生活情致之中,人和自然合一,或者自然环境成了人性的外化。用美学的术语来讲,即是审美的对象化。如《边城》的自然景致是如此之美,其中就掺和着作者的情感、回忆、想象,无处不在体现作者的美学追求。自然景物与人事民俗的融合、作者人生体验的投射、纯情人物的设置、流动的抒情笔致等等,共同造就现实与梦幻水乳交融的意境。

最后值得一提的是,沈从文的散文创作的成就也很高。散文中一如既往的是诗化的文体。不过除了惯常的诗意抒情,沈从文在他的散文中又喜欢采用夹叙夹议的笔法,还不时以哲人的姿态,在议论的部分进退裕如地思考关于历史和生命的抽象命题。《湘行散记》和《湘西》都是这方面的出色作品,仍带乡土牧歌的特征,却又更具真实的形态。因此可以用比读他的小说现实一点的期待来读他的这一类作品,欣赏他对故乡的文学感情生活的撰述。要注意他如何将湘西的人生方式,通过景物印象与人事哀乐娓娓道来,却又比小说更真切、更有历史感,当然由此也更能直接触摸到作者的灵魂和情思。

第四节 沈从文研究的主要论作

最后,介绍一下有关沈从文研究的概况,其中提到的一些有代表性的论作,也可以作为这一专题研究的基本文献。

1930年代正值沈从文创作的高峰期,对他的评论显然意见不一,影响较大又值得参考的有苏雪林的《沈从文论》(《文学》第3卷第3期,1931年9月)和刘西渭的《〈边城〉与〈八骏图〉》(《文学季刊》第2卷第3期,1935年9月)。苏雪林的文章主要探讨了沈从文作品中的"理想",认为那是"想借文字的力量,把野蛮人的血液注射到老迈龙钟颓废腐败的中华民族身体里去使他兴奋起来,年青起来,好在20世纪舞台上与别个民族争生存权利"。她评价沈从文的文体"富有单纯的美",但也有"玩手法"的毛病,使他未能跻身于一流作家之列。刘西渭的印象主义批评似乎特别适合沈从文这种风格独异的作家。他用"热情的""诗的""美"而"准乎自然"以及"爱"和"悲哀"等字眼来描绘沈氏作品的特色,称沈的《边城》是"千古不磨的珠玉",其中具有"特殊的空气"和"厚道然而简单的灵魂"。

到了1940年代,沈从文更多的是受到批判。如巴人、郭沫若、冯乃超等都曾写过批评沈从文的文章,指斥沈是"一直是有意识的作为反动派而活动着",是"桃红色"的文艺家。①

1950年代以后,沈从文的名字在文坛上消失,这期间值得注意的是王瑶在《中国新文学史稿》(上册,上海文艺出版社1951年版)中对沈从文的评价,称之为"多是以趣味为中心","鼓吹一种原始性的野蛮的力量","写法也是幻想的","文字是优美的","一方面固然表示他不满于现实,但不自觉地其实是对过去的时代寄予了一些怀恋"。

在六七十年代,倒是海外的学者对沈从文格外注意。美国的夏志清1961年出版《中国现代小说史》(英文),对沈从文评价极高,说沈是现代中国文学最伟大的印象主义者。夏志清的论作在英语世界影响很大。美国学者金介甫1977年以沈从文做博士论文,后又出版《沈从文传》,注意沈笔下的乡土中国描写的特色,并以沈从文与契诃夫相媲美。这都影响到海内外

---

① 郭沫若:《斥反动文艺》,《大众文艺丛刊》1948年第1辑。

的"沈从文热"。

1980年代有关沈从文的回忆与评论,大多是做"重新评价"的翻案文章。其中有朱光潜的《从沈从文先生的人格看他的文艺风格》(《花城》1980年第5期),认为"目前在全世界提到公认的中国新文学作家,也只有沈从文和老舍",结果引起一番争论。而比较系统阐析且影响较大的是凌宇的几篇"沈从文论",包括《沈从文小说的倾向性和艺术特色》(《中国现代文学研究丛刊》1980年第3期)、《从特异世界里探索美的艺术》(《读书》1982年第6期)。此外,还有汪曾祺的《沈从文的寂寞》(《读书》1984年第8期)。这些文章都注重为沈从文作品的"思想价值"辩护,看重其"民主主义基本倾向"与"重造民族品德的思想"。此外,这一时期的论著开始注重阐释沈从文的"人性"理想。但也有不同意见,如王富仁在《在广泛的世界性联系中开辟民族文学发展的新道路》(《中国现代文学研究丛刊》1985年第1期)一文中,认为沈从文"远未达到堪称伟大作家的一列",因为他"缺少一个为现代伟大作家所不能不具有的更深刻的思想","特别是把自己的视野仅仅局限在以小农经济为基本基础的市俗生活范围内"。这种严苛的尺度显然更为看重创作的思想启蒙功能,是对众多论者热衷于从"思想价值"上为沈从文辩护的质疑。

但是后来许多研究者显然对局限于"思想价值"的辩护已经不满意,他们更希望真正从文学的审美价值本身去理解沈从文。其中突出的收获,便是对沈从文文体的研究。凌宇的《中国现代抒情小说的发展轨迹及其人生内容的审美选择》(《中国现代文学研究丛刊》1983年第2期)将沈从文放到现代小说史的背景中去考察其创新特色。汪曾祺的《沈从文和他的〈边城〉》(《芙蓉》1981年第2期)更是明确提出所谓"沈从文体"的概念,尤其赞扬沈从文语言的功力和技巧,认为其特色是"充满泥土气息"和"文白杂糅","朴实而有情致"。凌宇的《从〈边城〉走向世界》(生活·读书·新知三联书店1985年版)是代表1980年代研究水平的总结性成果,其特色是多角度、全方位介入研究,充分注意到沈从文现象是"复杂的存在",但基本上仍然以"思想价值"评判为主。稍后凌宇又出版了《沈从文传》(北京十月文艺出版社1988年版),是在前书基础上写成的,但又有新的发现,也比较注意对沈从文艺术世界文化内涵的阐释。

进入1990年代以后,沈从文研究相对沉稳,出版了几种比较系统的著作,如赵学勇的《沈从文与东西方文化》(兰州大学出版社1990年版)、吴立昌的《"人性的治疗者":沈从文传》(上海文艺出版社1993年版)、向成国的《回归自然与追寻历史——沈从文与湘西》(湖南师范大学出版社1997年版)等等。值得注意的是王晓明的专著《潜流与漩涡——论二十世纪中国小说家的创作心理障碍》(中国社会科学出版社1991年版)中有一篇《沈从文:"乡下人"的文体与"土绅士"的理想》,对沈从文的文体及其写作心态有相当深入的分析。王晓明认为,沈从文描写湘西风情的作品用的是"地方志式的文字",其"笨拙而独特的文字句式","木讷迂缓的叙事方式",以及放弃逼真描写而追求"暗示和象征",都是为了传达他那"乡下人"的感觉与梦想。王晓明还注意到沈从文的文体也有矫情的毛病,认为这可以从沈从文创作心态的矛盾来解析:沈从文渲染牧歌情致的热情,主要源于他在都市生活中受挫的情绪和"乡下人"的自卑心理,所以创作中总是受这种心态的牵制,在表达朦胧感受的湘西小说中有意无意地要去赞美那些与城市文化对立的东西,不管是原始的性爱还是愚昧的迷信。王晓明的创作心理深度分析,的确有助于对沈从文作品得失的理解。此外,还要推荐赵园主编的《沈从文名作欣赏》(中国和平出版社1993年版),虽然是鉴赏文,但参与撰写的都是著名学者与作家,对沈从文作品的鉴赏评析运用了多种不同的角度与方法,很多都是有个性、有心得、有发现的文章,可以说是1990年代沈从文研究的重要收获,值得拿来做参考。刘洪涛、杨瑞仁编《沈从文研究资料》(上、下两卷,天津人民出版社2006年版)收集了各个时期研究沈从文的代表性论文,也是方便的参考书。国外研究沈从文的著作很多,比较重要的有美国汉学家金介甫的《沈从文传》,特色是以小说证史,通过沈从文及其创作来考察当时中国的一部分社会人生。

思考题

1. 试评沈从文《边城》的艺术特色。
2. 结合具体作品,比较评析沈从文写湘西与写都市这两副笔墨的文化内涵及其得失。
3. 找刘西渭(李健吾)对沈从文的评论(例如《〈边城〉与〈八骏图〉》)来看看,对照一下自己阅读沈从文的印象与感觉,然后从文学批评的角度,就其评论做出你的"再评论"。

第七讲　张爱玲的《传奇》与"张爱玲热"

在现代文学中,张爱玲是我们最熟悉的作家之一。前些年有过"张爱玲热",特别是1995年这位作家在美国孤独地去世后,有关她的出版物和各种报道简直铺天盖地。2007年李安的电影《色·戒》和2009年张爱玲的自传性小说《小团圆》的问世,也都引起了相当多的关注与讨论。为什么这位在文学史上消失多年的作家,会突然走红并形成阅读的热潮?在这一讲,我们要把这种"热"作为一种文学社会学现象来加以分析解读。通常说,学习文学史要提高文学的分析能力,这除了对具体作家作品的评析,也包括对文学史现象或文学社会学现象的分析。

"张爱玲热"有过多次。最早的一次是在1940年代中期,即她写作的同期。我们首先回到1940年代,回到张爱玲的创作本身,以历史的和审美的眼光,看张爱玲为何能在当时迅速征服广大读者,大红大紫。第一、二部分,将以较多的篇幅分析张爱玲的创作,尤其是代表作《传奇》的特色;第三部分,侧重介绍二十多年来有关张爱玲的研究和传播,以及形成热点的过程与原因,最后给有兴趣的同学提供一些进一步研究的书目。

第一节　《传奇》的评析

太平洋战争爆发后,张爱玲在香港的学业被迫中断,她回到上海,正式开始了文学创作的职业生涯,并很快迎来了创作的第一个高峰。1944年8月,张爱玲的第一个短篇小说集《传奇》初版,收入她之前陆续发表于《杂志》《万象》《古今》《天地》等期刊上的小说10篇,且大多做了一点修改。这10篇作品是:《金锁记》《倾城之恋》《茉莉香片》《沉香屑:第一炉香》《沉香屑:第二炉香》和《琉璃瓦》《心经》《年青的时候》《花凋》《封锁》。1946年11月,《传奇》增订版出版,又增加了《留情》《鸿鸾禧》《红玫瑰与白玫瑰》《等》《桂花蒸 阿小悲秋》五篇。这部《传奇》,也就是张爱玲前期小说的代表作。

为什么取名"传奇"?可能是张爱玲有感于世俗生活中的"传奇",她心目中的现实人生,总有许多不可预测和把握的现象。她自己就有一个"传奇"的身世,祖父是清末著名大臣张佩纶,祖母是李鸿章的女儿。这种曾经的显赫在民国时代却已经式微,只是在张爱玲的家庭环境中留下不少深刻的印记。她的父亲是一个遗少式的人物,吸鸦片,纳姨太太,往更败落的路子上走;不过他也风雅能文,给了张爱玲一些古典文学启蒙,鼓励了她的文学嗜好。张爱玲的母亲则是一个果敢的新式女性,敢于出洋留学,敢于离婚,她的生活情趣及艺术品位都是更为西方化的。张爱玲自小就接受了两种不同文化的熏陶,后来又在中西文化交杂的香港接受了大学教育。当她返回十里洋场的上海从事写作时,立志做一个自食其力的"小市民"。以这样现代市民作家的眼光来看待都市普通人的"传奇"故事,于是,中与西、新与旧的冲突及互渗,深深浅浅地表露在她的作品之中。在张爱玲的笔下,"传奇里的人性呱呱啼叫起来"(《谈跳舞》)。

在现代中国文学史上,张爱玲是辨识度很高的作家。她1940年代的创作,与同时代其他作家都很不同,与新文学的主流和传统更是有意拉开距离,个性鲜明而独特。她的作品各式各样,都离不开一个总背景,那就是时代冲击下中国传统文化的不断委顿。她一再表明,自己所写就是"乱世"中旧的文明的日渐苍白。"时代是仓促的,已经在破坏中,还有更大的破坏要来。"(《〈传奇〉再版序》)而在这灰败的文明的衰落中,人对时代无所适从,"他们唱歌唱走了板,跟不上生命的胡琴"(《倾城之恋》)。他们也更加脆弱,"日常的一切都有点儿不对,不对到恐怖的程度"(《自己的文章》)。人无力拯救自己,更无力改变世界,只能就此没落下去,就像小说《花凋》中所描述的一样阴沉凶险:"硕大无朋的自身和这腐烂美丽的世界,两个尸身背对背拴在一起,你坠着我,我坠着你,往下沉。"这当然不是积极的有助于精神上进的感觉,但的确是对人生,特别是对时代转换中价值崩溃的一种深切感受,或者是对新旧交替中文明状况及命运的一种理解。

《传奇》印行增订本时,张爱玲为它换了一个封面。她这样解释新封面的含义:"借用了晚清的一张时装仕女图,画着个女人幽幽地在那里弄骨牌,旁边坐着奶妈,抱着孩子,仿佛是晚饭后家常的一幕。可是栏杆外,很突兀地,有个比例不对的人形,像鬼魂出现似的,那是现代人,非常好奇地孜孜往里窥视。如果这画面里有使人感到不安的地方,那也正是我希望造成的气氛。"(张爱玲《有几句话同读者说》)从这里我们可以体会到,张爱玲哀歌的主旨并非进行深刻的社会批判,更遑论对这世界的"改造",她只是要在这迷茫、不可理喻的现实背景下,展示精神的"不安"、人性的脆弱与悲哀,触及"思想背景里"的"荒凉"——这"惘惘的威胁"。她要表达出人无法把握自己的命运这一潜在主题。这也正是现代文学中较少表现的有现代主义味道的"荒原"意识。

那么《传奇》究竟写了什么"传奇"?在分析作品的同时,我们尝试一下透过这些作品的风格情调,去分析其中所蕴含的意味和主题。

张爱玲最初的几篇小说是"香港的传奇",可以《沉香屑:第一炉香》和《茉莉香片》为代表。《沉香屑:第一炉香》是沉沦故事。主人公葛薇龙是一个普通的上海女孩,因为家道中落,为了能继续在香港求学,不得不求助于与葛家多年不相往来的姑妈梁太太。梁太太是"关起门来做小型慈禧太后"的富孀,出于极自私的打算便让葛薇龙在她身边生活。葛薇龙渐渐进入香港上层社交社会浮华萎靡的生活圈,她的虚荣心也日渐扩张,便从原先只想通过读书获得独立逐渐失控,最终走上沉沦之路。《茉莉香片》则是心理扭曲的故事。少年聂传庆有一个粗暴的父亲,他生活在压抑的家庭环境中,身体和精神都有残障,耳朵被父亲打得有些聋,心理则充满了卑怯。他一厢情愿地在一个老师身上寄托了自己对父亲的幻想,又对老师的女儿产生了病态的爱恋,却都遭到无情的拒绝,最后他以施暴的方式发泄出积郁。这两则"传奇"也可以看作"成长"的寓言,但这种成长却是没有彼岸的,是畸形的。读这些小说会有一种类似陷入泥沼、不能自拔的梦魇感,环境对一个人性格命运的影响实在太大了。

《倾城之恋》是一个上海与香港间的双城故事。出身于破落大家族的闺秀白流苏,曾像一个时代的"新女性"一样,勇敢地离了婚,回到娘家;但在冷酷的现实面前,她不得不承认,"还是找个人是真的"。因此,在遇到了阔绰的华侨子弟范柳原之后,她把自己仅有的青春、名誉都赌在与他结合的冒险中。虽然"两方面都是精刮的人",彼此经历了无数回合的讨价还价,白流苏最终也不过得到了"情妇"的地位,但"传奇"又出现了:珍珠港事件爆发,香港陷落,在战事混乱、前途难卜的情势中,白流苏与范柳原却产生了患难夫妻的情感,"在这兵荒马乱的时代,个人主义者是无处容身的,可是总有地方容得下一对平凡的夫妻"。是战争"成全"了白流苏,一个大城倾覆了,她的婚姻却因此而修成正果,她成了名正言顺的"范太太"。看上去,这是一则爱情传奇,而且有一个"有情人终成眷属"的大团圆结局,但传奇故事之下却蕴含着深重的悲哀。在白流苏方面,眼看着金钱的逻辑吞没了白公馆里的手足情、母女爱,她的再嫁也不是寻找"真爱",只是费尽心机要把自己"卖"一个好价钱;在范柳原方面,他对流苏的时远时近、欲擒故纵,看似一切尽在掌控,但又处处透露出一个华侨浪子在面对故国、故国文化时的苦闷与幻灭。

张爱玲的"上海传奇"系列写得更成熟,艺术上也更完整些。所有"传奇"展开的空间都不怎么"传奇",就是上海人常见的公馆、公寓或者"车厢社会",似乎有些平实,而细读却是压抑依旧,笔触的控制力更为从容。比如《封锁》一篇,写的是上海沦陷期间的日常生活,电车开着开着,遇到了封锁,车中的陌生男女吕宗桢和吴翠远,阴差阳错地开始交谈、开始恋爱了。翠远家世良好,自己勤恳用功、职业体面(大学讲师),可同时却是个"剩女",所以家里人"宁愿她当初在书本上马虎一点,匀出时间来找一个有钱的女婿"。交谈中翠远知道了宗桢"没有钱而有太太",她感到了对家人报复以及恋爱的双重快乐,还有很罗曼蒂克的拟想中的悲剧性抗争,以至于把自己都感动哭了。但是接下来,封锁结束了,宗桢起身坐到远远的他原先的座位上去。翠远在震动中"明白他的意思了:封锁期间的一切,等于没有发生。整个的上海打了个盹,做了个不近情理的梦"。这里写的就不是一个女孩子失恋的苦楚了,而是写出了生存本身的难堪。再如《传奇》增订版中作为篇首的《留情》,小说写得很克制,一对夫妇外出拜访亲戚然后回家而已,但已经写出了女主人公的大半生。淳于敦凤原本"出身极有根底",人长得美,但寡居了十几年,经济困顿、人老珠黄。经亲戚撮合,36岁的她做了59岁的富商米晶尧的侧室,夫贵妻荣,敦凤方才有了扬眉吐气的感觉。但小说一开头对家庭内部场景的描写,就已经在小说中置入了一种隐约可见的不安的气息:冬天里生着火盆,丢了红枣进去,"发出腊八粥的甜香",这种温暖柔和是敦凤的婚姻感受,所谓"岁月静好"吧。接下来米先生出场,他要去看望病重的原配太太,因此遭到敦凤的冷脸相待,米先生在这个家里的感受则是这样的:"米先生回到客室里,立在书桌前面,高高一叠子紫檀面的碑帖,他把它齐了一齐,青玉印色盒子,冰纹笔筒,水盂,铜匙子,碰上去都是冷的;阴天,更显得家里的窗明几净。"整洁而冷冰冰,其实也就是米先生此刻的婚姻感受。事实上两个人感受的这种对比,在小说通篇都时隐时现,叫人忍不住为敦凤预期中的婚姻美满及经济保障捏一把汗。

《金锁记》是张爱玲的代表作,也是她主题挖掘及艺术创造最深刻、最丰厚的作品。小说分为两个部分。前一部分写主人公曹七巧的一天,这个姜公馆二奶奶,她的婚姻及生存状况是通过丫头的对话侧面交代的。原来七巧出身于下层社会,家里开麻油店,生活艰难。看到有钱的姜家二爷患骨痨,是个"机会",家里就做主把七巧嫁给了姜二爷。七巧其实是嫁给了金钱,她有钱了,可是在姜家仍然受排挤,得不到尊重。更残忍的,是没有正常的婚姻生活。从七巧与三爷季泽的调笑中,读者可以看到七巧压抑的情欲。从七巧与哥嫂的对话和怄气中,则展示出七巧对她被金钱买断了青春的委屈,以及金钱关系支配下扭曲的亲情。

后一部分是七巧带着一双儿女分家单过后的生活。这是作品的主体部分,也是情节发展中高潮迭起的部分。情欲与金钱欲的冲突、交织、变幻趋向振荡的极限,母子三人都向着精神的深渊滑落,而儿女的悲剧更由母亲一手操纵。有一段描写揭示了内心的复杂。七巧与季泽再次相见,季泽对她表白。一瞬间,七巧心神恍惚,她"低着头,沐浴在光辉里,细细的音乐,细细的喜悦……"然而也只是一瞬间。"他难道是哄她么?他想她的钱——她卖掉她的一生换来的几个钱?仅仅这一转念便使她暴怒起来。"对金钱的欲望压倒了情欲,七巧杀灭了满足情欲的唯一可能的萌芽。

而这压抑过深的欲望逐渐变成可怕的对婚姻的报复。她给儿子长白娶了亲,却千方百计地霸住他,引诱他讲述夫妻隐秘,再以此羞辱、折磨媳妇。女儿长安已是三十岁的"大龄"女子,在亲戚的撮合下,与留洋的"海归"童世舫订了婚,感情有了微妙的进展。但当母亲的不愿看到女儿幸福。七巧宴请世舫,她以"一个疯子的审慎与机智",在席间轻描淡写地诉说长安如何抽鸦片。世舫就此怀着难堪的落寞从长安的生活中消失,长安最卑微的愿望也就落了空。《金锁记》将人生的荒诞与荒凉诠释到极致。七巧就像是一头困兽,一生都在欲望的牢狱中挣扎。"三十年来她戴着黄金的枷。

她用那沉重的枷角劈杀了几个人,没死的也送了半条命。"——其实套在人身上的何止是"黄金的枷",人性的无形枷锁才是永远无法解除的桎梏。

　　对张爱玲这样复杂的作家,可以从多层面做出解读。例如近年来从女性主义的角度考察张爱玲创作的很多,也提供了新的研究视界。作为女性作家,张爱玲对新旧时代交叠中的女性命运极为关注,对女性心理的挖掘非常深刻,她笔下的系列女性形象,真切地传达了她对人生的特殊感悟以及对文化败落的思考。

　　张爱玲笔下的女性多是时代夹缝中的没落淑女。她们大都出身败落的大家庭,有着旧式的文雅修养、旧式的妻道"训练",但唯独没有自立于这个已经变化了的时代与社会的本领,在时代浪潮的涤荡之下,每个人都在努力抓住一个看似可靠的婚姻,做"女结婚员"是她们唯一的出路(《花凋》)。概括起来,《传奇》中的女性基本上处于两种生存状态:一种是千方百计要成为"太太"(甚至包括姨太太、情妇),一种是已经成为"太太"。尤其前者,更能够表达女性的悲剧。前述《倾城之恋》中的白流苏,拿青春、名誉去和婚姻赌博;《花凋》中的郑川嫦、《封锁》中的吴翠远,远没有流苏那么"幸运",她们的婚姻梦要么在肺病中不甘心地撒手,要么干脆只是"做了个不近情理的梦";连在爱情游戏中游弋自如的王娇蕊(《红玫瑰与白玫瑰》),突然遇到她自以为的"生命中的男人",就收敛自己,一心一意要与他厮守,哪里知道她最多只能是婚姻外的一颗"朱砂痣"。另一方面,即使当她们终于能如愿以偿,获得"太太"身份后,也依然无法确立自己的主体性,平淡的生活只会更加苍凉罢了。白流苏成为范太太后,"柳原现在从来不跟她闹着玩了。他把他的俏皮话省下来说给旁的女人听。那是值得庆幸的好现象,表示他完全把她当做自家人看待——名正言顺的妻。然而流苏还是有点怅惘";《鸿鸾禧》中的玉清,比较顺利地出了嫁,并且小心翼翼地掩饰着高兴的神气,但事实上她对自己的婚姻仍然茫然无措,只能使气地买东西,"看见什么买什么,来不及地买,心里有一种决撒的,悲凉的感觉",在更年轻的女孩子眼中,她已经是"银幕上最后映出的雪白耀眼的'完'字";《红玫瑰与白玫瑰》中的烟鹂,对丈夫振保在外嫖妓"绝对不疑心",因为"她爱他,不为别的,就因为在许多人之中指定了这一个人是她的",只有当丈夫公然嫖妓,她才"一下子有了自尊心,有了社会地位,有了同情与友谊"。这里其实是女性宿命式的悲剧生存:她们的追求过程是无意义的,而追求到手的结果也同样是无意义的。

张爱玲与新文学作家塑造"时代新女性"不同,她反而在写"旧女性",尤其是"新女性"表象之下的旧女性。这些女性有良好的家世、姣好的容颜,甚至还有不错的教育背景、体面的职业,但这只是她们待"嫁"而沽的筹码,她们依然在辛苦地走着"旧式"的婚姻路。人生的"新"与"旧",不仅代表了现代女性应有的反省,恐怕也有张爱玲对"新文化"的反省。这正是她的作品所具有的现代性因素之一。

张爱玲《传奇》的底色就是"苍凉"的。阅读张爱玲,会感受到这种"苍凉",当然也应当有所分析。这里不妨引用傅雷在《论张爱玲的小说》里的一段评论,那是张爱玲同时代人的感觉,现在读来也是颇有体会的:

> 遗老遗少和小资产阶级,全部为男女问题这恶梦所苦。恶梦中老是淫雨连绵的秋天,潮腻腻,灰暗,肮脏,窒息与腐烂的气味,像是病人临终的房间。烦恼,焦急,挣扎,全无结果,恶梦没有边际,也就无处逃避。零星的磨折,生死的苦难,在此只是无名的浪费。青春,热情,幻想,希望,都没有存身的地方。川嫦的卧房,姚先生的家,封锁期的电车车厢,扩大起来便是整个社会。一切之上,还有一双瞧不及的巨手张开着,不知从哪儿重重地压下来,压痛每个人的心房。这样一幅图画印在劣质的报纸上,线条和黑白的对照模糊一些,就该和张女士的短篇气息差不多。①

我们不妨从傅雷的评说出发,去感觉和领悟《传奇》的风格氛围。

第二节　张爱玲的艺术"创新"与"袭旧"

张爱玲的成功,不只在于她笔下风格独特的"传奇"故事,也在于她独特的小说艺术。讨论张爱玲作品艺术上的成就或特征,可以用四个字大体概括:新、旧、雅、俗。她写的毫无疑问是新的现代体式的小说,但又完全没有所谓"新文艺腔",而很自然地承传了传统的章回小说,特别是《红楼梦》

---

① 迅雨(傅雷):《论张爱玲的小说》,载《万象》第3年第11期,1944年5月,收于青编著《寻找张爱玲》,中国友谊出版公司1995年版。本章凡引傅雷评论皆出自此文,不另注。

的手法与韵味;她的小说是通俗的,题材大多也就是所谓"都市言情",但其艺术之深湛又绝非一般流行作品所能比拟。张爱玲正是以她那一支丰富多姿、才华横溢的如神之笔,在新旧雅俗间游刃有余,既有层出不穷的"创新",又有不厌其烦的"袭旧",创造出一种新旧交织、雅俗共赏的独特风格。从1940年代至今,张爱玲作品在艺术上的特色都受到一致的称许。这里主要就张爱玲的意象营构与语言风格这两方面做相关的分析。

读张爱玲的小说,大约最鲜明夺目的就是她众多的意象了。一个个新颖别致的意象纷至沓来,令人目不暇接,不但营造出强烈的感性世界,又增强了作品的寓意。张爱玲最钟爱的意象是"月亮"和"镜子",这是两个传统的意象,已经积淀了国人容易理解的一些象征意义,但张爱玲推陈出新,赋予其新的独特的含义。不妨以"月亮"为例来看看她营构意象的才能。

小说《金锁记》是以"月亮"始以"月亮"终的,"月亮"具有结构性的功能。不同的环节,对"月亮"意象的书写又有不同,试看以下几段:

> 年轻的人想着三十年前的月亮该是铜钱大的一个红黄的湿晕,像朵云轩信笺上落了一滴泪珠,陈旧而迷糊。老年人回忆中的三十年前的月亮是欢愉的,比眼前的月亮大,圆,白;然而隔着三十年的辛苦路往回看,再好的月色也不免带点凄凉。

这是小说的开端,以月亮来写时光流转,并无新意,但将"三十年前的月亮"转到"朵云轩信笺"上的泪珠,洇得"陈旧而迷糊",这样的意象果然就带上了岁月的沧桑感。它已经奠定了小说的底色与基调:苍凉。

> 天就快亮了。那扁扁的下弦月,低一点,低一点,大一点,像赤金的脸盆,沉了下去。

月亮沉下去,而七巧的故事开始了。但开始也就预示了结局。

> ……窗格子里,月亮从云里出来了。墨灰的天,几点疏星,模糊的缺月,像石印的国画,下面白云蒸腾,树顶上透出街灯淡淡的圆光。

这是七巧的女儿长安眼中的月亮,她已经决定牺牲自己的幸福,离开学校,而这牺牲"是一个美丽的,苍凉的手势"。这里的月亮意象有种诗意的但不能确定的意味。

> 隔着玻璃窗望出去,影影绰绰乌云里有个月亮,一搭黑,一搭白,像

个戏剧化的狰狞的脸谱。一点,一点,月亮缓缓的从云里出来了,黑云底下透出一线炯炯的光,是面具底下的眼睛。

这是在长白娶亲之后,七巧不许儿子回房,母子两人边抽鸦片,边议论着东邻西舍乃至长白夫妻的隐私。"狰狞"与怪诞的月亮意象,与七巧变态的心理是同质的。

今天晚上的月亮比哪一天都好,高高的一轮满月,万里无云,像是漆黑的天上一个白太阳。……窗外还是那使人汗毛凛凛的反常的明月——漆黑的天上一个灼灼的小而白的太阳。……月光里,她的脚没有一点血色——青,绿,紫,冷去的尸身的颜色。

这是长白的妻子芝寿的绝望,她生活在一个疯狂的世界里,"丈夫不像个丈夫,婆婆也不像个婆婆",月亮好得"反常",像一个令人惊悚的太阳。这样荒诞的月亮意象充分表达出芝寿的恐怖之感。

从上面简单的分析可以看出,张爱玲对意象的选择往往以人物心理为依托,同时这些意象也暗示了作品中的叙述视角,同一意象的不同转换间接构成叙述中的不同层面。

除了心理烘托,张爱玲的意象充满了象征意味,有时一个意象就象征一个人的一生,甚至是整个作品的意义。《茉莉香片》中有一个"鸟"的意象,是"绣在屏风上的鸟":"悒郁的紫色缎子屏风上,织金云朵里的一只白鸟。年深月久了,羽毛暗了,霉了,给虫蛀了,死也还死在屏风上。"这是传庆的母亲冯碧落命运的象征,也可以理解为那个时代女性命运的象征,或者还可以扩展到人在世界上无所逃遁的命运的象征。如评论家所言,"这与其说是一个飞翔与逃遁的意象,不如说是一个关于死亡与囚禁的意象"[①]。张爱玲的意象常给人深刻的触动,让人过目不忘,这得益于作家敏锐、细腻、独特的观察及表现,她的特别的感觉方式搅动了读者的感官。张爱玲这样感受颜色:

黑夜里,她看不出那红色,然而她直觉地知道它是红得不能再红了,红得不可收拾,一蓬蓬一蓬蓬的小花,窝在参天大树上,壁栗剥落燃

---

① 孟悦、戴锦华:《浮出历史地表——现代妇女文学研究》,河南人民出版社1989年版,第254页。

> 烧着,一路烧过去,把那紫蓝的天也熏红了。(《倾城之恋》)
>
> 她穿着的一件曳地长袍,是最鲜辣的潮湿的绿色,沾着什么就染绿了。她略略移动了一步,仿佛她刚才所占有的空气上便留着个绿迹子。(《红玫瑰与白玫瑰》)

张爱玲又这样感受声音:

> 到了晚上,在那死的城市里,没有灯,没有人声,只有那莽莽的寒风,三个不同的音阶,"喔……呵……呜……"无穷无尽地叫唤着,这个歇了,那个又渐渐响了,三条骈行的灰色的龙,一直线地往前飞,龙身无限制地延长下去,看不见尾。"喔……呵……呜……"叫唤到后来,索性连苍龙也没有了,只是三条虚无的气,真空的桥梁,通入黑暗,通入虚空的虚空。(《倾城之恋》)

在营构意象时,张爱玲擅长的是通感的运用,她将声音、气味、色彩、触觉等印象调动起来,或贯通,或跳跃,或糅合,或剥离,使意象更为新奇,更富于弹性,也更刺激。她还善于通过不同感觉方式的转换,在意象的具象意义与抽象意义之间游走穿插,调动读者去体味意象中隐含的微妙情感,引发丰富的联想。如下面这一段经典的描写:

> 酸梅汤沿着桌子一滴一滴朝下滴,像迟迟的夜漏——一滴,两滴……一更,二更……一年,一百年。
>
> 她(七巧)到了窗前,揭开那边上缀有小绒球的墨绿洋式窗帘,季泽正在穿堂里往外走,长衫搭在臂上,晴天的风像一群白鸽子钻进他的纺绸裤裤里去,哪儿都钻到了,飘飘拍着翅子。

这是《金锁记》中七巧与姜季泽的"决裂",同时也是她对自己埋藏已久的爱情的诀别。酸梅汤这一实物意象,转为更漏这一时间意象,而更漏本身单调悠长的声音感觉,又可能让读者联想到"怨女"形象——传统文学中的更漏常与此关联。于是七巧的"怨"就一层层表达出来了。"鸽子"的意象也是通过七巧的视觉去呈现的。迟来的爱情瞬间又无望,她看穿了季泽的自私,赶走了这个"坏男人",却又有某些留恋;飘然飞去的"鸽子"意象,既是季泽这个纨绔子弟的"潇洒",又带有七巧对季泽身体的渴望,以及对旧情的不舍与怅惘。

再看一段以具象写抽象的例子,如下面的关联鞋子的意象:

> 街上静荡荡只剩下公寓下层牛肉庄的灯光。风吹着的两片落叶踏啦踏啦仿佛没人穿的破鞋,自己走上一程子……

> 地板正中躺着烟鹂的一双绣花鞋,微带八字式,一只前些,一只后些,像有一个不敢现形的鬼怯怯向他走过来,央求着。

两段文字都出自《红玫瑰与白玫瑰》,前一段是主人公佟振保感觉到来自王娇蕊(红玫瑰)的诱惑,知道"这世界上有那么许多人,可是他们不能陪着你回家",因而感觉到"一阵凄惶",落叶仿佛那"没人穿的破鞋",如同寂寞的、不健全的灵魂,只能踽踽独行;后一段则是振保同他妻子烟鹂大打一架后的感触,烟鹂的绣花鞋像怯生生的鬼魂,懦弱、无力,这是振保的感觉,也会唤起读者的想象。

张爱玲笔下的意象有鲜明的视觉性,容易让人联想到电影镜头。事实上,张爱玲早就"触电",她在写作生涯一开始就为上海的西文报纸撰写过影评,后来又自己编写电影剧本。以她对电影艺术的熟稔,小说中插入电影技巧,如将意象与电影蒙太奇结合,就是常见的手法,这使得一些比较传统的意象陡然增添了现代感。比如这个公认写得巧妙的意象——一个蒙太奇镜头:

> 风从窗子里进来,对面挂着的回文雕漆长镜被吹得摇摇晃晃,磕托磕托敲着墙。七巧双手按住了镜子。镜子里反映着的翠竹帘子和一副金绿山水屏条依旧在风中来回荡漾着,望久了,便有一种晕船的感觉。再定睛看时,翠竹帘子已经褪了色,金绿山水换了一张她丈夫的遗像,镜子里的人也老了十年。(《金锁记》)

特写镜头的手法也是张爱玲所钟爱的。其实前面提到的许多意象,都可以转换成相应的特写。《金锁记》里这段描写简直就可以直接搬到电影的分镜头剧本中:

> 长安悄悄地走下楼来,玄色绣花鞋与白袜停留在日色昏黄的楼梯上。停了一会,又上去了。一级一级,走进没有光的所在。

读过张爱玲一两种小说,以后再读她的作品,即使不标明作者,也能感觉到这就是张爱玲。除了前面说到的意象艺术、电影手法等(也是语言艺术),

张爱玲语言风格的独特性又常体现为大量别出心裁的比喻,她的精妙的比喻随手抓来,不时调动读者的奇思异想,让人拍案叫绝;有时这些比喻的句子就会成为读者过目难忘的名言警句。

> 也许每一个男子全都有过这样的两个女人,至少两个。娶了红玫瑰,久而久之,红的变成墙上的一抹蚊子血,白的还是"床前明月光";娶了白玫瑰,白的便是衣服上的一粒饭黏子,红的却是心口上的一颗朱砂痣。(《红玫瑰与白玫瑰》)

> 生命是一袭华美的袍,爬满了蚤子。(《天才梦》)

张爱玲小说的语言虽然是现代汉语,却又不全是口语,往往带点书卷气,用词很准确生动、干净利落、耐人寻味。如这一段:

> 郑夫人坐在床上,绷着脸,耷拉着眼皮子,一只手扶着筷子,一只手在枕头边摸着了满垫着草纸的香烟筒,一口气吊上一大串痰来,吐在里面。(《花凋》)

妙在一个"吊"字,把吐痰的过程、动作描摹得惟妙惟肖。

张爱玲的语言风格如此独特,可以说她不和任何其他现代作家相似,倒是比较接近《红楼梦》。我们来读这两段,从语感上体味一下,看是否有《红楼梦》的韵味:

> 众人低声说笑着,榴喜打起帘子,报道:"二奶奶来了。"兰仙云泽起身让座,那曹七巧且不坐下,一只手撑着门,一只手撑了腰,窄窄的袖口里垂下一条雪青洋绉手帕,身上穿着银红衫子,葱白线镶滚,雪青闪蓝如意小脚裤子,瘦骨脸儿,朱口细牙,三角眼,小山眉,四下里一看,笑道:"人都齐了。今儿想必我又晚了!怎怪我不迟到——摸着黑梳的头!谁教我的窗子冲着后院子呢?单单就派了那么间房给我,横竖我们那位眼看是活不长的,我们净等着做孤儿寡妇了——不欺负我们,欺负谁?"(《金锁记》)

张爱玲的作品语言以及由此生成的文体风格,介乎新旧雅俗之间,既有"古典小说的根底",又有"市井小说的色彩"。所谓"古典小说的根底",在相当大程度上表现为浓郁的"《红楼梦》风"。她的语言是这样接近《红楼梦》,情节安排、人物描写也常常有《红楼梦》的影子,甚至一些细节刻画也乐于模仿《红楼梦》，比如也像《红楼梦》那样注重对风习、场景、衣饰的精细描写。张爱玲曾多次表示喜爱这种世俗的华丽与热闹，应该不仅是渲染一种氛围，还恰恰可以与她一心要传达的"荒凉"形成映照：浮华热闹的世俗背景下，人性的委顿显得那么惊心动魄。

张爱玲熟读《红楼梦》，每次读均有不同感受，而到了她写作的时期，她说："现在再看，只看见人与人之间感应的烦恼。"（《论写作》）反观张爱玲的大部分作品，不正是在写作"人与人之间感应的烦恼"吗？张爱玲对《红楼梦》的理解与感悟，似乎也已经运用到她对自己作品主题的思考上了。

除了《红楼梦》，张爱玲对《金瓶梅》《海上花》等旧小说都有浓厚的兴趣，也在作品中或多或少留下了它们的印迹。不过，这种借鉴，有时索性是用语、字眼等的直接搬用，不免有阅读的夹生感。傅雷当年就曾经指出她"错乱"地将"纯粹《金瓶梅》《红楼梦》的用语，硬嵌入西方人和广东人嘴里"。而张爱玲则分辩说，她是"特地采用了一种过了时的辞汇"来表达时间的距离感。虽然这有点像强辩，不过也许我们可以把握张爱玲小说中古典情调产生的原因之一：通过语言的古典借用而造成的"陌生化"效果。而且愈到后来，这种追求愈发成为一种独特的、带有某种抵抗性——抵抗日渐西化的小说表达方式——的中国小说美学。张爱玲中年到晚年用了极大精力翻译《海上花》，写作《红楼梦魇》，孜孜以求所谓"平淡而近自然"的小说境界，可以说其实践源头就是出自《传奇》的创作与思考。

至于说"市井小说的色彩"，主要指张爱玲小说中的通俗倾向。除了古代的章回小说，她对现代中国的通俗文学作品，以及具有通俗意味的新文学，都同样有所涉猎及借鉴。比如被新文学驱逐出文坛却仍然赢得众多市民读者青睐的"鸳鸯蝴蝶派"小说，张爱玲并不特别反对，通俗文学作家张恨水也甚得张爱玲喜欢。另一位专写市民生活的"新文学"作家老舍，也对张爱玲有不小的影响。譬如《红玫瑰与白玫瑰》开头部分对佟振保这个人的介绍，那种以俏皮话方式对人物精神风貌进行大而化之的概括，语气和顺，似褒实贬，读来就很有老舍作品的风味，像我们在《二马》《离婚》中领略过的。

其实张爱玲是有意和新文学拉开距离的，她对欧化的语言和教化的内容不感兴趣，宁可向市井色彩和通俗化靠拢。她乐于在市民读者中赢得"粉丝"。她一再声扬自己对市井、"俗气"、地方戏乃至"小市民"的热爱。尤其在更个人化的散文集《流言》中，有不少这样的文字，如《公寓生活记趣》《道路以目》《童言无忌·钱》《中国的日夜》《华丽缘》等篇目,都从浓厚的"都市小市民"气息中咂摸出市井的美感。

当然,如果只是将"旧小说"模仿得惟妙惟肖,也还是没有出路的。张爱玲最基本也最足构成"特色"的,还在于"旧小说情调与现代趣味的统一"。她对中国旧小说和西方现代小说的不同情调进行了"调和","在似乎'相克'的艺术元素的化合中,找到了自己的那一种'调子'。这调子未必是最动人的,但对于张爱玲叙述的故事,却是最适宜的"①。

这种"西方现代小说的情调",有外来小说技巧或现代派手法的因素,也有张爱玲英文文字训练的因素。前面提到的张爱玲小说的主题、意象与象征等创造,都是古典小说或通俗文学无法拘限的。至于她的文章中英文写作训练的痕迹及西化的文字感觉,可能在她的散文作品中表现得更突出一些。

张爱玲自小沉迷于旧小说的情调中,后来到香港读书,为了全力练习英文,一度有三年不曾用中文写东西,但是她说,"我想这是很有益的约束"(《流言·存稿》)。她作为职业作家的写作正是从英文起步的,比如《更衣记》《洋人看京戏及其他》等散文名篇都是用英文写就,后又译为中文;而且她的英文文章在英文刊物《二十世纪》上发表后也得到了极高的评价。既然英文水准已经到烂熟地步,英文的文法及表达方式当然不会在中文写作里全然消失。她转用中文写作后的散文,"虽然中文流丽之极,绝无翻译腔,但文章的情调以及结构章法,仍然带有英国小品的风致"②。比如《流言》中的机智议论,带有调侃意味的幽默,对个人情感的节制,以及以灵动的议论带动文章的起承转合等手法,都潜藏着英国小品的影响。

但张爱玲作品的不足之处,应该说也分别在于她的"创新"与"袭旧"。

张爱玲是才华横溢的作家,极具创新能力,有丰富的想象与流转自如的笔触,这都保证她可以不断地翻出"新花样"。但正因此,如傅雷所指出的,有时她不免"单凭着丰富的想象,逗着一支流转如踢踏舞似的笔,不知不觉走上了纯粹趣味性的路",也就是过分强调创新的"技巧"。"技巧对张女士

---

① 赵园:《开向沪、港"洋场社会"的窗口——读张爱玲小说集〈传奇〉》,《中国现代文学研究丛刊》1983 年第 3 期。
② 余彬:《张爱玲传》,海南国际新闻出版中心、海南出版社 1993 年版,第 150 页。

是最危险的诱惑。无论哪一部门的艺术家,等到技巧成熟过度,成了格式,就不免要重复他自己。在下意识中,技能像旁的本能一样时时骚动着,要求一显身手的机会,不问主人胸中有没有东西需要它表现。结果变成了文字游戏。写作的目的和趣味,仿佛就在花花絮絮的方块字的堆砌上。"的确,张爱玲作品中那独出机杼的联想方式,那机警大胆的隽语、活色生香的比喻,常使读者惊叹不已;但是如果作品中堆满了这些创新的"成果",不免繁缛累赘,也会使作品枝蔓过多,导致"文胜质"的后果。

傅雷指出的张爱玲另一"危机",是她"文学遗产记忆过于清楚",也就是由"袭旧"产生的不足。张爱玲太钟爱旧小说的某些文体表达方式,有时会不加挑剔地搬用,使作品的真实性及结构平衡都受到削弱。比如上文曾提到的《金锁记》对《红楼梦》的借鉴,丫头的对话逼肖《红楼梦》,距离感没出来,生硬感倒不弱,与小说所写的现代上海社会太不贴切;而《金锁记》前后两部分风格的不够统一、结构上的不够平衡,显然也与此有相当的关系。而在她某些草率之作如《连环套》等中,对旧小说语言、套路的袭用更是几乎陷入"俗套滥调"。脱离了适当的限度,这种旧情趣确乎"近于玩火,一不留神,艺术会给它烧毁的"。

抗战结束后,由于与战时伪政权高官胡兰成有一段婚姻关系,张爱玲受到政治牵累,亦难以公开发表作品。这一点对于作家当然是不幸的,但对张爱玲来说或许不全是坏事。她可以从忙碌的"卖文"生涯中暂停下来,转而思考其写作必须面对的转型。1950年后,她以"梁京"为笔名,在《亦报》先后发表了连载小说《十八春》和《小艾》,其中对新旧社会转折之际普通人生活变化的描写,可以看出她写作姿态的调整。1952年张爱玲以继续完成学业为由申请赴香港。此间写过《秧歌》《赤地之恋》等长篇,内容受反共的意识形态牵制,艺术上亦不足观。1955年又离开香港,此后定居美国直至去世。

去美国之后的张爱玲,仍然坚持写作,1960年代末期之后有《惘然记》等作品集出版于台湾。晚年从事中国古典小说研究,包括对《红楼梦》《海上花》《金瓶梅》等作品的阐释。张爱玲后期的某些作品,包括《小团圆》《雷峰塔》《易经》,都是她去世后才陆续面世的。她的所谓"晚期风格"也受到学界的关注和探究,不仅帮助我们理解一个更全面、更丰富的张爱玲,也为我们"回过头来"重新品读她前期的《传奇》等作品带来了新的启示。

第三节　张爱玲的接受史与"张爱玲热"

1940年代中期,张爱玲在文坛一出现,即有人将她目为"新鸳鸯蝴蝶派",把她纳入周瘦鹃、张恨水以来的通俗文学行列。而她进入文坛,也正是从倾向"鸳鸯蝴蝶派"的《紫罗兰》起步的。在沦陷区的上海,张爱玲几乎一夜间成为市民文化的"明星",她的作品集再版之快就可以说明其受欢迎程度之高:1944年8月,小说集《传奇》由上海杂志社出版发行,9月即再版;1946年又发行增订本。1944年12月,散文集《流言》初版,两个月后即发行到第三版。而且,不仅她的作品得到热烈的赞美,甚至她别出心裁的发式、服装,以及富于传奇色彩的家世,也都同样受到热烈的关注。但是显然,张爱玲仍然不同于一般流行的通俗文学作家,她的出现造成了一个非常独特的文学现象,如同1990年代一位研究者从刊载张爱玲作品的杂志上所观察到的:

> 在沦陷时期的上海这个特定的时空里,文坛的方方面面,代表不同政治倾向、不同文学趣味的各个文学圈子似乎都是顺理成章地接纳了这位新人,而且均不吝于褒奖。我们大致可以说,《紫罗兰》代表了鸳蝴派的趣味,《古今》承袭了周作人、林语堂的"闲适"格调,《万象》坚持着新文学人道主义、现实主义的传统,对"新文艺腔"大张挞伐的《杂志》则想走纯文艺的路线,而它们竟一致对张爱玲表示推许。在新文学史上,这样的情形即使不是仅见,也肯定是少见。[1]

因此,在上述各杂志及杂志社举办的相关座谈会和茶会上,出现了诸多对张爱玲的品评。除了一些细节的批评,如"玩弄字眼"外,这些评论大多表示激赏。[2] 不过,这些评论基本上是印象式的阅读感受,以及字句的读解,对于张爱玲作品的风格、结构、主题等更全面的把握也大多流于琐碎与感性。在这样的评论状况中出现的署名"迅雨"的《论张爱玲的小说》一文,在厚重的批评功底下,更显出其中肯与严谨。

---

[1] 余彬:《张爱玲传》,海南国际新闻出版中心、海南出版社1993年版,第81页。
[2] 参见《〈传奇〉集评茶会》,《杂志》1944年9月。

"迅雨"是以西方经典名著翻译及评论见长的傅雷的化名。前面也已经引用过他的观点。傅雷从新文学文坛过于注重"主义"的论战,缺乏"深刻的人生观,真实的生活体验,迅速而犀利的观察,熟练的文字技能,活泼丰富的想象"等弊病出发,详尽、系统地分析了张爱玲的小说作品,极力称赞《金锁记》的结构、节奏、色彩、心理分析、风格等"幸运的成就",将这篇小说列为"我们文坛最美的收获之一"。他同时也指出,较之《金锁记》,张爱玲的其他作品都逊色不少。《倾城之恋》固然像一座"雕刻精工的翡翠宝塔",但到底华彩胜过了骨干,而使得作品在一些应当深入挖掘之处轻浅地滑了过去。她的另一些作品如《连环套》等则更加贫乏,由于内在主题的缺失而走上了"纯粹趣味性的路"。

傅雷对张爱玲的批评,是第一次"张爱玲热"中最有分量的批评文章。虽然也有人认为傅雷是站在新文学的"正统"观念立场,即强调文学批判现实的社会功能立场上,对张爱玲进行苛责,但就傅文对张爱玲的小说技巧所做的考察,及他对这些作品艺术缺陷的分析而言,这些评论都是切中肯綮的,不管在当时还是在现在,都是极有见地的。然而,随着抗战的结束,张爱玲的文学创作生涯也基本结束,对她的研究评论自然随之偃旗息鼓。在此后几十年里,张爱玲在人们的阅读与研究视野里消失了。

到1980年代初,张爱玲如同"出土文物",浮出历史地表,不过那还不是重新"走红",而只是静悄悄地受到"专业阅读"的关注。1981年11月,张葆莘在《文汇月刊》发表《张爱玲传奇》,这是中国改革开放以后最早论及张爱玲的一篇文章,当时的反响并不算太大,容易被读者视为一段文坛忆旧。对有关张爱玲的研究产生大的推动的,还是美国学者夏志清的《中国现代小说史》,此时中文版已传入大陆,港台一些评论张爱玲的文字,大陆也陆续可以看到,这就促成了大陆文学界普遍的"读张"的兴味,张爱玲也就"正式"进入了大陆一些文学史家和研究者的视野。如颜纯钧的《评张爱玲的短篇小说》(《文学评论丛刊》第15辑,1982年12月)和前引赵园的《开向沪、港"洋场社会"的窗口》,都比较"正式"地考察了张爱玲小说题材、手法与风格上的特色,注意到其与新文学"主流"有所不同的"性质",并小心翼翼为张爱玲说几句肯定的话。

到1980年代中期,思想解放的潮流增强,人们开始用更开放、更有个性的眼光去读张评张,而张爱玲的"另类"特色也更加刺激研究者去重新打量与调整文学史的"叙述板块",加上这一时期"翻案"文章差不多做腻了,所谓"边缘化"的作家更能吸引年轻读者与研究者的目光。有一篇文章适逢其时,那就是柯灵的《遥寄张爱玲》。此文几乎同时发表在《读书》(1984年第4期)和《收获》(1985年第3期)上,二者都是有影响的刊物,而文章又出自作为"过来人"的有影响的资深作家,自然引起了广泛的关注。《收获》同期重刊《倾城之恋》,更是"文革"后张爱玲的作品首次在大陆面世,这种影响也超出学术界而漫向了社会。

在1980年代中期,一般流行的现代文学史仍然不可能提及张爱玲。但在北京大学和其他一些思想比较活跃的大学,在课堂上或讨论会上,都已经把张爱玲作为"重新发现"的话题。许多学生对于文学史只字不提张爱玲很不理解。所以,在1984年,钱理群、温儒敏和吴福辉等合作编写《中国现代文学三十年》①,其中论及"孤岛"与沦陷区文学,就用了八百多字来写张爱玲,指出张有"古典小说的根底",又有"市井小说色彩",展现了"洋化"环境中仍存留的"封建心灵"和人们百孔千疮的"精神创伤"。虽然字数不多,但这算是将张爱玲首次写入大陆的文学史,所以也就格外引人注目。一些大学中文系的现代文学史课也逐渐为张爱玲让出一点地盘。

1980年代中期正是所谓"方法热"的时期,人们评论张爱玲,更多的是欣羡其小说手法的特异,意象、象征、心理分析等等,是常用的切入角度。如胡凌芝的《论张爱玲的小说世界》(《抗战文艺研究》1987年第1期)、饶芃子和黄仲文的《张爱玲小说艺术论》(《暨南学报[哲学社会科学版]》1987年第4期),偏重对张爱玲小说结构、语言和风格的分析,同时仍不忘"反映论"层面,论评张爱玲如何揭示洋场社会阴暗的一面,指出其"反封建"的价值及对现代都市文学的贡献。这期间还有几篇文章值得注意,如宋家宏的《一级一级走进没有光的所在——曹七巧探》(《中国现代文学研究丛刊》1988年第3期)和《张爱玲的"失落者"心态及创作》(《文学评论》1988年第1期),以及张国祯的《张爱玲启悟小说的人性深层隐秘与人生观照》(《海峡》1987年第2期),都开始触及张爱玲小说比较深的人性内涵,而不简单停留于从"反映现实"角度肯定其价值,而且对其创作现代性特征的分

---

① 初稿刊于1984年《陕西教育》杂志,成书后于1987年6月由上海文艺出版社出版,修订本于1998年由北京大学出版社出版。

析也都有新突破。这批论文的发表标示着张爱玲研究的学术分量逐步加重。

1980年代的研究为张爱玲的"复出"创造了条件,促成了"读张"的风气,同时带动了张爱玲著作的出版。1986年,人民文学出版社为现代文学作品做原本刊印,收载了张爱玲的小说集《传奇》;上海书店1987年出版中国现代文学史参考资料,影印了张爱玲的散文集《流言》;同时期宁夏人民出版社、百花文艺出版社、广州花城出版社、广西人民出版社等分别编印出版了多部张爱玲的小说集。与前两部影印本保存史料用于研究的目的不同,后面几种出版物多少有些迎合市场的味道。花城版《半生缘》封面俗艳,并冠以"现代通俗小说"字样。此时的书商已嗅出商业气息,注意包装。

1980年代后期那种较重学理的研究势头,延续到1990年代前期。1990年代初一度弥漫于学界的紧张而又有些颓唐的气息,似乎对张爱玲研究并没有什么影响,一部分研究者仍在潜心"读张"。这一段对张爱玲的作品进行"赏析体"评论的篇什很多,说明研究者在做研究成果的转化及普及工作。当然,这跟张爱玲作品开始大量出版也有关。此外,更值得注意的是一批有学术深度的论文的出现,如金宏达的《论〈十八春〉》(《中国现代文学研究丛刊》1991年第3期)、潘学清的《张爱玲家园意识文化内涵解析》(《上海文论》1991年第2期)、赵宏顺的《论张爱玲小说的错位意识》(《华文文学》1990年第2期)、杨义的《论海派小说》(《中国现代文学研究丛刊》1991年第2期)以及吴福辉的《老中国土地上的新兴神话——海派小说都市主题研究》(《文学评论》1994年第1期)等。这批论作除了注重剖析张爱玲作品题材的价值、作家的气质、创作心理状态、文化情结以及艺术特征等方面,更重要的是开始注意在现代文学发展的历史格局中,重新考察张爱玲这一类创作的"结构功能"与价值定位。如杨义和吴福辉都把张爱玲的《金锁记》等作品评为"海派小说的杰作",并由此观察海派及都市文学的生成肌理。可以说,1990年代前期出现的数十篇有关张爱玲的研究论文中,不乏真正有文学眼光和学理分析的。

1990年代前期的研究,几乎造就了一个"热潮"。大约在1993年至1995年,有众多年轻学子(包括本科生与研究生)一窝蜂挤着做关于张爱玲的论文。诸如关于张爱玲小说中意象和结构、心理描写、文化模式分析乃至女性主义的评论,恐怕每一个大学中文系都有学生在做;其中有关女性主义的评析更是受到一般女学生的欢迎,并被大胆尝试。不能否认其中有些写得不错,可能的确有新发现、新视角,但研究似乎也有"生态"问题,某一论题谈得太多,大家都会腻味,以致有些确有见解的文字反而可能淹没在这腻味之中,得不到发表的机会。1990年代中期许多专著中也都在谈张爱玲[1],但单篇论文的发表却逐渐减少。就在这时,人们的兴趣转向张爱玲传奇的一生。1992—1993年这两年时间里,竟有四部张爱玲传出版:王一心的《惊世才女张爱玲》(四川文艺出版社1992年版)、于青的《天才奇女——张爱玲》(花山文艺出版社1992年版)、阿川的《乱世才女张爱玲》(陕西人民出版社1993年版)和前引余彬的《张爱玲传》。前三部传记从书名的渲染就可以看出已经很注重图书的包装与商业操作,主要为了吸引一般读者,文字上也都在追求传记的文学性和可读性。相比之下,稍后出版的余彬《张爱玲传》仍保持较厚重的学理性,对传主的生平、身世与创作剖析很细很深,显然也吸纳了海内外有关的研究成果。前述有关文学系年轻学子争做评张的论文这一现象,跟这些传记的出版也大有关系。

当然,张爱玲的"复出"不只影响一般读者,也作用于当代的文学创作。一批青年作家都不约而同对张爱玲发生了浓厚的兴趣,并在各自创作中留下受其影响的痕迹。苏童在"影响我的10部短篇小说"中,选中《鸿鸾禧》,称"这样的作品是标准中国造的东西,比诗歌随意,比白话严谨,在靠近小说的过程中成为了小说"[2]。他和叶兆言的旧家族题材小说,受到张爱玲影响,已得到公认;王安忆则好像难以摆脱影响的焦虑,这位深得张爱玲艺术真传者,一边想象着描写着张爱玲时代的上海,一边说"不要拿我和张爱玲相比"[3]。

进入1990年代中期以后,有关张爱玲的研究显然已经完成了对张爱玲"经典性"的论证,张爱玲越来越成为一种文化符号,并和商业操作日益结合,成为1990年代特别显眼的一种文化现象。这里不妨也大略回顾一下这一过程。

---

[1] 如朱寿桐:《中国新文学的现代化》,南京大学出版社1992年版;刘思谦:《"娜拉"言说——中国现代女作家心路纪程》,上海文艺出版社1993年版。
[2] 苏童选:《枕边的辉煌——影响我的10部短篇小说》,新世界出版社1999年版。
[3] 祝晓风:《王安忆打捞大上海?〈长恨歌〉直逼张爱玲》,《中华读书报》1995年11月1日。

早在1992年,出版界摸准了社会阅读心理取向,便越来越大胆地出版张爱玲的著作。当年安徽文艺出版社出版四卷本《张爱玲文集》,不久,市面上即出现了署名海南出版社的盗版《张爱玲文集》,与安徽版的内容一模一样,只是改用小字排版,将四卷合为两册。随后,又一侵权出版物《张爱玲全集》面市,趁着张爱玲去世消息传来,卖得红红火火。这套《全集》据说在市场投放足有十万套。① 加上以前各出版社的印量,张爱玲作品的发行保守估计也有近百万。

另一戏剧性的情景是,1994年,有海外归来的新锐学者声称要"以纯文学的标准重新审视百年风云,洞穿历史真相,力排众议重论大师"②,为小说重排座次。结果金庸、张爱玲上榜,茅盾落选,一时激起文坛千层浪。③ 这一事件后又披露于《中国青年报》,并被多家媒体转载。张爱玲在座次评定中以"冷月情魔"的称谓位居第八,且不论此称号是否恰当,"张爱玲"的名字更广为传播却是不争的事实。

历史似乎就是为了造就张爱玲的不朽声名。"排座次"事件余波未尽,1995年9月,张爱玲在海外仙逝,"张爱玲"又一次引起媒体瞩目,这位奇女子以其"死"而在中国媒体中再度"活"了过来。国内影响较大的几家报纸均做出了重点报道,《文学报》《中华读书报》《南方周末》《北京青年报》不吝版面,《南方周末》甚至还专门做了半版的"寻访张爱玲"。"张爱玲"如此频繁地在大众视野中出现,开始了逐渐符号化的历程。由文学研究界开始的"张爱玲"热,此时扩大到了公众领域,印证了杰姆逊有关消费社会中精英文化与大众文化相融合的观点④。

"一千个读者就有一千个哈姆雷特",张爱玲日益为广大读者接受,在于其文本的丰富性为读者的自我阐释提供了多种可能,而每一种可能又都与读者的生存状态有着不同程度的契合。1990年代以来,市场经济深化,但在精神领域却出现了许多始料不及的状况。拜金主义、消费主义泛起,价值标准在结构解体的过程中日趋多元化。同时,对历史与文化的反思在1980

---

① 郑言:《谁来管管这些"海"盗书?》,《中华读书报》1995年11月29日。
② 王一川主编:《二十世纪中国文学大师文库·小说卷》封面,海南出版社1994年版。
③ 当时的大众媒体如《北京青年报》及学术刊物如《文艺理论与批评》等皆有讨论。
④ 詹明信(杰姆逊):《后现代主义与消费社会》,《晚期资本主义的文化逻辑》,陈清侨等译,生活·读书·新知三联书店1997年版。

年代末突然坠入低谷，人们普遍对宏大叙事失去兴趣，更加关注个人生活。

在这样的精神氛围里，张爱玲作品中摹写的表象成为一幅一经注目即难挪开的画卷。她具有强烈的贵族趣味，又正视世俗人生的一切欲望；写尽尘世男女的悲欢离合，又不动声色地消解爱情神话；擅长对平民生活的细致书写以及对女性生命细腻感受的描摹。这一切自然容易激起广泛的共鸣。曾几何时，在大学校园里手捧《张爱玲文集》成为一道时尚的风景，"张爱玲"变成某种趣味的象征而被争相仿效。在当时文学界流行的新写实主义、新市民文学甚至小女人散文中，依稀都能看到张爱玲的影子。

需要提及的是，张爱玲的读者群大都受过良好的教育，多为正在成长中的"中产阶级"白领或学院中人。然而遗憾的是，恐怕少有读者能够深刻理解张爱玲作品中"惘惘的威胁"。即便如大学精英，感到的也不过是"文中包容丰富的人生，聪明的文字里活跃着生活的气息"①。从这封读者来信中可以知道，该读者为1980年代进入大学的医科学生。张爱玲作品中的贵族气，隐藏着式微破落的颓势；对私人生活的关注似乎很犬儒，实有悲悯之心；对价值的消解、体察女性的背后，是对人性近乎残酷的解剖。而这一切，都被浮躁的阅读心态给消解了。

最后，不妨再回顾分析一下"张爱玲"如何进入消费领域。"张爱玲"作为一个文化符号有其利益生长点，文化生产自然会推波助澜。如果说1992年出版的《张爱玲文集》编选允当，对张爱玲的创作风貌做出了基本概括，此后出版的张爱玲有关作品则多在商业操作下进行，即使是严肃的学术著作，多数也要赶一赶风潮。张爱玲人生小品、张爱玲情语纷纷出版，在"散文热"中层出不穷的散文赏析、精品美文系列的任何一个选本都不会缺失张爱玲的身影。完整的"张爱玲"，往往被拆解成了利于商业运作的支离碎片。

快节奏的消费社会中影像挂帅，张爱玲也不能摆脱被可视化的命运。几乎所有出版的有关书籍中都或多或少附有张爱玲的旧时照片，读者在浏览张爱玲照片的过程中将想象的求证完成。1999年，光明日报出版社参照张爱玲在台湾出版的《对照记》，编辑集成《重现的玫瑰：张爱玲相册》一书，算是暂时将对张爱玲的展览作一终结。

一流的小说往往难以向其他艺术形式转化，但在视觉效果最强的电影

---

① 张任然：《大家依然是大家》，《读书》1993年12月号。

艺术中,张爱玲的小说却频频被海内外影视业相中。1980年代由三毛编剧,以张爱玲的爱情故事为蓝本的电影《滚滚红尘》,1990年代中在大陆上映,票房不菲。1990年代,香港关锦鹏执导《红玫瑰与白玫瑰》,虽然这样一个有关人性的故事难以在电影语言中得到最完美的叙述,但明星效应依然使该片反响巨大;台湾许鞍华执导了《倾城之恋》,此后的《半生缘》则请出了"忧郁王子"黎明担纲主演。不久,《红玫瑰与白玫瑰》《半生缘》二片相继在中央电视台播放,影响颇大。2007年《色·戒》被台湾导演李安搬上银幕,并获得威尼斯影展金狮奖,也曾在海峡两岸热闹过一阵。接着《倾城之恋》《红玫瑰与白玫瑰》也相继改编为电视连续剧与话剧。

渐渐地,"张爱玲"在不断的文化生产中一层层地被剥去了丰富的内涵,被塑造成了精致而易于消费的"精品"。"张爱玲热"(类似的还有林语堂、梁实秋)是在文学研究界的再发现之后,由商业社会借用经典话语,将"张爱玲"作为时尚制成商品,并在大众的消费中演化。

与"张爱玲热"同时,还有另一种类型的两个热点文化人物值得关注,即陈寅恪与顾准。二人的专业成就少有人研究,但作为学者的独立品格与坚持思考的精神都被凸显。作为文化偶像,他们被绘成对"知识精英"的想象性图景,从中也能看出当时知识分子对人文精神及学术品格的追求。"张爱玲热"与"陈寅恪热""顾准热"的原因不尽相同,不过内在理路却是一致的,均属于一种文化符号的建构与被借用。它们共同构成了1990年代中国斑驳而芜杂的文化风景线。

新世纪研究张爱玲的论作依然很多,其中较重要的有王朝彦和鲁丹成的《苍凉的海上花——张爱玲创作心理研究》(中国地质大学出版社2001年版)、林幸谦的《女性主体的祭奠:张爱玲女性主义批评Ⅱ》(广西师范大学出版社2003年版)、周芬伶的《艳异:张爱玲与中国文学》(中国华侨出版社2003年版)、刘锋杰的《想像张爱玲——关于张爱玲的阅读研究》(安徽教育出版社2004年版)等。香港等地召开过张爱玲的学术研讨会,

一些有关张爱玲研究的论作结集出版,比较重要的有郑树森编选《张爱玲的世界》(台湾允晨文化实业公司1989年版),于青、金宏达编《张爱玲研究资料》(海峡文艺出版社1994年版),刘绍铭、梁秉钧、许子东编《再读张爱玲》(山东画报出版社2004年版),陈子善编《说不尽的张爱玲》(上海三联书店2004年版),等等。张爱玲的部分遗作也被发现并出版,包括《同

学少年都不贱》(天津人民出版社 2004 年版)、《小团圆》(北京十月文艺出版社 2009 年版)等。

思考题

1. 评析《金锁记》中七巧的心理性格特征,以及其所体现的作者观察和表现人生的艺术视点。

2. 以具体的作品为例,分析张爱玲小说的意象艺术。

3. 用问卷或者其他形式,调查一下周围年轻人阅读接受张爱玲的情况,并对持续的"张爱玲热"做一点社会分析。

第八讲　穆旦与"九叶诗派"

这门专题课诗歌所占的篇幅较少，这一讲希望通过对穆旦诗歌的解读，增加对现代主义诗歌基本表现手法的了解。下面，先介绍与回顾一下新诗发展不同阶段的创作趋向，然后考察九叶诗派形成的渊源、自然组成的情况及其基本的艺术倾向。最后，是这一讲的重点，将比较全面地评介穆旦诗歌的艺术个性和创新点，并较多结合具体诗作的解读，帮助大家去体悟穆旦诗歌的叛逆性及其创新价值，领略和欣赏那种比较"难懂"却又很美的现代派诗艺。

第一节　新诗发展的历史轮廓

在新文学的草创时期，"新诗"起到了开路先锋的作用。胡适留美期间对文学革命的探讨，正是以"白话入诗"为突破口的。他提出文学改良的"八事"就主要针对陈腐僵化的古典韵文，而《新青年》上最早进行的新文学尝试，也是胡适、沈尹默、刘半农等人的新诗创作。在新诗发生的开端，打破传统诗歌外在形式上的束缚，用当代的白话口语自由地表达思想情感，成为理论及实践上的主要目标。这一点集中体现于胡适"诗体大解放"的口号中："不拘格律，不拘平仄，不拘长短；有什么题目，做什么诗；诗该怎样做，就怎样做。"①不论是广泛关注社会生活、用平白的口语叙写人生现实的"写实派"，还是激昂扬厉、尽情表达自我内在要求的"浪漫派"，都呼应着

---

①　胡适：《谈新诗》，《中国新文学大系·建设理论集》，上海良友图书印刷公司1935年版，第29页。

这种主张,怪不得朱自清曾将《谈新诗》一文称为"诗的创造和批评的金科玉律"①。

从工具入手,成功地将白话引入诗歌,打破格律的束缚,只是新诗起步的一个方面。更为重要的是,新诗以"自由表达"为起点,语言体式的更新也带来了诗歌审美经验的改变。胡适提出的"诗须要用具体的做法""诗的经验主义"等说法,代表了当时大致趋同的诗歌主张,即摆脱传统诗歌风花雪月式的积习,将目光投向日常现实,通过对社会生活的描摹批判,以及个人情感的自由表达,显现出一种独特的"现代"立场。但是,在恢复诗歌表意活力的同时,这种立场也使得早期新诗呈现出一种"散文化"倾向。

"散文化"倾向主要表现在,多数诗人注重形式的解放,而忽略了诗歌艺术品质的经营,诗太容易作了,直白浅陋之风成为普遍的缺陷;加上说理、叙事等非诗性因素的大量介入,冲淡了诗味,当然也冲击了人们对诗歌的固有审美期待。针对这种倾向,很多诗论家都提出了批评,如周作人就认为早期新诗"晶莹透彻得太厉害了,没有一点朦胧,因此也缺少一种余香与回味"②,意思也是批评新诗缺少诗意的艺术经营,忽略了诗味。梁实秋更是直接说:"新诗运动最早的几年,大家注重的是'白话',不是'诗'。"③因此,划分诗与散文的界限,重塑新诗的审美品质,就成为1920年代以后新诗发展的主要动力。其中,首先有郭沫若激昂扬厉的自我表现,为新诗带来了"以抒情为本质"的浪漫色彩;其次,还有以闻一多为代表的"新月派"诗人的格律化运动,他们以诗歌的"建筑美、音乐美、图画美"为审美标准,探索新格律诗的写作,倡导"戴着脚镣跳舞";而李金发、穆木天、王独清等人的早期象征主义诗歌实践,撷取异域唯美颓废的情调,注重语言的暗示与"远取譬"功能,将诗歌从外在的表意层次提升到含蓄朦胧的深层象征层次,为新诗打开了一个崭新的审美领域。

1920年代末到1930年代,新诗发展进入了一个新的历史时期:一方面,伴随着革命文学的勃兴,后期创造社和太阳社的诗人们将政治使命与诗

---

① 朱自清:《〈新文学大系·诗集〉导言》,上海良友图书印刷公司1935年版,第2页。
② 周作人:《〈扬鞭集〉序》,杨匡汉、刘福春编:《中国现代诗论》,花城出版社1985年版,第130页。
③ 梁实秋:《新诗的格调及其他》,《诗刊》创刊号,1931年1月。

歌结合,在粗暴激越的浪漫风格中表现出革命情绪的鼓荡;"中国诗歌会"则以"抓住现实,歌唱新世纪的意识"为旗帜,致力于"诗歌大众化"的探求,这种诗歌理念虽然在一定程度上偏离了一般读者对于诗意的期待,但在扩大诗歌表现领域、创造清新通俗的语言形式上,的确为新诗带来了新的风格与活力。另一方面,以戴望舒、卞之琳、何其芳等人为代表的"现代派"诗人群的崛起,使得1920年代象征主义诗人所开创的中国现代主义诗潮具有了更自觉的现代性特征。诚如施蛰存所言:"《现代》中的诗是诗,而且是纯然的现代的诗。它们是现代人在现代生活中所感受的现代的情绪,用现代的词藻排列成的现代的诗形。"[1]所谓"现代的情绪",本是指大都市生活中纷繁的现代经验,但表现于此时期诗歌中的,却大都是混合着怅惘与忧郁情调的个人感受,是从微细生活里依靠敏感发现的诗意;所谓"现代的诗形",是指将注意力从外在的格律营造转向用自由的散文体表达"内在情绪的抑扬顿挫"。在审美追求上,"现代派"诗人努力将西方现代诗意与中国传统诗境相融合,纠正早期象征派诗歌过于晦涩的缺陷,在"表现自己和隐藏自己之间"[2]谋求一种间接性的传达,并将智性的思考融入抒情意象的构造之中。可以说,"现代派"诗人将"五四"以来对新诗诗美的期待变成了一种具体的诗歌现实。在描述抗日战争以前新诗的发展时,朱自清曾以"散文化"到"纯诗化"来概括,这种说法大致勾勒出了其中的脉络。[3]

现在我们讲到了1940年代,对于新诗的发展来说,这是一个相当特殊的时期,历史语境的变迁与诗艺追求的不断深化,使此一时期的新诗,尤其是现代主义诗潮,进入了一个拓展的阶段。因为跟这一讲的内容关系密切,我们要稍微展开对此期间诗歌创作趋向的介绍。

一是历史意识的浮现。

抗日战争的爆发,使严酷的历史现实强行介入诗人的视野里,剧烈地改变着他们的审美空间。大多数诗人都开始在社会生活和艺术追求的结合点上,思考新的诗歌道路。除了以艾青为代表的现实主义诗歌走向成熟以外,习惯于品味个人精微感受,沉湎于自我隐私世界的现代主义诗人们也开始

---

[1] 施蛰存:《又关于本刊中的诗》,《现代》第4卷第1期,1933年11月。
[2] 杜衡:《望舒草·序》,《望舒草》,现代书局1933年版。
[3] 朱自清:《抗战与诗》,《新诗杂话》,生活·读书·新知三联书店1984年版,第37页。

将目光投向外部,"一面撇开了艺术至上主义的观念","一面就非常迅速地把自己投进了新的生活的洪流里去"。① 1930年代曾在自然的意象中间画着自己灵魂和梦境的何其芳,就立下誓言:

> 从此我要叽叽喳喳发议论:
> 我情愿有一个茅草的屋顶,
> 不爱云,不爱月
> 也不爱星星。(《云》)

他1940年代出版的诗集《夜歌》就印证了这种转化。产生于这一时期的诗歌,无不洋溢着高昂的民族情绪,书写着现实的斗争和生活,波澜壮阔的社会生活和战争图景成为诗人描摹的对象。

二是诗歌散文美的追求。

历史意识的浮现,在诗歌形式上的反映,便是诗歌表现方式的极大拓展。1930年代对新诗诗美的追求,带来的一个结果是诗歌抒情本体的确立。按照朱自清的说法,抒情,便是回到了诗歌的老家,但这在某种意义上限制了诗歌处理现实的能力,到1940年代这种局面得到了改观。诗人徐迟在1939年就提出了著名的"抒情的放逐"的口号,认为在新的历史现实前,战争已"炸死了我们的抒情"。② 这虽然是一个偏激的说法,抒情诗歌在1940年代非但没有消失,反而在直抒胸臆的风气中愈发盛行,但它还是表达了人们普遍的变革意识,1940年代长篇叙事诗、朗诵诗、讽刺诗的兴旺,以及对大鼓、小调、皮黄等民间艺术的运用便说明了这一点。艾青、朱自清、李广田等人都对这种变化作出了及时的总结,并从美学的高度对"散文化"作出了解说。"散文化"不仅指对外在形式格律的反动,而且还表明突破单一的抒情语式,对叙事、讽刺、戏剧等多种因素的接纳,从而增强诗歌的表现能力,使其更为贴近社会现实和广大民众,拓展新诗的审美经验领域。早年曾不遗余力倡导格律诗的闻一多,此时甚至强调要把诗写得"不像诗","而像小说戏剧"。③

---

① 艾青:《论抗战以来的中国新诗》,《艾青全集》第3卷,花山文艺出版社1991年版,第177页。
② 徐迟:《抒情的放逐》,《顶点》第1期,1939年7月。
③ 闻一多:《文学的历史动向》,《闻一多全集》第10卷,湖北人民出版社1993年版,第20页。

三是新诗现代性的拓展。

作为一种诗潮,1930年代兴旺一时的"现代派"诗歌在1940年代似乎消歇了,但是新诗的现代性探索非但没有终止,反而在与历史现实的结合中进一步拓展了,并提出了新的审美课题。在对1930年代浅斟低吟诗风的反拨中,现代诗人对现实生活有了更为深刻的洞察、更为广泛的包容,他们一方面纯熟地运用现代诗艺,诸如象征、暗示、反讽、小说化、戏剧化等手法;另一方面保持着对外部历史的关注,真正实现了对"现代经验"的把握。老牌现代主义诗人卞之琳转变了把玩精微日常细节的方式,在《慰劳信集》中运用奥登式的寓庄于谐、寓惊奇于平淡之中的手法,广泛处理着战时的历史现实;诗人戴望舒此时的名篇《我用残损底手掌》,也在超现实的技巧当中,表达了强烈的爱国主题;冯至的《十四行集》不仅接续了从敏锐的感觉出发,在日常生活里发掘哲理的方向,而且在对民族、历史和个人经验的沉思中,达到了一种超越性的高度。除这几位诗人外,将这种现代性探索推向高潮,并形成一种诗歌潮流的,是"九叶诗派"这样一批新诗人的出现。

从以上我们对新诗的历史发展,尤其是1940年代诗歌创作趋向的回顾,可以看到"九叶诗派"的形成是有其动力和渊源的。与其他任何文体的创新发展一样,"九叶诗派"的出现也是不同的诗歌艺术探索相互比较竞争和创新的结果。接下来,我们集中讨论"九叶诗派"的形成及其创作倾向。

第二节 "九叶诗派"的聚集、资源与艺术成就

"九叶诗派",或称"中国新诗派",是指1940年代出现的一群具有现代主义诗歌倾向的青年诗人。"九叶"之名得自1981年出版的《九叶集》,其中收录了穆旦、唐湜、唐祈、陈敬容、杜运燮、杭约赫、郑敏、辛笛、袁可嘉这九位1940年代诗人的诗作。但正如后来的学者所言:"九叶"的"九"应理解为多,它还包括1940年代其他接近现代主义诗风的年轻诗人们。①

"九叶诗派"基本上是由两群诗人合流而成的:1947年,上海诗人杭约赫与臧克家等人创立了星群出版社,出版《诗创造》杂志。此杂志采取"兼

---

① 蓝棣之:《九叶派诗选·序》,《九叶诗派选》,人民文学出版社1992年版。

容并包"的原则,发表了许多具有现代派色彩的诗作,"九叶派"的诗人几乎都曾在这里露面。后来因《诗创造》内部发生意见分歧,杭约赫与诗友辛笛、陈敬容、唐祈、唐湜创办《中国新诗》,并与已从西南联大毕业回到北平或天津的诗人穆旦、杜运燮、郑敏、袁可嘉取得联系,南北两批诗人在共同的诗艺追求下走到一起,汇集在《中国新诗》周围,形成一个新的诗歌流派,当时被人讥讽为"南北才子才女的大会串"①。

"九叶诗派"虽然是一个新的诗歌群体,但他们与前辈诗人,尤其是1930年代的现代派诗人间存在着千丝万缕的联系。其中年龄较长的辛笛、陈敬容在抗战前就已登上了诗坛,在《新诗》《水星》等一些具有现代主义倾向的诗刊上发表过诗作。出身于西南联大的几位诗人,更是在特殊的校园氛围中接受了现代诗风的滋养和熏陶。当时的西南联大汇集了一批有影响力的现代诗人,如冯至、卞之琳、闻一多、朱自清、李广田等,他们或指导学生文艺社团的活动,或编选诗集收录校园诗人的诗作,或以自身的理论主张和诗歌写作对后辈产生直接影响。另外,英国青年诗人燕卜荪抗战后曾到西南联大讲授"当代英诗",向青年学生介绍叶芝、艾略特、奥登、里尔克等诗人的现代诗艺。这些都构成了西南联大浓郁的现代诗歌氛围。袁可嘉在自传中曾写道:在1942年"我先后读到卞之琳的《十年诗草》和冯至的《十四行集》,很受震动,惊喜地发现诗是可以有另外不同的写法的。与此同时,我读到美国意象派诗和艾略特、叶芝、奥登等人的作品,感觉这些比浪漫派要深沉含蓄些,更有现代味"②。这段话清楚地揭示了前辈现代主义诗人及西方现代诗人对"九叶"诗人的影响,在此基础上他们展开了自己的诗艺探索,并完成了某种超越。

首先,是对新诗历史与现状的反思。这是"九叶"诗人的诗艺探索的起点。

诚如上文所述,1930年代现代派的鼎盛使新诗进入了一个"纯诗化"的阶段,在提升新诗审美品质的同时,也造成了诗人对外部历史现实的漠视;另一方面,1940年代诗人社会意识的觉醒、使命意识的增强,又使得一些观

---

① 张羽:《南北才子才女的大会串——评〈中国新诗〉》,《新诗潮》第3期,1948年7月。
② 袁可嘉:《袁可嘉自传》,《半个世纪的脚印——袁可嘉诗文选》,人民文学出版社1994年版,第574页。

念化、口号化的诗歌大量泛滥。陈敬容曾概括地指出,中国新诗存在着两个极端:"一个尽唱的是'梦呀,玫瑰呀,眼泪呀',一个尽吼的是'愤怒呀,热血呀,光明呀',结果是前者走出了人生,后者走出了艺术。"①"九叶"诗人的艺术追求正是建立在对上述两种倾向的反拨之上。其共同的倾向如袁可嘉后来总结的,"忠实于时代的观察和感受,也忠实于各自心中的诗艺"②,即追求社会与自我、时代与个体、外部现实与内心感受的完美统一。杭约赫的《启示》一诗,就隐喻了诗人从隐私世界走向外部社会的历程:

　　涉过水,爬过山,
　　抛弃了心爱的镜子,
　　开始向自己的世界外去寻找世界。

外部世界对于"九叶"诗人来说不是一个被空洞教条支配的世界,而是一个充满冲突和复杂内涵的空间,必须由诗人的想象力突击、深入才能把握,因为"不能只给生活画脸谱,我们还得要画它的背面和侧面,而尤其是:内面"③。这意味着,"九叶"诗人既反对脱离时代,在个人天地里孤芳自赏,也反对将诗歌变为政治观念的传声筒,他们力图最大限度地拥抱、穿透现实,将"广大深沉的生活经验的领域"纳入诗歌之中。"九叶"诗人的创作则鲜明地体现了这种特征,将时代课题、民族忧患与个人经验共融于笔端,达到一种人生与诗意交错叠合的"综合"效果。按照袁可嘉的讲法,即"象征、现实、玄学"的综合——"现实表现于对当前世界人生的紧密把握,象征表现于暗示含蓄,玄学则表现于敏感多思、感情、意志的强烈结合及机智的不时流露"④。他将这种"新的综合传统"概括成新诗现代化的走向,表明了"九叶"诗人对1930年代开始的新诗现代性追求的超越和重构。杜运燮的《滇缅公路》采用奥登式的飞行员视角,居高鸟瞰,在史诗般的历史描绘中加入民族未来的象征。辛笛的《风景》一诗中的名句"列车轧在中国的肋骨上/一节接着一节社会问题",则将风景的描绘机智地变形,引入社会问题的关

---

① 默弓(陈敬容):《真诚的声音——略论郑敏、穆旦、杜运燮》,《诗创造》第12期,1948年6月。
② 袁可嘉:《九叶集·序》,《九叶集》,江苏人民出版社1981年版。
③ 成辉(陈敬容):《和唐祈谈诗》,《诗创造》第6期,1947年12月。
④ 袁可嘉:《新诗现代化——新传统的寻求》,《半个世纪的脚印——袁可嘉诗文选》,第52—53页。

注,形成特殊的反讽效果。杭约赫的《复活的土地》、唐祈《时间与旗》、唐湜的《骚动的城》等都气势恢宏,深入现代文明及社会现实的腹地,完成了对历史的整体性描绘。

其次,寻求感性与知性的融合、抽象玄思与官能感觉的统一,是"九叶"诗人追求的一种新的经验方式。

对"经验"的强调,是现代诗学的一个重要特征,它反对浪漫主义的主观宣泄和情感中心主义,力图将体验与思辨融为一体,让"感觉"包容"思想"。如果说在西方,里尔克的诗作完美地实现了这一理想,那么在1940年代的中国,冯至的《十四行集》则代表了这种追求在汉语中所达到的高度。"九叶"诗人自觉地接续了这种传统,并进行了更为深入的理论阐述。袁可嘉认为放任情感是诗歌的迷信,"现代诗人重新发现诗是经验的传达而非单纯的热情的渲泄"[1]。唐湜在评价诗人穆旦时,更是提出了"以感官与肉体思想一切"的主张,并发展出一套独特的"意象"理论,他认为诗歌的意象"正是最清醒的意志与最虔诚的灵魂互为表里的凝合"[2],由于有了知性的烛照,诗人情感外化而成的"意象"才具有成熟凝重之美,完成了对经验的非个性化呈现。"九叶"诗人的创作也鲜明地体现了这一主张。郑敏的《金黄的稻束》一诗描绘了秋天收割后的原野,静穆的稻束仿佛"肩荷着那伟大的疲倦",诗人由此将自己对历史、生命的沉思灌注到意象当中;她的其他诗作如《雷诺阿的〈少女画像〉》《马》等,也都在客观的描绘中完成了知性与感性的融合。辛笛的《手掌》一诗,也是这种风格的代表,此诗从对"手掌"的观照开始,在其中融入诗人奇异的玄学思考,使之成为人生理想状态的象征。

最后,新诗戏剧化,是"九叶"诗人提出的实现新诗现代化的主要方案。

戏剧化原则的提出,是针对着诗坛上流行的"感伤"与"说教"的倾向,其目的就在于寻求诗歌表现的客观性与间接性。其实,从"新月诗派"开始,中国诗人就在探寻着戏剧化的表现方法,闻一多、徐志摩在诗中多次运用"戏剧独白"的抒情方式,而卞之琳更是将小说化、戏剧化手法当作诗歌现代化的标志。这些探索在"九叶"诗人这里不仅得到了继承,而且扩展成

---

[1] 袁可嘉:《诗与民主》,《论新诗现代化》,生活·读书·新知三联书店1988年版,第47页。
[2] 唐湜:《论意象》,《新意度集》,生活·读书·新知三联书店1990年版,第13页。

为诗歌现代性的主要方案。他们认为"戏剧化"主张的理论前提，是现代人生日趋复杂丰富，人的意识也随之变得充满更多的冲突，要捕捉和表达这种人生现实，单一的抒情或空洞的说教都是无能为力的，因而必须扩展诗歌的表现方式，让它融入更多的因素，以求诗歌对人类意识揭示的最大化。袁可嘉在《新诗戏剧化》《新诗现代化的再分析》等一系列文章中对此进行了详尽阐述，提出戏剧化的不同方向以及具体的方法，其核心主旨是诗人通过采用想象逻辑、意象的特殊构造、机智而似是而非的悖论以及诗剧的手法等方式，来获取诗歌包容处理复杂人生的能力，在"不同的张力"中求得"螺旋形的"辩证运动，让诗歌包容进不同的矛盾的因素。陈敬容的《逻辑病者的春天》，以悖论的方式展开，熔主观感受、知识思考与尖锐的冷讽为一炉，集中表现出现代社会中人生的矛盾与错乱。穆旦的《从空虚到充实》以及《防空洞里的抒情诗》等作品，则采取了类似戏剧的手段，加入大段的独白、对话，以及动作背景的描写，一首诗由此像一个舞台充满了各种声音和人物，最大限度地展示了动荡时代在人内心中的反映。这种戏剧化追求在杜运燮那里又转化成调皮、机智的现代技巧，如《月》中的诗句：

> 异邦的兵士枯叶一般
> 被桥栏挡住在桥的一边
> 念李白的诗句，咀嚼着
> "低头思故乡"，"思故乡"，
> 仿佛故乡是一颗橡皮糖

末句的比喻奇异大胆，将古典诗句与日常用语（橡皮糖）进行类比，巧妙的联想中渗透着诗人的敏锐，增强了诗歌的具体可感性。

上述三方面，代表了"九叶"诗人的共同追求，但在具体的诗歌创作中，每个诗人又呈现出鲜明的个人色彩，其中尤以穆旦的诗艺最为耀眼。

第三节　穆旦诗歌的艺术创新及其文学史地位

近年来诗歌评论界和文学史界对穆旦的评价很高，甚至认为他是足以和郭沫若、徐志摩、艾青等齐名的一流诗人。但以往许多文学史著作并未给穆旦充分的评价。这里有必要多用一点时间来讨论。

穆旦非常有艺术个性,总是在对传统(也包括二三十年代形成的传统)的叛逆、反差中显现其创新,在"九叶"诗人中,最为深刻地体现出1940年代的新诗现代性探求。他的诗歌以深邃复杂的内涵、内在饱满的激情以及娴熟复杂的技艺,将新诗的审美品质推向了新的高度。在他身上,汉语的表现力和穿透力得到了前所未有的呈现。

穆旦本名查良铮(1918—1977),不仅是现代诗坛最为重要的诗人,也是一位著名的翻译家,他在新中国成立后翻译的《唐璜》《欧根·奥涅金》等都是脍炙人口的名作。其主要诗集有《探险队》(1945)、《穆旦诗集(1939—1945)》(1947)、《旗》(1948)等。穆旦的诗歌创作开始于1930年代他在天津南开学校读高中之时,少年的他已流露出早慧的特点,在诗中表达了对现实苦难的关注和对人生哲理、宇宙奥秘的探求。1935年,穆旦考入清华大学,抗战爆发后又随校到昆明,进入西南联大,开始显示出自己独特的诗歌才华。他最先接触的是英国浪漫派诗人,早期的写作中也洋溢着浓郁的青春色彩和浪漫情调,如《园》中的诗句:

> 当我踏出这芜杂的门径,
> 关在里面的是过去的日子,
> 青草样的忧郁,
> 红花样的青春。

他在清华时的同学王佐良回忆说,当时的穆旦写的是"雪莱式的浪漫派的诗,有着强烈的抒情气质,但也发泄着对现实的不满"[①]。然而,在这些浪漫抒情之作中,一种强烈的生命意识和现代怀疑精神已经表现了出来。1937年他写下了名作《野兽》,刻画了一头带着创伤从血泊里站起、发出野性呼喊的野兽形象,诗行间充满紧张感,比喻奇警,蕴含了深刻的象征语义。《在旷野上》一诗则作出惊人的自剖:

> 我从我心的旷野里呼喊,
> 为了我窥见的美丽的真理,
> 而不幸,彷徨的日子将不再有了,

[①] 王佐良:《穆旦:由来与归宿》,杜运燮、袁可嘉、周与良编《一个民族已经起来——怀念诗人、翻译家穆旦》,江苏人民出版社1987年版,第1页。

当我缢死了我的错误的童年

诗人的理性自觉已经从情绪的单纯抒发中凸现出来,热烈地追问着。从自我独白到自觉的深刻内省,年轻的穆旦迅速转变了诗风,一方面向叶芝、艾略特、奥登等人学习现代诗艺,一方面将目光更多地投向周围宏大而混乱的历史现场。另一位"九叶"诗人唐祈曾言:"穆旦早期曾徘徊于浪漫主义和现代派之间,但时间短暂。当他在40年代初,以现代派为圭臬,很快确立了自己现代诗的风格。"①

1940年代,穆旦的创作进入了成熟期,他的诗歌技艺精湛,熟练地运用反讽、象征、戏剧性独白以及拼贴、戏拟等多种现代诗歌技巧,成功地将对动乱现实的体会和个人精神的思考化合成令人惊叹的诗歌想象力,并从中引发出对整个历史、人生的形而上追问。他也成为"当时最受欢迎的青年诗人",其诗作"产生强烈的反响"。② 1940年代闻一多在编选《现代诗钞》时,收录穆旦诗作多篇,数量仅次于1920年代的大诗人徐志摩,由此也可见穆旦在当时的重要地位。

穆旦的诗歌是一个丰富而又独特的世界,要做出完整详细的评述殊非易事,下面暂就其诗歌的主题内涵与艺术特征两个方面分别予以论述。

我们先来探讨第一个方面,分析一下穆旦诗歌的主题。诗歌是主情的,其主题往往不像其他叙事类作品那样明显,可以简单扼要地提取归纳,所以这里的归纳也是为了方便论述与把握。阅读诗歌时,应当注意不能做过分的条块分割。

"一个民族已经起来",这是出自穆旦笔下的一个有名的诗句,可用来表征其诗歌创作的第一个常见的主题类型。

1940年代,历史意识、社会良知在新诗中大面积凸显,"九叶"诗人也在谋求社会与个人、功利与艺术、时代与自我的有机统一中开掘新的诗歌表现力,这也正是穆旦诗歌的起点。直面严酷的历史现实,拥抱时代生活,让年轻的诗人找到了诗歌想象力的归宿。在《玫瑰之歌》中,"站在现实和梦的桥梁上"的诗人曾不断去"寻找异方的梦",但最后表示"我要赶到车站搭一

---

① 唐祈:《现代杰出的诗人穆旦——纪念诗人逝世十周年》,杜运燮、袁可嘉、周与良编《一个民族已经起来——怀念诗人、翻译家穆旦》,第57页。
② 唐弢:《四十年代中期的上海文学》,《文学评论》1982年第3期。

九四〇年的车开向最炽热的熔炉里"。时代的熔炉让诗人感受到了火热的气氛。1940年,他在评论卞之琳的诗歌时,提出了"新的抒情"的主张:"为了使诗和这时代成为一个感情的大谐和,我们需要'新的抒情'",这个时代无论大街、田野还是小镇,"都会听到了群众的洪大的欢唱"。① 穆旦正是在时代精神的感召下,写下了《合唱》《赞美》《旗》等充满强烈民族意识、歌颂人民力量的诗作。但不同于抗战时期那些简单空洞的政治抒情诗,他的"赞美"没有停留于情绪宣泄的层面,其中包含了更深的对民族苦难的感知,"合唱"也没有掩饰住他特殊的、痛苦的嗓音:

> 我要以一切拥抱你,你,
> 我到处看见的人民呵,
> 在耻辱里生活的人民,佝偻的人民,
> 我要以带血的手和你们一一拥抱。
> 因为一个民族已经起来。

在这首题为《赞美》的诗中,"人民"并没有被美化或英雄化,而是挣扎于耻辱之中;激昂的语调与现实感知的结合,让诗行传达出一种独特的力量。在《在寒冷的腊月的夜里》一诗中,诗人则转换了抒情的口吻,代以冷峻的目光扫视着北方的大地:

> 在寒冷的腊月的夜里,风扫着北方的平原,
> 北方的田野是枯干的,大麦和谷子已经推进了村庄,
> …………
> 在古老的路上,在田野的纵横里闪着一盏灯光,
> 　一副厚重的,多纹的脸,
> 　他想什么?他做什么?
> 　在这亲切的,为吱哑的轮子压死的路上。

寒风中的大地、困惑的夜行人,这一切都隐喻着民族的历史命运,但诗人的态度是多思的、冷静的,让深沉的思绪弥漫在无言的空白中:

> 在门口,那些用旧了的镰刀,

---

① 穆旦:《〈慰劳信集〉——从〈鱼目集〉说起》,香港《大公报》1940年4月28日。

> 锄头,牛轭,石磨,大车,
> 　静静地,正承接着雪花的飘落。

这样的诗句在客观、节制中,既传达了某种整体的时代感受,又闪现出诗人深广的忧患意识。

穆旦诗歌第二个常见的主题类型,也可以用"丰富,和丰富的痛苦"这一句诗来表述。

除了以民族、时代为主题的诗作外,更具有穆旦个人特征的一类诗作,是对自我、现实乃至整个历史、真理的黑暗拷问。袁可嘉曾言,"穆旦无疑是最能表现现代知识分子那种近乎冷酷的自觉性的"[①]。在穆旦笔下,现实背后的荒谬,以及个体在历史中体验到的心灵扭曲得到了"剥皮见骨"的展现。在《出发》一诗中,他这样写道:

> ……呵上帝!
> 在犬牙的甬道中让我们反复
> 行进,让我们相信你句句的紊乱
> 是一个真理。而我们是皈依的,
> 你给我们丰富,和丰富的痛苦。

在这段诗中,"上帝"、"历史"("犬牙的甬道")、"真理"都成为否定的、异质性的存在,欺骗又引领着"我们",在不和谐的冲突中增添着生存的丰富和痛苦。有意味的是,这首《出发》写于1942年诗人赴缅甸参战之前,其中还包含了一种投身战争、投身历史的狂热。因而,诗中表达的情绪是复杂的,一方面揭示了人在历史之中的被伤害感,另一方面也表明,只有投入历史,拥抱或担当这样"丰富的痛苦",个体的生命才能获得意义。可以说"丰富,和丰富的痛苦"表达的是对世界人生的整体性观照,它成为穆旦诗中一个潜在的核心主题。

首先,它存在于诗人对现实、历史的深入批判中:

> 而五月的黄昏是那样的朦胧,
> 在火炬的行列叫喊过去以后,
> 谁也不会看见的

---

① 袁可嘉:《西方现代派诗与九叶诗》,《半个世纪的脚印——袁可嘉诗文选》,第313页。

>　……………
>　愚蠢的人们就扑进泥沼里,
>　而谋害者,凯歌着五月的自由,
>　紧握一切无形电力的总枢纽。(《五月》)

诗人在社会纷繁的现实表象后发现了阴谋与混乱,但他冷酷的洞察力并没有停留在对"现时"社会的抨击、批判上,而是进一步指向对人类历史终极真相的追问。诗人不仅是一个现实的搏求者,也是一个广阔人生的探险者,如他在《三十诞辰有感》中所表述的:

>　从至高的虚无接受层层的命令,
>　不过是观测小兵,深入广大的敌人,
>　必须以双手拥抱,得到不断的伤痛。

在穆旦这里,"探险"是没有确定的终点的,因为他时时发现"历史的矛盾压着我们,/平衡,毒戕我们每一个冲动"(《控诉》)。穆旦的多篇诗作都表达了个体在历史戕害之下的虚无、荒谬体验,甚至将世界终极价值的代表——"上帝"或"真理"也推上了拷问的法庭。

其次,"丰富,和丰富的痛苦"也是现代知识分子心灵历程的披露。向内开掘,书写一颗多思敏感心灵中的冲突与搏求,是穆旦诗中现代意识的另一种体现。《从空虚到充实》一诗所描述的,就是在宏大的战争与琐屑的日常背景中,一个知识分子挣扎、幻灭与新生的历程。它通过多种人物、场景的切换,让读者置身于诗中主人公意识复杂的流动中。在穆旦笔下,这种心路历程不是一条方向明确的坦途,而是始终处于矛盾和困扰之下,永远处于中介状态,处于现实与理想、过去与未来、希望与绝望、光明与黑暗等多种力量的冲突之中:"在我们的来处和去处之间,/在我们获得和丢失之间"(《隐现》)。这种痛苦、矛盾的体认甚至延伸到了个体最隐私的情感深处,他著名的诗作《诗八首》便是一个代表。这首诗在处理浪漫的爱情主题时,采取了一种客观的冷处理方式,探索了爱情的火热痴迷,更探索了其中的隔膜与疏离,在"丰富而且危险"的变奏里引申出爱的痛楚思辨。

从现实到内心,从历史到个人,从普遍的真理到隐私的情感,"丰富,和丰富的痛苦"贯穿在穆旦的诗中,构成了理解他的诗歌思想的一个核心线索。

穆旦诗歌第三个经常出现的主题类型,是表现"残缺的我"。

对人生痛苦、矛盾及荒谬性的艰苦开掘，使穆旦诗中的"自我"形象也呈现出高度紧张的特征。从"五四"开始，新诗中的"自我"一直是以大写的形象出现，"我"是完整的、英雄式的，郭沫若"我的我要爆了"的诗句表达了这种浪漫化的自我意识。但在穆旦这样的现代诗人这里，"自我"却被放回到现实与精神的挤压当中，其中复杂、混乱的、非理性的部分得到了高度展现。穆旦在《我》一诗中这样写道：

> 从子宫割裂，失去了温暖，
> 是残缺的部分渴望着救援，
> 永远是自己，锁在荒野里

这样的自我是残缺的、自我封锁的，一次次"想冲出樊篱，/伸出双手来抱住了自己/幻化的形象……"。不仅1920年代郭沫若式的抒情自我形象没有出现在穆旦诗中，而且1930年代现代派诗人笔下的"寻梦者""倦行人"也被上面那个痛楚呼救的"我"所取代。

自我的分裂残缺不只是诗人主观的心理感受，更是不断的自我剖析、自我质问，如鲁迅式的"抉心自食"的结果。《蛇的诱惑》以"人受了蛇的诱惑"，吃了智慧之果被上帝逐出伊甸园这一宗教故事为象征性背景，描述了一个青年在现代生活中虚弱彷徨的心理感受，外部环境描写与内心独白的交替闪现让人联想起艾略特的名诗《普鲁弗洛克的情歌》。"我是活着吗？我活着吗？我活着/为什么？"诗人发出了一连串的追问，但追问的结果是更深的困惑："呵，我觉得自己在两条鞭子的夹击中，/我将承受哪个？阴暗的生的命题……"穆旦典型的方式，是将诗中的"自我"放置在不同力量的交汇之处，使"我"成为冲突的存在，无法整合成和谐的统一性。如《诗》中所言："站在不稳定的点上，各样机缘的/交错，是我们求来的可怜的/幸福……"诗人站在过去与未来、光明与黑暗、实有与虚无之间，"在每一刻的崩溃上，看见一个敌视的我"（《三十诞辰有感》），现代人无法确定自我生命价值、存在意义的困境由此被表达了出来。

当然，穆旦的诗歌仍然包含了重塑自我，从分裂走向整合的渴望，但是无论是在个人的思辨还是在历史的行动中，"新的组合"常常被"新的分裂"所取代。在人流之中，在时代的宏大合唱里，他听到了集体的欢乐，但同时发现"流氓，骗子，匪棍，我们一起，/在混乱的街上走——"（《五月》）在爱情的体验里,也会听到"主"的暗笑,"不断地添来另外的你我/使我们丰富而且危险"(《诗八首》)。在历史的重压下,"一个平凡的人,里面蕴藏着/无数的暗杀,无数的诞生"(《控诉》)。穆旦复杂的自我意识似乎在任何现实对象之中都无法获得平静,最终只能诉求于一种超越历史和自然的终极存在,只有在一种类似宗教感的静默里,自我才能回到未残缺的原初:

> 这是时候了,这里是我们被曲解的生命
> 请你舒平,这里是我们枯竭的众心
> 请你糅合,
> 主呵,生命的源泉,让我们听见你流动的声音。(《隐现》)

"一个民族已经起来""丰富,和丰富的痛苦"以及"残缺的我",上述三个方面共同构成了穆旦复杂而深邃的主题世界。在这里,社会与个人、时代与自我、永恒与当下不仅得到了结合,更为关键的是,它们交织贯穿在了一起,形成相互的诘难,代表了一个现代中国知识分子在历史、现实、个体存在面前,精神所能达到的可能高度。当然,穆旦的诗歌创作也有一个发展、变化的过程,在1940年代的战争语境中,他的诗歌写作在抗战前后也有不同的侧重,上面的梳理只是一个大致的概括。

以上我们分析了穆旦诗歌中常见的主题,从中可以领会诗人体验、思考和观察生活的特殊视角,还有他的个性化的发现。然而,这些思考、体验和发现,都是通过穆旦式的诗意和诗形来表达的。所以在做过主题分析之后,我们有必要对穆旦诗歌进行比较概括式的艺术分析。为了方便讲述,我们把穆旦诗歌艺术归纳为三个创新点,或者说最能体现诗人艺术个性的三个方面的探索。

第一方面的创新就是戏剧张力的构造。

在新诗现代性探索方面,1940年代的"九叶"诗人们做出了一系列的尝试,比如间接性、客观性呈现,感性与知性的结合,戏剧化表达等,这些诗歌手法也在穆旦诗中得到大量应用,体现了"九叶诗人的共同特征"。但相对于辛笛、郑敏诗中浑然凝重的意象之美,也相对于杜运燮、袁可嘉诗中随处可见的俏皮反讽,穆旦诗中的个人风格十分显著,构成了一种迥异于他人的"张力之美"。他从对"丰富,和丰富的痛苦"以及"自我分裂"的深刻洞察中发展出一种独特的诗艺:总是在悖论、反差与不同因素的对撞中构架自己的诗行。郑敏在分析穆旦诗歌时指出了这一点,认为他的诗"总是围绕着一个或数个矛盾来展开的"①。这种诗艺在有效表达其主旨的同时,也充分实现了"九叶诗派"的新诗戏剧化主张,按照袁可嘉的说法,就是"诗即是不同张力得到和谐后所最终呈现的模式"②。

"张力"首先表现在穆旦的诗歌体式上。穆旦的诗体主要分两种:一种是抒情短诗,诗意凝练紧凑,抒发内心的情感与思辨;一类则是戏剧体长诗,如《防空洞里的抒情诗》《从空虚到充实》《神魔之争》等,这一类诗作结构较为复杂,一般使用多重人称,不断转换角度,将内心自省、场景叙述、他人话语交织混合于一处,形成多声部的效果,表现出错综的戏剧性张力。《防空洞里的抒情诗》就在"我"与"他"的对话中展开,日常的话题表面上不断干扰着诗歌的主题,但正是在战火与闲话的对照中,还原出历史冲击下个体的真实心态。

另一种"张力"模式在穆旦诗中表现为不同类型的经验、词语和诗境的陌生化并置上。最典型的是《五月》一诗,它是这样开始的:

> 五月里来菜花香
> 布谷流连催人忙
> 万物滋长天明媚
> 浪子远游思家乡

在这样一段戏仿的打油诗或民间小调之后却突然改变了诗体:

> 勃朗宁,毛瑟,三号手提式,
> 或是爆进人肉去的左轮,
> 它们给我绝望后的快乐

其后诗行始终在这两种诗境和诗体中交替发展,如王佐良先生所称:"两种诗风,两个精神世界,两个时代",形成"猝然的对照"。③ 通过这种戏剧性的并置,诗人对历史现实的深刻认识得到了反讽性的传达。

---

① 郑敏:《诗人与矛盾》,杜运燮、袁可嘉、周与良编《一个民族已经起来——怀念诗人、翻译家穆旦》,第30页。
② 袁可嘉:《谈戏剧主义》,《半个世纪的脚印——袁可嘉诗文选》,第79页。
③ 王佐良:《穆旦:由来与归宿》,杜运燮、袁可嘉、周与良编《一个民族已经起来——怀念诗人、翻译家穆旦》,第3页。

在穆旦对诗歌中语词的选择、诗行的展开模式中，也处处渗透着"张力"意识。阅读他的诗作，读者会发现他十分偏爱从对立、矛盾的地方着笔，通过两种互相反对的力量的较量，形成诗歌曲折深入的表现力。譬如：

> 在过去和未来两大黑暗间，以不断熄灭的
> 现在，举起了泥土，思想和荣耀（《三十诞辰有感》）

> 我们有太多的利害，分裂，阴谋，报复
> 这一切把我们推到相反的极端，
> 我们应该忽然转身，看见你（《隐现》）

> 他的痛苦是不断地寻求
> 你的秩序，求得了又必须背离。（《诗八首》）

在"相反的极端"中促发诗歌想象力，在形成"张力"效果的同时，也有效地扩展了诗歌的意义空间。这就是所谓"思维的复杂化，情感的线团化"①，不但拓展了诗歌表达的功能，也可能更适于表现现代人的思想感情。穆旦曾说"诗应该写出'发现底惊异'"②，就是要写出前人未有的独特经验。通过对"张力"原则的运用，穆旦在现实的感受和经验中激活了全新的"惊异"。这一类诗歌"难懂"，往往就难在这种复杂的纠缠中。把握其"张力"的诗艺，才能解读其含义欣赏其特殊的诗美。

"用身体来思想"，是穆旦诗歌艺术第二方面的创新。

感性与知性的结合，是"九叶"诗人的一个共同特征，除了在诗歌中表达人生的思考和哲学的内涵，它还指向一种独特的现代诗歌技巧：思想知觉化，即不是用感性形象来象征、隐喻理性思辨，而是让知性内容直接成为可感的对象，如现代主义诗人艾略特所形容的——像嗅到玫瑰花香那样直接嗅到思想。这种技巧在穆旦的诗中化为一个更具体、更个人化的方式：用身体来思想。

穆旦诗中的思想含量很大，很多诗句甚至类似于抽象的思辨，却能引起读者强烈的共鸣，甚至令人感到生理上的不安，其原因在于诗人常常将心灵

---

① 郑敏：《诗人与矛盾》，杜运燮、袁可嘉、周与良编《一个民族已经起来——怀念诗人、翻译家穆旦》，第39页。
② 穆旦：《致郭保卫的信》，《蛇的诱惑》，珠海出版社1997年版，第223页。

的活动转化成身体的感受,将观念外化为具体的生理感知或意象。譬如下列诗句:

> 由于你的大胆,就是你最遥远的边界:
> 我的皮肤也献出了心跳的虔诚。(《发现》)

> ……呵,这一片繁华
> 虽然给年轻的血液充满野心
> 在它的栋梁间却吹着疲倦的冷风!(《诗》)

> 你我手底接触是一片草场,
> 那里有它的固执,我底惊喜。(《诗八首》)

上面的诗句无不充满了大胆的奇想,内心的波动和抽象的观念都成为可以触摸、感受的现实,"身体"是这些诗句的中心,围绕它,诗人似乎打破了灵与肉、自我与世界、物质与精神间的界限。唐湜就指出,"穆旦也许是中国少数能作自我思想,自我感受,给万物以深沉的生命的同化作用的抒情诗人之一,而且似乎也是中国少数有肉感与思想的感性的抒情诗人之一"①。"生命的同化",指的便是穆旦这种将一切转化成官能知觉的能力。

《春》是穆旦的名作,它表达了一种青春的困惑意识。诗中描绘的自然景象时刻传达着生理上的热切和焦灼:

> 绿色的火焰在草上摇曳,
> 他渴求着拥抱你,花朵。

自然被拟人化了,它渴望着、摇曳着,隐喻了生命的勃发。而最后的结句尤其令人惊叹:

> 你们被点燃,却无处归依。
> 呵,光、影、声、色,都已经赤裸,
> 痛苦着,等待伸入新的组合。

在这里,光、影、声、色,自然的多种元素也被赋予了身体的感知——"赤裸""痛苦着",诗人对生命的思考完美地化为身体的外延,形成了"新的组合"。

---

① 唐湜:《搏求者穆旦》,《新意度集》,第91页。

如果说知性与感性的结合是现代诗学的一个理想,那么"用身体来思想"则是其具体的方案,穆旦的写作成功地实现了这一点,验证了诗歌想象力对现实、观念、感觉的重新组织能力。

穆旦诗歌艺术第三方面的创新,是对传统诗意的反动。

在新诗诗人中,穆旦是受中国传统诗词影响最少的一个,这是他自觉选择的结果。穆旦曾不止一次地表示,他反对诗歌书写所谓诗意的"风花雪月",主张要以特殊的现代经验为表现对象。他是力图通过追求"非诗意"来达到新鲜的独特的诗意。他认为中国诗与西洋诗(现代诗)主要的分歧在于:"是否要以风花雪月为诗? 现代生活能否成为诗歌形象的来源?"①

新诗自从发生之日起,虽然打破了旧诗外在形式的束缚,但古典诗歌情景交融、"思与境偕"的审美理想仍暗中塑造着新诗的品格。在戴望舒、卞之琳、林庚等人的诗作中,不难见到玲珑精致的古典审美情调的延续,这构成了新诗发展中一道独特的风景,也说明了传统与现代间复杂的关系。但在穆旦这里,这种情调遭到了自觉的抵制。在他的诗中,读者很少看到风花雪月的"诗化"境界,更多的是物化的、异质性的现代经验。他采用现代手法写成的《还原作用》一诗中,就出现了"污泥里的猪"等丑的字样,用他自己的话来说:"是用了'非诗意的'辞句写成诗。"②在其他诗作中,诸如勃朗宁、毛瑟枪、通货膨胀、工业污染、辩证唯物、电力枢纽等等"非诗意"辞句更是被大量使用,充满了动荡不宁的现代气息,极大地疏远了古典诗境的醇美取向。

对古典诗境的反动,不仅表现在诗歌素材的现代化上,更显示为诗歌审美品质的生成。古典诗歌以均衡、和谐、主客体的交融为审美旨归,"羚羊挂角,无迹可寻"的境界更是诗歌的理想。但在穆旦这里,张力性原则的使用,打破了"中和之美",使我与物之间、自我与世界、自我与他人之间呈现出危机和裂痕,形成了另外一种"张力之美"。

在语言上,穆旦也表现出一种"非诗意"的反叛姿态,将新诗从封闭的"诗歌语言"的狭隘中解放出来。围绕着新诗"散文化"还是"纯诗化",曾经展开过许多争论,在"纯诗化"主张中有一个重要的内容,就是将诗歌当

---

① 穆旦:《致郭保卫的信》,《蛇的诱惑》,第 222 页。
② 同上书,第 228 页。

作一种特殊的语言,远离日常直白的口语。在具体实践中,诗歌语言的特殊性往往表现为用词的典雅、诗境的含蓄、语言的暗示等,形成了一种幽妙醇美的诗风。但这样的诗意语言在穆旦诗中十分少见,他不仅将大量现代生活词汇引入诗中,而且常常采用逻辑关联词和欧化句法作为诗歌的主干,形成一种理性的推论力量:

> 虽然现在他们是死了,
> 虽然他们从没有活过,
> 却已留下了不死的记忆,
> 当我们乞求自己的生活,
> 在形成我们的一把灰尘里(《鼠穴》)

在短短的几行中,反复使用逻辑关联词,一方面使语义准确有力,毫无模糊的暗示性;另一方面又形成诗歌内涵的盘曲交错,与1930年代诗人柔美舒缓的句法形成鲜明的差异。在用词上,穆旦也颇有特点,他的诗句的主要词汇不是以自然意象为中心的、充满感性的传统诗意辞藻,除现代日常用语外,还掺杂进大量抽象的观念用语,如"绝望""历史""诱惑""逻辑",在这些词语的组接中形成陌生化的效果。

"我长大在古诗词的山水里,我们的太阳也是太古老了",在《玫瑰之歌》中,穆旦曾有这样的诗句。他的写作正是从"古诗词的山水里"挣脱出来,在一个散文的世界里发掘新的诗意。由于不同于一般的审美期待,他的诗歌给人以密度过大、过于观念化的印象,甚至有晦涩之感,但正如唐湜所说:"他的诗里很少中国人习惯的感性抒情与翩然风姿,因而不容易叫人喜欢;可陌生与生涩一经深深探索,又能给人一种莫大的惊异,乃至惊羡。"①

从新诗发生之日起,在诗歌中表达现代中国人的生活和感受,就成为新诗发展的一个潜在动力,并在某种意义上构成了新诗区别于"旧诗"或"西洋诗"的一个标志。在1920年代,它表现于诗人对社会人生的普遍关注上;在1930年代,"现代派"诗人又正面提出了这种现代性的理想;1940年代,穆旦与"九叶"诗人将中国特殊的历史现实与现代诗艺相结合,在其中找到

---

① 唐湜:《忆诗人穆旦——纪念穆旦逝世十周年》,杜运燮、袁可嘉、周与良编《一个民族已经起来——怀念诗人、翻译家穆旦》,第154页。

了一条独特的道路,他们的探索可以说实现了这一理想,即用"现代的诗形"表达现代人的情绪和思想。

思考题

1. 结合对20世纪二三十年代诗歌发展轮廓的描述,简要说明1940年代诗歌创作的主要趋向。

2. 简评"九叶诗派""感性与知性融合"和"新诗戏剧化"的诗歌美学主张。

3. 以具体诗作为例,评析穆旦诗歌"思维的复杂化,情感的线团化"这种现代主义的表达方式,以及所谓"非诗意"辞句写诗的特点。

第九讲　现代散文五家

中国现代文学史上,散文的创作一直是非常丰富的。作为语体文,散文颇能表达现代日常生活的人情物理,加上篇幅比较适中,往往许多优秀的散文作品都率先进入中小学课本,参与到一代又一代中国人的语文知识建构和文学情感建构之中,影响非常大。但相对于其他文体,现代散文的研究又似乎偏弱一些,大概也是因为散文文体的包容范围很宽泛,不容易把握。其实散文研究的天地很宽,可以进入的角度也很多。下面,我们偏重从风格的层面,鉴赏和分析五位代表性的散文大家,看是否能够提供一些研究的启发。为了更深入地了解各家散文的特色与文学史贡献,我们先回顾一下整个现代散文发展的基本脉络。

新文学运动之初,尽管散文并非文学革命的先驱者们最为看重的文体——当时得到大力倡导的更多是白话新诗、新型的短篇小说、从西方移植过来的话剧等,但事实上,"散文小品的成功,几乎在小说戏曲和诗歌之上"①。有许多作家和研究者都讨论过这一现象,从现代散文的源流角度对此进行阐释,比如朱自清认为:"中国文学向来大抵以散文学为正宗;散文的发达,正是顺势。"②另一位散文大家周作人则说:"我相信新散文的发达成功有两重的因缘,一是外援,一是内应。外援即是西洋的科学哲学与文学上的新思想之影响,内应即是历史的言志派文艺运动之复兴。"③除了渊源方面的原因之外,现代散文这一文体本身,也是它能够迅速发展壮大的重要

---

① 鲁迅:《小品文的危机》,《鲁迅全集》第4卷,第592页。
② 朱自清:《〈背影〉序》,《朱自清全集》第1卷,江苏教育出版社1996年版,第30页。
③ 周作人:《〈中国新文学大系·散文一集〉导言》,《中国新文学的源流》,北京出版社2020年版,第118页。

因素。大致而言,不外这样几个层面。首先,这是一种非常自由的文体,没有严格的约束,没有一定的"作法";它一般比较简短,一有感触,即可成篇,因此比起其他的新兴文体,散文更加易于掌握,写的人也就比较多,现代文学的第一代作家几乎全都涉足过这一领域,在这方面显过身手。其次,散文是一种个人化极强的文体,如郁达夫所说,"现代的散文之最大特征,是每一个作家的每一篇散文里所表现的个性,比以前的任何散文都来得强。……现代的散文,却更是带有自叙传的色彩了,我们只消把现代作家的散文集一翻,则这作家的世系,性格,嗜好,思想,信仰,以及生活习惯等等,无不活泼地显现在我们的眼前"[①]。这与"五四"时期强调个性、张扬自我的社会思潮相契合,能够得到广泛的接受。再次,是因为散文"化传统"化得比较好。新文学其他文体的欧化色彩更为浓厚,比如话剧就完全是一种外来文学体式;散文小品则与传统保留了更多的联系,虽然也取法英国的随笔和其他外国散文的笔调体式,但散文作家在创作时往往更便于也更自觉地从传统散文中寻找创新的根基,"化传统"化得好,比较符合民族审美的心理习惯,自然也有利于自身的发展。最后,还有一个因素不可忽视,即近现代中国报刊事业的逐渐发达,使得一种新型的报章文体急遽扩张,而现代散文在相当大的程度上正是一种报章文体,或者与报章文体有着极其密切的血缘关系,这也促成了散文的生产、传播和发展。

到了 1930 年代,散文创作更是异常丰盛,据粗略统计,1932—1937 年间结集出版的散文集就有五百种左右。而且这一阶段,散文的文体意识大为加强。不同政治倾向、不同文艺派别的作家对散文的社会功能与文艺要求虽然也有着不同的理解,但围绕着一些论争,散文在多方面的探求中获得了生机。尤其是杂文在这一时期得到了长足的发展,除鲁迅之外,一批新的杂文作家涌现出来,影响较大的有瞿秋白、茅盾、唐弢、徐懋庸、聂绀弩等。小品文在这一时期也极为繁荣,林语堂等人大加倡导的幽默闲适小品更是风行一时,1934 年甚至被称为"小品文年"。其他如"科学小品""生物小品""历史小品"等也颇受欢迎。而何其芳、丽尼、陆蠡、缪崇群等一批年轻的散文作者则自觉地追求抒情散文的艺术锤炼,为我们呈现出另一幅现代散文

[①] 郁达夫:《〈中国新文学大系·散文二集〉导言》,《郁达夫文集》第 6 卷,花城出版社、生活·读书·新知三联书店香港分店 1991 年版,第 261 页。

的丰富图景。

1940年代尽管饱受战争影响,散文创作的繁荣景象却未曾稍减。从1937年7月到1949年年底十二年间出版了约1170部散文集,散文创作总量远远超过前两个十年的总和。当然,其中各体式散文的发展不尽相同。抗战初期报告文学几乎一枝独秀,而战争转入中后期后,以揭露抵制社会弊端为主要内容的杂文又唱了主角。不过,近年来的研究者们也越来越多地注意到,这时期的散文创作依然有其多姿多彩的另一面,比如梁实秋的"雅舍"散文,写各种日常的生活体验而不乏优雅舒徐的名士气及敦厚平和的心态;再比如钱锺书、王了一等人的"学者散文",兼及人生哲理、学问趣味乃至时政评论;还有上海沦陷及战后时期的张爱玲、苏青等女性作家,以女性的感受方式,关注当时的日常生活,或机智或爽直,又带有相对超越的悲悯情怀。

以上我们大致了解了现代文学史上散文创作的状况。关注当下散文创作的同学可能会发现,其实当代文学中的散文创作,与现代散文家以往所打下的基础是分不开的,当代散文与现代散文有着不能割裂的渊源关系。这是另一个值得探讨的课题。

面对如此丰富多元的散文创作,究竟如何进行研究呢?一般而言,文学史研究经常使用的角度主要有:分期研究、分类研究、社团流派研究、作家作品研究等。近年来的散文研究,有不少都采取了分类的方式。比如按照题材内容,有怀人忆旧散文,有游记散文(又可分为国外旅行散记、国内山水游记等),有知识小品,等等;按照作家不同的写作身份分类,则有女性散文、学者散文等。但这样的分类本身经常捉襟见肘,而且划分得太细,也显得比较支离。因此有的研究是从关注散文的文体特征入手,进行既宏观又清晰的划分与研究。例如,有的学者将现代散文分出两条不同的语体线索——"闲话"和"独语"的做法,就是得到广泛认可的一种。

所谓"闲话"和"独语",指的不仅是现代散文的内容,而且更是与其内容相联系的话语方式、结构方式及文体风格。"闲话风"的散文追求一种日常交流的语境,以聊天、闲谈的方式结构文章,通常有种开放的格局,风格上也讲求娓娓而谈,"信口信腕"。"独语"则与"闲话"相对,是一种内敛式的话语方式,注重内心的自我满足,强调独立、孤独的生命体验,风格上也比较偏向奇崛与沉思。

大体上说来,"闲话风"的散文构成了现代散文的主导方式,从散文的初创期,直到 1930 年代小品文的盛行,有一条相当明晰的线索。只不过初期散文作者的眼光往往在于对西方 essay（一般译为"随笔"）的引进与模仿,文坛所追随的也多是爱迭生（现通译艾迪生）、兰姆、霍桑、蒙田、培根、史蒂文孙（现通译斯蒂文森）等外国作家;但传统也并没有割断,相反,愈到后来,愈注重来自本土古代散文传统的接引,即更多地从明人小品、六朝小品等体式风致中获取营养和底气,做所谓现代的转换。从根本上讲,这也是"闲话"散文从关注社会革新的功能转向文体自身的发现与洞察的表现。但无论偏重有何不同,其对所谓"闲谈风"的推重则一。不仅创作,理论方面的译介及阐释也为数不少。从周作人倡导的"美文",胡梦华表彰的"絮语散文",以及梁遇春等服膺的西方"小品文",直到朱自清所总结的散文的"谈话风",林语堂所说的"个人笔调""闲谈体""娓语体"等等,都有共通之处。

相比之下,"独语体"的散文则更像一股潜流,当然其创作成果也相当可观。有些作家则可能在两种散文体式上均有出色的收获。从鲁迅的散文诗《野草》,到 1930 年代以何其芳为代表的一批年轻散文家,都在"独语体"这条路子上有不断的探究;1940 年代的冯至、沈从文,以他们的"独白"方式进行文学的、人生的孤独思考;而张爱玲的"私语"式散文,也可说是"独语体"散文之一格。

以上对现代散文的发展脉络只是粗略的梳理,可以帮助我们获得整体性的印象。下面再选择几位有代表性、影响较大的散文家进行评论,比较他们不同的文体风格,同时也探索散文研究的一般理路,也许对于我们欣赏分析散文这个文体会有些启发。

第一节　周作人的"言志"散文

周作人（1885—1967）抗战时期任过伪职,有政治污点,但在现代文学史上,是有巨大影响的作家,尤其在散文领域,有突出的成就。他写有大量的小品散文,结为《自己的园地》《雨天的书》《泽泻集》《谈龙集》《谈虎集》《永日集》《夜读抄》《苦茶随笔》《苦竹杂记》《风雨谈》《瓜豆集》等二十多个集子。他对现代散文的理论建设也有无可替代的重大作用。早在 1921 年,周作人就发表了《美文》,介绍并提倡"记述的""艺术性的"散文。在他的许多序跋文章中,都有关于散文艺术的独到见解。他的演讲《中国新文学的源流》对于散文的写作及研究有深远的启示。正是以周作人的创作及理论为中心,现代文学史上形成了"言志派"这一散文流派。周作人的小品文字也多以"言志"散文为主,又可分为"浮躁凌厉"与"冲淡平和"两种。前者为早期的篇札,多收入《谈龙集》《谈虎集》中,有较积极的社会作用。但更能显示周作人创作个性的,还是后者。我们这里也主要以"冲淡平和"这一种为讨论的重点。

总的来说,周作人的散文都是小品短制,艺术上可谓炉火纯青,思想上也极其复杂丰厚,近年来学者们在这些方面有了很多的发掘。不过,对读者来说,阅读周作人可能更应注意其独具的风格,那种主要由文体和语言艺术所带来的愉悦感受与良久回味,才是给人印象最深的。因此这里也主要探讨文体风格。本来风格是一种综合性的艺术效果,很难一一分开来说,这里我们为了讨论的方便,就从周作人的文风中找到这样几个"点"来入手分析,那就是:闲话体、涩味、简单味、趣味和节奏。下面结合具体作品来评说。

第一,我们先说周作人散文的基本体式"闲话体"。

周作人可以说是"闲话"散文的第一家,他的散文大都是以"闲话"风格为旨趣。这跟他自我设定的写作姿态有关。"五四"后期,周作人提出了一个影响颇广的文学见解,他认为文艺其实是"自己的园地",不仅可以种"果蔬""药材"这些"有价值"的东西,也可以种看似无用的"蔷薇地丁",作者只要"用了力量去耕种,便都是尽了他的天职了"(《自己的园地》)。这是一种偏重个人主义的文学观。从这种文学观念和与此相关联的审美追求出发,周作人指出,自己写文章最好就是与"想象的友人""闲谈","只是我的写在纸上的谈话,虽然有许多地方更为生硬,但比口说或者也更为明白一点了"(《自己的园地·自序》)。他有不少散文干脆就是以"谈"为标题的,随便翻翻,就有《谈养鸟》《谈娱乐》《谈搔痒》《谈天》《谈酒》《谈劝酒》等等。此外,还有一些作品是写给朋友的书信,那也是一种"笔谈"。与友朋交流的"闲话体"散文,当有两种基本含义,一是闲谈的话题轻松随便,一是闲谈的风格亲切平和。周作人的闲谈,常常是从"自我"出发,草木虫鱼、喝茶饮酒,在平凡的事物上谈出各种天理物趣,也谈出自己的情感志趣。综观周作人所写,取材大抵平凡琐碎,基本都是地方风物、历史掌故、衣食住行、生活琐事,很适合闲谈。就拿衣食住行里的"食"来说,周作人就有那么多爱谈的话题。譬如日本的草饼、东京的点心、北京的茶食、故乡的野菜、绍兴的米酒、南京的茶干、小酒店的"盐豆"等等，闲聊般信笔写来，都饶有情趣，又多含着忆旧的温煦。"闲话"既然进入周作人的"园地"，那就不止于一般的闲聊，而是融入了感情，做了艺术的提炼，只是不着痕迹罢了。如写他自己的初恋、爱女的病、萧萧作悲声的白杨树、绵绵不停的"苦雨"、卧在乌篷船中听雨声与橹声的感觉、住在寺庙里旁观和尚生活的闲适与慨然等等，都无不浸泡着作者的感受，但又能如同与友人聊天般在自然的氛围中表达。这就是一种特别的味道。

"闲话"体式之平和自然，正与大家公认的周作人文章"平和冲淡"的思想内容相表里。这是一种与闲谈话题相宜的风格，又是周作人的审美追求，如他曾说的"作文极慕平淡自然的景地"（《雨天的书·自序二》），显然包括思想和形式两方面。但其实，追求这种闲话式的平淡自然，根底里却并不像表面那么轻松优雅，而是深藏着难以言明的忧患，按周作人自己的说法，是在他心头住着"两个鬼"的缘故（即反抗现实的"叛徒"和回避现实的"隐士"这两面），在这"双头政治"的支配下，周作人大概把写作当成他的一种生活方式，要通过写作达到自我矛盾心理的调适。这样，我们才可以理解周作人为何那么心仪闲话的文体。他曾经用一个比方来解析他理解的平淡与闲适，其中虽表达的是欣赏，却也有无奈。周作人说，农夫终日车水，忽驻足望西山，日落阴凉，河水变色，若欣然有会，便是闲适；至于那种仿佛看破红尘，等生死、齐祸福的"大闲适"，也不过是在无可奈何的情况下，只好"以婉而趣的态度对付之"罢了（《自己的文章》）。

第二，我们再来探讨周作人文风中的"涩味"。

在为俞平伯散文集《燕知草》所作的跋中，周作人指出一种理想的文体应当是在纯粹口语体文章的基础上，加上"涩味与简单味"，这才"耐读"。对所谓涩味与简单味，周作人这里考虑的主要是"文词"因素。他说"文词还得变化一点。以口语为基本，再加上欧化，古文，方言等分子，杂揉调和，适当地或吝啬地安排起来，有知识与趣味的两重的统制，才可以造出有雅致的俗语文来"[①]。所以，从涩味与简单味上去领略周作人散文的风格，是很

---

① 周作人：《〈燕知草〉跋》，孙玉蓉编《俞平伯研究资料》，天津人民出版社1980年版，第341页。

恰当的。

周作人对"涩"及与之相关的"苦"都情有独钟。"苦雨""苦竹""苦茶",都是周作人愿意随手拿来便用的;"涩如青果",也是他品赏文章之妙的评语。在周作人的散文中,"涩味"大致有这样几种情况。一是文词之"涩"。最常见的是周作人以文言入文,使我们在阅读顺畅白话文的途中,遭逢一些"磕绊",但这些文言字词绝无生硬之感,反使行文古雅,而别有一种"知识与趣味"。如下面的例子:

> 我从小知道"病从口入祸从口出"的古训,后来又想涸迹于绅士淑女之林,更努力学为周慎,无如旧性难移,燕尾之服终不能掩羊脚,检阅旧作,满口柴胡,殊少敦厚温和之气;呜呼,我其终为"师爷派"矣乎?虽然,此亦属没有法子,我不必因自以为是越人而故意如此,亦不必因其为学士大夫所不喜而故意不如此;我有志为京兆人,而自然乃不容我不为浙人,则我亦随便而已耳。(《雨天的书·自序二》)

三四十年代,周作人还试验过一种"文抄公体"的散文,文章主干是精心挑选或古涩或华美的古文,间以现代白话加以评点,而兼文、白二体之美,如郁达夫所论,"一变为枯涩苍老,炉火纯青,归入古雅遒劲的一途了"①。

周作人文章之"涩",又是心绪之"涩"。在周作人的许多散文中,都可以读到淡淡的惆怅,其情趣也常是落寞的甚或颓废的。有研究者谓之为"中年心态",那么这样的心态则正是略带枯涩的。譬如《喝茶》一篇,所沉醉的是"于瓦屋纸窗下,清泉绿茶,用素雅的陶瓷茶具,同二、三人共饮,得半日之闲,可抵十年的尘梦"。前面似乎优游闲适,而以"可抵十年的尘梦"收束,则分明有种无奈的逃世的低徊。另外还有的"涩味"其实是一种不欲明言的思想苦涩。如《谈酒》一文,写了大段喝酒的方法与故事,最后一节却是这样的:

> 喝酒的趣味在什么地方?这个我恐怕有点说不明白。有人说,酒的乐趣是在醉后的陶然的境界。但我不很了解这个境界是怎样的,因为我自饮酒以来似乎不大陶然过,不知怎的我的醉大抵都只是生理的,而不是精神的陶醉。所以照我说来,酒的趣味只是在饮的时候,我想悦

---

① 郁达夫:《〈中国新文学大系·散文二集〉导言》,《郁达夫文集》第6卷,第272页。

乐大抵在做的这一刹那,倘若说是陶然,那也当是杯在口的一刻罢。醉了,困倦了,或者应当休息一会儿,也是很安舒的,却未必能说酒的真趣是在此间。昏迷,梦魇,呓语,或是忘却现实忧患之一法门;其实这也是有限的,倒还不如把宇宙性命都投在一口美酒里的耽溺之力还要强大。我喝着酒,一面也怀着"杞天之虑",生恐强硬的礼教反动之后将引起颓废的风气,结果是借醇酒妇人以避礼教的迫害,沙宁(Sanin)时代的出现不是不可能的。但是,或者在中国什么运动都未必彻底成功,青年的反拨力也未必怎么强盛,那么杞天终于只是杞天,仍旧能够让我们喝一口非耽溺的酒也未可知。倘若如此,那时喝酒又一定另外觉得很有意思了罢?

如此辗转曲折,已经是在借酒议论了。

此外,周作人的"涩味"还往往在于他文章的"隔"。废名的《关于派别》一文有相当的笔墨谈论这个问题。废名知周作人为人为文颇深,针对时人(1930年代)将周作人与明末公安派相提并论,说二者其实大不同:"我觉得知堂先生的文章同公安诸人不是一个笔调,知堂先生没有那些文采,兴酣笔落的情形我想是没有的,而此却是公安及其他古今才士的特色。"与古今才士的流利酣畅比,周作人的文章是"隔"的:"我们总是求把自己的意思说出来,即是求'不隔',平实生活里的意思却未必是说得出来的,知堂先生知道这一点,他是不言而中,说出来无大毛病,不失乎情与礼便好了。知堂先生近来常常戏言,他替人写的序跋文都以不切题为宗旨。……这种文章我想都是'隔',却是'此中有真意'存乎其间也。"①

第三,前面已经提到了"简单味",这里展开来谈谈。

有论者曾这样评论周作人的小品作风:"可用龙井茶来打比,看去全无颜色,喝到口里,一股清香,令人回味无穷。"②这种"全无颜色",就是周作人的"简单味",具体说,就是不肯修饰太过,不故作高深,语言以白话口语为主,写来简练无华。他早期的名篇《故乡的野菜》,是大家熟悉的,那种文字的韵味,就是"简单味":

---

① 废名:《关于派别》,废名著,止庵编《废名文集》,东方出版社2000年版,第149、151—152页。
② 曹聚仁:《小品散文》,《文坛五十年》,东方出版中心1997年版,第163页。

> 荠菜是浙东人春天常吃的野菜,乡间不必说,就是城里只要有后园的人家都可以随时采食,妇女小儿各拿一把剪刀一只"苗篮",蹲在地上搜寻,是一种有趣味的游戏的工作。那时小孩们唱道,"荠菜马兰头,姊姊嫁在后门头。"

周作人关注"人的文学",尤其是关乎妇女和儿童的文学,他自己的一些篇什,如儿时的回忆等,常用小孩的眼光来看待,那种叙事角度的率真也容易造成"简单味"。"简单味"与周作人文章"平和冲淡"的整体风格是统一的,应联系在一起才能更好地领会。

第四,再来谈谈"趣味"。

许多人都注意到周作人散文的"趣味",尤其是"文人趣味"或"名士趣味"。周作人确实是喜欢文章之趣味的。他曾说:"我很看重趣味,以为这是美也是善,而没趣味乃是一件大坏事。""平常没有人对于生活不取有一种特殊的态度,或淡泊若不经意,或琐琐多所取舍,虽其趋向不同,却各自成为一种趣味……"(《苦竹杂记·笠翁与随园》)他还说:"我们于日用必需的东西以外,必须还有一点无用的游戏与享乐,生活才觉得有意思。我们看夕阳,看秋河,看花,听雨,闻香,喝不求解渴的酒,吃不求饱的点心,都是生活上必要的——虽然是无用的装点,而且是愈精炼愈好。"(《北京的茶食》)除了这些夫子自道,我们还可以从他的文章中找出大量的趣味文字。比如喝茶,应当"在江村小屋里,靠玻璃窗,烘着白炭火钵,喝清茶,同友人谈闲话,那是颇愉快的事"(《雨天的书·自序一》);乘船旅行,则要"卧在乌篷船里,静听打篷的雨声,加上欸乃的橹声以及'靠塘来,靠下去'的呼声,却是一种梦似的诗境"(《苦雨》)。

周作人讲求"雅趣",他认为的"雅"不是故作高雅,而是"自然,大方的风度,并不要禁忌什么字句,或者装出乡绅的架子"①,是一种"明净的感情"与"清澈的智慧"调和之美。因此在周作人那里,甚至平常人觉得难登大雅之堂的东西也可以被写得"雅趣"盎然。比如《苍蝇》一篇,引用古今中外许多关于苍蝇的典故,有神话的趣味,也有古诗的趣味,尤其小林一茶的俳句"不要打哪,苍蝇搓他的手,搓他的脚呢",更是一种"以一切生物为弟兄朋

---

① 周作人:《〈燕知草〉跋》,孙玉蓉编《俞平伯研究资料》,第341页。

友"的温情态度。再如《入厕读书》,更将如厕这等俗事与风雅之读书趣味连在一起,别具情趣。

"雅趣"之外,周作人也同样喜好"俗趣",尤其是"辛辣而仍有点蜜味"(《北京的风俗诗》)的"谐趣",即民间文化中的滑稽趣味,这同周作人对民俗、俗文学的推重是一致的。

最后,顺便还要谈一下节奏。

周作人的散文很讲究节奏感。郁达夫在《〈中国新文学大系·散文二集〉导言》中评论:"周作人的文体,又来得舒徐自在,信笔所至,初看似乎散漫支离,过于繁琐!但仔细一读,却觉得他的漫谈,句句含有分量,一篇之中,少一句就不对,一句之中,易一字也不可……"[1]"舒徐自在"可以说就是周作人散文的节奏感。周作人常常喜用长句,也喜欢用表示转折的连词,使节奏更见婉转。舒芜评论周作人的句式,说"这类长句子,结构松散,若断若连,很像日本语文的句式,而不是德国语文中的长句子那样,结构严密得像一架精密仪器。这种长句子最能表达委婉曲折的语气,纡徐荡漾的意境,雍容淡雅的风神"[2]。要理解这样的节奏,可以对周作人的作品多加诵读。如下面的段落:

> 般若堂里住着几个和尚们,买了许多香椿干,摊在芦席上晾着,这两天的雨不但使它不能干燥,反使它更加潮湿。每从玻璃窗望去,看见廊下摊着湿漉漉的深绿的香椿干,总觉得对于这班和尚们心里很是抱歉似的——虽然下雨并不是我的缘故。
>
> 般若堂里早晚都有和尚做功课,但我觉得并不烦扰,而且于我似乎还有一种清醒的力量。清早和黄昏时候的清澈的磬声,仿佛催促我们无所信仰、无所归依的人,拣定一条道路精进向前。(《山中杂信》)
>
> 说到厂甸,当然要想起旧历新年来。旧历新年之为世诟病也久矣,维新志士大有灭此朝食之概,鄙见以为可不必也。问这有多少害处?大抵答语是废时失业,花钱。其实最享乐旧新年的农工商他们在中国是最勤勉的人,平日不像官吏教员学生有七日一休沐,真是所谓终岁作

---

[1] 郁达夫:《〈中国新文学大系·散文二集〉导言》,《郁达夫文集》第6卷,第207页。
[2] 舒芜:《两个鬼的文章——周作人的散文艺术》,《周作人的是非功过》,人民文学出版社1993年版,第253—254页。

苦,这时候闲散几天也不为过……(《厂甸》)

进一步推广,周作人还将这种舒徐的节奏运用到他的谋篇与结构上。他有不少散文不仅不"紧扣主题",还时时故意"跑题",在闲谈中似乎不即不离地兜着圈子。但这种"漫谈"之"漫"的功夫,其实是大有讲究的。他曾这样评论废名的文章:"这好像是一道流水,大约总是向东去朝宗于海,他流过的地方,凡有什么汊港湾曲,总得灌注潆洄一番,有什么岩石水草,总要披拂抚弄一下子才再往前去,这都不是他的行程的主脑,但除去了这些也就别无行程了。"(《〈莫须有先生传〉序》)这其实也是周作人的夫子自道。以这婉转摇曳的流水来比喻周氏自己的文章,也是恰如其分的。

以上是阅读周作人的散文时可以多加注意的几点。不过,这几点既非周作人文章的全部,也不可单个拆开来,它们是互有关联的。就像"涩味"与"简单味",看上去似乎比较远,其实在周作人那里是糅在一起的。

以周作人为领袖,"言志派"还有许多其他的作家,比如俞平伯、废名、钟敬文等,不过他们也都各有所长,俞平伯繁缛而钟敬文清朗,废名更得周作人冲淡清隽的神髓,抒情气息浓郁,表现出朴讷哀伤的风格。直到1930年代林语堂等人提倡幽默闲适小品,也还是奉周作人为圭臬的。

第二节 冰心的"冰心体"与朱自清的抒情文体

在现代散文创作中,缜密、漂亮的美文广受欢迎,尤其可以冰心与朱自清为代表。他们都以抒情散文见长,笔触、风格有相近处,当然,也有很多不同,正可以互相参照。因此这里将这两家放在一起讨论。

"五四"时期,最能引动涉世未深的青年读者共鸣及模仿的,非冰心莫属。阿英1930年代中期曾说:"特别是《往事》(二篇),《山中杂记》(《寄小读者》),以及《寄小读者》全书,在青年的读者之中,是曾经有过极大的魔力。一直到现在,从许多青年的作品中,我们还可以看到这种'冰心体'的文章,在当时,是更不必说了。青年的读者,有不受鲁迅影响的,可是,不受冰心文字影响的,那是很少……"[1]阿英提出的"冰心体"这一说法,其实不

---

[1] 阿英:《谢冰心》,《夜航集》,中国文联出版社1993年版,第22页。

仅着眼于散文体式,也是对冰心散文的一种整体性把握。要领会"冰心体"散文的美,最好用一点"历史还原"的做法,把它作为现代散文初创期的一种代表性文体来阅读与分析。——到底是什么原因使得"冰心体"当时如此风靡?

首先是冰心散文所关注的内容及采用的相关的情感表达方式。从著名的美文《笑》这一篇开始,冰心一直都在写"美"和"爱",尤其是那些关于母爱的篇章,更易打动游子之心。她的情感表达方式可以概括为"婉约的倾诉",满蕴着温柔,又微带着忧愁,含蓄细腻,有女性委婉清丽的风致。如一再被引用的这样的句子:"母亲呵!你是荷叶,我是红莲。心中的雨点来了,除了你,谁是我在无遮拦天空下的荫蔽?"(《往事·七》)

在对抒情格外重视的"五四"文学中,这样的情感及表达方式很容易得到认可;不过,"冰心体"大放光彩最主要的原因还是它那种行云流水的语体特征。冰心的散文里有王维温李的传统,也有泰戈尔的浸润,她的散文语言是将白话文、文言文、西文调和成典雅、明丽、凝练的文学语言,终于成为文学语言的典范。阿英分析说,冰心"诗似的散文的文字",是"从旧式的文字方面所伸引出来的中国式的句法"①;他并且从新文学的发展角度这样理解"冰心体":"由于冰心思想的决定,她在作品中所采用的形式,也必然是新的,也包含了若干旧的成分。冰心的文字,是语体的,但她的语体文,是建筑在旧文字的础石上,不在口语上。对于旧文学没有素养的人,写不出'冰心体'的文章。具体点讲,就是到了'冰心体'的文学产生,是表示了中国新文学的一种新倾向的存在——以旧文字作为根基的语体文派。这在形式上,一样的是一个过渡期,适合于从封建思想中刚刚地挣脱出来的青年读者的形式。"②

冰心自己也并不讳言她的"新""旧"杂糅,她在文体方面的理想是"白话文西化""中文西文化",修辞上也"爱浸些旧文学的汁水进去"③。正是这种"化"与"浸",使得冰心的文字可以将西文结构繁复的句式及语汇适度地调和进中文里来,更使得中国古典文学的美,包括它的意境、情韵、气氛和

---

① 阿英:《谢冰心》,《阿英全集》第2卷,安徽教育出版社2003年版,第297页。
② 阿英:《谢冰心》,《夜航集》,第23页。
③ 张天翼:《冰心》,李希同编《冰心论》,北新书局1932年版,第103页。

文字的美,不着痕迹地渗透到新文学中来。这样"化"出的句子灵动不板滞,有自然跳荡的韵律感,如周作人所说,"仿佛是鸭儿梨的样子,流丽轻脆"(《志摩纪念》)。在冰心的许多作品中,我们都能找到既有旧文字的蕴藉,又有白话文的纯净的语句,如:

> 在朦胧的晓风之中,欹枕倾听,使人心魂俱静。春是鸟的世界,"以鸟鸣春"和"春眠不觉晓,处处闻啼鸟"这两句话,我如今彻底的领略过了!(《鸟兽不可与同群》)

> 船身微微的左右欹斜,这两点星光,也徐徐的在两旁隐约起伏。光线穿过雾层,莹然、灿然,直射到我的心上来,如招呼,如接引,我无言,久——久,悲哀的心弦,开始策策而动!(《往事(二)·八》)

当时的青年读者,尤其是学生读者,大多既接受过旧文学的熏陶,又心仪新文学的流畅,试想当他们接触到这样的新文学作品时,肯定有既熟悉又陌生的审美感觉;而他们自己也既有一定旧文字的修养,又学习了新式的写作,因此群起模仿也就是很自然的事了。冰心从女学生的创作起步,带动了学校文风的涌动,在当时,也得益于、展现出新式散文中新颖蓬勃的文学活力。正因如此,一些新文学大家都给了冰心相当高的评价。郁达夫的《〈中国新文学大系·散文二集〉导言》说:

> 冰心女士散文的清丽,文字的典雅,思想的纯洁,在中国好算是独一无二的作家了;记得雪莱的《咏云雀》的诗里,仿佛曾说过云雀是初生的欢喜的化身,是光天化日之下的星辰,是同月光一样来把歌声散溢于宇宙之中的使者,是虹霓的彩滴要自愧不如的妙音的雨师……以诗人赞美云雀的清词妙句,一字不易地用在冰心女士的散文批评之上,我想是最适当也没有的事情。①

但对于这种"冰心体",后来却有一些作家、批评家有了不同的意见,1940年代同是女性作家、同是笔墨高手的张爱玲就宣称不喜欢冰心的散文,以为含有太浓重的"新文艺腔"。

对这个问题如何看待呢?恐怕首先得承认,"冰心体"的确是伴随着

---

① 郁达夫:《〈中国新文学大系·散文二集〉导言》,《郁达夫文集》第6卷,第274页。

"新文艺腔"的。所谓"新文艺腔",主要指后来发展出的一种做作、不自然的文风,以及与现实及现实语言都有一定距离的、书面化的语言方式。冰心的散文,尤其是前期散文,如果读多了,是有一种单调感,因为她的内容、语言,以及前面谈到的情感表达方式,乃至于散文的结构,都不会有太大变化……这都可以说是"新文艺腔"的表现。但是,在承认这种现象的同时,还是要回到"冰心体"产生的"语境"上来。正是这种带有"新文艺腔"的"冰心体"散文,在当时使白话完全脱掉"粗俗"的讥讽,是白话而能为"美文"的有力佐证。它也更显示了现代白话散文长于描写、长于抒情的特征,并在中西、古今杂糅渗透的试验中,使现代文学语言得以产生、成熟。如果没有"新文艺腔",也就没有脱掉"新文艺腔"之后更"老到"的"新文艺"。即便如上文所说的张爱玲,她中学时代刚开始创作时,从词汇到文风,也都曾遗留着"冰心体"的痕迹。

同样含着一些旧调子的另一位现代散文大家是朱自清。但朱自清驾驭白话文学语言的能力更为高超。可以说,朱自清是极少数能用白话写出脍炙人口的名篇的散文家,他的一些作品如《背影》《荷塘月色》《给亡妇》等,已经与古典散文名篇一同成为中国文学的经典。他的重要性如许多评论家所公认的,只要学校选讲范文或编课本、写文学史,谈到现代散文的语言、文体之完美,朱自清必被提及。

朱自清擅长写景与抒情。他写景状物的优秀之作如《桨声灯影里的秦淮河》《温州的踪迹·绿》《荷塘月色》等,都体现出对自然景物的精确观察,对声音、色彩的敏锐感觉,通过千姿百态、或动或静的鲜明形象,巧妙的比喻、联想,融入自己的感情色彩,便构成细密、幽远、浑圆的意境。这些散文可称为"工笔美文",细致华美,尤其其中的层层设喻,更为缤纷。但有些句子、段落也不免因细腻过甚,有着意为文之感。他的重在抒情的散文如《背影》等则可称得上完美之作。这类抒情文体往往以文字朴素、结构浑成,愈显出感情的"真挚清幽"。

有不少学者认为朱自清1930年代后的散文如《欧游杂记》《伦敦杂记》等更加成熟自然,但一般读者可能更爱他早期的抒情散文。唐弢先生曾指出:

> 佩弦先生后期语言比前期更接近口语,但人们还是爱读他的《背影》、《荷塘月色》,这是有原因的,不能够象有些人那样简单地用小资

产阶级感情共鸣来解释这个现象。从用文言还是用白话的观点上，我们不想提倡旧体诗词，但人们还是喜欢读旧体诗词，写旧体诗词，而且有些旧体诗词的确写得很好，这里面有个同样的道理。研究朱自清后期散文的语言，注意朱自清前期散文的情致，我们将会更清楚地了解朱自清的风格。①

这里"情致"是个关键词，作为一种臻于极致的"抒情文体"，朱自清最打动读者的应该还是他所抒之"情"。如果说冰心体的动人之处多在文字与意蕴的交通古今上，那么朱自清更擅长在既传统又现代的情感结构上触及中国人的心灵。

许多研究者认为无论是人格还是文风，朱自清都秉承了中国"温柔敦厚"的诗教传统，表现出一种"哀而不伤，怨而不怒"的美学风格。确实，他的散文虽是抒情的至文，但其中的情绪却不是强烈的、偏激的，而多是一种沉痛隐忧；即便写到喜悦，也会伴随着隐约的苦涩。这种丰富性与复杂性，能够带给读者层次众多的阅读感受和审美体验，往往还会伴随着读者自己阅历、经验的成长而成长，也即所谓"常读常新"。这也就是朱自清散文作为我们的"国民经典"的意义。譬如最为脍炙人口的名作《背影》，以平实的口吻写出家道不幸，平实得甚至有些压抑，"父亲"矮而且胖的"背影"在这种压抑感中有更震撼的感染力。这种克制的叙事与抒情，我们在中学阶段学习这篇课文的时候，就会感受到。但如果进一步细读文本，再结合朱自清的家庭遭际，我们才能够领会到这篇文章的回忆特征，才能够试着去体味作者在自己人到中年、同样身为人父时，倾注在回忆父亲，包括回忆那些不那么愉快的过往时的思绪。这种逝水流年里的感悟，就又超越了对父亲形象的描写刻画了。再如《给亡妇》，叙述的是日常琐事，情感也没有大起大伏，但生离死别却因之更成为清醒的哀恸。即使是他的写景散文，从景物描写中透露出来的情怀也同样是这般掺杂着微微的痛楚。《桨声灯影里的秦淮河》贯穿始终的，是徘徊于卖唱游女与自我道德间的犹疑，秦淮河的桨声灯影也仿佛更其虚幻；《荷塘月色》在密密的景物描摹里，那种"热闹是他们的，我什么也没有"的落寞更直指人心。比起一味地放达洒脱，与一味地谨

---

① 唐弢：《朱自清》，《晦庵书话》，生活·读书·新知三联书店1980年版，第38—39页。

慎自守,对情感的收放有度才是高难度的文字表达,而同时又能做到"情"与"景"的交融,这是朱自清难以追摹之处。

鲁迅曾说:"感情正烈的时候,不宜做诗,否则锋铓太露,能将'诗美'杀掉。"①虽是针对诗歌而言,但移用来品评朱自清的散文,也是合适的。李广田《谈散文》中关于《背影》的评价,可以引用在此做个结论:

> 它那么自然,那么醇厚,既没有那些过分的伤感,又没有那些飞扬跋扈的气息,假如说散文之中也有正宗的话,我以为这样的就是。②

第三节　郁达夫的行旅散文

郁达夫以小说家名,但他的旧体诗和游记散文却越来越受到喜爱和重视,不少人认为,在这两个方面,郁达夫才最充分地表露了他的才华。

郁达夫是"自叙传"小说的代表作家,但他认为,比起小说,"现代的散文,却更是带有自叙传的色彩了"③。他早期的散文也确实与他的小说在这方面有相近之处。不过,人们注意到作为散文家的郁达夫,则是在他大量写作小品游记的1930年代了。1933年,他举家移居杭州,几乎过着一种隐逸的生活。在此期间,郁达夫的游踪遍及浙东、浙西、皖东、闽中等处,写下不少行旅散记、山水游记,先后结集出版了《屐痕处处》和《达夫游记》,还在《宇宙风》上连载《闽游滴沥》一组作品。

虽然山水游记是传统散文中的传统题材,更迭有名篇,新文学作品中也不乏富有才情的旅行记、山水游记等,但郁达夫的行旅散文还是别具一格,可以说,是一种"现代才子气"的佳品。这大约可从两方面来理解,一是他描摹山水名胜与景色风物的笔调是才气横溢的,二是充满现代才子恣肆的性情。

郁达夫的许多山水记游文字都写得非常优美,与他的小说相比,这些散文明显在文字上变得平易雅驯,文风上渐趋洗练从容,文中显现出来的才华

---

① 鲁迅:《两地书·三二》,《鲁迅全集》第11卷,第99页。
② 李广田:《谈散文》,周振甫、徐明羁主编《散文写作艺术指要》,东方出版社1997年版,第1144页。
③ 郁达夫:《〈中国新文学大系·散文二集〉导言》,《郁达夫文集》第6卷,第261页。

也脱了粗粝之感，更多细致与飘逸。可以看两段文字来体会一下：

> 清清的一条浅水，比前又窄了几分，四围的山包得格外的紧了，仿佛是前无去路的样子。并且山容峻削，看去觉得格外的瘦格外的高。向天上地下四围看看，只寂寂的看不见一个人类。双桨的摇响，到此似乎也不敢放肆了，钩的一声过后，要好半天才来一个幽幽的回响，静，静，静，身边水上，山下岩头，只沉浸着太古的静，死灭的静，山峡里连飞鸟的影子也看不见半只。前面的所谓钓台山上，只看得见两个大石垒，一间歪斜的亭子，许多纵横芜杂的草木。（《钓台的春昼》）

> 夜雾从太湖里蒸发起来了，附近的空中，只是白茫茫的一片。叉桠的梅树林中，望过去仿佛是有人立在那里的样子。我又慢慢的从饭店的后门，步上了那个梅园最高处的招鹤坪上。南望太湖，也辨不出什么形状来，不过只觉得那面的一块空阔的地方，仿佛是由千千万万的银丝织就似的，有月光下照的清辉，有湖波返射的银箭，还有如无却有，似薄还浓，一半透明，一半粘湿的湖雾湖烟……（《感伤的行旅》）

郁达夫的这些游记一般不计较结构，平铺直叙，走哪写哪，仿佛一篇流水账；但由于处处都有才气点缀，丝毫不觉得枯燥乏味。他观景的眼光随着脚步走，又往往会左顾右盼，一点不呆滞，有人形容他的笔致游走如电影镜头，推、摇、拉，一个个镜头将美景逐一展现。

郁达夫散文的书卷气也很浓郁，行文之中常信手拈来一句古诗、一个典故、一段传说，才气寓于趣味之中，当知识小品读亦无不可。

1930年代，中国的铁路事业有所发展，旅行变得更为方便，铁路公司也常常邀请名人文士在相关报刊上刊载旅行文章、摄影作品，以美文美景鼓动人们乘坐火车出游。郁达夫的一些山水游记就曾经被刊登在铁路公司的导游册中，大概他文中那种优雅的名士做派，即便在迈入工业化时代的人们眼中，仍然是逍遥可感的，与乘火车旅行可以相得益彰。比如这样的文字：

> 苏州本来是我侬旧游之地，"一帆冷雨过娄门"的情趣，闲雅的古人，似乎都在称道。不过细雨骑驴，延着了七里山塘，缓缓的去莫拜真娘之墓的那种逸致，实在也尽值得我们的怀忆的。还有日斜的午后，或者上小吴轩去泡一碗清茶，凭栏细数数城里人家的烟灶，或者在冷红阁

上,开开它朝西一带的明窗,静静儿的守着夕阳的晼晚西沉,也是尘俗都消的一种游法。(《感伤的行旅》)

还有如《半日的游程》里以卖茶老翁"一茶,四碟,二粉,五千文",来对仗"三竺,六桥,九溪,十八涧"的文士趣味,也是那么清新可喜。但另一方面,郁达夫游记散文中也多有恣肆、牢骚与颓废,有意夹杂在风景之中,构成了"煞风景",打破了风景游记的美文式和谐。而这也正是他的行旅散文最独具的品格,我们在他的行旅文章中可以一再读到。比如上文所引《感伤的行旅》,在满是闲情逸致的语句后,紧接着提到"农工暴动的风声,军警们提心吊胆,日日在搜查旅客,骚扰居民",从上海到苏州再到无锡,整个是"感伤的行旅";《仙霞纪险》在游赏"五步一转弯,三步一上岭"的仙霞关时,大写令人悚然的死寂的房舍,因为动荡中人已逃空了;《临平登山记》写这个小市镇"柳叶菱塘,桑田鱼市,麻布袋,豆腐皮,酱鸭肥鸡,茧行藕店",以及"青帘摇漾的杏花村"酒家,但掉转笔头就宣称"暗娼有无,在这一个民不聊生民又不敢死的年头,我可不能够保"。《屯溪夜泊记》干脆全篇是嘲谑,先是应邀旅行而无住处,只得"漂泊"在船上;上岸见到"小上海"屯溪的街市"市面也着实萧条",路上且有"枪毙红丸犯处的木牌";游山则是"一堆瓦砾,寸草不生,几只飞鸟,只在乱石堆头慢声长叹";入酒店小酌被敲诈酒钱;访乐户人家了解到街头神女的流落史;买到假古董店的碎磁片,研究过后知是"国货的小脚"……难怪在诸如此类的种种情形之下,我们见到郁达夫登高远眺,不是发思古之幽情,而是大喊怒喝,以释愤懑。至此,我们还是用阿英的评论来做一个小结吧:

> 郁达夫的小品文是充分的表现了一个富有才情的知识分子,在乱动的社会里的苦闷心怀。即使是记游文罢,如果不是从文字的浮面来了解作者的话,我感到他的愤闷也是透露在字里行间的。他说出游并非"写忧",而"忧"实际上是存在的。超出景物的描写,人事的叙述之外,来了解作者,在这个时代是有着必要。[①]

[①] 阿英:《郁达夫》,《夜航集》,第43—44页。

第四节　何其芳的"独语体"

1936年,何其芳的散文集《画梦录》因对现代艺术散文体裁的独特创造,被授予《大公报》文艺奖金。集子里收录的散文都是年轻人寂寞吟哦的"独语"。我们先来读一段感受一下:

> 温柔的独语,悲哀的独语,或者狂暴的独语。黑色的门紧闭着:一个永远期待的灵魂死在门内,一个永远找寻的灵魂死在门外。每一个灵魂是一个世界,没有窗户。而可爱的灵魂都是倔强的独语者。(《独语》)

这就是何其芳"独语体"散文的代表文风。我们前面已经谈到,"独语"是一种内敛的散文叙述方式,它最大的特点就是封闭性与自我指涉性。"独语体"散文不顾及与倾听者的交流,而只注重自己孤寂的内心世界,通过强化自己内心的孤独感与荒凉感,表达个体面对世界的一种生命体验,也实现一种带有幻美色彩的审美追求。

《画梦录》收入作者1933—1935年间的散文17篇,是何其芳带有实验色彩的散文,他希望通过这种努力"来证明每篇散文应该是一种纯粹的独立的创作,不是一段未完篇的小说,也不是一首短诗的放大",并且宣称要为"抒情的散文找出一个新的方向"。① 这里他强调的是散文的独立性,同时也表明现代散文发展到这一时期,其文体本身的特性也得到越来越多的重视和探索了。不过,随着生活的变化和思想的发展,何其芳很快悔其少作,放弃了这样的实验。同时,民族抗战时代的到来,也使这种过于精巧的文体逐渐转入文学潜流,在相当长的时间里都不被重视,甚至被视为作家曾经的无病呻吟的幼稚之作。但随着散文及散文史研究的深入,《画梦录》这样的作品近年来也被重新审视、阅读。这说明这一路散文,在一个更长的文学史时间尺度里,仍然有独到的、重要的、不可替代的价值和意义。我们这里也主要从它的艺术技巧上进行一点评析。

何其芳的散文可以说是"诗人的散文",因此用分析诗歌意象的方法来

---

① 何其芳:《我和散文(代序)》,《还乡杂记》,文化生活出版社1949年版,第3、7页。

讨论，应该会有收获。

有学者分析认为，何其芳《画梦录》里的意象可分为两类：一类是"时间意象"，如黄昏、秋、黑夜等；一类是"空间意象"，如墓、古宅、楼等。① 这里的时间意象，无论是黄昏、黑夜还是秋，它们的晦暗、萧条都有一种共同的收缩感，使我们的阅读思绪不由得封在一己的内心之中；而墓地、古宅、破败的小楼，则更将封闭性具体化，同时它们的阴森，引导我们联想到怪异、凄凉。我们再对这些意象的修饰词略加统计，发现的是这样一些字眼：孤独、忧郁、沉默、荒凉、枯寂、落寞、梦幻……那么我们就可能会大致感知到何其芳独语散文的整体风格了。

另外，既然是"画梦"，我们也可以看看这些梦之画卷的色彩与人物。

《画梦录》以许多用通感方法绘制出的色彩构成散文的基本格调。有人认为何其芳散文有晚唐诗的韵致，大约这也是原因之一。最初的几篇不乏温暖的色彩，如《墓》，写一个沉浸在幻梦中的女孩子铃铃，在"银色的月光""白色的墓石"而外，还会有"金黄色的香气"、"花香与绿阴织成的春夜"、"红熟的葡萄似的第一次蜜吻"、"燕翅色的衣衫"、红色的"指甲花"等等。但大多作品还是冷色调占了最大的分量。"落寞的古老的屋子，画壁漫漶，阶石上铺着白藓"（《独语》）；"我梦里是一片荒林，木叶尽脱。或是在巫峡旅途间，暗色的天，暗色的水，不知往何处去。醒来，一城暮色恰像我梦里的天地"（《梦后》）。尤其是下面这段文字，以黑、白、银灰等颜色勾画出凄迷的"黄昏"，颇有现代派诗歌的意境：

马蹄声，孤独又忧郁地自远至近，洒落在沉默的街上如白色的小花朵。我立住。一乘古旧的黑色马车，空无乘人，纡徐地从我身侧走过。疑惑是载着黄昏，沿途散下它阴暗的影子，遂又自近至远地消失了。

街上愈荒凉。暮色下垂而合闭，柔和地，如从银灰的归翅间坠落一些慵倦于我心上。我傲然，耸耸肩，脚下发出凄异的长叹。（《黄昏》）

再看这画卷中的人物，多是沉默的、偶尔独语的人：铺满绿苔的庭院中，"寂寞的思妇凭倚在阶前的石阑干畔"（《秋海棠》）；古宅里的"三姑姑""低头在小楼的窗前描着花样；提着一大串钥匙在开箱子了，忧郁的微笑伴着独

---

① 张龙福：《心理批评：〈画梦录〉》，《文学评论》1994年第2期。

语"(《哀歌》);"过着一种静寂的,倾向衰微的日子"的美丽的女孩子(《楼》)……而《画梦录》中的丁令威、淳于梦、白莲教某及其门人,则是从文学传奇中精心挑选出来的,他们都是"梦中人",在梦与真、梦与醒之间飘忽而迷惑,他们想要告诉别人的话,也只能是"独语"了。

与何其芳同时期、风格也比较接近的散文家还有丽尼等人。丽尼的散文集《黄昏之献》里,也纠结着一种深刻的"黄昏情结",在他的"黄昏"里,也同样埋藏着已逝的尘梦,以及梦后的怅惘。在散文手法上,他的惯用暗示与象征,以及讲究文体之美等,都同《画梦录》有异曲同工之妙。

思考题

1. 鲁迅在1930年代曾这样评说:"到五四运动的时候,才又来了一个展开,散文小品的成功,几乎在小说戏曲和诗歌之上。"试借用鲁迅的评价,并结合代表性作家作品的分析,说明"五四"散文格外发达的状况及其原因。

2. 试评周作人散文的"涩味"与"简单味"。

3. 从散文语言运用和文体创造方面比较评析冰心和朱自清散文创作风格的异同。

4. 从叙事角度简论现代文学史上"闲话体"与"独语体"这两种散文体式的不同特征。

第十讲　赵树理的评价问题与农村写作

　　从1940年代后期至今,赵树理的小说和文学观一直是评论界言说的对象。1940年代后期,他被作为实践毛泽东文艺思想的"方向"获得了很高的赞誉。新中国成立前夕,他的《邪不压正》引起争论。此后直至"文化大革命"前,对他的评价褒贬不一,时起时伏。"文化大革命"中他成了"文艺黑线"的代表人物,备受摧残,过早离开人世。1970年代末至1980年代初,他的价值又得到肯定。此后,作为文学现象,他广受关注,引起讨论。对赵树理的评价是与农村写作紧密相连的,它折射出文学风潮的变化。这里打算把对赵树理的评价分为三个阶段(1940年代后期、新中国成立前后至"文化大革命"、"文化大革命"结束至今)进行描述和分析,以揭示对赵树理的评价与农村写作、文学风潮变化的关系。

第一节　"赵树理方向"是怎样构建出来的

　　赵树理因《小二黑结婚》(1943年9月)而一举成名。当时在解放区,一篇小说能印到2000份就很不错了,而《小二黑结婚》在太行区就销行三四万份,并被改编为其他文艺形式演出,可见它受欢迎的程度。此后到新中国成立前,他又发表、出版了《李有才板话》(1943年10月)、《孟祥英翻身》(1945年3月)、《李家庄的变迁》(1946年1月)、《地板》(1946年4月)、《福贵》(1946年10月)、《小经理》(1947年7月)、《邪不压正》(1948年10月)、《传家宝》(1949年4月)、《田寡妇看瓜》(1949年5月)等小说。对赵树理这个时期创作的评价并不一致,例如有人认为《小二黑结婚》不过是

"低级的通俗故事",是"海派"①(有关《邪不压正》的争论放到后面讲)。而左翼文学界的代表人物郭沫若、茅盾、周扬、陈荒煤等都给予了热情的赞扬。他们的赞扬有共同点,都集中在《小二黑结婚》《李有才板话》《李家庄的变迁》上,都肯定了这三篇小说的内容和通俗化的艺术形式。但身在国统区的郭沫若、茅盾和身在解放区的周扬、陈荒煤评价的"高度"有差别。郭沫若认为《李有才板话》有"新的天地,新的人物,新的感情,新的作风,新的文化"②;《李家庄的变迁》的规模比前两篇"更加宏大了","最成功的是语言","创出了新的通俗文体"③。茅盾在肯定《李有才板话》和《李家庄的变迁》内容的同时,称赞《李有才板话》"标志了向大众化的前进的一步,这也是标志了进向民族形式的一步,虽然我不敢说,这就是民族形式了"④。当时任中共晋察冀中央局宣传部长的周扬对上述三篇小说进行了比较细致的分析,认为赵树理"是一个新人,但是一个在创作、思想、生活各方面都有准备的作者,一位在成名之前已经相当成熟了的作家,一位具有新颖独创的大众风格的人民艺术家",其作品是延安文艺座谈会后"文学创作上的一个重要收获,是毛泽东文艺思想在创作上实践的一个胜利"。⑤ 赵树理的创作越来越受到解放区文艺界的重视。1947 年 7、8 月间,晋冀鲁豫边区文联召开的文艺座谈会上正式提出"赵树理方向","作为边区文艺界开展创作运动的一个号召","作为我们的旗帜"。当时边区文联负责人陈荒煤在总结发言中说:"他的作品可以作为衡量边区创作的一个标尺……"⑥在此前后出版了好几种评论赵树理创作的集子。第一次"文代会"前后,赵树理的创作不仅被收入展示解放区文学实绩的"中国人民文艺丛书"中,还和郭沫若、茅盾、巴金等一起作为"1942 年以前就已有重要作品出世的作家"在《新文艺选集》中设有专辑。然而赵树理的成名作《小二黑结婚》发表于 1943 年,这种非常的举措反映了急于将他"经典化"的心理。

为什么赵树理会获此殊荣?联系 1940 年代后期对他的评价看,根据主

---

① 杨献珍:《〈小二黑结婚〉出版经过》,黄修己编《赵树理研究资料》,北岳文艺出版社 1985 年版,第 89 页。
② 郭沫若:《〈板话〉及其他》,黄修己编《赵树理研究资料》,第 175 页。
③ 郭沫若:《读了〈李家庄的变迁〉》,黄修己编《赵树理研究资料》,第 189、190 页。
④ 茅盾:《关于〈李有才板话〉》,黄修己编《赵树理研究资料》,第 194 页。
⑤ 周扬:《论赵树理的创作》,黄修己编《赵树理研究资料》,第 177、189 页。
⑥ 陈荒煤:《向赵树理方向迈进》,黄修己编《赵树理研究资料》,第 197、201 页。

要有三点：1.反映了农民与地主之间的阶级斗争和在中国共产党领导下农村的巨大变化；2.民间语言和民族形式；3.农民的立场和革命的功利主义。这些评价和赵树理的具体创作既有吻合的一面，又有差异的一面。

赵树理是农民在中国共产党的领导下实现翻身解放的热情的讴歌者。他不但以兴奋的笔触描绘了农民当家作主的历史必然性，而且以冷静的态度揭示了这一历程的艰巨性、复杂性、曲折性。这种艰巨性、复杂性、曲折性的第一个原因是地主阶级的残酷和狡诈。他们有一套完整的对付农民的办法。当形势对他们有利时，他们会用血腥的屠杀镇压农民的反抗，如《李家庄的变迁》中的李如珍那样；当形势不利时，他们会用隐蔽的手段保护自己、阻挠农民的翻身，如《李有才板话》中的阎恒元那样。对地主阶级的凶残和狡诈，赵树理有亲身体验，写起来往往入木三分。《李有才板话》中的"丈地"一章，如果不是长期生活在农村，熟悉农村，很难写得那样细致、形象。

这种艰巨性、复杂性、曲折性的第二个原因是农民精神上的封建主义负担和狭隘的目光。《小二黑结婚》中的二诸葛、三仙姑，《李有才板话》中的老秦，《孟祥英翻身》和《传家宝》中的婆婆是这方面的代表人物。两千年的封建意识和农民作为小生产者的狭隘、自私，早已积淀在他们的内心深处，化作了"集体无意识"，摆脱起来十分困难。这是赵树理最熟悉的人物，只需几句对话、几个情节就让他们跃然纸上，栩栩如生。在描绘这些人物时，赵树理突出了三个方面：其一，他们是老一代农民，在传统道德和人伦关系浸润的家庭里处于主导地位，成为压制年轻一代的顽固势力。其二，他们这种精神状况很容易被地主、混入基层政权中的坏人、变质分子所利用，形成某种"共谋"关系。《李有才板话》中的阎恒元和小元就是利用了农民的自私、落后和章工作员的主观主义、官僚主义而得逞于一时的；二诸葛和三仙姑在反对儿女的爱情婚姻上与坏分子金旺、兴旺走到一起了。其三，这些人物也是受地主阶级剥削、压迫的，农村要改变面貌，农民要获得真正的新生，就必须让他们逐渐摆脱这种精神重负，而这是比推翻地主阶级的统治更为艰巨、更为复杂、更为长期的历史任务。因此赵树理虽然写了他们在生活中的某些转变，但有分寸感。二诸葛、三仙姑对儿女婚姻的承认是被迫的。老秦在阎家山的问题解决后，竟跪在地上向老杨等人磕头，"你们老先生们真是救命恩人呀！要不是你们诸位，我的地就算白白押死了"。要让他放弃对"官"的崇拜,树立自己可以解放自己的信念,还要一个相当长的时期。

这种艰巨性、复杂性、曲折性的第三个原因是在群众没有充分发动起来的时候,一些坏分子如金旺、兴旺和《邪不压正》中的小旦会混入基层政权,一些贫苦的农民如小元和《邪不压正》中的小昌当上干部后反过来压迫、剥削农民。后者深刻地揭示了农民反对地主,却并不反对剥削制度这种小生产者的封建心理。对基层政权严重不纯状况的揭示表现了赵树理的现实主义目光和勇气。

赵树理1940年代描绘农村生活的小说,在文学史上有其独特的价值。"从1920年代的鲁迅与乡土作家,到1930年代的叶紫、沙汀、艾芜、吴组缃、蒋牧良、魏金枝、王统照、茅盾、萧红等人,都曾经出色地描写过乡土中国,而且大都以人道主义的或阶级的观念去发现农民,他们笔下的农民主要被作为同情和怜悯的对象。"①但赵树理所处的历史环境和社会环境与上述作家相比有了巨大的改变。在中国共产党的领导下,解放区的农民正动员起来结束地主阶级的统治,在政治上、经济上乃至精神上争取自身的解放。他的小说在继承上述作家的文学传统的同时,也回应了新的社会实践,回答了时代提出的新问题。他对农村中新人的塑造,对新的政权基层组织严重不纯状况的揭示,对新的时代农村阶级斗争和思想斗争的描写,为农村写作提供了新的经验。

从这个意义上说,赵树理在1940年代后期获得广泛的赞誉是当之无愧的。但是周扬、陈荒煤两位解放区文艺界领导人是从阶级斗争、从农民与地主二元对立的角度来解读赵树理的小说的,他们在有所发现的同时,也有所遮蔽。其一,他们只对《小二黑结婚》《李有才板话》《李家庄的变迁》进行分析,而对《孟祥英翻身》《地板》《福贵》避而不谈(在周扬的《论赵树理的创作》之前,《孟祥英翻身》已经发表;在陈荒煤的《向赵树理方向迈进》之前,《地板》《福贵》也发表了),因为这些作品无法纳入农民和地主之间阶级斗争的框架。其二,他们都把《小二黑结婚》等三篇小说视为描写阶级斗争之作。陈荒煤说,从《小二黑结婚》到《李家庄的变迁》就是描写了"地主恶

---

① 钱理群、温儒敏、吴福辉:《中国现代文学三十年》(修订本),北京大学出版社1998年版,第410页。

霸及其狗腿们"和"贫苦农民及新生的一代'小字辈'的人物""这两个阵营在各种不同的场合、时间与事件中所发生的斗争,不可避免的,微妙复杂,尖锐残酷的斗争"。① 其实《小二黑结婚》的主要内容是写小二黑和小芹的爱情与他们和家长之间新旧思想的矛盾,他们和金旺、兴旺的矛盾是小说的副主题,而且从具体描写看,作者是把金旺、兴旺作为恶棍处理,并未提到阶级斗争的高度。周扬虽然分析了二诸葛、三仙姑这两个人物,却认为《小二黑结婚》"最关重要"的是"讴歌农民对封建恶霸势力的胜利",因为作者攻击的对象不是二诸葛、三仙姑,而是金旺、兴旺。他把作者对人物的态度当成作品主题的依据。他正确地指出《李有才板话》写的是"农民与地主之间的斗争",而忽视了小说对农民自身的封建思想的揭示。由于他们从农民与地主这一二元对立的角度分析赵树理的创作,于是金旺、兴旺被划到地主阶级一边,小元是"变坏了",从而忽视了这些人物所体现的农村基层政权严重不纯的认识价值。②

赵树理在小说语言和艺术形式的民族化方面进行了自觉的探索。他的小说完全没有"五四"以后一些小说的欧化句式和"学生腔",又不用未经加工的方言土话,注重对群众口语的加工提炼,使其语言既通俗化、大众化,又不粗俗、简陋,富有表现力、有韵味,不仅人物的对话如此,就连叙述、描写的语言也是这样。他的小说沿袭了中国传统小说"讲故事"的结构特点,讲究情节的连贯和完整,人物的来龙去脉,故事的发生、发展和结局都交代得清清楚楚。他有继承也有发展,如摒弃章回体的形式框架;对材料讲究取舍,不任其自然,面面俱到;将人物放到故事情节的发展中,放到矛盾冲突中进行塑造,通过语言和行动展示人物性格,不做静止的心理描写。这样的语言和艺术形式切合农民的口味,也会让知识分子有别开生面之感。

但是赵树理在认识上有其狭隘的一面。他过分地强调中国民间文化传统,对"五四"开创的新文化传统认识不足,而后者是外国文化与中国现实相融会的产物。这限制了赵树理的艺术视野,束缚了他的艺术手脚,使他很难更为深广地表现中国农村的历史性变革,很难在一定的篇幅里展现错综复杂的矛盾和宏大的场面。《李家庄的变迁》就暴露了这一弊端。他笔下

---

① 陈荒煤:《向赵树理方向迈进》,黄修己编《赵树理研究资料》,第197页。
② 周扬:《论赵树理的创作》,黄修己编《赵树理研究资料》,第178、179页。

的不少人物是鲜活的、生动的,但有时也缺乏深度。例如他绘声绘色地描绘了三仙姑这个人物,给予她辛辣而又不无同情的嘲讽。但这个人物在小说中仅仅扮演了女儿自由恋爱的阻挠者的角色,缺乏自己的主体性。其实三仙姑本身是封建包办婚姻和封建礼教的受害者,是一个扭曲的人物。假如作者把她放到"被食—食人—自食"的循环链中考察,揭示其心理变态的复杂性,是会产生很高的审美价值的。不特三仙姑如此,赵树理笔下另外一些人物也有此弊病。《李有才板话》中的"小字辈"大多性格模糊,《李家庄的变迁》尽管篇幅较大,却找不到一个性格丰满的人物。然而除茅盾比较慎重外,1940年代后期几乎所有的评论都无保留地肯定了赵树理小说的语言和艺术形式。他们在提倡一种好的艺术倾向的同时,忽略了为这一倾向掩盖的另一种倾向,这不能不对当时的文学创作产生误导。

赵树理为了让农民摆脱封建思想和道德习俗的束缚,树立民主的革命的思想,宁愿不做"文坛文学家"而做"文摊文学家"。他的写作,要"老百姓喜欢看",还要"政治上起作用"。他是以一个有觉悟、有文化的农民的眼光观照农村、认识农村、评价农村、表现农村的。周扬等人对此有中肯的评价:他是站在农民一边的,不是"以旁观者的态度,或高高在上的态度来观察与描写农民",而是"以农民直接的感觉,印象和判断为基础的";"农民的主人公的地位不只表现在通常文学的意义上,而是代表了作品的整个精神,整个思想";他写的农民没有"衣服是工农兵,面貌却是小资产阶级",写农民就像农民。①

赵树理称自己的小说为"问题小说"。"在作群众工作的过程中,遇到了非解决不可而又不是轻易能解决了的问题,往往就变成所要写的主题。"②例如写《李有才板话》是"配合减租斗争",是针对"有些很热心的青年同事,不了解农村的实际情况,为表面上的工作成绩所迷惑"③这一现象的;写《李家庄的变迁》是"为了动员人民参加上党战役";写《地板》是为了配合减租减息,反驳收租不纯是剥削的观点。④ 他不是从全局考虑提出某个重大的、具有普遍意义的社会问题,他的问题提得过分局狭,与实际工

---

① 周扬:《论赵树理的创作》,黄修己编《赵树理研究资料》,第184、183页。
② 赵树理:《也算经验》,黄修己编《赵树理研究资料》,第98页。
③ 同上。
④ 赵树理:《回顾历史 认识自己(节录)》,黄修己编《赵树理研究资料》,第161—162页。

作贴得太近,这不能不导致他的小说注重的是问题的形成、展开和解决,在一定程度上忽略了人物性格的塑造。如李有才的幽默、机智、善于斗争,在小说的前半部分有精彩的表现,可是受作者预设的指导农村工作方法这一"问题"的限制,在小说的后半部分突出写老杨,把李有才轻轻放过了,妨碍了把这个人物塑造得更加丰满光彩。这种现象,当时没有人指出来。

从上面的分析可以看出,1940年代后期解放区文学界倡导的"赵树理方向"是依照毛泽东《在延安文艺座谈会上的讲话》精神"想象"的结果。一方面肯定了赵树理小说创作中许多值得肯定的东西,另一方面对赵树理小说的丰富内涵做了简单化的描述,遮蔽了其中许多有价值的东西,同时也掩盖了赵树理小说创作、文学观念上某些带有根本性的局限,是为了显示《在延安文艺座谈会上的讲话》后解放区的文学实绩进而为全国解放后实行文学规范所采取的一个策略。这是一个关于赵树理的"故事"。在这个"故事"的讲述中,突出了民间文化正统论者赵树理与中国共产党主流意识形态及文学主张相适应的一面,忽略了二者之间的差异。在当时,无论"方向"的构建者还是赵树理本人可能都没有意识到这一点,从而伏下了1949年后赵树理"危机"的因子。

第二节　在褒贬毁誉之间

新中国成立后,以《在延安文艺座谈会上的讲话》为指导对文学实行"一体化"规范在全国范围内加快进行:强调理想化和乐观精神,强调以歌颂为主,强调写工农兵生活和重大题材,强调突出阶级斗争和两条道路斗争,强调对政治运动和党的政策的配合,强调英雄形象的塑造。与此同时,党在农村的政策也发生了变化。1940年代党的农村政策的目标是把农民从地主阶级的压迫下解放出来,实现耕者有其田。在"土改"基本完成以后,党的农村政策的核心是合作化和人民公社化。随着"左"的思潮的泛滥,农民的利益受到越来越多的损害。在这种形势下,赵树理不适应的一面就凸显出来了。对他的评价有褒有贬,并随形势的变化时高时低。

在新中国成立前后,围绕《邪不压正》展开了一场小小的争论,有人肯定这篇小说,有人否定这篇小说,肯定之中也有批评。批评的意见主要有两个方面:其一,没有写好阶级斗争。党自强认为,小说没有充分写党和群众的作用,没有把地主作为农村中黑暗的根子来写,而把狗腿子小旦写得比"狗"还厉害,因此"纸上的共产党是脱离现实的共产党","纸上的封建地主,是脱离实际的封建地主","于是看了这篇小说像似看了一篇'今古奇观'差不多"。① 王青认为,小说的阶级观点含混,阶级敌人地主刘锡元父子被轻轻放过,而抓住了阶级敌人的走狗小旦,"把脸上涂满了黑灰",让他做充分的表演。② 其二,没有塑造英雄人物。竹可羽认为,赵树理"善于表现落后的一面,不善于表现前进的一面",忽视"创造新人物的英雄形象"。③ 其实,无论肯定者还是否定者,都没有完全读懂这篇小说。赵树理说:"在土改初期,忠厚的贫农,早在封建压力之下折了锐气,不经过相当时期鼓励不敢出头;中农顾虑多端,往往要抱一个时期的观望态度;只有流氓毫无顾忌,只要眼前有点小利,向着那一方面也可以。""群众未充分发动起来的时候少数当权的干部容易变坏⋯⋯"④小说中原为长工、后当了干部的小昌和原为地主狗腿子、后当了积极分子的小旦,利用不少干部和积极分子想多捞一把的心理,歪曲党的政策,把中农也列为"封建",侵犯了中农的利益。赵树理写这篇小说,一是告诉农民,党的"土改"政策是正确的,出现偏差和农村基层政权组织严重不纯有关;二是反映"土改"中出现偏差的情况。他试图在共产党和农民之间架起沟通对话的桥梁,可是当时的文艺界是不大可能理会其良苦用心的。

1950年赵树理担任通俗刊物《说说唱唱》的执行主编,引起了不大不小的风波。第一回是发表了一个描写落后农民的故事,有人批评它"侮辱了劳动人民",赵树理根据自己对农村的了解,肯定了这篇作品,结果不得不一再检讨。⑤ 接着因《武训问题介绍》《种棉记》,他又遭到一连串批评。赵树理开始明白,"产生这三次错误有一个相同的根源,就是不懂今日的文艺

---

① 党自强:《〈邪不压正〉读后感》,《人民日报》1948年12月21日。
② 王青:《关于〈邪不压正〉》,《人民日报》1949年1月16日。
③ 竹可羽:《评〈邪不压正〉和〈传家宝〉》,黄修已编《赵树理研究资料》,第217页;《再谈谈关于〈邪不压正〉》,复旦大学中文系赵树理研究资料编辑组编《中国当代文学研究资料·赵树理专集》,福建人民出版社1981年版,第403页。
④ 赵树理:《关于〈邪不压正〉》,黄修已编《赵树理研究资料》,第100、101页。
⑤ 赵树理:《〈金锁〉发表前后》《对〈金锁〉问题的再检讨》,工人出版社、山西大学合编《赵树理文集》第4卷,工人出版社1980年版,第1416—1419、1421—1424页。

思想一定该由无产阶级领导",而自己"理论水平低和固执着从旧农村得来的一些狭隘经验"成了犯错误的资本。① 1951年胡乔木批评赵树理写的东西不大(没有接触重大题材)不深,要求他学习毛泽东的《新民主主义论》《在延安文艺座谈会上的讲话》,以及列宁对文艺的言论摘录和一批俄国作家的作品。这些情况说明,无论赵树理本人还是主持意识形态工作的负责人都已感觉到他与毛泽东文艺思想、与新中国成立后的文学"规范"的差距。

在这种情况下,赵树理的创作"迟缓了,拘束了,严密了,慎重了。因此,就多少失去了当年的青春泼辣的力量"②。除《登记》《求雨》外,他1950年代前期没有其他小说发表。这期间,更能体现"规范"的农村题材小说如谷峪的《新事新办》、马烽的《结婚》、李准的《不能走那条路》获得很高的评价。

赵树理是努力的。1955年1月他描写农业合作化的长篇小说《三里湾》问世。这部小说在受到欢迎和赞扬的同时,其"缺点"也被指了出来:"典型化"不够,对于农村"无比复杂和尖锐的两条路线的斗争"的展示"没有达到应有的深度";作者对于农民的革命力量"看得比较少","没有能够把这个方面充分地真实地表现出来";对于农村的斗争、农民内部和他们心中的矛盾,也不是表现得很严重、很尖锐,矛盾解决得都比较容易。评论者并且指出具体的原因是没有写出人物思想的发展和不够真实的"大团圆结局"。③

为什么《三里湾》会受到这样的批评?我们只要把它和另外两部描写合作化运动的长篇小说(柳青的《创业史》和周立波的《山乡巨变》)加以对照就明白了。《创业史》和《山乡巨变》都取得了一定的艺术成就,如浓郁的生活气息、栩栩如生的人物形象、微妙的人物心理等等。但这两部小说都是从党的合作化政策出发,从两条道路斗争的角度结构作品:一方是走社会主义道路的人物,一方是走自发资本主义道路的人物,其余的则摇摆于二者之间。经过实践,经过比试,证明互助合作的优越性,把处于中间状态的人物

---

① 赵树理:《我与〈说说唱唱〉》,工人出版社、山西大学合编《赵树理文集》第4卷,第1446页。
② 孙犁:《谈赵树理》,黄修己编《赵树理研究资料》,第296页。
③ 周扬:《论〈三里湾〉》,复旦大学中文系赵树理研究资料编辑组编《中国当代文学研究资料·赵树理专集》,第423页;俞林:《〈三里湾〉读后》,《人民文学》1955年7月号。

吸收过来,甚至有些坚持单干的人物也入了社。两部小说都追求"史诗性",都致力于农村新人的塑造,赋予这些人物以理想化色彩。《三里湾》也是歌颂合作化运动的,但同上面两部小说相比,受当时流行的理论影响较少,更多地体现了作者对农村情况的观察、对农村应如何发展的思考。第一,它没有按照互助合作运动发生、发展、结局的过程做全景式描写,而是写秋收、扩社、整社、开渠在社内外、党内外、家庭内外和青年男女爱情婚姻中引起的矛盾,写人的精神面貌、心理状态、人与人关系的变化。第二,它没有把农村所谓的两条道路斗争写得那么尖锐剧烈、营垒分明。作者认为,农村的两条道路斗争,并不像有些人想象的那样,是摆开阵势旗鼓相当地对抗,也不是说农村的住户一半走资本主义道路,另一半走社会主义道路。在实际生活中,情况要复杂得多。两种思想、两条道路的矛盾,在一个家庭中、在一个人的思想中,常常呈现错综交织的状态。① 小说对农村症结的分析集中体现在王金生"笔记"中的"高、大、好、剥、拆"五个字中。"高"指土改中得到实际利益过多的户;"大"指好几个股头的大家庭;"好"指土地质量特别好的户;"剥"指有轻微剥削的户;"拆"指落后成员束缚了进步成员的需要拆散的户。结果就把农村两条道路斗争写得"是个不成阵容的组织"②。第三,它发挥了作者善于从家庭人伦关系变化这一角度表现农村变革这一特长。"马家大院"的瓦解堪称这方面的精彩体现。在这个散发着腐朽的封建主义和小农自私自利气息的家庭里,渴望进步的成员受到压制。后来,菊英分家,有翼革命,各自带着自己的土地入了社;马多寿夫妇经过仔细盘算,认为和大儿子一起生活不如和小儿子一起生活好,随小儿子入了社;铁算盘也不得不入了社。这种描写反映了作者的认识,即当时农村的变革依然是和反对封建主义联系在一起的。这第二、三点的写法实际上消解了所谓农村两条道路的斗争。第四,它没有把农村的发展写成仅靠合作化就解决问题了。通过王玉生的描写,强调了技术革新,强调了提高生产力的重要性。第五,它虽然以"大团圆"的方式作为结局,但没有把落后人物的入社写成思想观念问题得到解决的结果,他们是被裹挟的,这预示了改造农民的

---

① 赵树理:《谈谈花鼓戏〈三里湾〉》,工人出版社、山西大学合编《赵树理文集》第 4 卷,第 1744—1750 页。

② 《赵树理同志谈〈花好月圆〉》,《中国电影》1957 年第 6 期。

长期性。第六,和以往的创作一样,作者过分黏着于具体问题的解决,忽视了小说的本体性要求,在一定程度上妨碍了丰满厚实的人物性格的刻画。诚如作者所说,"在实际工作中,任何事都是多数人做的,其中虽然也有骨干,而骨干也是多数,每个人发挥他一部分积极作用就把事办了",因此小说"常常写出一大串人,但结果只有几个人写得周到一点,把其余的人在故事中用一下就放过去,给人一个零碎的印象"。① 当然,作者更不会像《创业史》《山乡巨变》那样从理想化的角度塑造梁生宝、邓秀梅、刘雨生这样的农村社会主义带头人。《三里湾》达不到党关于农村的理论和政策的高度,达不到文学"规范"要求的高度,对它的赞扬自然远不及《山乡巨变》特别是《创业史》那么高,对它的"缺点"的批评正体现了当时文学潮流的要求。

  1958 年,总路线、"大跃进"、人民公社在全国大力推行,政治上、经济上都充满浪漫狂想,与之相应的是激进主义文艺思潮的出现。② 在此前后,农村政策越来越"左",农民的利益受到损害。赵树理对此感到严重不安,只好把自己的看法向上反映,招致在"反右倾机会主义"运动中受到"内部"批判。③ 从 1958 年到 1961 年他只写了《"锻炼锻炼"》、《灵泉洞》(上)、《套不住的手》、《实干家潘永福》等几篇与当时的激进主义文艺思潮不相适宜的小说。对赵树理的评价也变得十分"微妙"了。

  1959 年《文艺报》以"如何反映人民内部矛盾"为题,组织了对《"锻炼锻炼"》的讨论。有署名武养的读者指责这篇小说不真实,"歪曲了我国社会主义农村的现实","诬蔑农村劳动妇女和社干部"。但编辑部支持赵树理,以王西彦的《〈"锻炼锻炼"〉和反映人民内部矛盾》作为总结,肯定这篇小说"按照生活实际去刻画有个性的活人"④。后来老舍和茅盾分别于 1960 年和 1961 年撰文赞扬《套不住的手》"热情颂扬了一位老农在社会主义建设中的最可爱的品质","道出劳动是多么可爱,多么美丽,多么崇高"⑤;"描写了主人公勤劳质朴的高贵品质"⑥。《文艺报》编辑部组织的有倾向

---

① 赵树理:《〈三里湾〉写作前后》,工人出版社、山西大学合编《赵树理文集》第 4 卷,第 1491 页。
② 参见洪子诚:《中国当代文学史》,北京大学出版社 1999 年版,第十三章。
③ 参见洪子诚:《当代中国文学的艺术问题》,北京大学出版社 1986 年版,第三章。
④ 王西彦:《〈"锻炼锻炼"〉和反映人民内部矛盾》,《文艺报》1959 年第 10 期。
⑤ 老舍:《读〈套不住的手〉》,《文艺报》1960 年第 22 期。
⑥ 茅盾:《一九六〇年短篇小说漫评》,《文艺报》1961 年第 5 期。

性的讨论和老舍、茅盾的评论可以看作对弥漫于文坛上的激进主义文艺思潮和公式化、概念化倾向的一次抵制。不过,这一时期赵树理在文学界的地位大大下降了,农村题材小说中作为"方向性"加以提倡的是李准、王汶石、柳青的更具"理想"色彩、致力于新人塑造的作品。

  1960年代初随着"大跃进"受挫和国民经济的严重困难,政治上、经济上的"浪漫主义"暂时退潮,中共中央一批较为务实的领导人提出"调整、巩固、充实、提高"的八字方针,文艺政策也做了相应调整。这时文学界以邵荃麟为代表提出了"现实主义深化"和写"中间状态的人物"的主张,对赵树理的评价又大大提高。1962年在大连召开的农村题材短篇小说创作座谈会上,茅盾、邵荃麟重新发掘和阐释赵树理的价值,高度评价他的"现实性",认为他"写了长期性、艰苦性","这是现实主义的胜利",而"前两年他评价低了,这次要给以翻案";同时批评其他农村题材作品"革命性强,现实性不足"。① 随后康濯主要针对《老定额》《套不住的手》《实干家潘永福》评论说:"赵树理在我们老一辈的作家群里,应该说是近二十年来最杰出也最扎实的一位短篇大师。但批评界对他这几年的成就却使人感到有点评价不足似的……事实上他的作品在我们文学中应该说是现实主义最为牢固,深厚的生活基础真如铁打的一般","赵树理的魅力,至少在我所接触到的农村里面,实在是首屈一指,当代其它作家都难于匹敌"。赵树理在新人物的创造上"有着明显的提高和发展",这些新人的特点是"平易而又不平凡,都是从劳动人民世代流传的深厚和优良的生活品质上长出,同时又都恰如其分地融汇了新社会萌芽和茁壮的新的面貌"。②"文革"前夕,当"现实主义深化"和"写中间状态的人物"等主张受到批判之际,赵树理也无法幸免:"近几年来,赵树理同志的作品,没有能够用饱满的革命热情描画出革命农民的精神面貌",大连会议"不但没有正确指出"他的"这个缺点","反而把这种缺点当做应当提倡的创作方向加以鼓吹"。③ 到了"文化大革命"中,对赵树理的"批判"自然极尽诬蔑丑化之能事,什么"黑标兵""反动言行""诬蔑贫下中农"等等,不一而足。

---

 ① 《文艺报》编辑部编:《关于"写中间人物"的材料》,《文艺报》1964年第8、9期合刊。
 ② 康濯:《试论近年间的短篇小说——在河北省短篇小说座谈会上的发言》,《文学评论》1962年第5期。
 ③ 《文艺报》编辑部编:《关于"写中间人物"的材料》,《文艺报》1964年第8、9期合刊。

第三节　对赵树理的再评价

"文化大革命"结束后,尤其是思想解放大潮掀起后,赵树理的价值又引起文学界的重视,其地位也随之提高。人们在怀念赵树理的为人之外,特别称颂其"现实主义"精神和作品的"反封建"主题。

赵树理始终以"现实主义"的目光观照生活,体验生活,表现生活。他固然无法完全摆脱历史的局限,无法不受到1950—1970年代流行的观点的影响,但忠于自己的亲历性体验使他和同时代的作家相比,更多了一份清醒、一份冷静。当政治上、经济上、思想文化上充斥浮夸、冒进作风和浪漫狂热思潮之时,他坚持按照自己的体会去写作,大胆揭露矛盾,塑造有实干精神的先进人物。他宁可不再进行文学创作,也不愿赶潮流。周扬、康濯、李国涛、刘再复、黄修己等人都高度赞扬赵树理的"革命现实主义"精神。周扬指出,赵树理在作品中"描绘了农村基层党组织的严重不纯,描绘了有些基层干部是混入党内的坏分子,是伪装的地主恶霸",这是他"深入生活的发现",是深刻的洞察。[①] 康濯肯定《锻炼锻炼》的"暴露或批评"、《套不住的手》和《实干家潘永福》的"衷心歌颂革命实干精神",赞扬赵树理本人深厚的"生活根基","同人民至亲至厚的感情",作品"浸透着革命现实主义的光芒"。[②] 李国涛强调以赵树理为首的"山药蛋派"的作品在"环境、情节、细节上的真实",并且是"排除了华而不实的豪言壮语,排除了传奇色彩和浪漫主义情调"的"强烈的真实性"。[③] 这些评论应和了1970年代末、1980年代初批判文学激进主义,批判"四人帮"搞"瞒和骗""假大空"的文学,呼唤文学的"真实性"和现实主义回归的潮流。

"文化大革命"被认为是封建主义大泛滥,因此,赵树理作品中的反封建主题受到评论界的重视。黄修己提出,"反封建"是赵树理小说中"最突出的内容",他"描写了十分落后闭塞的山区农村里森严的封建统治、浓重的封建思想影响",新中国成立后他还"观察到了社会主义时期反封建仍然

---

① 周扬:《〈赵树理文集〉序》,黄修己编《赵树理研究资料》,第313页。
② 康濯:《〈赵树理文集〉跋》,黄修己编《赵树理研究资料》,第316、317页。
③ 李国涛:《且说"山药蛋派"》,黄修己编《赵树理研究资料》,第302页。

是关系到农村社会进步的重大问题"。① 楼肇明、刘再复更为细致地分析了赵树理大部分小说反对封建主义的主题。同时,批评家也对赵树理作品在反对封建主义中的不足之处做了分析。黄修己认为,"赵树理揭示农村生活中的封建影响时","只触到基层的问题",而"没有能像今天有的作家那样接触封建主义对我们党和国家政治生活的影响等更深的问题"。② 楼肇明、刘再复认为,"赵树理及其流派在进入社会主义时期以后,在认识社会主义社会现实生活方面是有明显的不足和缺陷的",那就是"对我们这个拥有数千年封建专制传统的国家在现实生活中的种种封建主义表现缺乏足够的揭露和批判";责怪他对"中国现实社会基本矛盾"的理解停留在"所谓无产阶级和资产阶级的矛盾和斗争是社会主义社会最根本的矛盾这一普遍的认识水准上",而把"封建主义"这个"最危险的敌人轻轻放过了"。这就有些脱离历史条件去要求作家的倾向了。另外,他们认为,赵树理小说擅长的以人物行动刻画人物的心理活动和性格特征这一表现手段,与中国漫长的封建社会对普通人的尊严、愿望、利益的漠视和践踏,中华民族在沉重的压迫下心灵麻木、忍受有关,因而认为赵树理在自己的作品中坚守这一祖传的美学秘方是合理的也是卓有成效的,但在今天看来"就未必不是一种须要加以变革或扬弃的时代局限了"。③ 黄修己反驳说:"把艺术问题与某个时代的政治简单生硬地联在一起,那是缺乏说服力的,至少是偏激之词。"④肯定或否定都折射出 1980 年代初的思想文化潮流,这就是对封建主义的批判与对人的价值的肯定和呼唤。

对赵树理创作艺术上的不足,在 1980 年代前期即有所触及,到了 1980 年代后期就有了较为深入的分析。戴光中指出,赵树理过分强调文学为政治服务妨碍了作品的艺术性,他的小说"尤其是中后期的作品,常常使富有教养的艺术家微笑摇头,被精于鉴赏的审美家视为'小儿科'",体现在:人物缺乏高度的概括性,未能给文学之林增添不朽的形象;表现过于细小的矛

---

① 黄修己:《传统要发扬 特征不可失——我们向赵树理学习什么?》,黄修己编《赵树理研究资料》,第 319、321 页。
② 同上书,第 322 页。
③ 楼肇明、刘再复:《赵树理创作流派的历史贡献和时代局限》,黄修己编《赵树理研究资料》,第 307、308—309 页。
④ 黄修己:《传统要发扬 特征不可失——我们向赵树理学习什么?》,黄修己编《赵树理研究资料》,第 323 页。

盾,使画面长度有余而深度广度不足。其症结就在"即事名篇,就事论事,只重眼前暂时的社会功利,企求立竿见影的宣传效果"。对赵树理的"民间文学正统论",戴光中也持异议。他认为赵树理的"民间文学正统论",一是对"五四"新文学怀有"极端的偏见","对知识分子及其创作隐隐地抱有敌对情绪";二是排斥西方文化,体现了中国农民排外保守的传统心理;三是力图维护和发扬由于封建社会农民感受迟钝、想象力差而形成的低层次审美方式;四是民间文学内容含有封建性、落后性因素,并引用胡风的话说,民间文学"本质上是用充满了毒素的封建意识来吸引大众"。① 这不完全符合赵树理的创作。赵树理对民间文学是采取批判继承的态度的,他努力发掘民间文学中健康的、有生命力的因素,批判并扬弃其封建性因素,对民间文学的艺术形式也进行了革命性的改造。

评论界对赵树理小说的艺术性和文化上的"保守性"的批评是与1980年代中国的"现代化"思潮分不开的。1970年代末以降,人们对文学"一体化"的厌恶、对"文学民主"的向往、对文学多样化的要求已成为时代潮流。随着西方文论和"现代主义文学"的译介,人们的眼界大为开阔,认识到中国传统文学在思维和表达方式上的局限性,变革的呼声越来越高。但同时也出现了这样一种倾向:把中国/西方同传统/现代简单地对应起来,把中西之差异转化为古今之差异。戴光中对赵树理创作的批评既有正确的一面又有偏颇的一面,其源盖出于此。

1990年代以降,对赵树理及其创作的研究在此前研究成果的基础上有了更多的扩展。许多研究者都注意到了赵树理小说的内在矛盾性并进行了辩证的分析。所谓"内在矛盾性"是指事物的两面,它们相反相成,构成事物的特点。对赵树理创作的优长和不足也应作如是观。赵勇就从叙事、传播、接受三个方面,通过与"五四"开创的"新小说"的对比,对赵树理的创作展开了分析。他借助罗兰·巴特的术语,把"五四"开创的"新小说"和赵树理的小说分别确定为可写性文本和可说性文本,并指出,作为可写性文本,"五四"开创的"新小说"的叙事模式和语言风格"大大拓宽了小说的表现视野,为作者的自由表达和向文本输入更多的审美信息创

---

① 戴光中:《关于"赵树理方向"的再认识》,《上海文论》1988年第4期。

造了条件"。① 这种小说的接受对象是具有较高文化水平和较多欣赏经验的阅读者,其主要功能是对知识分子进行启蒙。这就必然带来读者有限,作品难以被广大农民接受这一弊端。而作为可说性文本的赵树理的小说,则以宋元话本说书人的身份出现,使用的是农民一听就懂的语言,因而容易为广大农民接受。"赵树理所扮演的角色是从一个被启蒙过的知识分子身份去启蒙农民……以一种通俗的形式去翻译、转述和改写五四以来的启蒙话语。"这让赵树理的小说具有通俗易懂、明白晓畅的优势。但和这一优势不可分割的,是其小说"故事好、意义少、情节多、意蕴薄"。"尽管赵树理面对现实世界有更多更大的困惑,尽管他在现实生活中发现的问题远比小说中解决的问题更复杂,更令人头疼,但当他站到说书人位置时,困惑被悬置起来了,问题被权威话语筛选后也趋于简化。"虽说把赵树理的小说看作"以一种通俗化的形式去翻译、转述和改写五四以来的启蒙话语",不免有简单化之嫌,但对赵树理小说内在矛盾性的论述是有说服力的。② 这表明,西方的学术思想在中国经过1980年代"生吞活剥"的阶段后,逐渐被很好地消化了。另一方面,在1989年的思想震动之后,在人文知识分子逐渐走向边缘,精英意识受挫之后,不少学者摆脱了激进的倾向,思想趋于平静,更注意学术的规范性和学理性,因而能较好地利用西方文论来阐释中国的文学现象。这种横向移植的做法,构成了1990年代以来文学批评的一个向度。

　　1990年代以来文学批评的另一个向度是纵向继承,一些学者从传统文化、民间文化、地域文化与赵树理创作的关系角度展开研究,取得了不错的成果。李仁和较为详细地分析了晋东南地域的地理环境、经济模式、政治文化和赵树理的人生经历、思想演变,认为晋东南"别具特点的地域文化,对赵树理的文学观念起着内在的制导作用"。这一作用成就了赵树理,"在艺术上,他深得民间文学精髓,谙熟农民,农民语言运用得出神入化,是古今罕见的农民通俗文学大师",但"在给予他许多的同时也使他失去了许多,局限了他的思想和艺术视野,导致他的某些文学价值取向的偏颇……使他难

---

　　① 赵勇:《可说性文本的成败得失——对赵树理的小说叙事模式、传播方式和接受图式的思考》,《通俗文学评论》(武汉)1996年第4期。
　　② 同上。

以向更深更广处开掘"。①

1990年代对赵树理的研究出现了新的动向。钱理群、温儒敏、吴福辉提出,"民俗描写往往是赵树理小说最吸引人的部分,有的显然具有文化人类学的参考价值"②。陈思和则着意发掘赵树理的"民间立场"的意义,认为赵树理的小说,尤其是《"锻炼锻炼"》作为"民间文化形态",表达了与国家意志的"时代共名"不一致的"农民立场""民间立场"。③ 这种从传统文化中寻找生命力、美学价值的努力,与1990年代对"现代性"的质疑和"文化守成主义"的出现有着密切的关系。随着改革开放现代化进程的展开,在取得巨大效益的同时,种种负面效应如拜金主义、道德败坏、贫富差距增大、分配不均等出现了。"现代化"的结果与人们在1980年代初对它的想象有很大差距,人们意识到了"现代化"本身的矛盾性。另外,"全球化"在1990年代的迅速扩张,也使人们重新思考民族问题。于是,反思"现代性"成为人们的重要关注点。在这种环境中,传统文化的价值受到越来越多的重视,出现了"国学热",民俗、民间文化也作为中华民族传统的一部分而受到注意。上述情况正是这种文化思潮的反映。④

思考题

1. 阐析对赵树理的评价与文学思潮的关系。
2. 试述赵树理的文学贡献与局限。

---

① 李仁和:《论晋东南地域文化与赵树理文学观念之联系——赵树理与中国传统文化研究之一》,《通俗文学评论》(武汉)1996年第4期。
② 钱理群、温儒敏、吴福辉:《中国现代文学三十年》(修订本),第414页。
③ 陈思和:《民间的浮沉:从抗战到"文革"文学史的一个解释》,《陈思和自选集》,广西师范大学出版社1997年版,第200页。
④ 参见贺桂梅:《批评的增长与危机》,山西教育出版社1999年版,第五章。

第十一讲　五六十年代"红色经典"的文学史地位

作为社会上广泛流行的一种称谓,"红色经典"原泛指在毛泽东《在延安文艺座谈会上的讲话》指引或规约下创作的曾产生空前广泛社会影响的涉及文学、音乐、戏曲、美术等门类的那批文艺作品。本章所谓"红色经典",则专指1949—1966年间中国产生的那批政治倾向鲜明、社会影响巨大的长篇小说。① 这批作品能否算作"经典",目前学界尚有较大争议。这里权用"经典"一词称之,并不意味着已确认它们属于《哈姆雷特》《红楼梦》一类超越时空阈限的传世之作,而是特指其在特定历史时段内影响巨大广泛,甚至左右了一代或几代人的价值观念、思想行为和表述方式,以及它们对一个时代文学面貌的代表性。"红色"当然是指其鲜明的政治倾向。②

这批作品产生以来的命运可谓波澜起伏:"文革"以前,它们大红大紫;"文革"期间,大多被打成"毒草"③;"文革"结束至1980年代中期,它们鲜花重放,恢复名誉;而1980年代中期以后,在"重写文学史"浪潮中,它们的文学价值与文学史地位受到质疑,乃至被否定;1990年代中期以后,在一种

---

① 主要包括《红岩》《红日》《红旗谱》《创业史》《青春之歌》《山乡巨变》《保卫延安》《林海雪原》《三家巷》《李自成》和《艳阳天》等。《李自成》写的虽非中国共产党领导的革命斗争,但其首卷初版于1963年,思想和美学特征与前述作品并无二致,社会影响也极巨大,所以同属本章的研究对象。

② 若用其他称谓,比如"十七年小说",不能确切指称我们所要研究的对象。"十七年"时期创作出版的那些中短篇小说不在我们研究范围之内,因为它们的社会影响远不及这批长篇。用"十七年长篇小说"也不妥,因为并非所有"十七年"时期出现的长篇小说都产生了巨大的社会影响,没有产生过巨大深远社会反响的作品不属本章论述的范围。用"革命历史小说"则不能把属于合作化题材的《山乡巨变》和《创业史》囊括在内。

③ 只有根据《林海雪原》改编的现代京剧《智取威虎山》作为"样板戏"上演,但小说原作未被解禁。

怀旧潮中,它们又被"唤醒",通过重新包装,与大众文化及意识形态合谋,被贴上"红色经典"标签面世(面市)。专业研究领域内,有人认为这些作品都是意识形态宣传品,文学价值不高;它们的研究价值,是作为标本,用以剖析那一特殊历史时期的文化——文学生产机制。肯定其价值的,也多从"现代性"角度为其辩护。也有一部分学者认为,即使被严格"规约",即使是"戴着镣铐跳舞",这批作品仍显示出独特的文学价值,其文学史地位不宜被忽略或抹杀。

下面我们就姑且撇开"怎么写"(生产体制分析)、"现代性"(思想史价值评估)及"政治上正确与否"的思路,尝试用看待或评价中外文学史上其他作品同样的眼光和尺度,具体探讨一下这些作品本身究竟有没有文学价值,以及它们在中国当代文学史上占有怎样的地位。

第一节 "红色经典"究竟有没有文学价值?

我们且搁置"红色经典"究竟能否成为真正的传世经典这一问题,而先按较低一点的标准,看它们究竟有没有一定的文学价值。目前质疑和否定"红色经典"文学价值者提出的理由,主要是这些作品思想内涵不够丰富,艺术表现不够真实,其所表达的观念已经过时,或被证明为虚幻乃至谬误;它们因着眼于意识形态表达,忽略了对日常生活、社会风习、人伦关系的描写,主要人物塑造过于理想化乃至概念化。

应该承认,由于强调为普通读者"喜闻乐见","红色经典"均非内涵艰深复杂之作。但"不艰深复杂"不能构成否定其文学价值的理由。有人将"内涵的丰富性"与"可读的无限性"(内容复杂)作为文学经典的必备条件。我们认为,"丰富"与"复杂"虽常连在一起,但还不是一回事。大家翻阅中外文学史可以发现,那些公认的名作,并非都是像《尤利西斯》这样的艰深之作。有的作品内涵丰富,经得起反复阅读、从不同角度诠释,但并不艰深晦涩,例如莎剧和《红楼梦》《三国演义》《水浒传》。而另外一些名作,不仅不艰深,内涵也比较单纯,不会让专家学者为之专门建立一门学问来研究解读,却仍耐人品味,给人以美的享受。这类例子,我们且不举篇幅短小的唐人绝句,也不举美学品位像唐人绝句的废名或汪曾祺的小说,单说长篇小说也有不少。比如,《欧也尼·葛朗台》不就揭示了金钱对人性的腐蚀、对人伦关系的破坏吗？《安娜·卡列尼娜》有两条情节线索，似乎复杂些，但也不太可能形成像"红学"那样的"安学"。列夫·托尔斯泰就曾表示不喜欢太陌生化、太晦涩或艰深的艺术①。在《文心雕龙》中"远奥"与"显附"分属"八体"之一，它们各代表一种文学风格，本难分轩轾。但自1979年以来，似乎崇尚复杂艰深的审美风尚占了上风。不过，与此同时，反对文学艰深化、贵族化、"圈子"化的呼声，在文学批评与文学研究界也一直存在。叶朗认为中国传统小说美学强调"小说在创作时要考虑如何引起读者最大的兴趣，要考虑如何能为广泛的群众所喜闻乐见"，并指出："在中国古典小说的这种历史状况和美学传统下面，不但决不可能产生出象詹姆斯·乔伊斯的《芬内根们的苏醒》那样的根本读不懂的作品，而且也不可能产生冈察洛夫的《奥勃洛莫夫》那样的作品。"②他认为这是一个优良的传统。我们虽然不能反过来认为需要专家学者大费笔墨去研究诠释的作品就不是"好的文学"，但现有必要强调：并不复杂艰深的作品也自有其文学价值！不属于说不完、阐释不尽的作品，不等于不值得反复阅读，不等于不值得不同时代的人阅读。反复阅读有时只是为了品味，品味其中的韵味、趣味、情调，或感受那种情感、氛围。小说的首要功能是供读者阅读，其次才是供专家研究。像乔伊斯那样主要为专家研究而创作的，终究属于特例。而能让普通读者阅读一遍感到有收获并得到审美享受的作品，我们也可判定其具有文学价值。文学史上名作汗牛充栋，普通读者时间和精力有限，让人愿意反复阅读的传世名作毕竟是极少数。"红色经典"能让普通读者喜闻乐见，这是其特点，也是其优点。"红色经典"中的翘楚之作也值得读者反复品味，另外一些虽不见得能吸引人反复阅读，却也值得读上一遍。

再说真实性。我们这里当然是指艺术真实、"本质"真实。由于不同时期、不同批评者对社会"本质"的理解不同，其所指就不断"滑动"。即使是细节真实、生活真实或历史真实，由于每一主体各自独特的经验与观念，也会有不同的认识和理解；即便是历史亲历者的叙述，每个人的"亲历"不尽相同，其历史叙述也不会完全一致。就以"真实性"方面被质疑最多的合作

---

① 参见〔俄〕列夫·托尔斯泰：《什么是艺术》，丰陈宝译，《列夫·托尔斯泰文集》第14卷，人民文学出版社1992年版，第226—227页。

② 叶朗：《中国小说美学》，北京大学出版社1982年版，第277、278页。

化题材作品为例。《创业史》突出了农民互助合作要求的自发性,表现出合作化的必要性和必然性;《山乡巨变》则叙述了合作化自上而下的发生发展过程;而新时期以后涉及农业合作化运动的小说,更突出了农民被迫的一面。究竟哪一个更合乎"历史真实"?今天相当一部分读者似乎更相信后者。但若回到历史现场,我们不可否认,柳青和周立波都曾深入生活,其作品虽受"观念"规训,却均非向壁虚构的产物。我们不能在判定新时期小说的合作化生活描写"真实"时,就断定《创业史》或《山乡巨变》"虚假";或在判定《山乡巨变》真实时,就断定《创业史》虚假。柳青和周立波分别"深入"的是关中平原和湖南益阳农村的生活。在这些作品初次发表或出版的当时,评论者也无法拿出实证的材料说明其真或假。就历史事实而言,当年确有积极投身合作化的陕西王家斌、河北王国藩等,以及积极参与他们合作社的农民们。他们的开拓精神,其实和改革开放初期率先实行联产承包责任制的安徽凤阳农村干部一样。前者的选择"合"与后者的选择"分",其实都是对于在他们自身所处条件下致富道路的一种探索。按今天大家都不难理解的事理逻辑来说,《创业史》中高增福、任老四以及二流子白占魁等积极参与互助合作合乎情理,因为互助合作对他们有利:他们家境窘困,缺少劳力,合作使他们得到了有效的帮助。他们如果抵制合作化、拒绝帮助,倒是不可思议了。同样,梁大老汉父子、郭世富、梁三老汉、郭振山等抵制合作化也合乎情理,因为他们已经比较富裕,或有凭自家的力量发家致富的条件。

确如有些学者所说,对于合作化题材小说中有关农民热情描写的真实性,如今有些批评者其实是依照"从现实向历史进行逆向推理"的方法进行判断的,并非都有现实经验。这种推理方式如今很普遍,在评价其他"红色经典"真实性时也存在。比如有人质疑《红岩》烈士事迹的真实性,或将其庸俗化。这是历史虚无主义的表现。我们评价文学史上的作品,首先应该尊重历史,将历史观点与美学观点相结合。现在与过去"人性"尽管有一贯、相通的方面,但人的欲望、人的精神面貌又有时代与地域的差异性:今天不可能的,过去未必不可能;此地没有的,彼地未必没有。"我们尽管可以对当时报刊对农民热情的各种欢腾记载表示一定的疑问,但却不能从根本上否定农民热情存在的真实性。"①关于这个问题,近年有一部专著《中国农

---

① 贺仲明:《真实的尺度——重评50年代农业合作化题材小说》,《文学评论》2003年第4期。

业合作化运动研究》可供参考。这部著作讲到,在20世纪50年代的农业合作化运动之前,传统中国农村社会中就存在着民间自发的劳动互助习惯,但在这种形式的互助中,贫农一般会吃亏。在第一次世界大战后,"大农经营优越论"在世界范围内盛行,社会主义受到包括国民党人在内的非共产党的中国知识精英广泛认同。到了20世纪50年代这一时期,互助合作之所以取得很大的发展,是离不开广大农民的积极参与的。大部分新区在进行土地改革后,许多农民在生产上仍然存在着牲畜、农具、人力不足的困难,因而也迫切需要进行互助……当时的合作社也并非都是以"自上而下"方式建立起来的。"据不完全统计,1954年春,全国有7000—8000个自发社。"这本书的作者还指出,对于毛泽东和邓子恢在合作化问题上的不同主张,人们的看法往往有简单化的倾向,总是肯定一方而否定另一方。大体上来说,在20世纪80年代以前,人们一边倒地赞成毛泽东,其后人们则又差不多众口一词地肯定邓子恢。实际上,事情并不是这样简单和黑白分明,而是非常复杂……邓子恢与毛泽东都没有把握全面,各自注意到其中一个方面,因而都有不当之处。①

据此我们可以推断,《山乡巨变》描绘的合作化图景和《创业史》的描绘各有其真实性。就《创业史》来说,它也并没有把蛤蟆滩的农民参与合作化的热情都写得很高,更没有写成大家的热情一开始就都高:在蛤蟆滩,一开始真正热心的其实就梁生宝、高增福、冯有万等少数几个人。党的领导者郭振山就不热情,他组织的那个组就是有名无实。而最热心的梁生宝家里,其继父就曾是个反对者。对于梁生宝的热心合作化,作品其实也合乎逻辑地揭示了其心理动因:作为年轻人,他更乐于接受新事物;新中国成立前个人发家失败的挫折,让他另寻他路;他天性善良,富于同情心,乐于助人;他从小自尊心及自我实现的欲望极强,作为随母逃荒到蛤蟆滩的外来者,潜在的自卑使其必须干出一番事业,而要压倒强人郭振山,就必须走一条与其不同的道路……当然,在文本产生的那个年代,这些不可能都明写,但由于作者遵循现实主义原则,加之出色的心理剖析功力,这些已内含于文本之中,使其达到了较高的真实性。

---

① 叶扬兵:《中国农业合作化运动研究》,知识产权出版社2006年版,第212—213、312、384—386页。

"红色经典"的政治倾向与时代色彩过于明显,其传达的某些观念在时过境迁之后显示出陈旧或谬误,影响了其"普适性",这是事实。但这方面也不可一概而论。回望文学史上的名作,哪些不存在在今天看来明显陈旧的观念？它们之所以能传世,是因为在经历时间过滤之后,仍留存有某些不会过时的精神价值。而这些留存下来的精神价值,有的是至今仍能给人启迪的思想,有的则并非具体理念,而只是一种"精神"。"红色经典"的某些理念今天已不合时宜,但其中优秀之作蕴含的某些精神,却可批判地继承。所谓"批判",就是撇除其陈旧的意识形态外壳;"继承"则着眼于其精神实质。比如,《红岩》传达的那种对精神信仰的执着,那种出于自觉自愿为理想、为大众献身的处世态度,那种建立在信仰之上的坚强意志,《创业史》赞美的那种利他精神、互助原则,都能给后人以精神正能量;《李自成》关于民心向背与政权兴衰密切关系的历史经验教训总结,今天也并不过时。

20世纪五六十年代的长篇小说由于突出阶级斗争或路线斗争内容,大多在对日常生活、社会风习及普通人伦关系的描写方面显得不够突出。但对此同样不可一概而论。例如梁斌的《红旗谱》就以日常生活描写见长。按一般分析"革命历史小说"的方式,可以说《红旗谱》及其续篇《播火记》所写主要事件是"反割头税""二师学潮"和"高蠡暴动",作者本人也表白主要是写阶级斗争(那个年代的作家不能不如此表白),但作品给人印象最深的,却是冀中平原乡村婚丧嫁娶的风俗画面,是人物之间的朋友情、夫妻情、亲子情,是农民和地主的衣食住行,是千里堤、白洋淀的自然风光。因为重视日常风俗描绘,《红旗谱》中"闲笔"很多,比如初版《播火记》连反面人物冯老兰的丧礼都予以具体描绘①。同学们从各种当代文学史教材或有关评论文章中都能读到关于《红旗谱》受《水浒传》影响的论断,可能不曾注意到,梁斌写这部作品时受《金瓶梅》和《红楼梦》的影响同样很大！他曾说:"一读起《金瓶梅》,四壁皆空,就什么也不想了";"一面看着《金瓶梅》,一面想着《红旗谱》,受益不浅"。② 而《金瓶梅》和《红楼梦》正是以日常生活描写取胜的。

另一方面,由于作者秉持写实原则,对冀中乡村生活又有直接深刻的体

---

① 1979年修订版对这类描写有所删减。
② 梁斌:《一个小说家的自述》,中国青年出版社1991年版,第501—502页。

验和深厚情感,这些对日常生活真实细腻生动的描写客观上颠覆了某些抽象观念。比如所谓对"革命起源"的叙述,如果不去看作者的表白与相关评论,客观的阅读效果是:锁井镇和白洋淀一带的"革命"其实并非自发产生,而是自外部输入。在贾湘农介入之前,锁井镇上农民的生活虽然贫苦,但也自有其田园乐趣,朱老忠们并非穷得无法生存。朱冯两家虽有世仇,但双方都不想一下子将矛盾激化到你死我活的暴力对决。朱老忠从关外回乡不是为复仇,是为回来过日子。而且,他们两家结仇也不是因为冯家逼迫朱家,而是冯家意欲变相侵吞公产,朱老巩像鲁智深一样为此打抱不平。朱家有八十年拳房底子,当时是锁井镇除冯家之外"在野"的另一股强势势力:在乡村,最强势的人物一是与官府勾连的财主(所谓"土豪"),再就是敢作敢为且有一帮生死朋友、有绿林背景的穷光棍(所谓"光脚的不怕穿鞋的")。后来朱老忠其实是借助共产党的力量报了家仇。朱老忠回乡之前朱老明牵头与冯家打官司,也是由于对村主任冯老兰的"腐败"霸道心里不平,并非生计无着。而参加"左"倾盲动路线领导的"高蠡暴动"的结果,是参与暴动的家庭生活状况比暴动前更加恶化:暴动前尚可过不乏日常乐趣的穷日子,暴动后许多家庭妻离子散家破人亡。

此外,周立波《山乡巨变》、欧阳山《三家巷》在湖南乡村或岭南都市日常风俗描写方面,也有给读者深刻印象之处。而赵树理的《三里湾》其实是以合作化为背景,主要写乡邻之间的家长里短。这类描写与矛盾冲突的表现结合,形成一种张弛相间的节奏感,增强了作品的可读性。

《创业史》的魅力则来自人物对生命、对生活的高度热情,具体讲就是创业激情。此外,梁三老汉与梁生宝父子感情的描写也很感人:他们是养父养子关系,这种非血缘的亲情关系,使得梁三一直处于对生宝信赖与猜疑、自豪与不满、亲近与疏远等颇具张力的两极感情之间。这类亲情描写较之基于血缘、带有本能成分的亲情描写更具感染力,其心理原理正如现代京剧《红灯记》对李玉和一家三口非血缘亲情的表现效果一样。抛开带有时代局限性的"路线"因素,《创业史》实际上讲述了梁生宝如何通过艰苦奋斗达到自我实现、与梁三父子二人找到尊严的故事。

"红色经典"的文学价值又屡屡因塑造了一些理想人物形象而受到诟病或质疑。受质疑最多的,是《创业史》里的梁生宝、《李自成》里的李自成和高夫人。我们认为,这三个人物虽然肯定比生活原型更高大、更理想,但基本还是真实可信、立得住的。

先说梁生宝。我们若站在今天的高度,把梁生宝当作一个独特的生命个体来看,他的克己奉公有足够的心理依据:如前所述,他天性善良,富于同情心,自尊心又极强。他一直寻找自我实现机会,而合作化运动给他提供了这样的机会。他是那种为达目的可以克制欲望、忍受一切艰难困苦的性格。而正是"在党"使他获得了"威信",获得了"自由",取得了前所未有的成就。柳青对梁生宝思想行为和语言的描写基本是合乎逻辑的。关于梁生宝心理活动中的某些理念活动,比如关于私有财产、关于集体劳动、关于改造农民等等的描写,也不违反事理逻辑。浩然《艳阳天》中略带反讽地写了一个喜欢使用政策条文术语的老农焦振茂。当下受过中学教育的农民姑且不论,柳青所说"许多农村青年干部把会议上学来的政治名词和政治术语带到日常生活中去,使人听起来感到和农民口语不相谐调"①的现象,在农村也不难遇到。如今我们可以把农民使用一些带有理论色彩术语的现象归因于电视等传媒的普及,在梁生宝生活的 20 世纪 50 年代初期,干部会议上经常听到的文件传达一旦与作为听众的青年农民的某种朦胧想法或追求一致并引起其共鸣,他联想起会议上听到的理论术语,也不是不可能的。梁生宝使用这些术语,其实和高增福使用"饿死事小,失节事大"(第一部第十一章)的情况一样。况且,柳青并未在《创业史》中让梁生宝长篇大论地讲大道理,他的生活语言是很朴实的,涉及理论术语的片段都是写他的思想闪念或联想感悟,因而合乎情理。梁生宝的口头禅"有党领导,我慌啥?"并非标语口号式语言,从当时的政治形势与他本人的具体处境来说,这应当是肺腑之言——是"党"的出现改变了他的命运,改善了他的处境,也带给了他可期待的未来。梁生宝"雄心勃勃地肩负起改造世界的重任",看起来有些夸大,但在历史和现实中,农民里头确实出现过有宏图大志的杰出人物。在有强大政治力量支持的情况下,这并非不可思议。

再说李自成和高夫人。谈及《李自成》,有一种流行的说法,叫"高夫人太高,红娘子太红,老神仙太神,李自成太成熟,老八队像老八路",说的就是其人物塑造中的"拔高"和"理想化"问题。其实,姚雪垠所写李自成的优秀品质都有历史依据。流传至今的相关正史野史,没有一种是参与或同情

---

① 柳青:《提出几个问题来讨论》,《延河》1963 年 8 月号。

起义的人士所修,都是在农民战争中利益受到损害、对起义深恶痛绝的封建文人所撰,它们不可能把李自成当作正面英雄来写,不可能故意突出其优秀品质。可即使如此,我们还是不难从中发现关于李自成优秀品质的只言片语。例如,关于李自成的俭朴自持,《明史》记载:"自成不好酒色,脱粟粗粝,与其下共甘苦。"①而被《李自成》的一些否定者嘲讽的李自成的"民主集中制"作风,其实史书中也有明确记载:"每有谋画,集众计之,自成不言可否,阴用其长者,人多不测也。"②批评者大概没读过这段史书,以为《李自成》中姚雪垠对李自成主持会议情景的描写是"现代化",是"拔高"。至于高夫人,史书中记载极少,但写到了李自成死后她成为大顺军残部的精神领袖,以太后身份在决策上起了很大作用。姚雪垠根据这些,以及当时明朝湖北巡抚堵胤锡去见她时行跪拜大礼、隆武帝封其为"贞淑夫人"之事,把她塑造成巾帼英雄的形象。如果是一个平庸女性,又非皇室贵胄,在丈夫已经不在的时候,怎么还能享有如此地位?③

梁生宝和李自成形象之所以受质疑最多,或许与其"农民"身份有关。"农民"而能同时是"英雄",与"理想人物"挂钩,在启蒙话语和"现代性"语境中显得不可思议,而在过去的"人民崇拜"语境中却并不如此。同样是农民,朱老忠的形象受质疑要少一些,大概因他身上"民间"和"乡土"的成分更浓一些。《红岩》中的许云峰、江雪琴和成岗,《青春之歌》里的卢嘉川也属理想人物。他们较少受质疑,则可能由于小说题材的特殊及人物的"烈士"身份。除了人物身份的因素,接受语境也制约着读者对艺术形象真实性的判断,比如 21 世纪的大学生怀疑《红岩》中富家子弟刘思扬参加革命不合逻辑④。做这一论断的青年读者是按今天普通人的思维和行为逻辑推理,不知事实上参加革命的富家子弟比比皆是。"红色经典"接受的这一现象,与哈姆雷特与堂吉诃德形象在不同时代读者那里得到不同评价的情况类似。

---

① 《明史》第 26 册,中华书局 1974 年版,第 7960 页。
② [清]谷应泰:《明史纪事本末》第 4 册,中华书局 1977 年版,第 1355 页。
③ 参见严家炎:《一个痴情者的学术回眸》,《史余漫笔》,生活·读书·新知三联书店 2009 年版,第 193 页。
④ 参见廖述务、薛俊芳、张艳宁、王欢峰、纪先宁:《"探索者之夜":本科生读〈红岩〉》,《海南师范学院学报(社会科学版)》2002 年第 6 期。

同为"红色经典",这批作品的文学价值高低并不相同。评价作品文学价值高低的标准虽然说法不一,但作品的艺术真实感、艺术感染力和思想启迪价值应该是公认的尺度。

以这样的尺度衡量,曾感染过大量读者并使之在获得审美享受的同时受到情操陶冶、思想启迪和正面精神激励的《红旗谱》《创业史》《红岩》《青春之歌》和《李自成》等作品,无疑具有较高的文学价值。

毋庸讳言,由于特定意识形态的"规训","红色经典"在思想观念上有着共同的局限,就是按"阶级"将所有人分成对立的两大阵营,被判为"反动"阶级的人,如果他不背叛自己的阶级,就不被当作和"革命"者享有同样人权的人,作者不能公开流露对这类人的同情。历史上"穷人"一直是弱者,甚至不享有话语权,"红色经典"改变了这一状况,本来是对文学史的贡献,但却走向极端,来了个彻底颠倒,"富人"又被歧视,被视为异类。这样的价值尺度,必然对作品的艺术描写带来影响,不利于揭示人性的丰富性和复杂性。不过,这种局限在不同的"红色经典"中表现程度不同。有的作家凭深厚的生活积累和高超的写实功力,在一定程度上对之有所克服。《红旗谱》《创业史》和《李自成》受这方面的局限就不太明显,不至于对艺术描写的真实感造成太大损害。比如《红旗谱》写到冯兰池、冯焕堂父子俩生活简朴的一面,客观上写到了冯贵堂的启蒙思想,另一个地主冯老锡没有被塑造成恶霸;《创业史》写到政治上落后的郭振山勤劳的一面;《李自成》没有把崇祯之死写成"坏人"失败灭亡的喜剧,而是把这位封建皇帝写成一个悲剧人物,极力渲染了其濒死时的悲剧气氛。新时期以后小说中出现一股"反着写"的潮流,个别作品在价值观方面再次来了个颠倒,如同《白鹿原》中所说的"翻鏊子",犯的是与某些"红色经典"同样的错误。这是我们在研究这类作品时需要注意的。

第二节 "红色经典"是当代文学史链条的重要一环

尽管"红色经典"或多或少都受到时代局限,但中国当代文学史的叙述对其却不能回避。理由有四:

第一,"红色经典"中的优秀之作本身具有较高的文学价值,有望成为传世之作。

第二,"红色经典"对中国现当代文学小说文体的发展有所推进,有些作者在"长篇小说美学"的探索方面有重要贡献。

第三,"红色经典"曾在特定历史时期产生过超乎寻常的巨大社会影响,有的达到家喻户晓的程度,这在中外文学史上均属罕见。对影响了一代乃至几代人精神世界的文学作品避而不谈,不是历史唯物主义态度。

第四,没有"红色经典",就没有新时期文学。这样说,既是因为新时期作家大多曾受"红色经典"熏陶,更是因为他们的创作多以"颠覆式写作"方式显示自己所受"红色经典"的影响。不了解"红色经典",也就无法准确解读新时期小说,无法解释新时期小说创作中的一些特殊现象。

"十七年"文学毫无疑问都是受毛泽东《在延安文艺座谈会上的讲话》精神指引之作,这种"指引"给创作带来限囿的同时,若将其置于整个中外文学史视阈来看,又恰是其独有特色。这种特色不乏正面价值,创作成败的关键在于作家本人的内在生命体验和审美感受能否与之自然融合。《在延安文艺座谈会上的讲话》中有不少观点是解放区作家和"十七年"作家们有强烈共鸣、自愿接受的。例如,对于"五四"以来文学脱离大众的弊端,赵树理就谈过与毛泽东类似的看法。去延安之前,欧阳山在回顾自己创作历程的一篇文章中,在反驳了当时全盘否定"五四"以后文学传统的观点并为新文学"欧化"倾向辩护之后,也谈到自己正"为新文艺和大众读书能力不协调这一现实问题所苦"①,开始着手写适合大众阅读的小说。他后来接受《在延安文艺座谈会上的讲话》观点并在创作实践中体现为大众写作的精神,应该看作此前思想发展的自然逻辑结果。

"十七年"时期的中国文学是《在延安文艺座谈会上的讲话》发表之后解放区文学的发展和成熟。解放区文学和"十七年"文学与此前中国文学史上作品的首要区别,就是题材方面的新开拓,即反映工农兵的生活,将最普通的农民、士兵和工人作为作品的正面主人公。要求所有作家都写工农兵,认为只有工农兵的生活才是值得反映的"生活",作为文艺政策这当然偏颇,对于来自国统区和大城市的老作家来说,限制了他们创作个性的自由发挥;但是,对于出身底层特别是出身农民或士兵的作家来说,写农民或士兵却如鱼得水、游刃有余。

---

① 欧阳山:《我写大众小说的经过——〈流血纪念章序〉》,《抗战文艺》1941年第7卷第1期。

新型农民形象的塑造是"红色经典"对中国现当代文学史的重要贡献,这个问题以前的教科书和评论文章早有论述,这里我们可以从超越意识形态的角度重新认识这一点。赵树理、柳青、梁斌、周立波和浩然没有以旁观者态度或居高临下的态度审视农民,而是设身处地、非常贴近地体味农民的生活和思想感情,这虽然不利于国民性批判,却能在一定程度上使读者听到几千年来一直"失语"的广大农民群体发出的声音,尽管有时这种声音也经过了意识形态的"驯化"。平等而近距离地观察和描写农民,倾听农民自己的声音,有助于避免简单地以"现代性"否定农民文化与农民价值观。《三里湾》涉及农民吃穿用住、日常起居的各个方面,就农活来说,写到的割豆、犁地、削谷穗、摊场、轧场、扬场以及打铁等,若无亲身体验是写不到那么细致、写不出其中奥妙的。其中青年男女的恋爱,不了解华北农村生活的城里人也许会以言情小说的标准予以非议,但现实中绝大部分农村青年就是那样恋爱结婚的,特别是在那个年代。新时期以后的作家写这一历史时期农民的情爱生活时表现的那种情欲膨胀、生生死死,或纯属想象,或写的是极个别现象。这部作品里没有英雄,也没有真正意义上的坏蛋,作者对农民不是俯瞰、怜悯,对农村生活不是猎奇,而是平视地、真实地写出了农村生活原貌、农民日常生活和精神世界的实况。与赵树理类似,梁斌对于农民不是单纯地同情或批判,而是由衷地热爱。他明确表示:"我熟悉农民,熟悉农村生活,我爱农民,对农民有一种特殊的亲切之感。"[1]他感到,"在他们之间存在着真正的爱情:父子之爱、夫妇之爱、母子之爱。在他们之间存在着伟大的友情,敦厚的友谊",认为这些是"宝贵的东西"并"不禁为之钦仰,深受感动"。[2]《红旗谱》写农民、写农村生活的这种艺术独特性,冯健男在小说第一部出版不久就一眼看出来了:

> 作者在反映这个历史年代的现实斗争生活的时候,固然写了农民的苦难,但也没有忘记写人民生活中的欢乐、美好、幸福、明亮的一面,虽然这些诗情画意是在巨大的丑恶的阴影下笼罩着的,是时刻受到反动势力摧残的,但是,作者仍然抓住一切机会来写,并且往往是有力的、

---

[1] 梁斌:《漫谈〈红旗谱〉的创作》,《梁斌文集》第5卷,百花文艺出版社1986年版,第241页。
[2] 梁斌:《我怎样创作了〈红旗谱〉》,《梁斌文集》第5卷,第224页。

诗意的描写。运涛和春兰、江涛和严萍的爱情,名贵的脯红靛颏的捕得,"宝地"上的耪地和说故事,大年夜的饺子和鞭炮,千里堤上的春风杨柳等等,就都是这样的描写。①

这与当时一写到"旧社会"、写到农民就是一片黑暗、就是血与泪的作品判然有别。柳青同样出身于农家,后来又长期落户于陕西省长安县(今西安市长安区)皇甫村,长期生活于普通农民之中,这使得他深切地了解农民的思想感情。《创业史》中梁三老汉对土地的情感、强烈的发家欲望以及对"发家"的具体想象,都是地道农民式的。郭振山与郭世富一为党员干部,一为富裕中农,但他们的喜怒哀乐也同样是地道农民式的,是不深入了解农村生活的人写不出来的。浩然一再强调自己是"农民的子孙",主张"写农民,给农民写"。1990年他在河北三河县(今三河市)文联成立大会上所做的报告中再次重申自己"眷恋农村这个天地"。② 所以《艳阳天》里剑拔弩张的权力斗争传奇遮蔽不住其中浓郁的乡村生活气息,"阶级感情"掩盖不住农民的日常感情。将封建大家族里的家长里短写得最细腻、最生动的是曹雪芹,而将农村普通农民的家长里短写得最细腻、最生动的作家中,赵树理大概算最早的一个,其后就是梁斌、柳青、周立波和浩然。

"红色经典"都是乐观的文学。我们可以说这是其特点,而不宜简单地断定就是其缺点,正如我们不能像过去那样,简单地否定一些作品的悲观、颓废倾向。胡适曾批评中国文学最缺乏悲剧观念,迷信"美满的团圆"。赵树理有段话正可与之相映成趣:"有人说中国人不懂悲剧,我说中国人也许是不懂悲剧,可是外国人也不懂团圆。假如团圆是中国的规律的话,为什么外国人不来懂懂团圆?我们应该懂得悲剧,他们也应该懂得团圆。"③这种"大团圆"式的乐观明朗基调,与李泽厚所谓中国传统的"乐感文化"分不开。但"红色经典"的"乐观"又有不同于中国传统"乐感文化"之处,因为李泽厚所谓"乐感文化"是针对西方"以灵与肉的分裂,以心灵、肉体的紧张痛苦为代价而获得的意念超升、心理洗涤以及与上帝同在的迷狂式的喜悦"这样的"罪感文化"而提出的,其特点是"非常执着于此生此世的现实人

---

① 冯健男:《论〈红旗谱〉》,《蜜蜂》1959年第8期。
② 参见孙大佑、梁春水编:《浩然研究专集》,百花文艺出版社1994年版,第1、26、76—81页。
③ 赵树理:《从曲艺中吸取养料》,《人民文学》1958年10月号。

生","不离开伦常日用的人际有生和经验生活去追求超越、先验、无限和本体","反对放纵欲望,也反对消灭欲望,而要求在现实的世俗生活中取得精神的平宁和幸福","在人生快乐中求得超越"①,而"红色经典"中既有充分体现"乐感文化"的《红旗谱》《三里湾》《创业史》《山乡巨变》等,又有带有"罪感文化"色彩的《红岩》和《青春之歌》。题材的特殊性使得《红岩》不能完全不顾史实而像其他"红色经典"那样"团圆",但"乐感文化"与乐观精神还是起了作用:事实中被动的大屠杀被写成了基本成功的有组织越狱。可以说,《红岩》和《青春之歌》是西方"罪感文化"与中国"乐感文化"结合的产物。

就长篇小说文体而言,不论语言、结构还是表现技巧,特别是篇幅规模,"红色经典"中的优秀之作与"现代"阶段那些名家名作如《倪焕之》《子夜》《山雨》《家》《骆驼祥子》《长河》《围城》等相比毫不逊色,某些方面还有很大发展。虽然因受体制"规约"而体现了共同的政治理念,"红色经典"的部分作者也由于其文化程度不高的工农兵出身,在艺术技巧方面比较稚嫩,但《李自成》《红旗谱》《创业史》《山乡巨变》《艳阳天》等翘楚之作却在长篇小说艺术的探索方面有自己独特的贡献。姚雪垠在致茅盾的一封信里写道:

> 关于写长篇历史小说,除内容方面的问题之外,我也在实践中探索一些艺术上的问题,包括如何追求语言上的丰富多彩,写人物和场景如何将现实主义手法与浪漫主义手法并用,细节描写应如何穿插变化,铺垫和埋伏,有虚有实,各种人物应如何搭配,各单元应如何大开大阖,大起大落,有张有弛,忽断忽续,波诡云谲……等等。我没有研究过艺术理论,可以说缺乏起码的常识。我把以上各种要在创作实践中探索的艺术技巧问题统目之为"长篇小说的美学问题"。②

结构问题是长篇小说写作的重要问题。柳青就曾说"最困难的是结构,或者说组织矛盾"③。"五四"以来的中国现代长篇小说多为线型结构,即主要叙述一个人或一群人的经历。这样写起来比较好驾驭,但不利于表现更广阔的生活场景和更丰富的社会内容。茅盾的《子夜》以30多万字篇

---

① 李泽厚:《中国古代思想史论》,人民出版社1986年版,第307—310页。
② 姚海天编:《茅盾姚雪垠谈艺书简》,人民文学出版社2006年版,第58页。
③ 柳青:《回答〈文艺学习〉编辑部的问题》,《文艺学习》1954年第5期。

幅写两个多月间上海工业、金融业的争斗,描绘了比较广阔的社会画面,采用的网式结构是对中国现代长篇小说艺术的一大贡献。《三里湾》《创业史》《艳阳天》对于这一结构类型有继承,又有发展。《李自成》全五卷300多万字,规模空前,内容涉及关内关外、南国北方、清廷明朝、义军官兵、朝廷民间、王公乞丐、三教九流,但若不计最后两章尾声部分,所表现的故事时间却只有七年(1638—1645),结构上也主要是横向展开,是《子夜》之网式结构与《战争与和平》之巨大规模的结合与扩充,是《三国演义》与《红楼梦》结构艺术的发扬光大。《红旗谱》结构上有较明显的缺憾:农村生活部分与"二师学潮"几章缺乏艺术上的内在有机联系,但梁斌也曾对结构问题进行过精心设计,考虑到了"哪几章形成高潮,哪几章形成低潮。哪一章是浓密处,哪一章是疏淡处"①,因而全书在情感的跌宕起伏、内在的节奏感方面把握较好。

　　《创业史》在结构上的探索与贡献主要在于其以人物心理与精神世界的状态与变化为结构枢纽。它写出了"合作化"的过程,着力点却在"对农村社会各阶层人物的精神状态进行系统的勘察、掘进、开采、提炼和加工"②。众所周知并乐于称道的詹姆斯·乔伊斯《尤利西斯》对小说艺术的创造性探索,就表现为以"心理"结构全书。如果说传统小说以情节发展为线索、注重事件因果关系的结构方式是一种"意义结构"(表达某种主题),那么现代意识流小说再现人物意识、潜意识自然流动状态而不着力描绘人物外部行为及其因果关系的结构方式可称作"自然结构"。《创业史》则是"自然结构"与"意义结构"的结合,是"准自然结构"表象下的"意义结构"。它没有离奇曲折的情节,没有剑拔弩张的斗争,但人物关注焦点的集中(创业、致富)与人物之间性格、心理的差异和矛盾又能紧紧抓住读者,这种结构方式自然却不松散。在《创业史》之前,赵树理的《三里湾》以15万字篇幅写一个月间一个村子里形形色色人物的性格,写各种心理、语言、行为,在结构上也有其独特之处:如果说赵树理的短篇小说继承"三言二拍"式中国古典白话短篇小说有头有尾的结构方式,像是压缩了的长篇,那么被称为"长篇小说"的《三里湾》却截取生活横断面,这种不主要依时间展开故事而

---

① 梁斌:《复读者来信》,《梁斌文集》第5卷,第265页。
② 柳青:《关于〈创业史〉复读者的两封信》,《延河》1962年3月号。

将"三里湾"这个有限空间较充分展开的结构方式像是将短篇拉长。浩然的《艳阳天》在长篇小说结构方面也有新的探索。它的文本篇幅有135万字之巨,若不计"三部曲"之类虽有联系又各自具有独立性的作品,单论作为有机整体的单种长篇小说,这在当时是创纪录的(姚雪垠的《李自成》当时仅出版了第一卷),而它的故事时间却仅有十几天!这不禁让人联想到《尤利西斯》:该书汉译本有157万字(按,萧乾、文洁若译本),故事时间为18小时。它们都是最充分地向空间拓展,而这样又"使小说中的时间,借着不同的空间呈现,作了极度的扩张"①。而具体内容方面,《艳阳天》又与《尤利西斯》恰恰相反:二者虽然写的都是普通人的日常生活,《艳阳天》却突出集中了各种尖锐的矛盾冲突,有许多戏剧化场面,是日常生活的传奇化。若抛开政治上的评价,这种探索不论是成是败、是得是失,其勇气与创造性是不可否认的。而"红色经典"中在长篇小说结构方面成就最高的,还是首推《李自成》。首先是三百余万言的空前规模使其结构的难度超过此前任何中国现代小说,其反映社会生活的广度、描绘人生状态的多样、张弛相间的搭配、起承转合的变化、埋伏照应的严密等方面亦可谓出类拔萃。中国古典小说中,《水浒传》《儒林外史》作为长篇在结构的有机整体性上有明显欠缺,《三国演义》写战争与政治、外交出色而未能写日常生活与民风民俗,《西游记》情节重复雷同明显而变化不足。中国现代长篇小说除《四世同堂》《财主底儿女们》等个别篇目,大多篇幅不太长②,涉及生活面不太广;即使这样,有许多在结构上还有明显遗憾之处,盖因篇幅越长驾驭起来越难。如上所述,《李自成》的作者姚雪垠在"长篇小说美学"的探索追求方面是自觉的、执着的,而且在创作《李自成》之前已是著名作家,有了长时间的艺术积累,这是当时多数"红色经典"作者不具备的条件。《李自成》的大开大阖、横云断岭式结构方式增加了叙事张力,它造成悬念与解除悬念的方式不同于中国古典章回小说,而使人联想到维克多·雨果的作品。姚雪垠坚持不用章回体而自创单元体结构并为每个单元命名,给作品增添了独特魅力。对《李自成》的艺术成就,许多前辈或同辈名家如叶圣陶、茅盾、

---

① 〔加〕嘉陵(叶嘉莹):《我看〈艳阳天〉》,《艳阳天》第一部,华龄出版社1995年版,第11页。
② 一些"三部曲"如茅盾的《蚀》、巴金的《激流》等每一单部具有各自的独立性,三部并非有机整体。

朱光潜、郭绍虞、曹禺、吴晗、任访秋等都曾给予高度评价,有关评论文章很多,在此不赘。

由于毛泽东文艺思想的要求与作家个人的文化背景,"红色经典"强调被老百姓"喜闻乐见"的艺术效果,但这并不意味着作家们在叙述描写与语言艺术方面没有自己独特的美学追求。《红旗谱》大量运用通过人物行动、对话刻画其性格的手法,这是中国古典小说的传统;但作品也很重视景物描写,也有心理分析,这又是受外国小说启发。只是作者一直注意不让静止的描写和分析过长过多,于是就形成了其独有的"比西洋小说的写法略粗一些,但比中国的一般古典小说要写得细一些"①的风格。《创业史》的叙事风格则距离中国古典小说更远些,书中夹杂的抒情议论使人联想到维克多·雨果的小说。但这些抒情议论的文字比较精练,与人物塑造、情节发展密切结合,不像雨果的作品那样冗长得令普通读者难耐。梁斌曾考虑过采用古典小说里句和段的排法,可当觉得不如现代小说的排法醒目时,又否定了这一想法。《红旗谱》和《李自成》都没有采用章回体,特别是姚雪垠,即使许多名家反复向其建议采用这一体式,甚至为之拟出回目,他都坚持不用。说到底,在继承借鉴中外文学传统时,他们都不忘追求自己的风格,坚持在小说艺术或小说美学方面进行探索创新。梁斌曾说,为了要形成自己使用的一套文学语言,他做了长期的准备工作。他指出:

> 如果仅仅考虑用章回体写,不能用经过提炼的民族语言,不能概括民族的和人民的生活风习和精神面貌,结果还是成不了民族形式;反过来说,只要概括了民族的和人民的生活风习、精神面貌,即使不用章回体来写,也仍然会成为民族形式的东西。②

倒是新时期以后的某些小说,为迎合某些旧式小说读者的审美趣味而重拾章回体。有些历史题材小说像是学术笔记,缺乏艺术的感染力。这类小说也许在历史观方面体现了"新时期"的特点,但在小说艺术的探索方面却未必超越了梁斌、柳青和姚雪垠。

新时期文学与"红色经典"有着千丝万缕、或隐或显的联系。20世纪

---

① 梁斌:《漫谈〈红旗谱〉的创作》,《梁斌文集》第5卷,第261页。
② 同上书,第260—261页。

70年代末至90年代初影响最大的作家中,年纪长两代或一代的汪曾祺、王蒙等在新时期以前早已是成名作家,他们与"红色经典"的联系多是内在的精神联系而少有文本的实证材料,姑且存而不论。受以"红色经典"为代表的"十七年"文学影响最大、最直接的,是20世纪四五十年代出生的以陈忠实(1942)、路遥(1949)、莫言(1955)、刘震云(1958)等为代表的小说家。"红色经典"对他们的影响有作家本人的创作自述和小说文本为证。当有人问及"红色经典"是否对其创作有影响时,莫言说:"我们这些五十年代出生的作家,最早受到的文学影响,肯定是你刚才提到的'红色经典'。"①陈忠实和路遥公开承认自己的创作深受柳青《创业史》的影响,路遥还把柳青视为自己精神上的导师。

我们可以说,"新历史小说"产生于对"革命历史小说"的逆反,但更准确讲,前者是对后者的重叙和补充。莫言的《红高粱家族》和《丰乳肥臀》与冯德英的《苦菜花》有着直接的互文关系。谈到《苦菜花》,莫言坦承它对自己的创作"是有影响的",他说:

> 我觉得《苦菜花》写革命战争年代里的爱情已经高出了当时小说很多。我后来写《红高粱家族》时,恰好写的是抗日战争时期的事情,小说中关于战争描写的技术性的问题,譬如日本人用的是什么样的枪、炮和子弹,八路军穿的什么样子的服装等等,我从《苦菜花》中得益很多。如果我没有读过《苦菜花》,不知道自己写出来的《红高粱》是什么样子。所以说"红色经典"对我的影响不仅仅是很具体的。②

他还谈到早年初读《苦菜花》读到八路军排长王东海与卫生队长白芸、农村寡妇花子之间的爱情描写,对王东海选择带孩子的寡妇而弃年轻漂亮有文化的白芸感到很难过、很不舒服。如今反思自己,认识到当时是因为自己习惯于流行的"英雄爱美女"的模式,脑子里有根深蒂固的封建意识。他说:"我走上文学道路以后,才觉得这个排长的行为是非常了不起的,回头想想花子和白芸这两个女人,我竟然也感到花子好像更性感,更女人,而那个白芸很冷。"③尽管《苦菜花》的残酷描写、性爱描写相当节制,但这对禁欲主义

---

① 莫言、王尧:《从〈红高粱〉到〈檀香刑〉》,《当代作家评论》2002年第1期。
② 同上。
③ 同上。

年代正值青春期的莫言肯定是个强烈刺激,给他很深的印象。莫言后来对这种描写的偏爱,不能不说是受到《苦菜花》影响。此外,我们若推断莫言塑造《红高粱》中"抗日土匪"余占鳌形象是受《苦菜花》中柳八爷形象的启发,也并非毫无根据。

如果说莫言小说对《苦菜花》主要是"顺承",那么他对其他"红色经典"就更多是"逆反"。莫言认为:"创作就是突破已有的成就、规范,解脱束缚,最大限度地去探险,去发现,去开拓疆域",作品"是一种潜意识的发泄"。① 他对性欲望、对战争残酷性的渲染,正是因为《苦菜花》以外大部分"红色经典"淡化或回避这两方面的内容。而他的《丰乳肥臀》中塑造的上官鲁氏形象,则是对《苦菜花》中母亲形象的逆反:《苦菜花》中的母亲与八路军战士亲如一家,《丰乳肥臀》中的这位母亲则对革命战士很冷漠;《苦菜花》中的母亲做事从良心出发,是非恩怨分明,为保大节不惜牺牲生命,上官鲁氏则除了亲情之外没有阶级党派的概念,甚至没有民族尊严意识。当然,这两位母亲形象也有相通的地方,比如都热爱自己的儿女,对他人能急人所难、乐善好施,具有顽强的生存意志等等。可见后者对前者逆反中又有顺承。

刘震云的《故乡天下黄花》则是对《烈火金刚》《苦菜花》《小兵张嘎》《暴风骤雨》等"红色经典"的逆反。读过这部长篇的读者对此不难判断。

莫言曾指出,他自己的《红高粱家族》与刘震云的《故乡天下黄花》以及张炜的《古船》、陈忠实的《白鹿原》等都是"对占据了主流话语地位的'红色经典'的一种反拨"②。刘震云对"十七年"小说的态度是断然否定,认为"五十年代的现实主义实际上是浪漫主义,它所描写的现实生活实际在生活中是不存在的。浪漫主义在某种程度上对生活中的人起着毒化作用,让人更虚伪,不能真实地活着"③。追求真实、反对虚伪是对的,"新历史小说""新写实小说"确实揭示了历史与现实中被"红色经典"遮蔽或忽略的一面,有其文学的和文学史的价值。但我们认为,不能因此一概而论地全盘否定"红色经典"、否定浪漫主义。其实,"新历史小说"的"新"是针对"十七年"

---

① 本刊记者:《几位青年军人的文学思考》,《文学评论》1986 年第 2 期。
② 莫言、王尧:《从〈红高粱〉到〈檀香刑〉》,《当代作家评论》2002 年第 1 期。
③ 丁永强整理:《新写实作家、评论家谈新写实》,《小说评论》1991 年第 3 期。

时期的"革命历史小说"而言,它们之间的互文本性恰恰说明其相互依存的关系,即没有"革命历史小说",就没有"新历史小说"——没有"旧",何谈"新"?如果没有对"革命历史小说"的阅读经验或接受背景,一开始接触文学就读"新历史小说",看到的历史描述都是偶然性的堆积与历史人物凡俗性及生理怪癖的展览,这些作品还会给读者以新鲜的刺激吗?难道这就是全部的历史真实?难道爱子女又爱他人、坚守做人节操的母亲形象不真实,只有是非善恶不分、民族大义不顾的母亲形象才真实?莫言本人对单以解构或戏拟神圣话语取胜的文学文本的艺术生命力倒是有清醒的认识。谈及对"文革"话语的戏拟是不少先锋作家的话语策略时,他指出:"如果没有这种语言经历的,十八九岁的读者,他不知道是怎么回事,不理解那就没什么好笑的。……经过文革或文革前极左思潮的读者,看了才会会心一笑。"①20世纪90年代初期风靡大陆的以调侃以往主流话语见长的电视剧《编辑部的故事》在台湾播映时反响平平,就说明了这一点。莫言塑造了上官鲁氏,但他并没有因此而否定冯德英塑造的母亲形象。

  陕西两位新时期成名的作家陈忠实、路遥对于他们的"乡党"和文学前辈、创作了"红色经典"最重要代表作之一《创业史》的柳青充满了敬意。但他们在学习柳青的同时,超越柳青的意识也很强。如今有些论者论及《白鹿原》时喜欢拿它和梁斌的《红旗谱》、柳青的《创业史》比较,扬前者而抑后两者。陈忠实本人却说:

> 陕西许多作家的确有过学习、师承柳青的过程。我觉得柳青的遗产我们阅读得还不够。像赵树理、柳青、王汶石,我们今天重读,仍然会获得许多新的东西。后来陕西作家是有一个走出柳青的过程……②

路遥的同学回忆,路遥上大学时床头放着两本书,其中一本就是柳青的《创业史》,"他把这两本书啃得烂熟,不知翻了多少遍,还说他可以全部将它们背出来"③。《创业史》吸引路遥之处,是其乡土气息和现实主义魅力,"他从里面找到了自己对家乡,对中国农民深刻的理解和最真挚的爱,找到了农

---

① 莫言、王尧:《从〈红高粱〉到〈檀香刑〉》,《当代作家评论》2002年第1期。
② 李国平、陈忠实:《关于四十五年的答问》,《陕西日报》2002年7月31日。
③ 王双全:《我们的班长》,《延安文学》1993年第1期。

家生活温馨的情感和安谧的美感,也为柳青解剖人心的智慧而激动不已"①。他的《平凡的世界》正是新形势下体现了改革开放精神的一部"创业史"。陈忠实的中篇《初夏》被评论者认为写得像《创业史》,非常接近柳青的风格,但他站在新的时代高度创作的代表作《白鹿原》在历史文化意识方面又超越了《创业史》。陈忠实、路遥这两位陕西作家所受《创业史》的影响是以顺承为主,而辅之以局部的补充或"续写""重述"。

到了"80后"和"90后"作家笔下,"十七年"小说的影子才基本消失。这或许是文学发展的自然规律,或许也是"新时期文学观念培训"②的结果。

第三节 近年相关研究论著评介

20世纪80年代的"重写文学史",使得产生于五六十年代的那批一度享有崇高声誉的长篇小说成为批评界贬斥否定、创作界反叛颠覆的对象。相当多的当代文学研究者认为其纯粹是政治宣传品,不具有文学价值,因而也不配在文学史上占有突出位置。有的当代文学史著作甚至对某些曾产生重大社会影响的作品只字不提,一笔抹杀;即使提及,也只以带有明显否定色彩的语汇捎带几句。

但就在"十七年"文学被总体冷落的时期,当时尚属青年学者的李杨仍对之表现出高度的研究热情。他将1942—1976年间"社会主义现实主义"文学的研究作为自己的博士论文选题,于1993年以《抗争宿命之路——"社会主义现实主义"(1942—1976)研究》为题出版。如其副标题所示,该书的研究对象包括了五六十年代"红色经典",而又超出"十七年"范围,往前追溯到1942年,往后延伸至1976年,实际是"三十四年"文学。该书的研究思路,是以"知识考古学"方法,将研究对象置于"20世纪中国的现代化"这一历史语境中进行谱系学分析。与其研究意图有关,它并不试图做价值判断,而只说明某种文学形式或美学现象在某时某地出现意味着什么。不过,它最终其实还是做出了某种文化价值的判断,即从这批作品中发现了"反现代"的"现代"意义,或曰"反现代的现代性"。以对《创业史》中梁生宝

---

① 李星:《在现实主义的道路上——路遥论》,《文学评论》1991年第4期。
② 程光炜语,见程光炜:《为什么要研究七十年代小说》,《文艺争鸣》2011年第18期。

形象的分析为例,它一方面指出当年严家炎对这一形象质疑的观点最经得起历史考验,另一方面又说明梁生宝形象不只具有一个文学现象的意义,他"实际上是社会主义改造的完成、现代国家建成的象征",而"现代国家的形成过程本来就是创造抽象共同本质的过程"。① 不过,他对这些作品的文学价值本身暂时予以回避。

黄子平1996年初版于香港的《革命·历史·小说》(内地版改名《"灰阑"中的叙述》)是一本学术随笔小册子,章节内容也短小精悍。虽然五六十年代长篇小说只是其论说对象的一部分,但他提出的问题、观察问题的新角度,对内地当代文学研究界有多方面的启示。他从国家意识形态、教育体制、文化机构、商业运作和阅读群体相互作用角度解释"革命历史小说"的经典化。他在指出这类作品诸多历史局限性的同时,也承认"神奇的超越性"是革命历史小说的"魅力所在",并以《红旗谱》为例,指出"'革命历史小说'绝非党史教科书的形象翻版,关注的毋宁是人们在彼时彼地的生死命运及能够彪炳后世的道德风貌","正因如此而保存了若干自身的价值"。他认为,"革命历史小说"和"以蔑视和嘲讽正典为旨趣的新的作品"究竟谁更能成为留传后世的"正典",这仍是个问题。他还指出"革命历史小说"与传统文学资源的关系,"至少在文学体裁的层面上,后代们在实现梁启超辈的宏愿,即把'重英雄'的绿林传奇讲进世界的'大故事'方面,成绩颇不坏"。②

在研究方法与切入角度方面对当下关于"十七年"文学的研究影响最大的,是洪子诚的《中国当代文学史》(1999年初版)。

洪子诚"十七年"文学研究的主要方法,是从文学生产、文学制度角度切入研究对象,着重说明这些作品在"一体化"的文艺体制下如何被"生产"出来。他对"怎么写"或"怎么写才有可能"的兴趣,远大于作品"写得怎么样"。关于文学史究竟是"文学"还是"历史",他似乎更侧重后者。他对过分强调作家作品的独创性或不可替代性,强调"文学性"的文学史写作方法的可行性表示怀疑。他质问:"'文学'价值是什么? 它就那么重要吗? '文

---

① 李杨:《抗争宿命之路——"社会主义现实主义"(1942—1976)研究》,时代文艺出版社1993年版,第131页。
② 黄子平:《"灰阑"中的叙述》,上海文艺出版社2001年版,第29、7、16—17、83页。

学'能说明它自己吗?"①洪子诚的研究方法或许分别受过法国埃斯卡皮《文学社会学》和黄子平《革命·历史·小说》的启发。他的研究为中国当代文学研究提供了新的学术生长点,帮助学界解决了以往对"十七年"文学在否定其"文学价值"之后却又无法根本抹杀其文学史地位、不知如何入手的难题。而且这种方法与受"制度"制约最为明显的研究对象正相适应,也便于操作,易于被博士生、硕士生们效仿。然而由其研究角度和方法所决定,他的《中国当代文学史》《问题与方法:中国当代文学史研究讲稿》两部著作对五六十年代小说文学价值本身的评价很少,有些地方有简单化之嫌。

与洪子诚的基本观点和研究思路类似,程光炜的《文学想像与文学国家——中国当代文学研究(1949—1976)》对"十七年"文学的文学价值本身也持基本否定态度。但他承认这批作品的文学史意义,肯定其文化价值和学术研究价值,认为"它其实是一种'历史'中的'文学',是'文化'中的'文学'"②。与之同年出版的杨厚均的《革命历史图景与民族国家想象——新中国革命历史长篇小说再解读》(湖北教育出版社2005年版)也是把包括"红色经典"在内的文学作品作为研究中国20世纪思想史的资料,研究这些作品显示出来的民族国家想象。钱振文的《〈红岩〉是怎样炼成的——国家文学的生产和消费》(北京大学出版社2011年版)以《红岩》为个案,探讨"红色经典"的生产与传播机制,也值得注意。

如其题目所示,李杨的《50~70年代中国文学经典再解读》首先承认包括"十七年"长篇小说在内的那批影响巨大的作品为"文学经典"。他对采用"文学生产""一体化"描述和解释1950—1970年代文学表示疑虑,认为"仅仅关注文学制度对文学的组织和规约的过程,可能会忽略文学作品特有的情感、梦想、迷狂、乌托邦乃至集体无意识的力量,而这些元素并非总可以通过制度的制约加以说明"③。与洪子诚的研究思路方向相反,他选择从"文学自身"进入历史,意在探讨"文本""生产""历史"和"意识形态"的过程。这样,他毫不犹豫地肯定了"十七年"文学经典的文学史地位。但他最

---

① 洪子诚:《问题与方法:中国当代文学史研究讲稿》,生活·读书·新知三联书店2002年版,第61页。
② 程光炜:《文学想像与文学国家——中国当代文学研究(1949—1976)》,河南大学出版社2005年版,第75页。
③ 李杨:《50~70年代中国文学经典再解读》,山东教育出版社2003年版,第367页。

后的归结点仍是"历史"。

董之林的《旧梦新知:"十七年"小说论稿》实际是一部小说史著作,它试图探索一条"摆脱社会环境和时代政治的影响,建立自律性的审美评价标准"之路。它的结论是:"十七年"小说"整体应该作为一个时代的经典保留在文学史叙述的长河中",其中包括《不能走那条路》这样的作品。对合作化题材作品,董著不是根据时代性极强的"政治上正确"判断作品价值取向的是非曲直,而是从相对恒定的道德立场出发,指出"不同时代的《三里湾》读者依然会倾向玉生、灵芝等人物的纯真与热情,而不是'铁算盘'、'惹不起'的自私和狭隘"。"时过境迁,故事的背景变得不真切,或者外界对它评价不一了,但那些发生在变革时代的人物故事,命运的悲欢离合,以及人们对一个充满热情、理想与纯真的世界的渴求,却依然是小说值得称道的部分。"它还认为,姚雪垠的《李自成》"大大提高了长篇小说结构艺术的水平"。① 这些观点颇有见地。与董著同年出版的余岱宗的《被规训的激情——论1950、1960年代的红色小说》也正面肯定了"十七年"小说的文学价值。而且,它还肯定了这批"红色小说"意识形态之外的精神价值,认为它们"并不像某些评论声称的那样只是服膺于某种政治权威的遵命文学,而是寄托着作者对黑暗社会的憎恨,对理想社会的热爱,对和谐平等的人与人关系的一种诗意向往"。虽然它们的情感取向、价值取向、审美叙事模式比较单纯甚至单一狭隘,但这样恰恰有利于鼓舞民众、团结人民,"并不是不可理解的"。尽管与苏联同类题材的最优秀作品相比,它们有着缺乏反思革命、反思历史以及充分表现人的精神世界丰富性的缺点,但它们"以单纯、明快、诗意化、概括化的审美样式去表现曾处于最底层的人民的形象风采","成为那个时代的革命文学最引以自豪的艺术成就"。②

阎浩岗出版于2009年的专著《"红色经典"的文学价值》(人民出版社)首次试图在新世纪语境中正面而直接地回答"红色经典"文学价值何在、如何评估其文学史地位的问题。它不否认这些作品都是"戴着镣铐跳舞",但关注焦点不是"镣铐",而是"舞蹈"本身是否优美、是否有欣赏价值。它认

---

① 董之林:《旧梦新知:"十七年"小说论稿》,广西师范大学出版社2004年版,第11、20—21、71、179、226页。
② 余岱宗:《被规训的激情——论1950、1960年代的红色小说》,上海三联书店2004年版,第292—298页。

为评判"红色经典"文学价值的基本标准是建立在真实感基础上的艺术感染力及作品的思想启迪意义。而评价作品思想价值的标准,既不是"政治上正确",也不是"现代性"之有无,而是能否引人向善。它侧重文本细读,具体解析每部"红色经典"真实感之有无及其何以产生、作品艺术感染力何在,预测其在后世还有无思想启迪价值。该著将这批作品置于文学史长河中,从"长篇小说美学"角度评估其文学史地位。

总览这些研究专著可以发现,研究者的思维方式、年龄段以及当年最初阅读这批作品的审美感受,对其学术观点有重要影响。几位1960年代出生的研究者以及1950年代出生的董之林忠于自己的阅读感受,一般是从阅读感受出发进入理性思考,从而评判作品的文学价值。而洪子诚、黄子平、程光炜等更重视理性分析,始终站在理性、理念或理论的立场剖析文本及文学生产机制。他们有时对"红色经典"中个别作品艺术描写的精彩之处或审美效果的成功之处也有所肯定,但即使这时,仍不忘对之做出理论的定性和定位。

近年来,一些1970年代出生的青年学者也对"红色经典"研究表现出浓厚兴趣,几本相关专著接连出版。除了郭冰茹的《十七年(1949—1966)小说的叙事张力》(岳麓书社2007年版),其他几本在博士论文基础上修改而成的著作均以"红色经典"命名:周春霞的《解读红色经典:〈青春之歌〉的文本张力与生产机制》(中国广播电视出版社2009年版)、韩颖琦的《中国传统小说叙事模式化的"红色经典"》(人民出版社2011年版)、姜辉的《革命想象与叙事传统:"红色经典"的模式化叙事研究》(人民出版社2012年版)。这些"70后"对"红色经典"的接受与前述学者都不同:他们既没有像老一辈学者那样直接体验过"一体化"时期被"规训"的压抑感,也没有"60后"及部分"50后"那样在青少年时期阅读"红色经典"的强烈审美感受。因此,也许他们更能反映排除个人恩怨记忆的后世者对"红色经典"的真实艺术感觉,较客观地判断这些作品的文学史地位。他们一般最先接受的是"重写文学史"之后对"十七年"文学的否定,是新世纪以后当代文学史教科书的定性定位。后来开始真正认真地阅读这类作品,是因为选择了它们做研究课题。1971年出生的姜辉有些例外,他还有最初阅读"红色经典"的记忆,并说相关阅读经验、阅读感受已渗入其血脉并成为其生命体验的一部分。但他又表示,选择这样的课题需要一定勇气,因为"学界或周边读者的质疑甚至轻蔑几乎已成为判定红色文学的普适价值标准"。1974年出生的郭冰茹则说:"在开始这个课题之前,我简单地认为十七年文学是一批语言乏味、形式单一、内容雷同,并且单纯为政治作注脚的文本。但是,当我真正从《暴风骤雨》《太阳照在桑干河上》开始阅读时,却发现事实并非如此。"经细读她发现,尽管受政治"规约"和影响非常明显,但它们"仍然在有限度的创作空间中完善着既定的叙事模式,甚至在可能的条件下实践着对既定叙事模式的偏离,从而体现出其创作的丰富性和艺术个性"。所以她认为,"十七年文学的宝贵价值恰恰在于这种政治权力话语与艺术审美自觉在对接时形成的叙事裂缝保留了其他任何社会历史文献中都不会出现的张力因素"。这几位青年学者不怀疑"红色经典"具有文学价值。他们选择的研究角度,或者是探讨"红色经典"的叙事模式(韩颖琦、姜辉),或者是分析文本的叙事裂缝及内在张力(郭冰茹、周春霞),都是将文本细读与历史语境分析结合,有自己新的发现和创见。

一些文艺理论家的观点也值得参考。童庆炳在谈到中国20世纪五六十年代的文学时指出:当时出版的长篇小说很多,而只有"三红一创"等作品入选经典,其他作品没有入选,"这难道是意识形态和文化权力的刻意操弄吗?应该看到,'三红一创'等作品在艺术特色和艺术价值上面,确实比后者以及未被提及的许多作品有更多的优点,更具可读性,更符合读者的期待"①。封孝伦则从"审美场"角度解释梁斌创作《红旗谱》获得巨大成功的原因,认为其"不光符合新中国建立后读者的审美需要,也符合他自己的审美需要","读者的审美需要得不到满足,他就会不买账,《红旗谱》在文学史上的地位就会下台阶了"。②

2012年以后,特别是近三四年来,"红色经典"的传播与研究又有新的态势。首先是主流媒体中"红色经典"概念的使用更普及、更普泛化:在图书包装和官方媒体宣传中它被大量使用,而且其所指不再仅限于"十七年"时期的"三红一创,青山保林"等小说作品,时间被向前(1930—1940年代)、向后(1970年代)大大伸展,内涵方面将诗歌、散文、戏剧、报告文学等囊括

---

① 童庆炳:《文学经典建构诸因素及其关系》,童庆炳、陶东风主编《文学经典的建构、解构和重构》,北京大学出版社2007年版,第81页。
② 封孝伦:《二十世纪中国美学》,东北师范大学出版社1997年版,第282页。

在内，一些一度被有意无意忘却的作品，重新以"红色经典"丛书方式出版发行。文学研究领域，则有超越"纯文学"视角而代之以"大文学"观念切入者。还有学者为避免争议，以"红色文学"或"红色文艺"代替"红色经典"概念。这些现象究竟该如何评价，同学们可从学理角度、以文学史的眼光，自己做出独立的思考和判断。

思考题

1. 你认为评价作品文学价值的标准应当是什么？

2. 选取《红旗谱》或《创业史》《李自成》，尝试摒除启蒙及左翼意识形态关于农民的先验价值判断，以阅读古代小说或外国小说的方式阅读该书，谈谈读后有无审美愉悦，能否得到某种思想启迪，或能否受到人生态度的正面激励鼓舞。

3. 选取"红色经典"中的一部，与中外文学史上及新时期以后文学中的相关名作比较阅读，谈谈其各自在艺术表现上的成败得失。例如《青春之歌》与茅盾《虹》，《创业史》与路遥《平凡的世界》，《李自成》与《三国演义》或唐浩明《曾国藩》等。

4. 你如何看待以"大文学"视野研究"红色经典"？

第十二讲 "样板戏"及其评价

"样板戏"在中国的遭遇是富于戏剧性的。"文化大革命"中它被捧到了天上，成了无产阶级解决自己的文艺方向的标志。"文化大革命"后，随着江青一伙的垮台，它受到批判和否定。1980年代后期以来，"样板戏"的部分剧目或采用样板本或采用1964年本或对样板本稍做修改重新与观众见面，一些片段和唱段在不同场合上演，连场爆满，在观众中引起轰动。"样板戏"盒带在1991年底1992年初的音像市场上发行量高居榜首。而同一出京剧《智取威虎山》1994年在上海受冷遇①，在南京则吸引了众多观众②。对"样板戏"的重新登台亮相，有人叫好，有人坚决否定之。老作家巴金说："我好些年不听'样板戏'，我好像也忘了它们。可是春节期间意外地听见人清唱'样板戏'，我有一种毛骨悚然的感觉。"③作家邓友梅说："京剧样板戏原作比较好，江青改编后带上了帮派气味，'文革'时期我被折磨，一听到高音喇叭放样板戏，就像用鞭子抽我，我不主张更多地演样板戏。"而当年在《红灯记》中饰李铁梅的刘长瑜说："样板戏《红灯记》是凝聚着许多专业人员的心血，至今有不少人喜欢它。……现在我演《春草闯堂》，演完了不唱一段《红灯记》就不让下台。"④如果说这些言论还属情绪化的表达的话，那么另外一些人则从理论上展开了论争。批评家王元化认为，"样板戏正如评法批儒、唱语录歌、跳忠字舞、早请示晚汇报一样，都是'文化大革命''大破'之后'大立'的文化样板。它们作为文化统治的构成部分和成为

---

① 《二度复排〈智取威虎山〉受冷遇，样板戏回潮引起争议》，《武汉晚报》1994年2月12日。
② 《新华日报》1994年5月9日。
③ 巴金：《随想录》第5集，人民文学出版社1986年版，第113—114页。
④ 冯英子：《是邓非刘话"样板"》，《团结报》1986年4月26日。

我们整个民族灾难的'文化大革命'紧紧联在一起"①。张广天认为,"样板戏的功绩成了一次最有力的民族自信心的证明。它是'五四'以来唯一从民族自我出发的最高革命成就,前无古人"②。究竟应当怎样评价"样板戏"? 对如此对立的评说应当怎样看? 这是我们现在要讨论的问题。

第一节 如何看待江青对"样板戏"的作用

一种较为普遍的观点认为,"样板戏"的主要构成是京剧现代戏,而京剧现代戏的创作早在 1958 年就着手进行了。它是在周恩来及当时中宣部、文化部和一些省、市、自治区领导人的直接关怀下,由广大文艺工作者创造的成果。江青的介入是后来的事。她出于政治目的,掠夺了这些成果,并塞进自己的私货。因此,应当把广大文艺工作者的创作和江青的干预区别开来。这种看法有它的道理,但却忽略了京剧现代戏产生的文化语境,也有因人论事之嫌。为了搞清这一问题,有必要回顾一下历史。

京剧现代戏的创作、排练、演出,始于 1958 年,到 1964 年全国观摩会演形成了一个高潮。这正是中国激进主义思潮形成的时期,其突出标志是阶级斗争的不断强化。1957 年"反右"的扩大化、1959 年对彭德怀的错误批判和反对右倾机会主义运动、1962 年八届十中全会"千万不要忘记阶级斗争"口号的提出和嗣后在全国城乡开展的社会主义教育运动,使人为的阶级斗争愈演愈烈。出于防止"和平演变"和对意识形态领域阶级斗争的重视,对文艺问题抓得愈来愈紧,并开始了创造"无产阶级文学艺术"的构想。1958 年 2 月 28 日的《人民日报》和第 5 期《文艺报》发表了周扬的文艺界"反右"斗争总结性文章《文艺战线上的一场大辩论》。毛泽东在审阅时加上了一段话,称"反右运动"是"一次最彻底的思想战线上和政治战线上的社会主义大革命","给资产阶级反动思想以致命的打击,解放文学艺术界及其后备军的生产力,解放旧社会给他们带上的脚镣手铐,免除反动空气的威胁,替无产阶级文学艺术开辟了一条广泛发展的道路"。在他看来,是

---

① 王元化:《论样板戏》,《清园论学集》,上海古籍出版社 1994 年版,第 464—465 页。
② 张广天:《江山如画宏图展——从京剧革命看新中国的文化抱负》,《文艺理论与批评》2000 年第 1 期。

"反右运动"为无产阶级文学艺术的建立清理了"旧基地"和"开辟道路",而"在这以前,这个历史任务是没有完成的",表明他对新中国成立以来的文学艺术状况并不满意,体现了他在中国创立"无产阶级文学艺术"的激情。同年 3 月 22 日他在中共中央召开的成都会议上提出:"中国诗的出路,第一条民歌,第二条古典,在这个基础上产生出新诗来,形式是民歌的,内容应是现实主义和浪漫主义的对立统一。"对"现实主义和浪漫主义的对立统一",周恩来在 1959 年 5 月 3 日《关于文化艺术工作两条腿走路的问题》的讲话中做了明确的阐释:"既要是浪漫主义,又要现实主义。即革命的现实主义与革命的浪漫主义的结合。就是说,既要有理想,又要是现实的。没有理想的艺术作品,干巴巴的,和照像一样。况且照像也还要有艺术性。主导方面是理想,是浪漫主义。我们要提高我们的生活,使我们的生活更美,思想情操更崇高。""二革"创作方法的提出,为从观念出发、从政治愿望出发构想现实提供了理论依据,成为创造"无产阶级文学艺术"的指导原则。

  正是从创造"无产阶级文学艺术"出发,毛泽东对拥有广大的接受群体、更便于普及化的戏剧给予了更多的注意。八届十中全会上他提出"要提倡演为社会主义服务的现代的革命戏"①。同年 12 月 21 日在同华东省委、市委书记谈话时,批评戏曲"帝王将相、才子佳人多起来,有点西风压倒东风",提出"东风要占优势"。1963 年 5 月 8 日在制定《前十条》的杭州会议期间说,"有鬼无害论"是农村、城市阶级斗争的反映。9 月 27 日在中央工作会议上提出,反对修正主义要包括意识形态方面,除文学外,还有艺术,比如歌舞、戏剧、电影等等,都应该抓一下;要"推陈出新","陈"就是封建主义、资本主义,要把封建主义、资本主义推出去,出社会主义,就是要提倡新的形式,旧形式也要搞新内容,形式也得有些改变。11 月又对《戏剧报》和文化部进行尖锐批评:一个时期《戏剧报》尽宣传"牛鬼蛇神";文化部不管文化,封建的、帝王将相的、才子佳人的东西很多,文化部不管。要好好检查一下,认真改正,如不改变,就改名"帝王将相部""才子佳人部",或者"外国死人部"。② 1963 年 12 月 12 日和 1964 年 6 月 27 日毛泽东对文艺问题又做

---

  ① 转引自谢柏梁:《中国当代戏曲文学史》,中国社会科学出版社 1995 年版,第 247 页。
  ② 薄一波:《若干重大决策与事件的回顾》(下),中共中央党校出版社 1993 年版,第 1225—1226 页。

了两个"批示",指责"戏剧、曲艺、音乐、美术、舞蹈、电影、诗和文学"等,"问题不少,人数很多,社会主义改造在许多部门中至今收效甚微。许多部门至今还是'死人'统治着","许多共产党人热心提倡封建主义和资本主义的艺术,却不热心提倡社会主义的艺术";批评全国文联和所属各协会及他们所掌握的刊物的大多数,"十五年来,基本上(不是一切人)不执行党的政策,做官当老爷,不去接近工农兵,不去反映社会主义的革命和建设。最近几年,竟然跌到了修正主义的边缘。如不认真改造,势必在将来的某一天,要变成象匈牙利裴多菲俱乐部那样的团体"。① 这种指责是不准确的。究其原因,主要有三:其一,和对当时国内国际阶级斗争状况的错误估计有关;其二,把文学艺术划入意识形态,要求文学艺术随经济基础和上层建筑的改变而改变,忽略了文学艺术相较意识形态的相对独立性,忽略了文学艺术精品具有永久的艺术魅力;其三,有题材决定论倾向。其实文艺题材和主题不是一回事,如《杨门女将》歌颂了爱国主义,《将相和》赞美了以大局为重不计个人得失的高尚品质,《红梅阁》表现了正义终将战胜邪恶的思想。他的这种激进主义文艺思想得到柯庆施、康生、江青等人的热烈响应,迅速蔓延,并取代党内较为"稳健"的思想,成为当时的统治力量。这种激进主义文艺思想的进一步发展,就形成了毛泽东审阅修改的《林彪同志委托江青同志召开的部队文艺工作座谈会纪要》。

这种激进主义文艺思想将新中国成立以来居于主流地位的政治性—真实性—艺术性结构中的"真实性"拆除,代之以政治性—艺术性结构。在这里,生活的"真实性"、创作者的艺术个性、对生活的独特体验和艺术表达方式成了微不足道的东西。1958年到"文化大革命"结束盛行的"三结合"(领导出思想,作家出技巧,群众出生活)写作方式正是这种文艺思想在文艺生产方式上的具体体现。

京剧现代戏的创作就是在上述文化语境中开展的,不能不带上当时的时代色彩。其中一些剧目后来成了江青手中的"样板",说明二者之间有某些共同点,那就是强调阶级斗争,强调道德教化,从理想化出发设计情节和戏剧冲突,塑造高大完美的英雄形象。江青的作用在于让这些原则更加极端化。从京剧现代戏"样板化"的过程看,江青所做的修改举其大者有这样

---

① 《建国以来毛泽东文稿》第10册,中央文献出版社1996年版,第436—437页。

几点：第一，反映民主革命时期斗争生活的作品必须突出毛泽东以武装斗争为主的军事路线。京剧《沙家浜》是从沪剧《芦荡火种》移植的，起初也叫《芦荡火种》，写的是地下工作者阿庆嫂如何与敌人周旋，保护了郭建光率领的新四军伤病员，而后利用胡司令娶亲的机会，将化装成戏班子的郭建光等人引进沙家浜，全歼敌人。其中，阿庆嫂是第一主角。演出后，江青传达了毛泽东的意见，要突出武装斗争，最后打进去，剧名改为《沙家浜》。江青解释说，突出阿庆嫂还是突出郭建光关系到突出哪条路线的大问题。[①] 就是说原剧围绕阿庆嫂组织戏剧，是宣传"白区党"，属刘少奇路线。剧本修改后，将郭建光作为一号人物，最后一场让他率领养好伤的战士由芦荡出发，连夜奔袭，正面打人，消灭敌人。《红灯记》经过修改，在李玉和牺牲后，安排了柏山游击队歼灭敌人乘胜前进等情节，以体现地下斗争对武装斗争的配合。第二，反映社会主义时期生活的戏以阶级斗争为核心，组织戏剧冲突，推动剧情发展。"样板戏"《海港》和《龙江颂》的前身分别是淮剧《海港的早晨》和话剧《龙江颂》。原作写的都是人民内部矛盾，表现先进思想和落后思想的冲突。在改编过程中，为了体现毛泽东"千万不要忘记阶级斗争"的思想，把原作中属于人民内部矛盾的调度员钱守维和烧窑师傅黄国忠改为隐藏多年的阶级敌人，让阶级斗争成为剧作的第一主题，将先进思想和落后思想的冲突置于从属地位，并表现落后思想会被敌人利用来达到其不可告人的目的。第三，从观念出发，把英雄人物塑造成"高大全"式的人物。以《智取威虎山》为例。该剧组认为无产阶级英雄人物要有鲜明的阶级感情，和劳动人民有血肉联系。为此，根据江青的"指示"，删去原有的"深山庙堂"和"雪地侦察"两场表现反面人物迷信、凶残的戏，设计了"深山问苦"以表现杨子荣依靠群众、动员群众，与劳动人民的血肉联系。无产阶级英雄人物必定是毛泽东思想武装起来的，为此不但根据江青的"指示"，在第四场杨子荣请求任务时，特地为他设计了成套唱段"共产党员"，还在第八场设计了一个核心唱段"胸有朝阳"，以揭示毛泽东思想是他智慧和力量的源泉。无产阶级英雄人物不但应有中国革命理想，而且应有世界革命理想，为此，删去了原剧中"茫茫林海形影单""白骨累累，血迹斑斑绝人烟"等所谓思想境界不高的唱段，在第五场设计了大套唱段，以展示其"愿红旗

---

① 杨健：《革命样板戏的历史发展》，《戏剧》1996年第4期。

五洲四海齐招展""迎来春色换人间"的胸襟。① 第四,依照"三突出"模式安排人物关系,以突出主要英雄人物。"样板戏"把人物划为三六九等,依照等级的不同,对其唱段的长短多少、占据舞台的位置、外表形象的设计和灯光色彩做不同的安排和处理。《智取威虎山》不但调动文学、音乐、舞蹈、表演、舞美等各种手段,集中塑造杨子荣,而且让他从始至终居于舞台的中心。如第六场就按江青的"指示",删去原作中"开山""坐帐"等所谓"渲染敌人威风"的场面,把座山雕的座位由舞台正中移至侧边,始终作为杨子荣的陪衬。而杨子荣则占据舞台中心,载歌载舞,牵着座山雕的鼻子满台转。在献图时,让杨子荣居高临下,座山雕率众匪徒整衣拂袖,俯首接图。②《红灯记》为了改变原演出本中李玉和一家三代所谓"平分秋色"的状况,大力给李玉和扩戏。在对敌斗争中,"无论是面对敌人的武装搜查,还是在酒宴前,在重刑下,在刑场上……都处处使李玉和居于斗争的主动地位","全剧始终由他牵着鸠山的鼻子转"。③ 第五,从反对所谓"人性论"出发,砍掉表现人情、人性的情节;为了强化阶级对立,砍掉了某些正面人物所谓"软弱"的情节。如《红灯记》删去了李玉和一家三代穿针引线、李玉和偷喝酒这些富于生活情趣的场面,删去了鸠山毒打李奶奶、李玉和,铁梅不禁痛哭的场面;芭蕾舞《红色娘子军》删去了原电影本中洪常青和琼花的爱情描写;芭蕾舞《白毛女》改原歌剧、电影中杨白劳服毒自杀为反抗而死。总之,"样板戏"中没有家务事、儿女情,人物成了阶级的符号。这就造成了一种奇怪的现象,"样板戏"中的人物都没有爱情生活。李玉和无妻,方海珍无夫,柯湘出场时丈夫被敌人杀害了,江水英是"光荣军属",丈夫当然不在身边,而阿庆嫂的丈夫则被赶到上海跑单帮去了。他们除了完成政治任务别无他求,成了不食人间烟火的一群。

"样板戏"及其前身都是国家意识形态的载体。江青的作用在于使其更加观念化、纯粹化,自然也会渗透她个人的美学倾向,"喜爱夸张、强烈,强调色彩鲜明。表演上要程式化;服饰要求艳丽而又和谐;音乐要华丽、明

---

① 上海京剧团《智取威虎山》剧组:《努力塑造无产阶级英雄人物的光辉形象》,《革命样板戏评论集》第1辑,上海人民出版社1976年版,第37页。
② 同上书,第41页。
③ 中国京剧团《红灯记》剧组:《为塑造无产阶级的英雄典型而斗争》,《革命样板戏评论集》第1辑,第76页。

亮、鲜明。总体效果,要求洗练和简洁"①。不过,从本质上说,"样板戏"和它的前身是大同而小异(《海港》和《龙江颂》例外)。这"异",反映了左翼文艺激进派和稳健派之间的不同。何况江青介入京剧现代戏的移植、改编从1960年代初就开始了。因此,把"样板戏"及其前身一刀两断、截然对立的观点是难以说服人的。"外行看热闹,内行看门道",如果复演"样板戏",理论界的任务之一,就是指出其问题所在,对它做出辩证的评价,以帮助群众对它做正确的鉴赏。

江青的活动不但在戏内,而且从某种意义上说,主要在戏外。"样板戏"成为政治工具,为她提高自己的政治身价,打击政治敌手,推行激进主义的文艺观念,实行文化"一体化"服务。从这个角度看,本章开头引述的王元化的观点是有道理的。但在历史已翻过那荒唐一页的今天,指出这一点是必要的,却不能把它作为对"样板戏"评价的主要依据;应当把江青的戏内活动和戏外活动区别开来,就文本本身进行评价。至于巴金和邓友梅的感受,则属另外一种情况。不妨设身处地想一下,当一个人遭受非人折磨时,不断在他耳边放送一段音乐,久而久之,会形成条件反射——一听到这段音乐,就有毛骨悚然之感。这种感受不能算到"样板戏"的账上。

第二节 专业工作者和观众对"样板戏"的影响

江青介入只是"样板戏"制作的一个方面,另一个方面是广大艺术工作者的努力和观众的影响。

舞台艺术和文学作品、影视作品不同。文学作品、影视作品的创作者和接受者的交流以作品为中介,而舞台艺术的编导和演员必须与作品一道跟观众面对面地交流;文学作品、影视作品通过文字和声像物化、固定化,而舞台艺术的每一次演出都是一次再创作,具有流动性。因此,观众的反应如何,至关重要。试想,一台戏剧的演出,如果观众反应冷淡,甚至中途纷纷退场,那对编导和演员是何等沉重的打击;如果观众聚精会神,随剧情的发展时而高兴,时而忧伤,时而愤怒,时而沉思,在高潮迭起之处报以热烈的掌声,会多么强烈地激发演员的表演激情,编导也会随之欣欣鼓舞。某些剧作

---

① 杨健:《革命样板戏的历史发展》,《戏剧》1996年第4期。

会因为观众的反应而进一步修改,进一步排练。因此,剧场效果直接决定着戏剧的命运,这是任何权力都无法改变的。举一个例子,江青曾提出《白毛女》中应让喜儿、大婶和黄府的几个丫头一起上山,以显示阶级反抗的广泛性,试了一下,效果不好,只得恢复原状。由此可以看出,一部戏剧的创作与演出,是由编导、演员和观众共同完成的。这就是舞台艺术生产无法回避的机制。这一机制,从选材、编剧、排练到演出,是贯彻始终的。编导和演员无时无刻不想到观众,所谓"观众是衣食父母",道出了个中三昧。

"样板戏"少数属原创(如京剧《奇袭白虎团》),多数是从其他文艺形式改编或移植(移植也是一种改编)过来的。"样板戏"及其前身的主创人员(包括编导、主要演员、唱腔设计、舞美等等)中有许多人是文学界、艺术界的行家里手。他们长期"泡"在戏里,对舞台艺术和观众的需求十分熟悉,一旦拿到合适的题材,就爱不释手,全身心地投入,精益求精。当然,这些主创人员和观众并非原始自在的,而是被历史和现实塑造的。参与塑造的东西很多,也很复杂,在此无法详述,举其大者,有主流文化(官方文化)、民间文化、19世纪以前的外国文化、中国传统文学艺术、"五四"以来特别是新中国成立以后的文学艺术等等。不同的人对这些文化和文学艺术的吸收会各有侧重,甚至出现抵触(如赵树理不喜欢芭蕾舞),但不管怎样,不同的主创人员会和自己心目中的观众形成共谋关系,在完成主流意识形态要求的前提下,各展风采。这就必然形成"样板戏"的复杂性。而"样板戏"的剧目在样板化之前,在故事情节、艺术结构、主要人物配置上已形成了基本格局。"样板戏"只能在原作的基础上做局部的调整、增删,如想大改,牵一发而动全身,势必自找倒霉。因此,无论江青多么想让"样板戏"更观念化、纯粹化,她都不可能把自己的意图贯彻到底。如《沙家浜》,为了突出武装斗争,把郭建光定为一号人物,特意为他增加了许多场面和唱段。但从剧场效果看,他依然无法压倒阿庆嫂,究其原因,在于郭建光不及阿庆嫂有"戏"。所谓"戏",就是戏剧冲突,就是人物性格在彼此碰撞中的显现、互相影响、互相制约。《沙家浜》为郭建光设计的唱腔不可谓不美,为郭建光和战士们设计的舞蹈和武打不可谓不漂亮,但他们始终游离于该剧的核心,即阿庆嫂与胡传魁、刁德一的戏剧冲突之外,仅仅作为这一冲突的诱因而存在,观众的欣赏兴趣却在阿庆嫂如何与胡传魁、刁德一周旋,靠机智、靠勇敢将一个又一个意想不到的危局一一化解。而有没有"戏"是一出戏剧之所以为戏剧并赢得观众的基点。演员出身、看过中外大量戏剧和影片的江青想来也明白,要靠"样板戏"为自己树碑立传,达到宣传其激进政治观念的目的,就不能不尊重戏剧这一基本要求。为了实现这一基本要求,她甚至可以起用她恨之入骨的艺术家。如京剧《红灯记》的编剧翁偶虹被她诬为"封建文人",导演阿甲被她诬为"破坏现代戏的反革命分子",并被赶出剧组,可是中国京剧团和爱华沪剧团对该剧"会改"时,又把二人临时召了回来。①

京剧"样板戏"除《海港》《龙江颂》,均取材于革命历史斗争,情节曲折,斗争激烈,悬念丛生,富于传奇性。主创人员并不以此为满足,他们抓住关键场面,浓墨重彩地表现主人公与敌人面对面的较量,以展现人物的性格。《沙家浜》"智斗"中的阿庆嫂,柔中带刚,巧施手段,牢牢掌握主动权;《红灯记》"赴宴斗鸠山"中的李玉和,先调侃后大义凛然,让鸠山的伎俩一一破产;《智取威虎山》"舌战栾平"中的杨子荣,突遇意外,沉着镇定,利用矛盾出奇制胜。人物间的性格碰撞构成一个个戏剧冲突,成为戏中戏。即使观众对整个剧情耳熟能详后,仍然兴趣盎然,其原因就在于戏中有戏。一些论者认为"样板戏"已叫人厌烦,还强迫别人看,是"文化大革命"后期的现象。若干年里,八亿人能看到的就那么几出戏,广播里、电视中、舞台上、银幕间,乃至街头巷尾,从早到晚全是那一套,且不允许改动,不允许走样,即使是流传千古的艺术精品,也会让人腻歪的。打个比方,西方人爱吃牛排,中国人爱吃红烧肉,让一个人一日三餐,天天就吃爱吃的这一种,不倒胃口才怪。

"样板戏"以政治乌托邦的方式讲述在中国共产党领导下现代民族国家创立的历史和巩固这一成果的"现实"。斗争哲学和道德理想是它的主要思想资源。道德理想在"样板戏"中包括爱国主义、国际主义、对领袖和革命事业的忠诚、部分服从全局、个人服从集体等等。正是靠道德理想的支撑,斗争哲学才获得了合理性依据。由此不难明白,"样板戏"中为什么政治上的敌我斗争总是和道德上的善恶斗争扭结在一起,以道德标准划分是非。《智取威虎山》中有夹皮沟遭劫,《奇袭白虎团》中有平安里罹难,《红色娘子军》中南霸天毒打吴清华,《白毛女》中黄世仁破坏了大春和喜儿的美满婚姻,《海港》中钱守维在散包中混入玻璃纤维,《龙江颂》中黄国忠妄图

---

① 谢柏梁:《中国当代戏曲文学史》,中国社会科学出版社1995年版,第198页。

破坏大坝,即使《红灯记》和《沙家浜》这两出表现在中国人的心目中无需论证其合理性的抗日反奸的戏,也设置了李玉和看到苞米粥发霉掺沙唱道"铁蹄下度岁月何异牛马,同胞们苦挣扎怒满心头"和兵痞子在春来茶馆抢物抢人被阿庆嫂制止的细节。这样一来,两套话语,即斗争哲学话语和道德理想话语并置于"样板戏"中,为阐释和接受提供了较大的空间。王元化说:"在'文化大革命'那场灾难里,最大的悲剧是扭曲人性,使人发生令人毛骨悚然的自我异化。人与人之间的正常关系:尊重、友爱、互助……没有了,只有猜忌、仇恨、伤害……既然成千上万的无辜者被打成反革命,那就需要通过斗争哲学,使人大胆怀疑,满眼都是敌情。样板戏就重在表现斗争,而且都是敌我斗争。""样板戏"炮制者相信:"台上越是把斗争指向日寇、伪军、土匪这些真正的敌人,才会通过艺术的魔力,越使台下坚定无疑地把被诬为反革命的无辜者当敌人去斗。"①这话的确道出了江青一伙的险恶用心;或许在某些人那里"样板戏"也的确造成了这种效果,但对当时的广大观众来说,他们接受的还是对真正的敌人的憎恨和道德理想。即使在那样的时代,好人、善良人还是居多。1980年代后期以来,在群众对"文化大革命"中的极"左"思潮有了相当认识的情况下仍然有不少人喜欢"样板戏",自然无法否认其中确有像作家何满子所说,有的人出于"一种特殊的怀旧心理",一些小青年则怀着"一种强烈的好奇心"②,但多数人恐怕还是出于对道德理想的认同和对艺术性的欣赏。

第三节 "样板戏"的艺术成就

"样板戏"在古为今用、洋为中用上进行了多方面的艺术探索。

京剧属古,芭蕾舞既古且洋,二者在其几百年的发展、演变中,形成了各自的独特语汇,留下了一批精致的保留剧目。像"文化大革命"那样否定它们,禁止演出,是荒唐的。但是,它们毕竟和当代中国观众有很大的距离。其一,它们演的是古人、洋人,和当代中国观众的生活体验、情感倾向、审美兴趣隔了一层;其二,它们独特的语汇和表演程式,当代中国观众不熟悉。

---

① 王元化:《论样板戏》,《清园论学集》,上海古籍出版社1994年版,第469页。
② 《从美学上对"样板戏"说"不"》,《上海戏剧》1997年第3期。

要真正欣赏,观众必须有一定的训练。这样,它们只能由那些训练有素的观众欣赏,而且随着历史的发展,观赏者可能越来越少(京剧传统剧目如今演出门可罗雀即是证明),达不到服务于广大观众的目的。而作为舞台艺术,观众的多寡是至关重要的,尤其在市场化的条件下,观众的减少就意味着票房价值的降低,剧团的生存都成了问题,如何进行再创造,这是一个方面。另一个方面,就这两种艺术形式本身而言,也必须不断更新,不更新就意味着僵化,意味着死亡。这种更新当然可以在传统剧目和新编历史剧目上展开,但创作并演出中国当代生活题材是更重要的一环。这是因为这两种艺术形式分别对表现中外历史生活较为适应,而表现中国当代生活会遇到巨大挑战;挑战即动力,会推动它们做更大的改革。张庚在《〈中国新文艺大系1949—1966 戏剧集下卷〉导言》中说:"戏曲中间,现代戏是重要的,它可以促进戏曲艺术的发展,因为只有表现新的生活、新的人物、新的思想,戏曲才不会僵死衰亡,还会得到艺术上的新发展,这是为我国整个一部戏曲史的无数例子所证明了的。还有,一代的文艺,应当留下一代人物的活形象,留下一代生活的风习、一代社会的千姿百态,这不是历史书所能代替的。仅仅凭着这点,我们有责任创作出好的现代戏来,但决不是为了配合一时政策才去创作现代戏。"[①]他的话也适合芭蕾舞。

"样板戏"为了适应表现中国民主革命的历史和社会主义时期的生活,在艺术上主要进行了如下改革:

第一,写实与虚拟相结合。

传统的京剧是虚拟艺术:舞台上没有布景,道具极其简单,空间环境和时间流转全靠演员用虚拟动作表现;人物装扮类型化,生旦净末丑有相对固定的行头和程式化动作。这种艺术手段的好处是灵活自如,演员的艺术功底可以得到充分发挥,且演出投入资金少。它适于表现较为单纯的情节、人物关系和类型化人物,但要表现当代较为复杂的生活、人物关系和丰富的人物性格、心理状态,就显得力不从心了。京剧"样板戏"吸收了话剧的写实手法,布景拟实,道具丰富,时空状态给人以身临其境之感。同时打破传统程式,按人物的身份、地位、性格和环境的需求化装打扮,设计唱段、道白、动作。这就形成了整体的写实风格。在此基础上,在某些重要场面,发挥传统

---

① 张庚:《张庚文录》补遗卷,湖南文艺出版社2014年版,第277页。

京剧的虚拟特长，达到写实与虚拟结合的艺术效果。如《智取威虎山》第五场杨子荣的"马舞"，演员不骑马，连传统戏中的马鞭也不用，全靠身段、步态、手势、舞蹈表现人物骑马飞奔，纵马上山，马闻虎啸惊跳不已，而人物的表情、眼神、动作显得沉着镇定，在一动一静的对比中，把杨子荣心中有底、临险不乱、胆略过人的性格表现出来了。又如《沙家浜》中"奔袭"一场，让郭建光率领战士在舞台上以"圆场"为基础穿梭跑动表现急行军，用侧身前进表现行动隐蔽，用多走曲线表现部队穿行于水网田间的曲径上，使郭建光等人的矫健、大胆心细得以呈现。

虚实结合有时体现在用舞蹈的叙事功能描述人物的行动和情节的发展（"实"）与用舞蹈的写意手法揭示人物的思想感情和精神气质上（"虚"）。如芭蕾舞《红色娘子军》中洪常青"就义"一场，让洪常青撕碎手中白纸，掷向南霸天，接着一个"剑指"，怒斥敌人，这就是用"实"的手法叙事；而后用"旋风空转""燕式跳""凌空越"等一系列写意舞蹈，表现他的英勇无畏和感情的汹涌澎湃。

第二，打破主演体制，调动各种力量为剧情和塑造人物服务。

传统京剧经过二百多年的发展，已形成众多流派，所谓"四大须生""四大名旦"都是著名流派的代表人物。在总体服从京剧规定性的前提下，各流派有自己的拿手剧目，表演、演唱形成了各自的风格。整个戏班围着主演转，为表现主演服务，有如众星拱月一般。听戏的人就是冲着主演来的。正如徐城北先生所说："他们的审美习惯相当'顽固'——越是熟戏越爱听，如果开头一两回听的还是剧情，到后来就完全沉浸到艺术形式中间去'扑朔迷离'了。甚至还有这样的情形——被'听'的艺术家早已处在'盛名之下，其实难副'的尴尬境地，然而观众却满不在乎。形象不美？没关系！嗓子不佳？不要紧！只要您老人家在表演中有那么一点点'意思'，那就够了！那就是'真玩意儿'，那就是'火候'，那就能赢来疯狂般的喝彩！"[①] "样板戏"打破了这种台上台下围着主演转的体制，无论什么流派的演员，无论其地位高低，都要服从剧本的需要，按规定的人物性格去演，去唱。剧本成了核心，人物塑造成了核心。这样的演出也改变了观众的欣赏习惯，既看戏，又看"角儿"；看"角儿"不仅看他有什么绝活，更看他的表演是不是符合剧

---

① 徐城北：《品戏斋夜话》，中国戏剧出版社 1990 年版，第 126—127 页。

情和人物的规定性,表现人物的性格是不是到位。

第三,音乐创新。

京剧也好,芭蕾舞也好,都离不开音乐;音乐的创作影响到一部剧作的质量。"样板戏"在这方面的改革最见力度,它土洋结合,传统与现代结合,在演奏、声乐两方面都开出了新路子。

京剧"样板戏"的配器,仍以传统京剧的"三大件"(高胡、二胡、月琴)为主,又吸收多种中国其他乐器和西洋乐器,形成中西乐器混合编队,既保持了京剧特有的韵味,又丰富了音乐的表现力。作曲在充分照顾京剧特点的前提下,引进现代作曲技术,变传统京剧的单音音乐体制为和声体制,融入交响思维;采用主题贯穿的技法,为主要人物设计了表现其性格的音乐形象。同时扩大了音乐的功能,演奏不仅伴唱,而且描述环境,烘托气氛,渲染情绪。如《智取威虎山》中"打虎上山"的音乐就为我们描绘了一个茫茫林海、冰天雪地、山风呼啸、战马飞驰的场面,再配以杨子荣那高亢、激越的演唱,确实给人以昂奋、辽阔之感。这在传统京剧里是从来没有的。

在声乐方面京剧"样板戏"的改革同样取得重大突破。传统京剧的高度程式化表现在声乐方面是"曲牌"和"板腔"两大声腔系统的严格规定,虽然也可以根据剧情和人物做适当的变通,但留给创作者的空间极小。京剧"样板戏"保留了传统京剧的声腔特色,大力突破其程式化,视情节的开展、人物的性格和心理、环境气氛的变化进行创作。如《红灯记》中李玉和"狱警传,似狼嚎"的唱段、李铁梅"我家的表叔数不清"的唱段,《沙家浜》"智斗"中阿庆嫂、刁德一、胡传魁各自的唱段,《智取威虎山》中杨子荣"胸有朝阳"的唱段、李勇奇"早也盼、晚也盼"的唱段,都是个性化的,很好地表现了人物在特定场景中的心态。芭蕾舞《白毛女》和《红色娘子军》在继承芭蕾舞音乐传统的同时,努力向民族化方面靠拢,它们分别采纳了原歌剧和电影的音乐旋律和唱段,给人以亲切感。

第四,念白的个性化、通俗化、生活化。

"千斤话白四两唱",传统京剧对念白的重视于此可见一斑。然而传统京剧的念白过分程式化、类型化、技巧化,放到当代,一是离当代的语言习惯太远,观众不易听懂;二是不适合表现当代生动的人物;三是给演员的发挥提供的空间太小。"样板戏"一改这种念白传统,实现了个性化、通俗化、生活化;它是当代人的活的语言,又适合人物的身份和性格。如《红灯记》"赴宴斗鸠山"中李玉和与鸠山的对话。在鸠山没有打出王连举这张"王牌"之前,李玉和竭力掩盖自己的身份,与鸠山斗智,逼得鸠山让王连举出场,暴露了他所掌握的情报;而后唇枪舌剑,回击鸠山的利诱和威逼,处处展现身为铁路工人的地下党员的性格和思想境界。而鸠山的对话则揭示了他本性凶残,故作文雅,在一切伎俩均告失败后色厉内荏的心理过程和性格特征。"痛说革命家史"中李奶奶那段独白被许多人评为经典之作,长达八十多句的独白在电影、话剧中都是一大难题,而演员将说书、叙事、抒情结合在一起,真正做到了声情并茂、跌宕起伏。

从上面的介绍可以看出,"样板戏"在古为今用、洋为中用方面取得了一定的成绩。它在对当代中国生活的想象和审美诸方面与当代中国观众有较多的契合,化"雅"为"俗",为京剧、芭蕾舞等扩大观众做出了贡献。

思考题
1. 如何辩证地评价"样板戏"?
2. 评析李玉和、杨子荣、阿庆嫂三个人物形象的塑造。

第十三讲　汪曾祺与当代小说文体

汪曾祺是一位联接现当代文学的作家。他在1940年代的西南联大师从沈从文,受影响颇深。1940年代就有小说集《邂逅集》问世,新中国成立后从事戏曲工作,写过京剧剧本。新时期以来,他的《受戒》《大淖记事》引起广泛关注,随后一发不可收,发表了大量独具风格的小说和散文,影响很大。出版有《晚饭花集》《汪曾祺短篇小说集》等几个小说集,散文有《蒲桥集》《旅食小品》《汪曾祺小品》等集子,另有文学评论集《晚翠文谈》。1993年四卷本《汪曾祺文集》出版,1998年八卷本《汪曾祺全集》出版。汪曾祺就像一条埋在地底下的河流,被发掘出来,喜爱者甚多,追随者也很多,俨然形成一股"汪曾祺热"。大约1986年前后,林斤澜在《旧人新时期》里引用同行的话说"汪曾祺行情见涨"。十几年过去了,许多当时轰动一时的作品已如过眼烟云,回过头来看汪曾祺的作品,还那么耐读,那么有魅力。这里面到底是什么原因呢?汪曾祺的小说到底给我们提供了什么东西?我们还是进入对汪曾祺作品的阅读和分析中,以期把握汪曾祺小说的艺术魅力。

第一节　汪曾祺小说的审美世界

一　"小说是回忆"

汪曾祺曾经给小说下过定义:"跟一个可以谈得来的朋友很亲切地谈一点你所知道的生活。"①于是,我们阅读他的小说,仿佛感到是一个岁月老

---

① 汪曾祺、施叔青:《作为抒情诗的散文化小说》,《上海文学》1988年4月号。

人在夕阳下讲些有意思的往事,清淡、飘逸、耐听、耐品,那些浓烈的、激动的、过于悲伤的东西都在他的娓娓叙述中变得淡而又淡。这个老人饱受沧桑,有一些学识,再加上博闻强记,世俗风情、人情世故娓娓道来,舒缓有致,自有一番坐看云起的达观。

从汪曾祺目前的小说来看,他的小说背景首先大多是故乡江苏高邮的风土人情、市井生活,那里有他童年生活所有的记忆和梦想,《受戒》《大淖记事》《鉴赏家》《异秉》《八千岁》《职业》《陈小手》等等,他写得最好的也就是这些属于童年回忆的作品。其次是昆明生活,那里有他青年时代的欢乐和悲哀,《老鲁》《鸡毛》等小说就是建构在西南联大时的昆明生活基础上。还有一些作品离现实的关系较近,或以北京市井、剧团、张家口农科院为背景,这里面大多数作品写得不是特别成功,但《讲用》《云致秋行状》《虐猫》还是写得不错的。这里就出现了一个问题:为什么他写得最好的作品是那些离现实最远的作品?回忆中的故乡到底给我们带来了哪些审美体验?

回忆是一种远距离的凝望和选择,时间过滤掉外在的尘嚣与浮躁,沉淀下那些醇美的、在生命中留下印迹的东西,这些曾经打动过作者,隔了多少年向回看,记忆中的往事点点滴滴叠印起来,经过作者艺术和审美的过滤,形成独具个性的艺术世界。另外,汪曾祺本人的个性和气质也倾向于和谐快乐,1940年代的汪曾祺由于年轻气盛还有那么一点点"浮躁凌厉"之气,老年的汪曾祺参透了许多人世的纷争,越来越达观,他不习惯对现实生活进行严格的拷问,用他自己的话说是:"追求的不是深刻,而是和谐。"①于是,我们只在他的极少数作品中看到偶尔露出的锋芒和嘲讽,如《陈小手》中用白描的手法写了一个男性产科医生的不幸遭遇。陈小手是个高超出色的产科医生,团长女人生不下孩子,陈小手帮她把孩子生下来,最后却被团长一枪打死。汪曾祺只在文章结尾处写了团长觉得怪委屈:"我的女人,怎么能摸来摸去!她身上,除了我,任何男人都不许碰!这小子,太欺负人了!日他奶奶!"就这一句话就把团长的心理呈现出来,我们也能感觉到汪曾祺流露出的嘲讽。《讲用》写一个爱贪小便宜的人在"文革"期间的一段表现,读来令人捧腹大笑。郝有才是剧团里干杂活的,工资低,过日子仔细,爱打小

---

① 汪曾祺:《社会性·小说技巧》,《汪曾祺全集》第10卷,人民文学出版社2019年版,第455页。

算盘。"文革"开始后他所在的团成了样板团,吃样板饭穿样板衣,样板衣分一二三号。他一米六二的个子非要一号,拿回去铰铰改改,"能链一副手套"。他干了一件"不露脸"的事:拿了人家五个羊蹄。工宣队让他检讨发言,他就从自己苦大仇深的经历说起,越来越离题,忽然又归入正题,冷不丁来了句:"中国共产党万岁。"后来,他又干了一件"露脸"的事:把暖瓶胆打碎了,自己掏钱买了个暖瓶胆。工宣队觉得此举进步很大,"要他讲用",他不认字,不会讲稿子。工宣队说最好能引两段毛主席语录,大家每天都在念毛主席语录,他听也能听会几段了。没有想到郝有才上台大声说:"毛主席教导我们说,cèi 了就 cèi 了。"全场大笑,散会。一个表面上看起来严肃的话题被一个小人物无意的实在话语消解掉了,小人物从来和大政治格格不入,汪曾祺对那个时代的嘲讽不经意间流露出来。

当然,汪曾祺的绝大多数小说表达的是爱与美、温情与风俗。汪曾祺在回忆中有意识地过滤掉那些丑恶的东西。

《受戒》是一篇极美的小说,写一个小和尚和一个叫英子的小姑娘清清爽爽、朦朦胧胧的爱情。汪曾祺小说中的人物大多是带着点"雅"气的市井小民,他着重渲染的是人与人之间的温情、人与人之间相互依赖的那点义气。《鉴赏家》写一个卖水果的和大画家之间风雅而朴实的交往。在大画家眼里,果贩叶三是真正的知音。叶三得了大画家许多画,仅为珍藏、玩味,多少钱也不卖。他们之间是一种不为金钱的超功利的审美感情。《岁寒三友》写了小人物在艰难处境中的相互搀扶,高洁、义气、温情。《陈泥鳅》写扶危救困的陈泥鳅与王奶奶相濡以沫的情谊。这些处于社会"边缘"的小人物,大都进入不了社会的中心,可是,在他们身上沉淀着淳朴和温情。

汪曾祺的小说构造出一片没有权力浸染的纯然而宁静的乡土,一片近乎童年记忆般和谐而温馨的所在。如果说 1940 年代汪曾祺的文本中还有个人灵魂的探索与漂泊,如《复仇》,那么 1980 年代汪曾祺的文本则摆脱掉分裂色彩的火气,呈现出全然的宁静与和谐。汪曾祺把笔触投到自己的"故乡"江苏高邮的村镇上,《受戒》和《大淖记事》里的乡土呈现出一派自然与随和,洗净文化、历史、伦理等诸多符号,表现出与自然相亲相爱的感觉。《受戒》里的那个小和尚和那个明秀的小英子莫不洋溢着健康与活泼,《大淖记事》里的巧云和十一子的悲情虽然因为号长的介入而有点波折,但正义和善良很快驱逐开丑恶,于是美丽的更加美丽,和谐的更加和谐。在汪曾祺的小说中,这些乡土之梦是不容许有任何丑陋的东西进入的,即使偶尔有,也只能成为暂时性的因素,对整个的和谐与恬静并不构成威胁性的力量。汪曾祺曾说他写小英子形象受过老师沈从文那些农村少女三三、夭夭、翠翠等的潜在影响,他小时候曾在庵赵庄的农家见过小英子的一家:"小英子眉眼的明秀,性格的开放爽朗,身体姿态的优美和健康,都使我留下难忘的印象,和我在城里所见的女孩子不一样。她的全身,都发散着一种青春的气息。"①长期生活在城市中的汪曾祺在六十多岁的时候追忆起自己童年记忆中的旧梦,用极美的文字和冲淡的心绪完成了对这些旧梦旧情的叙述。

汪曾祺的这些小说里的经验大多来自童年记忆,他的小说比废名显得明朗些,比沈从文多了些儒雅气和文人境界。可以看出,汪曾祺的小说是介乎二者之间的一种美学经验,既有着乡土本身所支撑的经验,也有文人传统的境界浸润。在汪曾祺的小说中,"乡土—童年"的替代方式介入作家的经验世界里。当然,对于汪曾祺来说,此童年也不是彼童年,而是隔了几十年的路向回看的。对此他自己是非常清醒的:"四十多年前的事,我是用一个八十年代的人的感情来写的。《受戒》的产生,是我这样一个八十年代的中国人的各种感情的一个总和。"②汪曾祺小说的总体美学趋向于和谐与唯美。这种和谐既是人与自然的相融相洽,也是人与人之间的真纯质朴。这些文本中没有环境作为异质性的力量对人的压迫,如产生于城市环境中的现代主义的某些文本那样;人的心灵也没有分裂性的冲突与漂泊,和谐消除了一个人在路上那种对自我与内心世界的探索。

和谐易导致优美和平,也会削弱深刻与尖锐。进入文本中的现代城市经验如挤压、异己、孤独、恶心、变形等在这些纯粹的乡土文本中是找不到的。

二 小说的散文化

汪曾祺的小说耐读、耐品、耐人寻味,可是,当我们读完后却难以复述这篇小说到底写了什么,因为他的小说故事性不强,情节太少,好像没有起承转合,没有起伏高潮,留给我们的只是一种感觉、一种氛围、一种对生活的印象。他的大多数小说结构松散,舒放自由,拉拉杂杂随意写去,却有一种

---

① 汪曾祺:《关于〈受戒〉》,《汪曾祺全集》第9卷,第145页。
② 同上书,第146页。

"漫不经心的随意"。他的小说多生活场景、细节,还有经验、掌故、风俗、天文地理等等,这些都削弱了其故事性。读他的许多小说,有一种随笔似的自由和亲切,有时竟被他绕进去了,感觉不到是在读小说,颇似真实的生活,如《徙》《云致秋行状》等小说。可是,他又没放到散文中去,还是有一种艺术的虚构在其中。"近似随笔"的小说文体带来了小说观念的更新,也带来了别具一格的阅读趣味。

汪曾祺小说的散文化主要体现在小说结构上。他的小说情节因素很弱,较少逻辑的、因果的关系,也较少矛盾冲突所带来的戏剧性。他更多关注的是生活,他写人写事,浮在上面的却是生活。所以,他在结构小说时大多按照生活的多维流动来"建构",先描写环境背景、地理风貌,然后出现人,由人又到人的职业、生活情趣,然后是人的具体细节,中间碰到什么可能就会绕进去写几笔,就如同一条流动的小河,河两岸的草、花、云、影都倒映在里面,它不停地流着,碰到石头、游鱼、细沙……都要低回不已,一唱三叹,就这样形成一条丰富活泼的河流。

《老鲁》是汪曾祺写于1940年代的小说,这种结构方式非常明显地体现出来。《老鲁》是以西南联大生活构成小说的叙述背景,写了一个校警的故事。小说开头先写饿,把当时的社会状况和学校状况呈现出来,再写挖野菜,细节生动,妙趣横生。写了将近两页才引出老鲁,老鲁抓"甲壳虫"的细节丰满细腻;这时才写到"校警"老鲁和老吴,各有所长,各有所好;而后重点写老鲁的经历与遭遇。老鲁这个普通人的形象鲜活起来,西南联大的生活或别的东西随便带入,出来进去都那么自然。《鸡毛》第一句话是:"西南联大有一个文嫂。"建立了文嫂和西南联大的关系,接下来就写西南联大时期文嫂的生活:给学生洗衣服、拆被窝、养鸡。写到这里作者又把笔触放到西南联大男生宿舍和金焕昌身上,非常细致地写了一个外号"二十年目睹之怪现状"的人:所有的东西都挂着;从不买纸;每天吃一块肉;每天提了把黑布阳伞进出;穿两件衬衣,打两条领带;还有他令人发笑的求爱故事。

另外,他那些有点市井风情的小说更是结构松散,穿插自如,天文地理、风俗人情、掌故传说等等,有一种博识的杂家的风范,给人的感觉好像是想到哪儿写到哪儿,主次不分明。这种写法不是什么人都学得来的。这需要深厚的文化素养做底子,需要诗性而自由的精神做依托,需要对语言独到的感觉和把握。小说毕竟不是民俗学或知识手册,汪曾祺的许多小说一直在陷阱的边缘徘徊,太多的民俗或经验、知识介入小说,很容易产生"掉书袋"的匠气。可是,他妙就妙在艺术化地处理各种插入成分,这种顺其自然的随笔文体表面上看起来不像小说,可是,这些插入成分却有机地完成了叙事功能,从而赋予作品一种自然恬淡的境界,营造了一个洋溢着浓郁地域风情的艺术世界,疏朗质朴、清雅温馨。《受戒》里一开头写荸荠庵,引出当地当和尚的风俗,明海出家的过程,荸荠庵的生活方式,小英子一家的生活状态,最后才出现明海受戒的场面,而且还是通过小英子的眼睛来写的。而且,小说的插入成分里还滚雪球似地向外滚动着其他的插入细节,比如讲庵中生活一段,顺带叙述了几个和尚的情态,叙述精明的三师傅时又讲到他的"飞铙"绝技、和尚与当地姑娘私通风俗、带点风情的山歌小调,可谓枝节纵横、旁逸横生。可是,作者的叙述却是那么自然,仿佛水的流动,不拘一格,浑然天成。汪曾祺自己也说:"《受戒》写水虽不多,但充满了水的感觉","水不但于不自觉中成了我的一些小说的背景,并且也影响了我的小说的风格。水有时是汹涌澎湃的,但我们那里的水平常总是柔软的、平和的,静静地流着"。① 这种流水般自然的小说风格,营造了"思无邪"般纯正天然的艺术世界。《受戒》里所有的人都生活得自由自在,自然率真。当和尚是一种职业,娶妻、杀猪,如俗人一样。明海和小英子健康明朗的初恋诗意般呈现出来,这是作者着力写的,写得含蓄节制,富有诗意,如明海和小英子到田里挖荸荠,柔软的田埂上留下英子的脚印,"明海看着她的脚印,傻了。五个小小的趾头,脚掌平平的,脚跟细细的,脚弓部分缺了一块。明海身上有一种从来没有过的感觉,他觉得心里痒痒的。这一串美丽的脚印把小和尚的心搞乱了……"汪曾祺非常善于描写这些富有诗意情趣的细节,这就使整篇小说虚实相间,产生"生活境界的美的极致"②。

汪曾祺的小说写人写事,其实是在写生活。他笔下的人物品类繁多,三教九流,引车卖浆之流和下层知识分子,这些都是身处社会下层的小人物。小人物身上承担不了感天动地的悲壮,小人物多发生着小事件,喜怒哀乐,悲欢离合,执着坚忍,随意而为,日出而作,日落而息。每个人物都有属于自己的生活方式和生活姿态,《异秉》中的王二卖卤菜、听书,《鸡鸭名家》中的

---

① 汪曾祺:《自报家门》,《汪曾祺散文》,北京出版社2021年版,第229页。
② 同上书,第241页。

余老五炕鸡,《八千岁》里的八千岁卖米、节俭,《职业》中那个十二三岁的孩子卖"椒盐饼子西洋糕",《大淖记事》里挑妇们挑着鲜嫩的菱角、藕,锡匠打锡器。

汪曾祺结构小说的方式就如同一段生活流,表面上看起来杂乱无章、繁杂无矩,却潜藏着一种内在的秩序,所有穿插进来的叙述都暗含着这种内在秩序,"卒章显其志",读完了才恍然有所悟,如果去掉这些枝杈、细节,他的小说就什么也没有了。在汪曾祺这些散文化的生活流小说中,他特别关注市井风俗,他的小说背景大多是江苏高邮一带的民情民俗。因此,有人把他归入"乡土小说"或"风俗小说"中,对此他好像不以为然,以为他们对"乡土文学"的看法本身是一种误解。①

关注于生活,就要涉及生活的方方面面、生活的整个流程:环境、风俗、宗教、职业等等。汪曾祺是一个热爱生活的人,一个富有生活情趣的人,活得通脱自在、活泼健朗。生活中的细枝末节、边边角角都会引起他的注意,这是一个小说家的感觉方式。《职业》中各种叫卖的声音,都被他有滋有味地品赏着,他曾停留在这些声响中,才会有这么大的耐心细细地揣摩它们。在这背后是一种热爱生活的态度,汪曾祺要传达的就是对于生活的执着,一种生活情趣,一种生命境界,一段感情状态。

汪曾祺对自己的小说文体的散文化是有着充分自觉的,可以说,他是一个有着清醒意识的文体家。在他看来,故事性太强的小说很不真实。他在小说序言里声称:"我的小说的另一个特点是:散。这倒是有意为之。我不喜欢布局严谨的小说,主张信马由缰,为文无法。"他说这种处理方法受过苏轼写作理论的影响:"大略如行云流水,初无定质;但常行于所当行,常止于所不可不止。文理自然,姿态横生。"②这种行云流水般自然地处理材料的艺术方式,与他本人的气质有关。他书画兼长,学养丰富,尤喜古代笔记,"喜欢宋人笔记胜于唐人传奇"③,画则写意胜于工笔。他在对生活审美化的处理中,只是一个平平静静的叙述者,性情的温和与随意营造了一种独特的叙述风度和叙述文体。他曾对散文化小说的特征做过如下描述:

---

① 张兴劲:《访汪曾祺实录》,《北京文学》1988 年第 1 期。
② 汪曾祺:《〈汪曾祺短篇小说选〉自序》,《汪曾祺全集》第 9 卷,第 152 页。
③ 汪曾祺:《捡石子儿——〈汪曾祺选集〉代序》,《汪曾祺全集》第 10 卷,第 169 页。

> 在散文化小说作者的眼里,题材无所谓大小。他们所关注的往往是小事,生活的一角落,一片段。即使有重大题材,他们也会把它大事化小。散文化的小说不大能容纳过于严肃的、严峻的思想。这一类小说的作者大都是性情温和的人,他们不想对这个世界作陀思妥耶夫斯基式的拷问和卡夫卡式的阴冷的怀疑。许多严酷的现实,经过散文化的处理,就会失去原有的硬度。……散文化小说是抒情诗,不是史诗。①

这一段夫子自道式的散文化小说观未必适合所有的散文化小说家,但对于汪曾祺本人却是很贴切的。重视背景描写与气氛渲染,突出故事情节以外的"意境""情调",浓郁的生活气息,诗意的梦幻、场面、细节、印象等诸多因素,使他的小说富有诗意。这在他的早期作品里就表现出来了,请看《复仇》(1944)的一段:

> 人看远处如烟。
> 自在烟里,看帆篷远去。
> 来了一船瓜,一船颜色和欲望。
> 一船是石头,比赛着棱角。也许——
> 一船鸟,一船百合花。
> 深巷卖杏花。骆驼。
> 骆驼的铃声在柳烟中摇荡。鸭子叫,一只通红的蜻蜓。
> 惨绿色的雨前的磷火。
> 一城灯!
> 嗨,客人!
> 客人,这仅仅是一夜。

这有点像废名的文体了,把小说当诗写、当绝句写。在汪曾祺以后的小说中,他把这种刻意为之、浓得化不开的诗意打散了,处理得老到、含蓄、自然。如《受戒》最后写到明海受戒回来,小英子摇船去接他,忽然把桨放下,趴在他耳朵边小声地说:

> "我给你当老婆,你要不要?"
> 明子眼睛鼓得大大的。

---

① 汪曾祺:《小说的散文化》,《汪曾祺全集》第9卷,第389—390页。

"你说话呀!"

明子说:"嗯。"

"什么叫'嗯'呀!要不要,要不要?"

明子大声说:"要!"

"你喊什么!"

明子小小声说:"要——!"

然后英子飞快地划起来,划进了芦花荡。两小无猜的朦胧恋情如同一首清纯的诗,单纯、可爱,让人感到一种来自生命本身的欢乐。《晚饭花》里李小龙每天放学都看见坐在晚饭花前做针线的王玉英,"晚饭花开得很旺盛,它们使劲地往外开,发疯一样,喊叫着,把自己开在傍晚的空气里。……非常热闹,但又很凄清。没有一点声音。在浓绿浓绿的叶子和乱乱纷纷的红花之前,坐着一个王玉英"。如同一首感伤的诗,把一种寂寞和哀愁一点点透露出来。

当然,小说的诗意要靠情绪、氛围、境界、语言等主观化处理传达出来。相较于诗,汪曾祺的大多数小说更接近散文和随笔。

三 小说语言:语气、语调、语感

"什么是接近一个作家最可靠的途径?——语言。"这是汪曾祺在《关于小说的语言》中的自我提问和回答。汪曾祺在多篇文章中谈过自己对小说语言的观念:语言是作者人格的一部分;语言体现了小说作者对生活的基本的态度;语言决定于作家气质;写小说,就是写语言。把语言提到非常显要的位置上,这是一个有着丰富写作经验的小说家长期对语言玩味、揣摩,与语言游戏较量中的切身体会。

汪曾祺小说的平淡恬静、诗意氛围也是靠语言来完成的。那么,汪曾祺的小说为我们提供了一种什么样的语言风格呢?总的来说,汪曾祺小说的叙述语言简洁干净,文白相间,节制而富有弹性。他的语言清清爽爽,干净利索,一点也不拖泥带水,少用修饰词而多叙述性的白描。汪曾祺认为"语言的唯一标准,是准确"[①]。请看他的几段文字:

[①] 汪曾祺:《小说笔谈》,《晚翠文谈》,上海三联书店2018年版,第48页。

荸荠庵的地势很好，在一片高地上。这一带就数这片地势高，当初建庵的人很会选地方。门前是一条河。门外是一片很大的打谷场。三面都是高大的柳树。山门里是一个穿堂。迎门供着弥勒佛。不知是哪一位名士撰写了一副对联：

　　大肚能容容天下难容之事
　　开颜一笑笑世间可笑之人

　　弥勒佛背后，是韦驮。过穿堂，是一个不小的天井，种着两棵白果树。天井两边各有三间厢房。走过天井，便是大殿，供着三世佛。佛像连龛才四尺来高。大殿东边是方丈，西边是库房。大殿东侧，有一个小小的六角门，白门绿字，刻着一副对联：

　　一花一世界
　　三藐三菩提

　　进门有一个狭长的天井，几块假山石，几盆花，有三间小房。(《受戒》)

　　多么洗练干净，简单自然，没有修饰词、比喻、夸张等过于强烈的辞藻、色彩；简单陈述，重视语言的表现功能，就如同事物本身一样质朴、自然；高地、河、白果树前没有修饰词，就是事物本身。作者仅仅用了大小高低、狭长等带有判断性色彩的限定词，要达到的就是"准确"。

　　仅仅是准确，那不成了科学性的文章吗？小说家要达到的不仅仅是这些，关键要在准确的语言运用中达到一种风格、一种氛围，一种只属于他自己的话语文体，在字词的秩序中创造无限的意义和可能，在字与字的关系中创造一种富有表现力的叙述语言。正如西方语言学家索绪尔所说："语言中只有差别"，"一切都是以关系为基础"。[①] 维特根斯坦也表达过类似的观念："每个符号本身都是没有生命的。什么东西赋予它以生命？通过使用它才获得生命。"[②]对此，小说家用自己的实践经验契合了语言学家、哲学家的判断。老舍也说过字无贵贱之分，全看用得是不是地方。汪曾祺更是深有感触：

---

① 索绪尔：《普通语言学教程》，高名凯译，商务印书馆1980年版，第167、170页。
② 转引自施太格缪勒：《当代哲学主流》(上)，王炳文、燕宏远、张金言等译，商务印书馆1986年版，第566页。

我觉得研究语言首先应从字句入手,遣词造句,更重要的是研究字与字之间的关系,句与句之间的关系,段与段之间的关系。好的语言是不能拆开的,拆开了它就没有生命了。好的书法家写字,不是一个一个地写出来的,不是像小学生临帖,也不像一般不高明的书法家写字,一个一个地写出来。他是一行一行地写出来,一篇一篇地写出来的。①

他强调字与字之间的关系,排列组合在一起产生的意味、语感。汪曾祺的许多小说,单抽出来每一个字和词,感到很一般,说不出哪里好,可是,组合缠绕在一起却又产生一种韵味,很耐咀嚼,令人回味再三,这就是他与众不同的语言感觉(这就如同人的面貌,有的单看眉、眼、鼻、嘴都很好看,配在一起却不耐看)。请看他的小说中的几段:

　　詹大胖子是个大胖子。很胖,而且很白。是个大白胖子。尤其是夏天,他穿了白夏布的背心,露出胸脯和肚子,浑身的肉一走一哆嗦,就显得更白,更胖。他偶尔喝一点酒,生一点气,脸色就变成粉红的,成了一个粉红脸的大白胖子。

　　…………

　　后来,张蕴之死了,王文蕙也死了(她一直没有嫁人)。詹大胖子也死了。

　　这城里很多人都死了。(《桥边小说三篇·詹大胖子》)

詹大胖子是一个小学校里的斋夫工:敲钟、剪冬青树、卖花生米糖等。他看见校长张蕴之和女教员王文蕙"私通"。他是不是心里有一点喜欢王文蕙?当别人向他询问,他竟说没有这回事。而上面对詹大胖子的"胖"的描写几乎用了反复强调的方式,一层层推进,直到"粉红色的大白胖子"。就在这种"重复"性的叙述中,我们感到一种温和的调侃,不禁会心一笑。到最后张蕴之死了,王文蕙死了,詹大胖子也死了,"这城里很多人都死了"。这几个单句大概谁都会写出来,可是,放在这里,我们却从单调的重复中获得一种逼近生命本身的洞察。

再看《受戒》中的一段:

　　芦花才吐新穗。紫灰色的芦穗,发着银光,软软的,滑溜溜的,像一

---

① 汪曾祺:《诗文臧否真性情》,译林出版社2021年版,第147页。

串丝线。有的地方结了蒲棒,通红的,像一枝一枝小蜡烛。青浮萍,紫浮萍。长脚蚊子,水蜘蛛。野菱角开着四瓣的小白花。惊起一只青桩(一种水鸟),擦着芦穗,扑鲁鲁鲁飞远了。

这一段景物描写画面感很强,几乎是用意象派诗人的笔触,他的感觉飘过芦花、蒲棒、青浮萍、紫浮萍……意识的流动轻盈地带出自然景物,意象的飘动重叠中,有一种流动的思绪和流动的美。这一段景物描写放在《受戒》的结尾,小英子和明海的小船划进芦花荡,然后便是这段景物描写,把整部小说推向高潮、结束。有人从这段描写里读出汪曾祺是在写性,"其实汪曾祺《受戒》的结尾,那段绝妙的写景也是写的性,是性成熟的状态"①。我们感到一种情景,一种氛围,一种意蕴,一种韵味,一种言犹未尽、余音绕梁的感觉。

语调、语气、语感,一旦成熟了,捕捉到了,作家的语言风格也就有了,也就有了人物,有了小说。汪曾祺的文体语言或恬淡而富有诗意,传达着一种生命的欢乐,如《受戒》《大淖记事》;或在克制的叙述中流露着寂寞和忧伤,如《晚饭花》《职业》等;或有一点调侃和婉讽,如《八千岁》《异秉》《讲用》等。不管他的小说流露出何种语气,我们能感觉到汪曾祺语言功力很深,语感很好,这也是他的小说值得品味的一个关键因素。当然,我们也能从他的散文中获得他的语言感觉。其实,较之小说,汪曾祺的散文写得更多。在此我们主要谈汪曾祺的小说,散文不在讨论之列。

第二节 汪曾祺小说对当代小说文体的意义

汪曾祺在文学史上是具有"承先启后"②意义的小说家。一方面,他把被中断的散文化小说传统延续下来,这个传统可追溯到废名、沈从文、萧红。另一方面,他对中国当代文学的影响很深远,开启了"寻根文学"风气之先,更新了小说观念,启动了当代作家的文体意识和语言感觉,这在阿城(钟阿城)、何立伟、阿成(王阿成)等一系列小说家那里可以看到影响所及的痕迹。下面我们把汪曾祺放在具体的文学史中考察他的影响和意义。

---

① 李国涛:《汪曾祺小说文体描述》,《文学评论》1987年第4期。
② 张诵圣:《开近年文学寻根之风——汪曾祺与当代欧美小说结构观相颉颃》,《当代作家评论》1989年第5期。

一 《受戒》在新时期文学中的文学史意义

1980年汪曾祺的《受戒》发表,有人惊讶道:"小说原来可以这样写!"那是一种截然不同的小说文体,一种与当代文坛格格不入的写作方式。对此,汪曾祺是有着充分的认识的,他在关于《受戒》的创作谈里说:"我在写出这个作品之后,原本也是有顾虑的。我说过:发表这样的作品是需要勇气的。"①"写之前,我跟个别同志谈过,他们感到很奇怪:你为什么要写这个作品?写它有什么意义?再说到哪里去发表呢?"汪曾祺对此很清醒:"我要写,写了自己玩;我要把它写得很健康,很美,很有诗意。这就叫美学感情的需要吧。"②《受戒》发表时的犹疑和困惑,传达了一个重要信息:这是一部与当时审美趣味和文学潮流迥然不同的"另类"小说。那么,《受戒》到底在哪些方面与众不同呢?它为当代文学提供了哪些新东西?这要放在当时具体的文学环境中来讨论。

(一) 小说自身审美功能的回归

题材问题曾经紧密纠缠着中国当代作家,一段时间内,题材的选择直接影响到文学作品的高低优劣,甚至会成为决定一切的因素。农村题材、工业题材、军事题材明显优于知识分子题材和市民生活题材,写中心、写重大题材成为一个时期内文学的最高指示。新时期以来,题材问题虽然不像"十七年"那么敏感和尖锐,但文学并没有走出题材所引发的社会功利的旨趣。刘心武的《班主任》,张洁的《爱,是不能忘记的》《祖母绿》《方舟》,谌容的《人到中年》,王蒙的《春之声》,张贤亮的《绿化树》《男人的一半是女人》等当时影响很大的作品,总是要在小说中承担点什么,批判点什么,反思点什么,文学承担着沉重的社会功能。可是,在汪曾祺的《受戒》中,我们找不到这些过于明显而直接的社会信息,对于那些已习惯了社会功能阅读的人来说,这不啻一种文学观念的"受戒"。

"小说原来可以这样写!"这些看起来与社会并没有直接关联的东西进入小说,都是非常个人化的情感和行为,小英子和小和尚都是平平常常的小

---

① 汪曾祺:《关于〈受戒〉》,《汪曾祺全集》第9卷,第147页。
② 汪曾祺:《美学感情的需要和社会效果》,《汪曾祺全集》第9卷,第242页。

人物、风俗习惯、掌故人物、花草虫鱼也进入了小说。而且，小英子和小和尚所做的并不是热火朝天的社会主义建设，只是内心世界的朦胧爱恋，是源自人内心的希望和梦想。汪曾祺把它写得那么美、那么精细，揣摩得那么老到。"十七年"小说和之后的小说模式中的主题的功利性、题材的重大性、人物的典型性、格调的时代性都被取消和颠覆了。文学呈现出它自身的面目，《受戒》给人们带来了一种审美的愉悦和快感，让人沉浸其中，品赏自娱。

(二) 观念上的平和疏散和叙述上的平淡

"小说是回忆"，距离的拉远使各种急功近利的感情缓和下来，悲伤、浮躁、大喜大悲、死去活来等等都被时光之水过滤得淡而又淡，作者心态上呈现出没有功利的平和散淡，相应地，叙述话语也是一样的舒淡平和。在叙述视角上既不是高高在上的俯视，也不是自卑压抑的仰视，而是坦坦然然的平视，作者平等、宽厚地观照他笔下的人物，不喜不忧，万物静观皆自然。对于1980年代初的人们来说，这种人文姿态和叙述风格也是陌生的"异类"。

相对于汪曾祺远距离、日常化处理写作所带来的心态、叙述上的平和，那个时代的整体情绪特征是"激情"。"十七年"小说那些描写重大社会题材的小说《红旗谱》《红岩》《红日》《创业史》等，叙述庄严，充满激情。就是1980年代初期的诸多小说如《班主任》《春之声》《绿化树》《人到中年》等也饱含叙述的激情，作者对社会的负面影响呈现出不同的批判情绪，试图启发点什么，解决点什么，宣泄点什么。王蒙的小说文体大多语速很快，给人以上气不接下气之感，从一个方面可以看出王蒙心态上的急躁、冲动，对时代的启蒙式激情。张洁的许多作品里流露的对男女不平等的激愤，也是一种情感的浮躁状态。张承志的《北方的河》几乎是情感的饱满状态了，它逼着你、抓着你、强迫着你进入他的叙述情感中去，和他一同去思考、去激愤、去历险。可是，在汪曾祺那儿，我们开始领略到一种"坐看云起时"的从容和达观，激情被处理得平平淡淡，这缘于他的生活观。他认为生活本身就是平平淡淡的事多，惊心动魄的事少。他把自己退回到生活本身，来叙述和观察生活。当然，汪曾祺的平淡叙述并不是冷静叙述，如以后的新写实小说的冷处理、还原生活的原本叙述，呈现出没有诗意的琐碎平常生活；汪曾祺的平淡叙述在老到、成熟的姿态中处处流露着对生活的热爱、对人的关心，他说自己是个"人道主义者"。我们在《受戒》中处处可以感觉到汪曾祺对生命本身的尊重和欣赏。小和尚明子和小英子的恋情处处充满世俗的欢娱,和尚也是人,充满七情六欲。所以,汪曾祺的平淡叙述不是对于生命的逃离,而是一种独特的叙述文体、感觉方式和生存方式。

复出的汪曾祺已经迈入生命的黄昏。个人和时代的遭际使他不可能像"青春少年"那样意气风发、激情万丈,如他1940年代的《复仇》中所表达的个人性很强的情绪状态。这个时候的他对社会、事故的理解很老到,情感也能自我克制,"判事那么清楚,而性格又那么随和,自然是不愿意跳到历史的漩涡里去的"①。他回归到单纯质朴的生命状态,打捞那些留在记忆中的美好印象和梦想,回忆那些有意思的人和事,于是,我们便看到这种平淡自然的叙述文体。

汪曾祺用平淡的叙述营造了散文化小说的诗意氛围,《受戒》里有民俗风情,有地方景致,有朦胧初恋,有人间欢娱。清新的语言和松散的结构使这部小说在1980年代初显出"格式上的特别",这个独具审美品格的文本意味着一种独具风格的小说文体样式,一种关于小说观念的更新,在以后影响所及可以看到这种小说样式启发了许多人的写作。

二 汪曾祺小说的承前启后意义

汪曾祺师从沈从文,受影响颇深。他的《受戒》《大淖记事》和沈从文的《边城》在风格上有一些相近的地方,他自己说《受戒》里的小英子受到沈从文小说里的翠翠、三三、夭夭等女主人公的影响。当然,一个作家对于另一个作家的影响更多的是潜在的精神上的,未必能看得那么清楚直接。用汪曾祺自己的话讲就是"对于曾经影响过我的作家的作品,近几年我也很少再看。然而:菌子已经没有了,但是菌子的气味留在空气里"②。

"有人将沈从文、汪曾祺、钟阿城、贾平凹等名字串连起来,认为他们一脉相承,代表了中国传统的文化小说极重要的一支。"③其实,在沈从文之前也许应该加上废名,汪曾祺曾把沈从文和废名联系起来:"废名是一位被忽视的作家。在中国被忽视,在世界上也被忽视了。废名作品数量不多,但是

---

① 胡河清:《汪曾祺论》,《当代作家评论》1993年第1期。
② 汪曾祺:《谈风格》,《汪曾祺全集》第9卷,第317页。
③ 舒非:《汪曾祺侧写》,《文艺报》1988年9月14日。

影响很大,很深,很远。我的老师沈从文承认他受过废名的影响。他曾写评论,把自己的几篇小说和废名的几篇对比。"① 当然,把他们联系起来并不意味着他们之间有明显而直接的师承关系,而是考虑到他们处理题材的方式、叙述方式、精神气质的相似性,如散文化、诗化小说,写乡村或边城的普通人生,语言自然清新,等等。其实,他们之间的差别也很大。废名的小说里哀愁和悲喜的东西多一点,沈从文的小说里人们坚忍而健康,汪曾祺则是欢乐多一点。

废名被称为"中国现代第一个田园小说家"。废名的小说里所营造的中国宗法制的宁静乡村,既有"抱朴含真"的古风,也有冲淡平和的自然。废名把乡村诗化、文人化,过滤掉乡村里生存的现实苦难和世俗丑恶,使他笔下的乡村呈现出雅致与优美的境界,《竹林的故事》《桃园》等短篇和长篇《桥》连缀在一起便是一个充满牧歌调子和诗意的竹林世界,小桥流水,竹林孤塔,水井桃园,钓竿斜阳,日常生活里的翁妪儿女,或烂漫天真或淳朴可爱,老而有情,少而有趣,有着"溪头卧剥莲蓬"的稚拙。废名这些乡土小说里的村民和田园,多有流水、竹林、桃园,葱茏可爱,《桥》里的细竹"绿了你的眼睛"。生活在这片宁静和谐的田园之上的,是稚拙可爱的少男少女、慈祥古朴的老媪老叟。当然,他的乡土世界也并不是全然缺乏人间烟火的清凉世界,但那些质朴的老人和那些快快乐乐的少男少女所带来的生动和活力消解掉了可能有的冰清和死寂。在这个乡土世界里,自然与人完全相依相谐、相融相洽。

与废名笔下那略带点儒雅气的田园之梦不同,沈从文的湘西世界是一片非文人传统浸染的自由而快乐的生命之地,自然之水自由地抚摸着健康而烂漫的生命,其主调是"爱、美和自由"。这里的人按照自然的节律快快乐乐地活着,在青山绿水之间游戏歌唱。这是一片有着自己的生存规则、自得自足的世界,既没有读书人的懦弱迂阔,也没有城市的势利和枯萎。

这是一条不被人注意的文学暗流,中间曾经中断或出现空白,废名被埋没多年,沈从文也多年不被人注意。汪曾祺的出现延续了被中断和遗忘的小说风格。而且,汪曾祺以他的小说创作实绩影响了当代一批小说家和小说潮流。

---

① 汪曾祺:《从哀愁到沉郁——何立伟小说集〈小城无故事〉序》,《晚翠文谈》,第 228 页。

关于"寻根"小说和"风俗"小说的写作,有人追溯到汪曾祺。如黄子平认为中国当代文学最大的教训是它拒绝了 1940 年代除延安文学以外的新文学遗产。而汪曾祺的小说就成为 1980 年代中国文学(主要是寻根文学)与 1940 年代新文学、现代文学的一个中介。① 美国研究者张诵圣也认为汪曾祺"开近年文学寻根之风"②。其实,"寻根文学"的发生有着更为深厚的文化背景,汪曾祺的小说也许从一个侧面启发了作家们对民族文化根底的寻找和反思,但是,其更深远的意义还是连接了被中断的抒情小说传统,并给后来的写作者以深远的影响。在小说文体上接近于汪曾祺并颇有创作实绩的作家大致有:阿城、贾平凹(某些商州系列小说)、何立伟、阿成等。

三 汪曾祺的小说文体对当代小说的意义

从《汪曾祺全集》所呈现出的汪曾祺小说创作状况来看,他的小说篇幅都不长,以我们目前按照字数界定的小说类型说,都属于短篇小说,最长的也不过一万七八千字。对此,汪曾祺自己认识得很清楚:

> 我对短小说兴趣很大,也不是自我独创的,听人说,中国现在写笔记形式小说的,一个是孙犁,一个是我,对我加上这桂冠我不准备拒绝,真是可以这样说,而且影响了一些人。我希望小说不要写得很长,短并不只是篇幅上的问题……当代作家对小说形式希望有所突破,尝试新的文体、新的写法……③

如果说汪曾祺前期的小说还有许多情节的因素、情绪的渲染、景致的描写,还有那么一点点"写""作"小说的痕迹,他后来的小说则越来越简约、随意,篇幅更短小,文字更朴素。后来汪曾祺的小说不仅没有像《大淖记事》那样的长篇大论,就是像《受戒》那么长的也不多见,大多三四千字,有时只寥寥几笔,求其神似,颇似随笔,被称为"笔记体小说"。汪曾祺的古典文学素养很深厚,喜爱古代笔记,他在《晚饭花集·自序》里说自己"爱读宋人的笔记

---

① 黄子平:《汪曾祺的意义》,《作品与争鸣》1989 年第 5 期。
② 张诵圣:《开近年文学寻根之风——汪曾祺与当代欧美小说结构观相颉颃》,《当代作家评论》1989 年第 5 期。
③ 汪曾祺、施叔青:《散文化小说是抒情诗》,《汪曾祺别集·受戒集》,浙江文艺出版社 2020 年版,第 32 页。

甚于唐人传奇",举出的《世说新语》《梦溪笔谈》里的名篇都是"笔记"或类似笔记的小品。这里可以看出汪曾祺的一种文学的、文体的趣味。

汪曾祺说自己是一个文体家。他反复剖白写作短小说的深层原因,把小说文体和思维方式、感觉方式联系起来。

> 我只写短篇小说,因为我只会写短篇小说。或者说,我只熟悉这样一种对生活的思维方式。我没有写过长篇,因为我不知道长篇小说为何物。……我的小说最长的一篇大约是一万七千字。有人说,我的某些小说,比如《大淖记事》稍为抻一抻就是一个中篇。我很奇怪:为什么要抻一抻呢?抻一抻,就会失去原来的完整,原来的匀称,就不是原来那个东西了。我以为一篇小说未产生前,即已有此小说的天生的形式在,好像宋儒所说的未有此事物,先有此事物的"天理"。我以为一篇小说是不能随便抻长或缩短的。①

短篇小说创作曾经是"十七年"文学一个引人注目的区域,当时许多有影响的评论家和作家都对这一艺术样式发表过自己的看法,如茅盾、赵树理、魏金枝、骆宾基、沙汀、侯金镜、周立波、孙犁、欧阳山、杜鹏程、李准、峻青、王愿坚,出现了渐趋稳定艺术个性的"短篇小说作家",如孙犁、峻青、王愿坚,也出现了一批现在看来仍有艺术趣味的短篇小说,如赵树理的《登记》、孙犁的《山地回忆》、路翎的《初雪》《洼地上的"战役"》、王蒙的《组织部新来的年轻人》、宗璞的《红豆》、茹志鹃的《百合花》等。而那些反映革命历史斗争和社会主义建设的长篇小说,如曲波的《林海雪原》、梁斌的《红旗谱》、周立波的《山乡巨变》、杨沫的《青春之歌》、周而复的《上海的早晨》、吴强的《红日》、柳青的《创业史》、罗广斌和杨益言的《红岩》等已引不起当代人的阅读趣味。这到底是为什么?这里面除了社会生活观念的变化外,也有小说样式的因素在里面。长篇小说多是对革命历史的叙述,而这种叙述又是建构在社会理论和社会学说基础之上,艺术上也是传统的叙述模式,为当代生活和当代小说艺术发展提供不了新东西。"而短篇小说则经常面临不变革、不作新的开拓有时难以维持下去的考验。因此,从一定意义上

---

① 汪曾祺:《〈汪曾祺自选集〉自序》,《汪曾祺别集·受戒集》,第2—3页。

说,短篇是新的题材、新的艺术形式的试验、发现的'前驱性'样式。"①短篇小说在艺术环境松动时最先做出反应,对自我形式和观念做出挑战。而且,它们涵盖的社会生活面小,可只关注生活的某个侧面、某个情景、某个片段,所以,我们还可从短篇小说中获取那些有意思、有趣味的细节和情景。

新时期以来,最先做出迅速反应的也是短篇,如刘心武的《班主任》、张洁的《爱,是不能忘记的》等。而后中篇小说出现了繁荣,成为一种十分重要的体裁。② 在这之下可以列出一大串作品,如王蒙的《杂色》、谌容的《人到中年》、宗璞的《三生石》、陆文夫的《美食家》、邓友梅的《那五》、张洁的《方舟》、张贤亮的《绿化树》《男人的一半是女人》、张承志的《黑骏马》《北方的河》、阿城的《棋王》、郑义的《远村》、韩少功的《爸爸爸》、王安忆的《小鲍庄》、刘震云的《一地鸡毛》、方方的《黑洞》、池莉的《烦恼人生》等等。进入1990年代后,不仅在1980年代成名的作家有长篇问世,如张承志的《心灵史》、张炜的《柏慧》《家族》、韩少功的《马桥词典》、王安忆的《长恨歌》、刘震云的《故乡天下黄花》等等,而且那些在1990年代崭露头角的作家也纷纷炮制长篇,如林白的《一个人的战争》、陈染的《私人生活》、海男的《我的情人们》等等。而那些进行观念上的形式探索的先锋小说家也从适宜进行游戏的短篇和中篇走向倾向于情节、叙事的长篇写作,如余华的长篇《许三观卖血记》、苏童的《妻妾成群》等等。这里面有多方面的原因,既标示着当代作家艺术上的稳定和成熟,对生活的把握更深入更全面,也与当前的创作机制、出版机制和稿酬有关。长篇小说对于出版社培养一个作家、创立一种品牌都有利,而且作家也可获得更多的利益。稿费(即以字数的多少为标准)方式刺激了一部分作家,小说越写越长,一个短篇拉成一个中篇,一个中篇拉成一个长篇。当前,专心经营短篇小说的作家越来越少,短篇只成为小说家偶尔为之的"游戏"。

像汪曾祺这样专心致力于短篇小说的写作而颇有成就的人简直是少而又少,不仅如此,汪曾祺对这一小说样式赋予了自己独特的叙述方式、语言、结构,显示了一种成熟的小说文体的典范:如散文化的小说,平淡的叙述方式,简洁准确的语言,"淡中有味,飘而不散"的风格,虚实相生的氛围,等等。我们

---

① 洪子诚:《当代中国文学的艺术问题》,北京大学出版社1986年版,第162页。
② 同上书,第148页。

在他那些精致而令人回味无穷的小说里看到生命的各种状态、人生的各个层面，体味到空灵和诗意，感悟到成熟和达观。尤其是他后来写作的类似于"笔记体"的小说，如《晚饭花》《小孃孃》等等，主观抒情性大大减弱，倾向性更隐蔽，客观、冷静、洞察、朴素平实，点到为止，不再渲染，"辞达而已"。

思考题

1. 汪曾祺的小说在中国当代文学的整体格局中显得与众不同，试结合对汪曾祺《受戒》和《大淖记事》等作品的分析，评说汪曾祺小说的整体特征。

2. 汪曾祺的小说最主要的特征是散文化，如何评价这一散文化特征？这个特征在具体作品中是如何表现的？

3. 从20世纪小说散文化的传统来分析汪曾祺的小说对当代小说文体创造的意义。

第十四讲　朦胧诗及其叙述

当朦胧诗的热潮随着精彩纷呈的20世纪离我们渐渐远去之后,再来回味朦胧诗和朦胧诗引起的种种现象,我们竟有些哭笑不得。也许,人们对社会发展的认识总是过于急躁和肤浅;也许,历史的本性就是爱戏弄自作聪明的人。朦胧诗后来发展的结果,不仅大大出乎当时有些人的预料和想象,而且几乎完全反其道而行之,短短二十多年,便给我们留下了许许多多值得玩味和深思的话题。比如,将1970年代末出现的以北岛、舒婷、顾城、江河、杨炼为代表的"新诗潮"称为"朦胧诗",最初只是一种误解。这种误解,不仅在于章明那篇有名的《令人气闷的"朦胧"》[1]有张冠李戴之嫌,而且更在于人们普遍认为,朦胧诗并不朦胧,只是比当时人们所读到的主流诗歌多了些诗意和诗味。然而,误解却成了正解。后来,虽然许多学者都想给朦胧诗"正名",给这个新兴的诗派一个科学的命名,并正式提出将它称为"新诗潮",但是,无论是朦胧诗的反对者还是支持者,似乎都更钟情于"朦胧诗"这个称号,于是,一个贬义词却成了年轻的文学爱好者们争相效仿的时髦。又比如,最初朦胧诗的支持者们出于种种目的,都企图证明朦胧诗并不朦胧,然而,当人们冷静下来认真地进行分析之后,却发现朦胧诗的确具有"朦胧"的美学特征。还有,由于有人在大会上情绪失控地宣称:"如果说读者读不懂朦胧诗,那是读者的耻辱。"[2]于是,一位老诗人也感到自己"蒙受"了耻辱,对朦胧诗提出了批评。但立即又有人指出,老诗人自己有的诗比朦胧诗更朦胧。更让人哭笑不得的是,有人原本想证明朦胧诗并非一种"创

---

[1] 章明:《令人气闷的"朦胧"》,《诗刊》1980年第8期。
[2] 艾青:《从"朦胧诗"谈起》,《文汇报》1981年5月21日。

新",而只是拾人牙慧,与老诗人的某首诗有惊人的相似之处,但他并不知道,此时这位老诗人正在大喊看不懂。

在我国当代文学的发展史上,由文艺论争发展为批判"运动"的事情可以说屡见不鲜。一般来说,只要有人将批判的大旗一举,被批判者立即便缴械投降,自己既不敢再做争辩,也不会再有人来为你说项。然而,发生在"文革"后的这一场关于朦胧诗的论争,却一反常态,不仅有当事人自己站出来应战,而且在一旁助阵的人更起劲;不仅高潮迭起地进行了长达五六年之久,而且批判每提高一个调门,朦胧诗在人们心目中的地位便提高一个层次。还有许多令人百思不得其解的事。比如,当大家终于在矛盾与犹豫中首肯了朦胧诗存在的合理性,继而给予了积极的评价后,北岛、舒婷、顾城等朦胧诗的主将们却从诗坛上销声匿迹;再比如,朦胧诗之后出现的"新生代"诗人,他们中的不少人都是在朦胧诗影响下开始诗歌创作的,人们也倾向于将他们看作朦胧诗的继续和发展,然而,正当人们准备将他们命名为"后期朦胧诗"之际,他们却喊出了"打倒北岛""Pass 舒婷"的口号,主动宣告与朦胧诗分道扬镳;又比如,以前一些权威评论家企图封杀朦胧诗时,朦胧诗的声望日渐高涨,而现在当人们对新生代不仅不再打棍子而且还以宽容之心寄予厚望时,新生代却有些"雷声大,雨点小",没有产生人们所希望的有分量的诗人与作品;还比如,人们曾因朦胧诗看不懂而大动干戈,现在新生代特别是"第三代"的诗谁都看得懂了,人们却说谁也不愿看了……

"那一切已离我们远去:感伤的思考,痛苦的期待,还有那一双双歪斜却依然有力的足印。我们面对着一个退潮之后的沙岸,唯有未及冲刷的沉积物、杂生的海草,以及破损的贝壳,说明着昔日喧哗留下的怅惘。"[1]然而,我们对朦胧诗的记忆并未消失,特别是我们的文学史对朦胧诗的兴趣并未减弱。朦胧诗,无疑将成为中国当代诗歌历史上一个永远的话题。

第一节 朦胧诗的"朦胧"引起的论争及其意义

一个诗人或一个诗派的诗是否朦胧,在今天都已经不再成为一个问题。

---

[1] 谢冕:《朦胧诗实验诗艺术论·序》,程光炜《朦胧诗实验诗艺术论》,长江文艺出版社1990年版,第1页。

是否能够读懂或是否能够完全理解和明白这些诗的全部含义,在今天也不会再有人去批判。但是,在二十多年前,这不仅是一个问题,而且是严重的必须进行批判的问题,这在今天是难以想象的。

  朦胧诗的"朦胧"问题引起社会的注意,始于顾城在一个非正式刊物《蒲公英》上发表的几首小诗。诗人公刘为此在刚刚于成都复刊的诗刊《星星》上发表了一篇"读后感"①。首先,公刘为顾城在自己作品的小序中流露出来的悲观的人生观感到"颤栗",也许,他没有想到这位年轻人不仅如此消沉,而且还真敢在诗歌中毫无顾忌地袒露心胸,做毫无遮拦的"内心独白",在自己的"思想感情领域"进行十分危险的"探险"活动,这在当时是非常危险的。其次,公刘还为顾城的《生命幻想曲》感到"惊异",他坦率地承认,自己写不出这样的诗句。也许,正因为公刘觉得顾城很有诗才,才怕他误入歧途。有人已经把"这一类新人新作"看作"个人主义"的呻吟,从内容到形式都是'五四'时代要求个性解放的回声",虽然他对此"过于简单"的否定"不敢苟同",但是他仍然认为,顾城作品中所表现出来的思想状态和精神状态存在问题,"必须引起我们足够的重视"。今天,我们也许会觉得公刘有些小题大做,少见多怪,但在当时这却不是"作秀",而是知识分子们对于文艺思想问题的一种"条件反射"式的本能反应。不知大家是否注意到,公刘在这里强调的只是"两代人"之间的距离,主要是感情倾向上的问题,而不是由于"朦胧"而"看不懂"的问题。然而,"看不懂"的问题在当时确实是存在的。公刘在为顾城的诗"不胜骇异"之余,也在反思,同时也给我们留下了当时诗歌创作的现状:"我们的诗是不是仍旧标语口号太多?当我们用诗来执行为无产阶级政治服务的使命时,是不是过于僵化?关于诗的艺术规律,关于诗的形象、技巧,是不是太不讲究?我们报刊上的废品和赝品能不能减少一点?"可以想象,这种诗歌环境中的人们在读到朦胧诗时有何感受,他们除了惊讶,也就只有感叹"看不懂"了。因此,当顾城的父亲顾工读到公刘的文章后,果真引起了"足够的重视",他像检查孩子的家庭作业一样认真看,这时他竟发现,不仅章明这样的人看不懂,连自己这样的诗人也有些看不懂了。他在读了顾城的《生命幻想曲》后,虽然在心中暗自为自己孩子能写出这样的诗而骄傲,却不能不为他的政治前途担心:"我

---

  ① 公刘:《新的课题——从顾城同志的几首诗谈起》,《星星》1979年复刊号(成都)。

至今还在为那些美妙的诗句而惊喜:让阳光的瀑布/洗黑我的皮肤……//太阳是我的纤夫,/它拉着我,/用强光的绳索……//太阳烘着地球,/象烤着一块面包……多么好,我真惊奇他那细小、柔弱的手指怎会划出这样宏丽、壮美的句子……这些诗句,那时是决不能发表,也不能让人看见,光是'太阳'二字,就可能招来灭顶之灾,杀身之祸。"①但是,两位诗人仍然太书生气,只看到了这些诗是能激动人心的真正的诗,以为问题仅仅在于思想"太低沉、太可怕",并没有意识到还有一个形式上的"朦胧"问题,而这个问题在政治上的性质更严重。在那个年代,朦胧就意味着"现代","现代"就意味着西方文化,西方文化就意味着颓废,颓废也就意味着反动。

　　这绝不是危言耸听。只要我们再来听听当时人们急切而动情的呼吁声就会明白:"我们一时不习惯的东西,未必就是坏东西;我们读得不很懂的诗,未必就是坏诗。……世界是多样的,艺术世界更是复杂的。即使是不好的艺术,也应当允许探索,何况'古怪'并不一定就不好。……鉴于历史的教训,适当容忍和宽宏,我以为是有利于新诗的发展的。"②甚至一些害怕"老使大家处于朦朦胧胧之中"的人,也为这些青年诗人求情,认为最起码他们的探索精神还是好的。③ 但仍然有人毫不留情、毫不手软,一上来就义正词严地指出:"现在出现的所谓'朦胧诗',是诗歌创作的一股不正之风,也是我们新时期的社会主义文艺发展中的一股逆流。"④更恐怖的是不仅有人挥舞大棒,更有人趁火打劫。这边刚给朦胧诗在政治上定了"性",那边立即就有人变本加厉地说,章明把这些诗称作"朦胧诗"很不准确,把问题提轻了,不应该叫"朦胧诗",而应该叫"古怪诗",因为朦胧还是艺术问题,而古怪就是政治问题了。当时的情况就是这样,很多问题都可以提到政治的高度:"古怪诗的出现是受国内和国外的影响。在国内,有些人对过去的新诗重新评价,为过去不受群众欢迎的流派,如以李金发为代表的反动派翻案,这是不好的。"⑤这种"杀气腾腾"的架势,难怪老一辈的知识分子都会闻风丧胆、心惊肉跳。

---

① 顾工:《两代人——从诗的"不懂"谈起》,《诗刊》1980 年第 10 期。
② 谢冕:《在新的崛起面前》,《光明日报》1980 年 5 月 7 日。
③ 方冰:《我对于朦胧诗的看法》,《光明日报》1981 年 1 月 28 日。
④ 臧克家:《关于"朦胧诗"》,《河北师院学报(社会科学版)》1981 年第 1 期。
⑤ 丁力:《新诗的发展和古怪诗》,《河北师院学报(社会科学版)》1981 年第 2 期。

但是,我们庆幸地看到,在中国当代文学史上,围绕着一种诗歌的创作展开的论争长达五六年之久,既没有得出最后的结论便不了了之,也没有形成一场政治运动,这还是第一次。从 1980 年开始掀起高潮一直到 1985 年之后逐渐平息,有三篇为朦胧诗呐喊助威的著名文章,一是谢冕的《在新的崛起面前》,二是孙绍振的《新的美学原则在崛起》(《诗刊》1981 年第 3 期),三是徐敬亚的《崛起的诗群》(《当代文艺思潮》1983 年第 1 期),文学史后来把它们并称为"三个崛起"。每一个"崛起"的出现,几乎都引发了一次大的论争。虽然论争的火药味一次比一次浓,但与以前的情况截然不同的是,紧跟在一阵大棍之后的不再是万马齐喑的沉寂,而是不屈不挠且公开发表的"商榷"。当一位权威的文艺理论家以马克思主义为武器,将孙绍振的"崛起"批得体无完肤之后①,立即就有人挺身而出,公然为孙绍振辩护,而且胆敢指名点姓地要与权威商榷②。即使是当时颇受人尊敬的大诗人站出来表态,也仍然有人不徇私情,敢于公开叫板③。虽然这场论争在年轻诗人徐敬亚的"自我批评"后逐渐偃旗息鼓,但事情并没有因此而完结,而是出现了出人意料的结果:人们不再面红耳赤地争吵,不再短兵相接地论战,而是静悄悄地以欣赏和赞扬的口吻,立场鲜明地将朦胧诗写入了文学史。

关于朦胧诗的论争虽然早已结束,但不同的意见和看法仍然存在,即使是在新世纪出版的文学史著作中,仍然有着不同的表述:"我们只能说,朦胧诗派在悖离文革诗歌和十七年现实主义诗歌艺术的同时,与九叶诗派接轨,与象征诗派、现代主义诗派贯通,从而接续了曾经中断的中国现代主义诗统。它算不了'新的美学原则';并且,当年的象征主义,现代主义,九叶诗歌都没有能够单方面地代表新诗的方向,朦胧诗派也不能代表新诗的方向。"④但这并不影响人们的认识,也不妨碍人们对于朦胧诗及其论争在中国当代文学史上意义的总结和肯定。

首先,人们不但发现朦胧诗对封建思想和国民性的批判,正是"五四"新文学未完成的主题,它在启蒙主义的人文精神和艺术探索的创新精神两

---

① 程代熙:《评〈新的美学原则在崛起〉——与孙绍振同志商榷》,《诗刊》1981 年第 4 期。
② 江枫:《沿着为社会主义、为人民的道路前进——孙绍振一辩兼与程代熙商榷》,《诗探索》1981 年第 3 期。
③ 李黎:《"朦胧诗"与"一代人"——兼与艾青同志商榷》,《文汇报》1981 年 6 月 13 日。
④ 张器友:《近五十年中国文学思潮通论》,安徽教育出版社 2000 年版,第 300 页。

个方面,实现了当代文学与"五四"新文学的对接,而且还发现围绕着朦胧诗所展开的论争,其方式和氛围都与"五四"时代有着惊人的相似,胡适和郭沫若的"白话新诗"刚出现时,不也被视作"古怪诗"吗？人们正是在这种重返"五四"的欣喜中,迎来了"五四"精神的全面复苏和回归。

其次,通过这场论争,朦胧诗由原来自发的分散的探索性艺术创作,演变成了一场自觉的诗歌运动,并在这一运动中完成了现代主义诗歌的中国化。在朦胧诗出现之前,现代主义在中国的命运的确像有人说的那样,始终多灾多难,一直没有摆脱尴尬的处境,甚至在朦胧诗的论争之初,仍然如此,不是有人还试图用"诗歌的现代化"来为朦胧诗的现代主义倾向打掩护①吗？但是,中国的朦胧诗却在短短几年间,就走完了西方现代主义半个多世纪的发展道路,集象征主义、表现主义、未来主义、超现实主义和人本主义、启蒙主义、批判现实主义、生命哲学、存在主义之大成,将浪漫主义、现代主义和后现代主义融为一体,而且从一开始就不再是简单的模仿,也不再是1920年代李金发们的简单翻版,更不再是生吞活剥的"舶来品",而是地地道道的中国社会生活的文化产物。

最后,伴随着轰轰烈烈的论争,朦胧诗不断涌现出创新观念和先锋精神,不但对整个诗歌的发展走向产生了影响,而且成了整个文学创作的探索者。透过由朦胧诗的"朦胧"所引发的连绵不断的战火,我们可以发现,朦胧诗人们虽然屡遭攻击,但几乎等不及他们自己去还击,马上就会有人站出来"拔刀相助"。正是由于大家的保护,朦胧诗人们才有足够的时间和精力埋头于创作,自由自在地展示自己的艺术才华。而他们在诗歌领域进行的各种尝试,竟有意无意间对当代文学产生了直接或间接的影响。可以说,在先锋小说流行之前,朦胧诗的现代倾向早已被"炒"得沸沸扬扬;在"寻根文学"正式拉开序幕之前,朦胧诗人也已经用他们的诗篇叩开了传统文化的古老之门;在新写实小说找到一个突破口之前,朦胧诗的反叛者们也已经找到了民间立场和平民意识,以"反朦胧诗"的姿态开始了"反崇高""反文化"的艺术实践;甚至在女性主义文学尚未形成"女性写作"的创作氛围之前,朦胧诗的后继者早已以惊世骇俗的"女性诗歌"令人瞠目结舌;甚至还可以说,整个1990年代文学多元化、个人性的写作风尚,也可以在新生代的

---

① 吴思敬:《时代的进步与现代诗》,《诗探索》1981年第2期。

诗歌理论和创作中找到端倪……

第二节　朦胧诗的文学史叙述

朦胧诗注定是要被写入文学史的。虽然人们是在关于朦胧诗的论争平息之后才埋头于这项伟大工作的,但是,当人们欣喜地发现它与"五四"时期新诗的初创有着"惊人的相似"那天起,就已经在心中打好了腹稿,等待的只是时机的成熟。

北京大学的谢冕先生是最早对朦胧诗进行系统研究的学者之一。如果说他发表于1980年5月的《在新的崛起面前》较早地从文学史意义上肯定了朦胧诗存在的价值,那么,他同年12月发表于《诗刊》的《失去了平静之后》则较早地对朦胧诗人的创作进行了整体检阅。直到现在,我们还依稀记得,文章曾提到一大串当时人们熟悉或不熟悉的诗人,按文中出现的先后顺序,依次为:舒婷、顾城、陈所巨、北岛、江河、梁小斌、杨炼、王小妮、高伐林、徐敬亚。后来,当朦胧诗相继被写入各种文学史教材或文学史专著时,人们主要论及的诗人,大致也在这个范围之内,而出现频率最高的,也逐渐集中于北岛、舒婷、顾城、江河、杨炼这五人。也许,1986年作家出版社出版的《五人诗选》,也起到了推波助澜的作用。有趣的是,在这本诗集中,五人的排名顺序竟然像"万花筒"一样变幻莫测。封面、扉页、总目次(正文)及最后的版权页,竟出现四种不同的排列方式,这在中外出版史上恐怕也不多见。

最先在文学史中为朦胧诗开设"专章"的是《新时期文学六年(1976.10—1982.9)》(中国社会科学出版社1985年版)。在这部最先对"文革"后的文学现象进行集中描述的专著中,论诗歌共四章,除了第四章以"诗歌论争及其对创作的影响"为题,分"'朦胧诗'及其论争""关于'新的美学原则'的讨论"和"诗歌论争的意义"三节专门介绍朦胧诗的论争情况之外,在第二章"六年诗歌的主要收获"里,还将舒婷作为朦胧诗人的代表人物进行了推荐式的介绍,并对朦胧诗的整体成就做出了大胆的肯定:"我们还高兴地看到一批青年诗人,在劫后的废墟上起步,以对时代生活的灵敏感应和对新诗艺术的大胆探索,迅速成长为新诗的年轻梯队。他们的思想交织着欢乐与愤懑、昂扬与沉郁、豪放与悲愁,情感丰富、复杂,而艺术上的自由竞争与刻意探索,使他们显然高出五十年代起步的前辈当初的艺术水平。"

舒婷是朦胧诗人中最早得到大家认同的诗人。将舒婷作为朦胧诗的代表人物,其原因是多方面的。在朦胧诗一开始引起人们注意时,舒婷与北岛、顾城的情况有许多相同之处,首先,他们创作的时间都较早,都在"文革"尚未结束之前,而且都经过了一个先在地下流行、再以非正式的方式发表、最后才公开面世的漫长过程,都有着较为广泛的群众基础和一个相对成熟的读者群;其次,他们在开始诗歌创作时,都没有想到要公开发表,也就没有想到要去迎合主流意识形态,所以,大多写得情真意切,都是自己真情实感的自然流露,与当时公开发表的文学作品无论在内容上还是在形式上都形成了较大的反差;最后,当时文坛的确也太荒芜太单调,几乎没有什么能够吸引读者的作品,而诗歌的情况则更为严重,所以,他们的作品一问世,立即显得光彩夺目,令人欣喜,令人震撼。舒婷比北岛和顾城先一步浮出水面,只是她更幸运而已。1979年4月,她最初发表在非正式刊物《今天》上的《致橡树》经全国最具权威性的诗歌刊物《诗刊》(1979年第4期)转载后,因其南国少女的柔情和对待爱情的传统美德,立即赢得了各方人士的好感。特别重要的是,这位工人出身的女知青在诗坛上刚一崭露头角,就得到了她家乡文艺界的高度重视和珍惜。1980年,《福建文艺》编辑部以"关于新诗创作问题"为题开设专栏,主要围绕舒婷的诗歌进行了长达一年的讨论,把她与已经开始引起人们注意的"新诗潮"联系起来,并且有意识地把她放在核心地位,对于扩大她的影响起到了至关重要的作用。随后,她的《祖国啊,我亲爱的祖国》又获得了"1979—1980年中青年诗人优秀诗歌奖"。因此,即使在人们对朦胧诗评价不一的情况下,她却率先得到了出版诗集的机遇。1982年,她的第一部诗集《双桅船》刚一出版,就获得了"中国作家协会第一届(1979—1982)全国优秀新诗(诗集)奖"的二等奖。其中也不排除她是一位"女诗人"这一原因。在1990年代女性作家风靡一时之前,中国文坛上的阳刚之气是很盛的,不仅具有阴柔之美的作品难寻踪迹,而且女性作家也属凤毛麟角。从1920年代的冰心,到1930年代的丁玲、1940年代的张爱玲,再到1950年代的茹志鹃,几乎每每有女性作家出现,都会得到人们的偏爱。当然,人们愿意将舒婷作为朦胧诗的代表,并不因为她是女诗人,也不仅仅因为她的作品展示了一代青年真实而痛苦的生活轨迹和从迷惘到觉醒的心路历程,而是她的诗无论在思想内容还是在艺术形式上,在当时大家所读到的朦胧诗中都是最符合传统审美规范的。虽然她的作品也有对社会的批判,但是,她并不绝望,对未来充满信心;虽然她的作品也有现代主义的倾向,但是,其首先引人注意的是浓郁的浪漫主义色彩。而在她的诗中所表现出来的人道主义情怀,更使人看到了"五四"新文学的精神的回归。因此,当人们正纠缠着朦胧诗是否真的朦胧晦涩时,舒婷的诗以最不朦胧的清晰面目赢得了大家的喜爱;当人们正争论应该如何看待朦胧诗这股新诗潮时,舒婷的诗却得到了"清新的艺术之风"的美誉。

舒婷诗歌最明显的两个艺术特征,一是特有的女性气质与风格,二是浪漫主义与现代主义的结合。但是,刚一开始将舒婷写入文学史时,几乎都不提及她诗歌的现代主义成分,甚至还委婉地为她的现代主义倾向进行辩护,认为其诗较少直白的表露,主要是受到古今中外许多浪漫主义诗人的影响,而她采用的隐喻、意象、暗示、象征、通感以及打破时空等等方式,也只是革新诗歌表现方法的一种尝试和探索,与资本主义世界里的象征主义、现代主义不可混为一谈。当然,这是一种"权宜之计",因为当时的情况很复杂也很激烈,如不小心谨慎地加以保护,很可能立即就夭折。现在的文学史可以毫无顾忌地说,舒婷的诗不但具有现代主义的特点,而且还代表着当代中国诗歌从浪漫主义向现代主义的过渡。然而,当时对舒婷的保护还不仅如此,几乎可能犯忌的情况都采取了回避的方法,尽可能不去冒险。比如,关于她的生活(家庭)背景和文化背景,一般都只强调她出身于一个工人的家庭,曾到闽西山村插队落户,回城后当过泥水工、浆洗工、挡纱工、锡焊工等,而从来不探讨她充满爱心的天性如何在艰难的生活境遇中得以保存和完善,更不涉及她对《圣经》的耳濡目染和具有基督教氛围的家庭环境对她的言传身教,甚至对她作品中显而易见的宗教倾向视而不见。"十字架"是基督教文化的特有产物,在舒婷的诗歌中时有出现,她写于1980年10月的诗的标题就这样堂而皇之地写着:《在诗歌的十字架上——献给我的北方妈妈》。她在诗的开头这样说:"我钉在/我的诗歌的十字架上/为了完成一篇寓言/为了服从一个理想"。在诗歌结束前,她再一次强调:"我钉在/我的诗歌的十字架上/任合唱似的欢呼/星雨一般落在我的身旁/任天谴似的神鹰/天天啄食我的五脏/我不属于自己,而是属于/那篇寓言/那个理想……"很显然,这既不同于东方传统的献身精神,也不同于佛教的舍身求仁,更不同于"文革"时期的政治狂热,即使与"五四"时期冰心作品中表现出来的"泛爱思想"相比也有着明显的西方文化特征。对于这个问题,即使是现在的文学史教材也很少涉及。

由于种种原因,在我们众多的文学史中,很难找到北岛的名字。有的只在谈到于1978年2月创办的自发性同人刊物《今天》时,提及他的名字。有的则在对朦胧诗进行概述时一笔带过,如"在新诗潮涌动的最初阶段所出现的青年诗人中,北岛、舒婷、顾城、江河、杨炼是突出代表"①,朦胧诗"以各自独立又呈现出共性的艺术主张和创作实绩,构成了一个'崛起的诗群',其代表人物有北岛、舒婷、顾城、江河、杨炼等"②。而在重点分析朦胧诗人的作品时,却不见北岛的踪影。有的干脆不用他的这个"笔名"而用他的原名"赵振开"。但是,在分析朦胧诗的成就和特点时,特别是在说明朦胧诗人对当时社会的批判性态度和叛逆性格时,却常常又必须引用《回答》③等代表性作品的诗句,如"告诉你吧,世界/我——不——相——信!"即便如此,也是只引用作品而不出现他的名字,甚至连作品的标题也不出现。当然,在众多的朦胧诗人中,北岛的态度最为激进,思想最具反叛意识,也是最容易引起争议的,但是,他的作品也最能体现这一代青年从迷惘走向觉醒后的精神状态,最能体现这个新诗潮所代表的现代主义倾向,因此,无论是在内容上还是在形式上,他都可以说是朦胧诗最有分量、最具代表性的人物。北岛与舒婷虽然都是内向的,但他们在表达方式上却有很大的不同。舒婷是情感型的,主要致力于挖掘自己(女性)的心灵;而北岛则是思辨型的,主要致力于探讨人类的精神。舒婷虽然也有现代主义的倾向,特别是在经过一段时间的停笔,对自己的创作进行了一次冷静的思考再重新创作时,表现出比前期创作更为明显的现代主义特点,但她只是从浪漫主义到现代主义的"引桥",而且也表现出更加内向的趋势,更加关注生命本体的意义;而北岛则是具有哲学家气质的诗人,是当代诗歌现代主义的先锋,他的作品从一开始就表现出与众不同的先驱者的觉醒意识、富有哲理的思想深度和充满艺术魅力的人格力量,形成了以"凝重奇峭"为特征的"象征—超现实"体系④。舒婷是一个感情至上主义者,并且与所有的女性作家一样,重视自己

---

① 洪子诚、刘登翰:《中国当代新诗史》,人民文学出版社1993年版,第413页。
② 陈思和、李平主编:《中国当代文学》,中央广播电视大学出版社2000年版,第343页。
③ 北岛:《回答》,《今天》1978年2月创刊号,《诗刊》1979年第3期。
④ 参见陈仲义:《中国朦胧诗人论》,江苏文艺出版社1996年版,第22页。

的直觉和感悟,总相信世界是美好的,世界终将会是美好的;而北岛则是一个彻底的悲观主义者,自觉地把个人和民族的苦难作为一个双重的精神十字架背在自己身上,"我不相信"的叫喊从响起的第一天起,就再也没有从他的心里消失过,始终选择"我弓起了脊背/自以为找到表达真理的/惟一方式,如同/烘烤着的鱼梦见海洋"(《履历》),主动地固执地采取了一种与现实世界格格不入的态度,"对于世界/我永远是个陌生人/我不懂它的语言/它不懂我的沉默"(《无题》),无论在什么样的情况下也不肯有丝毫的改变,而且越走越远:"我心如枯井/对海洋的渴望使我远离海洋"(《白日梦》)。在精神气质上,与其说北岛更接近鲁迅,不如说他直接继承了尼采的衣钵:"一切都是命运/一切都是烟云/一切都是没有结局的开始/一切都是稍纵即逝的追寻/一切欢乐都没有微笑/一切苦难都没有泪痕……"他这首《一切》以愤激的态度表达了自己对存在的看法,也表达了当时社会的普遍心理情绪,更将当时社会特定的历史生活景况上升到形而上的哲学高度。与之相比,舒婷则温情得多,不仅浪漫而且充满幻想:"不是一切火焰/都只燃烧自己/而不把别人照亮;/ 不是一切星星/都仅指示黑夜/而不报告曙光……"舒婷的这首《这也是一切》虽然不是对北岛的批判,也不是一种反诘,而是北岛的诗所具有的强烈的震撼力在她心中引起的共鸣,但也清楚地表明了两人不同的世界观和艺术观。然而,正是由于北岛和舒婷的巨大反差,再加上顾城、江河、杨炼等人的不同特点,才共同形成了朦胧诗的丰富内涵。

在朦胧诗人中,北岛和顾城都具有十分鲜明的现代主义倾向,关于朦胧诗看不懂而引起的争论在很大程度上正是源于顾城,但两人的文化素养的形成和表现特点又有很大的区别。北岛在思想性格形成的重要阶段,曾接触到虽然极为有限却很有分量的西方现代主义文化。在 1960 年代末 1970 年代初内部发行以供批判用的参考书中,西方现代主义与后现代主义作品比苏俄作品对北岛的影响更大。而顾城开始创作时只有 12 岁,当时"文革"刚刚拉开序幕不久,他又随诗人父亲下放农村,后来他虽然也曾受到惠特曼、洛尔迦等外国诗人的影响,但相对而言较少受西方现代主义的影响。北岛和顾城都是内向型的厌世主义者,在对现实的态度上却截然不同。北岛虽然拒绝与现实社会合作,但始终不肯远去,以激烈的对抗态度固执地表示出自己对人类精神困境的"终极关怀";而顾城则是"一个任性的孩子",

在经历了"黑夜给了我黑色的眼睛，/我却用它寻找光明"(《一代人》)的失败尝试后，很快放弃了对光明的寻找，"我把希望，溶进花香/黑夜像山谷/白昼像峰巅/睡吧！合上双眼/世界就与我无关"(《生命幻想曲》)，以逃避的态度转而去寻找自己眼中的童话世界，去创造一个与世俗世界相对立的美好幻境。舒婷的《这也是一切》让我们从另一个侧面认识了北岛，而她的《童话诗人——给G·C》则让我们看到了诗中的顾城，许多文学史在描述顾城时都曾引述："你相信了你编写的童话/自己就成了童话中幽蓝的花/你的眼睛省略过/病树、颓墙、锈崩的铁栅/只凭一个简单的信号／集合起星星、紫云英和蝈蝈的队伍/向没有被污染的远方/出发"。十几年来，文学史家们对顾城一往情深，即使是在他死后遭到社会舆论的猛烈攻击时，也没有改变自己的态度和评价。

第三节　朦胧诗的发展和变异

朦胧诗作为一个不断发展变化的诗歌流派，始终是不稳定的。最初，除了他们曾于1970年代末在《今天》杂志上有过几次不整齐的集体亮相外，既没有形成统一的组织，也未曾发表过什么宣言。在作为一个"崛起的诗群"出现于诗坛后，其活跃的时间也只有1980年代初的短短几年。一般认为，到1984年，朦胧诗作为一个诗歌艺术的探索运动已经解体，也有人把1986年10月由《诗歌报》和《深圳青年报》共同举办的"1986中国现代诗群体大展"，看作朦胧诗过渡到"新生代"的标志。

朦胧诗作为一个具有实验性质的"先锋诗派"，在得到大众认可之后，必然产生新的发展和变异，"新生代"的出现就正是朦胧诗的这种发展和变异的结果。朦胧诗在正式解体之前，就已经出现了变异。这时，北岛、舒婷和顾城都先后停笔或离开诗坛，江河和杨炼则致力于"史诗"的创作，而"新生代"的主要成就之一正是对"东方现代史诗"的探索。如果此说成立，那么，又引出一个问题，朦胧诗的变异，即朦胧诗从追求现代主义转而对东方传统痴迷，究竟是什么时候开始的？我们知道，江河在离开诗坛三四年后，于1985年为我们献出了他的史诗代表作《太阳和他的反光》，而杨炼也是在这个时间相继完成了他关于民族文化原始意象探索的一系列力作，包括《诺日朗》《半坡》《敦煌》《西藏》等大型组诗。江河和杨炼的这种创作倾向和史诗意识在1980年代初的《纪念碑》(江河)和《大雁塔》《自白——给圆明园废墟》(杨炼)等作品中就已经初见端倪。当时,正是朦胧诗的鼎盛时期,而他们却刚开始诗歌创作。因此,大规模的东方史诗的出现,对于朦胧诗来说是一种变异,而对于江河和杨炼来说,则是自己艺术道路的自然延续和发展。由于杨炼的《自白——给圆明园废墟》还被看作最早显露出"寻根"意识的作品,因此,也有人把江河、杨炼的"转向"称为"朦胧诗的余脉"和"文化诗歌热"兴起的标志。

朦胧诗的真正变异和发展,应该是在受朦胧诗影响的"新生代"诗人崛起之后。"新生代"又被称为"后新诗潮",是一个极其庞杂的诗人群体,他们中有的人也被称为"后朦胧""第三代"等等。直接从"对朦胧诗的反叛"起家的"新生代"诗人主要有两部分,一是当年曾受到朦胧诗震撼而走进诗歌王国的"校园诗人",他们中的不少人早在1980年代初就已经受到人们的广泛注意,已经小有诗名,如徐敬亚、王小妮、高伐林等。1981年甘肃的《飞天》杂志率先开办了"大学生诗苑"栏目,随后全国许多刊物纷纷效仿,为他们的重新集结和展示提供了机遇。二是紧紧追随江河和杨炼之后致力于东方现代史诗创作的廖亦武、欧阳江河等四川青年诗人群。1984年,当朦胧诗的热潮过去之后,他们又再次分化,分别打出了"新传统主义"和"整体主义"的旗号,正式投身于"新生代""新诗实验运动"的诗派洪流之中。

更复杂的情况还在于,在"1986中国现代诗群体大展"开展之前,"新生代"的创作已成泛滥之势,各种名目的诗歌流派令人眼花缭乱,除了我们前面提到的几个诗派外,经已打出了名声的就有南京的"他们"、四川的"非非"和"莽汉"、上海的"海上"等等,到"大展"开幕时,参加者已经多达84家[①],被《诗选刊》选入的也有29家,以至于在很长的一段时间里,人们都未能理出头绪。有人惊呼"潮水已经漫到脚下",说:"这两年,朦胧诗刚刚绣球在手,不防一阵骚乱,又是两手空空。第三代诗人的出现是对朦胧诗鼎盛时期的反动。所有的新生事物都要面对选择,或者与已有的权威妥协,或者与其决裂。去年提出的:'北岛、舒婷的时代已经Pass!'还算比较温和,今

[①] 参见唐晓渡:《灯心绒幸福的舞蹈·选编者序》,唐晓渡选编《灯心绒幸福的舞蹈——后朦胧诗选萃》,北京师范大学出版社1992年版。

年开始就不客气地亮出了手术刀。"①有人感叹:"历史又卷来核聚变,连朦胧诗的雾团也被吹得四散,又一代更年轻的诗人登上了诗坛,宣布自己开始了真正的中国新诗。他们揭开了'大展'之幕,引进多元的'现代诗'。这是一团更朦胧的诗云,有如银河,全无正统与边缘之分,'多元',在中国诗坛的缺少信息流通与聚会的特殊封闭而散漫的情况下,变成人自为政,互不关心,各显神通,通过民间渠道与第二渠道出版自己的诗集。至此,诗报、诗刊遍及全国,难以计数,私人出的诗集如泉涌,诗歌理论探讨与创作研究陷入一片迷茫。"②也有人皱眉头,为了说清"校园诗人"的创作现状,不得不步"非非主义"堆砌名词的后尘:"在 1982 年至 1984 年的几年间,一方面,较为流行的热态生活诗活跃于诗坛的表层;另一方面,一部分甘于寂寞的年轻诗人,不随俗流,只是默默地执着于诗的实验,于是产生了一种冷态抒情诗。……热态生活诗的产生和发展在其时间和质的层面上又可分为两个阶段,即 1982 至 1983 年流行的新生活颂诗和 1984 年流行的新生活宣叙诗。"③更有人欢呼:"俯视今日中国诗坛,我们欣喜地看到,诗歌进入了一个多元化的艺术思维期。新诗自诞生以来,从未享有如此巨大的精神自由,从未像现在这样舒展、从容,也从未出现过如此令人眼花缭乱的繁荣景象。诗人们各领风骚,镇静地审视自身,寻觅着符合时代要求的新的发展契机。"④

虽然"新生代"的主张熙熙攘攘,形式五花八门,但在创作上比较有成就和比较有影响的诗人群体主要有两个:一是以海子、王家新、骆一禾、西川等为代表的"后朦胧"诗人,一是以韩东、于坚、杨黎、李亚伟等为代表的"第三代"诗人。

"后朦胧"主要指在朦胧诗直接影响下成长起来的"校园诗人",他们虽然比朦胧诗人年轻,没有经历过"文革"的灾难岁月,但他们在人文精神上继承了从朦胧诗传递过来的"五四"新文学传统,坚守知识分子的精神立场,像朦胧诗人一样关注社会,抗拒世俗,也像朦胧诗人一样深受西方现代主义文学的影响,但他们更强调体现古老的文化传统和知识分子的精英意

---

① 舒婷:《潮水已经漫到脚下》,《当代文艺探索》1987 年第 2 期。
② 郑敏:《诗人必须自救》,《诗刊》1996 年第 2 期。
③ 吴开晋主编:《新时期诗潮论》,济南出版社 1991 年版,第 193 页。
④ 参见李丽中:《朦胧诗后·序》,李丽中、张雷、张旭选译《朦胧诗后——中国先锋诗选》,南开大学出版社 1990 年版。

识,更注重从哲学层面探讨人生的价值和诗歌的终极意义,其作品比朦胧诗更丰厚深邃,也比朦胧诗更艰深晦涩。他们不同于更年轻的"第三代"诗人,大多游离于各种社团和流派之外,坚持"个人化写作""边缘写作""知识分子写作",强调文学创作的"专业性""人文性"和"独立性"。他们中的代表人物海子,是一个诗歌的理想主义者,同时也是一个人生的悲观主义者,在他的身上集中而鲜明地体现着中国当代知识分子在社会急剧变革和中西方文化激烈冲撞中无处依傍的精神焦虑。从艺术风格上看,他与舒婷有相似之处,善于采用抒情手法表现内心复杂的情感,有浓郁的浪漫主义倾向,而在精神气质上则更接近北岛,也受到尼采哲学思想的影响,在作品中透出一种智慧与高贵、孤独与愤激。但海子比舒婷和北岛走得更远,他对西方现代主义文化有着更为广泛的涉猎和更为丰富的心得。他信奉存在主义的先驱、当代德国哲学家海德格尔关于诗歌是"澄明之境"的观点,也欣赏海德格尔对德国浪漫主义诗人荷尔德林关于"人,诗意地栖居"的钟情,把海德格尔视为自己的精神导师,把诗歌看作现代漂泊者的灵魂居所,专注于存在本质的追寻和生命意义的探究,"以梦为马",一往情深地追寻精神的家园,梦想着能够创造一种"民族和人类的结合,诗和真理合一的大诗"①。"土地""大地"以及自然界的生灵万物成为他诗中经常出现的意象,也正因为如此,虽然流传最广也影响最大的是他的抒情短诗,但人们仍然把他生前出版的唯一一部长诗《土地》看作他的代表作。海子也是一位充满激情和幻想的具有典型诗人气质的"行为艺术家",他把印象派大师凡·高视作自己的人生榜样,像他的这位"瘦哥哥"一样,用燃烧生命的热情来投入诗歌创作。就在临死之前的几天,他还在苦苦地追问人生的意义:"春天,十个海子全部复活/在光明的景色中/嘲笑这一个野蛮而悲伤的海子/你这么长久地沉睡究竟为了什么?"虽然我们不能完全明白和理解海子这首《春天,十个海子》的全部意义,但我们却清楚地看到了这个"沉浸于冬天,倾心死亡/不能自拔,热爱着空虚而寒冷的乡村"的"黑夜的孩子"的内心痛苦。

"第三代"主要指以朦胧诗和"后朦胧"为反叛对象的更年轻的一批诗人。他们认为,"五四"时期把诗从文言文中解放出来的白话诗人算是第一代,"文革"后把诗从政治工具中解放出来的朦胧诗人算是第二代,而他们

---

① 海子:《简历》,《倾向》1990年第2期。

这些把诗从群体意识中解放出来的诗人便是第三代。以翟永明、伊蕾、唐亚平等为代表的"女性诗歌"也可以看作"第三代"的一个"旁支"。不管他们的这种说法是否合理,但他们把朦胧诗作为否定对象,是可以确定的。他们的诗歌所具有的实验性、先锋性与朦胧诗相一致,同属于新诗潮,并且更接近西方后现代主义的特点,也是可以肯定的。因此,他们又将自己的创作称为"实验诗"或"先锋诗"。他们对朦胧诗的否定,是因为朦胧诗虽然恢复了诗的审美特质,显示了肯定自我的价值观,但是,朦胧诗只关注人的社会意识,而没能充分表现个体的生命意识,朦胧诗中的自我只是呈现了他们那一代人对自我价值从失落到寻觅的心路历程,没能体现出改革开放时期更为复杂多变的现代人躁动不安的灵魂。因此,他们要做的工作,就是弥补朦胧诗的欠缺。而他们弥补的方法,则与"后朦胧"不同,不是继承和发展,而是变异和反动:反英雄、反崇高、反理性、反文化、反抒情、反优美……总之,发誓要与朦胧诗和"后朦胧"背道而驰。你要坚守知识分子精神立场,强调启蒙意识,我则要强调民间立场,倡导平民意识;你要弘扬人道主义、英雄主义、理性主义,我则要创立消解历史和文化崇高意义的"新传统主义"、号召"逃避知识、逃避思想、逃避意义"的"非非主义"、自称是"腰间挂着诗篇的豪猪"的"莽汉主义";你要做文化上的精神贵族,我则要做诗坛上的嬉皮士和流浪汉。韩东的《有关大雁塔》对杨炼《大雁塔》中浓重的历史感和人文色彩的消解,被他们看作"语言意识的觉醒"的成功范例;于坚的《尚义街六号》用调侃的语调对普通人的平庸生活的逼真描写,也因表现出"超语义的美"而被看作"生命意识的觉醒"的代表作;而通过语言意识和生命意识的变异体现出来的诗歌审美意识的变异,正是"第三代"诗歌最根本也是最显著的特点。从这个意义上来说,"后朦胧"可以看作朦胧诗的发展,而"第三代"才是朦胧诗的真正变异。

正是因为"第三代"的大规模出现,才引起了诗坛上的一次"美丽的混乱"。对于这场混乱,由于现在还处于一种"正在进行时态",就发生在我们当前的生活里,"不识庐山真面目,只缘身在此山中",目前我们尚不能看清它的全部意义。再加上它的理论和实践都采取一种极端化且随意化的方式,还有许多"伪诗人"混迹其中,一直有着不太好的名声,也妨碍了人们对它的认识。但"第三代"所表现出来的优点和缺点又不是孤立的,而是与1990年代整个社会的发展变化和文坛的创作状况相呼应相协调的,因此,我们相信,在经过一段时间的洗礼和淘汰之后,再回过头来分析和总结,也许会得到更多的收获。

思考题

1. 关于朦胧诗的论争是当代文学史上的一个特殊现象,其论争的氛围明显不同于五六十年代的许多由学术讨论演变为政治运动的情况,而与"五四"时期更为相似。其中的原因是什么?思考范围应比教材所讲的内容更广泛一些,可以补充新的材料。

2. 朦胧诗与"五四"新文学的对接,主要体现在人文精神和美学风格两个方面,我们在专题中着重讨论了人文精神问题,但也涉及了美学风格问题。能否结合现当代文学基础课的学习内容,对照朦胧诗的美学特点,做出自己的总结?

3. 结合具体作品,比较分析北岛、舒婷、顾城三位诗人不同的创作个性及特色,进而思考诗歌欣赏中风格的体味与把握的方法。

4. "第三代"是在朦胧诗的基础上发展起来的,他们为什么又要打出反朦胧诗的旗号?对于他们的"反崇高""反英雄""反高雅"等主张,你是怎么看的?在艺术上,他们相对于朦胧诗是一种进步还是退步?

第十五讲　海子与当代诗人的抱负

海子原名查海生,1964年3月24日生于安徽怀宁县高河镇查湾村。1979年考入北京大学法律系,1983年毕业,成为中国政法大学哲学教研室教师。1989年3月26日,海子在山海关龙家营附近卧轨自杀,年仅25岁。

海子是当代诗歌史上的一个特例。他以急促的速度,完成了漫长的抒情,以年轻的生命,创造了成熟乃至苍老的诗歌。从代际上说,他应属"第三代"。然而,海子又是特立独行者,他对诗歌与诗学的时风有清醒的认识,有自己坚定的独立追求。

1984—1989年的五年中,海子写下了二百余首抒情诗和大量的长诗作品,包括早期(1984—1985)的三部《河流》《传说》《但是水,水》,和后期(1986—1988)的《太阳·七部书》。其中大部分为未完成的作品,但多数主干已成形。1997年由西川编订、上海三联书店出版的《海子诗全编》中收入短诗共计241首。

海子的诗歌传播很广,甚至被编入中学教科书中,他在1990年代之后逐渐成为当代被谈论最多的诗人。有关海子的评论和研究,有两本书可以参考:《不死的孩子——海子十周年祭》(崔卫平编,中国文联出版社1999年版),是海子逝世十周年的纪念文集,书中收入了1989—1999年纪念和论说海子诗歌的文章,是一部比较全面地反映第一个十年海子研究状况和水平的著作;《海子纪念文集·评论卷》(金肽频主编,合肥工业大学出版社2009年版),是海子逝世二十周年之际编纂的纪念文集,除选入了前一本书中较为重要的文章之外,又收入了1999—2009年间的一些怀念与评论文章,甚至还少量收入了一些持反面意见的文字。

"诗无达诂",对海子的诗歌可以有各式各样的解读。在这一讲,我们尝试从海子的生命哲学、诗歌观念以及诗人的人格等方面对他的诗歌创作做比较深入的阐释,包括对他一些代表性诗作的解读。其中会涉及一些有关诗学的比较哲理性的问题,难度大一些,这也让我们了解,原来诗歌和诗人的生命人格会有如此紧密的联系。海子和许多伟大的诗人一样,具有悲剧的气质与命运,他用整个生命创造的诗歌很美,却又具有不可模仿的特质。

第一节 "伟大诗歌"的构想与抱负

海子超越于当代中国一般诗人,他是用整个生命来写诗,他的诗歌观念是很纯粹而又复杂的。了解海子,须先从他的诗歌观念入手。海子首先是醉心于哲学的诗人,他熟读存在主义哲学,如尼采等人的著作,熟知海德格尔等人的哲学思想,在诗歌的立场与价值判断方面,与雅斯贝斯、海德格尔或是不谋而合,或是深受影响。他还精研佛学、基督教以及其他宗教义理与典籍,从中获得深远的启示。他往往从哲学的意义上来认识诗歌,相信有一种"伟大的诗歌""原始的诗歌",或者"一次性的诗歌行动",推崇具有"精神现象学"意义的诗人或艺术家,如荷尔德林、兰波、凡·高等等。海子认为,有一些诗人不只是构成了一般的文本现象,还同时是一些"王"或"王子"。"他们活在原始力量的中心,或靠近中心的地方。他们的诗歌即是这个原始力量的战斗、和解、不间断的对话与同一。""他们符合'大地的支配'。这些人像我们的血肉兄弟,甚至就是我的血。""他们可以利用自身潜伏的巨大的原发性的原始力量(悲剧性的生涯和生存、天才和魔鬼、地域深渊、疯狂的创造与毁灭、欲望与死亡、血、性与宿命……)来为主体服务。"[①]简言之,这些诗人所创作的是一些具有"原型"或"母题"意义的作品,他们不是在一般的世俗经验的意义上展开写作,而是在哲学和宇宙的思考、对生命和精神现象的根本性认知的基础上展开写作。以此为榜样,海子构建了他巨大的诗歌抱负与精神王国。

所谓"伟大的诗歌",用海子的话说,就是"一次性的诗歌行动"。很明显这是一种"生命本体论"的诗学观,其根本在于"行动",而不只是"文

---

① 海子:《诗学:一份提纲》,西川编《海子诗全编》,上海三联书店1997年版,第893页。

本",因此它是伟大文本与伟大生命人格实践的合一,如同《离骚》离不开屈原高贵的牺牲,离不开其生命人格实践的光耀与见证一样。按照雅斯贝斯的说法,伟大的诗歌通常是天才的悲剧人物的创造,他们"毁灭自己于作品之中,毁灭自己于深渊之中","在自己的作品中照耀了存在的深渊",用"一次性的生存"创造和见证了他们"一次性的创作"。① 他举出了许多西方伟大诗人和艺术家的例子,荷尔德林、米开朗琪罗、凡·高等,这些诗人或艺术家都具有疯狂的气质与悲剧的命运,他们的诗歌因此而具有不可模仿的性质。海子的观点与此可谓不谋而合,他既是这种诗歌观念的推崇者,也是实践的典范,最后用自杀的方式,实践了他"用生命创造诗歌"的理念与理想。海子说:

> 伟大的诗歌,不是感性的诗歌,也不是抒情的诗歌,不是原始材料的片断流动,而是主体人类在某一瞬间突入自身的宏伟——是主体人类在原始力量中的一次性诗歌行动。……但丁将中世纪的经院体系和民间信仰、传说和文献、祖国与个人的忧患以及新时代的曙光——将这些原始材料化为诗歌;歌德将个人自传类型上升到一种文明类型,与神话宏观背景的原始材料化为诗歌,都在于有一种伟大的创造性人格和伟大的一次性诗歌行动。
>
> 这一世纪和下一世纪的交替,在中国,必有一次伟大的诗歌行动和一首伟大的诗篇。这是我,一个中国当代诗人的梦想和愿望。②

这段话,集中地表明了海子的诗歌观念与抱负。他所说的"伟大的诗歌"是超乎一切文本之上的一种母体性的、代表一种"文明类型"的,具有原始、初始以及总括意义的诗歌,要想完成这样的一种使命,需要付出最大的代价。这是我们理解海子,特别是理解他的长诗创作的一个起点。

还有一个至关重要的概念即"大地"。大地是海子抒情的基本背景,也是其抒情的基本对象,是他关于"存在本源"的一个想象的总称。这与海德格尔的说法有密切的联系,海德格尔在他的《艺术作品的本源》中阐述了一个艺术观点,他在对现代世界和艺术的沦落表达了悲哀之后,以一座希腊的

---

① 雅斯贝斯:《斯特林堡和梵高》,转引自今道友信《存在主义美学》,崔相录、王生平译,辽宁人民出版社 1987 年版,第 150 页。

② 海子:《诗学:一份提纲》,西川编《海子诗全编》,第 898 页。

神殿为例,说明了艺术的本质不是"模仿",而是"神的临场"和存在"如其本然的显相";这种关于艺术的"存在本体论"的观念,同海子作品中充盈的神性气质、大地观念无疑是相通的。而且,海德格尔还以抽象化了的"大地"作为存在的归所和本体,并引荷尔德林的诗句"人,诗意地栖居在大地之上",指出了人、艺术家及其作品对大地的归属性,认为"屹立于此的神殿这一作品开启一个世界,同时又返置这世界于土地之上,而土地也因此才始作为家乡的根基出现","作品让土地作为土地存在","呈现土地就意味着把土地作为自我封闭者带入公开场"。① 在海子的诗歌中,"太阳"是"父本"的象征,标志着文明、认知、创造、循环等人类的"主体力量","大地"则是"母本"的象喻,意味着原始的世界,象征着孕育、收藏、诞生与死亡等原始的存在;同时,太阳既是"父本",也是人子——海子自己的化身,而大地既是原始的存在本源,也是存在的本体和表象,"土地""故乡""麦地""村庄"这些意象都是其不同的化身与表征。

由此,我们就可以理解海子诗歌的意义系统与想象体系,"大地"是原始的哲学与诗歌根基,"土地"是万物和生机的载体与样态,"村庄"和"麦地"是供人类、族群、亲人生存与栖居的归所、形式、过程及内容。他的长诗《太阳·七部书》包含了"太阳"与"土地"、原始的"母本"与"父本"、存在(客体、历史)与认知(主体、文明)等等二元命题,是母题性的史诗建构,也是"伟大的诗歌"理想的一种实践形式。所以,它不只有哲学的深意,某种程度上也具有"返回原始"与"抵达终极"的分裂性和循环性——说得更彻底和直接一些,是具有某种"不可解读性"。因此,要想从"达诂"的意义上解释它几乎是不可能的。但在海子的长诗中,我们可以体味到其巨大的意义空间,从黄河、恒河到尼罗河与两河流域的巨大的地理构架,以及他对于创世、人类文明与生存的历史、精神世界的基本构造、爱与死、罪与罚、灾难与拯救等等原始命题的思索与解答。

土地的概念对海子来说是如此重要,他最重要的长诗作品之一《太阳·土地篇》,或许是其长诗作品中最壮美和相对具有可解性的部分。大地在这里使海子激发出令人炫目的创造力,具有作为原始意象的疯狂吸力与弥漫性。这是第十章《迷途不返的人……酒》中的标志性诗句:

---

① 陈嘉映:《海德格尔哲学概论》,生活·读书·新知三联书店1995年版,第250、252页。

大地　酒馆中酒徒们捧在手心的脆弱星辰
　　漠视酒馆中打碎的其他器皿
　　明日又在大地中完整　这才是我打碎一切的真情

　　绳索或鲜艳的鳞　将我遮盖
　　我的海洋升起着这些花朵
　　抛向太阳的我们尸体的花朵　大地！

　　…………
　　何方有一位拯救大地的人？
　　…………

　　祭司和王纷纷毁灭　石头核心下沉河谷　养育马匹和水
　　大地魔法的阴影沉入我疯狂的内心
　　大地啊,何日方在？

　　大地啊,伴随着你的毁灭
　　我们的酒杯举向哪里？
　　我们的脚举向哪里？

　　大地　盲目的血
　　天才和语言背着血红的落日
　　走向家乡的墓地

让我们对照荷尔德林的诗句,海德格尔曾如痴如醉地引述过它们:

　　请赐我们以双翼,让我们满怀赤诚
　　返回故园。

在两人的诗中,土地都是灵魂栖息的归所,但不同的是,海德格尔认同荷尔德林的情感意向,将"土地"与"故乡"合二为一,认为"诗人的天职是还乡,还乡使故土成为亲近本源之处"①,这使他们的灵魂和情怀趋向于安宁沉静。然而在海子心中还有着充满疯狂气质的另一极:太阳。太阳是与土地相对的"父本"之力的喷涌和疯狂的燃烧,是主体生命的创造与毁灭的象

---

① 海德格尔:《人,诗意地安居——海德格尔语要》,郜元宝译,上海远东出版社2011年版,第87页。

喻，它不断沉落与上升、死亡与复现的辉煌属性激励着海子年轻的生命，使他在诗歌中得以爆响式地燃烧，并决定了他内心悲剧与拯救的英雄气质。

海子与海德格尔的另一个共同之处，是对已消失于世界的"神性光辉"的寻求。海德格尔认为他生活在一个"贫瘠的时代"，之所以如此，是因为众神已离开了这个世界，上帝也已"缺席"。然而诸神的消隐却并非不留踪迹，诗人的使命就在于在这样的时代中引导人们去寻求这些踪迹。所以，他推崇荷尔德林，认为他不是一般地作诗，而是以诗寻索诗的本质和世界的本质。同样，我们也可以此来认识海子，在1980年代中期诗歌沉溺于文化主题的吟咏，许多诗人都以固有的神话作为"重写"的材料和蓝本（如江河、杨炼、"整体主义"诗歌群体等）的整体背景下，海子却以他领悟神启的超凡悟性和神话语意中的写作，提升了这个时代诗歌的高度与质地。海子睿智地找到了通向神性的途径，这就是土地上最原始的存在——庄稼等一切乡村自然之象，以及在大地这一壮丽语境之中的生命、爱、生殖、统治、循环等等最基本的母题。在追寻这一语境的过程中，他挣脱了历史、当代文化及其语言方式对他的桎梏，决绝地走向了"民间"，得以"让一切人成为一切人的同时代人，无论是生者还是死者"①。

第二节 故乡、爱情与生命的咏唱

从题材看，海子的抒情短诗主要涵盖了三个方面：故乡、爱情、生命玄想与咏唱。其中故乡是最为广义的，包含了乡村、麦地、其他农业田园事物等等；生命也是广义的，包含了述怀、冥想、对生命的赞美与叹息等等方面。从主题看，海子的抒情诗写作可以概括为神启、大地和死亡三个母题。"神启"是比喻的说法，象征"存在向世界的敞开"，象征他对世界、存在真理的超历史与非经验性的领悟、顿悟；"大地"象征存在的本源、本体与表象，犹如基督教中圣父、圣子、圣灵"三位一体"的说法，大地不只是神的居所和与之对话的语境，不只是自己最终的母体、安栖的归宿，也是其生命激情的源泉、抒情和言说的对象；"死亡"象征他对存在的主动性体验的自觉和勇气，海德格尔说，"存在是提前到来的死亡"，叙述死亡表明对此在生存的未来

---

① 海子：《谈诗》，老木编《青年诗人谈诗》，北京大学五四文学社印行，第175页。

性认识，对海子来说，死亡意味着他走向他所建构的神话世界的必由之路与终极形式，也是他内心英雄气质、悲剧体验的需要和表现形式。

很显然，上述三者又是沟通联系和一体的，神启给他以灵性和疯狂，大地给他以沉思和归所，死亡给他以勇气和深刻。

但理解海子的抒情诗又不能停留于概念辨析，重要的还是回到文本。

在海子稍早的诗歌中，其思想和情感呈现了较明亮的色调，内容偏于抒情与述怀，少量诗歌如《亚洲铜》《东方山脉》《农耕民族》等还可看出与"第三代"诗歌文化与寻根主题之间的联系。从内容风格看，忧郁但充满柔情，有"夜歌"与"谣曲"的性质，以《单翅鸟》《自画像》《妻子和鱼》《思念前生》等为例，大都属1984年前后的作品。《单翅鸟》中，海子这样自况：

> 单翅鸟为什么要飞呢
> 我为什么
> 喝下自己的影子
> 揪着头发作为翅膀
> 离开

这种自我想象明显带有自我确认和反诘的性质，"单翅"是一种限度，而"飞翔"却是愿望，冲突即缘此而来，命运由此生成。《自画像》也是如此，它确认的是自己这个来自土地和乡村的生命的身份与宿命感。犹如凡·高笔下的自画像一样，黑瘦、粗糙，又有坚韧和顽固的属性："镜子是摆在桌上的／一只碗／我的脸／是碗中的土豆／嘿，从地里长出了／这些温暖的骨头"。确乎有类似荷兰画派那种阴郁而又写实的笔调。

海子早期的诗歌中也有世俗的温情。《妻子和鱼》以隐喻的笔法书写了恋爱的甜蜜、怅然以及隐秘体验，其中"水"与"鱼"的意象甚至还具有某种情色意味："我怀抱妻子／就像水儿抱鱼／我一边伸出手去／试着摸到小雨水，并且嘴唇开花……"接下来反复书写的仍然是肢体的亲昵游戏，以及肉体的幸福想象。《思念前生》是一个奇怪的梦境，梦见自己赤身裸体的成长记忆，梦想重新返回到母亲身体之中，还原为幸福的婴儿："庄子想混入／凝望月亮的野兽／骨头一寸一寸／在肚脐上下／像树枝一样长着／／……仿佛我是光着身子／光着身子／进出／／母亲如门，对我轻轻开着"。假如从弗洛伊德的观点看，或许这首诗中还有着某种"恋母情结"也未可知。

稍后海子在1985—1986年前后的作品,仍广及故乡、土地、爱情、玄想、生命等主题领域,但这时期他关于乡村与麦地的咏唱是影响最为广泛的部分。《麦地》是其中最广为人知的一首:"吃麦子长大的/在月亮下端着大碗/碗内的月亮/和麦子/一直没有声响//……月亮下/连夜种麦的父亲/身上像流动金子//月亮下/有十二只鸟/飞过麦田/有的衔起一颗麦粒/有的则迎风起舞,矢口否认……"宛若凡·高笔下金黄的五月、丰收的麦田一样,海子描写的麦地,是神话般古老而原始、年轻而永恒的情景,充满莫名的喜悦与悲伤。或者也可以这样说,海子的麦地是超越了历史和现实、哲学化和神话化了的土地,他因此而超越了一切"乡土"的传统与现代内涵,抵达了"大地"和"土地"的原始本意,也使土地上的生命成为一切生命的永恒存在形式。

约写于1986年的《天鹅》是海子最美的诗篇之一,这是一首爱的夜曲,用了炙热和绝望的爱意,去想象一个女孩的美好,并射出了丘比特的神箭,希望她能够"受伤",能够得到她的回应。但真正的爱既是自私和具体的,又是超越性的,海子将她比作与一群天鹅结伴飞行的一个,自己只是在泥土上远远地欣赏和赞美她:

> ……当她们像大雪飞过墓地
> 大雪中却没有路通向我的房门
> ——身体没有门——只有手指
> 竖在墓地,如同十根冻伤的蜡烛

墓地与泥土,这是海子对自己的想象;天鹅和飞翔,这是他所爱的人的形象。即使化为泥土中的死者,也要在墓地中赞美她的美丽,并为她燃起祈祷的光亮与温暖。两个意象之间的强烈对比,更可以照见其爱的深挚、投入与无私。

在西行青海与西藏的路上和之后,海子写过许多献给草原的诗篇。草原是海子另外的故乡,这是他博大的诗歌世界与自我想象的另一例证。他用神奇的语言,将读者带回到洪荒的世界,带回到哲学的、"存在"意义上而不只是"地域"意义上的草原:"目击众神死亡的草原上野花一片/远在远方的风比远方更远/我的琴声呜咽 泪水全无/我把这远方的远归还草原/一个叫马头 一个叫马尾/我的琴声呜咽 泪水全无//远方只有在死亡中凝聚野花一片/明月如镜高悬草原映照千年岁月/我的琴声呜咽　泪水全无/只身打马过草原"(《九月》)。由此可以感受到海子的抒情对象,不是世俗的景物,也不是具体的经历,而是大地和生命本身。同时,我们也可以看到,海子对原始世界具有超凡的召唤力,以及"返回"的思维与想象力,还有他非凡的语言才能、穿越历史与个体经验的还原能力。"第三代"诗歌中的"非非主义"诗人曾倡导"语言的还原",却似乎并不成功,而海子的诗歌却因为他的上述能力而获得了超乎寻常的神性意味。如《秋》中他所描绘的景象:"秋天深了,神的家中鹰在集合/神的故乡鹰在言语/秋天深了,王在写诗/在这个世界上秋天深了/该得到的尚未得到/该丧失的早已丧失"。诗中"鹰""神""王"的形象都无法"达诂",很难用具象和经验性的判断来加以解释,但读之我们却可以感受到大自然永恒的悲剧法则,那就是存在与消亡的循环。其中确有世俗与个体生命的悲和喜,但又超越了世俗与个体的经验范畴,因此,它与陈子昂式"前不见古人,后不见来者"的悲怆与喟叹相比,更有了哲学和神性的超然,诗意在这里褪去了个体生命的感伤,而成为一种纯粹的"原始世界的图景"或"存在的赞美辞"。

写于1987年的《祖国(或以梦为马)》是海子最重要的抒情诗之一。这首诗明确地传达出海子伟大的诗歌抱负。诗歌中的情境,可以设想为是海子在梦中巡游祖国大地,或者是以梦的方式,对所有友人和读者完成一次"明志"。诗中开宗明义说:"我要做远方的忠诚的儿子/和物质的短暂情人/和所有以梦为马的诗人一样/我不得不和烈士和小丑走在同一道路上"。海子所热爱的只有诗歌和它所承载的真理,他决心要一个人走到底。"万人都要将火熄灭　我一人独将此火高高举起/此火为大　开花落英于神圣的祖国/和所有以梦为马的诗人一样/我藉此火得度一生的茫茫黑夜……"在宣示了他对诗歌的理解、对语言和艺术的理解,以及决心以生命来实践这些理解的决绝之后,他明示了自己的志向,以及对自己诗歌的不朽品质的自信:"我的事业　就是要成为太阳的一生/他从古至今——'日'——他无比辉煌无比光明/和所有以梦为马的诗人一样/最后我被黄昏的众神抬入不朽的太阳//太阳是我的名字/太阳是我的一生/太阳的山顶埋葬　诗歌的尸体——千年王国和我/骑着五千年凤凰和名字叫'马'的龙——我必将失败/但诗歌本身以太阳必将胜利"。这首诗是我们理解海子的精神世界以及诗歌观念的一个不可绕开的例证。他的《太阳·七部书》,他关于"伟大的诗歌"的理解、对自己诗歌品质的坚信,于其中都可窥见一斑。这也符合哲学家雅斯贝斯所说的,伟大诗人都有毁灭自己于深渊之中、于作品之中的气质,但这也反过来使海子的作品成为不可模仿的"一次性的创作"。

1988年之后可以视为海子诗歌写作的晚期。更为低落和忧郁的情绪、对世界的更加绝望的看法,使他这个时期的作品中充满着死亡的寓意与气息。当然,在语言方面也表现得更加精练、深邃和纯熟。死亡主题当然不只限于海子后期的诗歌,但这一时期确乎显得更为强烈。写于1989年3月14日,也就是海子自杀前十二天的一首《春天,十个海子》,可以作为我们窥见他死亡冲动的一扇窗户,在冰消雪融、大地回春、温暖即将到来的季节,他却固执地沉溺于阴郁的精神状态。即便想及远在家乡的亲人,想到他们的亲情与爱,想到他们艰辛然而坚韧的生存,也无法医治他阴郁的情绪,无法将他从《红楼梦》中"好了歌"式的大荒凉中拯救出来:

……大风从东刮到西,从北刮到南,无视黑夜和黎明
你所说的曙光究竟是什么意思

1988年之后的几首爱情诗或者与爱情有关的作品,成为他最后的绝唱。《山楂树》一首中,似乎充满了失恋的悲伤。思念使人出现了幻觉,黄昏时分,海子仿佛看到所爱的女孩骑车来到他远在燕山脚下的寓所,在等待的煎熬中,这一幻觉最终化为泡影。但即便如此,他也将焦虑和彷徨中的爱的咏唱幻化到极致:"……我走过黄昏/看见吹向远处的平原/我将在暮色中抱住一棵孤独的树干/山楂树!一闪而过 啊!山楂//我要在你火红的乳房下坐到天亮/又小又美丽的山楂的乳房/在高大女神的自行车上/在农妇的手上/在夜晚就要熄灭"。一棵山楂树能够写得如此动人和美丽,确实只有海子这样的天才和心灵能够为之。"又小又美丽的山楂的乳房",可谓世间至纯至美的想象了。

另一首《四姐妹》写于海子死前一个月,从内容看,可以视为与海子的自杀有隐秘关系的一首"绝命之诗"。诗中所写景象不难看出是"死后的情景":"……空气中的一棵麦子/高举到我的头顶/我身在这荒芜的山岗/怀念我空空的房间,落满灰尘"。沉睡于荒凉的坟墓之中,上面飘荡着的一棵"空气中的麦子",分明是他灵魂的标记,他似乎怀念着生前的一切,但所住

过的房子此时已经灰尘满布,空空荡荡。但即便如此,他也还满足于自己曾经拥有过的爱情:"我爱过的这糊涂的四姐妹啊/像爱着我亲手写下的四首诗/我的美丽的结伴而行的四姐妹/比命运女神还要多出一个/赶着美丽苍白的奶牛 走向月亮形的山峰……"这番美丽的景象也不能挽救他那一颗已如死灰的心,他决计以死来终结所有人世的悲欢离合与爱恨情仇,并且设想死后四姐妹会闻讯赶来:"四姐妹抱着这一棵/一棵空气中的麦子/抱着昨天的大雪,今天的雨水/明日的粮食与灰烬/这是绝望的麦子//请告诉四姐妹:这是绝望的麦子/永远是这样/风后面是风/天空上面是天空/道路前面还是道路"。最终依然是类似《红楼梦》式的结尾:永恒的循环,照彻宇宙的大悲摧与大荒凉。这是海子之所以选择一死的哲学思考,同时关于四姐妹的想象也使这首诗增添了一缕感人的悲伤与最后的温情。

第三节 超验、隐喻与魅性

诗歌的欣赏和分析都要格外关注语言艺术。海子诗歌的魅力,很大程度上就源于其语言具有某种"穿越"能力,在"返回原始"的同时,也具有了"通向未来"的属性。在高度经典化之后,他的语义也变得越来越明晰和精确,这是令人钦敬和吃惊的。举例说,他的抒情诗中有越来越多的作品经得起"达诂"式的细读,如《天鹅》《九月》《海子小夜曲》《四姐妹》等等,这些作品在依然保有神秘性的同时,也完全被普通人所理解和喜欢。

想象的瑰丽与灵性,与神性思维是紧密相连的。如前所述,海子在农业世界所积累的经验,经过他壮丽的诗意想象,变得神秘而浪漫,充满了古老的魅性。现代哲学的研修在他这里并未带来神性的丧失,相反却召唤回大地独有和固有的神性。正如海德格尔在《艺术作品的本源》中所论述的,是一座希腊神殿的出现确立了世界,由此"使世界世界化了","使大地成了大地"。从这个意义上说,海子也是以他的诗歌重建了东方大地的神性,重新召唤和确立了这块古老土地与伟大文明的想象根基。

所谓"神启",实质是一种超越经验方式与思维过程的直觉状态,是一种"闪电"式的顿悟方式。以《海子小夜曲》为例,在这首类似凡·高自画像式的作品中,我们可以看出一个只与大地对话的海子,一个不可能为常态的世俗经验所理解的感知主体与感知方式:

> 如今只剩下我一个
> 只有我一个双膝如木
> 只有我一个支起了耳朵
> 只有我一个听得见平原上的水
> 诗歌中的水
> 在这个下雨的夜晚
> 如今只剩下我一个
> 为你写着诗歌

这个海子变成了大地的耳朵,而将所有的人都变成了聋子。

海子诗歌中的万物似乎都有神灵之性,这与斯宾诺莎的"泛神论"或许有些近似,但与中国早期新诗人笔下的泛神论思想不同,神灵在海子这里并不是象喻,而是本体,是神祇世界的活的部分,他自己则是与它们共存共生、互相交流对话的存在者之一。这使得他笔下的每一事物都放射出不同凡响的灵性之光。比如《天鹅》:

> 夜里,我听见远处天鹅飞越桥梁的声音
> 我身体里的河水
> 呼应着她们
>
> 当她们飞越生日的泥土、黄昏的泥土
> 有一只天鹅受伤
> 其实只有美丽吹动的风才知道
> 她已受伤。她仍在飞行
>
> 而我身体里的河水却很沉重
> 就像房屋上挂着的门扇一样沉重
> 当她飞过一座远方的桥梁
> 我不能用优美的飞行来呼应她们

语词的神性色彩也是海子诗歌的一个鲜明特点,按照哲学家卡西尔的观点,语词在神性的语境中会闪现出一种超乎其原有意义的"魔力",因为神灵会对语词本身具有某种"收集"作用,并使言说者得以汲取"神的存在和意志的力量",神灵因此变成了使语词变幻出魔力的"魔法师"。① 海子的诗正是由于楔入了神话的语境,成了神灵出入的场所,而神灵在他的诗中又以独有的编码形成种种特定的魔法般的吸力,使这些语词成为不断变换着的绽开的"花朵","被置回到它的存在的源头的保持之中",而这时,作为言说者的人的"嘴不只是有机体的身体的一种器官;身体和嘴是大地涌动生长的一部分"。② 因此,我们从海子的诗中不但读到了出现频率很高的那些词语——"王""祭司""魔法""太阳""女神""大地""血""死亡",以及如被风暴卷起的自然之物,而且还在由它们所形成的反世俗经验的语境中,构建出了一个全新的世界。

值得留意的还有海子诗歌中丰富的"民间世界"和"农业自然"的意象。作为当代诗人中最早提出"民间主题"的一个,海子很早就意识到,诗歌必须植根于"最深的根基":"一层肥沃的黑灰,我向田野深处走去……有些句子肯定早就存在于我们之间,有些则刚刚痛苦地诞生。"③由于这样的信念,海子一直拒斥"现代文明"中的经验方式与语言方式,而固守着农业家园中一切古老的事物,因此,诸如"麦地""麦子""河流""村庄"等等事物与喻象便密度极高地出现在他的作品中,尤其是"麦地"和"麦子"。以至于有的评论者认为在他的作品中存在着一个"麦地乌托邦",这是他"经验的起点","物质的""生存"的象征。但更广义地看,"麦地"其实是更为形象的大地的隐喻,它借助于创造劳动的生存与生存者的统一、事物与其价值的统一,不但揭示了生存与存在的本质,也揭示了人创造和依存的二重属性。由于这种极为生动的属性,海子之后的许多诗人笔下,麦子成为无处不在的植物,成为生存于大地上的存在及存在者的经典象征物。

海子是精神现象学意义上的诗人,和历史上一切最重要的诗人一样,他的诗歌与他悲剧性的生命人格实践构成了交相辉映的关系,包括他的自杀,也成为他诗歌创作的一部分,成为他"一次性诗歌行动""一次性生存"与"一次性创作"的必要部分。他诗歌中的黑暗意象、死亡主题、阴郁情绪,同

---

① 恩斯特·卡西尔:《语言与神话》,于晓等译,生活·读书·新知三联书店1988年版,第72—75页。
② 海德格尔:《通向语言之路》,《人,诗意地安居——海德格尔语要》,郜元宝译,第69、68页。
③ 海子:《民间主题(〈传说〉原序)》,西川编《海子诗全编》,第873页。

他瑰丽而宏伟的诗歌抱负之间,也构成了复杂的纠结关系。这些都值得我们反复思考和深入探讨。

最后要提及的一点是海子诗歌的"反经验性",或者说"不可解读性",这在其长诗中表现尤为突出。所谓"反经验性",海子在他的《土地》长诗前的序言中已做了很充分的说明:"在我看来,四季就是火在土中生存、呼吸、血液循环、生殖化为灰烬和再生的节奏。"这是《土地》基本的结构原型。从这点来看,似乎是不难理解的,但作者是如何表现这一结构的呢?"我用了许多自然界的生命来描绘(模仿和象征)他们的冲突、对话与和解":

> 豹子的粗糙的感情生命是一种原生的欲望和蜕化的欲望杂陈。狮子是诗。骆驼是穿越内心地域和沙漠的负重的天才现象。公牛是虚假和饥饿的外壳。马是人类、女人和大地的基本表情。玫瑰与羔羊是赤子、赤子之心和天国的选民——是救赎和感情的导师。鹰是一种原始生动的诗——诗人与天国合一时代的诗。王就是王。酒就是酒。

这是海子对他自己语言"密码"的注解。很显然,海子的象喻方式完全是属于他个人的幻象和神话世界的,这个世界甚至与人类已有的神话之间也没有什么共同之处。它是海子自己的创世神话,不论是否加以注解,别人都很难完整和准确地破译这一系统并全面地掌握它的意义,因为海子的编码方式正是试图完全跳出人类已有的文化经验、情感经验与语言经验,以此达到他超越"模拟的诗歌"而成为原始的"伟大的诗歌"的目标。可以说,在海子诗歌的伟大属性和可感知性、可阅读性之间,存在着一个由他自己的"反经验"追求所设定的根本悖论,这一悖论注定了海子诗歌文本的不可开放性和根本意义上的"不可解读性",一旦打开就面临着被误读的危险。当然另一方面,海子也是一个纯美和罕见的抒情诗人,一个带有民间歌手、流浪骑士、江湖剑客、忧郁症者等的混合气质与质地的谣曲诗人。但从根本上说,他属于黑暗,属于混沌的天地与太初的存在,他的诗歌作为一个语言世界是趋于晦暗之渊的,不可能有完全意义上的解读。正是由于这样一个悖论,海子不得不用他的身体投向黑暗,使他的青春生命所放射出的一次性的耀目光芒最后照亮他的作品。从这个意义上说,海子挺身迈向死亡,实则是对他的写作行为和作品本身的最后完成,他最后的生命之光成为一盏闪耀在永恒时空中的灯,使他作品中的神性光彩得以越出黑暗的遮蔽,高耸在诗歌王国的天穹。

从上述意义上说,海子的诗歌是不能模仿的,正如其他伟大的诗人无法复制一样。

思考题

1. 作为精神现象学的海子及其诗歌应该如何理解?
2. 哲学和思想背景与海子的诗歌主题有什么样的关系?
3. 海子的抒情诗有哪些类型与特色?
4. 海子的《面朝大海,春暖花开》是流传最广,大家也最熟悉的诗,对这首诗通常是怎样解读的?学过这一讲后,再来读此诗,是否有新的感受?你对通常的解读又有哪些看法?

第十六讲　贾平凹与作家的真诚和文化关怀

贾平凹1952年出生于陕西商洛，1974年开始发表作品，是一位非常"接地气"、富于地域文化特色的作家，他的创作具有深切的文化关怀。近四十年来，他始终保持着旺盛的创作生命力，不仅写小说，也不时推出散文佳作。从1987年《商州》起，先后有14部书出版，特别是《浮躁》《废都》《高老庄》《怀念狼》《秦腔》《高兴》《古炉》《带灯》《老生》《暂坐》《山本》等，几乎每一部作品面世都掀起很大的社会反响，他成为当代作品最畅销的作家之一，一方面屡屡获奖，另一方面又不断引发争议。他每每成为文学研究的热点，公开出版的各类贾平凹研究论著就在百部以上。甚至可以说，只要是贾平凹的作品面世，就会赢得大量的读者青睐，同时又可能引起批评乃至"挑刺儿"的声音。为什么在文学创作、理论批评界，有如此差异甚至水火不容的看法？除了对其创作的文化关怀特异性的理解有歧见，也可能还有批评的方法、观念不同的原因。这一讲除了对贾平凹的创作进行评述，还将涉及文学批评的方法和角度等问题。

关于贾平凹研究的成果，以下数种值得重点关注：费秉勋著《贾平凹论》（西北大学出版社1990年版），是国内最早的贾平凹研究专著，作者兼具研究者和贾平凹朋友的双重身份，非常熟悉贾平凹1990年代以前的全部创作，关于贾平凹创作过程和创作心理、思维方式、作品文化文学内涵的观点亦能脱离开当时社会意识形态和主流文艺理论的束缚，以中国古代文论为主要视角，观点新颖，富有原创性和启示性；李星、孙见喜著《贾平凹评传》（郑州大学出版社2005年版），对贾平凹的人生道路、主要作品的创作过程及当时的社会影响、主要的批评观点等有较为系统的引述和归纳，资料翔实丰富；郜元宝、张冉冉编《贾平凹研究资料》（天津人民出版社2005年版),是关于贾平凹研究的文章汇编,书后附有评论文章索引和研究专著目录,以及1973—2003年贾平凹创作系年,是研究贾平凹的重要入门书;西安建筑科技大学中国现当代文学研究中心编《秦腔大评》(作家出版社2006年版),辑录了贾平凹后来获得茅盾文学奖的长篇小说《秦腔》的一些主要评论文章,其中陈思和、陈晓明、李敬泽等人以《秦腔》为切入口,对贾平凹新世纪以来主要作品思想艺术特征的发掘和阐述,如"终结论""神秘通道论"等,提示了重新认识贾平凹及其创作的新视角;贾平凹、谢有顺著《贾平凹谢有顺对话录》(苏州大学出版社2003年版),是作家和评论家两套话语体系的相互交流、沟通和包容,不仅具有作家自己阐释自己的心灵史意义,而且具有由创作实践、创作心理升华到普遍的创作理论的意义;贾平凹等著《废都(彩插汇评本)》(文化艺术出版社2010年版),是《废都》被禁(1993年)十七年后重新包装的全本,"汇评"文章中收录了海内外重要批评家对《废都》的文字评论,不仅有录以备考的"史"的意义,而且可以从中看到文学批评的丰富多样性。

第一节　文坛上的"独行侠"

　　文学史往往喜欢给作家归类,这当然是一种方便的处理方式,但作家是追求个性创造的,越是杰出的作家,越是个性独特,也就很难简单划归哪一类。贾平凹到底属于哪一类?一直存在不同的看法。1990年代初有人曾这样说:有穿西服的作家、穿中山装的作家和穿长袍的作家,贾平凹是穿长袍的作家。① 意思是,贾平凹是传统派、复古派。其实,贾平凹的小说创作在文坛的定位一直比较尴尬,1980年代不属于"伤痕"文学、"反思"文学,1990年代既不属于"新写实",也不属于"先锋派",既不属于主流现实主义作家,又不属于新锐的西方现代派,有人据此称他为文坛上的"独行侠"。

　　不满足于简单归类,而是具体探究贾平凹创作的独特性,并给这种特性以比较符合实际的解释,倒是评论家的一种必要的工作。关于贾平凹的创作特性,费秉勋曾有这样的评说,他认为:"艺术的路径无论怎样千变万化,说到底不过是主体与客体两方在渗透结合中的不同结构而已,大的方面终

---

① 参见费秉勋:《贾平凹论》,西北大学出版社1990年版,第168页。

归逃不出偏重主观和偏重客观这两条大径。偏重于客观,按照客观事物的外部形貌、内在本质、发展的固有逻辑来摹写现实,这是现实主义的创作方法,所持的是'再现论';注重于主观感受,对客观事物的描写不求形似,只抓取其神髓,以作为抒写主体感受的载体,在这种创作中,客观事物常常被作了或大或小的变形。这是非现实主义的创作方法,所持的是'表现论'。中国古典文艺有两大体系,其中一大体系与西方现代派在精神上发生着相通,它们都是非现实主义的,都持'表现论'。""这就得略略回顾一下中国文学与西方文学历史发展的大势了。将中国文学的发展历史与西方文学的发展历史作一个大的比较,就会发现两者之间呈现着明显的逆反动势,一方象另一方的还原反应:中国是从表现性文学到再现性文学;西方恰恰相反,是从再现性文学到表现性文学。……表现体系小说的基本特征是重写意,散文化,流动着充盈的艺术气韵。"①贾平凹所进行的正是"接续了历史性断线的中国表现性体系小说的创作,并把对西方现代派艺术的吸收,与之冶为一炉"②。费秉勋是在"接续断线"与"冶为一炉"这一点上观察与定位的。

  人们容易提出一个问题,贾平凹许多作品不是很实吗? 实到鸡毛蒜皮、吃喝拉撒、夫妻床头、邻里关系、个人生存、人生命运等等,怎么可能不是现实主义,而是偏于表现性的文学传统,或者是融汇了中外表现性的文学手法,形成独一无二的创作特征?

  贾平凹的文学创作偏于表现性特征,他自己也有相关的说法。在1982年所写的《"卧虎"说——文外谈文之二》中,贾平凹就表示很欣赏传统文学那种"重精神,重情感,重整体,重气韵,具体而单一,抽象而丰富"③的特点。其实,这也正是许多学者所指出的东方哲学的特点、美学特征和艺术精神,如冯友兰即指出:"富于暗示,而不是明晰得一览无余,是一切中国艺术的理想,诗歌、绘画以及其他无不如此","道不可道,只可暗示。气透露道,是靠言的暗示,不是靠言的外延和内涵。……诗的文字和音韵是如此,画的线条和颜色也是如此"。④同样,贾平凹在谈到茂陵石刻中的卧虎时,着眼的是:"这竟不是一个仰天长啸的虎,竟不是一个扑、剪、掀、翻的虎,偏偏要

---

① 费秉勋:《贾平凹论》,第169—170页。
② 同上书,第168页。
③ 王永生编:《贾平凹文集》第12卷,陕西人民出版社1998年版,第21页。
④ 冯友兰:《中国哲学简史》,北京大学出版社1985年版,第18页。

使它欲动,却终未动地卧着?卧着,内向而不呆滞,寂静而有力量,平波水面,狂澜深藏,它卧了个恰好,是东方的味,是我们民族的味。"①更重要的不是贾平凹对茂陵石刻表现艺术的欣赏和理解,而是他对自己艺术理想心有灵犀、豁然开朗的顿悟:"以中国传统的美的表现方法,真实地表达现代中国人的生活和情绪,这是我创作追求的东西。但是,实践却是那么艰难,每走一步,犹如乡下人挑了鸡蛋筐子进闹市,前虑后顾,唯恐有了不慎,以至怀疑到了自己的脚步和力量。终有幸见到了'卧虎',我明白了,且明白往后的创作生涯,将更进入一种孤独境地。喜从此有了'源于高度的自信',进一步'精于其道的自觉'(这是袁运甫的画语),我想,艺术于我是亲近的。"②在这段话中,我们不仅看到贾平凹把茂陵石刻所代表的中国艺术精神推而广之为"中国传统的美的表现方法",而且也能感觉到这位作家为自己终于能接续"断了线"的传统写法而欣喜和幸福。他预言了走在这条路上的自己的"孤独"宿命,而且表达了"虽九死其犹未悔"的决心和自信的骄傲。因此我们完全可以把它当作贾平凹的艺术宣言。不幸或者幸运的是,从1982年以来的四十年,他的决心和预言、宿命感都得到了充分的证实。

有研究者介绍,贾平凹曾将自己的创作追求概括为"单纯入世""复杂处世"和"冷静观世"三个阶段或三种境界。注意,这也是研究和描述作家常用的方法:"第一境界是单纯入世。这指写《山地笔记》前后,当时年龄小,心灵单纯,以童年的眼光看取生活,作品写得单纯而抒情,多写生活美,但比较浅。第二境界是复杂处世。随着年龄的增长,接触社会面广了,交往的人多了,阅历丰富了,越来越体察出社会矛盾的错综复杂,艺术修养也有所提高。第三种境界是单纯'出世'(应称作'冷静观世')。当然这不是消极遁世,而是追求思想艺术境界的高度成熟。这一境界又单纯了,但与第一境界的单纯是不同的,这是对世界最深刻的认识和最准确的把握,而不被生活的复杂性所左右。"③

"不被生活的复杂性所左右",也就意味着作家逃离了传统现实主义的局限,大胆追求表现性的美学手法。有学者如此概括:"从主观感受出发,

---

① 王永生编:《贾平凹文集》第12卷,第21页。
② 同上书,第21—22页。
③ 费秉勋:《贾平凹论》,第165页。

在从总体上把握生活时,常常在突出着作家对生活独到的发现。要表现生活的病态,只需把它的一条病腿放大若干倍,以显示其畸形、疮疡和不健全,而对躯体的其他部分,则尽可以略去。这种写法用现实主义的标准来衡量,自然是不全面、不真实,甚至带有荒诞性,但用表现论的眼光看,却非常警辟。它是把生活本身的荒诞置于放大镜下加以展现,给人刺激,使人震醒。"①这里我们还可以补充一句:如果生活中这被放大的病灶后来不幸蔓延到全身,这个作家就不仅有了见微知著的敏感性,而且有了预见性和前瞻性。贾平凹1990年代以后的小说,特别是《废都》《土门》《高老庄》《怀念狼》《高兴》《秦腔》《带灯》等正是这样的具有思想或文化预见性的小说。

为了说明贾平凹小说的表现性特征,这里不妨引用贾平凹在《观察》一文中说过的一段话:"作品的产生,是一种生活积累的爆发,更是感情积累的爆发。怀着一种激情到生活中去,观山则情满山,观水则情满水,就可以看到别人能看到的东西,也可以看到别人看不到的东西,而且通过一种现象便又可以看到现象后边的内涵和本质。""一个作家,不是在动笔写作时才意识到自己是作家,而是在每时每刻都要明白自己的工作,这就是说观察是随时随地进行的,要从有意识而训练成无意识的下意识的习惯。艺术的眼光便是这种习惯的结果。"②很多人都爱说,艺术家也是人,要将艺术和作家本人分开,贾平凹却是一个将艺术生活化、日常化、经常化的作家。屈原、李白、苏轼和凡·高等也都是这样的艺术家,正因为这样,他们都在生活中吃尽了苦头。而生活在一个历史新阶段的贾平凹,虽然没有如上述作家的大起大落,但在他半个世纪的创作道路上,批评之声也不绝于耳,并掀起一个个高潮,"孤独"真成了他的宿命。

评论一位作家,要引用很多相关的论述或材料,最好能聚焦,用概念把观点拎起来。这里就不妨拎出一个"悟道"作为核心概念,来理解和阐释贾平凹。"道"是以老子、庄子为代表的道家所构建的至大无极的宇宙图式,它是一种宇宙观、人生观,也是影响中国文化数千年的真正的艺术精神。相比于儒家、释家,贾平凹的人格理想、艺术精神更亲近于道家,以个人对宇宙人生的体验和感应,追求一种"悟道"的大境界。他说"文有文道,人有人

---

① 费秉勋:《贾平凹论》,第173—174页。
② 王永生编:《贾平凹文集》第12卷,第7、8页。

道",而人道与文道又是相通的,"人道文道,惟妙精深";又说:"艺术家最大的目标在于表现他对人间宇宙的感应,发掘最动人的情趣,在存在之上建构他的意象世界。"他一直都在追求着,逼真得达到抽象,抽象得归于逼真,穷极了人情物理,但又不可言说,"囫囵囵地使你感到了天地自然充盈饱和的人情的东西,美的东西"。①

但他也并不是每一部作品都实现了自己的理想。例如1981—1984年的部分中短篇小说,1987年的长篇小说《浮躁》就可以当作现实主义小说来阅读,以至在《浮躁》序言中贾平凹也坦承了对这种写法的"不适应",说"我再也不可能还要以这种框架来构写我的作品了"②。而《小月前本》《腊月·正月》《鸡窝洼人家》也遭到一些人的批评,原因就在于这些作品中贾平凹似乎失去了自我,出现了"倒退"。但是即使这些读者、专门家、作者自己都认为"倒退"的作品,也带有贾平凹明显的心理印记。

第二节 写出历史的脉动与文化的蜕变

研究一位作家的特性,通常还应当把这位作家放置到他的创作的时代环境中,去比较和考察其创作迥异于一般的个性,看是否有所超越,也就是所谓创新。由于贾平凹以《山地笔记》为代表的早期小说(包括散文),就有着表现性的特征,社会、人生经历负荷比较小,又十分讲究结构、语言、叙述等形式美,一些文论家又称他为形式大于内容的作家、唯美主义作家。如果把他的作品放在当时以"伤痕文学""反思文学"和"改革文学"为主流的文学史背景中,就更显得轻盈和空灵了,就像在满地的麦穗中突然绽放的闲花野草。而在陕西从延安时代就开始的以柳青、杜鹏程、王汶石为代表的革命现实主义文学背景中,贾平凹的文学就不仅不合时宜,甚至"离经叛道"了:

> 陕西是当代有影响的作家最多的一个省份。其中柳青对陕西作家的影响最为巨大。他至少影响了陈忠实、路遥这一代人的创作。他长期在农村生活和写作,写普通的农民,写渭河平原上五月阳光下的蒲公英。这让那些有志于文学创作的农村青年觉得亲切而熟悉,消除了他

---

① 贾平凹:《静虚村散叶》,陕西人民教育出版社1990年版,第81—82页。
② 王永生编:《贾平凹文集》第9卷,第5页。

们对于创作的神秘感,增强了他们像柳青一样通过长期努力,把自己熟悉的人物和生活写入小说的信心。柳青也通过各种方式,向青年人介绍自己的创作经验,甚至还亲自给陈忠实密密麻麻地改过一篇小说稿子。其实,即使不这样做,他的存在本身就是一种影响。陕西的作家如路遥、陈忠实,几乎都是通过反复阅读、揣摩《创业史》来学习写作的(相比而言,贾平凹受柳青影响较小;他身上更多的是南方人的气质,因此,更倾向于、更容易接受沈从文、孙犁的影响)。从某种程度上讲,没有柳青,就不会有陈忠实、路遥这一代作家,至少,在后来的成长过程中,他们肯定要花费更多的时间,要经过更多的摸索。①

以后针对《秦腔》《高兴》等小说,又有一系列尖锐的批评。这些批评不只着眼于作品的形式,在主题、内容之外,还涉及他的语言和叙事风格。他们没有像早期批评者那样给贾平凹扣上"唯美主义"的帽子,却连内容到形式一起否定了。

结构一篇文学评论,常用的路数便是"对话",即和既有的相关研究观点对话,如果不同意既有的观点,可以展开讨论。这里不妨围绕对贾平凹所谓"唯美主义"的批评来展开评论。唯美主义在美学史上并不是一个贬义词,而是一个流派,但在具有"文以载道"和"高台教化"传统以及"内容决定形式""内容大于形式"的现实主义独尊的中国,却无疑是一种对作家创作的釜底抽薪的否定和贬斥。在1980年代,随着西方现代语言学派被作为一种哲学引进中国,"形式就是内容"被中国批评界、理论界普遍接受,所以上面对贾平凹小说创作的批评就带有早期批评"升级版"的性质。然而,如果说"唯美"的批评还触及贾平凹早期小说的不足和需要改进之处的话,对《废都》以后的贾平凹小说,特别是长篇小说的否定就是一种隔山打牛、求全责备、一叶障目的偏见了。

从贾平凹全部的创作中,我们不仅看到他从青年到中年再到老年的年龄和思想的成长,也看到了他从单纯入世到复杂处世再到透明观世的文学观的成长。随着年龄的增长,贾平凹的阅历、视野、胸怀呈不断扩大之势,他的文学境界也越来越阔大。先是发现人生的苦难、不幸和虚无,人性的阴暗

---

① 惠西平主编:《突发的思想交锋——博士直谏陕西文坛及其他》,太白文艺出版社2001年版,第6—7页。

与光明,继而感受到现实生活的矛盾,时代与人、与人的精神的冲突,人类命运和历史的大尴尬、大困顿。到了《浮躁》《废都》《白夜》《土门》《怀念狼》《高老庄》《秦腔》《高兴》《古炉》《带灯》《老生》《暂坐》《山本》等,其作品的关怀和境界越来越大,其艺术也越来越呈现出大气象。贾平凹终于以一系列富有激情和老练的艺术创作证明了自己。这是一位在中国社会经济的历史转型期、文化蜕变期,敏锐地感觉着历史的脉动和社会心理变迁,对民族苦难、人类命运有着大关怀、大悲悯的作家。贾平凹用自己语言的泥土为人、为人生、为他的时代塑像,不经意间也将自己的人格形象烙印在自己的作品中。越是成熟的作家、优秀的作家、伟大的作家,个人形象越突出,越完整。① 透过贾平凹的全部创作,我们看到了一个不断追求美、创造美的贾平凹。越到后来,他越是受惠于祖国历史文化和人民生活的厚赐,用自己的笔为自己所生活的时代和它的各个阶段命名。

作家作品研究切忌空论,对作品的分析应是主要的工作。下面对《浮躁》以来贾平凹的部分长篇小说的创作背景和最突出的主题走向做简要的论析。

《浮躁》的写作源于一个新闻记者的受贿案件,这个记者是当时贾平凹在西安文学圈的一个朋友,他后来得以"平反"的冤案真相,贾平凹当时并不了解,但是身边亲近的朋友成为案件的主角,被逮捕判刑,却使贾平凹大为震惊。震惊之余是他对 1980 年代中期以来人人"下海"、全民经商的联想和思考。可以说在对朋友入狱的震惊和悲伤中,他写了当时人们社会文化心理、思想的"浮躁"。小说中的雷大空就是一个"以身殉时代"的农村小人物,他没有文化,没有经商的天赋和经验,却匆忙投入商海,最后被判刑入狱,并在狱中惨死。小说的"眼"——主题的凝聚是雷大空有文化的朋友金狗为他写的"悼文":"千难万苦,逼你不甘可怜,政策英明,催你一腔大愿……你是以身躯殉葬时代,以鲜血谱写经验。呜呼,左右数万里,上下几千年,哪里有这样的农民?固有罪有责,但功在生前一农夫令人刮目相看,德在死后令后人作出借鉴。泥沙俱下,洲河泛滥而水大好行船,浮躁之气,巫岭弥漫而山高色壮观。"② 以感性观之,这是一篇哀婉和深情的赋体文;以理性观之,这是对一个可歌可泣时代的冷峻思考。解除计划经济的桎梏,让

---

① 参见李星:《李星文集》第 1 卷,太白文艺出版社 2009 年版,第 259 页。
② 王永生编:《贾平凹文集》第 9 卷,第 448—449 页。

人们飞翔于商品经济之天,游于市场之海,促进经济繁荣,但却使社会陷入盲目,导致浮躁之风。有的人利用法制规则不健全的机会成了暴发户,有的人却陷入命运的泥淖。即使四十年后的今天看来,这些思考和见解也是十分难得的。一个转折时代的全部光明与黑暗、幸与不幸、对与错、不朽与速朽,在《浮躁》中如此生动、鲜明地呈现出来。

《废都》的出现之所以在当时文坛上掀起了轩然大波,同样因为它对当时中国社会文化心理的揭示的深刻与超前。古人说"食色,性也",前者涉及物质的生命的延续,后者关涉人类族群的延续,食文化、性心理、性及婚姻方式,更反映了一个时代物质和精神的文明程度,所以以性写人、写社会、写时代历史一直是中外文学经典常用的方法和切入角度。《废都》中的性描写一度引起了轩然大波,但其"并不同于色情文学中常见的那种展览式或挑逗式,作者更注重的是从人性角度剖析情欲,是将性爱、性行为等生理机能升华为现代人在文明异化中得以挣脱噩运的拯救方式"①。《废都》写了名作家庄之蝶在古城商业文化、权力文化和个人无爱的婚姻之下的屈辱、孤独与绝望,又展示了他在有了"江郎才尽"的危机感之后,在与多个女人的性行为中寻找男人的自信与创作灵感的放纵,然而在女人身上找到的自信却并没有化为创作的灵感,反使他更加孤独与绝望。应该注意的是,"绝望"绝非一个人偶然的悲欢,庄之蝶们"本质上仍然是中国式的文人,他们的种种精神追求和清高的生活姿式都还挺'传统',血管中流动的更多还是传统的精神因子,但在现代城市社会生活的挤压下,他们又都纷纷脱轨、沦落。处在历史转型期,传统的崩溃与新变必然伴随精神的混乱与迷惘"②。知识者、文化人的沉沦与拯救的努力和愿望,以及绝望,是《废都》的主题。从人文知识分子的迷惘这一社会文化背景,我们更能看到《废都》的时代和文化、社会意义,也就更能理解庄之蝶的性行为、性心理的象征意义。

2000年出版的《怀念狼》虽然线索单一,篇幅较短,而且社会背景比较模糊,写法上也更为怪诞,如狼变人、人变狼等等,但无论从视野、主题还是叙事的精到而论,都是一篇具有文化思考价值的小说。许多人望文生义,把

---

① 温儒敏:《剖析现代人的文化困扰》,肖夏林主编《〈废都〉废谁》,学苑出版社1993年版,第220页。
② 同上书,第217页。

它看作生态小说,实际上它是从生态、物种问题入手的充满人类关怀的小说,表现的是全球化、现代化、科技时代背景下人类生命精神的委顿和退化。舅舅老猎人傅山,曾经因打狼而成为人们心目中的英雄,然而在狼成为濒危物种的新时代,他和他当年的崇拜者、徒弟都成了患上莫名其妙病疮的残疾人。比肉体的残废还要可怕的是他们精神的变异,正是因为如此,本来是受命保护全县仅存的十只狼的他们,却在无意识的怯弱心理状态之下杀死了十只狼,成了历史的罪人。作者怀念的狼不只是生物意义上的狼,而是如当年老猎人那样旺盛的生命力、强大的心理。早在《高老庄》中,贾平凹就以深刻的忧患意识表现了人类的退化,生命力的退化。贾平凹这里的忧思,可以说,与曾获诺贝尔文学奖的英国作家格尔丁揭示人性本质的《蝇王》有异曲同工之妙。同样,《高兴》在贾平凹的长篇中也属于小型制的作品,其文学价值不仅在于关注了由城乡二元体制所产生的农民工问题,还在于高兴这个改革开放时代的新时期农民形象。他是自尊自爱的,又是对城市文明充满向往的一代新型农民,从他的身上我们看到了时代的发展、历史的进步,也看到了公平正义的缺失、人生命运的尴尬与无情。如果将他与鲁迅笔下的农民形象阿Q、闰土做比较,我们就更能看出《高兴》巨大的历史和社会生活内涵。

贾平凹以一个作家的勇气和良知写出了《古炉》,对"文革"进行了多角度的思考和深刻的反思。他以一个偏僻的村子为对象,写出了各个历史时期社会矛盾的激化:如计划经济、统购统销、农村支援城市,农民没有生产和处理自己产品自由的"大锅饭"式的经营,使农民日益贫穷;如"割资本主义尾巴"使霸槽这样精力旺盛的青年农民失去了哪怕以小手工业的方式改善自己生活的机会;如持续的"阶级斗争"使守灯这样的地主后代失去了钻研制瓷技术的自我实现的可能,蚕婆、狗尿苔这样的逃台人员家属也饱受歧视。这造成了严重贫困,也导致为争一点点蝇头小利,人与人之间关系紧张。另外,村里的主要领导权从土改以来一直在朱姓的朱大柜手里,不仅村子另一大姓夜姓不服气,朱大柜也养成了唯我独尊、独断专行的专制习气。虽然小说并没有写朱大柜有贪污盗窃行为,但他家的房子、日常生活的优裕,都说明他在经济上也不会清白。这些环境和氛围的细节告诉人们,古炉村已经积满了干柴。仅此一点,就说明《古炉》对"文革"起因的思考和观察体验,远比那些把"文革"起因及祸害归于红卫兵和造反派的小说要深刻得多。《古炉》的成功就在于把这个小村庄的"文革"放在几千年中国传统文化精神和理想追求的背景上来写。王善人信奉并传布的正是儒、道、释混杂的善与和,是"己所不欲,勿施于人"的人际关系准则,是害人如害己的宿命论,而在蚕婆和狗尿苔身上则体现出人与自然和谐相处以及顺应自然、惜福、惜生的天人合一哲学。把这些精神、信仰、处世法则与"文革"所奉行的"斗争"哲学相比较,其性质不言自明。贾平凹的小说虽然取材未必大,却写得"大江大河",常常将政治、经济、文化、民情、风俗、历史、现实熔于一炉,立意深远而气象博大。《古炉》正是这样的"大江大河"之作。和《怀念狼》一样,《古炉》的历史记忆价值、现实意义和审美贡献至今未引起足够的注意。在关于《古炉》的问答中,贾平凹曾这样说:"告诉读者我们曾经那样走过,告诉读者人需要富裕、自在、文明尊严地活着。""'文革'离得越来越远了,再过几年,经历的人更少了,对于人类的这个大事件,应该有人正面来写的吧。"①称"文革"为"人类的大事件",体现的是一个作家庄严的历史态度。

2013年初出版的长篇小说《带灯》,叙述人是作者,视角却是一个农村的美女"新干部"带灯,以女性目光的柔软、温暖和内心的同情、善良,发现和理解一个镇管辖之下的一个个村庄、一个个人的一颗颗心灵,强猛中的脆弱,软弱中的坚强,残忍中的善良,善良中的仇恨,尊严中的屈辱,屈辱中的希望。通过她在各村所交往的三十多个"女伙计",人们知道了一家一户、一村一社真实的生存状况。而樱镇所出现的危机,并不只是樱镇的危机,也是中国城乡大地已经司空见惯的社会危机。作者忧心如焚地告诉人们:中国需要的确实已经不只是经济领域的改革,而是社会政治改革、深层的体制改革。小说中带灯这个年轻的乡镇干部形象鲜活、生动、丰富、完整,她最后为镇上两大有权力背景的豪门之间所发生的火拼事件受过,背上处分,终于患上严重精神病症的命运结局,更令人感慨而忧伤。她在内心纠结、压抑、痛苦、孤独时写给樱镇籍的省干部元天亮的27条手机短信,不仅有人物塑造的意义,还有文章结构的意义:外在和内心、丑和美、现实和超越,更显示出在章法布局中的收放自如和张弛有致。它增加或延长了故事悬念,使一部触及坚硬而残酷、痛苦的现实的小说,具有了更多的心灵空间和美丽优雅

---

① 贾平凹、李星:《关于一个村子的故事和人物——长篇小说〈古炉〉的问答》,《上海文学》2011年第1期。

的品质。

在当代中国的小说家当中,贾平凹是少见的始终坚守着冷峻、清醒的现实批评姿态的作家。如果说在他早期的《浮躁》等长篇和一个时期的中篇中我们还能看到他对现实和人性的宽容和某些肯定的话,那么从他新世纪以来的《老生》《暂坐》《山本》等长篇中,我们却更强烈地感觉到他的困惑和失望。《老生》中回溯的秦岭深山的 1930 年代、1950 年代和六七十年代的社会历史生活,是阴差阳错,表现出自然与社会意识形态在进步中的悲哀与伤痛。《暂坐》中是女性婚姻家庭生活中各不相同的心理创伤和失落,表现出他早期小说中极为少见的悲悯和对女性人生的怀疑;所谓幸福,离她们是那样遥远。

无论怎么看,贾平凹的《山本》都是他思想和艺术的巅峰之作。如果说从《浮躁》到《带灯》的构成和写作都常常有现实生活中人和事的触发与诱因的话,《山本》则是一部凝聚了贾平凹全部人生和创作智慧的纯虚构小说。地理环境是封闭的,人文环境也似乎是封闭的,似乎是秦岭深处的一个独立自洽的社会、人文系统,具有高度的概括性和象征性。讲述人陆菊人是一个人在其中,但却远离其中是非的冷静的观察和见证者。通过她的眼睛和内心,再现了镇中(或者寨子)一个出类拔萃的好男人的变异,怎么由一个温文尔雅、助人为乐的好人一步一步变成自私贪婪的权力和财富的追求者,甚至他已经失去性能力,却依然霸占着镇子所有的漂亮女性,以满足自己无边的欲望和野心。他在光天化日之下作恶,而他的敌人则在暗处积累力量,最终一枪结束了他的生命。虽然在篇尾,贾平凹把枪手所代表的力量归为人民革命的力量,不无突兀,但小说所揭示的善恶逻辑却不无历史必然性的规律。

贾平凹在 2021 年的一次文学讲演中批评当下文学艺术中"装饰性太多,太华丽,太花哨"的现象时说:"我觉得文学是最需要真诚的东西";"真诚的东西最能打动人,但是这个时代,恰恰是最缺乏真诚的东西";"文风不正,影响整个社会,我宁愿笨一点,我要真诚"。[①] 这是年近七十的贾平凹最为宝贵的文学箴言。

仅从以上这些简要的评述中,就可以看出贾平凹的创作强烈的现实责

---

① 《美文》2021 年第 8 期。

任感和巨大的历史使命感。二百年前,法国文豪巴尔扎克就在其法国社会百科全书式的系列长篇《人间喜剧》序言中说过:"作家的法则,作家所以成为作家,作家能够与政治家分庭抗礼,或者比政治家还要杰出的法则,就是由于他对于人类事物的某种抉择,由于他对一些原则的绝对忠诚。"①而贾平凹更是以其坦诚勇敢和深刻,证明了作家对自己使命和责任的坚守,以及对于"作家法则"的实践。

这里还要专门提一下,贾平凹是具有强烈的文化关怀的作家。他的作品在描写乡村社会历史变迁时,总是格外关注伦理道德观念的变化,以及随之而来的精神困境。其中当然包含贾平凹的文化关怀与感情评判,包括他的困惑与犹疑。在贾平凹1980年代的许多小说中,乡村往往是美好的,乡下人大都善良、质朴与真诚,当然也有愚昧和丑陋一面,但那是传统保守的伦理观念对人的腐蚀与束缚,作家相信现代道德文明可以引导乡村改革,让伦理道德走向完善。可是1990年代以来,贾平凹变得深刻,却又犹疑和困惑,读他这一时期的作品能感到遍布的忧伤。他常常写到随着农村的社会经济大变革,乡村传统伦理秩序被现代为物质所主宰的伦理观念冲击而崩坏,往前走前途渺茫,往后退又回不去了。贾平凹纠结于对乡村伦理的思考,他笔下的乡村不再是伊甸园,而是日益黯淡无奈的困局。《秦腔》中的清风街已人丁不兴,人死了连抬棺材的都找不到;《高老庄》中那些石头画的神奇古怪,更暗示乡村未来的渺茫;《土门》以梅梅回归母亲子宫的神秘梦幻结尾,暗示"回头"的无奈。贾平凹是以平民兼知识分子的立场审视和批判农村伦理问题,在经历传统与现代的伦理纠结后,作家陷于困顿,总是徘徊于乡村与城市、传统与现代之间,精神上可谓居无定所了。也许有些论者会对贾平凹模糊的书写姿态导致对伦理问题思考的不深切表示遗憾,但贾平凹并不否认自己这种困顿,他在谈《秦腔》的创作时曾说:"我在写的过程中一直是矛盾、痛苦的,不知道该怎么办,是歌颂,还是批判?是光明,还是阴暗?以前的观念没有办法再套用。""我的任务只是充分描绘故乡的生活,故乡的亲人们当然有他们对自己生活的解释,但这都是我的对象,我只描绘,不想解释……"②这"只描绘,不想解释"说明了他的创作状态。也许

---

① 伍蠡甫主编:《西方文论选》(下),上海译文出版社1979年版,第169页。
② 贾平凹、郜元宝:《关于〈秦腔〉和乡土文学的对谈》,《上海文学》2005年第7期。

不必要求作家一定要开药方,事实上,我们也远未能解决作家所碰到的伦理困惑,不能苛求作家。鲁迅当年对浙东乡土黯淡境况的描写,不也未能给出出路吗？我们阅读贾平凹,能从他的作品中生动地感受到时代精神的巨变,感受到那份深切的文化关怀,哪怕是伴随着困惑与无奈,也就足够了。

第三节　时代性、语言、文体与精神性创造

下面,再从时代性、语言、文体与精神性创造等几个方面,讨论贾平凹的文学成就。

以往中国文学对时代精神的强调,往往与典型的矛盾冲突、典型的人物等宏大叙事联系在一起,从而成为一种相对固定的文学表现时代的模式,至今这个模式仍然是主流社会评价文学时代内涵的主要标准。贾平凹并非没有受这种模式影响的作品,如《浮躁》《腊月·正月》甚至《土门》等。但是他更多的也更得心应手的却是另外一路作品,如《天狗》《黑氏》《太白山记》《废都》《怀念狼》《高老庄》《秦腔》《高兴》《古炉》《带灯》等等,或者远离社会主流生活,或者非常个人心灵化、情绪化,要么怪异独特,要么是一地鸡毛式琐碎凡庸的日常化描写,然而吊诡的是,它们总是能够呈现出现代化、全球化大背景下,丑陋而又美丽、欣慰而又痛苦的民族精神文化心理裂变。即如《怀念狼》,它独异奇诡的艺术价值与深刻的精神价值,至今仍被老旧的文学观念所遮蔽。保护狼这样一个普通而又平常的生态题材,在贾平凹神秘飞扬的叙述中,却成为对于人类和地球生物的大关怀与大悲悯,对人性的愚昧与偏执的大批判、大反省。鲁枢元指出:"较之其他生物,人类优越和幸运在于它拥有地球的'精神圈',然而,人类社会如今面临的种种足以致人于死地的生态困境,也正是由于人类自己营造的这个'精神圈'出了问题。""人们不仅在'征服'的过程中失去了'灵魂',甚至'灵魂'也已经被'征服欲'所充斥……"①《怀念狼》表现的正是全球化、现代化背景下,高科技、生态危机所导致的人类安全感的丧失、征服欲的膨胀、灵魂被物质欲望所淤塞的精神生态危机。

---

① 鲁枢元:《人类纪的文学使命:修补精神圈》,《深圳大学学报(人文社会科学版)》2005年第2期。

贾平凹无疑是当代作家中语言功力最好的一个,就连对他的创作持激烈反对态度的人也不得不承认他是个语言天才。从《废都》开始,他就不断地呈现自己的语言奇观,让你看到社会历史的肉体,带着屠宰厂里的血污和僵冷,全镜头大面积地呈现。确实,从《废都》以来,贾平凹的小说语言已进入极高的艺术境界,并且形成了一个属于自己的独特的语言符号系统。他把从庄子散文到中国古代文人才子的笔记小说、白话小说的白描、对话甚至肖像描写融汇于当代生活的口语之中,洒脱、简练而又古朴、传神,给人一种朴素自然的美感。谈到小说语言时,贾平凹说:"一部作品能表现个性的首先是语言。我比较重视这个方面。经常是写着写着就为一两个具体用词而得意。我以前说过,散文是说话,其实小说也是说话,散文是作家直接说,小说是作家用作品的人物去说。但说话的语言很重要,因为作家还承担着改造并规范语言的责任。我们平常用的成语是厚厚的一本词典,这些就是被不断规范了的有代表性的语言。我们目前使用的现代汉语毕竟才一百年的历史,可我们民族已经文明地存在几千年了,比较起来相对浅薄些,再加上不少新闻语言在流行过程中使原有的词意在散失。我是有意识地在重视这个问题,但也不是特别地去如何做。我小说语言的基础是陕西的民间方言,关中地区和陕南的,这地域的民间语言本身就厚实。"①贾平凹对古代语言传统的重视、向民间学习,是正本清源。贾平凹语言中的那些脱胎于古汉语又源于自己心灵感受的倒装句,曾经招来许多批评,被讥为不通,但曾几何时,贾平凹式的简古倒装句已成为当代中国散文语言的一大范式。贾平凹竭力寻找属于中国小说的叙述语言,避免和减少了"五四"以来欧化语体的弊病,在相当程度上实现了小说语言的民族化。贾平凹够得上"语言大师"的称号。

再说说文体风格的民族化问题。提到"民族化",人们容易联想到地域生活图景的风俗点缀,众多作家如老舍、赵树理、莫言、余华等等,都在这方面做出过努力,但贾平凹的贡献特别值得注意。费秉勋认为贾平凹早期的作品即渗透着婉约派词人的才情和性灵派作家的自由心性,后来他的创作更较多地继承了从《世说新语》、唐人传奇、宋人话本到《金瓶梅》《浮生六

---

① 贾平凹、王彪:《一次寻根,一曲挽歌——〈秦腔〉访谈》,林建法、李桂玲主编《说贾平凹》(上),辽宁人民出版社2014年版,第51页。

记》《红楼梦》《聊斋志异》一脉相承的中国古典艺术美学精神,改造了自"五四"以来新小说注重写实的创作方法,在一定程度上使中国古典诗词、戏曲、造型艺术(包括书法、绘画、雕塑等)的表现性传统得以大面积地继续和现代化。1980年代末期,针对学习西方现代主义文学"只能学习艺术形式","不能学其内容和哲学"的流行观点,贾平凹旗帜鲜明地指出,所谓"形式"恰恰是属于民族思维方式和审美精神的范畴,不应该也没有必要弃中而学外、重西而弃东,应该学的反倒是西方现代主义中人类性、世界性、普世性的人文哲学内涵。他说:"天上的云彩这一块能下雨,那一块或许下雪,不论从哪一块云彩通过,到了云彩之上都是灿烂的阳光。我们应该追求那阳光的地方,但不必抛弃东方思维的这块云彩而去到西方思维的那块云彩。中国人不能写西方小说。"①为此他付出了大量的心血和劳动,并终于在《废都》《怀念狼》和《秦腔》中以充满中国作风和中国气魄、具有民族思维和民族审美精神的艺术创造,得到了越来越多的研究者和读者的承认。其实早在20世纪末的《高老庄》中,这个转变已经完成,并且被敏锐的批评家发现了。如雷达所说:"现在的贾平凹,早已走出故事,走出戏剧,而走向了混沌,走向了日常性,走向了让生活自身尽可能血肉丰满地自在涌动的道路。从《废都》到《高老庄》,贾平凹的小说观念发生了深刻的变化。他实现了对现有小说范式的大胆突围,形成了一种混沌、鲜活而又灵动的,具有很强的自在性和原在性的小说风格。""他从自身的性情、体悟和对时代生活的感应出发,深思并比较了小说历史价值的源头,致力于传统化、民族化与现代性结合的一种艺术探索。"②贾平凹在小说民族性与现代性结合方面的贡献,是原创性的。

最后,关于贾平凹小说的"精神性"创造问题。如果将精神性理解为一种正确的观念和精神的图解与演绎,理解为一种"崇高"形象的导引,贾平凹的作品中这方面确实不突出甚至没有;但是如果将精神性理解为广义的人文关怀,例如对于人的生命及其幸福追求的理解和尊重,对于人的生存境遇,包括物质生活、心灵状况、文化处境等的关怀,那么这些在贾平凹的创作中不仅不缺少,反倒十分突出。贾平凹小说中确实有一些病态的人物、畸变

---

① 王永生编:《贾平凹文集》第14卷,第400页。
② 雷达:《丰盈与迷惘》,《中华读书报》1999年1月13日。

的心灵,如《秦腔》中的引生、《废都》中的庄之蝶甚至《土门》中的成义等等,但他们折射的却是现实和时代的病症。例如《秦腔》中的引生,他最为病态的行为是阉割了自己,并且经常想入非非,好做白日梦,但如果想到他是一个得不到社会关怀和家庭温暖的孤儿,是乡村的弱势个体,他的自我惩罚和保护式的自残就是可以理解的,何况他的病态心理与行为并没有掩盖他内心的善良。其实庄之蝶也是个病态的文化名人,在他病态的灵魂中,折射着一个欲望疯长的年代,一个智识者怀着多么巨大的心灵痛苦,在不甘沉沦中更深地沉沦并颓废着,这就是庄之蝶,也是现实中许多知识分子的真实处境。在同样的文本中,有人读到的是大关怀、大悲悯,有人读到的却是对生命和灵魂的漠视,是精神支撑力的贫乏,这正说明了贾平凹的深厚与复杂——说不清道不尽的贾平凹,不断引起争议的贾平凹,正说明了他的小说文本的独创与丰富,说明了其内在精神内涵的巨大与丰盈。

构成贾平凹创作巨大的内在精神张力的,是他对这个急遽转变的历史时代极其敏锐的心灵感应,以及内心的痛苦和焦灼。这种痛苦颇似清帝被逐出故宫,革命军即将接管江山时的王国维。陈寅恪在谈到王国维的死因时说:受一种文化的浸染愈深,在这种文化即将崩毁时,其痛苦也愈烈。父亲的乡村知识分子身份、大家族特有的人际关系、山区农村的文化背景,决定了贾平凹文化心理构成中仁爱、中庸、温和的儒家伦理底色;而聪敏内向的性格,又决定了贾平凹对外在生存环境的超常敏感,也注定了他并无安全感的痛苦人生意识。文学成为他证明自己、获得最大程度的安全感的主要手段,也成为他释放内心痛苦、对抗喧闹的外部世界而保持心灵"安妥"的重要工具。他生活在一个开放的和平的却也是千年传统、生产和生活方式发生根本变化的时代,一方面是物质的极大丰富、社会的进步,一方面是欲望的疯长、文化规范的缺失所导致的人和人关系的功利化、人的心灵的流离失所。他不可能选择与明显的社会变革相对抗的方式写作,也不可能继续如早期的散文、小说那样的单纯面向自己心灵写作,而是将自己的写作转向了现代化巨轮碾轧下的乡村或城市芸芸众生的生存及其心理苦难,转向了描绘传统文化精神的尴尬和人的心灵困境。在当今中国的思想文化版图中,贾平凹扮演的既是中国传统美学精神的继承者、面向当代世界的转化者的角色,又是现代化的资本原则清醒的抵抗者、批判者的角色。但是他维护并坚守的并不是良莠并存甚或腐朽的封建伦理,而是健全的文化秩序、人的心灵的完整、人际关系的安全与温暖。这正是时无分古今、地无分中外、信仰无分派别的人类优秀的思想文化精神，也是任何一个优秀作家都应该具有的良知和责任。所不同的是，在当代中国作家中，贾平凹的坚守不仅更为彻底，更出自其痛苦的心灵，而且因其创作中美学精神的民族性还原，其文学的实现更为丰富、深厚、复杂、广阔。面对滔滔的人欲商潮，这种无边的爱与悲悯，这种世风日变的焦灼与忧虑，这种巨大的沉沦与自恕，不正是贾平凹文学的灵魂和精神吗？

在著名的《废都》后记中，贾平凹在惭愧自己创作"不成熟"，只是"浪得了个虚名"之后，又以血泪般的文字坦言了自己肉体和精神的痛苦："几十年奋斗的营造的一切稀里哗啦都打碎了，只剩下了肉体上精神上都有着毒病的我和我的三个字的姓名，而名字又常常被别人叫着写着用着骂着。"①这记录的是写《废都》前后的心灵和情绪，但在贾平凹的人生和文学里程中，这种肉体和精神的痛苦与不安全感却贯彻了始终。他说《废都》是在自己的生命苦难中，"安妥了我破碎了的灵魂"的一本书，实际上他在《废都》以后的所有作品都有着安妥灵魂的意义，它们安妥着贾平凹的灵魂，也安妥着大千世界、芸芸众生的灵魂，因为肉体和精神的苦难感与不安全感，正是无可否认的经历着深刻巨变的历史的和时代的典型心理。贾平凹的文学和心灵正是由此与广阔的世界相通。据此，我们就可以破解为李敬泽所惊叹与不解的"贾平凹这个作家永远能和我们这个时代在出人意表的地方建立一个非常秘密而直接的联系"②的"秘密"。

在当代中国文学中，无论怎样评价、有多少争议，贾平凹都已经是巨大的存在，如同一座矗立的大山，风光旖旎，奥秘深邃，人们可以从不同角度去看，会有不同的感受，也许这正是杰出作家的魅力。

思考题

1. 你读过贾平凹哪部小说？能否结合阅读印象，做出自己的简要评论？
2. 试以《怀念狼》《秦腔》或《古炉》为例来理解和阐释贾平凹小说创作

---

① 王永生编：《贾平凹文集》第 14 卷，第 293 页。
② 《〈秦腔〉：乡土中国叙事终结的杰出文本——北京〈秦腔〉研讨会发言摘要》，《当代作家评论》2005 年第 5 期。

的表现性特征(也可以和现实主义作品,例如路遥《人生》《平凡的世界》等做些比较)。

3. 关于《废都》,批评界有哪些代表性的评论观点?你能否结合自己的阅读理解,对关于《废都》的争议做一些分析评点?

4. 结合自己阅读贾平凹小说(或者散文)的感受,对其语言艺术做简要评析。

5. 认真阅读《山本》,并思考一个伟大作家的忧患和高贵人格。

第十七讲 大众文化的转型与网络文学的兴起

现代文学研究从1930年代发端,始终都是以"新文学"作为文学史建构的中心,这当然是历史的需求,是我们已经习惯了的文学史写法。但人们越来越发现,这种文学史可能会丢失或者遮蔽新文学以外的许多其他文学,包括通俗文学或者大众文学。比如现代文学史上有过很多读者的"鸳鸯蝴蝶派",以及武侠、公案、侦探、言情等文学,历来都是被拒绝在文学史写作之外的,但事实上又都满足了读者的不同需求,有不可忽视的社会影响。所以近年来有学者提出"两翼说",意思是这些"编外"的通俗文学其实和"新文学"(或者"纯文学""精英文学")共同组成了现代文学,是整个现代文学不可或缺的两个方面。

1990年代以来,伴随当代文学的市场化转型,通俗文学有很大发展,比如以金庸、古龙等为代表的武侠小说,以"布老虎"丛书为代表的准类型小说,以及张艺谋、冯小刚、王朔等联手创作的影视文学,都有必要进入研究的视野。本书第七讲论述"张爱玲接受史"时,也特别谈到过市场化以及媒体时代对于市民通俗大众文学的促进。网络时代来临以后,网络文学蓬勃兴起,不但获得了世界奇观性的迅猛发展,还形成了自成一体的生产—传播—评论机制。在大众文学和网络文学的挤压下,原本处于核心位置的精英文学或纯文学的主导地位受到挑战。无论如何判断和评价这一发展趋向,文学研究不能不面对这种状况。当然,研究大众文学、网络文学与精英文学的标准与方法也应当有所不同。对于大众通俗文学的研究更要考虑"共性",考虑众多读者接受过程所反映出来的社会文化现象与审美趋势。对于网络文学的研究,还应该考虑互联网媒介的特点。在这一讲,我们选择王朔和猫腻分别作为大众文学和网络文学的个案,希望通过有代表性的个案,具象化地展现大众文学和网络文学的特性,同时引发对文学评价体系多元化的思考。

第一节　社会转型与大众文化的勃兴

1980年代末1990年代初,中国社会发生了急剧的转型。社会主义计划经济体制向社会主义市场经济体制转型,经济建设、发展蓬蓬勃勃,商品经济意识渗透到包括日常生活和精神状态的各个方面。相应地,文化范式也发生了急剧的变化,知识分子的中心地位受到质疑和挑战,启蒙意识和社会激情受挫后走入内省状态,主流意识形态分化为多种话语对峙、碰撞、共存,当时描述这种文化状态较多的词汇是多元、失范、边缘化等等。

与之相应,中国当代文化的一个显著特点就是大众文化的兴起。这与社会转型、商品经济以及大众休闲消费需求紧密相连。那么什么是大众文化? 它有哪些特点呢? 大众文化是都市工业社会或大众消费社会的特殊产物,是大众消费社会中通过印刷媒介和电子媒介等大众传播媒介承载、传递的文化产品。在外部形态上表现为工业化的文化产品,明确为大众消费而制造,具有规模化、标准化、大量化、模拟性的特征。它依靠现代社会强势的传播媒体,不分阶级、职业、年龄、性别,把广大社会民众纳入自己的影响之下。娱乐、消费、通俗,这些都是大众文化的功能特征。在社会效果上,大众文化和大众的日常生活密切相连。当然,大众文化只源于对日常生活的一种理解,而对现实生活和生命本身却缺乏深刻的反省与思考,它拒绝深度与思想,排斥个性与创造。

1990年代中国的大众传媒(电视、电影、书报杂志、电子媒体等等)获得了前所未有的发展。传媒甚至取代了意识形态的功能,所有的话语、论争、观点都要通过它传达出去,大众传媒和大众文化在现代城市生活中变得越来越重要。

1990年代的许多文学现象都与媒体的炒作和介入有关:王朔现象、《废都》现象、顾城事件、《白鹿原》的出版、《曼哈顿的中国女人》,直到后来的"小女人"散文和所谓的"马桥事件"等等。1990年代还有一个重要的文化现象便是书本(印刷)和电视的联合,许多电视台都开辟了读书专栏,这些走上电视的读书节目把读书变成一种可供观看的风景,如中央电视台的

"读书时间",作家和评论家一同走上屏幕,在书本死亡的地方开始新的书写,余华的《许三观卖血记》和张抗抗的《情爱画廊》都曾经作为视像被观看。所以,在1990年代的都市中,许多文学现象不仅仅是一个文学事件,而且是一种都市文化现象。

第二节　王朔现象带给批评界的挑战与争论

王朔是20世纪八九十年代最有争议的作家之一。一位深谙当代文学状况的批评家曾认为:"90年代的文学最不能忽视的便是王朔现象。或许90年代的许多文学现象、文化现象都能从王朔身上找到某种联系。"①王朔成为许多文化现象的关节点,如大众文化现象、自由写作与个人写作、作家与影视联媒产生的"大腕儿",甚至1990年代发生的人文精神的论争都与他有关。王朔现象和一个时代联系在一起,是我们进入八九十年代的文学叙述无法绕开的重要文化现象。

如何评价王朔在文学史上的地位,一直是批评界感到棘手的问题。围绕王朔,一直存在着争论甚至是截然不同的看法,有人认为王朔提供了独特的关于当下社会的经验和语言,"王朔小说有独特的认识价值和批判力量。他描写了鲜为人知至少是一部分人还不太熟悉的生活和人物。王朔的作品会使我们得到近乎全新的生命体验、情感体验和审美体验。他领着我们重新领略了转型期社会的激荡、碰撞和现代都市斑驳陆离、眼花缭乱的生活色彩,以及人生现世的纯洁、善良和姣美,更多地是荒诞、调侃、虚伪、暴力、色情和无耻。他对生活的洞察、感受、穿透和表现,使其小说真正具有认识价值"②。而另一种截然相反的观点则从整体上否定了王朔,指责他的作品"尽情地在嘲弄社会、嘲弄人生、嘲弄一切有价值、尊严、理性、道德……它在宣泄一种'非传统、非理性、非道德'的'反叛情绪'的同时,也把我们当今社会所提倡的一切人生观、价值观、道德观、传统贬得一钱不值"③。王朔的小说被斥为"痞子文学"。

---

① 王干:《90年代文学论纲(下)》,《南方文坛》2001年第2期。
② 刘则鸣等:《走下圣坛的中国知识分子》,军事译文出版社1993年版,第263—264页。
③ 同上书,第264页。

可是,与正统批评界的拒绝和否定形成巨大反差的是王朔作品在商业上的巨大成功。王朔是"新时期文学中拥有最多的读者"①的作家,他的作品多次被改编成电影和电视剧,反过来促进了小说的畅销。1988年,他的《轮回》《顽主》《大喘气》《一半是火焰,一半是海水》四部小说被搬上银幕,获得成功,有人因此把1988年称为"王朔年"。1990年代他参与创作的《渴望》《编辑部的故事》《过把瘾》等电视剧更是获得巨大的成功。1990年代初文学面对着商潮冲击而四面楚歌时,王朔却是出版界的一个亮点,《王朔文集》(四卷本)走俏大小书摊。这似乎是一个矛盾:批评界不屑一顾的王朔为什么却拥有市场和读者?是读者出了问题,还是批评家出了问题?在批评界的尴尬和困惑背后,是一个无法绕开的文学现象,既定的文学价值的判断标准已经不适合王朔,所以发生种种碰撞也就在所难免了。把王朔作为一个文学现象比进行单纯的文学作品文本分析可能更合理,研究王朔现象更应该和八九十年代的文学环境、社会文化状况等结合起来。

第三节　王朔作品的大众文化特征

王朔出现于八九十年代转型期的中国现实文化中,可谓如鱼得水。不是王朔选择了时代,而是时代选择了王朔。从王朔作品的社会影响可以看出王朔被接受的过程和社会心理状况。王朔较早获得社会认可的作品是《空中小姐》(1984),这是个类似言情模式的爱情小说,写一个退伍老兵和一个空姐的爱情故事。王朔把它写得很纯情,故事性很强,叙述语言偶尔流露出后来被评论界称为"调侃"的成分。王朔还没有成为王朔,直到1987年《顽主》的出现,作为小说家和文学现象的王朔才浮出海面,以极端挑战的方式、逼近生活的调侃话语、玩世不恭的姿态引起大众和批评界的关注。从此王朔一发不可收,沿着这个路数汪洋恣肆起来,后来的几个中篇和长篇可以看作顽主形象的继续和拉长,如《一点正经没有》《玩的就是心跳》《千万别把我当人看》《你不是一个俗人》等。仅从作品的名字就可以看出王朔这一系列"顽主"作品的某些特征:调侃、嘲谑、没正经、反叛权威和秩序。王朔因此招致精英的批判,也获得了极大的声名和大众读者。王朔非常善

---

① 张英伟:《王朔现象的再思考》,《锦州师院学报(哲学社会科学版)》1994年第4期。

于利用大众传媒为自己的作品推波助澜,他明白把事情做到极端就会获得成功,因而以作恶多端的坏孩子自居,公然挑战整个文学传统和人文价值,拒绝一切社会责任,反叛一切既定价值,嘲弄一切人文精神,如崇高、道德、理想等等。一个批评家说他是倒洗澡水时,专倒孩子而不倒洗澡水①,这个说法很形象地表述了王朔的破坏性。在这一过程中,大众传媒起到了推波助澜的功能,王朔成为大众媒体的宠儿,因此在一个阶段内拥有了广大的读者。

王朔的作品很难归类,他的小说跟传统的通俗文学(武侠、言情、凶杀、侦探)不同,又不是严肃的纯文学。和王朔年龄相仿、写作差不多同时起步的那些作家如余华、苏童、格非、马原等,大都是进行先锋实验的写作者。而王朔的叙述却是传统的套路。有人认为王朔的实验是在通俗文学中进行的②。而从《我是你爸爸》在上海的获奖以及当代几个有影响的批评家对《动物凶猛》的推崇,也可以看出文坛精英对王朔的接纳与肯定,说王朔是个通俗小说家似乎也不合适。我们暂且绕开这个非此即彼的判断标准,从王朔作品本身所具有的大众文化特征来看王朔现象与大众文化的关系。

一　消费与娱乐

王朔大概是新时期以来最早的职业(自由)写作者,没有单位,没有工资,仅仅是个"码字儿的",码的产品要流通要消费才能变成商品。有人问王朔:"你写作的目的是什么?"王朔回答:"当然是为了名利了。"这样毫无顾忌地把写作的目的归结为"名利"二字,对于一直把写作当作神圣事业的观念来说是个巨大的嘲讽。这同时也是王朔嬉皮式的真实:追求"语不惊人死不休"。王朔自己非常清醒地知道大众需要什么口味,他说:"虽然我经商没成功,但经商的经历给我留下一个经验,使我养成了一种商人的眼光,我知道了什么好卖。"③他又说:"有人觉得不需要读者,这当然无所谓。但是对我来说,我需要。"他认为通俗的功能最重要,为此瞧不起那些没有

---

① 王干:《90年代文学论纲(下)》,《南方文坛》2001年第2期。
② 〔美〕本杰明·L.李卜曼:《权威与王朔小说的话语》,董之林编译,《当代作家评论》1996年第3期。
③ 王朔:《我是王朔》,国际文化出版公司1992年版,第20页。

读者的"新潮"作家。① 从这一方面说,王朔确实成功了,他拥有了当时文学界最多的读者。

王朔的作品里包含了通俗文学的诸多因素——言情、犯罪、适度的反叛、搞笑等等,再加上他俏皮的调侃,非常适于在阅读中获得快感。"起码也让你看一乐儿。"②消费和娱乐统一在他的写作行为中,他被称为"中国当代商业写作第一人"。

二 批量与复制

除了极少数具有独特审美价值和个人经验的小说(如《动物凶猛》),王朔的大部分小说呈现出明显的自我重复和批量生产的痕迹。那些"顽主"系列的作品,结构故事的方式雷同(侃);人物名字不一样,但精神气质差不多,很类型化;谈话的内容不一样,但话语方式和姿态却惊人地一致。王朔的大部分作品只停留于外部、表面对人物性格的摹写,而没有进入人物精神深处,因其平面化而缺乏深度;王朔的人物大都批判、否定、反叛既定秩序,但多是用玩笑和语言在外部进行,我们很难看到其内在的苦闷。这些因素的缺席使他容易批量生产和复制,使消费过程加快。"在大众消费下,作家急功近利,求名利先于自我风格的形成;'消费人'的形成,使作家'单向度化',无从有更丰富的人生,更多样而深刻的对于人及人与自然的关系多作体验与思考。"③

三 大众媒体

王朔最善于利用大众传媒,也是利用大众媒体最大的获利者。他经常跳出来说些惹人怒的话,挑起事端和争论,这些都是他自我行销的策略。他是创造热点的高手,电视、电影、报纸等大众媒体都被他玩过、用过。他更会为自己和作品做广告,1999年的小说《看上去很美》还没出版就被媒体渲染得不可一世,销量很好,但读后才发现上当受骗,有人因此讥之"看上去很

---

① 〔美〕本杰明·L. 李卜曼:《权威与王朔小说的话语》,董之林编译,《当代作家评论》1996年第3期。
② 王朔:《我的小说》,《人民文学》1989年第3期。
③ 陈映真:《大众消费社会和当前台湾文学的诸问题》,薛毅编《陈映真文选》,生活·读书·新知三联书店2009年版,第386页。

丑"。这表明大众趣味发生了转变,王朔已失去了昔日的影响力。好热闹的王朔并未甘于寂寞,他向现代文学大师鲁迅等叫板,向武侠小说家金庸开战,但这只能表示他的焦虑与无奈。王朔走的是通俗一路,可是对通俗文学却很不以为然。在2002年出版的《无知者无畏》杂文集里,王朔向武侠小说名家金庸与言情小说名家琼瑶"拍砖",把金庸与琼瑶并列为"大俗":"这些年来,四大天王,成龙电影,琼瑶电视剧和金庸小说,可说是四大俗。"表示对这些"没品位"的作家"一概看不起"。① 结果引发了大论战。他对所谓"高雅"也不以为然。2007年他取材《六祖坛经》写成《我的千岁寒》,自称全是"精华与美文","这可是给高级知识分子看的"。② 可惜此书没有什么反响,似乎标志着王朔创作力的衰落。

第四节 如何阅读与评价王朔作品

这里出现了一个问题:为什么大众能接受作为挑战者的王朔?王朔到底为当时的社会文化提供了什么东西?这要具体到王朔作品的基本要素和当时的社会、文化、心理等诸多方面来看。

王朔作品最吸引人的特征是其反叛精神和调侃语言。下面从这两个方面详细分析其"顽主"形象、其语言的构成要素及基本特征。

一 "顽主"形象

在王朔的大多数作品里,主人公都是一些自由自在的年轻人,他们没有父母,如《浮出海面》《一半是火焰,一半是海水》,即使有父母,也总是以对立面出现,或压抑他们的自由行为,或成为他们精神上的折磨者,如《动物凶猛》《我是你爸爸》等。他们脱离正常的生活秩序,拒绝加入既定规则的合唱中,他们不属于家庭,不属于单位,不属于任何一个对其身份编码化的地方。他们只是些游荡的个人,像一些鼹鼠在城市的大街小巷里穿越,有点像波德莱尔作品里的拾垃圾者,是这个城市真正的检查者。他们有悠闲的心情、充分的时间,可以对所生活的都市细细地打量。

---

① 转引自惠西平主编:《突发的思想交锋——博士直谏陕西文坛及其他》,第375页。
② 参见王朔2007年4月在上海东方卫视的访谈。

这些自由自在的个体没有什么原则、什么纲领，完全凭个人喜好聚在一起，在对方的形象中看到自己；他们稀里哗啦地喝酒、打牌、胡侃，生活变得没有什么边界，他们嘻嘻哈哈地漫游在想象力所能抵达的地方。在他们那里，传统意义的道德和规矩已经失去效力，或者说他们有意识地用失范的行为使既定的原则显得无足轻重。可是，他们选择的生活方式也没有给他们提供意义。当然，他们压根儿就不试图寻找什么意义，并时常对那些苦闷地寻找意义的行为报以轻蔑和嘲弄。对于他们来说，最高的生存境界便是轻轻松松地活着。比起一般老百姓，他们确实轻松得多，可是，他们并没有在轻松中得到生命的飞腾，却有着生命中不能承受之轻的失重感。这种失重感带来了个体的孤独，这些顽主们像城市的马群一样成群结队在城市里闲逛，所谓的哥儿们只是在行为上一致，他们的共存只是缓解了暂时的主体焦虑。他们彼此并不能互相分享内心的快乐与哀愁，也没有更深一层的情感交流，当群体解散后主体焦虑和由之而来的孤独感就会浮出海面。王朔的《动物凶猛》便写了中国1970年代的城市青少年长大成人的过程中所遭遇的，其中最主要的经验便是主体性焦虑以及由之而来的孤独感。这些青少年从学校的束缚中逃离出来，却受到成人世界各个方面的压抑和扭曲，大人与孩子的世界是那么遥远，孩子与孩子之间又不能彼此分享内心深刻而复杂的经验，所以，他们青春期的骚动只能用非正常的形式呈现出来。于是，他们打架、咒骂、起哄、相互嘲笑与模仿，可是，这并不能消除他们内心深处的焦虑与孤独。孩子的世界是这样，成人的世界同样如此。《许爷》里的出租车司机许立宇，《过把瘾就死》里试图在爱情中寻找慰藉的男女，最终都像两只困兽般相互撕咬。

他笔下的那些顽主们吃足了睡，睡足了玩，随意而放纵，生活中尽是打情骂俏、吃喝玩乐、欺骗敲诈，没有任何限制与规约，社会秩序中持久的、正统的、老式的所有一切都受到他们的公开嘲弄：人文价值、父子关系、家庭关系、生活方式等等。他们变得一点正经也没有，那些正经的人分不出他们什么时候是真的，什么时候是拿人开心。"这些厚颜无耻的闲人"（《顽主》），在城市的大街小巷里呼啸而过。

对人文价值的嘲弄和否定最先是从"玩"文学开始，这在《顽主》和《一点正经没有》中淋漓尽致地表现出来。笼罩在作家和文学头上的光环被王朔踩在脚下，作家是"闲散人员""拍马屁""流氓"（"全市的流氓都改行当作家了")。"文学,就是排泄,排泄痛苦委屈什么的,通过此等副性交的形式寻找快感……"小说是什么呢?"小说就是名家可以天马行空,新人必须遵循规则的一种游戏。"怎样才能成为小说家呢?"说学逗唱,什么都很感兴趣,什么也干不好。屁股得沉——坐的住;眼睛得尖——好事拉不下;脸皮得厚——祖宗八代的龌龊事都得打听;腿脚得利索——及时避枪口。"他对文学和作家可谓极其嘲弄讽刺之能事,这一方面可能源于深藏于内心的对知识分子的恐惧与反感,另一方面源于有意为之的极端立场和反叛姿态。父子关系也是他反叛和否定的重要方面。父子关系是社会伦理秩序中最主要的象征因素,随着父子关系的错位和颠倒,社会伦理秩序轰然倒地。《我是你爸爸》是王朔自言要"严肃"为之的长篇小说,他曾说:"我对这种没心没肺,特别无聊的调侃、胡抡产生了怀疑。这是文学么?我,用俗话儿说,真的深沉了,然后,我写了最深沉的《我是你爸爸》。"①又说这部作品是"写给矫情的人看的"②。王朔这种既王婆卖瓜又摔瓜的行为说明不了什么问题,只能表明他试图做好孩子的内心焦虑。可是,在《我是你爸爸》的文本叙述中王朔离自己的初衷越来越远,还是正经不起来。而他对"父亲"的否定与嘲弄却用力甚狠。马林生这个"准知识分子"的父亲被描述得卑琐、无力、虚弱、装腔作势,在与儿子的较量中,处处处于弱势。父亲形象倒地,家庭分崩离析,婚姻关系或者名存实亡,或者根本就没有缔结的可能性。

而王朔对这一切秩序的否定和嘲弄都是以调侃的方式来完成的,调侃是他结构小说的方式和叙述话语,也是他小说中人物的基本精神状态。在他那里没有什么正经、严肃、神圣、高尚等等,什么都可以拿来调笑、"开涮"。王朔大胆地使用当下流行的口语,鲜活而富有表现力,"侃"味十足,他的小说有点像"故事化、情节化"了的"侃"。我们在阅读他的作品时,未必同意他的观点,但往往被他的语言吸引住:俏皮、形象、粗粝、鲜活、有趣,从而形成一种别具一格的幽默。下面我们细致地分析其幽默的特点和构成。

二 调侃

相对于老舍,王朔与北京的血缘要淡一些,他是新北京的第二代移民,

---

① 王朔:《我的小说》,《人民文学》1989 年第 3 期。
② 王朔:《我是王朔》,第 60 页。

对大院要比对胡同熟悉得多(这里的大院已不是北京的大杂院,而是随着共和国的成立,以单位为主要居住区域而形成的住宅大院)。他对北京市民的语言也不像老舍那样谙熟。从王朔的大多数作品来看,他的叙述空间多以军队大院或现代楼房建筑为主,如《空中小姐》《浮出海面》《橡皮人》《顽主》《动物凶猛》等等,这里的年轻人也操一口流利的京腔,可是,他们所使用的北京话的组成成分已经发生了很大的变化。他们所说的不再是引车卖浆之流的市民话语,而是与现代城市的发展密切相关的现代话语,用王朔自己的话说就是"城市流行语"。"我借助最多的是城市流行语,老北京的方言我并不太懂。这些流行语的来源很多,有语录中的,重大事件中的,还有新典故,等等。我从来没生活在方言区中。我接触的生活语言,还是谈论时事政治这类的。"①这些"城市流行语"有的与意识形态有着密切的关联,有的直接取自当下的时尚,也有的来自传统和既定的规则,而这些规则的传播者和维持者多是家长和老师。所以,王朔有意识地运用和创造城市流行语,其主要指向是意识形态、知识分子和父系家长。当然,也有一大部分是指向男女与自我。但是,由于这些年轻人本已不成体统,作恶多端,他们的自我作践并没有构成对当下的莫大讽刺,倒是那些对意识形态、知识分子和正统思想的嘲讽获得了引人注目的效果。请看下面几个王朔文本中的幽默段子:

"您就一点不帮我干干?"

"没看我忙得很?"老头子从眼镜后面露出眼睛瞪于观一眼,"我刚坐下来你就让我安静会儿。"

"没活你也不忙,有活你就马上开始忙。你怎么变得这么好吃懒做,我记得你也是苦出身,小时候讨饭让地主的狗咬过,好久没掀裤腿给别人看了吧?"

"你怎么长这么大的?我好吃懒做怎么把你养得这么胖?"

"人民养育的,人民把钱发给你让你培养革命后代。"(《顽主》)

"别人瞧不起咱们也就算了。"刘会元激动地对我说,"咱们不怨命,怪咱自个,谁让咱小时候没好好念书呢,现在当作家也是活该!但

---

① 王朔:《我是王朔》,第60—61页。

咱不能自个瞧不起自个,咱虽身为下贱,但得心比天高出污泥而不染居茅厕不知臭度尽劫波兄弟在相逢一笑泯恩仇……"

"不过我就是难过。"我含着泪,泪眼婆娑地胡打出一张牌,"我从小那么有理想有志气,梦里都想着铁肩担道义长空万里行,长大了却……现实真残酷……"

我泪滴下来:"我爸要活着,知道我当了作家,非打死我。"(《一点正经没有》)

"你们打算怎么写?"第二圈时,于观抽着烟问,"我是说玩什么主义?"

"我们是准备忧国忧民的。"我代表那哥俩儿回答。

"撞车了不是!"于观说,"我们哥儿几个也是准备忧国忧民的。"

"没办法。"我拆了一对"幺鸡","谁让咱跟了共产党这么多年,一夜夫妻还百日恩呢。"(《一点正经没有》)

构成王朔文本中幽默来源的不再是北京市民的日常经验和生活中常识性的事物,他从小受的教育和家长的说教,整个社会意识形态构成的宏大叙事,成了王朔调侃的对象。他把革命战争时期的话语、新中国建设中所产生的话语、"文革"语言、当下的流行话语以及民间的话语杂糅在一起,从而形成一种奇妙的喜剧效果。在他那无所不在的调侃中,不仅那些虚饰和形式显得滑稽可笑,高尚的东西也变得一钱不值,道德、理想、人生、意义、正义等等正面价值统统荒唐可笑。第一个段子是父与子的对话,于观在做饭,想让父亲帮一下忙,父亲不合作,儿子便模仿了教科书中对旧社会的叙述话语来调笑父亲,什么苦出身、小时候要饭让地主的狗咬过腿,再加上新中国的话语形式"人民""革命后代",两个在不同的语境中出现的话语形式移植在同一场景中并置使用,而且是儿子用来教训老子,这些话语一下子便失去了它们本身的内在含义,变得十分可笑。第二和第三个段子是一帮家伙闲得无聊,便想当作家,当就当吧,好好写点东西,不当个大作家还成不了个小作家?王朔弄来这帮人就想借他们之口嘲笑戏谑一下作家。他们先从自己调侃起,却佯装纯洁天真,装出一个受苦受难的好孩子的样子,仿佛这个世界与他们为难,逼着他们去当作家,一个家伙竟然哭了,并把从小受到的理想教育话语移植到当前的语境中,在他们的自我作践中,作家也被他们作践得体无完肤。王朔靠出色的模仿把不同场景和语境中的话语重新组合和并置在一起,"他把传统的和共产主义的语言一起使用在都市话语中,以揭示在传统的和社会主义的中国,三个权威性的重要领域的空洞虚伪"①。不同话语间的张力产生意想不到的冲突效果,它们互相抵消内在的压力,王朔似乎调侃了一切,又似乎没有最终的价值指向。

王朔文本中的人物走出了老舍的"正经",变得玩世不恭起来,他们自我作践,一个劲儿说自己不是人,弄得别人毫无办法。其实他在嘲笑自己的时候,把那些假装正经的人也一起嘲笑了,你还拿他没办法。他们说自己是流氓,并宣称:"我是流氓我怕谁?"在《一点正经没有》里,方言被一群大学生拉去谈文学,他说要为工农兵玩文学,台下大学生起哄。

"到此为止到此为止。"绑架我的学生头儿跳上台,对我说,"你走吧,你还是挺真诚的。"

"我他妈当然真诚了!"我瞪眼,"我要不是真诚我早跟你们谈理想了。"

"操你妈!"一帮男学生挤到台前指着我骂。

"操你们的妈!"我一摔杯子破口大骂,"你们他妈有本事打死我!"

"算啦算啦,别跟他们逗气儿。"一群温和派学生上台劝我,拉着我。

"谁他妈也别想跟我这儿装大个的——我是流氓我怕谁呀!"

这种公开的有恃无恐的自我嘲弄不仅使王朔小说中的人物成为流氓,也使王朔成为批评界的流氓。油腔滑调的痞子和不知羞耻的无赖穿行在王朔的小说里,他们粗俗而善侃,所有的"仁义道德"和伟大叙述都成为他们嘲笑的对象。他们故意冒犯常规,一点正经也没有,说着"千万不要把我当人看",自我作践到令正统的人不能忍受的地步。他们像一群真正的流氓一样出现在我们的视野里,不同的只是他们大多没有行动,只以耍嘴皮子过过瘾获得一种满足。他们对什么也无所谓,闲着也是闲着,便汪洋恣肆胡说八道,也就是北京话常说的胡侃一通。正如王朔在《顽主》里借一少妇之口所

---

① 〔美〕本杰明·L.李卜曼:《权威与王朔小说的话语》,董之林编译,《当代作家评论》1996年第3期。

说的:"你说你是什么鸟变的?人家有酒瘾棋瘾大烟瘾,什么瘾都说得过去,没听说像你这样有'侃'瘾的,往哪儿一坐就屁股发沉眼儿发光,抽水马桶似的一拉就哗哗喷水,也不管认识不认识听过没听过,早知道有这特长,中苏谈判请你去得了。"王朔把北京话的"侃"移到他的小说中,"侃"不仅是他小说中人物的一个主要特点,也是他的小说的一种结构方式。王朔的许多小说以对话为主,以"侃"串起整个故事,这种方式也使王朔的幽默才能尽情地展现出来。所以,批评界用调侃来描述王朔的小说是有一定道理的。

王朔作品中这些游手好闲的"顽主"形象承载了社会转型期城市青年的基本精神状态,包含着无限丰富的社会和文化信息。商品经济的大潮把他们从城市的各个角落冲到现实层面,他们经商、下海、投机倒把、唯利是图,但在精神层面却一无所有,所有的人文精神都被他们嘲笑。在文化转型和价值失衡的现实空间,王朔的破坏力毫无阻挡。他的语言的俏皮生动、有趣更赢得了广大城市青年的仿效,读他的小说不需要思考和素养,不需要审美和感悟,轻松而休闲,而他对秩序的挑战又满足了青春期内在的反抗情结,为青年读者提供了阅读快感。这和香港周星驰搞笑片的喜剧效果有点像。

第五节　网络文学的兴起和"起点模式"的形成

王朔现象的出现,显示了大众文化的兴起和传统文学生产机制的危机,但在新的生产机制出现之前,只能表现为作家的个人行为和有争议的文化现象。1990年代末,伴随媒介革命的发生,一种新型的直接面对消费市场的文学在体制外生长起来,这就是网络文学。

网络文学是在互联网这一新媒介环境中诞生的文学。作为一种强调其新媒介属性的文学,它并非指一切在网络发布、传播的文学,而是指在网络空间里生产的文学。网络不仅是网络文学的一个发布平台,更是一个生产空间。从媒介革命的视野出发,网络文学的核心是"网络性",网络文学的文学性需要在网络性中重新生长出来。

网络文学理应具有多种形态,甚至包括在此前"纸质文学"时代未曾出现的文学形态(如"直播帖""段子"等)。中国网络文学兴起之初也是百花齐放，传统纸质文学中的文学体裁，如小说（包括中短篇）、散文、诗歌等都有展现，当然，也包括类型小说。但经过一段时间的"野蛮生长"后，逐渐演化成以长篇类型小说（网络文学界称为"网文"）为绝对主导。然而，正是这种以网文为主导的网络文学获得了超乎想象的迅猛发展，其规模和速度在全世界都堪称奇观。所以，我们要正视中国网络文学的发展，就必须正视其以网文为主导的现实，并对其背后的动力机制——以"起点模式"为代表的网络文学原创生产机制做出深入分析。

中国网络文学的"先声"来自北美留学生，全球第一份中文电子周刊（《华夏文摘》，1991）、第一份中文网络文学刊物《新语丝》（1994）均诞生于北美留学生群体之中，但是这些刊物和作品影响力有限。最早在中国主流文学界产生广泛影响的网络文学平台，是美籍华人朱威廉建立的"榕树下"网站（1997年12月建立"榕树下"个人主页，接受网友投稿，1999年8月成立"榕树下全球中文原创作品网"，成为当时中国影响力最大的网络文学网站）。在这个平台上活跃着一批有影响力的"写手"（他们自称"写手"以区别于传统"作家"）：安妮宝贝（《告别薇安》，1998）、李寻欢（《迷失在网路与现实之间的爱情》，1998）、宁财神（《缘分的天空》，1998）、邢育森（《活得像个人样》，1998），其中，后三人被称为"网络文学三驾马车"。

以"榕树下"为代表的早期网络文学整体风格偏向传统精英文学，被后来的网文读者称为"文青文学"（即"带有文艺青年气质的文学"）。这些作品在网上赢得大量读者之后大多走向纸质出版渠道。"文青文学"网站没能找到合适的商业模式，2002年，互联网第一波金融泡沫破灭后，"榕树下"被卖给出版巨头贝塔斯曼，"文青文学"这个脉络在网络空间逐渐式微。后来的"豆瓣阅读"（2012— ）、"一个"（2012— ）、"汤圆创作"（2014— ）、"醒客"（2014— ）等手机APP平台可以看作"文青文学"脉络的延续，但都没有达到当年"榕树下"的规模影响。此外，"直播帖""段子"等因为具备鲜明的"网络性"特征，也有可能是网络时代能够有效表达现实主义诉求的全新文学样式。

以"榕树下"为代表的"文青文学"虽然在主流文学界产生很大影响，却不代表中国网络文学的主脉。从生产机制的角度看，"榕树下"实行的编审制度明显带有纸媒逻辑。"榕树下"素有"网上《收获》"之称，"线上投稿—编审刊发—择优出版"的运营机制，亦可视为商业出版机制的网络延伸。

当然，从发稿量来看，"榕树下"远远大于纸质文学期刊和出版社，即审即发、稿量不限、读者可留帖互动的模式，也突破了《华夏文摘》《新语丝》等网刊模式的限制。但其最早的主页模式一直延伸到网站模式——只是编辑从朱威廉一个人扩展为一个阵容豪华的编辑部，编辑部的"把关系统"就像给网络的汪洋大海装上了一个水龙头，使互联网去中心化、多点互动的技术特性没有发挥出来。

真正实现了"基因突变"的是论坛模式，它把互联网技术上的突破，落实为平台运行模式的突破，从而形成"人人皆可创作""时时都能评说"的新型文学制度，把印刷文明"精英中心"主义制度下被压抑的文学力量大大解放了出来。

成立于1996年8月的"金庸客栈"是中国最早的以文学为主题的网络论坛，成为中国第一批网民同好聚集的趣缘社区，被许多"住客"视为网上的精神家园。天马行空的论坛文化焕发出巨大的创作活力。作为以评论金庸小说和原创武侠小说起家的论坛，"金庸客栈"上承以金庸为代表的武侠小说传统，下开"新武侠"和东方奇幻的创作潮流。它曾是"新武侠"的代表人物（凤歌、沧月、小椴、杨叛等）的聚集地，东方奇幻的代表作"九州"系列即孕育于此，其发起者和核心创作者水泡、江南、今何在都曾长期活跃于"金庸客栈"。今何在的《悟空传》（2000年2—4月）更一度被誉为"网络第一书"，是网络文学早期重要的代表作。

"金庸客栈"开启了中国网络文学的论坛时代，之后，"清韵书院"（1998年2月）、"桑桑学院"（1998年5月）、"天涯论坛"（1999年3月）、"西陆BBS"（1999年年初）陆续建立起来。西陆BBS堪称男频网站的总孵化器，随着"龙的天空"（2001年1月）、"幻剑书盟"（2001年5月）、"起点中文网"（2002年5月）纷纷从中独立出来，网络文学进入了商业网站时代。

在论坛模式的基础上，"起点中文网"成功建立起一套基于互联网媒介特点的商业网站模式。它2003年10月开启了VIP付费阅读模式，以后又通过职业作家体系（2005）、白金作家签约计划（2006）、作家福利体系（2006），逐步建立了网络文学作家职业化制度；通过月票（2005）、粉丝值系统（2009）、打赏机制（2009）逐步形成了读者粉丝消费制度，从而形成了一套完整的网络文学生产消费的商业化机制——"起点模式"。

"起点模式"将互联网基因与消费经济基因结合起来，形成了基于UGC

(User Generated Content)的粉丝经济模式。VIP付费阅读制度以"微支付—更文—追更"的形式,将网站、作者和读者的利益诉求扭合在一起;以用户为主导的作品推荐—激励机制,如投票、争榜、打赏等,充分调动粉丝经济的生产力,将"有爱"和"有钱"结合在一起;书评区的互动以及"老白"(资深粉丝)"粉丝团"的出现,加强了网络文学的社区性和圈子化;白金作家、大神作家、签约作家等职业作家体系以及全勤奖等福利保底制度的建立,保证了作者的批量培养和作品的持续产出。这一模式成为中国网络文学获得奇迹性发展的核心动力机制,从而奠定了网文的基本形态,使之成为中国网络文学的主导形态,也为世界文学在网络时代的发展提供了可参照的样式。这不仅由于"起点中文网"和以"起点团队"为核心的"阅文集团"在中国网络文学发展总体格局中长期处于垄断地位,更由于"起点模式"是中国网络文学原创的成功模式,在网络文学商业化转型初期与诸种探索模式的竞争中胜出,又在此后商业模式、媒介形式几度嬗变下不断完善,成为被普遍仿效的行业标准。

在这一生产机制中生成的网文,虽然也是商业化类型小说,但即使与报刊连载小说相比,也具有了不同的特点。其中,最显示网络性特点的主要有二:

第一,超长篇+微叙述。这正是与"追更"机制相对应的,满足读者"日常陪伴和每日历险"的需求。其中特别值得关注的,是网络时代文学时间和节奏发生的变化。由于网络媒介突破了纸质媒介的物质限制,网文的长度不再与篇幅有关,而与时间有关:阅读时间、写作时间和潮流变化时间。目前,最典型的网文通常300万字左右,每日双更,每更2000—3000字,连载时间为两年左右。这是十几年间作者、读者、网站三方面——作者的写作能力和身体极限;读者的阅读时长、阅读速度,对每天更文数量的需求和质量的要求;网站收益以及类型文升级换代的周期——以真金白银反复"协商"的结果。协商后达成的妥协模式一定不是最理想的,但却是最自然运转的,很难因任何单方面的愿望而改变。当然,时过境迁之后,模式也必然发生变化。

第二,"粉丝向"爽文。纸质时代类型小说也是以满足读者需求为目的的,但是网络文学的粉丝是"过度的消费者",是消费者和生产者的一体化,是某个趣缘社区的一分子。① 网络时代人类重新部落化了,全世界的同好可以很容易地聚集在一起。每一种类型文、每一位"大神"甚至每一篇文都可能成为一个趣缘社区。粉丝团,尤其是"铁粉团"不仅是一个文学共同体,也是情感共同体、价值共同体。这就意味着每一个社区的"萌点"(特别激发读者喜爱乃至使之产生迷恋的点)和"雷点"(特别引发读者反感乃至触及其忍耐底线的点)都特别明确,不能精准戳中"萌点"的文会"扑街"(指作品成绩很差),不能避开"雷点"的文会被认为"有毒"。"粉丝向"使网文的功能从纸质时代的"寓教于乐"转向"以爽为本",所以,网文也被称为"爽文"。"爽"是顺应粉丝群体的价值取向和情感结构的一种心理满足,顺之则爽(所以"虐"也是一种"爽"),逆之则毒。"爽文学观"有其自身的局限性,但它的出现瓦解了启蒙主义"精英文学观"的统一性,与之形成对话关系。

以"起点模式"为动力机制,中国网络文学以惊人的速度和规模发展起来。官方最新数据统计,截至2020年12月底,中国网络文学用户达4.60亿。② 2019年市场规模达201.7亿元,驻站作者(曾在网站注册写作的作者)达1936万人(较2018年增加181万人),其中有收入的签约作者77万,全职作者占四成。③ 如此大规模的文学生产在人类历史上是前所未有的。更让人惊喜的是,海外粉丝居然开始自发翻译中国的网络小说。2010年前后东南亚粉丝开始建立以共享中国网络文学翻译为目的的网站,2014年底随着Wuxiaworld等北美粉丝翻译网站的建立,中国网文又进入英语世界,此后又被翻译成法语、意大利语、俄语、西班牙语等多种语言,粉丝达数百万。2017年"阅文集团"上线"起点国际"作为网站官方海外推广平台,海

---

① 约翰·费克斯在粉丝文化研究奠基性论文《粉都的文化经济》(收陶东风主编《粉丝文化读本》,北京大学出版社2009年版)中提出,生产力和参与性是粉丝的基本特征之一。粉丝的生产力不只局限于新的文本生产,他们还参与到原始文本的建构之中。以后的粉丝文化研究者也倾向认为,"粉丝经济"最大的特点是生产—消费一体化,粉丝既是"过度的消费者",又是积极的意义生产者,于是产生了一个新词——粉丝"产消者"(Prosumer,由Producer和Comsumer两个单词缩合而成)。

② 中国互联网信息中心2021年2月3日公布的《CNNIC:第47次中国互联网络发展状况统计报告》。

③ 据2020年9月4日第四届中国网络文学+大会上公布的《2019中国网络文学发展报告》,目前可见的官方数据中,只有这个一年一度的报告有网文作家的数据统计。

外市场成为新的盈利增长点。2020年,中国网络文学的海外市场规模达到4.6亿元,这是该年度网络文学总市场规模的2.2%。① 由此可见,中国网络文学已经成为供全世界爱好者们分享、具有国际竞争力的网络文艺产品。

只有从全球媒介革命的视野出发,才能更加准确地为中国网络文学定位:中国网络文学是世界网络文艺的一部分,它的诞生深受世界流行文艺的滋养,以中国原创的生产机制为动力,为类型文学这一在印刷媒介中成熟的文学形态插上了网络的翅膀,使其在总体数量规模和类型丰富度等方面都获得了长足发展。当中国网络文学再次走向世界,不但展现了中华文明的传统魅力,也使文学这一古老的艺术形态焕发了青春,继续成为当下世界网络文艺中的活跃部分。中国网络文学对世界流行文艺"反哺",也在一定程度上加速了世界文学的媒介变迁。

第六节　网络文学的主要类型和代表作家作品

类型小说的"类型"是按人的基本欲望和审美趣味的差异形成的,根植于"粉丝经济"的"网络性",使原本依据读者不同口味而形成的"类型性"获得了新的生机。

"类型"是一个古老的文学概念。即使在雅俗文学的秩序内,"类型"也不是通俗小说的专属特性。类型化倾向是文学创作的一种普遍特征,它与人类基本欲望的固定表达方式相关,"类型是一系列贯彻同一种内在确定性的文本"(亚里士多德)②;与作家写作经验的积累和读者的阅读期待相关,"类型就是一套基本的成规和法则,随着时代的变化而变化,但总被作家和读者通过默契而共同遵守"(罗兰·巴特)③;也与文学研究的分类有关,"在文学批评中指文学的种类、范型以及现在常说的'文学形式'"(艾布拉姆斯)④。但文学的类型化倾向与类型文学不同,后者是文学类型化倾向

---

① 艾瑞咨询:《中国网络文学出海研究报告(2020年)》,艾瑞咨询网 http://report.iresearch.cn/wx/report.aspx?id=3644,2020年8月31日。
② 转引自〔法〕让-玛丽·谢弗:《文学类型与文本类型性》,〔美〕拉尔夫·科恩主编《文学理论的未来》,陈锡麟等译,中国社会科学出版社1993年版,第416页。
③ 转引自陈平原:《小说史:理论与实践》,《陈平原小说史论集》,河北人民出版1997年版,第1316页。
④ 同上。

的固定形式。它是为满足读者某种既有阅读预期(如题材、情节模式、情感关系、语言风格等等)的文学生产,因而被认为是通俗文学,并且是通俗文学的基本存在方式。类型小说的发展依赖于媒介发展,可以说,每一次媒介革命(出版、报刊、网络)都带来一次类型文学的繁荣,而这一时期的类型文学样式也与新媒介特征密切相关——无怪乎中国的网络空间刚一打开,网络类型小说就旺盛蓬勃地生长起来。

中国网络文学发展十几年以来,产生的"类型文"的丰富性是古今中外前所未有的:既有从西方舶来的,如奇幻、侦探、悬疑、言情,又有从中国通俗小说继承的,如玄幻、武侠、仙侠、官场,还有在"拿来""继承"后发扬光大的"耽美""穿越"等,更有本土原创的"盗墓""宅斗/宫斗""修真""练级"等。在各种"文"的大类下,还有各种分类更细的小类或变化更快的"流",如"仙侠·修真"类中有"修真流""洪荒流","玄幻·练级"类中有"凡人流""无限流","都市言情"类中有"总裁文""高干文""宠/虐/暖文"等,"宫斗·宅斗"之后有"种田文",等等。正是借助网络媒介提供的细分和互动功能,网文类型才得以层出不穷、变动不居。每一种"文"、每一种"流"都"戳中"不同粉丝群独特的"萌点",那些生命力强大、可以衍生无数变体的类型文,大都既根源于人类古老的欲望,又传达着一个时代的核心焦虑,携带着极其丰富的时代信息,并且形成了一套独特的快感机制和审美方式——网络文学发展十几年来成为中国最大的"欲望空间"和"幻象空间",甚至形成了一套"全民疗伤机制"①,如果要考察当下中国人的生存状态和精神欲求,应该说没有一种文学创作比网络类型小说更具"盈满状态"的了。下面介绍几种最有影响力的网络小说类型。

奇幻。"奇幻"是中国网络文学最早出现的一种类型,是基于西方风格的架空异世界的作品。中国奇幻类网络小说的基本特征有:西式的人名、地名,主要以"魔法"命名的超自然力量,兽人、精灵、矮人、天使、恶魔等西方风格的超自然种族。符合这些基本特征的,通常意义上可以被划归"奇幻"范畴。奇幻又分为两个脉络:"正统西幻"和"西式奇幻"。"正统西幻"的

---

① "全民疗伤机制"一说的提出者是美国加州大学戴维斯分校人类学博士周轶女士。2013年12月周博士在笔者于北京大学中文系开设的网络文学研讨课上做专题报告时提出此说,特致感谢!

世界设定会较为严格地遵循桌游《龙与地下城》(D&D)为主的经典西方奇幻设定,"西式奇幻"则大刀阔斧地改变经典设定,部分新设定甚至引入了中国元素。代表性作家作品有:《迷失大陆》(读书之人,2002)、《亵渎》(烟雨江南,2003)、《奥术神座》(爱潜水的乌贼,2013)。

修仙。"修仙"又称"修真",长期也被混称为"仙侠",是在欧美与日式幻想文艺的刺激下,从传统武侠和神魔小说中生长出来的一种对内容和结构有较强规定性的中国风的网络幻想小说类型,讲述的多是由人修炼到仙的故事。修仙小说是当下最流行的网络小说类型之一,也是最具本土特色的小说类型,按照故事发生的世界背景,可以分为四个子类:以中国古代社会为背景的古典仙侠(萧鼎《诛仙》,2003),以宇宙星空和架空世界等幻想空间为背景的幻想修仙(萧潜《飘邈之旅》,2002),以现代社会为背景的现代修仙(忘语《凡人修仙传》,2008),以创世神话、《封神演义》和《西游记》世界为背景的洪荒封神(梦入神机《佛本是道》,2006)。

玄幻。"玄幻"是中国网络小说中最大的一种类型。"玄幻"一词最初是香港作家黄易用于描述他自己的"建立在玄想基础上的幻想小说",后来广泛流传衍化,含义已完全不同。在网络小说中,狭义的"玄幻"是指其幻想世界设定的文化背景和根源既不是来自系统化的中国风格的修仙小说,也不是来自西方传统的奇幻小说,而主要由作者自己根据需要而拼凑和搭造的;广义的"玄幻"相当于"高度幻想"型小说,是指小说中的虚构世界不以现实世界为依据,不遵循现实经验规律,完全是由幻想构成的。

由于玄幻是一个没有一种占统治地位的系统化设定的类型,主流的网络文学网站对它的划分和指认也极其随意,这使玄幻实际上沦为了一个类型大口袋,凡是不能归入修仙与奇幻的幻想小说,都可以放到这一类型之下。随着《斗罗大陆》(唐家三少,2008)、《斗破苍穹》(天蚕土豆,2009)等玄幻小说的超级流行和跟风之作的遍布全网,在一般网文读者眼中,玄幻逐渐成为热血升级小说的同义词;在圈外人的耳闻里,玄幻更几乎成为网络文学的代名词。

穿越。网络小说中的"穿越"是指主角由于某种原因(通常是意外事件)到了过去、未来或平行时空。早期男频穿越小说主要有"历史穿越"、"穿越架空"、"集体穿越"(群穿)、"古穿今"等类型。历史穿越小说是主角穿越到有确切记载的历史时空中,代表作有中华杨的《异时空之中华再起》

(2002)、月关的《回到明朝当王爷》(2006)等。穿越架空小说即主角穿越到一个虚构的时空之中，代表作有宁致远的《楚氏春秋》(2006)、禹岩的《极品家丁》(2007)等。集体穿越和古穿今(从古代穿越到现代)的小说很少见，张小花的《史上第一混乱》(2008)是为数不多获得成功的写群穿的古穿今小说。

女频穿越作品中，最早的代表性潮流是"清穿"，即清朝穿越。2004年7月，金子开始在晋江原创网连载《梦回大清》(2004)，此文后来被公认为"清穿文"的鼻祖；随后，桐华的《步步惊心》(2005)和晚晴风景的《瑶华》(2005)也开始连载。这三部作品被读者封为"清穿三座大山"(另有一种说法是第三座大山并非《瑶华》，而是月下箫声于2005—2007连载的《恍然如梦》)，它们不仅使"清穿"迅速成为创作热潮，还基本确立了"清穿"类型叙述模式的基本范式。

随着网络小说类型的丰富发展，穿越作为基本元素融入许多类型中，现在人们已经很难用"穿越"来概括一部小说的基本设定了，更多地将其作为一个标签，进入具体的类型分析。

重生。重生即重获生命，死而复生。网络小说中的"重生"是指主角因为某种原因(通常是重病或意外事件)，其记忆与意识(灵魂)通过时空旅行回到了过去的身体，重新过一遍人生。代表作有周行文《重生传说》(2004)，庚不让《俗人回档》(2014)，青罗扇子《重生之名流巨星》(2009，女频)。

重生也与穿越密不可分，在早期相当长的时间里重生和穿越的概念是交杂、混用的。2009年前后，随着男频重生类型的发展成熟，以及女频重生代表作的出现，重生才逐渐与穿越区分开来，成为独立的类型和情节元素。此后，重生与穿越一样，成为常用的情节设定元素。

第七节 "最有情怀的文青作家"猫腻及其代表作《间客》

网文是以满足读者阅读需求为首要目的的商业文学，由于读者群的接受层次不同，作品的质量层次也有区分。其中一个最显著的区分，就是"小白文"与"文青文"的区分。

"小白"中的"白"早期有"白看书"之意。部分网文读者曾宣称只看盗版书，不愿意用任何方式支持作者，不花钱，不推荐，纯白看书，故而得名。

现在"小白"更多地是半嘲讽半亲昵地指"小白痴",指刚刚开始读网文的读者,这类读者通常年龄、文化程度、收入偏低。"小白"也是阅读网络文学多年、阅读量较大的深度用户对新来者的称呼。与"小白"相对,这群资深用户常自称为"老白"。"小白"大多只爱看爽文,还停留在最简单最直接的欲望满足层面上,而"老白"通过长期的阅读都已度过了这一阶段,他们喜欢的作品要求设定逻辑更严密,细节更扎实,知识性更强。

"小白文"就是以"小白"用户为主要预设读者群的作品,也即针对初级网文用户的网络小说。"小白文"在网文中占据主流,作者之间的竞争也异常激烈。著名的"小白文"作家都是最具商业价值的作家,如唐家三少、我吃西红柿、天蚕土豆、梦入神机、辰东、耳根等,他们的作品虽然以"小白"为写作对象,但在技巧上都可圈可点,也形成了各自的写作风格和稳固的粉丝群体。

"文青"即"文艺青年"的简称,但网文中的"文青"与活跃在"榕树下""豆瓣"的"文青"不同,他们与"纯文学"没有渊源关系,是通俗文学的爱好者。"文青"是"老白"的一部分,与"老白"一样,是针对"小白"提出来的一个区分性概念,也有一说是"小白"对贬低爽文者的反击。"文青"一词在网文圈被使用时,词义也相当地含混、矛盾。褒扬者,赞赏"文青"在文学风格和思想内涵方面的开拓意义;贬损者,认为"文青"是在装模作样,无病呻吟。与"小白"通常指读者不同,"文青"通常指作家。

随着网文"精品化"潮流的兴起,越来越多的人肯定"文青"作家是一群具有某种情怀,表现出某种创新性诉求,文学性和思想性俱高的网络作家。目前"文青"作家的粉丝群体人数还远不及"小白"作家,但文化层次和审美趣味普遍高于"小白"。值得注意的是,"文青文"只是"老白"偏好作品中个性最鲜明的一脉,是与"小白"在风格上最针锋相对的一支,并不能囊括整个"老白"读者群体的偏好,更不能把所有"精品化"的网文都简单命名为"文青文"。在"文青作家"之外,还有很多优秀的作家,如月关、贼道三痴、冰临神下、爱潜水的乌贼、priest、非天夜翔等。总体来说,"文青文"只是一种与"小白文"相对的审美风格,虽然主要指"文青"作家创作的作品,但不排除某些非"文青"作家也会选择创作"文青文"。

"文青文"的代表作品有:《间客》(猫腻)、《将夜》(猫腻)、《赘婿》(愤怒的香蕉)、《雪中悍刀行》(烽火戏诸侯)、《橙红年代》(骁骑校)、《太上章》

(徐公子胜治)、《尘缘》(烟雨江南)、《隋乱》(酒徒)等。

猫腻是最具有代表性的"文青"作家。他本名贺英,1977年出生于湖北宜昌市,1990年自己改名为晓峰。2003年,以"北洋鼠"为笔名在"爬爬书库"发表《映秀十年事》。2005年以"猫腻"为笔名发表成名作《朱雀记》(2005—2007),2007年以《庆余年》(2007—2009)封神,随后写下"情怀之作"《间客》(2009—2011)、《将夜》(2011—2014),之后又以《择天记》(2014—2017)转型,以《大道朝天》(2017—2020)收官(最后一部大长篇)。2017年5月,人民文学出版社出版《择天记》(全八册),2019年又出版《庆余年》。《择天记》《将夜》《庆余年》被陆续改编为电视剧,产生很大影响。

猫腻是在网文界和主流文学界都受到高度认可的作家。他是从"起点模式"里真刀真枪杀出来的"大神",擅写"大红文",曾拿下"起点中文网"最有含金量的三个大奖(月票总冠军、年度作家、年度最佳作品),又被称为"最具情怀的文青作家"。他把网络文学兴起初期对立的两个脉络"小白"和"文青"打通,以"爽文"写"情怀",让人们看到,"爽文"可以写得如此有情怀,"情怀文"可以写得如此之爽。他像金庸那样打通了雅俗分野,接续了以鲁迅、路遥为代表的精英文学传统,是继金庸之后最有大师气象的网络文学作家。

《间客》是猫腻自己最喜爱的作品,也深受网文读者的喜爱,曾在连载时获得"起点中文网"首届"金键盘奖""2010年度作品"(该奖完全由读者投票,票数最高者为年度作品)。这部作品也在主流文学界获得高度评价,在2018年中国作协主办的"中国网络文学20年20部作品"评选中高居榜首。

《间客》是一部科幻背景设定的武侠小说。在地球毁灭多年的遥远未来,太空中依然对峙着联邦和帝国。许乐是一个生活在联邦底层的小人物,一心想做守法良民。但是一连串不合理的事情发生了,他的亲人、哥们儿、女友、战友、一些真诚帮助过他或真正无辜的老百姓在他眼前死去、失踪、被冤枉、被屠杀……就是为了保护这一个个具体的人,为他们讨回公道,他卷入了一次比一次更复杂的阴谋、一场比一场更宏大的战争。这是一部成长小说,经过一系列的奇遇和磨难,主人公许乐不但人生大放异彩,而且始终保持着道德的纯洁和内心的完整。

许乐堪称整个网文世界塑造得最成功的形象之一,通过这颗"硬石头",作品不但延续了金庸笔下胡斐、郭靖、萧峰等为国为民的侠义传统,而且卓有成效地反驳了牺牲论、代价论，维护了"大局"里"小人物"的权益和尊严。他是猫腻理想人格的投射。和很多网文作家一样，老猫笔下的主人公有一个特点，都是孤儿。当然，他们都有大来历。易天行（《朱雀记》）是弥勒下凡，陈长生（《择天记》）的原型是唐三藏，范闲（《庆余年》）和宁缺（《将夜》）都是穿越者。许乐也是帝国皇太子，但是这个身份对于他来说，一直像个追加的外挂，作为外挂，它远没有老东西（联邦中央电脑）重要。从始至终，许乐都认为自己是矿工的儿子。他的童年有苦难，但却没有什么国仇家恨。他是个普通的青年，有着普通的长相、普通的志向，只想通过自己的努力走出贫穷落后的家乡，到大城市，进大公司，做一个收入不错的技术白领，过上中产阶级的小康生活。

　　许乐太像现实主义成长小说里的底层青年，不是于连那种不择手段向上爬的，不是拉斯蒂尼那种利欲熏心的，而是路遥笔下的孙少平那种正直勤奋、凭一己之力努力上升的。老猫在《间客》后记里说，"我最爱《平凡的世界》，我始终认为那是我看过的最好一本YY小说"。这是一个新颖的评论角度，但也提醒我们意识到，伟大的现实主义作品也能成功地制造意识形态幻觉。

　　但是孙少平的路在路遥之后就走不下去了。即使路遥没有英年早逝，恐怕他自己也写不下去了，因为支持他当年写作的那种"黄金信仰"的社会基础发生了变化。随着社会阶层的固化，底层青年的路越走越窄。在孙少平之后，成长人物的道德形象一路下滑，从"陈世美"冯家昌（《城的灯》）到"凤凰男"祁同伟（《人民的名义》），有志青年的膝盖越跪越软，吃瓜群众的失望越陷越深。在西方，支持现实主义叙述的启蒙信仰在一战以后就瓦解了，之后，纯文学进入现代主义、后现代主义，专门拆解宏大叙事的意识形态幻觉。倒是大众文学一脉中的奇幻（科幻）文学，在虚拟空间再造世界，创作出替代现实主义宏大叙事的"拟宏大叙事"。

　　西方幻想文学正是中国网络小说的源头。为什么网络小说以幻想类为主导？原因正是原本创造信仰神话的现实主义作为一种文学形式已不再可能，但人民群众总是要做梦的。事实上，白日梦最能检测一个时代一个人群的道德指数和幸福指数了。中国网络文学发展近二十年来变化万千，但核心爽文模式万变不离其宗，只有一个：小人物的逆袭。在写实性文学中，小人物如何能逆袭？一定是牺牲了普通人不愿意牺牲的东西，比如自尊。下过跪的祁同伟膝下已没有黄金，只有碎成渣滓的自尊，所以，即便再有人同情也没人想要代入。幻想文学则不同,主人公可以点亮"金手指",大开外挂,一路打怪升级。虽然如此"逆袭",每一次成功都在加固现实的法则,但对于广大小人物而言,能在梦里快活快活也是好的。

猫腻是以商业作家自命的,他认为,让读者爽,帮他们"有效率地杀时间",是一个商业作家的本分。但他显然又不甘心于此,所以,他要在爽文里面偷偷塞"私货",这个私货就是"情怀"。

什么是猫腻的"情怀"？简单地说,"情怀"就是启蒙主义的"剩余能量"。《庆余年》里穿越女主叶轻眉的理想是典型的启蒙价值观,是中国自皇权文明向现代文明转型以来的基础价值观,它以乌托邦指向昭示着一个应然的社会,为人们反抗和批判现实提供一个彼岸世界的参照系。

但是,自从1990年代以来,伴随乌托邦实践的失败,启蒙共识已然瓦解。今天很多人大概更认同庆帝(《庆余年》中的皇帝)的现实理性吧——为了庆国的强大,为了一统天下,寡恩薄义、杀伐果断。也许很多人都会赞同庆帝杀了叶轻眉,然后忘了她,让她的故事湮灭在时间的长河中。终有一天,更多人压根不会知道,世上曾有叶轻眉。

但是,猫腻忘不了,他要把她带回来。许乐是叶轻眉的现实版,叶轻眉的星空在他这里化成了心中的道德律——《间客》的篇首语便是康德那句被广为引用的名言:"世界上有两件东西能够深深地震撼人们的心灵,一件是我们心中崇高的道德准则,另一件是我们头顶上灿烂的星空。"许乐天生是一个好人,道德律是他良心的鞭子。在一个强者为王的时代,一个小人物有没有资格做好人？这是这本书探讨的核心问题之一。

猫腻自认是一个自由主义者,至于"自由主义"的定义,也不用看书上的概念怎么说,看看叶轻眉和许乐就差不多了。一说主义,便要论争,而今天,我们处在一个谁也说服不了谁的时代。好在猫腻不是思想家而是作家,他的主义可以通过"情怀"讲出来。

猫腻在后记里说,《间客》就是"一个愤怒青年的故事":"我不知道什么是正确的,但我真的知道什么是错误的,因为那些错误是如此的简单,根本不需要艰深的理论知识,而只需要看两眼。你抢我的东西,偷我的钞票,我无罪时你伤害我,没有塞红包你就不肯把我的车还给我,你拿小爷我缴的税去喝好酒找女人还像他妈的大爷一样坐在窗子后面吼我,这些就是错的。这些都是我经历过的,而被我的家人亲人友人所习以为常甚至认为是天经地义的事情,在我看来都他妈是错的。这是很原始朴素的道德,在很多人看来深具小市民天真幼稚无趣特点,然而拜托,你我不就是小市民吗?不就是想有免于恐惧的权利吗?不就是想有不平临身时,有个猛人能站起来帮帮手吗?"

许乐就是一个总是站起来帮人一把的"猛人"。《间客》明明是科幻的设定,但猫腻称之为"个人英雄主义的武侠小说"(后记)。中国网络小说兴起后,武侠小说却式微了,除了该类型发展过于成熟这一文学因素外,另一个重要的心理因素是,古道热肠的大侠风范已经不能唤起时代共鸣,代之而起的是修仙小说的大道无情、以力证道。但在这里,猫腻让许乐做回英雄侠客。什么叫侠?司马迁说,侠是"不轨于正义",就是在世间的法被权力者践踏了之后,本着朴素的道义良心自掌正义,替天行道。

许乐最可贵之处就在于,无论是身为逃犯还是联邦英雄,他永远站在最弱势者一边,代表那些最没有议价能力的人与大人物们谈判。于是,大人物们在平衡利益的时候就不得不考虑小人物的那一份,活人在分配果实时就不得不考虑死人的那一份。否则,许乐那个"二货"什么事情都干得出来。很多时候,联邦政府都为了"国家整体利益"认了,七大家族都为了家族利益最大化忍了,偏偏许乐这个"二货"却不认也不忍。整部作品"爽"的动力就是一个"小人物"的不忍,如何坏了大人物的大谋。最大快人心的是,无论对于阴谋还是"阳谋",许乐的反抗形式经常是非常简单的直接暴力——"小人复仇,从早到晚"。

许乐并不是一个简单粗暴的人,《间客》也不是一部感情用事的作品。继《庆余年》之后,《间客》进一步进行了制度的探讨。如果说《间客》里的联邦正是《庆余年》中"自由主义穿越者"叶轻眉致力于建立的现代民主制度,那么《间客》在反对联邦的专制残暴的同时,也讨论了民主制度的弊端和悖论。在不能有一个更好的制度在总体上解决问题的时候,许乐反对牺牲局部的利益,尤其反对权力集团以任何堂而皇之的名义牺牲草民的利益,这种事只要被他看见了,就一定要管:"虽千万人,我不愿意!"

在实现正当目的的过程中,许乐的手段也一直是正当的。因为猫腻不断赋予许乐超人的能力(如"八稻真气"、中央电脑"第一序列"保护对象,以及"联邦英雄""帝国皇太子"的身份),使他能够完成那些不可能的任务。猫腻让心爱的主人公以个人英雄主义申明了普通人的权利:不为虎作伥的权利,不逆来顺受的权利,免于恐惧的权利,愤怒的权利,心安理得的权利……是的,这些都是"私货"。通过在自己建构的"幻象空间"里重新立法,猫腻走通了路遥之后难以继续的路。最后,许乐实现了那句为人打气的豪言——"内心纯洁的人前途无量"(这句话出于2005年超女大赛,在《间客》中被题写在帝国"大师范府"墙壁上)。

大师级的通俗文学作家总能以精纯之力将天地大道植入世道人心,所以,真正塑造一个民族心灵的是优秀的通俗文学。当年,金庸的大侠风范让我们灵魂飞扬;今天,猫腻的"情怀"帮我们重筑底线。相对而言,猫腻讨论的那些命题,与我们更息息相关,戳中了你我的怕与爱。猫腻等优秀作家凭借他们的创作提升了网络文学的品质,也抚慰着沉默的大多数的心灵,给他们以温暖和勇气。

思考题

1. 王朔现象是八九十年代最重要的文化现象之一,如何看待这一具有争议性的文化现象?

2. 如何从大众文化的角度分析王朔现象?

3. 试结合社会文化心理,阐析王朔作品中的"顽主"形象。

4. 分析王朔语言的调侃风格,并从社会审美风气角度,思考当下网络语言中常见的调侃、搞笑现象。

5. 如何从全球媒介革命的视野认识中国网络文学的性质和意义?

6. 什么是"起点模式"?为什么说"起点模式"是中国网络文学发展的核心动力机制?"起点模式"如何塑造了网文的基本形态?

7. 网络文学有哪些主要类型文?代表作家作品有哪些?

8. 为什么猫腻被称为"最具情怀的文青作家"?他如何以"爽文"写"情怀"?

第十八讲　余华与先锋小说的变化

在新时期文学史上,1985年是具有标志意义的一年:2月,马原的小说《冈底斯的诱惑》发表于《上海文学》;3月,刘索拉的《你别无选择》发表于《人民文学》;4月,莫言的《透明的红萝卜》发表于《中国作家》;6月,残雪的《山上的小屋》发表于《人民文学》……一群富有现代主义气质的年轻人开始在文坛崭露头角。这批被称为"新潮小说家"的群体与稍后涌现出的更年轻的余华、苏童、格非、孙甘露、北村等一起在1980年代中后期掀起的先锋文学狂飙"剧烈地改变了,并且继续在改变着中国当代文学的面貌"①。

我们知道,中国当代文学中的现代主义倾向可以追溯到"文革"时期一批青年诗歌和小说作者的地下写作,而朦胧诗的出现则可以看作现代主义文学从地下浮出水面的一个标志,它不仅给当时荒芜而单调的文坛带来了一股新鲜的气息,而且,正是由于朦胧诗的"朦胧"所引起的论争,使"五四"新文学传统和现代主义同时成为人们关注的两大焦点。虽然学习与借鉴西方文学(包括现代主义文学)的优点和长处,从来都是"五四"新文学传统的主要内容之一,但是,事隔半个多世纪之后,当人们重新审视和关注现代主义时,情况却发生了天翻地覆的变化:其一,人们不再盲目地将现代主义与批判现实主义、浪漫主义混为一谈,把它仅仅作为反对封建思想和封建文学的一种武器,而是在改革开放的时代背景下,把它视为拉近中国文学与世界文学距离的主要途径;其二,人们也不再把现代主义作为浪漫主义的附属物,而是将现代主义与后现代主义打入一个"集装箱"中,作为引进和移植

---

① 李陀:《昔日顽童今何在?》,《文艺报》1988年10月29日。

的主要内容;其三,"五四"时期和 1980 年代对现代主义的引进和移植,虽然都有着自己鲜明的社会功利目的,但 1980 年代明显地偏重文学自身的建设。此外,再加上全社会全民族整体文化水平不同,两次引进的文学成就和社会效果也就不可同日而语。

我们说现代主义的出现改变了 1980 年代中国文学的格局,是因为它不仅出现在诗歌创作中,而且更为广泛地出现在小说、戏剧,以及美术、音乐、电影等各个艺术门类的创作之中。其中,在文学创作中,表现得最为充分最为广泛也最具冲击力的不是诗歌创作而是小说创作。由九叶派老诗人袁可嘉主编的《外国现代派作品选》在 1980—1985 年间陆续出版,其中包括意识流、未来主义、表现主义、后期象征主义、超现实主义、存在主义、荒诞派、黑色幽默、垮掉的一代等诸多流派的作品,这也是新中国成立后第一次大规模集中介绍西方现代派文学,影响巨大。1981 年下半年,高行健出版了《现代小说技巧初探》,这本小册子后来被称为"寂寞空旷的天空中"升起的一只"漂亮的风筝"①,引起广泛的关注。1980 年代初,不少作家开始尝试运用意识流、荒诞变形等现代技巧并获得肯定,如王蒙的《蝴蝶》《海的梦》《夜的眼》等借由心理结构和情节结构的二重关系,"打破常规,通过主人公的联想,突破时间和空间的限制,把笔触伸向过去和现在,外国和中国,城市和乡村。满天开花,放射性线条"②。宗璞的《泥沼中的头颅》《我是谁》和《蜗居》等则让国人见识到了一种卡夫卡式的悖谬。虽然这些先行者的艺术实践更多袭用了现代主义之"形",在精神主旨上依然黏附于或伤痕或反思的时代主题,表达的也还是传统式的忧患之心,但毕竟为先锋实验的到来做了相对充分的技术预热和舆论准备。

到 1980 年代中期,文坛一方面出现了刘索拉的《你别无选择》、徐星的《无主题变奏》等带有"黑色幽默"特点的现代主义小说,另一方面出现了马原、莫言、残雪等以前卫的状态探索存在的可能性与艺术的可能性的小说实验运动,使现代主义文学在中国呈现出泛滥之势,不仅在艺术上与传统表现手法有很大的不同,而且在思想感情上也与传统现实主义文学相去甚远,表现出与现代主义天然的亲近感和认同感。由于以马原为代表的小说实验运

---

① 刘心武、李陀、冯骥才三人通信,见《上海文学》1982 年第 8 期。
② 王蒙:《关于〈春之声〉的通信》,《小说选刊》1981 年第 1 期。

动不仅具有强大的阵营和声势,而且更具先锋的精神,因此,"某种意义上甚至可以把它当作先锋小说的真正开端。这一开端在叙事革命、语言实验、生存状态三个层面上同时进行。……稍晚于他们也被人们看作是先锋小说家的有格非、孙甘露、苏童、余华、洪峰、北村等人。我们着重介绍其中的格非、孙甘露、余华三位,他们代表了先锋小说在以上三个方面的探索的发展"[①]。但是,从1990年代初开始,这些先锋作家纷纷改变了自己的探索姿态,减弱了探索的力度,他们或长时间搁笔,或采取一种更能为一般读者接受的叙述风格,或与商业文化相结合,甚至完全放弃了以前所推崇的先锋精神和理想,使先锋小说作为一个小说艺术的实验运动和文学思潮最终走向了解体。

先锋小说从兴起到解体,留给我们的思考是多方面的。在这里,我们主要探讨三个问题:一是作为先锋小说的代表人物,余华为什么不能始终坚持先锋的立场,为什么会在先锋小说如日中天的高潮时期突然转向?二是为什么说余华先锋小说最突出的特点是"冷酷"和"残忍"?他的创作发生转变后人们的看法和评价如何?三是余华的创作变化是不是个别现象?应该怎样看待整个先锋小说的创作变化?是"溃不成军",还是一次"胜利大逃亡"?

第一节　余华与先锋小说的悲剧性命运

余华是1987年1月在《北京文学》上发表了短篇小说《十八岁出门远行》后开始引起人们注意的。在随后的几年中,他又连续发表了《四月三日事件》《现实一种》《河边的错误》《世事如烟》《难逃劫数》《古典爱情》《此文献给少女杨柳》《偶然事件》《夏季台风》等中篇和《死亡叙述》《往事与刑罚》《鲜血梅花》等短篇,形成了一个创作高潮。他的创作谈《虚伪的作品》(1989)和长篇小说《呼喊与细雨》(1991,出单行本时改名《在细雨中呼喊》)的发表,被人们看作他前期创作的一个总结;而在这以后创作的《活着》(1992)、《一个地主之死》(1992)和《许三观卖血记》(1995)等作品,则被看作他从"先锋"向"世俗"变化的开始。

[①]　陈思和主编:《中国当代文学史教程》,复旦大学出版社1999年版,第291—292页。

1992年,对于余华来说是一个有着特殊意义的年份。这一年,陈骏涛在为长江文艺出版社主编的"将昭示着新世纪文学的曙光"的"跨世纪文丛"中,编选了一部余华的作品集——《河边的错误》,收入了他前期创作中除长篇以外的九部重要的中短篇作品,无意之中为余华的先锋小说做了一个总结。这部小说集的总结性意义,在余华为它所作的跋中表现得更为明确。他先是表达了自我肯定和自我鼓励:"三四年前,我写过一篇题为《虚伪的作品》的文章,发表在1989年的《上海文论》上。这是一篇具有宣言倾向的写作理论,与我前几年的写作行为紧密相关。文章中的诸多观点显示了我当初的自信与叛逆的欢乐,当初我感到自己已经洞察到艺术永恒之所在,我在表达思考时毫不犹豫。现在重读时,我依然感到没有理由去反对这个更为年轻的我,《虚伪的作品》对我的写作依然有效。"但紧接着便暴露出了余华在信心上对于先锋理论和先锋实验的动摇:"几年后的今天,我开始相信一个作家的不稳定性,比他任何尖锐的理论更为重要。一成不变的作家只会快速奔向坟墓,我们面对的是一个捉摸不定与喜新厌旧的时代,事实让我们看到一个严格遵循自己理论写作的作家是多么可怕,而作家源源不断的生命力在于经常的朝三暮四。为什么几年前我们热衷的话题,现在已经无人顾及。是时代在变?还是我们在变?这是一个难以解答的问题,却说明了固定与封闭的事物是不存在的。作家的不稳定性取决于他的智慧与敏感的程度。作家是否能够使自己始终置身于发现之中,这是最重要的。"①现在看来,这是他对自己先锋小说创作的一个圆满总结,也是他对自己告别先锋、走向世俗的一个乐观预言。

余华自己关于"时代在变?还是我们在变"的解释,或许有一定道理,但是它并不能说明一切作家创作风格发生变化的原因。时代总是在不断地变化,信仰也总是有人在坚持。或许,余华自己也不满足于自己的这个说法,但一时半会儿却也无法找到更充分更具有说服力的解释,因此,在这篇跋临近结尾时,余华的情绪似乎有些激动,言语也不免有些偏颇:"匠人是为利益和大众的需求而创作,艺术家是为虚无而创作。艺术家在任何一个时代都只能是少数派,而且往往是那个时代的笑柄,虽然在下一个时代里,他们或许会成为前一时代的唯一代表,但他们仍然不是为未来而创作

---

① 余华:《河边的错误·跋》,《河边的错误》,长江文艺出版社1992年版,第346页。

的。对于匠人来说,他们也同样拥有未来。所以我说艺术家是为虚无而创作的,因为他们是这个世界上仅存的无知者,他们唯一可以真实感受的是来自精神的力量,就像是来自夜空和死亡的力量。在他们的肉体腐烂之前,是没有人会去告诉他们,他们的创作给这个世界带来了什么?"①如果我们把这里的"艺术家"和"匠人"替换为"先锋作家"和"通俗作家",应该说,这段话基本上还是讲得通的。余华的闪烁其词,正暴露出他复杂而矛盾的心理,想随时代的变化而变化,又害怕沾上"媚俗"的恶名,真正成为"时代的笑柄"。

余华曾经被看作"小说革命的先锋性拓展"的代表人物,他的先锋小说也曾经被看作当代中国最生动地体现了"世纪末精神"的作品,因此,按照人们一般的思维模式,他有责任也有义务始终坚持自己的理想,将先锋小说进行到底。但是,我们从余华对自己的总结中已经看到,他在一片赞扬声中突然转向,既不是因为江郎才尽,也不是由于误入迷途,而是经过了深思熟虑之后采取的一种"策略"。如果我们再做进一步的探讨,就会发现,其中既包含着先锋文学自身局限的不可超越性,也包含着世俗诱惑的难以抗拒性,也许还包含着作家自己可以把握的不断创新的欲望和无法把握的创作心态的衍变。

要搞清楚先锋文学自身局限的不可超越性,首先必须搞清楚"先锋"的概念。在世界文学与艺术史上,先锋(Avant-garde)是一个复杂多变的概念,主要指一种带有实验性质的形式创新运动,它可以是一种精神,可以是一种姿态或一种倾向,也可以是一种方法或过程。Avant-garde 这个词最初来源于法语,同中文的原意一样,也是一种军事用语,指"先头部队"。"一直到 19 世纪上半叶它才进一步衍生成一个政治概念,流行于空想社会主义者中间,被用来指未来社会的'想象者';至于 Avant-Garde 和文学艺术发生关系则是在 19 世纪后半叶的事了,被普遍用来描述在现代主义的文化潮流中成功的作家和艺术家的运动的美学隐喻,他们试图建立自己的形式规则并以此反对权威的学术及普遍的趣味,比如早期的印象主义画家莫奈就被称之为先锋,再往后也就是 1930 年以前吧,先锋达到了高潮,表现主义、俄国及意大利的未来主义、达达派、超现实主义、结构主义等等都似乎被称作过先

---

① 余华:《河边的错误·跋》,《河边的错误》,第 347 页。

锋;再接下来就差不多该到了二战以后,除一部分现代派作家继续被称作先锋外,这顶皇冠大概就该轮到后现代主义戴了;到了本世纪 60 年代以后,象波普艺术、品钦、巴塞尔姆、里德这样不同的流派和作家都曾经被戴过先锋的帽子。"①因此,有人这样总结说:先锋"是指这样的一批作家、艺术家:他们以突破一切传统,不断'创新'为己任。他们认为,当一种艺术形式被认识、被接受之时,就已经陈旧、僵化,就应当反对并与之决裂,去创造'一种前风格','一种变化的方向';又由于一般的读者与观众是愚蠢的人,这种创新一时不会被接受,对此,严肃的艺术家是不必考虑的;终有一天,这种形式会被接受,而一旦被接受了,先锋派的任务即告终结"②。也就是说,每次艺术形式和审美经验的嬗变,都有一次先锋实验过程,凡是新的艺术形式都具有先锋性。从这个意义说,宋词相对于唐诗是先锋,元曲相对于宋词也是先锋;朦胧诗相对于"十七年"时期的颂歌和战歌是先锋,"新生代"相对于朦胧诗也是先锋;1980 年代初出现的以"意识流"为代表的现代派小说相对于传统的现实小说是先锋,而 1980 年代中期出现的以小说形式探索为特点的"先锋小说"相对于 1980 年代初的现代派小说也是先锋。在这里,我们所说的"先锋小说",特指以马原、莫言、残雪、格非、孙甘露、余华,以及洪峰、北村、吕新等人为代表的小说创作。

　　关于先锋的性质和特点,可以归纳为以下四点:反叛性、先导性、流动性和悲剧性。第一,先锋的反叛性主要体现在它对于一切传统文化观念的反抗。先锋具有尖锐的彻底的文化批判精神,它始终保持着对于主流文化的挑战者姿态,对一切现成的理性逻辑和社会秩序都抱怀疑态度。这种反叛性从社会发展的角度看,具有激进的革命性质和启蒙主义的特征。在先锋派们眼里,社会现实都是陈腐的,大众都是愚昧的,而他们自己则始终走在时代最前沿。第二,先锋的先导性主要体现为一种勇往直前的革命价值观念和创新文化精神。它不但反对传统的文化,而且也要求不断地进行自我突破。由于先锋具有惊人的创造力,常常会在社会上产生巨大的影响,因此,先锋派的许多成果后来都成了经典,成了推动文学艺术发展的动力和引

---

① 王蒙、潘凯雄:《先锋考——作为一种文化精神的先锋》,《今日先锋》编委会编《今日先锋》,生活·读书·新知三联书店 1994 年版,第 2—3 页。
② 张德政主编:《现代文学辞典》,"先锋派"条目,转引自尹国均:《先锋实验——八九十年代的中国先锋文化》,东方出版社 1998 年版,第 27—28 页。

导文学发展的方向。第三,先锋的流动性主要表现为一种不断探索的活力和不断替代的过程。一旦他们的创新形式被社会认可和被大众接受,他们也就失去了先锋的意义;他们的创新就变成了陈旧,他们的使命也宣告结束,要么自己把自己作为革命的对象,要么被新的先锋所取代。这就好比建筑工人,楼房建成之日,便是他们离开之时。第四,先锋的悲剧性则主要表现为一种牺牲精神。作为一个先锋,必须始终保持着与社会和大众的距离,甚至始终站在社会和大众的对立面,与传统和世俗为敌,因此,遭到人们的误解便成为他们不可避免的境遇。他们必须忍受其他作家难以忍受的寂寞,而最终却难逃成为文学发展的牺牲品的命运。先锋的这些性质和特点,决定了它在社会历史文化发展中始终只是一个"过客",又始终占有一席之地,这既是它自身的优势,也是它自身的局限。余华也无法超越先锋的这种局限。也就是说,中国当代文学中的先锋小说,作为一个小说的艺术实验运动,其变化是必然的、不可避免的,问题仅仅在于什么时候变,以什么方式变。在这个意义上,我们说余华从先锋到世俗的变化,对于"先锋小说"的创作思潮是具有象征意义的。

实际上,每个作家在他成为先锋的第一天起,就一直潜伏着走向背叛的危险,这个危险就是无处不在的世俗诱惑。对于一个作家,特别是一个初涉文坛的作家来说,这种诱惑主要体现在两个方面:一是作家面临的世俗利益的诱惑,二是作家经历的世俗生活的诱惑。任何作家投身于创作时,都会希望自己的作品能得到历史的认可,但历史离自己毕竟太远,所以更希望得到当时社会的认同。完成了成功转向后的余华对此曾直言不讳地袒露心胸:"我觉得现在很多年轻的作家不明白一个道理,你写的作品在你这个时代如果没有人接受你,以后永远也没有人接受。尽管现在很多例子证明作家死后获得了盛名,如卡夫卡,但他死后的盛名也是他同一时代的人给他的,并非死了以后过了五百年被人像发掘挖考古一样挖出来。他死了没几年其作品就风靡了欧洲。他死后的几年和活着的几年是一个时代,不是两个时代,他的作品是被共同的时代所接受的。"[①]我们还知道,当年朦胧诗出现时,一开始就表现出彻头彻尾的现代主义与后现代主义面目,虽然在极短的

---

① 余华:《活着,永远的追问》,张英编著《文学的力量:当代著名作家访谈录》,民族出版社2001年版,第16页。

时间内就如日中天,几乎在一夜之间就红遍了大江南北,并取得了令整个文坛瞠目结舌的奇特效果,在整个文坛以至于全社会掀起了一场轩然大波,但仅仅五六年之后,对于全社会来说,却已经见怪不怪,甚至索然无味了。可以说,余华与莫言、苏童等先锋作家的情况也与之相类似,在他们与影视之类的大众文化"联姻"之前,其影响的范围只局限于"纯文学"的圈子之内。大家知道莫言和苏童,不是因为他们的小说《红高粱》和《妻妾成群》,而是张艺谋的影片《红高粱》和《大红灯笼高高挂》。人们认识余华也不是因为他被文学界当作先锋小说"标本"的《现实一种》或《世事如烟》等最具先锋精神的作品,而是因为他变化之后创作的《活着》被张艺谋搬上了银幕。虽然由于种种原因该片未能公映,但在现代传媒时代,未能公映比如期公映更具有轰动效应,也更具影响力和杀伤力。也许可以说,张艺谋既是一位先锋导演,也是一个先锋小说家的"笑面杀手""死亡象征"。虽然我们不能说余华的变化是想追步莫言和苏童,但谁也不能否认世俗利益的诱惑是始终存在的。一个作家,只要他还生活在现实社会之中,就不可能完全逃避这种诱惑。

  如果说外在的世俗利益的诱惑还可以忍受和克制,那么,作家经历的内在的世俗生活的诱惑则是难以抵挡和拒绝的。在小说的先锋实验中,余华曾走得比较彻底也比较极端,他曾说:"事实上我不仅对职业缺乏兴趣,就是对那种竭力塑造人物性格的做法也感到不可思议和难以理解。我实在看不出那些所谓性格鲜明的人物身上有多少艺术价值。"他认为,"真实存在的只能是他的精神",艺术是一个自足独立的世界,与现实无关。① 因此,他只热衷于描绘梦境及梦境中的荒诞感。然而,人不可能完全脱离现实,最起码不可能完全遗忘自己的过去。当他们有一天突然发现现实生活比他们的梦境更精彩更能动人心魄的时候,便会为了这些"可以使语言生辉的事物"而不顾一切地离先锋而去了。1990年代以后,当余华在现实力量的感召下创作出《活着》和《许三观卖血记》等作品时,他真切地体会到,描写现实比形式探索更有感染力和震撼力:"我80年代的早期作品,在同时代作家的作品中,可能是比较令人恐怖的。……一方面任何一部作品达不到现实本身所具有的力量;另一方面,《现实一种》作为一部文学作品已经很残忍了,但

---

① 余华:《虚伪的作品》,《上海文论》1989年第5期。

是与现实中的某些事情相比,那它根本算不了什么。"①

此外,我们还应该看到,作家的生命在于创新,而先锋作家更是以创新为标榜的。一个作家的创作过程是一个情绪宣泄和思想释放的过程,而作家的情绪和思想受时代变化和自身发展的影响,不可能是一成不变的。从余华的前期作品中可以清楚地看到,作家在童年时代曾受到过什么挫折,而十八岁在他的人生经验中则有着重要的转折意义,因此,"十八岁"在他的小说中成了一个象征,《十八岁出门远行》写的是十八岁,《四月三日事件》写的还是十八岁,而四月三日又正是余华自己的生日。在 1987 年以及随后的两三年间,余华的创作在童年生活中找到了一个喷发口,不断地讲述自己对人生的特殊感受,仿佛有一种什么东西压迫着他不得不写。由于童年创伤破坏了他对人生的美好看法,他在这个喷发期的创作几乎都是痛苦经验的放大,集中地表现了人性残忍的一面。而当他将心中的痛苦释放之后再回到自己的童年生活时,便不再只是一味地漠然和冷酷,开始出现了以前少有的温馨和温情,这就是他的第一部长篇小说《呼喊与细雨》②。因此,这部作品一经问世,人们便立即敏感地意识到,这是余华对他前期创作的一个总结,也是他的创作发生变化的开始。③

第二节 余华"在细雨中"无声地"呼喊"

1999 年,余华曾将他的所有中短篇小说编辑成《鲜血梅花》等六册作品集。在作品集的自序中,他这样说:"我的意思是这六册选集就像是脸上的五官一样,以各自独立的方式来组成完整的脸的形象。可以这么说:《鲜血梅花》是我文学经历中异想天开的旅程,或者说我的叙述在想象的催眠里前行,奇花和异草历历在目,霞光和云彩转瞬即逝。于是这里收录的五篇作品仿佛梦游一样,所见所闻飘忽不定,人物命运也是来去无踪;《世事如烟》所收的八篇作品是潮湿和阴沉的,也是宿命和难以捉摸的。因此人物和景物的关系,以及他们各自的关系都是若即若离。这是我在八十年代的努力,

---

① 余华:《活着,永远的追问》,张英编著《文学的力量:当代著名作家访谈录》,第 4 页。
② 余华的《呼喊与细雨》最初发表于《收获》1991 年第 6 期。
③ 参见陈思和等:《余华:中国先锋小说究竟能走多远》,《理解九十年代》,人民文学出版社 1996 年版,第 5—26 页。

当时我努力去寻找他们之间的某些内部的联系方式,而不是那种显而易见的外在的逻辑;《现实一种》里的三篇作品记录了我曾经有过的疯狂,暴力和血腥在字里行间如波涛般涌动着,这是从恶梦出发抵达梦魇的叙述。为此,当时有人认为我的血管里流淌的不是血,而是冰碴子;《我胆小如鼠》里的三篇作品,讲述的都是少年内心的成长,那是恐惧、不安和想入非非的历史;《战栗》也是三篇作品,这里更多地表达了对命运的关心;《黄昏里的男孩》收录了十二篇作品,这是上述六册选集中与现实最为接近的一册,也可能是最令人亲切的,不过它也是令人不安的。"①虽然作家没有按作品完成的时间顺序来编辑,但从内容的整合上仍然可以看出,前三册基本上是他在先锋实验阶段留下的足迹,也基本上反映了余华这一时期创作的主要特点:在想象的催眠里前行的梦游,宿命的难以捉摸的潮湿和阴沉,以及波涛般涌动着的疯狂、暴力和血腥。而余华的先锋小说最突出的特点,也正如他自己一直不能忘怀的那句话所说:"血管里流淌的不是血,而是冰碴子。"如果用两个词来概括,那就是"冷酷"和"残忍"。

在1980年代中后期,受莫言《红高粱》的影响,小说创作中的苦难意识大有逐步升级之势,作家们对一些苦难场景直接大胆的描写愈演愈烈。残雪、刘恒、苏童、方方、池莉等都有自己精彩的"表演",而余华则更显出先锋作家们总是要与常理相对抗的态度,"该关心的地方他偏偏漠不关心。该愤慨的地方他偏偏无动于衷。该心旌摇荡的地方他偏偏平静如水。该唾弃该掩鼻而过的地方他偏偏饶有兴味地反复把玩。该悲悯的地方,他又偏偏忍俊不禁,把应该有的万千愁绪化为没心没肺的扑哧一笑。作者这样的态度给人一种印象,好像他压根儿就不准备对笔下的生命表示什么属于人间世的态度;他的任务,好像就是站在非人间的立场,将人间的苦难客观冷静地叙述一通了事。其他的你爱怎样怎样,与他无关"②。这就是我们所说的余华的"冷酷"和"残忍"。这一时期的余华,努力地寻找着一种"无我的叙述方式",常常在作品里创造出一个冷漠的叙述者,在模拟的老成中"尽可能回避直接的叙述,让阴沉的天空来展示阳光"③,甚至可以说他完全以发

---

① 余华:《鲜血梅花·自序》,《鲜血梅花》,新世界出版社1999年版,自序第2页。
② 郜元宝:《世纪末中国文学的四种苦难意识》,《拯救大地》,学林出版社1994年版,第61—62页。
③ 余华:《虚伪的作品》,《上海文论》1989年第5期。

掘"人性恶"为己任,专注于揭示人的兽性的一面,或者说人性中最丑陋、最残酷、最肮脏的一面,沉醉于用冷漠的态度对死亡、暴力以及各种天灾人祸进行富有诗情画意的叙述,让人不寒而栗。在他这一时期的小说中,几乎整个世界都变成了不再有一丝光亮的地狱,整个人类都充满了令人窒息的绝望感。

《十八岁出门远行》是余华真正意义上的处女作,在这篇小说里,余华式的"暴力"第一次出现。小说写"我"十八岁告别父亲,漫无目的地远行。"我"搭上一辆拉苹果的汽车和司机攀谈起来,汽车抛锚了,远远近近过来一些人开始抢夺车里的苹果。"我"试图阻止他们,却被打得鼻青脸肿。奇怪的是,司机不但不出手相助,反而幸灾乐祸地看"我"被群殴。最后,司机拿走"我"的背包上了一辆拖拉机,与抢夺者们一起扬长而去,只剩下"我"一个人无助地坐在废弃了的汽车驾驶室里。"十八岁"和"远行"显然是隐喻踏入成人世界的开端,但"我"的人生哲学第一课便遭遇无来由的暴力,而"我"所坚信的常理成了暴力施虐的对象。在余华看来,这悖于常理的荒诞乃是人生的实在:"简单的说法是,常理认为不可能的,在我作品里是坚实的事实;而常理认为可能的,在我那里无法出现。导致这种破坏的原因首先是对常理的怀疑。很多事实已经表明,常理并非像它自我标榜的那样,总是真理在握。"①于是类似的事件接二连三地在他的小说中一幕一幕地上演:《现实一种》把一对同胞兄弟间的相互残杀写得既不动声色,又触目惊心;在《四月三日事件》《河边的错误》《世事如烟》《难逃劫数》等作品中,暴力和死亡更是得到了诗意化的精致表现;即使在多少已经有了些温情的《呼喊与细雨》中,当作家以一个被成人世界冷落的孩子的眼光来打量世界时,抒发的仍然是那种无奈的"绝望"情怀。也许,这部作品正因为在冷漠的外表下流露出了些许温情,更令人悲痛欲绝,以至于被看作代表余华"言说绝望的最高成就"②。

或许我们也可以说,余华作品中所表现出来的这种冷酷和残忍,多少都有点"作秀"的意思,是他在先锋精神的笼罩下,为了达到冷酷和残忍的效果而精心设计的一种被称为"情感的零度"的写作策略。其实,在作家心中是暗藏着热情的。因此,有人说,读余华这一时期的作品,"不难感到在平

---

① 余华:《虚伪的作品》,《上海文论》1989 年第 5 期。
② 王万森主编:《新时期文学》,高等教育出版社 2001 年版,第 179 页。

静得近乎冷漠的叙述底层汹涌着一股心灵的潜流。呼之欲出,却又无以名之。这股心灵的潜流无疑就是余华所发掘出来的人类特有的情感世界。但是,余华并没有用我们熟悉的一套语言系统去张扬、去传达、去转译、去诠释他所体验到的那种感情,而是把他的感情之火凝固在不可张扬、无需传达和不可转译的某种前诠释的原始状态,还置在某种身在其中的'在世'、'在……之中'的生存原状。……这就像一个满腔热情的哑巴要求表达自己的感情,激动得哇哇乱叫,手舞足蹈,但他发现这一切都徒劳无功,世俗的言辞实在非他所能拥有的时候,他就只好按照原来的样子平平静静地'活着'了"①。这个比喻非常贴切:"像一个满腔热情的哑巴",在生活的细雨中无声地呼喊。这就是余华,这就是那个把热血深深地掩埋起来,却非让人看"冰碴子"的余华。

我们知道,人们对先锋小说的态度不同,对余华的态度也不尽一致,如果我们理解了先锋的性质和特点,对这些人的态度也就不难理解了。然而,当余华的创作面貌发生变化之后,人们的态度仍然如此,只是完全颠倒了一个个儿,以前的支持者不得不表示遗憾,而以前的批评者则表示热烈欢迎。遗憾者认为,《呼喊与细雨》与以前的那些中短篇相比,如果仅仅是多了些内心情感少了些锐气和冲击力,还可以原谅,但作品描写的儿童眼中成人世界的污秽、少年在性成熟期的生理和心理变化、审父与仇父的家庭史整理以及儿童对人间温情的寻找等媚俗倾向,却是值得重视和警惕的。对于这种世俗感情的描写,就意味着对先锋的放弃。而一旦放弃,结果便只能是出产《活着》这样"拖沓疲惫"的作品。在这些先锋派的批评家看来,只有保持与大众的距离,其作品才具有先锋性,而无论是有意还是无意流露出自己的情感,必然沾染上现实生活中的世俗气息,这就是媚俗,就是迎合大众的口味,最后其作品终将沦落为"大众流行读物"。这个事实也证明,余华在自己准备转向之前的担心并不是多余的。而欢迎者则认为,余华的《活着》"这部只有十二万字的长篇并不追求浓墨重彩的史诗性展示,还反其道行之而刻意突出了个人命运和细碎生活:就刻画了福贵等几个民间人物,就描述了一些凡俗生活。但于平凡中达到奇妙效果,几近写出了一种民族苦难史和民族生命力"②。

---

① 郜元宝:《世纪末中国文学的四种苦难意识》,《拯救大地》,第 68—69 页。
② 李运抟:《九十年代长篇小说:个人言说与历史浮现》,《文学评论》2001 年第 4 期。

也许,评论家的褒贬常常只是为了证明自己的理论或观点,并不完全符合作家的创作意图和理想目标。余华的《活着》和《许三观卖血记》与他前期的中短篇相比,变化是多方面的,但最大的变化主要集中在人物塑造、故事讲述和语言风格三个方面。

在以前的作品中,余华同所有的先锋小说家一样,不屑于对人物进行现实主义式的"肖像描写",看重的只是作家心目中的主观形象,"我实在看不出那些所谓性格鲜明的人物身上有多少艺术价值。那些具有所谓性格的人物几乎都可以用一些抽象的常用语词来概括,即开朗、狡猾、厚道、忧郁等等。显而易见,性格关心的是人的外表而并非内心,而且经常粗暴地干涉作家试图进一步深入人的复杂层面的努力。因此,我更关心的是人物的欲望,欲望比性格更能代表一个人的存在价值"①。虽然欲望是不是真的就比性格更能代表一个人的存在价值还可以探讨,但是可以肯定,性格关心的并不仅仅是人的外表。也许,正是因为作家的这些"误解",先锋作家笔下的人物都没有个性,只是一个平面,或者说只是直奔人的本质,只是一种"欲望"的象征。最为典型的是《世事如烟》,在这篇作品里,传统小说中的"典型人物"或"人物性格"完全被舍弃,人物被数字或字母所取代:2 和 T 都是男人;3 是一个 60 多岁的奶奶,并与 17 岁的孙子乱伦;4 是一个 16 岁的少女;6 是 4 的父亲;其他的人物也都没有名字,比如瞎子、算命先生、灰衣妇人、司机等。而这些完全符号化的人物之间的关系也是散漫而无序的,有人说作家如此安排的用意是暗示了命运的无常和不可知,表现出一种宿命论观。但《活着》中的福贵、家珍、凤霞、有庆,甚至二喜,《许三观卖血记》中的许三观、许玉兰,甚至林芬芳等,不仅有名有姓,而且个个生动,其性格鲜明且随着故事的发展而有所发展,这些人物也不再只是某种欲望的代表,大有返回"典型人物"的趋势。

在余华以前的作品中,常常通过虚设的时间来取消"故事"的意义,无论是过去还是未来,几乎都是以"现在时"进行叙述,现实与梦幻之间找不到一条分界线,是诗意化地融合在一起的。"在余华的小说里,有大量的预述(flash-forward),但不是作为故事结局的预断,而是为了提醒重复之不可免,不是时间的前展后延,而是时间的无进展。《难逃劫数》中不断出现的

---

① 余华:《虚伪的作品》,《上海文论》1989 年第 5 期。

预述固然是说明'劫数'的不可免,更是在说明把一切事件吸纳入内的时间之暴政。"①而在《活着》等作品中,时间不仅是具体的,而且有着明确的发展着的社会事件做背景。

以前余华在小说中运用了许多诗化的语言,而在后来的作品中为了把故事讲明白,诗化的意味没有了,少了些文人气,而多了些民间文学的喜剧风格。

除此之外,余华小说仍然是余华小说,仍然有着先锋小说的某些基本特点。比如说,他以前的小说每一篇都像一个"寓言",而《活着》和《许三观卖血记》也都带有十分明显的寓言特征。再比如说,以前小说中的荒诞气息仍然存在,不同的仅仅是不再以梦境的形式,而是直接通过现实和历史来表现。又比如说,主宰着人物命运的那个神秘的超现实的力量,不仅仍然是余华小说的主题,而且在《活着》和《许三观卖血记》中更被一双看不见的手推到了极致。为此,有人甚至仍然把《活着》等作品看作先锋实验作品,而作家自己也坚持认为,他的那篇被先锋派看作重要创作理论的《虚伪的作品》对他后来的创作仍然有效。所以,可以这样说,余华小说的变化,只是表现形式有所不同,而表现内容在本质上仍然故我,关心的仍然是人的生命,仍然是人的存在的价值和意义。

第三节 先锋小说家的"胜利大逃亡"

余华的变化在当代中国的先锋小说中并不是一种个别现象,而是一种普遍的甚至可以说是必然的趋势。其中,既有先锋文学发展自身的规律,也有作家的个人原因。古人云"成也萧何,败也萧何",中国当代的先锋小说便是如此。它因马原的形式探索而异军突起,也因马原的"移情别恋"而显露出"崩溃"的征兆。我们知道,在马原之前,中国当代的现代主义文学已经蔚然成风。但是,王蒙等"重返文坛"的中年作家(主要是"右派"作家)由于只停留在"方法的借鉴"上,还保留着许多传统的文化因素,并非真正的现代主义,甚至被称为"伪现代派"。而在1980年代中期,与先锋小说几乎同时出现的以刘索拉、徐星为代表的"荒诞小说",虽然强调了从现代哲学意义上对人的存在的荒诞性进行探讨,也表现出西方现代派文学中常见

---

① 赵毅衡:《非语义化的凯旋——细读余华》,《当代作家评论》1991年第2期。

的孤独感、空虚感和失落感,在一定意义上改变了传统现实主义的思维方式和思想内核,但即使是与同时期出现的以宗璞、谌容为代表的"荒诞小说"相比,也由于这些体验还漂浮在生活的表层,缺乏真诚的力量,而被称为"观念上的现代主义"。1984年,马原发表《拉萨河的女神》后,又接连发表了《冈底斯的诱惑》《叠纸鹞的三种方法》《涂满古怪图案的墙壁》《拉萨生活的三种时间》《虚构》,以及《游神》《错误》《大元和他的寓言》等极具先锋性的作品,从而带动了一大批作家从小说观念到小说形式的全面试验。比如,在观念上消解了传统的功利主义文学观,文学不再是"载道"的工具,文学的意义只在于文本的生成过程和阅读过程;在形式上努力追求语言的游戏化、结构的迷宫化、叙述的感觉化等。在他们看来,形式就是内容,内容也是形式,小说所反映的"生活"只是作家的一种想象;他们甚至完全打破了小说原有的叙事规则,无限度地扩展了小说表现的自由度。因此,有人认为,先锋小说的出现,"改写了当代中国小说的一系列基本命题和小说本身的定义"①。还有人甚至早就断言,先锋小说的实验已经开始"脱离'五四'以来文学的整个传统,也开始脱离新时期文学的整个传统"②。但是,马原在1987年第5期《收获》杂志上发表了第一部长篇小说《上下都很平坦》后,却久不见新作问世。后来马原回忆说:"从1982年到1989年间,我在西藏形成了自己的生活节奏。在那种悠闲的节奏中,我找到了特别好的写作方式。创作上特顺。1989年调到沈阳,落差很大。内地加速度的生活节奏,带来了我心理上的失衡。"③他甚至还曾伤感地开出了自己退出文坛的"清单":"八九年。全年失业,在搬来搬去居无定所的生活中,为中央国家机关团委纪念五·四运动七十周年大型场地演出充任总撰稿,也算养家糊口的举措吧。九○年。重新就业。改编了一部舞台话剧剧本,七月份上演。连同搭台彩排共演四场。五万字小说。九一年。除了五万字小说,就想不起还做过什么了。九二年。先完成了改编自己小说为电视剧本,12集。之后为这部剧集拍电视搞服务赚钱集资。剧集暂时未拍。接下来拍《许多种声音——中国文学梦》,一举八个月未摸纸笔。至今。人很忙。忙不出什

---

① 陈晓明:《文化溃败时代的馈赠》,《艺术广角》1993年第3期。
② 张颐武:《"人"的危机》,《读书》1988年第12期。
③ 马原:《马原谈小说》,《大家》2001年第5期。

么名堂。写小说的热情淡下来。"①如果说，先锋小说的过早衰退是当代文学的一个损失，是马原和先锋小说难以言说的悲哀，那么，也可以说这正是人们在得到了现代传媒的种种好处后应该付出的代价。

当然，马原"淡出"后，先锋小说家们仍然还在坚持自己的探索。余华的创作出现了变化，但变化后的余华影响更大，成就更为突出，特别是《活着》和《许三观卖血记》等作品被翻译成英、法、德、意、西、日、韩等多种文字之后，获得了普遍好评。②而北村、吕新等当时在先锋小说作家群中并不十分突出的作家，仍然在坚守着先锋小说的阵地，以极大的热情继续着自己的实验和探索。北村于21世纪之初发表的《我的十种职业》③，仍然保持着先锋作品的姿态。这部作品中，先锋小说所特有的游戏态度就像一个幽灵，四处游荡，随处可见。作品所写的所谓"十种职业"，诸如"结婚""交谈"等，其实也就是一个人一生中的人生琐事，但在貌似平淡无奇的生活中，探讨的却是人的"本性"。而为了探讨人的本性，作家甚至不惜在平淡无奇中生硬地插入一些古怪的梦幻，让主人公在墓地里与罪犯的魂灵直接对话。作品中的主人公，既可以说是一个人，也可以说是十个人，因为除了他是从霍童这个小地方出来的以外，再也找不出别的证据证明他就是一个人。前一节刚刚讲了他在离婚后娶了一位盲女做妻子，后一节他却仍然是个单身汉，盲女妻子在他的生活中好像从来就没有出现过。当然，在先锋小说家看来，主

---

① 马原:《虚构·跋》,《虚构》,长江文艺出版社1993年版，第415页。
② 余华的《活着》荣获中国台湾地区《时报》"十本好书奖"、中国香港地区《博益》"十五本好书奖"、意大利"格林扎纳·卡佛文学奖"。韩国《东亚日报》(1997年7月3日)评价说:"这是非常生动的人生记录，不仅仅是中国人民的经验，也是我们活下去的自画像。"意大利《共和国报》(1997年7月21日)评价说:"这里讲述的是关于死亡的故事，而要我们学会的是如何去不死。"德国《柏林日报》(1998年1月31日)评价说:"这本书不仅写得十分成功和感人，而且是一部伟大的书。"对于《许三观卖血记》，比利时《展望报》(1997年12月10日)评价说:"显然，余华是唯一能够以他特殊时代的冷静笔法，来表达极度生存姿态的人道主义。"法国《新共和报》(1997年12月11日)评价说:"作者以其卓越博大的胸怀，以其简洁人道的笔触，讲述了这个生动感人的故事。"法国《目光》杂志(1998年2月)评价说:"在这里，我们读到了独一无二的、不可缺少的和卓越的想象力。"法国《两个世界》杂志(1998年5月)评价说:"余华以极大的温情描写了磨难中的人生，以激烈的形式表达了人在面对厄运时求生的欲望。"比利时《南方挑战》杂志(1998年5月)评价说:"这是一个寓言，是以地区性个人经验反映人类普遍生存意义的寓言。"见《活着》(南海出版公司1998年版)与《许三观卖血记》(南海出版公司1998年版)封面与封底。
③ 北村:《我的十种职业》,《花城》2001年第1期。

人公是一个人或者十个人并不重要,重要的只是人的本性。作品中的人物,不管是谁,无论是否有名有姓,都只是一个符号。但北村作品的语言风格却明显地趋于平易,即使是最有先锋特点的句式也能够让读者看明白:"这样爱上一件东西到底对不对?大抵是不对的。果然,不久就出事了。"而吕新则更为固执,即使是在众多先锋作家转向后发表的《米黄色的朱红》《瓦蓝》①等小说,仍然依稀可见昔日先锋小说的影子,同样晦涩难懂。更为重要的是,他们仍然始终不渝地捍卫着"先锋"的精神,有意识地保持着与大众的距离,宁愿不被理解也不肯媚俗,"读者如果嫌读小说麻烦,那就看电视好了,被主持人和导演愚弄上几个小时,对他们来说也许是一件更轻松更幸福的事情"②。也正是这个意义上我们说,先锋小说的变化是"胜利大逃亡",而不是"溃不成军"。

  对于先锋小说的变化,与我们在谈到余华的变化时的情况相一致,人们的反应并不一样。有人在暗自高兴:"正是由于'先锋小说'失去了现实发言的能力,曾经喧嚣一时的大规模的先锋浪潮在近几年已趋于平静。很多曾热衷于先锋实验的作家如今都已逐渐回归传统。虽然丧失了当初咄咄逼人的锋芒,但他们仍然保持着巨大的写作热情。只是这时他们已经深深认识到了没有自己文学根基的痛苦,他们沉重地感到了一种话语自我清理的必要。"③有人在独自发愁:"90年代文学面对的难题是在先锋派创造的形式主义经验基础上,如何与变动的现实生活找到准确的连拉方式。1990年代初期,先锋作家大都遁入历史而回避现实生活,这使他们实际上丧失了持续解决难题的能力。他们甚至无力对人们迫切需要了解的当代生活的复杂性、尖锐性和深刻性方面提供任何具有意义的想象。"④其实,暗自高兴者并不知道,先锋作家只有在成为先锋时才无时不感觉痛苦,当他们回归传统后,失去的只是锁链,得到的只有自由。而独自发愁者也不明白,在先锋作家眼里,历史和未来都是现实,他们对历史说话也就是在对现实发言。谁能说余华的《活着》和《许三观卖血记》只是遁入历史而不是直面现实?

---

① 吕新的《米黄色的朱红》和《瓦蓝》分别发表于《花城》2000年第1期和2001年第4期。
② 林舟:《"靠小说来呈现"——对吕新的书面访谈》,《花城》2001年第6期。
③ 徐志伟:《简论九十年代小说创作倾向》,《文学评论》2001年第5期。
④ 陈晓明:《关于九十年代先锋派变异的思考》,《文艺研究》2000年第6期。

当然，也有比较冷静客观的评价："80年代中国的先锋实验小说对当代中国小说艺术水平的提高起到了积极的作用。先锋小说实验的意义主要在形式方面，即叙述语言方面。正如前卫美术一样，他们拓展了小说形式的世界，丰富了小说艺术表现力，使小说叙事风格化、感觉化、话语化，消解了传统文体的整一性，开放本文，从叙述视角、叙述人、叙述诗化、叙述态度等多方面颠覆了传统小说叙事的单一性，独立了小说艺术形式。但也应看到，先锋小说的过份形式化和虚无主义给文学带来的负面影响，比如先锋小说将人的位置拆除或'物化'致使人性及其理想精神很快被消解，导致了90年代的人文精神危机；这个负面影响事实上对正处在建构人文精神和转型期的中国文化不利。……90年代先锋小说走向民族精神史，回归故事，从自恋情结走向社会民族历史，这无疑是成熟和进步的迹象。"①这也可以理解为先锋小说的"胜利大逃亡"。

我们说先锋小说的变化是"胜利大逃亡"，还有两层意思：一是说，旧的狭义的先锋小说虽然已经解体或终结，但新的广义的先锋小说又在崛起。比如，在90年代，以邱华栋、李洱、毕飞宇、朱文、韩东、东西、刁斗、何顿等为代表的"晚生代"中的许多人与先锋小说作家的年龄和写作时间大体上差不多，只是引起人们注意的时间较晚，虽然在创作的内容和方式上略有出入或更为激进，但在先锋精神上却是一致的。因此，先锋文学思潮的退潮，并不意味着先锋精神的泯灭。二是说，一些先锋作家即使是在离开先锋的阵营之后，也没有沉沦，而是仍然拥有着一般作家所欠缺的先锋精神。

事实上，1980年代崛起的这批先锋作家群体依然是21世纪最重要的文学力量之一，他们一方面凭借转型之后的创作呈现"后先锋时代"思想和审美的多元，另一方面也借助文学史叙事的"经典化"，不断在"70后""80后"等青年作家群体中召唤出新的先锋闯将。格非的"江南三部曲"、苏童的《黄雀记》在2015年同时荣获第九届茅盾文学奖，这是对先锋作家文学贡献的一次迟来的确认，虽然格非和苏童的两部作品更多地表现出一种复归传统的风神，但点缀其间的一些片段还是让读者看到了一抹先锋叙事的光泽。2012年，马原重返文坛，出版了《牛鬼蛇神》，致力于接续他80年代的创作，但毕竟时过境迁，其著名的"叙事圈套"有些不合时宜，2017年的

---

① 尹国均：《先锋实验——八九十年代的中国先锋文化》，第60—61页。

《黄棠一家》则更是回到现实主义的叙事中。余华在 2005、2006 年出版长篇小说《兄弟（上）》《兄弟（下）》，2013 年出版《第七天》，三部小说再一次回到余华谙熟的暴力叙事的老路上，但余华对于暴力的思考不再是存在意义上的，而是有着介入和批判现实的巨大针对性，呈现了他对当代经济生活和社会变迁的关注和反思。及物的暴力书写使余华找到了面对现实经验发声的方式，但也因此"越来越疏远精神的本质"，而后者恰恰是他在《虚伪的作品》中对"被日常生活围困的经验"不满的原因。2021 年，余华出版了他的第六个长篇《文城》，这是一部复归传统的小说，以传奇的笔触讲述了一个寻找和等待的故事，并将人情的善恶熔铸其间。小说依旧有余华迷恋的暴力，不过这一次，他对暴力的理解完全撤回到民间善恶的原初立场上，在世俗化上比《活着》等前作回撤得还要彻底。

与此同时，阿乙、李浩、弋舟、陈鹏、东君等一批优秀的年轻作家则接过余华等前辈的衣钵，继续着野心勃勃的先锋叙事的实践，他们是否也注定会重复余华的命运，还有待观察。对于这些后辈而言，先锋意味着什么呢？也许就像一位"70 后"小说家说的那样吧："哪怕它会完蛋。然而，对人来说，又有什么事物和判断不会是最终完蛋的呢？在一片没有任何障碍或失去目标的地平线上，先锋的身影不管怎么说，还是温暖和激励了我们的双眸，他们孤独行进的勇气和堂吉诃德式的周旋，为文学扯出了一面风一样的大纛。"①

思考题

1. 余华的创作大致经历了一个从先锋到世俗的发展变化过程，你认为这个变化应该是以《呼喊与细雨》还是《活着》为标志？余华本人对于这个变化的态度是非常明确的，你认为他是否已经对先锋小说产生了厌倦或失望？他的这种选择是主动的还是被动的？

2. 余华小说的"先锋性"有哪些表现？结合具体创作以及当时普遍的文学审美趋向加以说明。再思考一下，学完这一讲，自己对文学创作中的"先锋"现象有哪些新的理解？

3. 余华的创作变化是多方面的，能否结合他变化前后的两部作品（如

---

① 于晓威：《先锋小说完蛋的 11 个理由》，《文学自由谈》2007 年第 4 期。

《现实一种》和《活着》),就人物塑造、故事叙述等问题进行比较?应当既说明变化前后的区别,也找出变化前后的联系。

4. 余华与先锋小说的创作变化具有一定的必然性,在这个变化发生后,人们的态度并不一致,为什么会有人表示热烈欢迎,有人则表示遗憾?思考范围应比教材所讲的内容更广泛一些,可以补充新的材料。

第十九讲　莫言与当代小说的民间性

莫言2012年获得诺贝尔文学奖,让世界更关注中国文学,同时也提升了国人心目中当代文学的地位。莫言是富于想象力、很会讲故事,而又具有出色的创造精神的作家,他给当代文学带来很多新的质素。莫言的小说有很深的生活根基,他执着地描写中国北方农村底层,多部以"高密东北乡"为背景的小说自成一脉,构成了一个独立奇异的"文学世界"。莫言迷醉于那种生生不息缭绕在一代又一代普通子民生活中的民间文化,他对百年来民间文化的变异与坠落有锥心之痛,几乎本能地呈现了这种文化之痛楚。莫言所营造的神秘而狂乱的世界,以及汪洋恣肆的语言,形成了特异的文学风格。

关于莫言研究的较权威的资料,可以参考孔范今、施战军主编的《莫言研究资料》(山东文艺出版社2006年版),分为"生平与创作自述""研究资料"和"附录"三个模块。另外还有一些有分量的论文值得重视:温儒敏的《莫言历史叙事的"野史化"与"重口味"——兼说莫言获诺奖的七大原因》(《中国现代文学研究丛刊》2013年第4期),从题材、文化体察、想象力、地缘等方面对莫言获诺奖的原因进行了分析;陈思和的《在讲故事背后——莫言〈讲故事的人〉读解》(《学术月刊》2013年1期),通过对莫言在诺奖颁奖典礼上的演讲的读解,分析了莫言的人格、创作的理想倾向;吴义勤的《原罪与救赎——读莫言长篇小说〈蛙〉》(《南方文坛》2010年第3期),通过作品《蛙》的解读,揭示了莫言"对中国现代性命运的深切忧虑和反思"这一主题;孙郁的《莫言:一个时代的文学突围》(《当代作家评论》2013年第1期),从作品中原始的生命力、喧嚣的语言、色彩感和声音等角度论证了莫言的创新性;程光炜的《魔幻化、本土化与民间资源——莫言与文学批评》

(《当代作家评论》2006年第6期),从对本土资源和魔幻现实主义的双重借鉴,讨论莫言与文学批评的互动;朱德发的《"里比多"释放的悲歌和欢歌——细读莫言〈丰乳肥臀〉有所思》(《中国现代文学研究丛刊》2013年第4期),对《丰乳肥臀》中"最具有生命力"的情爱进行了分析;严家炎的《笔谈:现代文学学者眼中的莫言——从〈檀香刑〉看莫言小说的贡献》(《中国现代文学研究丛刊》2013年第4期),对《檀香刑》的情节、谋篇布局、人物性格及现实主义手法等方面进行了深入读解;李敬泽的《莫言与中国精神》(《小说评论》2003年第1期),从莫言与历史、时代之间的关系,探讨现代性视野下的莫言小说的中国精神;张柠的《文学与民间性——莫言小说里的中国经验》(《南方文坛》2001年第6期),通过对民间要素的发掘,阐释莫言小说中的独特经验性;陈晓明的《"在地性"与越界——莫言小说创作的特质和意义》(《当代作家评论》2013年第1期),提出了"在地性"作为莫言文学创作的特质,又以"越界性"概括莫言的世界观;张晓琴的《先锋的大梦——论莫言〈饺子歌〉》(《中国当代文学研究》2020年第3期),对莫言诗体小说新作《饺子歌》的先锋气质和荒诞笔法进行了深入解读;谢腾飞的《重返,亦或超越故乡——论莫言〈晚熟的人〉》(《中国当代文学研究》2021年第6期),对莫言获诺奖后最新创作的中短篇小说集《晚熟的人》进行了文本细读,对其故乡经验与叙事新变进行了有说服力的总结。

这一讲将重点评说莫言小说的民间性与狂欢化特征,这也是理解和欣赏莫言的主要切入点。

第一节 民间性与"狂欢化"

新时期中国文学中,对民间性和狂欢化的追求无疑是一条重要的思想、艺术线索,而莫言则是其中的代表性作家。莫言小说的艺术风格是狂欢化的,而思想内核则是真正的民间精神。

20世纪90年代初,陈思和在《民间的浮沉——从抗战到文革文学史的一个解释》(《上海文学》1994年第1期)中提出"民间文化形态"问题。此后,"民间性"和"民间文化形态"日渐成为中国现当代文学研究的热门话题。陈思和为"民间文化形态"下的定义是:第一,它在国家权力控制相对薄弱的领域产生,保存了相对自由活泼的形式,能够比较真实地表达出民间社会生活的面貌和下层人民的情绪世界;虽然在权力面前民间总是以弱势的形态出现,并且在一定限度内被迫接纳权力,并与之相互渗透,但它毕竟属于被统治阶级的"范畴",而且有着自己独立的历史和传统。第二,自由自在是它最基本的审美风格。民间的传统意味着人类原始的生命力紧紧拥抱生活本身的过程,由此迸发出对生活的爱和憎,对人生欲望的追求,这是任何道德说教都无法规范,任何政治条律都无法约束,甚至连文明、进步、美这样一些抽象概念也无法涵盖的自由自在。第三,它拥有民间宗教、哲学、文学艺术的传统背景,用政治术语说,民主性的精华和封建性的糟粕交杂在一起,构成了独特的藏污纳垢的形态。

与"民间性"概念密切相关的是俄国学者巴赫金的"狂欢化"理论。狂欢文学是古希腊时期即已出现的文学形式。它经历古罗马和中世纪的变迁,在拉伯雷、塞万提斯等人的作品里得到发展,最后被陀思妥耶夫斯基创造性地加以阐释与运用。关于文学"狂欢化",巴赫金指出:"狂欢节上形成了整整一套表示象征意义的具体感性形式的语言,从大型复杂的群众性戏剧到个别的狂欢节表演。这一语言分别地,可以说是分解地(任何语言都如此)表现了统一的(但复杂的)狂欢节世界观,这一世界观渗透了狂欢节的所有形式。这个语言无法充分地准确地译成文字的语言,更不用说译成抽象概念的语言。不过它可以在一定程度上转化为同它相近的(也具有具体感性的性质)艺术形象的语言,也就是说转为文学的语言。……这就是我们所谓的狂欢化。"①简而言之,巴赫金的文学狂欢化就是避雅求俗,为崇高降格,为低俗升格,使平民俗语、百姓口语、幽默讽刺甚至下流避讳之词皆可入文。在巴赫金看来,民间文化具有不可遮蔽的狂欢节文化色彩。民谣口耳相传的传播空间,可以说是一种类似狂欢节的广场空间,它的民间性质集中了一切非官方的东西,它属于民间老百姓自己的意识形态,"在充满官方秩序和官方意识形态的世界中仿佛享有'治外法权'的权力"②。由此,巴赫金为身处边缘的话语争得了存在的合理性。

巴赫金"狂欢"理论的前提是第一世界与第二世界的划分。第一世界

---

① 巴赫金:《陀思妥耶夫斯基诗学问题》,钱中文主编《巴赫金全集》第5卷,河北教育出版社2009年版,第158页。

② 巴赫金:《拉伯雷研究》,李兆林、夏忠宪等译,河北教育出版社1998年版,第174页。

又称官方世界,由官方(教会和封建国家)统治,是严肃和等级森严的秩序世界。第一世界中,统治阶级拥有无限的话语权力,而平民大众则处于被话语统治的地位,感受到的是来自官方的羁绊和重压。第二世界是与第一世界对峙的"狂欢节"时空。"狂欢节"期间(包括其他狂欢性质的节日),整个世界,无论广场、街道还是官方、教会,都呈现出狂欢状态。各种等级身份的人们,打破等级界限,不顾一切官方限制和宗教禁忌,化装游行,滑稽表演,吃喝玩乐,尽兴狂欢。正如巴赫金所言:"民间文化的第二种生活、第二个世界是作为对日常生活,即非狂欢节生活的戏仿,是作为'颠倒的世界'而建立的。"[①]更确切地说,第二世界是平民大众的世界。这个世界里,平民大众的情绪、意志是主导的情绪、意志,没有贵族、官僚、教士,有的只是一律平等的平民大众,素日高高在上的官方角色,如面具一般成为人们戏弄的对象。平民大众只有在狂欢节日创造出来的第二世界中,才真正地成为自我世界的主人。这与莫言在《欢乐》的结尾处点明的写作理想——"梦幻与现实、科学与童话、上帝与魔鬼、爱情与卖淫、高贵与卑贱、美女与大便、过去与现在、金奖牌与避孕套……互相掺和、紧密团结、环环相连,构成一个完整的世界"——无疑是暗合的。

　　狂欢的意义在民间性之中。狂欢具有挑战性和摧毁性力量,而它蕴含的民间真理也是自由的、愉悦的、坦率的和清新的。狂欢化感受的核心,是死亡与新生的精神,是摧毁一切与更新一切的精神:"狂"是狂欢的本质核心,就是"无所畏惧",而"欢"的意义也在于消解严肃性(包括恐惧)。小说狂欢化的意义,正是对官方话语秩序的戏仿性的解构,对民间文化的热烈赞美与弘扬。

第二节　莫言小说的民间性

　　莫言迄今为止的小说创作为我们创造了一个焕发着蓬勃生命力并蕴藏着深厚韵致的民间世界。这个世界富有鲜活的生命力,并具有现代意义。他最擅长以民间的身份描写以"高密东北乡"命名的中国北方农村的生存状况和生命状态。这是一种苦难丛生的生存状态,又是一种充满顽强和野

[①] 巴赫金:《拉伯雷研究》,李兆林、夏忠宪等译,第13页。

性生命力的生存状态。即使后来他参军并生活在大都市之中,"高密东北乡"依然是他倾心建造的"文学共和国",他仍然热衷于以其民间化的话语方式,表达对发生于民间大地的乡民和乡事的感受、体验和思考。可以说,民间文化形态是莫言创作的生命之源,也是莫言小说的生命力之源,对原始生命强力以及自由自在的野性生命的礼赞成为其小说最为鲜明的特征。

出身于农民的莫言,是在民间乡土文化的浸淫下成长起来的,他的潜意识中活跃着无数的民间"故事",这是那些出生成长于城市,以俯视姿态关注农村、民间文化的作家所无法企及的。农村生活经历以及民间文化的滋养培养了他与众不同的想象力,民间社会生活的面貌以及下层人民的情绪在他的小说世界中生机勃勃。《红高粱家族》中所赞颂的英勇的先辈们,不是正统文明观念认定的"历史主体",而是一群杀人越货、精忠报国、敢爱敢恨、无所顾忌的充满原始生命强力的野蛮人群,他们是文学史上的边缘与"另类",却是民间社会的主体,他们的一切构成了民间丰满、独立的历史和传统。《丰乳肥臀》则通过民间社会中一个家庭的传奇历史,反映出近百年中国历史的风云变幻和人性的残酷。

新世纪以来,莫言的《檀香刑》《生死疲劳》等一系列长篇小说更是在形式和精神上向民间回归,呈现出别样的光彩。《檀香刑》是莫言"有意识的大踏步撤退"[①]结晶出来的一部杰作。莫言的小说中一直有"从民间戏曲学来的东西","尤其在《檀香刑》这部小说里这种民间戏曲的影响更加深重"。[②] 小说自始至终贯穿着悲怆凄厉的猫腔小调。这种流传在山东高密一带的地方小戏,作为民间话语的一种形式,恰恰为莫言式的历史书写提供了一个绝好的载体。猫腔那高亢、凄厉、愤怒、绝望的声调,撕心裂肺,荡气回肠,仿佛一把锋利无比的利刃穿透了历史的百年时光,直抵现代人心灵最深处。那个在山东高密抗击德国人失败后被处死的孙丙的故事,也因猫腔这种特殊的叙述语言而有了起承转合、抑扬顿挫的节奏。小说大量融入了猫腔戏《檀香刑》的戏文和韵文,极富戏剧化效果。小说的叙述腔调很大程度上又可理解为猫腔猫调的群猫嗥叫。赵甲狂言化用猫腔《檀香刑·走马

---

① 莫言:《檀香刑·后记》,《檀香刑》,作家出版社2001年版,第518页。
② 莫言、石一龙:《故乡·梦幻·传说·现实——著名作家莫言访谈录》,莫言《小说的气味》,春风文艺出版社2003年版,第172页。

调》,小甲傻话、放歌化用猫腔中的娃娃调,眉娘诉说是长调,赵甲道白是道白与鬼调,钱丁恨声是醉调,知县绝唱是雅调。不同的猫腔猫调好似词牌和曲牌,规约着人物身份、叙述内容、感情表达方式,由此形成了小说的音乐美。这是深得民间说唱艺术神髓的小说。莫言早期小说《民间音乐》曾受到孙犁的赞赏,其长篇小说《天堂蒜薹之歌》也是用说书艺人瞎子张的唱词串联篇章,但莫言对于猫腔的借鉴并不止于小说艺术形式层面上的吸纳,更重要的是他在小说中对猫腔这一地方小戏所深蕴的民间精神的承续和发扬,以及对于真正的民间写作立场的认同和皈依。正如有的评论家指出的:"在《檀香刑》中,莫言自始至终都非常自觉地恪守着民间的文化立场,保持着平民化的叙事格调。他不仅十分诚实地将'凤头、猪肚、豹尾'这一经典的传统叙事理论作为整个故事的框架结构,而且还将来自山东高密的猫腔、富有音律感的自我倾诉以及大量的俗语、俚语、民谣、谚语作为叙事的话语基调,使得全篇小说仿佛是一部民间艺人的唱词或者乡间流传的话本,质朴、率真、神秘、悲情,有着浓郁的戏剧意味,保持着民间叙事的一些重要特点,如自娱化,民谣化,传奇化等。作者力图以理性手段将文本控制在口语式的诉说和复述式的演义状态中,展示自己心目中所感受到的那种民间文化的鲜活特质。在具体的叙事过程中,莫言又通过孙丙、眉娘、小甲等重要人物以彻底的民间立场不断地进行自我叙述,借助他们的文化视角、社会身份和伦理背景,还原传统意义上乡村社会的生存场景,以便在话语内部也同样建立起某种原汁原味的'传统叙事风格'。"[①]可以说,莫言在《檀香刑》中的艺术实践接续了中国民间俗艺中最本真的叙事精神和以"俗"为美的民间美学理想,以"土腔土调"有力地抵抗了文学上的"中产情调",将一出土得掉渣的猫腔大戏唱得铿锵有力、九曲回肠、荡人魂魄。

"民间写作"的立场,在《生死疲劳》中亦表现得十分突出。真正的民间写作,就是莫言所提出的"作为老百姓的写作",也就是用老百姓的视角、语言乃至思维方式去掂量历史,去汲取民族文化、民间精神资源,去恢复历史的真实、还原具体的生存场景和民间社会的本来面目,去表现鲜活的民间生活史和生命史。《生死疲劳》中的"六道轮回"可以说是莫言的一个伟大的

[①] 洪治纲:《守望先锋——兼论中国当代先锋文学的发展》,广西师范大学出版社2005年版,第282页。

艺术发现,是莫言的生命体验、艺术灵感与中国民间一种根深蒂固的生活态度的奇妙遇合。对莫言来说,生活的边界相对于他自由奔放的想象力而言本来就是虚幻的存在,而"六道轮回"更是赋予了莫言自由突破生活边界的巨大现实性与可能性。在《生死疲劳》中,莫言以"动物的视角"来叙述土地和农民,叙述两个家族、几代人、一个小镇成为中国农村1950—2000年间风云历史"标本"的毛茸茸的过程,中国农民大爱大恨、大喜大悲的生命体验由此得到了极致化的表现。小说的书名来自佛教偈语即小说扉页中的"生死疲劳由贪欲起,少欲无为,身心自在"。莫言借助"六道轮回"的思想,让主人公在循环的生命中一世为驴、一世为牛、一世为猪、一世为狗、一世为猴、一世为人,人畜无界,彼此呼应,既是对世界的奇观化,又使小说有了统一的视角和统一的情怀,而超越生死的道德力量也是莫言的特殊追求。《生死疲劳》所体现出的那种完全没有任何束缚、随心所欲的自由境界,是一种能让作家的想象力和创造力发挥到极致的境界。莫言敢于不要"思想",敢于反对"高雅",敢于宣称"作为老百姓的写作",敢于不要规范、不讲语法。在他这里,新与旧、雅与俗、美与丑、实与虚、形而上与形而下的区分已经没有了意义。他真正做到了"无执",一切只是因为需要而进入他的小说,并成为小说必不可少的部分。这就是"自由",既在不断地超越和打破规范,又在不断地创造新的可能与规范。

第三节 莫言小说叙事的狂欢化

一 故事与人物的传奇性

莫言的创作,始终流贯着民间传奇的独特韵味。莫言从不掩饰源自故乡的民间文化对他的深远影响。莫言的故乡高密,古称夷维,地处齐文化腹地。齐文化盛行"怪力乱神",任由"异端邪说"泛滥的传统文化基因自小就植于莫言的身心血肉中。在他周围,有会讲"神秘恐怖,但十分迷人"[①]的故事的老祖母、爷爷、奶奶、大爷爷和其他长辈。识字之前,莫言就惊惧并沉醉

---

① 莫言:《用耳朵阅读——2001年5月在悉尼大学的讲演》,《莫言讲演新篇》,文化艺术出版社2010年版,第315页。

于妖精鬼怪的民间传奇之中。及至就学,他又陆续读了《封神演义》《三国演义》《水浒传》《西游记》等历史演义、神魔小说以及《吕梁英雄传》《林海雪原》《烈火金刚》《红旗谱》等革命历史小说,它们实质上都是或古或今的"英雄传奇"。而对莫言影响最大的莫过于《聊斋志异》,"它培养了我对大自然的敬畏,它影响了我感受世界的方式"①。莫言为此还专门写过短篇小说《学习蒲松龄》,以表达一位后学对这位几百年前的老乡兼前辈"心向往之"的感激之情和仰慕之意。

对小说家莫言来说,"传奇"既是小说文体,又是艺术表现手法,还是一种创作型模。在不同层面上,"传奇"的所指尽管有所差异,却始终有一"奇"字贯通,且所指各层面纵横交织、容涵相接。莫言的小说几乎都在故事的取材立意和情节设计上体现出较明显的以"奇异"为标榜的民间传奇的流风余韵,在《奇死》《蝗虫奇谈》《奇遇》等小说篇目中作者甚至在题目上直接标以"奇"字。莫言认为:"小说最重要的,我想实际上有两点:一个就是要有好的语言,然后还要有好的故事。"他进而指出:"一个好的作家,他肯定有好的语言,他有一种强烈的、非常自觉的文体意识","文体语言非常重要。当然,故事也很重要,如果没有一个好故事,语言也无处附丽"。②故事的传奇性和文体语言中渗透出的强烈的传奇色彩,成为持续于莫言小说中的一个显著的美学特征。

例如,《奇遇》写"我"回故乡探亲在黎明时分临近村头时与已成鬼魂的邻居赵三大爷相遇、谈话并交接烟袋嘴的故事。小说前半部行文恬淡自然,最后却笔锋陡转,借"母亲"的话点明邻居已死的事实,让人对日常生活背后的神秘与不可知顿觉悚然。《战友重逢》写"我"在返乡过桥时突遇大水,踌躇间忽闻昔日战友的呼唤并攀援上树,与之并坐交谈,忆及往事竟恍如隔世,不胜唏嘘。此后其他少年伙伴、昔日战友陆续加入谈话。"我"不胜讶惧之余,方才领悟自己所见到的水中沉浮的上校尸体正是死去的自己。小说糅杂了儿时生活、军营生活、阴间生活,借鬼魂之口以忆旧的方式说出,使既往与现实、阳世与阴间交互映现,鬼魂所言皆为前尘往事,前世情感介入

---

① 莫言:《超越故乡》,《我的高密》,中国青年出版社2011年版,第271页。
② 莫言、石一龙:《故乡·梦幻·传说·现实——著名作家莫言访谈录》,莫言《小说的气味》,第168—169页。

现世生活;鬼魂自由出入于阴阳两世,生活的确定性变得恍惚迷离。这种"奇异"的美学效果,首先得之于作家对小说结构戏剧性的追求。作家在讲故事时注重对起穿插联络作用的戏剧性情节、场面或事件的设计、处理,并让其在叙述中切实起到"系扣"和"解扣"的作用。《夜渔》《草鞋窨子》等说鬼之作,《地震》《天才》《神嫖》《红耳朵》等志人传奇,都以日常生活化叙事作为铺垫,在情节的渐次行进中设置一个关节点,并将之作为整个故事骨架和情节脉络的转折("系扣"),随着情节有条不紊地渐次展开,奇峰突起,出人意料的戏剧性结果陡然现身("解扣"),给人意味无穷之感。

对莫言来说,对传奇的偏好已突破了小说文体和艺术表现手法的限定。传奇之于莫言的小说创作更是一种基本运思路径和重要创作型模,它体现出作家独特的文化心理和价值基点。这在其长篇小说中尤为明显。凭借长篇小说独有的巨大的思想涵盖力和超常的艺术包容性,莫言将极具实验性的现代小说结构与富古典韵味的传奇创作型模、传奇手法相糅合,从历史的现在进行时中,从蕴藏于自身的经验中,提炼出属于自己的"思想意识""主题骨架"和生活的可能的形象,展示出更复杂多元、更深隐混沌也更醇厚形上的"现实"。

莫言曾说:"在我的心中,没有什么历史,只有传奇。"①《红高粱家族》作为莫言首部长篇,被作者称为"民间传奇""用最旧的方式讲述的故事",糅合了历史传奇、英雄传奇和爱情传奇三种传奇创作型模并独出机杼,一出世就奠定了他此后长篇小说创作的传奇基调。作为长篇小说,《红高粱家族》尽管结构不够完善,情节略显粗芜,但它对残忍而浪漫的土匪生活的描写,对坚贞而放荡、花容月貌又心计百出的"我奶奶"的刻画,对黑狗、绿狗、红狗疯狂吞食人尸,人与狗斗智斗勇互相杀戮的叙述,以及对华贵隆重的高粱殡、离奇的死亡、淳朴浓郁的加尿高粱酒、玲珑剔透的剪纸艺术、匪夷所思的县长轶闻、一枕黄粱的铁板王国、九死一生的越狱经历等的罗列杂陈,不思自至,怪怪奇奇,莫可名状,神思飞动而形象宛然。莫言的特殊之处在于,他将历史、宗教、英雄及爱情诸种型模熔铸为一体,通过创造性重组,突破旧有知觉范式的束缚,点铁成金。在历史传奇中,作家凭虚化、改造历史,使其成为民间传奇。"历史"在这里成了"借他人之酒杯,浇自己之块垒"的媒

---

① 莫言:《我在美国出版的三本书》,《我的高密》,第194页。

介。历史传奇就是作家的心灵史,是作家情思的淹漫之地。《红高粱家族》卷首的题辞,连同小说的全体,都表明这是一部为自己也是为先人招魂之作。但作者又超越个体情感而联系于万世苍生的喜怒忧愤,负载着更为广博的人类情怀和更为深刻的历史蕴涵。这种历史传奇的自我抒解,使其文本在写人状物上流淌着浓郁的抒情精神,并注意在人物设置上的角色定位原则(主角与配角、个体与群体等),整体结构采取"远望之而取势"的观照方法,以宾衬主,虚实相间,百年家族史皆从后辈眼中以衬托之笔出之。

传奇在人物塑造上一般不注重性格本身的多层性、多面性,不着意揭示人物心理、性格的成长和演变,对于环境之于人物的塑形功能也不给予特别观照。传奇式写作倾向于表现定型化的性格对环境的影响,由性格冲突导引出情节转折。莫言的小说人物(如"我爷爷""我奶奶")心理单纯而又复杂,但它们只是在叙述中得以展现,并非在环境作用下逐步形成,也即本身并没有呈现出深刻的发展轨迹,其复杂性只是叙述行为的动力和后果,而且由于构成复杂性的内部诸元素之间存在沟通,甚至是同一性关系,所以它们又是单纯的。外部环境(如"红高粱""杂种高粱""高粱地"等)不直接赋予人物以心理、性格的影响,作为审美意象,它们寄寓着作者的幽怀隐思;作为现实存在,它们是人物天马行空、驰骋搏杀的活动舞台。由于作家在安排情节、设计结构、运用艺术手法时,始终真诚于自己的"思想意识主题"(阿·莫拉维亚语),这造成了人物某一方面性格的凸显和稳定,具有鲜明的质感。

《檀香刑》则以民间传说和戏曲为叙述动力和艺术构架,同样集历史传奇、英雄传奇、爱情传奇于一体。《檀香刑》在历史风云激荡、矛盾丛生的背景下精心构制了四幕历史传奇剧:(1)《屈原》《高渐离》式的历史壮剧。东方/西方、德国/中国、侵略/反侵略,是这部进行民族生存思考、传达民族情感的戏剧的主角,展现出一个古老民族在遭受西方现代文明蛮横入侵时蒙昧中的坚忍、屈辱中的抗争及死亡中的蜕变。(2)《铡美案》《风波亭》式的公开处决"罪人"的行刑大戏。异族侵略者,国家权力及其代表者、执行者,刑罚对象,恐怖场面的目击者是这部"规训与惩罚"大戏的主角。(3)《西厢记》《牡丹亭》式由情率性、冲决礼俗罗网的爱情传奇。主角是美貌泼辣、柔情似水的民间女子与潇洒倜傥、仁爱博学的才士文人。配角有女子的亲爹、公爹、丈夫,才士文人的原配夫人等。(4)作家莫言对奇事奇人奇情奇观的传奇式叙述。很大程度上,叙述方式、艺术表现手法尤其是传奇创作型模成为这出虚拟大戏的主角。大致说来,前三部戏分别属于历史传奇、英雄传奇、爱情传奇,这并不新鲜,从唐传奇以来已形成一定的创作型模。奇特之处在于,莫言从"作为老百姓的写作"的立场,以民间的视点和思维方式创造性地融三类传奇于一体,形成了自己的传奇式叙述。"凤头""猪肚""豹尾"的结构安排,"凤头""豹尾"部的"浪语""狂言""傻话""恨声""道白""放歌"等章节名目以及戏曲说唱与叙事的水乳交融,"猪肚"部中农民借《说岳全传》《西游记》《封神演义》等传奇的魔力抵抗侵略,"杰作""践约""金枪"以及"赵甲狂言""孙丙说戏"等相关叙述中也有浓烈的民间传奇色彩。中国传统戏曲讲究演员的专门分工,根据剧中人物不同的性别、年龄、身份、性格等因素划分人物类型,称为"行当"。所谓"人生如戏,戏如人生","天地间一大场戏,丑净毕集于此",国人日常生活与艺术欣赏中往往贯穿着角色定位原则,甚或自觉不自觉地出入于艺术与生活之间:孙丙借传奇造反可谓"艺术的生活",赵甲以杀人自赏可谓"生活的艺术"。《檀香刑》在人物设置上也循此原则,戏中有白脸(赵甲、袁世凯)、花脸(孙丙)、老生(钱丁)、花旦(媚娘)、青衣(知县夫人)、小丑(小甲),人物各具能显示其身份、性格的定性特征。同时,为防止过分脸谱化,作家又有意打破这一僵硬的定性定位,通过系统间(个体与他人、社会、自然)的信息流通和互动,以求人物纵横的发展变化。《檀香刑》或揭示人物性格的复杂组合形态,或展现人物心灵深处的矛盾冲突,形成立体复合的形象型模。

莫言的传奇化小说表现了一个持久隐藏于人们内心深处的想象和理想的世界,它以自己的逻辑方式折射并质疑它所源自的实存世界。这个世界充满苦难、饥饿、无处不在的暴力、生活的苍白与困窘、命运的无常与捉弄、人性的堕落与腐败等。传奇进入莫言小说的形式不一而足,尽管并不都成功、完满,但莫言以传奇这种传统艺术形式作为其创作的源泉,创造出一种与发展中的现实直接关联的传奇性小说。小说总是被历史照亮,又必将照亮历史。它永远是过去和未来之间的进行时,它在对世界的敞开中敞开自我。

二 叙事的感觉狂欢

莫言的小说充溢着浓烈奔放的狂欢化色彩,他以奇诡的想象、恣肆的文笔和狂欢的方式模拟了现代社会现象,在狂欢性原则下建立起虚构的话语世界,并与制度化世界形成鲜明对照。莫言的小说自始至终都笼罩着狂欢氛围,甚至有研究者认为"莫言小说的狂欢化倾向并不仅仅是一个主题学上的问题,而同时,甚至更重要的,还是一个风格学(或文体学)上的问题。狂欢化的文体才真正是莫言的小说艺术上最突出的贡献"①。莫言小说狂欢氛围和狂欢色彩的营造,既体现在狂欢节式的场景描写中,也体现在狂欢化的情节构造和语言铺排中。

首先是场景描写的狂欢化。在《檀香刑》中,有令人触目惊心、心醉神迷的刑场狂欢。这一声势浩大的刑场狂欢以乞丐们过"叫花子节"援救孙眉娘为序幕,他们穿着五颜六色的服装,涂脂抹粉,穿上龙袍扮成皇帝模样,潇洒快活地坐上大轿,唱着猫腔在县衙前游行:"头穿靴子脚戴帽,儿娶媳妇娘穿孝,县太爷走路咱坐轿,老鼠追猫满街跑。"其颠倒调蕴含了狂欢节的精神特征。在这一天,他们盆满钵满、畅意狂欢,尤其重要的是他们获得了一种狂欢精神上的凯旋。惬意、自由、快乐的气氛,缭绕在每一个狂欢者的周围。《檀香刑》中声势浩大的猫腔戏出演,是中国民间底层社会狂欢精神的最大程度的凸显,一种大众化的、颠覆性的、破除一切现行等级和秩序的、狂欢式的世界感受的宣泄。莫言的叙述就是在这样的语境中涂抹上了狂欢情绪的浓墨重彩。小说中汪洋恣肆、一泻千里的文字铺排和大量戏剧化叙述手段的运用,渲染出夸张、华丽、壮观甚至妖娆的叙事效果。甚至行刑的惨烈场景也被莫言写得夸饰铺张、血肉纷飞、血雾弥漫,是小说走向狂欢叙述的最后铺垫。而贯穿始终的猫腔恰好成为酷烈刑罚的仪式化伴奏,酣畅淋漓地演绎出来自民间慷慨悲歌的悲怆意味。猫腔的悲壮凄切,将莫言的这套"活儿"衬托得怪异奇诡、惊心动魄,从视觉刺激和听觉刺激两个方面促成了看客们的集体狂欢。刑场上群猫嗥叫、百兽率舞,看客们沉浸在癫狂、狂欢的天堂中。人生就是狂欢,就是一个偌大的戏台,戏班班主孙丙兴办义和拳筑神坛抗德,身穿岳飞岳元帅服饰率领乌合之众打德国鬼子,一直处在演戏狂欢之中。他被押在囚车里赴刑场的游行,则是他最辉煌的演出,刑场成了死亡与新生、摧毁与重建的分界线。在小说结尾,他死前说的最后一句话是:"戏……演完了。"狂欢节使孙丙成了当之无愧的伟大的表演艺术家,刑场上的狂欢使孙丙流芳百世。

---

① 张闳:《感官的王国——莫言笔下的经验形态及功能》,《当代作家评论》2000年第5期。

在对清明节荡秋千的描写中，莫言让民间所蕴藏的激情和欢乐通过眉娘的精彩表演进行了肆意的宣泄。民间那种自发自由的、不可遏抑的生命激情以狂欢的形式传达得酣畅淋漓，一个民族被压抑已久的生命力尽情地绽放在想象性的文化和审美空间中。民间仿佛摆脱了占统治地位的制度和真理，暂时取消了一切等级、特权、规范和禁令，发出了自己的声音。正是从这个意义上讲，狂欢的精神是快乐的精神、自由的精神，狂欢式的世界感受张扬的是快乐的哲学。这无形中颠覆了正统观念，还了民间一个率真自然、笑闹随意的真相。

狂欢节式的场景描写不仅表现为具体节庆场景的"展示"，也表现在类似狂欢节的筵席形象上。狂欢节总与狂食暴饮紧密相联，狂欢化文学总与筵席形象不可分割，盛宴是生命战胜死亡的欢庆。最具代表性的例子当属《酒国》中的宴会描写。而《红高粱》里精彩的"高粱酒宴"的描绘，也是一幅狂欢式场景，洋溢出"大碗喝酒，大块吃肉"式的狂欢激情。

《生死疲劳》同样充满了莫言一贯的"狂欢"气质。众声喧哗的"复调"叙述中，狂欢节式的广场化图景在小说展示的每一个轮回场景之中都能看到。西门驴肉搏两野狼、大闹队部，带给我们的是兴奋与解气。西门牛在集市上披着红旗猛撞乱踹，更从反面描绘出"文革"时的疯狂与荒唐。猪十六则在一个月夜的河流中上演了小说中最壮丽、最美好的狂欢图景。"我驮着小花顺流东下，体验着唐诗的博大意境泛波中流……我就是生命力，是热情，是自由，是爱，是地球上最美的生命奇观。"在猪十六的记忆中，大河之上月光如雪，无数水族追随着顺河而下的它，去追逐永远的月亮。狗小四的广场聚会则使我们看到物欲横流的商业文化对于动物和人的异化。及至最终庞凤凰在广场上的耍猴表演，让我们看到了一个众神狂欢、没有终极价值追求的后现代社会图像。某种意义上，小说后半部让主人公"加速度"死去的"疯狂的杀人表演"，其实又何尝不是莫言对后现代社会的狂欢化想象。莫言通过一幕幕狂欢化图景，力图在小说中建构一种原始语境，从而使人（生物）的本能得以释放。在这里，民间、土地的永恒价值代替了一切虚伪的东西，政治性活动被推到反讽的层面之上，小说呈现给我们的恰是历史的丰富性和毛茸茸的现场感。

在长篇小说《蛙》中，莫言创造的"互文对话性文本"也是他在狂欢化叙事方面做出的新探索。小说以解放初期、"文革"、改革开放、新世纪这四个不同的历史空间作为小说展开的背景,围绕"计划生育"进行不同叙事,努力使这四个时空的"计划生育故事"形成互文参照性,从而达到历史反思和人性反思的高度统一。同时,小说中也镶嵌了不同文体,例如,每个章节都以主人公蝌蚪(万小跑)和日本友人杉谷义人的通信形成对下面故事情节的某种"预叙",又能从比较超然的现在进行时角度对历史发生的故事进行审视。这种以书信体和小说形成互文的方式,在莫言的短篇小说《月光斩》中也有类似尝试。而在小说结尾,莫言则用戏剧形式,对整部小说的某些故事(如陈眉代孕的悲惨经历)构成某种程度的"补叙"。可以说,不同历史场景、不同文体之间的互文性冲突、镶嵌、改写和融合,使得文体狂欢转化成更强烈的批判焦虑,强化了潜在的叙述主体的现实批判力量。特别是小说结尾出现的九幕剧《蛙》更是非常出彩,它不但再现了小说中陈眉和陈鼻的悲惨遭遇,且让陈眉打破时空限制,打破舞台限制,以古人的口吻出现在现代派出所,以现代人身份出现在电视剧中的民国大堂,在历史痕迹的缠绕中,以朴素的民间道德姿态,控诉了袁腮之流不择手段的当代物质崇拜,也反思了中华民族为繁荣富强付出的巨大人性牺牲,批判了中国充满悖论的现代化进程中的国民性痼疾。

三 语言的狂欢

谈到《生死疲劳》时,莫言自述:"我的小说语言应该是从《红高粱》开始就带有一种狂欢的性质,对传统的书面语言也有所冒犯,是非常不规范的、具有冲击力的。这部小说依然保持了我的语言的张力和热情,同时也出现一些变化,比如写到猪的时候,充满了狂欢的语言风格;当'莫言'直接跳出来说话的时候,又变得非常的书面化,很多的书面语。"[①]这与巴赫金的"狂欢化"理念是相符合的。莫言曾指出,《檀香刑》里面的大段内心独白和时空颠倒在中国古典小说中是没有的[②],是师承西方的。莫言所谓的"内心独白",指的是《檀香刑》中的"凤头""豹尾"部分。这些部分用第一人称有限视角叙述,以主人公各自的声音(即内心独白)构成叙述主体,眉娘浪语、

[①] 彭诚、刘勇、孟澍菲:《向古典和传统的农民致敬——著名作家莫言畅谈新作〈生死疲劳〉》,《检察日报》2006年1月27日。
[②] 莫言、王尧:《从〈红高粱〉到〈檀香刑〉》,《当代作家评论》2002年第1期。

赵甲狂言、小甲傻话、钱丁恨声等形成巴赫金所言的众声喧哗、多音齐鸣的效果,将不同的情感空间并置、拼贴在一起。狗肉西施眉娘的叙述中夹杂着谚语、俗语、俚语、歇后语、顺口溜、戏文、粗话,显示出一个泼辣、大胆、放浪、热情、爽快的底层民女形象。小甲尽管是个身强力壮的屠夫、成年人,却愚钝不化、神智未开而又具有超常感知。在他眼里,世界是变形的、怪诞的、不可理喻的。他的"傻话"是一个不谙世事、傻里傻气的孩童的叙述。钱丁恨声,是钱丁对夫人说的一番肺腑之言,他用文绉绉的官话雅言诉说着自己遭受的深重侮辱和内心的愤懑、怨气、委屈。《檀香刑》"猪肚"部分运用了全知全能叙述,叙述者时而语意绵绵柔肠寸断地描绘爱情的魔力,时而语带诙谐地表现民间的风情,时而绘声绘色纤毫毕现地渲染惨烈的行刑过程,时而纵横捭阖地展现壮观的场面,时空纵横交错,全方位地展示了檀香刑前各式人等的方方面面。从叙事学的意义上来看,主人公们各自的声音叙述故事的来龙去脉,也就是从不同的叙事视角交代同一件事情,多个人物的同时言说呈现了故事本身的复杂性与多义性,并衍生出解读的不确定性。另一方面,这种以多个主人公为主体的限制性叙事视角糅合了众多人的声音,其中人物角色的适时变换、语音语调的即时调整,形成了巴赫金所谓众生狂欢式的"复调"的叙事效果。

莫言娴熟地运用口语化的民间语言,平实生动、简短明快而又富于极强冲击力,无论是叙述语言还是人物对话,完全是原生态的民间风味,成熟老到,嬉笑怒骂皆成文章。《酒国》的语言酣畅淋漓,显示出强烈的狂欢节奏。例如这段描写:

> 从电光照亮烈士墓碑那一刻,一股巨大的勇气突然灌注进他的身体,像病酒一样的嫉妒,像寡妇酒一样的邪恶软弱,像爱情酒一样的辗转反侧、牵肠挂肚,通通排出体外,变成酸臭的汗,腥腻的尿……他吃一口红辣椒,咬一口青葱,啃一口紫皮蒜,嚼一块老干姜,吞一瓶胡椒粉,犹如烈火烹油、鲜花簇锦,昂扬着精神,如一撮插在鸡尾酒中的公鸡毛,提着如同全兴大曲一样造型优美的"六九"式公安手枪,用葛拉帕渣(Grappa)那样的粗劣凶险的步态向前狂奔……这一系列动作像世界闻名的刀酒一样,酒体强劲有力,甘甜与酸爽共寓一味,落喉顺畅利落,宛若快刀斩乱麻。

语流的跌宕、语速的峻急,形成大开大阖、幽默斑斓的语言效果。与此相对照的是李一斗写给莫言的信中冗赘芜漫、言过其实的陈腔滥调,里面全是语调高昂、情感泛滥、充满"革命的激情"但却华而不实的叙述:"长江后浪推前浪,流水前波让后波,芳林新叶催陈叶,青年终究胜老年"是纯粹的语言复制;形容激动心情的"十个指尖都哆嗦;周身热血沸腾,双耳红成牡丹花瓣",表达赞美之意的"一声嘹亮的号角、庄严的呼啸,唤起了我的蓬勃斗志。我要像当年的您一样卧薪吃苦胆,双眼冒金星,拿起笔,当刀枪,宁可死,不退却"都是激越夸张却空洞无物的言辞。至于李一斗在《酒精》中对童年金刚钻的描写,已成为意义消耗净尽的语言垃圾。

《四十一炮》更是一篇以"诉说"为主体的小说,是一场不折不扣的语言盛宴。缤纷多彩的语言,既赋予小说复杂的意味,又使语言本身获得了再生。在小说里,莫言的语言汁液横流,细节饱满生动,语言赋予其小说以奇异的激情和想象力,使他笔下的一切都具有了生命和性格,奇思妙想接踵而至,一草一木甚至一块肉都会跳舞。小说通篇以罗小通的"准儿童"视角叙述而成,记忆与想象、现实与虚构、真实与荒诞、现在与过去相交织,童性的感觉、成人的狡猾、自恋自怜的语调与夸夸其谈的炫耀熔于一炉,从而营构出一种亦真亦幻、亦实亦虚的"复调式"的艺术氛围。主人公罗小通无疑是一个语言天才,是一个"炮孩子",用莫言的话说:"罗小通在讲述自己的故事时,从年龄上看已经不是孩子,但实际上他还是一个孩子。他是我的诸多'儿童视角'小说中的儿童的一个首领,他用语言的浊流冲决了儿童和成人之间的堤坝,也使我的所有类型的小说,在这部小说之后,彼此贯通,成为一个整体。"①从叙事身份上看,罗小通的"儿童"身份显然是不纯粹的,他是精神性的"儿童",是对成人世界绝望后向儿童世界的精神回归,因此,他的视角就是一种"复合"视角,他的身份就是一种"复合"身份,他的语言就是一种天真和沧桑相融的语言。不仅如此,莫言在《四十一炮》中追求的不仅是对语言魅力的展示,同时还是对语言"力量"的一种证明。作为一个"炮孩子",罗小通的语言中难免谎言和夸张。题目"四十一炮"既是四十一个谎言,又是真正的四十一发炮弹。作家借此传达出一种隐喻,即语言就是"炮弹"。他用语言"复仇",用语言进行自我想象和自我满足,也用语言进行自

---

① 莫言:《诉说就是一切》,《当代作家评论》2003年第5期。

我拯救。然而,语言的力量究竟有多大呢?小说没有正面回答我们,但正如罗小通的炮弹没能打倒仇敌一样,他的倾诉也不能真正拯救他。他能否成为一个和尚,能否看破红尘,也还是一个未知数。

第四节　莫言小说的母题内涵

所谓母题(motif),"是文学作品中的一种反复出现的因素:一个事件、一种手法或一种模式",它"也指一部文学作品中反复出现的关键性短语、一段描述或一组复杂的意象"。① 围绕民间性和狂欢精神,莫言在小说中反复书写了几大母题,对这些母题的探究是解读莫言小说的关键。

一　对原始生命强力的呼唤与对大地、母亲的歌颂

对原始生命强力的呼唤与对大地和母亲的歌颂,是贯穿莫言小说创作的两大母题。前者突出表现在《红高粱家族》中,而后者则在《丰乳肥臀》中表现得最为显著。

莫言的小说之所以摄人心魄,非常重要的一点就是他将乡土、民间作为精神家园,在小说中张扬了民间社会中所蕴含的自由自在的个性和生命。《红高粱家族》中,爷爷奶奶摆脱了世间一切束缚和桎梏,他们奔放地相爱,血腥地战斗,英勇地搏杀……所有这一切都追随生命情感的召唤率性而为,仿佛要踏碎一切既定的清规戒律和不可理喻的伦理道德。他们强健的体魄、灼人的力量,他们敢爱敢恨、重生轻死的民间情怀,他们在高粱地里光彩四溢、与红高粱的蓬勃生气浑然一体的"野合",展现给读者的正是那自由自在的本真生命和蓬勃狂放的生命强力。莫言所呼唤的生命精神还是生命被无情禁锢和反复践踏后爆发出的尊严力量。"奶奶不到六岁就开始缠脚,日日加紧。一根裹脚布,长一丈余,曾外祖母用它,勒断了奶奶的脚骨,把八个脚趾,折断在脚底,真惨! 我每次看到她的脚,就心中难过,就恨不得高呼:打倒封建主义! 人脚自由万岁!"在敢爱敢恨的奶奶被日本鬼子的子弹击中之后,作者又写道:"奶奶被子弹洞穿过的乳房挺拔傲岸,蔑视着人

---

① M. H. 艾布拉姆斯:《简明外国文学词典》,曾忠禄、郑子红、邓建标译,湖南人民出版社 1987 年版,第 208—209 页。

间的道德和堂皇的说教,表现着人的力量和人的自由,生的伟大爱的光荣,奶奶永垂不朽。"这些叙述与呐喊,都充分表现出作家对民间精神的认同与对自由洒脱的生命精神的礼赞和讴歌。"这是血的蒸气,醒过来的人的真声音。"①莫言应和着历史的呼声,希望将这一原始的血液注入民族的肌体之中,以保持肌体之强健。正如他在《红高粱家族》的卷首题词中所写的:"谨以此书召唤那些游荡在我的故乡无边无际的通红的高粱地里的英魂和冤魂。我是你们的不孝子孙,我愿扒出我被酱油腌透了的心,切碎,放在三个碗里,摆在高粱地里。伏惟尚飨!尚飨!"

《丰乳肥臀》是莫言费了巨大心力的一部奇书,他自己评价说:"《丰乳肥臀》是我的最为沉重的作品……你可以不看我所有的作品,但你如果要了解我,应该看我的《丰乳肥臀》。"②因此,在这本书的题首,作者写道:"谨以此文献给我的母亲!""丰乳"和"肥臀"是生命得以生成、呵护和滋养的象征。小说以超长的篇幅和超大的容量阐发了莫言对于民间生生不息的生命力——母性的崇拜和赞美。《丰乳肥臀》中,上官鲁氏一生历经战争、疾病、被轮奸、被吊打关押等一系列凄苦而惨烈的人生遭遇。但在因无子而受的非人虐待和接踵而至的坎坷面前,她并没有屈服,没有乞求,有的只是反抗,虽然她的反抗方式是那样的疯狂,那样的偏激——将自己的身体交给自己并不喜欢的男人踩躏,生下一个个非上官家的孩子。在子孙们一个接着一个倒下的劫难面前,她表现出了异常的顽强:"这十几年里,上官家的人,像韭菜一样,一茬一茬的死,一茬一茬的发,有生就有死,死容易,活难,越难越要活。越不怕死越要挣扎着活。"平淡的话语透露了历经磨难才有的生命力之顽强。历经漫长的战乱岁月,真正留存下来的只有以上官鲁氏为代表的永恒母性。强大的生殖力是孕育生命的家园,任何灾难和痛苦都无法摧残这一旺盛而执着的生命力。上官家族的几个女儿敢作敢为,野性十足。她们在情爱选择上也以不同的方式表现了刚强、果敢和泼辣的个性。上官来弟与沙月亮、鸟儿韩惊心动魄却凄凉的爱情故事虽不免遭人诟病,但她敢爱敢恨、敢生敢死、行为放荡的个性同样也是自由生命的表现。在这部小说中,莫言还对上官金童这个本应是优良人种的上官家族的继承人进行了无

---

① 鲁迅:《随感录·四十》,《鲁迅全集》第1卷,第338页。
② 莫言、王尧:《从〈红高粱〉到〈檀香刑〉》,《当代作家评论》2002年第1期。

情的鞭挞:"我爱哭,胆小,懦弱,像一只被阉割过的绵羊。""我"是"抹不上墙的狗屎,扶不上树的死猫"。他遭别人围攻,竟要侄儿侄女来救;遭妻子抛弃,却只会在心里幻想下次一定要如何揍她,还要与其情人握手言欢;终其一生一事无成,竟想回到母亲那里,仍要母亲养活。这个可怜的恋乳狂一辈子离不开乳房,是个永远也长不大的白痴,还没有真正走出母亲的子宫。对这一屡弱生命的无情鞭挞从反面显示了莫言对原始生命强力的张扬,对不被压抑的自由生命的张扬。

二 人性的挖掘与国民性批判

鲁迅在《狂人日记》中用"吃人"意象对愚弱的国民性及造成国民劣根性的传统社会制度、文化进行了严厉批判。"吃人",一是实指"吃人"现象,批判国民性的残酷和嗜血;二是政治意义上的"吃人",指家族制度和封建礼教"吃人",是对人的个体精神自由的否定,也是对人的生存发展的贬抑,由此对四千年的文化进行了批判;三是人性意义上的"吃人",即每个人都有"吃人"的本性和可能,表达对人性的深刻忏悔。1990 年代,"吃人"这一文学意象在莫言笔下再次得以集中呈现。但他要表现的"吃人"并非是对人性邪恶的忏悔,而是"酒国里腐败的官员吃人",实际上是对"贪官污吏"的批判。在莫言这里,与"吃人"的文学意象对应的是"食婴",在商品经济大潮下,人的劣根性再次暴露无遗。

有论者指出,"如果说'吃人'主题在鲁迅那里是一个关于民族传统文化的批判性的主题的话,那么,在莫言笔下则主要是一个关于人性的和现实政治性的批判性的主题"①。莫言批判的锋芒不是像鲁迅那样指向几千年的封建文化,而是指向商品经济大潮冲击下沉渣泛起的现实,这种现实批判的锋芒首先指向了能够支配一切而又腐败变质的权力。但无论主题如何,终其一点,鲁迅和莫言在国民性的思考上是一致的。除了与《狂人日记》中"吃人"意象的对应点外,《酒国》中也有鲁迅笔下麻木不仁的"看客"的影子。从批判、启蒙的主题来看,《酒国》有着对鲁迅精神的深刻继承。

"吃人"与"被吃"的二元对立模式是《狂人日记》的基本叙事模式。这一模式在《酒国》中主要体现在丁钩儿身上。侦查员丁钩儿奉命到酒国调

---

① 张闳:《感官的王国——莫言笔下的经验形态及功能》,《当代作家评论》2000 年第 5 期。

查地方杀食婴儿事件,尽管他精明干练而富有经验,仍然抵御不了金刚钻的凌厉攻势,在似醉非醉的情况下"误食"了"红烧婴儿",彻底陷入了"吃人"的尴尬境地。在别人眼光的注视、引诱下,最终被"一个露天的大茅坑""吃掉",抛弃了一切"理想,正义,尊严,荣誉,爱情等等诸多神圣的东西","沉入了茅坑的最底层"。丁钩儿作为野蛮行径的反抗者,最终被同化,被酒国腐化的社会所吞噬。《酒国》还涉及了国民身上根深蒂固的弱点——主奴根性,即无视基本人权、横行无忌、虐杀无辜的劣根性与自甘为奴隶、泯灭自我良知、甘愿处于非人地位和处境的劣根性。虚伪、残酷、麻木,被杀者的无助,杀人者的冷酷,看客的麻木等国民性问题在小说中得到了深刻的表现。《肉孩》中,作为"食婴暴行"的受害者,金元宝夫妇体现了祥林嫂式的麻木无知。"食婴"在酒国不是个体行为,而是集体暴行。"婴孩"的提供者、制作者、食用者构成了酒国"吃人"的完整结构。婴孩的提供者以"受害者""自食者"的双重身份出现,制作者以"看客""自食者"的双重身份出现。"吃人"再现了人类在野蛮时代残暴、冷血的一面。比起以金刚钻为代表的食用者,婴孩的提供者、制作者的"帮凶"身份更值得深思。集体的暴行,归根结底源于个人的行为。金元宝夫妇面对酒国"吃人"的大环境,面对"婴孩"所带来的巨大金钱收益,丧失了自我主体意识。除了金钱,外在世界的一切均被排除在他们的意识之外,他们丧失了作为人的最基本的情感——亲情。金钱成了唯一可以对他们了无生趣的生活产生些许震动的东西。他们成了金钱的奴隶,成了没有情感和温度的行尸走肉。

莫言并不回避对鲁迅作品的借鉴和对鲁迅精神的继承。他借由李一斗的信件阐明了此点:"在这篇小说中,我认为我比较纯熟地运用了鲁迅笔法,把手中的一支笔,变成了一柄锋利的牛耳尖刀,剥去了华丽的精神文明之皮,露出了残酷的道德野蛮内核……我写这篇小说……是用文学唤起民众的一次实践。我的意在猛烈抨击我们酒国那些满腹板油的贪官污吏,这篇小说无疑是'黑暗王国里的一线光明',是一篇新时期的《狂人日记》。"整个《酒国》就是新时期的《狂人日记》,是批判现时社会文化和人性的力作。《酒国》大量借用《狂人日记》中的词句,如"吃人的宴席""我自己也吃人"等等。透过这些表面的相似,可以看到的是小说对鲁迅的"吃人"主题的承继,以及莫言对鲁迅批判国民性思想的深层次继承。

三 历史的反思与现实的批判

尽管莫言在一场公开讲演中强调"大多数所谓的文学思潮,与用自己的作品代表着这思潮的作家没有什么关系。小说是作家创作的,思潮是批评家发明的",并用调侃的语气称"小说家就是一些这样那样的母鸡,小说就是这些母鸡下出来的蛋。母鸡在下蛋时并不知道自己将要下个什么样子的蛋","按照张的说法,我用《红高粱家族》引发了新历史主义小说创作,又用《丰乳肥臀》给这个小说运动作了一个辉煌总结,这真让我感到惶惶不安起来",但他同时又肯定了"新历史主义小说"精髓,即"对待无论多么严肃、多么高尚、多么庄严、多么美好的事物,都不必完全相信,写进了历史教科书的历史,多半是谎话连篇,即便有那么点事件的影子,也被夸张、美化得不成模样,不相信写在书里的历史,宁肯去读野史,宁可去听民间口碑流传的东西。……不相信正史,不相信御用文人的话,宁肯相信野史、宁肯相信伟人的仆人的话,这是'新历史主义文学思潮'的一个重要特征,对此我不能否认它的正确性,但如果说在创作之初就非常明确地认识到这个问题那也是自己拔高自己"。[①]

类似的说法,在莫言的演讲词与创作谈中随处可见,例如:

> 爷爷奶奶一辈的老人讲述的故事基本上是鬼怪和妖精,父亲一辈的人讲述的故事大部分是历史,当然他们讲述的历史是传奇化了的历史,与教科书上的历史大相径庭。在民间口述的历史中,没有阶级观念,也没有阶级斗争,但充满了英雄崇拜和命运感,只有那些有非凡意志和非凡体力的人才能进入民间口述历史并被不断地传诵,而且在流传的过程中被不断地加工提高。在他们的历史传奇故事里,甚至没有明确的是非观念,一个人,哪怕是技艺高超的盗贼、胆大包天的土匪、容貌绝伦的娼妓,都可以进入他们的故事,而讲述者在讲述这些坏人的故事时,总是使用着赞赏的语气,脸上总是洋溢着心驰神往的表情。

> 十几年前,我在写作《红高粱家族》时已经认识到:……民间把历史传奇化、神秘化是心灵的需要,对于一个作家来说,我当然更愿意向

[①] 莫言:《我与新历史主义文学思潮——1998年10月在台北图书馆的讲演》,《莫言讲演新篇》,第280—285页。

民间的历史传奇靠拢并从那里汲取营养。因为一部文学作品要想激动人心,必须讲述出惊心动魄的故事,必须在讲述这惊心动魄的故事的过程中塑造出性格鲜明、非同一般的人物,而这样的人物,在现实生活中是几乎不存在的,但在我父亲他们讲述的故事里比比皆是。①

  但不管怎么说,对"历史"的浓厚兴趣以及强烈的反思意识仍然是莫言小说的重要主题,只不过他表达历史反思的方式不是理念化的,而是感性化的,他总是自觉地将历史传奇化。在中国文学传统中,传奇自诞生之日起就以非典籍文化形态存在于社会整体文化结构的边缘,有着背离"经史"的价值取向。在这一点上,"新历史小说"无意中与中国文学的传奇传统契合了。按照通常的思维逻辑,"历史"由于在文化结构中的威权,应在文本叙述中居于首位并统摄全局,"英雄"次之,"爱情"再次之。但《檀香刑》开篇就以一句颇带魔幻气的"那天早晨,俺公爹赵甲做梦也想不到,再过七天他就要死在俺的手里;死得胜过一条忠于职守的老狗",极具象征性地宣告了"历史"的终结。"正典"退隐,非典籍化的"民间"随之浮现。小说在情节开端即在"斗须""比脚"中宣告"英雄""爱情"传奇化叙述的开始,新的"历史"由此诞生。这就形成了小说民间化的叙述立场和美学风格。莫言放弃了"为老百姓写作"的居高临下的批判意识和使命感,降低了写作主体对笔下人、事的干预,"有意识地压低调门"讲惊心动魄的故事,说非同一般的人物。小说文本中各色人物在叙述中没有高低贵贱之分,他们在平等的位置上讲着同样重要也同样有趣的故事。"叙述性小说的两个主要模式在英语中分别称为'传奇'和'小说'。……小说是现实主义的;传奇则是诗的或史诗的,或应称之为'神话'的。"②在《檀香刑》的民间传奇中,国家大事、江湖奇事、人生奇事融会一处,以写实、虚构、象征相结合的艺术手法出之,"故事"同时也就成了史诗、传奇和寓言。

  对现实的批判也是莫言小说的重要母题,从对《酒国》的分析中我们已可明显感受到这一点。但莫言作品中与现实关系最密切、批判力度最大的,当属创作于1987年的《天堂蒜薹之歌》。这部小说的创作诱因是轰动全国

---

① 莫言:《用耳朵阅读——2001年5月在悉尼大学的讲演》,《莫言讲演新篇》,第316页。
② 雷·韦勒克、奥·沃伦:《文学理论》,刘象愚、邢培明、陈圣生、李哲明译,生活·读书·新知三联书店1984年版,第241页。

的"苍山蒜薹事件"。1987年,由于官僚主义、地区封锁和某些官员的腐败行为,导致山东省苍山县(今兰陵县)老百姓种植的几百万斤蒜薹腐烂变质。愤怒的农民把蒜薹抛到大街上,堆到县政府的院子里边,甚至包围县政府,砸了县长的办公室。莫言回忆说:

> 这个事件就把我《红高粱家族》的创作系列给打断了,因为我觉得作为一个当代的作家应该关注当下的生活。尽管我人在京城但我心在高密;尽管我身披军装,但我骨子里还是个农民。我觉得农民跟我息息相关,也就是说,如果我不出来把这个题材写成小说,我会良心不安的,所以我就躲到一个部队的招待所,只用了33天的时间,就写出来一个20万字的长篇小说。
>
> ……这部小说之所以能够写得这么快,之所以能够写得这么样的真切,之所以能够写得这么样的义愤填膺——有人说这是一部愤怒的"蒜薹"——就在于我写的时候确实动了很深的感情。80年代末的时候,农村的干部腐败、官僚主义非常严重,村里的干部们、乡镇和县里的很多干部,对农民的利益漠不关心,一心只想往自己腰包里捞钱,农民生活的艰难困苦,包括农民自身头脑里面的封建意识,农村当中存在的许许多多的黑暗的落后的现象,都是大量存在的。我写的时候就感觉到我就是这一群人当中的一分子,我没有想到我是一个作家,当然我也没有想到我要替老百姓呼吁和说话。写作过程当中,我自己不自觉地进去了,成了小说中的人物。①

所谓"我自己不自觉地进去了,成了小说中的人物",是指小说结尾出现了一个"军校政治教员",他在法庭上为父老乡亲辩护,慷慨激昂。莫言认为他的这番演说就是自己的"心声"。这样的形象设置在艺术上似有突兀之嫌,但莫言始终坚持认为自己的做法无可厚非,因为"我自己虽然非常清醒地知道,小说应该远离政治,起码应该跟政治保持一定的距离,但是在现实生活当中,会出现各种各样的情形,使你无法控制住自己,使你无法克制自

---

① 莫言:《我的文学经验——2007年12月在山东理工大学的讲演》,《莫言讲演新篇》,第161—162页。

己,对社会上不公平的现象","发出猛烈的抨击"①。

思考题

1. 莫言小说中的民间性因素主要有哪些表现?
2. 结合作品阅读,分析莫言小说的叙事狂欢特征。
3. 莫言小说中的母题及其表现形式与当代其他作家有哪些异同?

---

① 莫言:《当代文学创作中的十大关系——2006 年 11 月在第七届深圳读书论坛上的讲演》,《莫言讲演新篇》,第 243 页。

第二十讲 王安忆与女性写作

第一节 女性写作:对一种文学现象的整体描述

1990年代以来,越来越多的女性参与到文学活动中来,文学界、读书界、出版界和批评界出现了"女性文学热",这成为一种共识。可是,由于对"女性文学"的理解存在着不同层次、不同理论背景的界定,许多经常使用的描述概念的所指差别很大,所以在进入具体分析之前,有必要对主要概念做一些辨析。

"女性文学"。女性作家进行创作时,人们习惯用性别身份对其加以界定,如女作家、女诗人等,以其性别与男作家做出简单的划分。第一次出现"女性文学"这个词,是在19世纪末20世纪初的思想解放运动中。"五四"新文化运动提出的"个性解放""民主自由"打破了传统束缚,有一大批女性作家积极参与创作,出现了批评界所说的女性文学的第一次高潮。创作实绩带动了理论、批评的展开,出现了女性文学研究的专著,如谢无量的《中国妇女文学史》(1921)、谭正璧的《中国女性的文学生活》(1930,后改名为《中国女性文学史》)、黄英的《现代中国女作家》(1931)、草野的《现代中国女作家》(1932)、贺立波的《中国现代女作家》(1934)等等。在这些著作中,"女性文学"即等同于女性作家的文学,确立的是一种性别标准,建立在女性作家和男性作家天然的生物学意义的差别之上,而较少关注作家的创作与性别、社会、文化的复杂关系。

到了1980年代,这种基于性别身份的界定首先遭到女作家的质疑:"80年代的中国文坛,伴随着女作家创作的繁荣,出现了一个对多数人来说还相当陌生的概念:女性文学。什么女性文学？怎么不来个男性文学？有的女作家对称自己为'女作家'也很反感。"①还有的女作家公开宣言:首先是一个人,然后是一个女人。这种界定意味着性别所带来的弱势和等级,好像女性文学是一种较男性低级的文学,女性文学不言而喻地和某种文学风格和审美标准暗合,它是"女性的""女人气"的:美丽、轻柔、清新、宁静、情绪化、感伤等等。如果有哪位女作家超越这些审美风格,就会引起强烈的震动和惊讶,"写得怎么不像女作家写的呀",在震惊中包含着更高一级的肯定。

"女性主义文学"。这一概念建立在西方当代女性主义批评的理论资源之上,因为女权主义更多地包含着社会政治因素,所以,我们一般称之为"女性主义文学"。它摒弃了女性研究的基于生物性别的自然主义立场,更关注"女性"的文化内涵,认为"女性"不是天生的,而是由一系列的文化规则所塑造的社会角色。因而女性文学是指那些有自觉的女性主义立场,用话语颠覆性别歧视,争取男女平等的文学。法国女性主义理论家西蒙娜·德·波伏娃有一个著名论断:"女人不是天生的,而是变成的。"②这些理论促使人们对女性的文化身份和处境进行探讨,研究女性在人类文化中的命运和男女权力关系的复杂性。在这种理论框架中的女性文学,不再特别强调女性的生物性别,而关心自身性别的社会处境、作家对女性经验的反省与文化反思、女性立场与主体地位。相对于"女性文学",这是一种更严格的界定,而且它有着庞大的理论背景,理论和创作之间的紧密关系很可能限制文学本身的可能性和丰富性。也可能基于一种开放视野,批评界越来越多采用略显"平缓"的"女性写作"。

"女性写作"。显然,中国批评界的"女性写作"与它的理论来源之间存在一种误读。"女性写作"的概念是法国女性主义评论家埃莱娜·西苏1975年在《美杜莎的笑声》中提出来的,强调女性身体与写作之间的关系,"女性快感的生理节奏使她们运用了不同于男性的语言特点和节奏"③。它

---

① 刘思谦:《关于中国女性文学》,文洁华等《殉葬——女性调侃文学》,春风文艺出版社1993年版,第88页。
② 西蒙娜·德·波伏娃:《女人是什么》,王友琴、邱希淳译,中国文联出版公司1998年版,第24页。
③ 《从边缘走向中心:美法女性主义文学批评理论》,鲍晓兰主编《西方女性主义研究评介》,生活·读书·新知三联书店1995年版,第126页。

的理论前提建立在生理区别的女性本质上,与社会性别理论所阐述的文化构成矛盾,因此遭到质疑和批评。在中国批评界,因为这四个字在汉语中本身缺乏激进色彩与权力意味,因而背离了它的理论背景和理论资源,显得更加宽泛和平和。在强调女性从事文学创作独特性的基础之上,"女性写作"更加关注女性创作所置身的文化语境,全方位地考察女性身份在创作中的复杂关系,以及作家生平背景等对写作的深刻影响。

相对于"女性文学"的多义性、"女性主义文学"浓厚的理论色彩,"女性写作"日益被广泛地采用,它在坚持一种性别和文化立场的同时极富包容性,提醒我们时刻注意一种性别立场,为我们提供一种阅读和阐释女性作品的方法,同时又避开了许多纠缠不清的理论话题,避开了女性主义政治理论代替文本阐释的方式,把女性写作带入一个更广阔的阐释空间。

第二节 女性写作的三次高潮

批评界普遍认为,20世纪中国女性写作出现过三次高潮。一次是20世纪初的"五四"新文学革命,伴随着"个性解放""民主自由"的启蒙主义号召,大批女作家用写作的方式参加到民族解放的进程中来,如谢冰莹、陈衡哲、石评梅、冰心、庐隐、冯沅君、凌叔华等等,她们的写作是"人"的觉醒的一种体现,当然其中也包含着女性自身的体验和问题,如婚姻家庭问题、自由恋爱问题、青春苦闷等等。可是,这些女性写作的独特经验并没有凸显出来,只是"五四"启蒙话语宏大叙事的一部分,参与建构着民族国家的话语进程。

批评界在对这些女作家的作品进行评论时,并没有女性主义批评的理论视点,而只是用现行的批评理论把她们的写作作为"五四"新文学的一部分。如较早引起论者注意的是冰心的"问题小说"。1919年10月《晨报副刊》发表了冰心的《斯人独憔悴》,不久就有人评论它揭示了"旧家庭的坏处"[①];《去国》发表后被评为"我决不敢当他是一篇小说,我以为他简直是研究人材问题的一个引子"[②]。稍后茅盾的《庐隐论》《冰心论》等把女作

---

① 晚霞:"寸铁栏"短评,《国民公报》1919年10月17日。
② 鹃魂:《读冰心女士的〈去国〉的感言》,《晨报副刊》1919年12月4日。

家和"五四"时代精神关联在一起,有意识地运用历史分析的方法分析作家与时代的深刻联系、作家的写作立场以及作品的意识形态。例如评论庐隐时,说她是"被'五四'的思潮从封建的氛围中掀起来的,觉醒了的一个女性"①。评论丁玲和《莎菲女士的日记》时,说丁玲是一个"叛逆的青年女性","满带着时代的烙印"走上文坛,而其笔下的人物莎菲,正是"心灵上负着时代苦闷的创伤的青年女性的叛逆的绝叫者",是"五四"以后"解放的青年女子在性爱上的矛盾心理的代表者"。② 这多少触及了女性独特的内心经验,甚至性苦闷问题,但是,由于这一切问题都与时代发生着深刻的关联,女性问题被叙述成被压抑的整体的人生问题的一部分,从而丧失了其独有的存在理由。在丁玲以后的写作过程中,女性经验越来越淡化,1940年代的《我在霞村的时候》触及了女性问题/男女平等意识等等,但民族解放的现代话语使她越来越趋于中性或男性叙述,在一个时期内广受赞誉的《太阳照在桑干河上》中可以非常明显地看到这种转化。三四十年代在上海书写"传奇"的张爱玲是女性写作的"孤岛",她的那些在都市里发生的男女情事透着苍凉与世俗,女人的命运就这样被反复诉说着,没有开头和结尾,就像一个"苍凉的梦"。随着上海的陷落,张爱玲也沉落下去。她的再度走红,是1980年代以后的事了。三四十年代的萧红是这一时期最优秀的女性写作者。她的《生死场》里对女性悲剧命运(包括女性自身的性/生殖的问题)的审视被小说后半部的民族解放斗争冲淡了。鲁迅对《生死场》的评价——"越轨的笔致"和"清晰的语言",被描述为女作家独特的叙述方式。萧红一辈子都在反叛男权社会和男权话语,她的《呼兰河传》中就有这种非常"个人化"的书写。

1949年中华人民共和国成立,所有的话语都在建构着民族国家的现代进程,男女平等、"男女都一样",女性被描述成和男人无差别的人。这个时期如果以性别经验来命名应是"中性化"和"无性化"时期。"十七年"文学中女性文学形象出现较多的是"铁女人"或男性化的女人,如王汶石的《新结识的伙伴》里那两个能干的女人。茹志鹃的《百合花》稍稍流露出了朦胧的女性视角和感觉方式,便招来批判。宗璞的《红豆》也有类似的遭遇。整

---

① 茅盾:《庐隐论》,《文学》第3卷第3号,1934年7月1日。
② 茅盾:《女作家丁玲》,《文艺月报》第1卷第2号,1932年7月15日。

个"十七年"文学都试图取消、模糊性别差异,而归依到男性话语中去,我们无法获知那一时期的女性立场、女性意识、女性经验方式等等。

女性写作的第二次高潮是20世纪七八十年代,这又是一次思想、文化、社会的重大转型,许多人把这次"思想解放"描述为"五四"精神的回归。新时期女性意识的觉醒,正是借助于思想的再次启蒙、人性的复苏、人道主义的整体话语而发生的。新时期涌现的作家中,女性作家占了相当大的比例,我们可以开出一个长长的清单:张洁、谌容、戴厚英、叶文玲、张辛欣、刘索拉、王安忆、铁凝、张抗抗、残雪、舒婷、翟永明、伊蕾、陆星儿,以及稍后的方方、池莉、蒋子丹、迟子建、虹影,等等。

在这次写作浪潮中,一些引起社会反响的女作家的作品,如戴厚英的《人啊,人》、谌容的《人到中年》等,更多地关注知识分子的命运和生存处境,可以视为人道主义时代话语的和声,尚未凸显女性自身的经验。

较早自觉探求女性问题的是张洁和张辛欣。张洁的《爱,是不能忘记的》(1979)探讨了婚姻和爱情的关系问题,引起强烈的争论。在稍后的《祖母绿》《方舟》等作品中,张洁把笔触伸到女性在现实生活的处境中去,男人(社会)/女人的对立关系公然呈现出来。《方舟》里三个独立的女性同住于一室,两个已离婚,另一个的婚姻也名存实亡。在现实世界里,她们或者受到男性上司的骚扰,或者受到丈夫的"无耻"敲诈,生活中没有爱、没有温情,只有退回到三人的私密空间,在大骂男人、抽烟、喝酒中才能聊以自慰。《方舟》呈现了女人的种种矛盾和尴尬:丧失自我可能拥有男人,获取自身的独立会失掉男人。《方舟》里男人和女人似乎没有和解的可能性,性别歧视无处不在。

张辛欣也比较早地探讨了女性在社会发展中所遭遇的艰难处境。《在同一地平线上》最先触及两性的矛盾。《我在哪儿错过了你》里的女公交售票员,自信、坚强、外表粗鲁、刚烈,虽泼辣却有内涵、有才华,能写出很好的剧本,可是却得不到男导演的爱情。这好像是一种宿命,承受粗粝的生活和男性社会的不公平,女人在以加倍的努力去争取自我实现过程中变得面目全非。女人内心的矛盾是:既想在一个可信赖的肩膀上掉几滴泪,更渴求拥有自我价值和生命中有意义的释放。

铁凝以清新纯真的《哦,香雪》引起文坛的注意,《没有纽扣的红衬衫》延续了这种表达方式,少女般细腻清纯、质朴美丽。以后的《麦秸垛》《玫瑰门》《大浴女》等则力透纸背地深入女性命运的书写中,女性独特的心理经验和情感方式以及在男性社会里的悲剧命运被细致地表现出来。

王安忆在新时期的女性写作中是最出色的一位。她不是女性问题最早的触及者,却是最出色的表现者和总结者之一。"三恋"(《小城之恋》《荒山之恋》《锦绣谷之恋》)中对"性"的叙述,《弟兄们》对女性关系的探索,《米尼》《我爱比尔》《长恨歌》对女性命运的书写都达到了一种高度。正如徐坤所说:"王安忆以她丰厚的创作实绩,在当代无论是女性文学写作还是整体文学创作中都筑成了一座巍然耸立的高峰。她所标示的高度和厚度几乎就是后来者所无法逾越和企及的。"①王安忆在女性写作中所关涉的女性问题,我们将在下面做细致的分析。

残雪通常被归入现代派的写作,这削弱了对其女性经验阐释多样性的关注。残雪的小说是对现实存在的所有关系和秩序的一种全面的挑战,包括亲情、传统美学、日常生活秩序和常识等等。在她的小说中,人与人的关系始终处于一种非常紧张的状态,窥视与恐惧、仇恨与冷漠无休无止地折磨着所有的人。《山上的小屋》里,在北风和狼的呼叫声中,窗上被人捅出数不清的洞眼。小妹的眼神发绿,父亲的眼睛里透出狼的神色,母亲虚伪的笑容和目光盯得"我"头皮发麻。"我"不停地整理抽屉,小妹告诉我"母亲一直在打主意要弄断我的胳膊,因为我开关抽屉的声音使她发狂"。父女、母女、姐妹之间防范、猜忌、敌意、仇视,每个人相互之间都是生存和心理上的入侵者和防范者。《种在走廊上的苹果树》里,父亲接近于昆虫类,母亲的头影如蛇样,三妹和妹夫整夜厮打。《阿梅在一个太阳天里的愁思》里,阿梅老是听见母亲和未婚夫在厨房里嘀嘀咕咕,每个人都心怀叵测,打着鬼主意。而进入残雪视听世界和场景组合里的都是带着怪异色彩和丑陋的意象:蚯蚓、跳蚤、苍蝇、在风中飞奔的老鼠、发肿变形的头颅和肢体、长出桂花树的耳朵、吐着泥鳅的嘴、蚂蟥、蜘蛛网、毒蛇……残雪偏执的变形能力和近似于噩梦一样的视听想象力把我们带到一个偏离日常秩序的陌生世界。《美丽南方之夏日》的简短自传里,残雪向我们介绍了她个人心理的诸多感觉:自我防卫、焦虑、孤独、自我分裂、敏感等等。造成残雪性格气质的,除了天生的遗传,还有外界环境等诸多原因。影响残雪成长的外婆就是"诡诈

---

① 徐坤:《重重帘幕密遮灯——九十年代的中国女性写作》,《作家》1997 年第 8 期。

古怪"的慈悲老人,她"热爱树林和蘑菇、富有神经气质、擅长生编故事和半夜赶鬼、睡眠之中会突然惊醒、听得见泥土骚响和墙壁的嗡嗡声、还会以唾沫代药替孩子们搽伤痛"。在残雪给美国人詹森的信里也提到这位外婆:"她懂得一点巫术……她似乎有点神经质,并且很幽默。她不识字,但她会讲各种奇妙的故事,她是一个坚强的女人,周身缭绕着神秘和梦幻。"①孩子的感觉和想象更接近迷幻和变形,在残雪与外婆之间有一种气质和感觉上的相通性。残雪的心中一直有一种属于童年记忆和想象的东西,她小心地守护着这种东西,但成长的经历和外部环境的压力却时时剥夺和冲击着这些个人化的想象力,所以,在残雪的小说中总让人感觉到一种提心吊胆的弱者恐惧症。残雪撕破了(完全意义上)男性话语的整体性,而把一种独特的、变形的、处于伤害中的、脆弱的个人经验呈现出来,当然这一切都是非写实的、非直接的,但却是象征性的女性书写。

方方和池莉是"新写实主义"写作浪潮中女作家的代表。方方关注的是居住空间的狭窄对自然人性的挤压,如《黑洞》和《风景》;池莉则把关注点放在日常生活的现实需要和秩序中,用流水账一样的方式展现人生的日常琐事。随着"新写实"的隐退和作家个人风格的形成,方方和池莉产生了明显的不同:方方向人性的纵深处开掘,池莉则靠向世俗生活和大众趣味。

另外,张抗抗的《赤彤丹朱》《情爱画廊》,迟子建的《晨钟响彻黄昏》,虹影的《饥饿的女儿》等也是这一时期女性文学的重要收获。

女性写作的第三次高潮是 1990 年代。与前两次明显不同的是,这一次高潮不再借助整体的社会文化思潮,而是依仗独立而丰富的思想资源。1995 年第四次世界妇女大会在北京的召开、女性主义理论的广泛译介和运用、社会转型所带来的文化转型、商业社会的流通等等,都为女性写作提供了助力。这一时期的女作家有意识地坚持性别立场,自觉表现和挖掘女性经验,大胆表达女性意识。一批更年轻的作家"浮出历史地表",如陈染、林白、海男、徐小斌、徐坤等,她们所带来的女性经验和表达方式在文学史上是从来没有过的。

陈染的小说如《无处告别》《凡墙都是门》《与假想心爱者在禁中守望》《另一只耳朵的敲击声》《私人生活》等为我们营造了一个独特的艺术世界。

---

① 残雪:《美丽南方之夏日》,《中国》1986 年第 10 期。

这是个拒绝外人进入的、幽闭的个人经验世界,孤独、隐秘、幽暗、梦幻、记忆、想象、体验、感觉密密地交织其中,是一个女人白日梦般的体验世界。陈染所描述的女性成长的经验,是那么独特,那么具有"私人生活"性,足以引起震惊与恐惧。

林白的《一个人的战争》《守望空心岁月》《子弹穿过苹果》《瓶中之水》《回廊之椅》则把欲望与自我表达得淋漓尽致。《一个人的战争》书写了女性自我成长的经历,大胆地展露自我世界和内心经验,性、欲望、身体、自我等诸多话语交织在一起,完成了一部微妙而复杂的女性个人成长史。

与陈染和林白极端执着的个人经验不同,徐坤则是在理性层面,用一种调侃和戏谑的方式消解男权社会的话语秩序和文化规则。她的《先锋》《游行》《白话》《狗日的足球》等小说嬉笑怒骂,不拘一格,自成规则。

还有一部分女作家擅长讲述都市女性的言情故事,张欣是其中代表。张欣的小说,自有一份实在与老到,对现实的清醒把握和对梦想的迷恋纠缠在一起,叙述语言带着世俗的油烟味,却也不失浪漫的情致。

1990年代末,一批被称为"身体写作"的"70后"女作家如卫慧、棉棉等在现代都市的大众媒体所构造的文化规则里游戏,把女性身体/性/欲望等女性身份所具有的商业优势作为卖点。我们对此要有强烈的反省精神和批判意识。进入21世纪之后,中国的女作家呈现"五代同堂"的格局(从20世纪二三十年代出生的宗璞、张洁到"80后""90后"的青年作家),一些女作家仍旧坚持较为尖锐的女性立场,还有一些曾参与过1990年代女性写作思潮的写作者则提供了反思性的思考,如铁凝对"第三性"写作立场的强调,迟子建提出的"性别和谐论"的主张和严歌苓"超越女性视角"的表述等,都体现了新世纪女性写作的新变,值得持续关注。

第三节 王安忆的创作

在新时期众多的女性写作者中,王安忆是最值得关注的一位。这不仅由于她四十年坚持不懈的探索,还由于她在每一种文学思潮中都有具有"象征"意义的作品出现,更由于她对女性谨慎而"保守"的身份反省。

王安忆的作品题材广泛,风格变化很大,非常具有跳跃性,很难用一句话来概括,她被认为是一位"能够驾驭多种题材""始终充满活力"①的具有丰富潜力的作家。在中国当代文坛风起云涌的潮流更替中,很难给王安忆贴上标签,如"伤痕文学"之于卢新华、"寻根文学"之于韩少功、"新写实文学"之于刘震云。可是,王安忆的作品又与这些重要的文学思潮发生着深刻的关联,她感受着时代又超越时代,特立独行的写作方式和精神追求使她成为知青作家里"最具有反思能力的一位"。为了更清楚地把握王安忆创作的整体状况,我们把王安忆的创作分成四个方面来讲述。

一 创作背景、创作阶段和批评界的研究

王安忆1954年出生于南京,母亲是著名作家茹志鹃。1955年随父母进入上海,用王安忆自己的话说是"坐在一只痰盂里",随着敲锣打鼓扭着秧歌的队伍到了上海。从此,上海在她的生活中具有了与众不同的意义,这在她以后的创作中逐渐表现出来。1969年,年仅15岁的王安忆赴安徽农村插队落户,这又是王安忆生命中的特别经验,知青经验、农村生活因此在她的创作中占有相当大的比重。1972年她考入徐州地区文工团,1970年代后期开始尝试创作。1987年,调至上海作家协会创作室从事专业创作。2004年9月,进入上海复旦大学中文系任教至今。

王安忆新时期的创作可大致分为三个阶段,大致脉络如下:

第一阶段(1980年代初—1980年代中期):"雯雯系列小说"。王安忆引起文坛注意的第一篇小说是《雨,沙沙沙》,写了一个叫雯雯的女孩子的信念和梦想、痛苦和欢乐。"雯雯系列"还包括《广阔天地的一角》《69届初中生》等,这些小说带有她诸多的个人经验和感受,在叙述方式上"完全是我一个人自说自话"②,也就是所谓的"自我抒发"阶段。

1983年王安忆和母亲茹志鹃应聂华苓的邀请赴美国参加爱荷华大学"国际写作计划",美国之行给了她极大的震动,西方文化的参照使她开始有意识地把握民族文化的处境,为后来《小鲍庄》的写作做了铺垫。

第二阶段(1980年代中期—1980年代末):被归入"寻根文学"的《小鲍

---

① 洪子诚:《中国当代文学史》,北京大学出版社1999年版,第360页。
② 王安忆、斯特凡亚、秦立德:《从现实人生的体验到叙述策略的转型——一份关于王安忆十年小说创作的访谈录》,《当代作家评论》1991年第6期。

庄》《大刘庄》等审视民族文化的作品。《小鲍庄》是王安忆1980年代中期风格转变的标志性作品,小说借中国淮北一个僻远、贫困、近乎静止状态的小村庄来审视传统文化的自救力问题。王安忆一改"雯雯系列"情绪饱满的状态,进入冷静的反思和理性审视之中。当然,像《小鲍庄》这样的题材王安忆以后很少涉及,但其中贯注的文化视角却被她坚守下来。

1986年以后,王安忆发表了"三恋"(《小城之恋》《荒山之恋》《锦绣谷之恋》)、《岗上的世纪》等小说,因为对性话题的大胆触及而引起颇多争议。

第三阶段(1980年代末—1990年代):以《叔叔的故事》《乌托邦诗篇》《纪实与虚构》《伤心太平洋》等为代表,王安忆通过叙事实验,把个人与历史、文化与社会、物质与心灵等时代问题引向一种精神性的思考。其中《叔叔的故事》被认为是这一时期具有转折意义的作品,标志着王安忆"新的叙事风格正在形成"[1]。1995年,王安忆发表了《长恨歌》,小说通过王琦瑶的一生,书写上海从1940年代到新时期这段历史的浮华沧桑。这部小说后来荣获第五届茅盾文学奖,也被认为是王安忆最具标志性的作品。

进入21世纪之后,王安忆依旧保持着旺盛的创作态势,继续她熟谙的女性题材和上海题材的写作,陆续推出的重要作品有《妹头》《富萍》《启蒙时代》《遍地枭雄》《天香》《考工记》《一把刀,千个字》等。王安忆对她生活的上海这座城市、对女性的命运始终葆有观察的兴趣和深切思考,是当代文学"海派"书写和女性写作最有代表性的作家之一。

由于王安忆深度参与了新时期以来的文学进程,关于她的研究众多,吴义勤主编《王安忆研究资料》(山东文艺出版社2006年版)和张新颖、金理编《王安忆研究资料》(上、下,天津人民出版社2009年版)两种资料汇编汇集了1980年代以来王安忆的创作自述和学界关于其创作的较为重要的研究文章。在林林总总的王安忆研究中,我们约略可以提炼出四个较为重要的研究角度:其一,是王安忆与张爱玲代表的海派叙事传统的关系。如王德威的《落地的麦子不死———张爱玲的文学影响力与"张派"作家的超越之路》(收《想象中国的方法:历史·小说·叙事》,生活·读书·新知三联书店1998年版)认为王安忆的笔锋并不"像"张爱玲,但为张爱玲的"人世风

---

[1] 陈思和:《营造精神之塔——论王安忆90年代初的小说创作》,《文学评论》1998年第6期。

景""真正赋予了当代意义";又如倪文尖的《上海/香港:女作家眼中的双城记——从王安忆到张爱玲》(《文学评论》2002年第1期),认为在王安忆形成"城市认同"的过程中,张爱玲的启示是相当关键的环节。其二,是从空间的角度展开的王安忆研究。代表性的论文如程旸的《王安忆小说与"弄堂世界"》(《文学评论》2016年第2期)、高秀芹的《都市的迁徙——张爱玲与王安忆小说中的都市时空比较》(《北京大学学报[哲学社会科学版]》2003年第1期)、郭冰茹的《市井与文学书写的世俗性——浅析王安忆小说的文学史意义》(《中国文学批评》2016年第3期)等,这些研究通过对都市、市井、弄堂等王安忆笔下所描绘的空间的解读,来诠释她城市书写经验的独特性以及构筑日常生活审美诗学的实践。其三,是对王安忆与新时期文学思潮关系以及其与新时期文学发展的整体性研究。如程德培的《面对"自己"的角逐——评王安忆的"三恋"》(《当代作家评论》1987年第2期)、陈思和的《营造精神之塔——论王安忆90年代初的小说创作》、程光炜的《王安忆与文学史》(《当代作家评论》2007年第3期)、李洁非的《王安忆的新神话——一个理论探讨》(《当代作家评论》1993年第5期)、王雪瑛的《生长的状态——论王安忆九十年代的小说创作》(《当代作家评论》2001年第2期)等。其四,是对《长恨歌》的个案解读。如南帆的《城市的肖像——读王安忆的〈长恨歌〉》(《小说评论》1998年第1期)、苏童的《王琦瑶的光芒——谈王安忆〈长恨歌〉的人物形象》(《扬之江评论》2016年第5期)、张冀的《论〈长恨歌〉的叙事策略与海派承传》(《文学评论》2010年第6期)等。

当然,以上角度的区分是仅就大处着眼,事实上,无论哪个角度,在讨论王安忆时,她与上海及海派的关系,她对女性生命经验的传达和作为女性书写的意义都是绕不开的话题。

二 上海·都市文化·女性

王安忆作品呈现的书写空间很广阔,有上海、香港,也有小城镇以及乡村,如她想探究"民族精神"状况的《小鲍庄》的叙述空间是一个僻远的小村落,她以"自身冲动"来进行写作试验的"三恋"的叙述空间则是小城镇或大自然。尽管如此,她的绝大多数作品的叙述空间仍是上海,如《流逝》《米尼》《悲恸之地》《逐鹿中街》《长恨歌》《纪实与虚构》等等。她曾多次叙述自己对上海的切身感受:"我觉得上海是个奇特的地方,带有都市化倾向,它的地域性、本土性不强,比别的城市更符合国际潮流。"①

1981年王安忆发表了《本次列车终点》,从其创作整体情况来看,这篇小说不是她的代表作,却有着特别的意味。小说写了一个重新回到上海的知青面对上海的寂寞和陌生感,这似乎也是王安忆自身对上海的体验(十年离城与回城)。隔了十年距离的上海,构成一种异质性的存在,促使王安忆在想象的上海与真实的上海之间寻找一种关系。"坐在一只痰盂里"进入上海的王安忆好像与她生活的城市一直有一种格格不入的感觉,她的另一个短篇《悲恸之地》象征性地书写了这种异质感。来自山东农村的卖姜青年企图用姜敲开上海的大门,却落了空,迷失在城市里。青年在城市人的围观、对峙、排斥中无路可走,最后从楼上跳了下去。王安忆在《纪实与虚构》中曾说:"这外乡人其实有一部分是我,在这城市的外来人之感几乎全来自我本人。他走在人头济济的街上,却备感孤独的心情也是我的。"②王安忆对上海的疏离感既有外在的社会原因,也与她个人相关。1949年,在农村包围城市的革命中中华人民共和国成立,作为都市的上海被置换成一个工业和行政的区域,旧上海的情趣与市民的日常生活在对资产阶级"香风毒雾"的怀疑中被忽略或者被掩盖在弄堂的垂帘之后。王安忆作为革命"同志"的后代,生活在父母单位的房子里,不可能贴近上海都市的芯子,无法领略被尘封的都市风情,她对上海的观念多来自意识形态。1969年,15岁的王安忆离开上海去淮北农村插队,十年之后当她重新回到上海的时候,上海已经发生了很大的变化。对上海的疏离感与陌生感使得王安忆一直把上海作为一个观察和寻找的对象。

1982年的《流逝》,写了一个旧上海资本家的少奶奶在新上海的日常生活中所获得的启示。革命改变了一个城市和它的生活方式,欧阳端丽一家由奢华富贵到普遍市民的转变从一个侧面展示了上海的变迁。在革命改变上海的时候,上海又改变了革命多少呢?《好婆与李同志》主要写"上海小市民与外来移民之间的冲突"。好婆觉得"自己生活的这一个城市不再叫

---

① 王安忆、斯特凡亚、秦立德:《从现实人生的体验到叙述策略的转型——一份关于王安忆十年小说创作的访谈录》,《当代作家评论》1991年第6期。
② 王安忆:《纪实与虚构——创造世界之一种》,《收获》1993年第2期。

做'上海'了,那么'上海'到哪里去了呢?"革命者占领了城市,但情感却是异乡人。曾目睹过大上海繁华的好婆与从山东来到上海的革命者李同志始终处于相互观看之中,在好婆眼里李同志一天天上海化,可是,仅从李同志歪斜的袜子缝里就透露出李同志与上海的不相容,上海似乎没有了,上海其实未曾改变什么。在王安忆的小说中,上海成为一个散发着樟脑味的遥远的梦,它被尘封在旧相册的箱子里,在午后的阳光里偶尔露出光艳的一刹那,却给予现实以美丽的回忆。

《纪实与虚构》(1993)里,王安忆从个人经验入手来书写自身与城市的关系。她作为"同志"的后代在胜利的气氛中进入上海,可是,她发现在这座大城里她只是个"外来户"。她的父母说着与上海话不同的普通话,限制她与弄堂的孩子交往,她在这个城市里没有亲戚,只有"同志"。她发现自己在这座城市里身份是不明确的,她无法在"同志"关系中获得一种依托,同时,她也无法真正地走进这座城市的灵魂中去。尽管"孩子她"是那么热切地想与这个城市认同,她崇拜地观望着邻居家的男孩去亲戚家吃喜酒,可是,她却被这些城市民俗拒绝着。人家弄堂里的夹竹桃的香味提示着上海的历史,这些都与她无关。她在上海这座城市真正成了一个在精神上疏离的居住者,没有历史的居住者也无法确立自身在现实中的地位。于是,王安忆便在虚构中追忆母亲家族的历史,试图让自己的身份有一种历史的依凭。在王安忆看来,城市人是没有历史的,所有的城市人都来自不同的村落,城市人的根是悬浮于城市之外的。在现实与历史之间,王安忆以虚构家族神话和传统的方式重塑了现代城市人的历史。

王安忆对上海这个城市的追忆与书写带有某种象征意味,她追忆自我也就是追忆个人与城市的关联性。城市的空间组织方式赋予了王安忆追忆的方法,城市街道为都市空间确立着顺序和节奏。"这个孩子在她有了记忆的日子里,就喜欢上了这条街道,与它形影不离。她一来到她家弄口,面对了这条街道,喜悦的心情就一点一点滋生。"城市空间形式成为王安忆叙述文本的空间形式,而上海这个城市被尘封的神秘又给了王安忆历史的冲动和可能。王安忆在《纪实与虚构》的序里说:"孩子她这个人,生存于这个世界,时间上的位置是什么,空间上的位置是什么,这问题听起来玄而又玄,其实很本质,换句话,就是,她这个人是怎么来到世上,又与她周围事物处于什么样的关系。孩子她用计算的方式将这归之于是纵和横的关系,一切就简单多了。"时间和空间的确立是为了确立个人在城市空间内的身份：作为"同志"后代的"孩子她"在上海这个城市的身份是模糊不清、语焉不详的，分裂了上海的连续性；作为"同志"后代的"孩子她"只能分享主流话语的上海，这是新上海。而那个旧上海却依然存活于民间形态中，"孩子她"没有明确的身份和资格来分享。在王安忆的叙述中，这两个上海始终处于一种对抗状态，革命者的母亲隐藏起与这个城市的血缘关联，并小心翼翼地塑造着"孩子她"革命接班人的城市品格。可是，对于"孩子她"来说，"同志"身份是空洞的，她不能从主流话语中为个人身份寻找到生存的意义，又不能从民间的上海为"同志"的后代唤取意义。"孩子她"被悬空了，她在，却不属于这两个上海。

如果说《纪实与虚构》是王安忆从极端个人经验出发来书写上海，那么1995年连载发表的长篇《长恨歌》则把个人经验落到了实处。《长恨歌》集合起王安忆所有对上海的经验与想象，尽管仍留有极端个人的经验，但她尽可能把这些经验客体化。王安忆找到了一个叫王琦瑶的女人，写了这个女人的一生，王琦瑶的历史也就是上海的历史。在王安忆看来，女人与城市之间有着某种天然的关系，城市和女人都没有历史，城市为女人提供了施展自己的空间，女人体力的弱势在这种人为的空间内转化成一种优势，女人和城市一样一下子可以跳到历史舞台上光艳夺目。这个女人是王琦瑶，也是上海。四十年的历史沉浮中的繁华与荒凉、光艳与暗淡，如同张爱玲常说的那个美丽而苍凉的手势。王安忆像一个考古学家般一丝不苟地打量着繁华梦般的上海。她走出了《纪实与虚构》中个人身份的尴尬状态，或者说旧上海与新上海的紧张状态使王安忆采取了一种更谨慎的态度。她放弃了主流话语的上海形象，自觉地走进上海的民间形态中。她试图寻找上海的灵魂和精神，这精神和灵魂是上海的芯子。当年上海弄堂的女儿王琦瑶传奇般地成为"上海小姐"，住进爱丽斯公寓；历史的变迁尘封了上海繁华梦，王琦瑶又重新进入上海弄堂。王琦瑶像一条埋在地底下的暗河，表面上尘封起来，其实在地底下却暗暗地流动着。尽管王琦瑶穿着素淡的旗袍以打针度日，在严师母眼里，"这女人定是有些来历。王琦瑶一举一动，一衣一食，都在告诉她隐情，这隐情是繁华场上的"。康明逊也从王琦瑶的素淡里看见了极艳。虽然这城市是另一座，路名都是新路名，只有有轨电车的当当声还提示着旧上海昔日的情怀，但王琦瑶的素淡和不动声色的平常心却是旧上海繁华美梦的真正底色。四十年后当一个时代结束另一个时代到来,王琦瑶这条埋在地下的河又流出来,她是旧的,又是新的。四十年后的上海好像在无限追忆着四十年前的繁华梦,发型、服装、舞会、派对、交往,一切都好像在旧梦重温,一切却都变了样。可是,在城市迷乱的形象下面王琦瑶的那颗上海心却没有变,那颗心里包蕴的是以不变应万变、一粒米一棵菜的精致:面是一碗一碗下出来,胡萝卜是细细地切成丝,再撒一层细细的椒盐。上海心是家常的,有肌肤之亲和贴血贴肉的近切,是一切繁华的底色。上海的这层底色其实并没有褪掉,它隐退在每家弄堂的窗帘后面,上海因此而成为上海。

王安忆借一个女人的一生完成了对上海的书写,如一个考古学家般仔细地敲打着城市中每一块斑驳的旧碎片,查看有关这个城市风情的那些发黄的旧照片。王安忆太自觉了,很多时候她被这种自觉驱使着,自己直接跳进文本的叙述中,发表对上海这个城市的看法。上海没有完全融进王安忆的叙述和形式中去,它或许只是王安忆叙述的一个客体。

应该说,王安忆对上海的寻找,有着很深刻的动机,其中无论如何也不能消除张爱玲对她的巨大影响。这种影响,使得王安忆也想像张爱玲一样贴到这个都市的芯子里去,掘到张爱玲所说的"底子"里去。但是王安忆所能找到的芯子不是那个芯子。她找到的东西包含了张爱玲的,但又比张爱玲所呈现出来的更为广阔。

《长恨歌》中的王琦瑶,其实和张爱玲《金锁记》中的长安、《倾城之恋》中的流苏、《沉香屑·第一炉香》中的薇龙等女性是同一类人,她们都识文断字,并尝试着摆脱旧家族的笼罩,把自己交付于社会化的大都市。但是,在张爱玲的作品中,这种出走始终都是不成功的,她们一只脚踏上了都市宽广的街道,同时另一只脚却卡在家族的门槛中。这样,她们或者退回到家族的封闭性空间,在那里窒息而死,如长安;或者又走到另一种封闭性的怪圈中,在那里徘徊绝望,心情灰暗,看不到任何出路,如流苏、薇龙。张爱玲笔下的女性命运的这种结构性形态,是张爱玲对她那个时代都市女性命运状态的一种深刻的阐释(叙述本身就是一种阐释),包含着深广而丰富的社会内容。正是基于这样的都市女性命运的结构性形态,张爱玲小说的叙述空间一直局限于家族式的封闭空间中,人物心理的活动也同样具有浓烈的家庭和闺阁特点,人物的命运和性格发展也因此在原地踏步,使小说的叙述时间处于一种静止的、凝滞的状态。

但是在王安忆对于上海的追忆性寻找中,对都市女性命运的阐释模式发生了根本的变化,作为流苏、长安、薇龙的"同伴"的王琦瑶,似乎更为自然地从一开始就把自己交给了社会化的大都市,家庭对她的约束和托庇变得异常松弛,她从家庭走向社会化的都市几乎没有遇到任何来自自己传统家庭的限制。因此,王安忆这部小说中的叙述空间,一开始便没有家庭的四面围墙,似乎都市的社会化程度已经使家族的围墙土崩瓦解,荡然无存。因此,作为流苏、长安、薇龙们的"姐妹"的王琦瑶,在中学时代就没有遇到她的同伴所遇到的那种家庭中心的场效应,她在那个时候就生活于社会化的大都市之中,所以,奠定她生存基础的不是家族,而是都市,而流苏们的生存基础却是都市中的家族。流苏们走出家族时有着双重的担忧,一是家族对她们的看法,二是都市社会使她们恐惧,她们很担心自己在那里是否会成功。可王琦瑶似乎没有这样的担忧,她在中学时代就搬到同学家去住,出入于具有象征意味的都市现代空间中:片厂、私人摄影室、晚会、舞场……而她的通行证,则是如同钞票一样被社会化大都市所普遍认可的青春和美丽。她不再是"养在深闺人未识",对于一个社会化大都市来说,"养在深闺人未识"是一种资源的浪费。社会化大都市的运作方式,就是要使一切都可以公开化地进入流通。于是王琦瑶不动声色地接受了这种流通,她开始首先占领了都市所特有的象征性空间——杂志封面,成了"沪上淑媛";然后也进入都市的另一个具有代表性的象征性空间——照相馆的橱窗。因此,可以说,她进入流通已经非常成功,因为她已经被接受。对于张爱玲的流苏们来说,一个女人流通到杂志封面或者橱窗上去,对她生活于其中的家族来说可能是耻辱,但是对于王琦瑶来说却是成功。当然,这并不是说王琦瑶比张爱玲小说中的流苏们更为幸运。王安忆的王琦瑶和张爱玲的流苏们命运中的这种差别,蕴含着深刻而有趣的社会内容。这种差别,一方面是历史的差别,王琦瑶坦然地接受了社会化大都市的运行规则,并且大胆地使自己进入流通。其实,王琦瑶并不比流苏们更有胜算,但是她却比流苏们更没有忧虑地、更为决绝地把自己交付于大都市的流通,让这流通来决定她这个都市人的命运。所以当她卷入"上海小姐"竞选时,她是坦然的,认为这是一种必须接受的运行规则。当片厂导演来劝她退出竞选时,她拒绝了劝说,而去接受流通规则的裁决。从这点来说,王琦瑶对大都市流通规则的适应远比导演的劝说更为深刻。但张爱玲笔下的流苏们,面对大都市的这种流通规则,却表现出了恐惧、徘徊、退缩、绝望和被动,这与她们的封闭性自我是互为因果的,这种封闭性自我会极端地趋向于私密性的空间,并在那里自我纠缠和自我折磨,这正是张爱玲的世界。但是王琦瑶却没有这样的命运,当她进入流通中后,那种封闭自我的私密性空间便消解于流通的开放空间,只有王琦瑶向流通开放,流通也向王琦瑶开放的时候,真正的社会化大都市生活才开始了。因此,张爱玲写的是从家族社会向现代社会化大都市过渡时期的人们在大都市门前的徘徊,而王安忆的王琦瑶却是超越了这一过渡期的徘徊的都市人。从另一方面来说,作为最具现代都市性的上海的阐释者,王琦瑶和流苏们的差别,也呈现出张爱玲和王安忆这两个阐释者的差别:张爱玲应该说是真正现代意义上的第一个都市作家,她身处都市的深处,却有着摆脱不掉的从家族崩溃的视野来阐释都市的叙述视点,所以她对现代社会化大都市怀有相当矛盾的心理;而王安忆作为上海大都市的寻梦者,对社会化大都市有一种迫切拥抱的心理,她的叙述观点是历史的发展给她提供的,所以她对上海的叙述能在流通的开放性空间里全面展开。

在王安忆的另一部长篇小说《米尼》中,叙述空间的开放性似乎更为充分,它展示的是1980年代以后的上海。这样的上海似乎没有家族性的壁垒、隔离和拒绝。在都市的大流通中,整个都市作为一种开放性的空间形式,人物在其中无间隔地进行着活动。王安忆笔下的都市作为整体是一个流通的开放空间,外部与内部、繁华与底色、动与静成为一个浑然不可分割的整体。正是这样的叙述空间,呈现了现代都市开放空间的基本形式。从一定意义上讲,张爱玲小说中的叙述空间有着古典市井小说的模式,受古典市井小说的影响很深;而王安忆的小说,虽然在某种程度上继承了张爱玲小说对都市人物的心理剖析,但是因为对现代都市的阐释更倾向于把它的空间的开放性展示出来,与古典市井小说有着很大的距离。当然这样也使王安忆笔下的上海人物没有张爱玲笔下的上海人物那样紧张和尖锐。

王安忆写都市的三个中篇——《逐鹿中街》(1988)、《"文革"轶事》(1993)、《香港的情与爱》(1993)里,在情爱设计上有张爱玲小说的某种内敛性的空间特征。虽然后者是写香港的,但是也未尝不是写上海的。放在张爱玲笔下,这种内敛的封闭性空间特征会让人物在其中机关算尽、斗智斗心,他们在你进我退我攻你守中层层剥开自我的心理让读者看,使自我封闭的人性在其自身的封闭中完成对自身的展现。但是因为王安忆的叙述者叙述视点开放性的程度,人物的心理也不是相互封闭的,所以这三篇有张爱玲痕迹的小说却不具备张爱玲小说叙述空间的封闭性。如《逐鹿中街》写一对男女互相争斗,女人想把男人封闭在自己的范围之内,但是男人最终逃离了这种封闭,这也说明了张爱玲笔下的封闭性空间在一个变幻了的历史阶段的不可能性。《香港的情与爱》写一个老男人和一个年轻女人在交易中达成的爱情,但他们的爱情是在遵守流动开放性规则的酒店和公寓进行,尽管他们也如张爱玲笔下的人物那样斗着心眼,却并没有构成施虐和受虐之间的那种封闭性。

在王安忆写上海与女性的小说中,女性大都处于主动地位,靠自己的心智来获得最大的资源,能努力主宰自己的命运。这在后来的小说《妹头》和《富萍》中表现得更突出。这个叫妹头的上海小市民主动决定自己的恋爱、婚姻、经商和离婚,她的丈夫小白倒成了成就她的配角。她务实,精明,有心计,懂分寸,也不无责任感,总能在各种人际关系中找到自己最有利的位置,从容地完成了从少女到女人的转变,把平庸的日子过得活色生香。《富萍》则写一个苏北女孩偶然到了上海之后发生的变化,本来羞涩老实的她被大都市的生活唤醒了,退掉了乡下的婚约,重新在城里寻找自己的幸福。所谓富萍,实在带有"浮萍"之意,随波逐流也就熟悉了都市的生活,实现了自己命运的转变。

三 "三恋"与女性意识

1980年代中期,文学的题材越来越丰富和全面,许多限制和禁忌不再成为问题。王安忆的"三恋"在此时的出现虽然不是偶然,还是引起了文坛的震惊与不安,褒贬参半,不同的阅读者得出的结论竟然如此不同。

任仲伦在1986年10月7日《文汇报》上发表《目光应穿透扭曲的表层》,基本上对这个故事表示"不满",他从"社会历史"的批评立场出发,认为作品过分渲染性欲对人生的决定性作用,而没有对"历史文化意识"和"时代氛围"做深刻把握。还有的批评者从社会伦理道德出发,认为作者是在表现一种不健康不道德的性爱观。[1] 很显然这些基于"社会历史批评"和

---

[1] 嵇山:《性——一个令人困惑的文学领域——关于"三恋"的思考》,《社会科学》1987年第9期。

狭隘道德判断的观点有悖于作者的初衷和作品的原意。

如果换一种角度来阅读"三恋",会得出截然不同甚至相反的结论。陈墨从生命意识和人本位出发,认为"三恋"是"真正以哲人的眼光透过爱情与性的故事,表现出极其深刻的关于人的生存方式、人的命运、人的本质的思考,从而获得了一种真正的哲人的风度"①。上海批评家程德培立足于对作品的"自我"和叙述者的分析,得出了颇具女性意识的观念:"'三恋'写的是一位'女性中心主义'的目光是如何审视情爱、性爱与婚姻中的男人与女人。"②王绯更是从女性主义的立场出发来阐释与解读《小城之恋》,虽然局部的某些联系有点机械,但看法却与众不同:"《小城之恋》所展示出的由于母性的皈依,使女人在'人类的人格'的许多方面对男人的越超,表明了王安忆对性爱力之于女界人生的一种深刻的理解。"③批评家张颐武则看到了第三世界女性经验的隐喻性文本:"她们深切地体验并表达了我们的生存处境,她们把一种第三世界的女权主义的立场展示给我们。而在这里的女性处境也是我们第三世界处境的一个隐喻。"④

当然,面对同一部作品,由于阅读者知识结构、阅读方式等的差异,阅读感受会迥异。"三恋"的阅读变迁,既源自作品本身的丰富性蕴含着阐释的多向度,也标示着由于时代和观念的变化所带来的阐释立场的变化。

《荒山之恋》(原载《十月》1986年第4期)看起来像一个婚外恋的故事,写一个作为有妇之夫的大提琴手和一个作为有夫之妇的金巷谷女孩的爱情悲剧。王安忆在叙述他们的爱情悲剧时,没有像当时或之前流行的作品那样,把悲剧原因简单归于社会,或以之反省社会的保守观念,如张贤亮的《男人的一半是女人》里的"性爱"更多地承载着社会悲剧意味,刘恒的《伏羲伏羲》探讨的则是被压抑的性欲的畸形状态,王安忆更侧重爱情的宿命表达,表达的是一种性格悲剧,用她自己的话说就是侧重对命运的认同。在她看来,爱情其实不是由两个人决定的,是由两个人的命运决定的。王安忆

---

① 陈墨、朱霞:《爱的悲剧与人的命运——评王安忆小说"三恋"》,《当代文坛》1987年第6期。
② 程德培:《面对"自己"的角逐——评王安忆的"三恋"》,《当代作家评论》1987年第2期。
③ 王绯:《女人:在神秘巨大的性爱力面前——王安忆"三恋"的女性分析》,《当代作家评论》1988年第3期。
④ 张颐武:《欣悦的"瞬间"》,《文学自由谈》1990年第1期。

所要表达的就是情爱的发生状态，基于此，《荒山之恋》在叙述上对人物的来龙去脉、前因后果、运行态势进行了有选择的处理。小说共四章，前两章分别写了大提琴手和金巷谷女孩的生活道路和相遇的可能性，作者交叉切换镜头，恰如生活画面各自打开和关闭。大提琴手孱弱、敏感、孤独、自尊而又自卑，是一个在心理上略显病态的男人，婚姻对于他而言只是把对大哥的依赖转移到对妻子的依赖上，真正意义的性爱和男人的角色并没有确立。金巷谷女孩风流、争强好胜，过早地品味到女人的性角色与性功能，婚姻成了争强好胜的性游戏。如果没有机会，他们可能会在各自的生活环境中常规性地活着。可是，他们却"宿命"般地相遇了。生命中积蓄的欲望和压抑的自我宣泄似的磕绊而出，性成为完成自我的一个方式。王安忆对他们的叙述"冷静"、细腻而富有悲剧意味，性格中的弱点使他们无力承担生命之轻，无力重建被打破的现实常规的秩序。王安忆虽然也写了来自社会外部的各种压力，但她更关注深植于生命中的性格因素。

《小城之恋》（原载《上海文学》1986年第8期）的情节很单纯，背景是1970年代的某文工团，两个在一起练动作的"他"和"她"，逐渐发生了性关系。人物活动的空间小得不能再小，社会关系简单得不能再简单，只剩下两个人的活动。小说故事性大大减弱，心理、心态的描写则分外突出，小说着力表现的是物质形态的"性"发生的过程以及他们心理上的复杂变化。王安忆用"密不透风"的叙述淋漓尽致地呈现着本能冲动与自制力、欲望与压抑的复杂状态。这对青春期的男女日日在一起练功，身体/性宿命般地遭遇了。封闭的环境一点点营造着紧张和躁动，诱惑、试探、反感、接近、压抑，只是为了抵达。一旦发生了，生命内在的冲动就泛滥成疯狂和放纵。对这一切他们又近乎无知，他们无力接受和阐释这一切。处在社会和个人都蒙昧的现实处境下，关于性肮脏和罪恶的庞大叙事笼罩着他们，犯罪感、羞耻感使他们日益仇恨彼此，纯粹的性本能却又使他们沉溺其中不能自拔。直到"她"受孕，他们的性关系才终于结束。"她"在性行为中好像没有体验到女人的自我，却在受孕状态下获得完全意义上的母亲角色，"她"变得安静美好、洁净完满，就好像狂风暴雨后的疏朗宁静。"他"则畏缩、胆怯终至逃避。也就是在"她"和"他"对社会责任的承担与放弃上，女性主义批评家看到了"母性的皈依"。

相比较而言，《锦绣谷之恋》没有直接写"性"，而是一个女人的白日梦，

"一个女人关于青春、女性、爱情、人生的理想之梦"①。一个年轻的女编辑在一次庐山笔会上爱上了一个男作家,不同于《小城之恋》纯粹物质性的性爱,这是发生于两个有一定文化修养的人身上的恋情,更准确地说,是一个女人对一个男人的精神恋情。整篇作品在女编辑的感觉和想象中以女性独白的方式舒展开来,感受细腻,诗情丰满。女编辑厌倦了日常生活的常规秩序,丈夫和她组成的家庭只是一个徒具外壳的道具,他们彼此太熟悉了从而消磨掉浪漫、神秘和诗意,日常生活成为相互消磨精力的无休止的战争:争吵、和解、厌倦、无聊。爱情是一种对象化的过程,他们已不能在相互的观照中发现自己。可是,庐山之行却让女编辑在男作家的观照中发现了自己是个"女人",压抑沉滞在体内的女性感觉被激活了,如山泉一样涌动起来。作者最后还是让女编辑回到她既定的生活秩序中去,让恋情化作永恒的回忆照亮琐碎的生活。

《岗上的世纪》写了一个叫李小琴的知青为了招工进城和小队长发生了性关系,李小琴发现上当受骗后告了小队长,小队长罢官受罚,李小琴远走他乡。后来他们不期而遇,男人和女人竟然爆发出灿烂炫目的欢爱,七天七夜封闭在小屋里享受着来自生命本身的欢情。本来有各自目的和现实考虑的性关系逐渐滑至极端单纯的关系——男女的性爱。小队长面对小琴美丽光滑的身体,感受到一种精神上的升华和崇高,是这个女人让他一点点成为真正意义上的男人。《岗上的世纪》没有《小城之恋》的犯罪感和压抑感,也没有《荒山之恋》的复杂关系和悲剧命运,作者截断了人物与社会的关联,社会(权力)与性的关系变成纯然的性关系——男人与女人的自然关系。

王安忆虽然多次声明自己不是女权主义者,但是,我们还是能从王安忆的性恋小说中发现她的女性立场和女性意识。她以一个女性特有的敏感和经验来把握性恋中男女的微妙关系,以期探讨男女和谐的融合状态。她把"性"看作人性最本质最实在的因素,"如果写人不写其性,是不能全面表现人的,也不能写到人的核心,如果你真是一个严肃的、有深度的作家,性这个

---

① 陈墨、朱霞:《爱的悲剧与人的命运——评王安忆小说"三恋"》,《当代文坛》1987年第6期。

问题是无法逃避的"①。王安忆以严谨、冷静的姿态来探讨这个严肃的命题,表现出非凡的功力。她试图把男人和女人放在同一平台上来展示,这一系列性恋小说里的男人和女人大多模糊、没有名字,暗含着一种性别上的泛化。相对于女人,男人好像显得更孱弱、被动、胆怯、畏缩(大提琴手、《小城之恋》中的"他"和《岗上的世纪》中的小队长)。女人则生命力旺盛、精力丰沛、活力无限,富有主动性:《荒山之恋》中的金巷谷女孩处处显出一种主动而富有活力的姿态,她引诱大提琴手,并最后选择了他们的结局——双双服药自杀;《小城之恋》中的"她"虽然无知蒙昧,但母性之光最终照亮了"她",洗礼了"她","她"获得精神上的升华;《锦绣谷之恋》中的女编辑无限的感受力映照出男人的枯弱与卑微,她甚至不需要实在的男女关系,仅仅精神的浪漫旅行就足以应对缺乏诗意的生存空间;《岗上的世纪》中的李小琴更是魅力四射、主动出击,她企图以性来分享权力和现实利益,却落了空,那个被她激活了的孱弱男人也只有面对着她才有生命力。

四 叙述背后的精神向度

作为对小说文体有着清醒认识的写作者,王安忆一直在探索小说与世界的关系,调整着自己的叙述姿态。在四十多年的写作中,她的小说形态变化很大,其中1980年代末其小说观念所发生的深刻变化尤其为评论界关注,《叔叔的故事》《歌星日本来》《乌托邦诗篇》《伤心太平洋》《纪实与虚构》等小说里都呈现着这种变化。在这一系列小说中,王安忆突破主观自我经验的呈现,有能力对经验和观念做出谨慎而理性的反省与检讨;描写的成分大大减少,叙述成为她讲故事的方式。她所营造的叙事风格,既不同于1980年代过于整体化的方式,也不同于1990年代所谓的"个人化写作"方式,这种"新诗学"营造了"体现知识分子群体传统的精神之塔"②。也有的评论家描述这种变化是"从诗化到小说化","从经验论者到技术论者"。③

在王安忆早期的"雯雯系列"里,个人经历、体验的"自我"世界建构着小说,画面感很强,现实的各种关系直接进入作品,现实的依托具有了验证

---

① 王安忆、陈思和:《两个69届初中生的即兴对话》,《上海文学》1988第3期。
② 陈思和:《营造精神之塔——论王安忆90年代初的小说创作》,《文学评论》1998年第6期。
③ 李洁非:《王安忆的新神话——一个理论探讨》,《当代作家评论》1993年第5期。

的可能,也让读者过多地看到她自己的影子,小说的"虚构"性还没有建立起来。1985年的《小鲍庄》开始摆脱"雯雯"单纯而传统的叙述模式,王安忆保持冷静的叙述立场,从线性一维的叙述演变为复合型的多维叙述。《小鲍庄》暗含着王安忆的转变,但这仅仅是个开始,而且《小鲍庄》的故事大大地背离了王安忆的自我世界,从王安忆的整体创作来看《小鲍庄》,会觉得它很独特很孤立。

1991年王安忆出版了《故事和讲故事》(浙江文艺出版社),阐发她的小说理论和小说观念。她特别强调小说的物质部分,认为在小说写作中,仅靠个人经验和认识是不够的,还应当依靠一种逻辑的推动力量,她称之为"物质部分",与思想部分相对应。"思想"主要指个人经验,"物质"则是驾驭全局的、合乎逻辑的叙述方式。小说的至境就是物质部分和思想部分的完美结合。王安忆对小说写作有了总结和探讨的能力。如果说,王安忆之前的写作大多是从个人冲动、自我倾诉出发,更多地依赖才气和偶然性因素,那么此后的王安忆非常自觉地营造着"虚构"世界,品尝着虚构的快乐,这是"一种世界观的重建工作"[1],并声称自己的小说是"创造世界方法之一种"[2]。王安忆以叙述的方式建构起自我与客观世界的新关系。

1990年,搁笔一年的王安忆发表了《叔叔的故事》,这是王安忆重新"开张"后的第一篇。王安忆完成了对自我书写的一次挑战。在王安忆看来,"叙述方式是小说真正的本质的方式"[3],所以在《叔叔的故事》中她以叙述来处理故事,对话、景物、画面都由叙述来传递,时间、空间的秩序也以叙述为原则。这好像是一次具有形式意义的先锋书写。不过先锋小说更关注形式本身,叙述本身就是一种有意味的冒险,较少融入作家主观的感受,而《叔叔的故事》却是深厚的现实生活和纯粹的形式的结合,时代、精神、痛苦、反省都可以在小说中找到,用王安忆自己的话说有"对一个时代的总结与检讨的企图"[4]。王安忆用叙述的方式写了两代知识分子,"我"这一代与"叔叔"这一代,"叔叔"的生活是"我"叙述出来的。从"我"的叙述中,我们连接起叙述的碎片,复原出"叔叔"的生活:"右派"—被发配到远方—结婚

---

[1] 王安忆:《近日创作谈》,《文艺争鸣》1992年第5期。
[2] 王安忆的长篇小说《纪实与虚构》的副标题。
[3] 王安忆:《近日创作谈》,《文艺争鸣》1992年第5期。
[4] 同上。

生子—回城—作家—生活放纵精神空虚。王安忆一边叙述"叔叔"的故事，一边拆解这个故事，比如"叔叔"为什么被打成"右派"，就有几种截然不同的叙述。作家一开始就告诉我们，关于"叔叔"的故事，一部分来自"叔叔"自己的叙述，一部分来自传闻或者是某个心怀叵测的人的恶毒攻击，还有"我"的加工编造。所以，"叔叔"的故事其实是不可靠的，许多地方互相矛盾相互抵牾，"真实"变得不堪一击。《叔叔的故事》把一个1980年代的流行故事模式通过叙事变成一个具有多种可能性和阐释空间的叙事范本。王安忆不断地对故事的因果和逻辑进行破坏，不断叙述又不断质疑，建构与破坏其实是在"反省与检讨"以"叔叔"为代表的一代知识分子自身的命运、性格、精神特征等等。"叔叔"即一代受过苦难的知识分子，可是，当"叔叔"从苦难中挣脱出来以后，苦难又成为"叔叔"荣耀和成名的资本。从一开始"叔叔"对苦难的叙事就包含有虚构的成分，扭曲和夸大了历史的构成因素，而没有冷静地审视和反省历史，包括自身性格的问题。当"叔叔"名利双收后，急骤膨胀的个人意识与对历史本相的有意遗忘使他无法找到现实的真正依托，自然滑到自我放纵中，在与异性的放纵中体味作为男人的存在，大姐、小米，还有无数形形色色的女性"朝拜"似地进入他的生活，"叔叔"有意识地利用他的苦难经历、社会地位、话语权力构造他的生活，获得一种想象性满足。然而，"叔叔"的危机终于来了，那便是儿子大宝的出现。"叔叔"在大宝身上看到自己的过去，人生中所有的卑贱、下流、委琐、屈辱的场面。"叔叔"的骄傲和荣光刹那间颓然倒地，他再也快乐不起来了。

王安忆在《叔叔的故事》完成了对"叔叔"那一代知识分子"有意味"的反思，探讨着包括自身在内的知识分子的精神历程、性格特征。在小说形式上，王安忆能有效地控制小说内部各种因素的发展，松弛有度、舒缓自如，叙事话语和叙事体议论的过多插入并没有破坏小说的均衡。王安忆不再被个人经验和真实世界所限制，她用"虚构"建构起庞大而丰富的精神世界。个人经验、集体记忆、史书记载等等都是她建构心灵世界的材料。而王安忆在营造她的虚构世界时，又通过理性思辨、个人反省等把许多问题引向精神性向度的形而上思考。这种精神性思考同样贯穿在她以后的《神圣祭坛》《纪实与虚构》《乌托邦诗篇》等小说中。

《乌托邦诗篇》是对另一类充满理想主义精神和人文情怀的知识分子的书写。小说建立在王安忆访美期间与作家陈映真的交往、回忆、印象、感受基础上,交叉记叙了与陈映真的交往、陈映真的创作道路和人格魅力、"我"寻找精神依托的心路历程,具有精神上的文化寻根意味。她在结尾时说:"寻根已无法实现……我只可到未来去寻找源泉。我的源泉来自于对世界的愿望……我觉得从此我的生命要走一个逆行的路线,就是说,它曾经从现实的世界出发,走进一个虚妄的世界,今后,它将从虚妄的世界出发,走进一个现实的世界。"理想、信念、信仰等人文品格映照着平凡的现实,"虚妄的世界"承载着王安忆寻找的精神资源。

《纪实与虚构》是一个家族神话和自我成长的故事。它在一个庞大的精神背景中展开。王安忆关注的是个人从哪里来,又要到哪里去,这其实是一个终极性的哲学命题。王安忆并没有把它变成一个纯粹意义上的形而上命题,如存在主义哲学家们所做的那样。她要把这种追问落到实处,落到时代和个人的深刻关系中。王安忆通过虚构家庭历史和追忆个人成长经历,从纵的历史和横的社会关系来探讨个人和世界的关系。在纵的历史向度上,王安忆从母亲茹志鹃的"茹"姓写起,将母性家族的起源上溯到塞北大漠的"柔然"部落,有着两千年的家族演变:迁徙、战争、鲜血、悲凉。王安忆写得挥挥洒洒,悠然自如,"虚构"就这样把历史写进了小说。王安忆说:"我甚至以推理和考古的方式进行虚构,悬念迭起,连我自己也被吸引住了。"而在"纪实"那一部分,王安忆则从个人生命的成长历程写起,"孩子她"的成长苦恼、欢欣、孤独、寂寞,一个人精神世界的点点滴滴,从中我们又一次看到王安忆自己的影子。但是,这个世界里的王安忆已经不再是那个单纯感伤的"雯雯"了,这是个获得了充足自信和广袤精神支持的"自我"。王安忆的"自我寻根"意味着作家对于自我身份认同的焦虑,要在历史和现实的交叉关系中确立"个人"的存在。通过《纪实和虚构》,王安忆呈现了自己对自身和世界的不懈探索。

通过分析王安忆1990年代写作的三部长篇,我们可以看出她在小说叙述和精神探求上的巨大变化。这些变化一方面意味着王安忆驾驭小说这种叙述样式的稳熟功力,可以这样说,她是一个成熟的写作者,能把小说的"物质部分"向预期的理想状态推进;另一方面,她对自我和生存的现实深怀焦虑,把现实的物质关系引向精神性的意义向度,她小说被认为富有"深度"和"理想精神",这使她的小说获得了知识分子批评家的普遍认同。

思考题

1. 所谓"女性写作"有哪些基本特征?以"女性写作"作为批评视角可能在哪些方面有更深入的发现?

2. 以王安忆的《长恨歌》为例,分析王安忆作品中都市与女性的关系。

3. 王安忆的"三恋"曾引起社会的广泛关注和争论,如何看待王安忆这些描写性恋的小说?

4. 王安忆的小说在1990年代发生了非常大的转变,如何看待这种转变?试以《叔叔的故事》为例来分析王安忆作品叙述上的变化。

第二十一讲　王蒙、路遥与陈忠实

把王蒙、路遥与陈忠实这三位重要作家合成一讲,放在本书末尾,篇幅比较挤,似乎"委屈"了他们。事实上,与之前专章论述的其他几位当代作家相比,王蒙、路遥与陈忠实的文学史地位不遑多让,他们都堪称当代的一流作家。

第一节　王蒙:"共和国文学"的常青树

新中国成立迄今七十多年,已有几个"世代"的作家,而王蒙的创作几乎跨越这七十年。王蒙(1934—),祖籍河北沧州,出生于北京。他1940年代后期上中学时就加入共产党,后从事共青团工作。1953年开始写小说,1957年被划为"右派",先后下放到北京郊区和新疆。1979年平反复出,进入他的创作丰盛期。曾任《人民文学》主编和文化部长等职。2019年被授予"人民艺术家"国家荣誉称号。王蒙的创作成就主要在小说,代表性作品有《青春万岁》(1953年动笔)、《组织部新来的青年人》(1956)、《布礼》(1979)、《风筝飘带》(1980)、《活动变人形》(1987)、《坚硬的稀粥》(1989)等等。王蒙身兼"老干部"与"文人"双重角色,历经许多政治波澜,社会阅历非常丰富,他的创作是贴近时代,"干预生活"的。他"视文艺为世道人心的映象,也是对世道人心施以影响引领的重要抓手"①,始终坚持创作的理想与责任,坚持对民族历史和未来的冷静思考。对王蒙的专题研究,应格外关注他的创作如何显示着"共和国文学"不同时期的历史特征。

---

① 据澎湃新闻2021年8月12日报道,题为《王蒙:文道与世道》。

首先要讨论的是王蒙的长篇小说《青春万岁》。那是1953年,19岁的王蒙带着他们那一代"青年布尔什维克"的热情,用稚嫩的笔写了这部长篇,希望通过北京一所女子中学高中生的生活描写,让"带着露珠的小草",去反映"新中国的朝阳的光辉"。① 积极乐观的人生态度,献身革命、创造新生活的理想与热情,构成了作品的底色。"青春"和"祖国",是交互贯串整部小说的奏鸣曲。如序诗所写,"所有的日子,所有的日子都来吧!/让我们编织你们,用青春的金线,/和幸福的璎珞,编织你们。/有那小船上的歌笑,月下校园的欢舞,/细雨蒙蒙里踏青,初雪的早晨行军,/还有热烈的争论,跃动的、温暖的心……/是转眼过去了的日子,也是充满遐想的日子,/纷纷的心愿迷离,像春天的雨,/我们有时间,有力量,有燃烧的信念,/我们渴望生活,渴望在天上飞。"这些年轻人的生活中,虽然也有"旧社会"留下的阴影,斗争的弦绷得很紧,但阳光总是灿烂的,整个气氛是上进、积极的。年轻人追求革命的理想,厌恶和摒弃"小资产阶级个人主义",用劳动、斗争和自省来锻炼自己,坚信"集体"的力量才是克服困难勇往直前的无穷动力。小说还写到毕业前夕,同学们来到天安门广场聚会跳舞,巧遇路过的毛主席。伟大领袖亲切地和学生们交谈,而孩子们从毛主席慈祥的眼睛中看到"永远关怀着自己的儿女的祖国"。这是虚构,却有深含的意蕴,是当时创作中常见的革命浪漫主义照耀下的"写实"。

现在阅读可能会感到这部小说有些说教和肤浅,却也可以从中看到特定的革命历史时期普遍的精神状态。新中国初建时虽然有许多残酷的斗争,但民心所向积极,对未来是充满希望的。当时连桀骜不驯的批评家胡风,也写了长诗《时间开始了》赞美新时代,可见当时的社会心态。王蒙这部小说特有的价值,在于留下了新中国成立之初社会风貌的某些侧影,特别是其中所表现的青年的理想、单纯与激情,现在读来仍然让我们感动和向往。任何时代都有属于它的青春,青春总是带有它所属时代独特的色彩,但任何时代的青春又都有它的向上的单纯和激越,这种共通性穿越时空,不断出现于文艺作品中,让人们感到人生的美好。《青春万岁》这个题目真是贴切!

这部小说没有很特别的值得研究者去分析的艺术手法,采用的只是比

---

① 《〈青春万岁〉后记》,《王蒙文存》第1卷,人民文学出版社2003年版,第314页。

较单一的叙事，但贯穿其中的浪漫与激情是感人的，阅读时应当努力地理解与同情，去感受小说所传达出的属于青春共和国那个特别年代的真挚感情。

可惜因为政治的原因，《青春万岁》写成后几经波折，未能出版。直到二十六年后，即 1979 年，该书才得以面世。据王蒙回忆，现在能见到的版本，是经过两次大的修改的：第一次修改是 1962 年，当时中国和苏联关系破裂，主要删去有关学习和向往苏联"老大哥"的内容；第二次修改是 1978 年，还处于"抓纲治国"的时期，战战兢兢，删去一些可能被认为感情与思想倾向不够健康的部分。作者也希望能按照原稿出版，但已找不到原稿。

王蒙受到文坛和社会更大的关注，是因为写了短篇《组织部新来的青年人》①。尽管这篇小说给他带来政治上的厄运，但后来各种文学史给予这个短篇的评价是很高的。

小说写的是原来当小学老师的青年林震被调到区"组织部"当干部，他富于理想和热情，很高兴"自己新生活的开始"，希望能大展身手做好工作。可是很快发现"组织部"的氛围和他的设想迥异：工作拖拉，领导和同事都得过且过，搞官僚主义和形式主义，应付差事。副部长刘世吾是小说另一主要人物，在林震眼中，他虽然经验丰富，却也已经是"老油条"。小说写他驾驭官场术语"像拨弄算盘珠子一样灵活"，似乎不用学习什么也能"把握应付一切"，其口头禅"就那么回事"，似乎看透一切。这一切，都让初生牛犊林震感到疑惑和气闷。林震到麻袋厂调查，又发现一些"懒政"现象，便贸然以工人的名义写信给报纸，揭露麻袋厂党支部的问题，引起了区委的注意。可是尽管林震与不良之风的斗争非常激烈，最终区委对麻袋厂问题的处理还是那样四平八稳，这更让林震有些挫败。不过经此一事，林震开始认识到单凭个人的勇气做不成事，"按照娜斯嘉的方式生活"也是很难的。

王蒙写这个短篇显然受到苏联作家迦林娜·尼古拉耶娃的小说《拖拉机站站长和总农艺师》的影响。该小说女主人公娜斯嘉也是刚走向社会的年轻农艺师，她尊重科学，不畏权势，敢作敢为，与官僚主义做斗争。当时苏联的"解冻文学"开始松动，批判"无冲突论"，主张文学"干预生活"，《拖拉机站站长和总农艺师》显然顺应了当时的文风。该小说翻译成中文，在中国影响很大。王蒙在《组织部新来的青年人》中几次特别提到《拖拉机站

---

① 收入《王蒙文存》时，作者把小说题目改为《组织部来了个年轻人》。

长和总农艺师》,新来"组织部"的林震,其实就是王蒙笔下的中国"娜斯嘉"。这篇小说揭露了当时政治生活中的官僚主义和形式主义,也是文学对于生活的"干预",应当说是有其特别的价值的。但由此也引起了激烈的争议。少数意见认为《组织部新来的青年人》揭示和批评现实生活中的缺憾,是"去病和苦口",体现了"社会主义现实主义的生命核心"。① 多数意见批判王蒙小说"不健康的倾向",指责其在反官僚主义的问题上表现了"小资产阶级的狂热的偏激和梦想"。② 当时的大环境比较"左",缺少宽容,难以接受这种对于社会生活缺陷有所"干预"的创作。

后来的文学史比较肯定这篇小说"干预生活"的意义,其实还可以换个角度来观察,这也是一篇"成长小说"。年轻人带着理想和热情步入社会,却碰到许多未曾料及的矛盾、困难与污浊,他们的"成熟"往往是以青春和浪漫的"退场"为代价的。小说末尾写林震意识到了自己的不足,"他要尽一切力量去争取领导的指引","坚决地、迫不及待地敲响了领导同志办公室的门",这似乎添上一条"光明尾巴",略微收紧了小说"干预生活"的力度。小说中给人印象深刻的"组织部"副部长刘世吾,他的"老油条"心态背后,何尝没有与官场的繁文缛节周旋的无奈和智慧?

王蒙是文坛的常青树,1979年平反复出之后三十多年,笔耕不辍,至耄耋之年仍有作品面世。在"文革"后新时期文坛思潮变迁的几个节点,他都有引领风潮的小说。尤其是1980年代前期"集束"面世的六个中短篇,包括《布礼》《蝴蝶》《春之声》《夜的眼》《海的梦》和《风筝飘带》,仍然保留他贴近社会、"干预生活"的创作思路,艺术上则更开放,大胆采取意识流等新的手法,助力于社会变化进程中的心态刻画;语言则从早期的清新、简朴转为多用铺排、调侃、嘲讽、感叹、狂欢,往往以大词小用、庄辞谐用来制造阅读的张力,强化了小说阅世、思辨、批判的色彩。

现在我们把重点放在对其长篇《活动变人形》的分析上。

这部小说以1980年学者倪藻出访欧洲,拜访父亲当年的朋友开篇,回叙其父亲倪吾诚一生的坎坷及家庭婚姻经历,折射半个多世纪中国的历史风云和社会变迁,在形形色色的生活面相中反思民族文化中的某些痼疾,以

---

① 邵燕祥:《去病和苦口》,《文艺学习》1957年1月号。
② 李希凡:《评〈组织部新来的青年人〉》,《文汇报》1957年2月9日。

及人性的阴暗面。

《活动变人形》的主人公倪吾诚从小受维新变法思潮影响,对缠足、包办婚姻等野蛮旧习反感,14岁要砸祖宗牌位,是村人眼中的"怪物"。但为了去欧洲留学,又屈从长辈意愿,答应了和地主女儿姜静宜的婚事。两年后,倪吾诚带着对西方文明的皮毛认知归国,试图以"文明"来重塑他的妻子和家庭。倪吾诚力图摒弃封建家庭的羁绊,追求自己的幸福,甚至对革命也是有些向往的。当然他并不了解也不可能进入艰苦的革命进程,只是空想物质的丰厚,而且追求不受道德约束的生活。他的空想和夸夸其谈不能被家人所接受,与比较传统的妻子姜静宜缺少感情,经常吵嘴。而岳母和大姨子总是为姜静宜出谋划策,制约倪吾诚,结果火上浇油,鸡犬不宁,导致婚变、出走的悲剧。倪吾诚深陷绝境,思想人格分裂,原因在于他自以为的文明的优越感只能带给其他人不适,他对凭自己的智慧和能力不能在社会上求得安宁与富足,始终是愤愤不平的。这简直又是一个郁达夫笔下的"多余的人",尽管他所生活的年代要晚得多。

小说中写的倪吾诚妻子姜静宜,是一心想维护家庭安宁过日子的女人,她的悲剧在于"嫁错了郎",嫁给了一个夸夸其谈没有本事却要用所谓"现代文明"来改造她的男人,一个表面"文明"却毫不善解人意的人。当然,姜静宜身上也有传统文化的羁绊,她很保守,不愿意接受新事物,更不懂得如何去"经营"婚姻家庭,有时会把事情越弄越糟。让倪吾诚感到更麻烦的是,还要和岳母以及妻姐姜静珍住在一个屋檐下。她们的生活方式、处世观念以及性格心理,都和"洋派"的倪吾诚迥异,怎能不导致冲突?姜静珍这个人物写得比较深刻,给人印象很深。她年轻守寡,立誓不再嫁,但也因此压抑变态,性格古怪而强悍,自己过不好,也不让人家过好。小说写她喝酒抽烟、吵嘴打架、随地吐痰、尖酸刻薄、挑拨离间,写她神经质,一遍遍洗脸、化妆,无事乱翻东西,捣鼓煤球炉,修脚以及刷尿壶等怪癖,有点像张爱玲笔下的七巧。加上同样是寡居多年,总要耍家长威风的岳母,这种封闭而猥劣的氛围倪吾诚如何受得了?当倪吾诚想到她们这些与生俱来的"恶习"可能要传给下一代,更是心惊肉跳。于是一个男人和三个女人的家庭战争就反复上演了。

该小说所写的家庭悲剧,固然可以从经济的、性格的方面去分析,但更深层的是文化心理冲突。其中"活动变人形"的蕴意值得深究。这本是类似变形金刚的玩具,同一个身子可以变换多种脑袋和腿脚。倪吾诚在当铺当掉了他的瑞士表给孩子买了这礼物,同时还买了鱼肝油。两种礼物代表倪吾诚的两种期待,希望鱼肝油能使孩子身体健壮,"活动变人形"则让孩子有快乐的童年,有更加文明、变通和个性发展的生活。

当然,也可以从世道人心之"变",以及人性深层的"变"去阐释"活动变人形"的象征含义,小说的确也写到了性格的矛盾与人性的阴暗。而这也是《活动变人形》出彩的地方:王蒙在关注变化多样的社会人生时,又成功地表现了人性深层的困窘与孤独。

《活动变人形》笔法细腻而又放达,艺术功力超越了王蒙其他小说,是一部耐读而且经得起多种尺度去分析的作品。

第二节 路遥与"路遥现象"

在新时期文学史上,路遥是被普通大众阅读最多的严肃作家,尤其是他的中篇小说《人生》和长篇小说《平凡的世界》,吸引了一代又一代的读者:《人生》1982年5月发表后,迅速由中国青年出版社推出单行本,首印13万册,后又加印至20多万册,并衍生出连环画、电影、广播等多种形式;1998年,"1978—1998大众读书生活变迁调查"显示,《平凡的世界》在"到现在为止对被访者影响最大的书"中排名第六位;2008年,新浪网"读者最喜爱的茅盾文学奖获奖作品"调查,《平凡的世界》以71.46%的比例高居榜首;2012年,"文明中国"全民阅读调查,《平凡的世界》超过《红楼梦》,位列读者最想读的图书第二名;1988、2001、2009年中央人民广播电台文艺频道的"长篇连播"栏目三次播放由叶咏梅改编、李野墨演播的《平凡的世界》,创下收听纪录……①与此同时,一些文学史家和批评家对于路遥和他的作品却不约而同地采取了"冷处理"的方式,几种有重大学术影响的文学史,如洪子诚撰写的《中国当代文学史》仅在第二十一章的"市井、乡土小说"部分提及路遥的名字,未做任何作品赏析;陈思和主编的《中国当代文学史教程》第十三章分析了《人生》,对《平凡的世界》则是一笔带过;在陈晓明的

---

① 参见厚夫:《路遥传》,人民文学出版社2015年版;邵燕君:《〈平凡的世界〉不平凡——"现实主义常销书"生产模式分析》,《小说评论》2003年第1期。

《中国当代文学主潮》、王庆生、王又平主编的《中国当代文学史》中,路遥也基本是边缘存在或者干脆缺席。这种专业评价与大众阅读冷热不均的两极对立,就构成了"路遥现象"(也有人称之为"《平凡的世界》现象")。这种现象的发生可以从很多角度思考,如新时期文学思潮的嬗变和审美领导权的转换、文学转型与社会历史转型的联动、"十七年"的文学遗产与现实主义的道路和传统等等,而这已足以证明"路遥现象"自身的价值,它"不仅持续推动着路遥研究的深化,也给文学史叙事带来了难以回避的诸多问题以及再阐释的空间"①。值得注意的是,近几年来,路遥研究在学界和批评界也由冷转热,不断在诸如底层写作、农裔城籍与乡土叙事、农民主体性的重建、新左翼文学、重返八十年代等话题领域获得讨论。

路遥(1949—1992),陕西清涧人,本名王卫国。他出身于贫寒的农民家庭,"文革"初期曾参与延川县造反派活动,并一度担任延川县"革委会"副主任。1970年代初,开始尝试文学创作;1973年,进入延安大学中文系学习;毕业后在《陕西文艺》(即《延河》)编辑部工作。1980年,在《当代》发表的中篇《惊心动魄的一幕》荣获第一届全国优秀中篇小说奖,引起文坛关注;此后,陆续发表《人生》《在困难的日子里(一九六一年纪事)》《黄叶在秋风中飘落》《生活咏叹调》等中短篇小说。1986年,《平凡的世界》(第一部)刊载于《花城》当年第6期;1988年,路遥完成《平凡的世界》全部创作,小说后由中国文联出版公司出版;1991年,《平凡的世界》获得第三届茅盾文学奖,并且名列榜首。1991年冬,路遥开始写作长篇创作谈《早晨从中午开始》。1992年11月17日,因肝病离世。

路遥的创作深受他的乡党和前辈柳青的影响,他也一直把柳青作为自己的精神导师,曾这样说过:"作为一个深刻的思想家和不同凡响的小说艺术家,柳青的主要才华就是能把这样一些生活的细流,千方百计疏引和汇集到他作品整体结构的宽阔的河床上;使这些看起来似乎平常的生活顿时充满了一种巨大而澎湃的思想和历史的容量。"②而路遥自己的创作也是如此,他总是把有关农民和农村"生活的细碎的切片",投放到"广阔的社会和

---

① 赵学勇:《再议被文学史遮蔽的路遥》,《小说评论》2013年第1期。
② 路遥:《柳青的遗产》,《延河》1983年第6期。

深远的历史的大幕上去检查其真正的价值和意义"①,其代表作《人生》和《平凡的世界》都是如此。

《人生》开篇题记引用柳青《创业史》第十五章那段著名的话:"人生的道路虽然漫长,但紧要处常常只有几步,特别是当人年轻的时候。没有一个人的生活道路是笔直的,没有岔道的……"小说的主人公高加林就走到了人生的岔路口:他因未能考上大学,回乡做了民办教师,但不久遭村干部排挤,只得回家务农。在心灰意冷之际,同村姑娘巧珍热烈真挚的爱意安慰了他受伤的心灵。他的叔叔从部队转业到地方任职,他也因此获得城市户口和到县里广播站工作的机会。旧日同窗、县武装部部长的女儿黄亚萍为高加林的文学才华倾倒,向他示爱。认为自己的未来属于城市的高加林在权衡之后,断绝了与巧珍的恋情,转而与亚萍出双入对。上级组织查出高加林是以不当手续获得城镇户口和广播站工作的,他只得离开岗位返回乡村,要迁居南方城市的亚萍不能接受高加林重做农民的事实,同他分手;而一直爱着他的巧珍也已嫁做他人妇。回到村里的高加林,看着熟悉的家乡,"一切都是原来的样子——但对他来说,一切又都不一样了……"

1979年,在第四次文代会上,邓小平明确提出文艺创作要着力塑造社会主义新人,新时期文学也由此展开了关于"新人"问题的讨论。在这样的背景下,高加林的出现为如何理解农村"新人"形象提供了一个话题空间。阎纲认为:"高加林无疑地正在探索社会主义新人的道路……"陈骏涛则认为,高加林算不上新人,因为"他还没有确定革命的人生观",但是他身上所体现出的"能够冲破旧式中国农民的小生产者的狭隘性和因袭重负,是农村社会主义新人的不可或缺的品格"。雷达也认为,高加林虽然不是通常所说的"新人",但"在精神上是一个新的人物"。还有人指出,高加林的奋斗只是个人的单打独斗,"他始终没有把改造落后农村的任务当作终身的光荣使命",言下之意,距离"新人"尚有不小距离。② 批评界之所以有不同声音,很重要的一点是路遥在《人生》中投射的价值观本身是混杂和犹疑

---

① 路遥:《柳青的遗产》,《延河》1983年第6期。
② 参见路遥、阎纲:《关于〈人生〉和阎纲的通信》,《作品与争鸣》1983年第2期;陈骏涛:《对变革现实的深情呼唤——读中篇小说〈人生〉》,《人民日报》1983年3月22日;雷达:《简论高加林的悲剧》,《青年文学》1983年第2期;曹锦清:《一个孤独的奋斗者形象——谈〈人生〉中的高加林》,《文汇报》1982年10月7日。

的,而这恰恰成就了《人生》。

高加林是一个集思索者、奋斗者、矛盾者和失败者于一身的农村知识青年。在巧珍眼里,他有"潇洒的风度,漂亮的体型和那处处都表现出来的大丈夫气质";在亚萍眼里,他有"颀长健美的身材,瘦削坚毅的脸庞,眼睛清澈而明亮,有点像小说《钢铁是怎样炼成的》里面保尔·柯察金的插图肖像,或者更像电影《红与黑》中的于连·索黑尔";而在父亲和德顺老汉眼里,本该扎根土地的加林,像个"豆芽菜","根上一点土也没有了,轻飘飘的,不知你上天呀还是入地呀!"换言之,不管是在爱人还是亲人眼中,高加林都不像一个面朝黄土背朝天的农民,他也确实有保尔·柯察金那样坚定的理想和于连·索黑尔式的征服城市的野心。然而,他根本无力摆脱改革开放初期的社会分工体制对他的制约。高加林时而在村民面前展示他高人一等的讲卫生、懂科学的优越感,时而在城里人轻慢农民时表现出愤激的卫护之情,他的自卑和自尊,他对巧珍、亚萍的爱恋和拒绝,他在城乡之间的进退两难,所有这些既与他的个性有关,又沉淀着丰富的"政治经济的内容",还关联着改革开放所引发的社会道德和心理的递嬗。这些也正是这个人物能够唤起强烈时代共鸣的原因所在。

作为一个农裔城籍的小说家,路遥多次谈到过对"城乡交叉地带"的思考,在就《人生》与阎纲的通信中,他认为:"城市生活对农村生活的冲击,农村生活城市化的追求意识,现代生活方式和古朴生活方式的冲突,文明与落后,现代思想意识和传统道德观念的冲突,等等,构成了当代生活的一些极其重要的方面。"①作为农民的儿子和柳青传统的捍卫者,路遥深知扎根乡土的意义;而作为获得城市身份且深深受益的过来人,他又不自觉地把立场放在城市上。正如有研究者所指出的,对于路遥来说,交叉地带"不仅是人生路上艰难跨越的城乡结合部,还是社会差别在身份意识与自我认同方面的心理投射","不仅是新时期城乡制度变革的结果,更是描述中国社会转型期各种经验层叠的历史寓言"。②《人生》的结尾,德顺爷爷教导加林不要看不起"山乡圪崂","就是这山,这水,这土地,一代一代养活了我们,没有这土地,世界上就什么也不会有!"此处对乡土伦理的致敬固然起到强调作

---

① 路遥:《关于〈人生〉和阎纲的通信》,《作品与争鸣》1983年第2期。
② 杨晓帆:《路遥论》,作家出版社2018年版,第5页。

用,但放在整个小说中,德顺爷爷所代表的传统道德观念与加林向往的现代意识是不对等的,路遥用"并非结局"命名小说的最后一章,也在暗示高加林到底不是梁生宝,手抓黄土、跪地悔悟的他未必就真的甘心老老实实在农村待上一辈子。

改革加速进行,城乡交叉的频度和力度也越来越大,对于农村青年来说,到底是留守还是进城?虽然中国青年出版社的编辑一直鼓励和催促路遥去写《人生》的下部,但他自己却在思考中有了一个更宏大的计划,要"写一本自己感到规模最大的书","企图用某种程度的编年史方式结构",去呈现"一九七五年到一九八五年十年间中国城乡广泛的社会生活"①——在自己人生的最后几年,他全身心地投入《平凡的世界》的创作中。

《平凡的世界》全书长达百万余字,是一部具有史诗气魄的巨著。小说以时间为序,从"文革"后期写到1980年代中期,纵向呈现了转折时代的历史进程;同时又横向地将视线放宽,把从省城到乡村、政界到矿井的广袤社会空间都笼于笔端,在人物命运中较为深切地渗入深层的文化心态的考察和对历史选择的庄重思考,这使其成为新时期文坛中表现农村变革的长篇叙事文学的扛鼎之作。具体而言,小说沿着三条主线展开:第一条线索围绕孙少平布设,记叙他由乡而城的人生跋涉,追求爱情、事业和理想的心路历程;第二条线索围绕双水村布设,描绘了极"左"路线给农村造成的贫困,以及农村联产承包责任制实施后对农民价值观念的巨大冲击,尤其侧重孙少安勇立潮头的探索;第三条线索则以田福军为中心,以他的升迁把村、乡、县、地区和省部各级领导干部串联,反映巨变时期改革派和保守路线并存的复杂,折射改革征程的艰难。三条线的主要人物因为家族、爱情、事业和政治斗争等错综交缠在一起,无数"普通人的汹涌心潮"终汇成一个"平凡的世界"。

很多研究者都注意到小说采用了较为经典的"成长小说"的叙事架构,它细腻地刻画了1980年代青年农民个体成长的历程。巴赫金有一个很著名的说法,真正的关于人的"成长小说"的"成长"不是简单长大,而是要"与世界一同成长,他自身反映着世界本身的历史成长",成长的主人公"已不在一个时代的内部,而处在两个时代的交叉处,处在一个时代向另一个时代

---

① 路遥:《早晨从中午开始》,《路遥文集》第5卷,人民文学出版社2005年版,第250、253页。

的转折点上。这一转折寓于他身上,通过他完成的。他不得不成为前所未有的新型的人",这样的成长"会尖锐地提出人的现实性和可能性的问题,自由和必然问题,首创精神问题"。① 小说中的孙氏兄弟正是如此,他们处在从"革命"到"改革"转换的交叉点上,从某种意义上说,他们是高加林的分身,也是高加林的质变,高加林没有完成的成长之途分蘖为城市和乡村两路,少安和少平各选一路完成了人生的蝶变。以少平为例,他和高加林一样有一个向往城市文明的骚动的灵魂,不过苦难赋予他更沉实内敛的精神品格,从一开始他就拒绝以攀附的姿态进入城市,而是希望凭自己的知识和劳动有尊严地在城市生活,这在他和田晓霞跨越阶层的恋情中表现得尤其明显。从中学生到揽工汉再到有编制的煤矿工人,孙少平一直持续地成长着,社会结构的松动给了他高加林得不到的机会,他也赶上了鼓励劳动创造个人价值的时代,他用强健的意志、对知识的不倦追求和不懈奋斗克服一个又一个难关,虽然生活没有允诺幸福的人生回报,晓霞死于一次报道事故,但他顽强地在坚硬的城市里楔进一个牢固的精神支点,也因此鼓舞了无数的底层青年读者。路遥在小说中特别强调了"劳动"的意义,劳动不但改变了以孙氏兄弟为代表的底层青年的人生际遇,还让他们获得了一种参与历史进程的主体性。虽然有批评者认为,孙少平和孙少安对于底层的苦难缺乏洞彻性的思考,两个人物也有被提纯和拔高之嫌,但要知道,路遥去世后近三十年里,"三农"问题依然是我们国家重中之重的问题,路遥借孙氏兄弟命运所思考的劳动与人生和幸福的关系、乡村与农民主体性的建设等在今天依旧有很大的启发意义。

《平凡的世界》采用了同《人生》一样的较为传统的现实主义笔法,这既来自对柳青遗产的继承,也来自路遥对"过时的"现实主义美学的捍卫,他坚信"现实主义照样有广阔的前景"②。不过,他开始构思《平凡的世界》的1985年,恰恰是现代派文学攻城略地的一年,新时期小说的叙事美学正开始经历一场剧烈的范式转换,路遥的不合潮流为《平凡的世界》接受的两歧现象埋下了伏笔。小说第一部被《当代》编辑退稿的理由就是因为"80年代

---

① 巴赫金:《长篇小说的话语》,《巴赫金全集》第 3 卷,白春仁、晓河译,河北教育出版社 1998 年版,第 232—233 页。

② 路遥:《早晨从中午开始》,《路遥文集》第 5 卷,第 258 页。

中期,是现代主义横行,现实主义自卑的时代"①,后来遭遇文学史家的冷遇多少也与这个原因相关。不过以后见之明来看,诚如李陀所言,《平凡的世界》的写作实际上是对1980年代以来中国当代文学一个全面的挑战,小说实践的现实主义美学在今天也自有其示范性的价值。

第三节　陈忠实与作为民族心史的《白鹿原》

在新时期的三秦大地上,私淑柳青的知名小说家除了路遥之外,还有陈忠实。有意思的是,当路遥为构思《平凡的世界》,一次次捧读《创业史》时,陈忠实却告诫自己,要"彻底摆脱作为老师的柳青的荫影,彻底到连语言形式也必须摆脱……什么时候彻底摆脱了柳青,属于我自己的真正意义上的创作才可能产生"②。而他摆脱柳青的实践,就是《白鹿原》的写作。

陈忠实(1942—2016),陕西西安人。1960年代中期开始尝试创作,1973年在《陕西文艺》发表短篇小说《接班以后》,正式踏入文坛。新时期后,陆续发表中短篇小说《信任》《康家小院》《初夏》《蓝袍先生》《四妹子》等,其中《信任》获1979年度全国优秀短篇小说奖。1980年代中期,他开始着手《白鹿原》的创作,1992年定稿,先发表于《当代》当年第6期和1993年第1期。1993年6月,人民文学出版社出版小说单行本,引发关注。1997年,《白鹿原》修订本荣获第四届茅盾文学奖。2010年,《钟山》杂志刊出"30年10部最佳长篇小说",《白鹿原》排名第一。评论家雷达认为:"《白鹿原》的深邃程度、宏阔程度、厚重程度及其巨大艺术概括力,显得更为突出,把它摆放在当代世界文学格局也毫不逊色。"③《白鹿原》后,陈忠实还出版有短篇小说集《李十三推磨》《白鹿原纪事》、散文集《俯仰关中》等。2016年4月29日,病逝于西安。

在陈忠实中前期的作品中,1985年完成的中篇《蓝袍先生》有着较为重要的意义,是他"写作的一次突破"。小说以悲喜交织的笔调,叙说蓝袍先生徐慎行一生的坎坷行迹,也意外地点燃了陈忠实"从未触动过的生活库

---

① 周昌义:《记得当年毁路遥》,《文艺理论与批评》2007年第6期。
② 陈忠实:《关于〈白鹿原〉的答问》,《小说评论》1993年第3期。
③ 雷达:《〈白鹿原〉的经典相》,《人民日报》2016年6月17日。

存",直接"勾引出"写作《白鹿原》的欲望。① 徐慎行出生于一个"耕读传家"的家庭,在父亲的训诫下,他早早就穿上了象征传统道德和礼法秩序的蓝袍,坐馆执教。新中国成立后,他获得去师范学校教师训练班进修的机会,在女同学田芳的鼓励下,终于脱去蓝袍,换上列宁装。他憧憬自由的新生活,渴望真正的爱情,并试图同包办的妻子离婚,但父亲以死相逼,他退缩了。紧接而至的政治风波中,他被打成"右派",渴慕自由的心扉又陷入了新的禁锢之中,让他再次想起那件如同枷锁的蓝袍。蓝袍这个意象,就像鲁迅《风波》中的辫子,是人物深层心理结构的外化。小说借此批判了极"左"思潮对普通人幸福的戕害,显然有着其时"反思文学"的痕迹;我们更要注意,徐慎行遗传自父辈的旧式伦理教化的基因对他造成的负面影响也是巨大的,他悲剧的一生,叠加着极"左"政治与传统文化的双重阴影,也隐约体现了陈忠实从"文化心理结构的角度"去观照人性和国人命运的初步自觉。

为了写作《白鹿原》,陈忠实做了大量的资料积累,除了艺术上的准备,包括广泛阅读《百年孤独》《活动变人形》《古船》,以及卡朋铁尔、托尔斯泰、契诃夫、莫泊桑、肖洛霍夫等中外名家名作,见识"各种结构方法"外,他将主要的精力放在了历史文献的搜集上,一是查阅西安周围的长安、蓝田县志和地方党史、文史资料,二是"温习中国近代史",同时还进行了社会调查,意在了解小说"所选定的这个历史背景的总体趋向和总体脉络"。饶有意味的是,小说首页的题词,选用的却是巴尔扎克的一句名言:"小说被认为是一个民族的秘史。""历史"和"秘史",一字之差,却体现出对"史"理解的侧重,以及陈忠实所谓的"史""这个字眼本身在文学领域令人畏怯"的一种意识。② 而小说引发的一些争议,即与此相关。

回到陈忠实写作《白鹿原》的时代语境:寻根文学余音犹在,先锋小说、新写实小说接续冲击,新历史主义思潮的风向也被中国作家敏锐感知,这些都对《白鹿原》叙述和介入历史的方式产生了影响。所谓新历史主义是针对强调实证和反映论的传统历史观念而言的,其代表人物海登·怀特着重分析了历史文本的修辞性,认为历史是被叙述的话语文本,进而将史学和诗

---

① 陈忠实:《关于〈白鹿原〉的答问》,《小说评论》1993 年第 3 期。
② 同上。

学等量齐观,这样历史和文学就具有了"互文性",可以互相阐释。新历史主义有意识地摆脱过往历史研究中几成定见的政治经济论的阐释框架,希望另辟蹊径地对历史做出解读。不过,新历史主义混同历史和文学,忽视了客观实在和客观规律性,这也带来了认识论上的盲区。中国本土的小说家对新历史主义的接受既包含着作家冲破单维政治化叙事的动机,他们期望借此打开被革命史的宏大叙事遮蔽的不同层面、空间的历史,如民间史、乡村史、家族史等,也有在小说本体美学上做拓展的考量。有学者提炼出中国新历史主义小说的几个特征,主要包括:小说主题从正史到野史、思想观念从民族寓言到家族寓言、强调历史的虚构叙事、人物形象从红黑对立到中间灰色色域、小说语言表征为从雅语到俗语的转换。① 《白鹿原》是具备上述这些特征的,因此不少批评者将《白鹿原》视作 1990 年代新历史主义小说的典范之作。

《白鹿原》以 20 世纪上半叶中国一系列的重大社会事件为背景,通过对关中地区白鹿原上白、鹿两家三代人盘根错节的纠葛与矛盾的叙写,展现并思考关中农民近代以来的命运浮沉。白、鹿两家本是一族,后族中老人将家族拆开,一支为白,一支为鹿。贯穿全篇主线的,不是政体更替和革命斗争,而是白嘉轩、鹿子霖等人的生存、劳作、婚姻、繁衍和他们子女成长的生命过程。小说主要人物都有鲜明的阶级身份,但与采取革命叙事框架的作品不同的是,人物的阶级身份与他们的人生选择并无实质性的关联:白嘉轩与长工鹿三之间情同手足,完全不是地主和佃农间压榨与被压榨的关系。鹿家两个兄弟、白家一对兄妹有着迥异的人生命运,像白灵与鹿兆海本是情侣,二人以抛铜圆的方式来决定是加入共产党还是国民党;效忠过国民党的白孝文在新中国成立后当了县长,而有过革命经历的黑娃却遭到镇压……陈忠实认识到:"写人,要从多重角度探索人物真实而丰富的心灵历程,要避免重蹈单一的'剥削压迫,反抗斗争'的老路,要从过去的主要刻画人物性格变换为着重描写'人的文化心理'。"在陈忠实看来,"人的心理结构主要由接受并信奉不疑且坚持遵行的理念为柱梁",它决定着一个人的思想质地和行为选择,也就是"性格的内核",要突进到这一层,就必须从过去塑造"典型形象"的惯性里继续下潜,掘进到"文化心理结构"

---

① 王岳川:《重写文学史与新历史精神》,《当代作家评论》1999 年第 6 期。

的深处。①《白鹿原》取径"秘史",正是基于陈忠实对"我们这个民族在历史进程中的一些别人没有写到的东西有了自己的感受",在他看来,对普通民众而言,每一次新秩序、新政权的建立,都伴随着"心理和精神的剥离过程",这是一个剧痛的过程,《白鹿原》要呈现的就是我们的民族到底是如何在"不断饱经剥离之痛的过程中走向新生的"。正是这些"规定了《白鹿原》向秘史的方向发展"。②当然,小说也没有完全回避政治经济的斗争,近现代史上所有的重大事件都投影在白鹿原上,使白、鹿两家的人物产生各种离合。在这一点上,陈忠实继承了柳青,也超越了柳青。

主人公白嘉轩集中体现了陈忠实对民族文化性格的思考,执掌白鹿村宗祠的白嘉轩是整部小说的核心人物,他本身就是一部浓缩了的民族精神进化史。在关中大儒朱先生的指引下,他笃守农耕为本的传统,立乡约、修祠堂、办学堂,率民众抗税,正风痛斥孽子,为了祈雨不惜自残;不管时局如何剧变,他都坚守儒家以仁为核心的传统礼治,被誉为白鹿原上"头一个仁义忠厚之人"。另一方面,他又是一个宗法制度的卫道士,专断残酷。他的发家是靠狡狯伎俩换来鹿家的风水宝地,他种植鸦片,遗祸土原;他把黑娃和小娥两个真心相爱的人打入另册,不许黑娃进祠堂;后又唆使鹿三杀死田小娥,甚至在她死后还修塔镇邪,暴露出礼教吃人的酷烈。

同样的矛盾还体现在田小娥、黑娃、鹿三等人身上。以田小娥而论,她堪称现当代文学史上继金子(曹禺《雷雨》)、郭素娥(路翎《饥饿的郭素娥》)、曹七巧(张爱玲《金锁记》)、赵素芳(柳青《创业史》)等之后又一个令人印象深刻的"饥饿"的女性形象,也是整部小说最有光彩、最让人扼腕叹息的人物。她浑身洋溢着原始的生命强力,以勃发的情欲作为反抗礼教的利器,她从人妇到淫妇再到鬼妇的变化,凝结着一个被侮辱和被损害的女人的屈辱和仇恨。陈忠实日后谈起过,田小娥这个形象的"跃现"源于他阅读《蓝田县志》的贞妇烈女部分的逆反心理:"在彰显封建道德的无以数计的女性榜样的名册里,我首先感到的是最基本的作为女人本性所受到的摧残,

---

① 陈忠实:《寻找属于自己的句子——〈白鹿原〉写作手记》(连载八),《小说评论》2008年第6期;陈忠实:《寻找属于自己的句子——〈白鹿原〉写作手记》(连载三),《小说评论》2007年第6期。

② 远村、陈忠实:《〈白鹿原〉获茅盾文学奖后答问录》,《延安文学》1997年第6期。

便产生了一个纯粹出于人性本能的抗争者叛逆者的人物。"①只是,这个礼教的复仇者并不是一个真正启蒙意义上的觉醒者,而她死后以冤魂附体鹿三,怨气又化为瘟疫,直至被白嘉轩筑塔镇压,亦表明靠原欲突破礼教之网的虚妄。小说赞美她的生命力,也畏惧她的毁坏力;夸耀她冲破男权网罗的果决,又忧虑这非理性的激进力量的决堤。田小娥这个形象,还集中体现了陈忠实对"性"本身以及文学如何处理"性描写"的思考。小说写"性"是把它作为一个重要的透视视角,"性"构成支撑民族文化心理结构的"一根不可忽视的或梁或柱的支撑性物件,断折甚至松动,都会引发整个心理平衡的倾斜或颠覆,注定人生故事跌宕起伏里无可避免的悲剧";"如果回避,将会留下'秘史'里的大缺空。不仅不能回避,而且要撕开写"。②

就这样,陈忠实一方面恢复了乡土中国式的"宗族"自治与儒学的合法性,以此寻找传统文化在加速现代转型的时代丧失殆尽的主体意义,另一方面又忌惮缠绕其中的封建礼教的毒素阴魂不散;他"既在批判,又在赞赏;既在鞭挞,又在挽悼;他既看到传统的宗法文化是现代文明的路障,又对传统文化人格的魅力依恋不舍……"③在新启蒙思潮式微、文化保守主义回潮的1990年代,《白鹿原》的这些矛盾,某种意义上可以看作时代复杂文化心理的一种纠结的回声。

在写法上,《白鹿原》坚持现实主义,但又不墨守成规。面对1980年代中期文坛兴起的各种新潮的文学观念和技巧,陈忠实与路遥的态度形成鲜明对比,路遥是敬谢不敏,他则潜心吸收。在古巴作家卡朋铁尔及其魔幻现实主义的开山之作《王国》以及马尔克斯《百年孤独》的启发下,陈忠实认为自己依然是"现实主义写作方法坚定的遵循者",但也认识到"写作方法必须丰富和更新,寻找到包容量更大也更鲜活的现实主义"。《白鹿原》借鉴了魔幻现实主义的思路,但并未做简单移植,而是激活关中民间各种魅性的叙事资源,他"确信中国民间的鬼神传闻在本质上不同于魔幻,不单是一句批判意义上的迷信,尽管其发生和传播的一条原因在于科学的缺失,然而仍

---

① 陈忠实:《寻找属于自己的句子——〈白鹿原〉写作手记》,《小说评论》2007年第4期。
② 陈忠实:《性与秘史》,《商洛学院学报》2010年第6期。
③ 雷达:《〈白鹿原〉的经典相》,《人民日报》2016年6月17日。

蕴含着不尽的文化"。① 小说将神话传说、寓言故事和现实经验融会在一起,如白嘉轩的六娶六丧,还有朱先生观天象、卜吉凶,又如白鹿、白狼、天狗等神兽,再如小娥死后鬼魂附体等情节,不但大大丰富了小说的文化意蕴,让史的叙说更有了一种混沌之感,而且把关于人性的思考从生活体验推进到生命体验的自由境界。

思考题

1. 王蒙在《活动变人形》中塑造的倪吾诚是新时期文学知识分子形象长廊中非常重要的一位,这一人物体现了作者怎样的思考？与时代的文化语境又有何关系？

2. 如何看待路遥及其《平凡的世界》评价的两极现象？这一现象背后的深层原因是什么？

3. 请结合具体人物,思考《白鹿原》所体现的新历史主义的写作立场。

4. 请结合路遥和陈忠实的创作,谈谈对新时期文学中的"柳青传统"的理解。

---

① 陈忠实:《寻找属于自己的句子——〈白鹿原〉写作手记》(连载三),《小说评论》2007年第6期。